CW01643376

Né en 1973 à Annecy, Franck Thilliez, ancien ingénieur en nouvelles technologies, vit actuellement dans le Pas-de-Calais. Il est l'auteur d'une vingtaine de romans dont *La Chambre des morts*, adapté au cinéma en 2007, prix des lecteurs Quais du Polar 2006 et prix SNCF du polar français 2007, *Puzzle* (2013), *Rêver* (2016) ou bien encore *Le Manuscrit inachevé* (2018). Il est également connu pour avoir donné vie à deux personnages emblématiques, Franck Sharko et Lucie Henebelle, qui sont réunis pour la première fois dans *Le Syndrome [E]* (2010), qui a été adapté en BD, et qu'on retrouve notamment dans les récents *Sharko* (2017) et *Luca* (2019) chez Fleuve Éditions. Son recueil de nouvelles, *Au-delà de l'horizon et autres nouvelles*, a paru en 2020 aux éditions Pocket. Son dernier roman, *Il était deux fois*, a paru aux éditions Fleuve en 2020.

Ses titres ont été salués par la critique, traduits dans le monde entier et se sont classés à leur sortie en tête des meilleures ventes. Franck Thilliez est également le 4e auteur de fiction moderne le plus lu en France d'après le classement du Figaro.

Retrouvez l'auteur sur sa page Facebook :
www.fr-fr.facebook.com/Franck.Thilliez.Officiel

TRAIN D'ENFER POUR ANGE ROUGE

SUIVI DE

DEUILS DE MIEL

ÉGALEMENT CHEZ POCKET

Train d'enfer pour Ange rouge
Deuils de miel
La Chambre des morts
La Forêt des ombres
La Mémoire fantôme
L'Anneau de Moebius
Fractures
Le Syndrome [E]
[GATACA]
Vertige
Atom[ka]
Puzzle
[Angor]
Pandemia
Rêver
Sharko
Le Manuscrit inachevé
Au-delà de l'horizon et autres nouvelles
Luca
Il était deux fois

Train d'enfer pour Ange rouge / Deuils de miel
(en un seul volume)

La Chambre des morts / La Mémoire fantôme
(en un seul volume)

Le Syndrome [E] / [GATACA] / Atom[ka]
(en un seul volume)

L'Encre et le Sang
avec Laurent Scalese

FRANCK THILLIEZ

TRAIN D'ENFER POUR ANGE ROUGE

SUIVI DE

DEUILS DE MIEL

POCKET

MIXTE
Papier issu de sources responsables
FSC® C003309

Pocket, une marque d'Univers Poche,
est un éditeur qui s'engage pour la préservation
de son environnement et qui utilise du papier fabriqué
à partir de bois provenant de forêts gérées
de manière responsable.

ISBN : 978-2-266-24321-6

Sommaire

TRAIN D'ENFER POUR ANGE ROUGE

À Esteban

Avant-propos

Cher lecteur,

L'écriture part souvent d'une envie. Celle de raconter une histoire, de mettre à plat des images fortes, d'enflammer des personnages nés de notre imaginaire et de les porter vers de riches destinées. On dit que le romancier écrit les histoires qu'il aurait aimé lire, et je crois que c'est ce qui m'a poussé à prendre une première fois la plume, en 2002. Après la rédaction d'un coup d'essai, un premier roman publié sur Internet, *Conscience animale*, je me suis attaché à un récit qui, je crois, restera celui qui m'aura le plus marqué, de par sa noirceur et le peu de place qu'il laisse à l'espoir. *Train d'enfer pour Ange rouge*, publié en 2003 dans une petite collection, « Rail noir », a été le travail d'une année de recherche, de documentation, et d'écriture éprouvante. Ce roman traite de sujets dont je ne soupçonnais même pas l'existence et qui, pourtant, existent bel et bien, en arrière-plan de notre société.. Des milieux dans lesquels il est préférable de ne pas s'aventurer… Les difficultés rencontrées pour que cette histoire devienne un vrai livre ne m'ont pas freiné, bien au contraire. La fièvre de l'écriture était désormais si brûlante que, quatorze mois plus tard, je terminais *La Chambre des morts*. Une histoire serrée, dure, sociale, un hommage à ma région aussi, le Nord. L'ouvrage qui m'a définitivement fait prendre conscience que, plus jamais, je ne lâcherai l'écriture. Le virus m'habitait.

Plus d'un an et demi après sa naissance, Sharko, personnage tourmenté de *Train d'enfer pour Ange rouge*, ne m'avait pas vraiment laissé en paix. Je le sentais là, au fond de moi, il me réclamait, un peu comme ces fantômes qui viennent hanter leurs vivants. Alors je me suis dit : « Allons-y ! » Sharko est un dur, très humain mais très dur, il lui fallait une histoire à la hauteur, une trame diabolique qui mettrait à l'épreuve ses qualités les plus solides. Et les plus vulnérables. Ainsi ai-je écrit *Deuils de miel*, déjà publié chez « Rail noir » en 2006 et qui paraîtra aux éditions Pocket en 2008.

Voilà qui situe un peu le contexte de l'ouvrage que vous tenez entre les mains. Avant que vous ne plongiez entre ses pages, que les crissements de ses feuilles vous apportent le frisson, je voudrais vous mettre en garde contre ceci : bien souvent, la réalité dépasse la fiction.

Franck Thilliez

Prologue

La pluie chaude d'un orage d'été attaque avec caractère les pavés glissants du Vieux Lille. Plutôt que de chercher un abri, je préfère contempler les traits d'eau qui s'engagent dans les sillons des tuiles ocre, s'accrochent aux gouttières en perles d'argent pour ensuite venir danser au creux de mes oreilles. J'aime humer ces odeurs de briques anciennes, de greniers et de fourre-tout. Ici, dans ce silence de bulle d'eau, tout me rappelle Suzanne, cette ruelle que je remonte, forme le couloir du temps qui me mène à elle. Je tourne rue des Solitaires et, juste après l'angle, m'engouffre dans le Némo où je commande une bière blanche de Brugges. Des braises de feu mal éteint brillent au fond des yeux du patron, une lueur de celles qui remuent les souvenirs, les mettent en branle jusqu'à faire émerger des instants de vie que l'on croyait morts. Sa bouche se serre, on dirait que cette gymnastique intellectuelle le brûle intérieurement. Je crois qu'il m'a reconnu.

Il est vingt-trois heures, ce soir-là. Je me tourne et me retourne dans mon lit, les yeux rivés vers les chiffres blessants du radio-réveil. La place de Suzanne, trop vide, me contraint à me lever et à appeler sur son téléphone portable. Une voix douce me répond, celle d'une femme, un robot qui distribue les messages standard d'absence. Je compose le numéro du laboratoire expérimental où elle travaille, le poing serré contre mes lèvres. Le veilleur de nuit me répond qu'elle a terminé voilà presque une heure. Dix minutes suffisent pourtant pour aller de L'Haÿ-les-Roses à notre cinq pièces de Villejuif…

— Je vous connais ? me demande le patron en perdant un regard dans mon bouc.

— Non, lui réponds-je platement en emmenant ma bière sur une table tranquille, dans un recoin du café où l'obscurité chasse la lumière.

Dehors, deux amoureux se serrent l'un contre l'autre sous une tonnelle de la terrasse. Les longs cheveux auburn de la fille vibrent dans le vent comme les franges accrochées parfois aux poignées des vélos et tous deux écoutent la pluie tomber, silencieux, bavards dans leurs gestes attentionnés. Je devine en la jeune fille la Suzanne d'il y a vingt ans, mais, à bien y réfléchir, je crois que je vois Suzanne partout, quelle que soit la fille, quel que soit son âge…

La peur me serre la gorge comme un lasso de barbelé. Je sais qu'ils traînent partout, les sadiques au long couteau, les violeurs de vieilles dames et d'enfants. Dans les bureaux de la PJ au 36, j'en ai vu défiler des centaines, brushings impeccables, tous plus cravatés les uns que les autres. Ils se déversent dans les rues comme la vermine, se confondent si bien avec la nuit qu'il devient presque impossible de sentir leur odeur. Je les hais, je les haïrai toute ma vie.

Au sous-sol, dans le parking, l'estomac manque de me passer par la bouche lorsque je découvre les minuscules éclats de verre éparpillés sur le sol. La caméra de surveillance est brisée. Elle pend au bout de son fil, immobile, témoin muet du pire. Je me précipite vers le box trente-neuf, accompagné par le seul bruit de mes pas résonnant dans ce cercueil de béton... Un petit morceau de métal m'arrache le cœur comme une balle explosive : une pince à cheveux, de celles que Suzanne glisse d'ordinaire au niveau des tempes, gît contre le mur. Je cours le long du parking souterrain, m'essouffle à monter, dévaler les différentes cages d'escaliers, frappe aux portes des locataires comme un dernier rempart à ce que je crains. Lorsque je saisis mon téléphone pour appeler le patron de l'OCDIP – l'Office Central pour la Disparition Inquiétante de Personnes – une voix mauvaise me dit qu'il est déjà trop tard...

J'ai connu Suzanne ici, dans ce café, au milieu des arabesques de fumée et du brouhaha incessant des militaires attachés au quarante-troisième régiment d'infanterie. Nous étions tous deux des gens du bassin minier, avec nos vêtements à l'odeur des corons et nos chaussettes sales de poudre de charbon. Nos parents nous ont élevés dans la douleur du trop peu, sous la grisaille, riches dans leurs cœurs des plus beaux trésors. J'adore ces terres brunes, leurs gens simples et généreux, et je crois que je les aime encore plus maintenant que Suzanne ne dort plus à mes côtés.

Quelque part, au fond de moi, un brin de conscience, immuable, me murmure sans cesse qu'elle est morte, qu'il ne peut en être autrement après tant de mois et de si douloureuses journées...

Six mois plus tard, je recherche toujours ma femme. Elle vient souvent me rendre visite, dans mes rêves.

Elle descend de tout là-haut, devancée par son parfum qui caresse mes cheveux comme le feraient des mains d'enfant. Mais à chaque fois, lorsque son regard embrasse le mien, des lames de rasoir coulent de ses yeux, des serpents aussi fins que des pailles tombent de sa bouche et de son nez et, de l'orifice béant qui troue sa poitrine, jaillit l'odeur pestilentielle de la mort.

Je reprends mon sac, sors mon téléphone cellulaire d'une pochette et me décide à l'ouvrir, avec l'espoir qu'aucun message ne m'y attende et me prive de mon avant-dernier jour de congé.

Chapitre un

Martin Leclerc, mon divisionnaire, me demandait de rentrer d'urgence au 36. Un corps sans vie avait été découvert, mutilé d'une façon atroce…

Le grand Martin Leclerc devait peser à peine plus lourd qu'un paquet de chips vide et ce qui lui manquait en chair contribuait à faire ressortir le réseau de ses veines, de façon si intense qu'il aurait attiré sur lui tous les vampires de la planète. Mais cet aspect de personnage de train fantôme renforçait l'impact de ses propos cinglants et personne, à ma connaissance, n'avait un jour essayé de le contredire. Jamais, de tous les suspects passés entre ses mains, je n'en vis ressortir un seul avec l'ombre d'un début de sourire.

— Commissaire Sharko, cette affaire-ci ne sent pas bon, m'annonça-t-il en tapant du crayon sur un dossier. Il n'y a rien de classique dans la façon dont a été perpétré le crime. Bordel, ces assassins sont pires que les virus ! Tu en combats un, un autre prend le relais, deux fois pire que le premier. Regarde la peste noire, puis la variole, le choléra et la grippe espagnole juste derrière. On dirait que le Mal s'auto-alimente de ses propres défaites.

— Si vous me parliez de la victime ?

Mon divisionnaire me proposa un chewing-gum à la chlorophylle que je refusai. Il se mit à mâchouiller bruyamment, vibrant d'une telle nervosité que son os zygomatique battait à tout rompre sous la veine saillante – une autoroute – de sa tempe droite.

— Martine Prieur, trente-cinq ans, liquidée chez elle. Son mari, notaire, est mort d'une tumeur au cerveau l'année dernière. Elle a touché un sacré paquet avec l'assurance-vie qu'il a laissée derrière lui. Elle vivait de ses rentes, bien tranquillement dans le calme champêtre de son village. Une fille sans histoires, apparemment.

— Une vengeance, un cambriolage qui a mal tourné ?

— Le criminel a de toute évidence suivi un rituel peu commun, un procédé qui pourrait exclure la vengeance. À toi de me dire… Elle habite… habitait dans un endroit isolé, ce qui risque de ne pas faciliter l'enquête.

Il cracha son chewing-gum à peine mâché dans un cendrier vide, avant d'en plier un autre entre les dents.

— Ils ont décidé de mettre le paquet au DCPJ. Avec les attentats aux US, Toulouse, des gangs comme les Expéditeurs et autres gaillards, nos chères têtes pensantes ne veulent pas que notre pays devienne un putain de terrain de jeux pour les détraqués en tous genres ! On a le feu vert du procureur de la République. Le juge saisi de l'instruction est Richard Kelly. Tu le connais, ce n'est pas un tendre, mais n'hésite pas à le solliciter pour obtenir les moyens qu'il faudra… » Il jeta un plan sur le bureau. « Rendez-vous à Fourcheret, au nord-est de Paris. Sibersky, Crombez et le commissaire de la ville voisine t'y attendent. Trouve-le-moi rapidement…

— Ce n'est pas un peu trop brutal pour Sibersky ? Il est cent fois plus efficace derrière un ordinateur que sur le terrain, et vous le savez.

— Crois-moi, Shark, ce meurtre-là va le dégraisser un peu…

Les tentacules bétonnés de la capitale disparurent lorsque je m'engageai à travers la forêt d'Ermenonville. Après Senlis, je pris la nationale 330 puis la départementale 113 pour finalement tomber, un paquet de kilomètres plus tard, dans la tranquillité lunaire de Fourcheret. Devant moi, le soleil jetait des flots de lumière dorée sur les ballots de paille dans un tableau sépia, magnifique, arraché à l'instantanéité. Un dernier jour d'été somptueux, un automne qui s'annonçait tendre…

Une ambiance de veillée aux morts balayait les rues serrées et désertiques du village. Guidé par les indications du plan, j'arrivai, après trois bornes en rase campagne où même les vaches faisaient office d'exception, devant le pavillon de Martine Prieur. Des techniciens de la police scientifique courbaient le dos vers d'éventuelles traces de pneus, bris de verre ou empreintes de pas, accompagnés par les inspecteurs de la DCPJ qui s'attelaient à la délicate et fastidieuse enquête de proximité. Ma carte tricolore présentée aux plantons, je rejoignis près de l'entrée les deux officiers de police judiciaire qui encadraient ce qui ressemblait à une quille de bowling devenue chair : le commissaire Bavière. Les stalactites froides de la peur flétrissaient l'éclat de ses yeux. Il me fit immédiatement songer au pompiste ventru, paumé au milieu d'un champ d'éoliennes en plein cœur des États-Unis.

Après un court protocole de présentations, j'entrai dans le vif du sujet.

— Alors commissaire, qu'avons-nous sur les bras ?

Bavière s'éclaircit la gorge avant de parler. Un étau de glace, une terreur rouge, écrasait sa voix. « Le corps sans vie de Martine Prieur a été découvert ce matin à 5 h 30 par un livreur de journaux, Adam Pirson. La porte d'entrée était grande ouverte, mais les lumières éteintes. Il a crié, puis est entré en l'absence de réponse, inquiété, a-t-il révélé, par le silence et l'obscurité. Il est monté, toujours en criant. Et c'est là qu'il l'a vue... » La violente bourrasque d'une pensée l'emporta ailleurs.

Je le ramenai dans la conversation.

— Continuez, commissaire, je vous en prie.

— Mes hommes sont arrivés les premiers sur les lieux, rejoints par les techniciens de la police scientifique, le légiste, ainsi que vos inspecteurs. La levée du corps a eu lieu aux alentours de 12 h 00.

— Si tard ?

— Vous allez vite comprendre pourquoi... suivez-moi.

Il collecta d'un mouchoir la couche grasse de sueur qui lui collait aux tempes. Une plaquette de beurre suintant le hamburger et les frites. *Le paumé de la pompe à essence...* Il ajouta :

— Seigneur... Même sans le cadavre, la chambre mérite de figurer dans le prochain film de Wes Craven.

Le lieutenant Crombez sortit diriger les opérations à l'extérieur, dont l'enquête de proximité. Alors que nous montions l'escalier, je dis à Sibersky :

— Ça va aller ?

— Le commissaire Bavière a raison. Je n'ai jamais vu une chose pareille, même à la télé...

J'ai tout essayé. Le saut en parachute, à l'élastique, les pires manèges de foire, les élans fulminants à moto et pourtant, rien ne me secoue autant que l'explosion d'une scène de crime sur le film cristallin de la rétine. Je me sens, aujourd'hui encore, incapable d'exprimer ce qui me retourne à ce point. Peut-être la peur ou, tout simplement, le réflexe humain de ne pouvoir supporter le visage de l'horreur dans sa plus fracassante expression.

Je ne racontais jamais à Suzanne ces éruptions sanguinolentes, les gardant pour moi comme les pages noires du livre de mon existence. Lorsque je rentrais, tard le soir la plupart du temps, j'essayais de faire abstraction de ma journée une fois le seuil de ma porte franchi. Mais on ne se débarrasse jamais des mauvaises herbes que l'on arrache par les tiges.

Et, chaque nuit, une fois mon esprit abandonné aux vastes territoires du sommeil, les cauchemars débarquaient comme des cavaliers lourdement armés pour me malmener jusqu'au lendemain matin.

Et mon couple en pâtissait, comme tous les couples dans lesquels le travail prend le dessus sur les sentiments…

Au centre de la pièce, sous les lueurs diaprées du crépuscule, huit crochets en acier, suspendus à l'extrémité de cordes regroupées à la base en un faisceau unique, vibraient dans l'air telles les branches d'un mobile d'enfant. Par un système complexe de nœuds et de poulies-freins, la levée du système et par conséquent, celle de la masse embrochée au métal, se contrôlait en tirant sur une corde plus grosse qui pendait et s'enroulait sur le sol. La chair ferme du corps que j'imaginais suspendu, avait dû craquer comme un fruit trop mûr et, sous chaque pointe encore foisonnante de fragments de peau déchirée, luisaient des larmichettes miroitantes. Un panache rougeâtre, un élan de fougue artistique éclaboussait le mur ouest jusqu'au plafond, comme si le sang avait fui la terreur de son propre corps.

Le technicien chargé des photographies interrompit son travail de fourmi pour me fournir les premiers constats.

— Le corps nu de la victime était retenu à deux mètres du sol par les crochets enfoncés dans sa peau et une partie de ses muscles dorsaux et jambiers. Deux crochets au niveau des omoplates, deux au niveau des lombaires, deux à l'arrière des cuisses et deux dans les mollets. Elle se trouvait de surcroît ligotée avec plus de quinze mètres de corde en nylon, dans un jeu d'enchevêtrements si alambiqués que je ne pourrais vous l'expliquer simplement. Vous verrez par vous-même sur les épreuves photographiques et le film vidéo.

— Dans quel état se trouvait le corps ?

— Le légiste a relevé quarante-huit entailles sur l'ensemble du corps, de la poitrine au dessous des pieds, en n'omettant ni les bras ni les mains. Réalisées probablement au cutter industriel ou avec une lame extrêmement tranchante. La tête a été déposée sur le lit, le visage tourné vers son propre corps. Tranchée à la scie électrique, suppose-t-on pour le moment. D'où ces espèces de traînées, projetées par la rotation de la lame. Il avait réarrangé une partie des draps autour du crâne, comme pour former une coiffe ou une capuche…

Je m'accroupis au niveau du lit, le regard frôlant la surface du matelas. Sur ma droite, le sang séché s'accrochait au mur comme des larmes rouges.

— La tête s'orientait dans cette direction ?

— Exactement. Le légiste vous confirmera, mais il semblerait que les yeux aient été arrachés de leurs orbites puis remis en place, de manière à orienter les iris vers le plafond. La bouche était maintenue ouverte par deux morceaux de bois glissés entre les mâchoires supérieure et inférieure, comme des leviers. Plusieurs longues incisions joignaient les lèvres aux tempes. Le légiste a aussi relevé une contusion à l'arrière du crâne, au niveau de l'occiput, ce qui laisse supposer que la victime a été assommée ou tuée par un coup violent.

Les jets lumineux du soleil couchant s'étiraient sur les murs en blessures oblongues. Une inspiration gonfla mes poumons d'amertume. Dans les mousselines opaques de la nuit, un démon tapi dans l'ombre, une bête furieuse affamée de cruauté avait officié, n'abandonnant dans son sillage que la désolation d'une terre brûlée par sa furie.

— Il y a eu viol ? demandai-je pour confirmation.

— À première vue non, aucune trace de pénétration.

Gifle de surprise en pleine figure. La chambre empestait la souffrance sexuelle à des kilomètres. Victime nue, ligotage, torture et… pas de viol ?

— Vous êtes certain ?

— C'est à confirmer… Mais aucune marque évidente de pénétration.

Je me tournai vers le lieutenant Sibersky.

— A-t-on relevé des traces d'effraction ?

— Non. La serrure comme les fenêtres ne présentent aucun dommage particulier.

— Qu'a-t-on découvert à l'extérieur ?

— Les hommes ont mis la main sur un indice. Une coquille d'escargot écrasée, ainsi que divers insectes, fourmis, minuscules araignées, piétinés derrière un laurier. Ce qui laisse supposer que l'assassin s'était embusqué à cet endroit.

— OK. Nous verrons avec l'enquête de proximité. Quoi d'autre ?

— L'ordinateur de Prieur a été effacé. Impossible d'accéder à la moindre information. Le disque dur est parti au labo.

— Intéressant. Qu'a pu nous apporter la police scientifique ?

Je vis le commissaire tendre l'oreille. Des croûtes de sueur se greffaient sur le pain de sucre de son crâne. Aussi répugnant qu'une poubelle en plein soleil.

— C'est la foire de l'invisible, ici, dit le technicien. Il y a autant d'empreintes en ces lieux que sur la Vierge de Lourdes. Sur les rebords du lit, la commode, le parquet, les cadres. Par contre, nous n'avons pas décelé de cheveux, de fibres ou de fragments de peau apparents sous les ongles de la victime, ni ailleurs.

Il désigna, de la pochette plastifiée roulée dans sa main, le mobile métallique.

— L'ensemble qui a servi à la torturer, cordes, poulies, vis, crochets, part pour le labo dès que j'aurai terminé la cartographie de la scène.

— Très bien. Tes premières conclusions, Sibersky ?

Le lieutenant profita de la question pour s'approcher de moi, éloignant ainsi le nez du nuage pénétrant qui s'exhalait du commissaire *Ventru*.

— Le tueur a préparé le terrain avec une attention toute particulière. Victime isolée, célibataire, seule au moment de son intervention. Il n'a pas lésiné sur le matériel à emporter. Perceuse, vis, chevilles, cordes, bref, le kit complet pour mettre en place son *terrain de jeu*. De l'outillage encombrant, pas aisé à transporter, ce qui renforce le caractère exceptionnel du crime. L'organisation, le contrôle et la précision ont rythmé son intervention.

— Pour quelles raisons ?

— Parce qu'il a pris son temps et rares sont les assassins qui peuvent se le permettre. L'installation d'un pareil système, la façon dont il a ligoté la victime, prouvent qu'il maîtrise à pied d'œuvre ses sensations, qu'aucune pulsion particulière ne le pousse à précipiter les choses ou à commettre des erreurs.

— Comme les pulsions sexuelles par exemple... Je fis crisser les poils de mon bouc.

— Pourquoi penses-tu qu'il a laissé la porte ouverte ?

— Dans un cas classique, je dirais que la précipitation ou une maladresse pourrait en être la cause. Mais pas ici. À mon avis, il voulait que le corps soit découvert le plus tôt possible.

— Exactement. Pour quelles raisons ?

— Je... je n'en sais rien. Pour nous prouver qu'il n'a pas peur de nous ?

— Connais-tu Vanloo, un peintre du XVIIIe siècle ?

— Pas plus que ça, non...

— Charles Amédée Vanloo éternisait sur toile les éléments éphémères de notre quotidien, comme des bulles de savon, des châteaux de cartes, la flamme mourante d'une lanterne. Il rendait précieux ces objets communs en les piégeant dans leur si belle instantanéité. Que trouve-t-on de merveilleux dans un château de cartes écroulé, une bulle de savon éclatée ou une lanterne éteinte ?

Je m'écartai de la fenêtre où s'acharnaient à briller les dernières flèches de lumière.

— Si nous avions découvert le corps quelques jours plus tard, l'insupportable odeur nous aurait retourné l'estomac. La putréfaction aurait dévoré le corps jusqu'à le rendre horrible à regarder et, peut-être même, la dépouille se serait-elle décrochée et écrasée sur le sol. Je crois que l'effet souhaité par notre *artiste* aurait été gâché.

— Vous voulez dire qu'il… a signé son crime comme une espèce d'œuvre d'art ?

— Disons qu'il a apporté un soin particulier à l'agencement de la scène du crime.

Ventru me donnait l'impression d'un étranger débarquant d'une contrée sans eau ni montagnes, privée de verdure et de ciel bleu. Un enfant ébahi qui, soudain, découvre les origines profondes de la vie.

— Commissaire, de combien d'hommes disposez-vous ?

— Cinq.

— Quelle armée ! soupirai-je. Bon… Vous allez vous charger en grande partie de l'enquête de voisinage. Je veux tout savoir sur cette femme. Où elle sortait, qui elle rencontrait, si elle fréquentait des hommes et lesquels. Se rendait-elle à la bibliothèque, à l'église, à la piscine ? Vérifiez ses lectures, ses factures téléphoniques, ses abonnements, bref tout ce qui se rapporte à elle. Vous allez aussi me dire où l'on peut se procurer ce genre de matériel, en particulier les poulies-freins et les mousquetons, ainsi que ce type de cordage et ces crochets en quantité importante. Faites le tour des clubs d'escalade de la région. Interrogez les caissières de supermarchés, de quincailleries, de drogueries du coin. Sait-on jamais, peut-être notre tueur possède-t-il une caractéristique physique particulière qui attire les regards. Il ne faut rien négliger. Vu votre peu d'expérience en matière criminelle, quelqu'un de chez nous supervisera les opérations. Vous vous sentez d'attaque, commissaire ?

Les pans inclinés de sa moustache frémirent comme les extrémités d'une baguette de sourcier.

— Tout à fait !

— Quant à nous, Sibersky, allons grignoter un morceau avant de rendre visite au légiste. Le divisionnaire m'a signalé que Van de Veld nous attendait dans son antre à 22 h 00...

— Je... suis obligé de vous accompagner ?

— Il est grand temps de mettre le nez hors de ton PC et de tes données informatiques... La première autopsie à laquelle tu assistes, c'est comme la première fois où tu te fais arracher une dent. Tu t'en souviens toute ta vie...

* * *

L'autopsie débute par un examen minutieux du cadavre déshabillé, qui amènera à noter l'état des vêtements, les principales caractéristiques physiques ainsi que les signes visibles de la mort. La procédure rigoureuse exige l'examen de la face postérieure du cadavre, y compris le cuir chevelu...

Chaque fois que je pénétrais dans une salle d'autopsie, je sentais mon être se dissocier, comme si une onde invisible vibrait en moi et séparait l'homme du policier, le croyant du scientifique.

L'homme, silencieux, écœuré, observe ce praticien

aux mains gantées, cuirassé d'un visage mauvais et mû par des gestes trop mécaniques, trop formels. L'homme sait qu'il n'a rien à faire là, que cet ultime affront envers le corps, envers l'humanité, le souille et l'accompagnera dans ses pensées, dans son sommeil, jusqu'aux tréfonds de sa propre mort.

... *Après l'examen externe se déroule l'autopsie proprement dite.*

Cuir chevelu : incisé selon une ligne allant d'une région rétro-auriculaire à l'autre en passant par le vertex ; tiré de part et d'autre en avant et en arrière. Voûte crânienne sciée selon une ligne circulaire joignant front, tempes et occiput, avec dégagement des deux parties d'encéphale. Examen complété par le décollement de la dure-mère : vue directe de l'os, recherche de fractures, de disjonctions ou, plus difficilement détectables, traits de fêlures ou fissures...

L'homme a envie de serrer dans ses bras l'être de chair étalé sur le métal inoxydable, de lui baisser doucement les paupières, de passer une main apaisante sur ses lèvres pour le faire sourire une dernière fois. Le croyant rêve de le couvrir d'une étoffe damassée, puis de lui murmurer à l'oreille des paroles douces avant de l'emmener loin, quelque part à l'ombre d'une forêt d'érables et de chênes.

... *Longue incision médiane partant de la pointe du menton jusqu'au pubis. Peau et muscles écartés de chaque côté du thorax et de l'abdomen, clavicules et côtes coupées au costotome. Muscles du cou : disséqués plan par plan... Langue tirée précautionneusement vers le bas. Œsophage, trachée et éléments vasculaires sectionnés...*

Le policier se pose des œillères, essaie d'ignorer

les pèse-organes aux formes acérées, les marbres émeraude damés sur l'abdomen du cadavre, le carnage opéré par le légiste sur ce qui fut vie. Par la magie des antiseptiques, derrière la pellicule du latex ou le papier du masque, il adoucit la vérité, la rend plus tolérable. Puis il écoute la Mort lui parler, prend des notes, pose les questions techniques qui feront avancer l'enquête. Le corps devient un objet d'étude, un volcan éteint, une surface vallonnée qui dissimule dans chacun de ses plis l'histoire effrayante de ses dernières minutes. Les plaies chuchotent, les meurtrissures, les ecchymoses forment d'étranges reflets, comme si, en observant avec attention, on y devinait les yeux noirs du meurtrier ou l'éclat de sa lame tranchante.

... *Pesée de tous les organes avant leur dissection. Prélèvements de sang destinés aux recherches toxicologiques : réglementairement dans les gros vaisseaux de la base du cœur...*

Mais alors, l'homme et le flic songent à Suzanne et, comme une image subliminale glissée devant leurs yeux, la découvrent soudainement là, nue et blanche comme l'os, étalée à la place de cette fille égarée. Peut-être, pas loin ou à l'autre bout du pays, dans un ravin ou au travers du cristal d'une rivière, son corps attend-il qu'on le libère de ses souffrances, qu'une main de bonté lui rende sa dignité en le couchant délicatement dans un lieu de repos et de sérénité.

Le flic et l'homme essaient de se rappeler la chaleur intense de son corps, son parfum et l'infinie fraîcheur de ses baisers, mais des barreaux filtrants refoulent le meilleur pour laisser passer le pire. Ici, l'air empeste la charogne consumée, l'atmosphère écrasante empêcherait un papillon de s'envoler. Ici, le mal appelle le mal, la cruauté engendre la bestialité, la science bafoue la foi et ce qui fait que l'homme est avant tout un homme. Ici, au travers de ces aiguilles de lumière artificielle, tout est noir comme au fond d'un cercueil.

... Troisième temps. Ouverture de l'estomac le long de la grande courbure pour examen et conservation de son contenu. Prélèvements : foie, rate, pancréas, intestins, reins.

Inspection des organes génitaux internes chez la femme... Après éviscération, examen de l'ensemble du squelette à la recherche de toutes les lésions osseuses...

À bien y réfléchir, quand je me surprenais à espérer que le cadavre apporterait un point final à mes propres tourments par ses révélations, je ne valais pas mieux que le pire des criminels...

* * *

Les hommes se posaient beaucoup de questions sur la vie privée de Stanislas Van de Veld, l'un des légistes – le meilleur – de l'Institut médico-légal de Paris. Certains le soupçonnaient de fantasmer sur les cadavres qui se succédaient sur sa table de dissection, d'éprouver l'attirance du nécrophile pour le morbide et les chairs putréfiées, alors que d'autres, à le voir enfermé dans son caveau de faïence nuit et jour, le considéraient comme un animal des Ténèbres, une bête repliée dans les profondeurs lugubres de la science poussée à l'extrême.

Personnellement, en dépit des langues de vipère,

je le regardais, avec ses billes noir de jais plantées sur son visage buriné, sa barbichette aux angles parfaits, comme un professionnel en quête de vérité, un inquisiteur des temps modernes qui dépouillait les apparences pour en extraire la moelle cachée. Un scientifique aux mêmes motivations que moi.

Le lieutenant Sibersky se rangea à mes côtés, la base des narines blanche d'antiseptique, le visage ramifié d'inquiétude jusque dans ses plus insignifiantes ridules. La nudité bourgeonnante du cadavre, les eaux usées qui coulaient le long de la table jusqu'au plateau inférieur d'évacuation, le couvraient d'une pelisse d'effroi.

Un autre médecin, voûté au fond de la salle, marmonnait dans un dictaphone, la joue écrasée dans une main. Il nous salua d'un geste empreint d'une profonde fatigue.

Je déposai à proximité d'une balance pèse-organes un paquet de graines de sésame.

— C'est pour vous. Vous les mangerez plus tard…

Van de Veld me décocha un sourire de légiste, presque glacial.

— Merci. Messieurs, j'ai une tonne de bonnes choses à vous annoncer. Ce cadavre est une mine d'or.

La comparaison me parut déplacée. Un peu comme un type qui arrive à un enterrement avec un costume vif en lançant un truc du genre, *je lui avais pourtant dit de ne pas prendre la route ce soir-là.*

— Nos oreilles sont grandes ouvertes, docteur, dis-je d'une voix monocorde. Racontez-nous l'essentiel, essayez d'éviter les longueurs.

— Très bien. Allons-y, répliqua Van de Veld avec un hochement de tête. Le processus de rigidité cadavérique n'a pas pu se dérouler normalement, étant donné que les cordes qui entravaient la victime, maintenaient le corps dans une position forcée. Il m'est donc difficile de donner une heure précise de la mort, mais, au vu des lividités cadavériques ainsi que de la température rectale profonde relevée sur place, je dirais entre une heure et trois heures du matin.

Il tourna autour de la table aspirante comme le champion de billard qui réfléchit sur la position de ses boules.

En roulant des yeux, je perçus des esquilles jusque sur le réflecteur dichroïque de la lampe du plafond. Sur les tablettes, en face, ciseaux, pinces coupantes, marteau-hache, burins de Mac Even et couteaux à cerveau renvoyaient des rais de lumière métallique étrangement bleutés. Je serrai les poings en cachette, alors que le légiste poursuivait, strict dans ses propos, rigoureux comme les arêtes d'une pyramide. « Le coup à la tête, assené avec un objet à surface large, n'a pas causé la mort. Sur les lieux du crime, le sang de la carotide et de l'artère vertébrale a giclé jusque sur les murs. Par conséquent, la tête a été tranchée alors que le cœur battait encore. »

J'entendis Sibersky déglutir.

— Tranchée de quelle façon ?

— J'y viens. Les infimes éclats de métal relevés au niveau de l'os hyoïde, ainsi que sa coupe régulière, ne laissent nul doute quant au matériel utilisé : une scie à Charrière, ou une scie de Saterlee, exactement du même type que celles pour les autopsies.

Il s'éloigna de la table, le temps de broyer les lamelles de cœur dans le vidoir en acier. Au passage, il avala une flopée de graines de sésame. Sibersky ne levait plus le nez de ses notes, cherchant à fuir ses fantômes. Mais j'étais persuadé que le corps mutilé venait au-devant de son regard, s'imprimait de façon indélébile sur sa rétine, quoi qu'il fît.

Je demandai au légiste en désignant la scie :

— Et comment se procure-t-on ce type de matériel ?

Des graines se rangèrent entre ses dents et au fondement de ses gencives. Il en chassa une bonne partie d'un claquement de langue.

— Par des sociétés spécialisées, comme Hygéco. On peut acheter le matériel directement sur place, ou commander par téléphone et même Internet.

Le médecin attendit que mon lieutenant terminât d'écrire sa phrase. J'en profitai pour glisser une question.

— Faut-il de la pratique pour utiliser ces scies ?

— Pas spécialement, non. Il faut juste être bien couvert, parce que le sang éclabousse si on taille sur quelqu'un de vivant, surtout au niveau d'artères larges comme des fleuves…

Le stylo de Sibersky ne suivait plus le rythme.

Je fis sur un ton sec :

— Ne l'attendez pas ! Continuez, docteur !

Lorsque Van de Veld se pencha au-dessus du corps, son ombre se déploya comme la main d'un spectre sur le carrelage du sol.

— Ses glandes salivaires présentaient une importante atrophie, ce qui signifie que la victime a salivé anormalement pendant plusieurs heures. J'ai relevé des traces de polymères à coloration rouge sur les incisives et de la salive avait coulé sur le sol et sous ses lèvres, jusque dans son cou. Il a dû lui enfoncer quelque chose dans la bouche, un objet en plastique, pour la forcer à garder la bouche ouverte tout en l'empêchant de remuer la langue, donc de déglutir de façon normale.

— Un bâillon ?

— En effet. Mais un bâillon particulier. Les chiffons, le sparadrap ne font pas saliver. Une piste à creuser…

Lorsqu'il prononça le mot piste, une graine de sésame vola dans les airs et vint s'écraser sur la main de Sibersky, qui ne broncha même pas. Van de Veld poursuivit :

— J'ai constaté des signes différents de réaction vitale autour des quarante-huit plaies. Décolorations, infections, cicatrisations à des degrés plus ou moins avancés, ce qui implique qu'elles ont été réalisées à des moments bien distincts.

Je posai une main sur la table de dissection et la retirai aussitôt, comme brûlé par le givre du métal

— Combien de temps ?

— Plusieurs heures entre les premières et les dernières. Il est parti du bas du corps, puis est remonté jusqu'au visage. Une longue et douloureuse aventure… Sinon, aucun signe de pénétration, aucune mutilation des organes génitaux.

— Donc aucun échange sexuel ? Même avec préservatif ?

— Absolument aucun. Le lubrifiant laisse des traces. Je n'ai rien relevé, ni dans la bouche, ni dans le vagin, ni dans l'anus.

Sibersky envoya un regard par-dessus son carnet, la bouche ouverte écumante de détresse et les yeux papillonnant. Quand il serra les dents, je compris qu'il retenait un vomissement.

— Passons aux yeux, poursuivit le médecin.

La tête reposait face tournée vers le plafond, à une trentaine de centimètres de son propre corps. Par l'orifice béant du cou, fuyaient tendons et ligaments, tiraillés à se rompre ou regroupés en fins serpentins bouclant tels de minuscules ressorts. Au cœur de ce lacis violacé poignait, entre deux parois de chair, l'obélisque blanc de la moelle épinière.

— Il a glissé une lame derrière les paupières pour trancher le nerf optique. Il a extrait les globes oculaires de leurs orbites, puis les a remis en place, de manière à diriger les pupilles, donc le regard, vers le haut.

— Pourquoi ne pas simplement forcer sur l'œil de manière à orienter les pupilles dans la direction souhaitée ? Pourquoi sortir le globe oculaire, puis le remettre ensuite ? souffla Sibersky d'une voix taraudée.

Le légiste ôta un gant en nitrile jaune, glissa un ongle entre ses dents et propulsa d'un souffle sec une écorce de sésame sur le sol avant d'annoncer :

— Il faut savoir que, lors d'une mort violente, les yeux se figent dans une certaine position et qu'il est pratiquement impossible de les changer d'orientation, à cause des muscles conoïdes et obliques qui durcissent comme la pierre. En arrachant l'œil de ces muscles, on libère les mouvements.

— Très intéressant, répliquai-je en glissant une main sous le menton. Je suppose que c'est la même chose pour les morceaux de bois dans la bouche. Le seul moyen de la garder ouverte ?

— Exactement.

Je me tournai vers Sibersky.

— Il voulait rester maître de ce visage, même après la mort. Il porte une attention toute particulière à la mise en scène. Et, à l'évidence, ces yeux orientés, cette bouche clamant revêtent pour lui un sens particulier...

Le crayon du lieutenant crissait maladivement dans le calme polaire de la pièce.

Mon Vésuve intime explosa :

— Cesse donc de prendre des notes ! Le docteur va te donner dès demain un rapport épais comme un annuaire ! Alors calmos, OK ?

La pénible journée m'avait échauffé les nerfs au point de me rendre extrêmement irritable. Dans la matinée, je me trouvais encore à Lille auprès de la famille de Suzanne et, à présent, à minuit passé, s'offrait à mes regards une forme creuse, hideuse, recroquevillée, béante et dépecée de partout, déjà en proie aux armées de l'ombre.

— Ah oui ! s'exclama le légiste. Vous vouliez l'essentiel tout de suite, j'aurais peut-être dû commencer par là. J'ai récupéré une pièce de monnaie sous la langue. Une ancienne pièce de cinq centimes. Vous connaissez la signification de ce symbole, commissaire ?

— La pièce permet d'accéder au Paradis ou en Enfer, intervint Sibersky. Du point de vue mythologique, le défunt offre sa pièce à Charon, le nocher du fleuve des Enfers, afin de pouvoir traverser le Styx. Sans pièce, le mort est condamné à errer pour l'éternité dans le Tartare, sous terre.

Dead Alive – le mort vivant, comme les gars le surnommaient – parut bluffé par la réponse fusante du lieutenant.

— Oui, et c'est étrange, tout de même, ajouta-t-il. Le tueur torture sa victime de la façon la plus cruelle qui soit et pense quand même à l'expurger de la douleur dans l'au-delà ?

Le médecin terré au fond de la salle se joignit à nous, les mains dans les poches de sa blouse.

Il ressemblait à un épouvantail qui aurait eu peur de son propre reflet.

— La pièce dans la bouche pourrait très bien être une sorte de signature… Une distinction particulière qui lui permettrait de se démarquer, répondis-je avec une ample gestuelle.

— Elle pourrait aussi représenter un symbole caché, ou alors l'un des éléments essentiels de sa macabre mise en scène, un élément sans lequel il aurait une impression d'inaccompli. Nous pouvons y associer une foultitude d'explications. Le tout est de trouver la bonne.

Les indices relevés par le légiste s'insinuaient en moi comme la cocaïne reniflée par le toxicomane. J'éprouvais une exaltation particulière en l'écoutant parler, lorsqu'il me dévoilait des détails que j'attendais comme des friandises ou des récompenses.

À cet instant, la honte me souleva de terre, m'envahit, m'entraîna au-dessus du corps et me pressa la mâchoire jusqu'à y enfoncer ses doigts terreux, pour me plaquer le visage à deux centimètres de celui du cadavre…

Regarde cette pauvre fille, sale enfoiré ! hurlait une voix intérieure. *N'a-t-elle pas assez souffert ? Fiche-lui la paix ! Fiche-lui la paix !*

L'homme avait réussi à chasser le policier…

— Dernière chose, et je crois que nous aurons fait le tour de l'essentiel, conclut l'imperturbable médecin. Son estomac contenait plus d'un litre d'eau, envoyée pour analyses au labo. Je crois que le précieux liquide nous révélera des choses intéressantes. Je vous appelle dès que je reçois les résultats, demain probablement.

Je désignai une table chromée adossée au mur ouest.

— Je peux emporter les épreuves photographiques ?

— Bonne soirée…

Il me tendit le dossier et partit discuter avec le médecin assistant sans se retourner, continuant à propulser ses graines sur le sol comme un petit vieux qui cracherait ses dernières dents.

Sous le phare usé de la lune, Sibersky avait pris un teint ventre-de-biche, trop peu habitué à côtoyer la mort sous son vrai visage, loin des mots et des écritures.

J'avais repéré ce jeune policier en décembre 1998, au détour d'une sombre affaire d'esclavagisme sexuel mêlée à un meurtre. À l'époque, il travaillait au commissariat d'Argenteuil – un trou infect – en tant qu'inspecteur commis aux écritures, poste où il passait la majeure partie de son temps à préparer le café. Au cours de l'enquête, la qualité de ses rapports, la verve impertinente de ses analyses et surtout, ses compétences informatiques me laissèrent une forte impression. Je le sortis de son cachot en appuyant son dossier à la préfecture de police de Paris et il rejoignit mon équipe, en tant qu'officier de police adjoint contractuel. Il s'occupait toujours de paperasse, mais plus de la préparation du café. Deux ans plus tard – soit quatre mois plus tôt, à peine – il réussissait son concours d'officier de police judiciaire. C'était un gosse de trente ans, un arpenteur de bibliothèques, un fouineur de dossiers poussiéreux, d'histoires oubliées et de fichiers informatiques. Une âme pensante, vive, réactive, presque allergique au métal froid de son Colt 11/48. Une pièce essentielle de mon équipe, un cavalier sur l'échiquier de la rue…

Nous longeâmes le quai de la Rapée accompagnés par l'odeur de la mort sous nos semelles, dans les plis de nos vestes, au cœur de nos pensées. Un chien aux côtes saillantes errait sans but précis devant nous puis s'arrêta, truffe contre chaussure, semblant deviner à quel point nos esprits tourmentés divaguaient dans le néant. Un bâtard commun aux oreilles cassées, une poubelle ambulante à la gueule fendue par les bris de verre et les bouteilles vides que lui lançaient les clochards. En le regardant se fondre dans la nuit, je dis soudain à Sibersky :

— Parle-moi de l'un de tes fantasmes. Prends le premier qui te passe par la tête.

Une bulle de surprise lui éclata en pleine figure.

— Comment ça, commissaire ? Mais…

— Vas-y, lâche-toi. Je t'écoute…

Je me plaçai face à la Seine, les mains dans les poches de mon pantalon, le regard tendu vers le fourmillement lointain des lumières scintillantes de la ville.

— Eh bien, répondit le policier d'un ton hésitant. Euh… Vous connaissez Dolly Parton ?

— La chanteuse de country ? Nashville et ses cowboys ? *Some things never change* ? J'adore.

— Oui. Je… Non, je ne peux pas vous raconter ! Il rougissait jusque dans sa voix.

— Très bien, continuai-je, n'en dis pas plus. Alors imagine-toi face à la superbe Dolly Parton, prêt à réaliser ton fantasme. Toutes les conditions sont rassemblées et favorables. Tes souhaits peuvent devenir réalité, il te suffit d'agir. Mais il y a une condition, et non des moindres : tu dois te retenir d'avoir des rapports sexuels avec elle. Tu peux goûter, toucher, sentir, mais pas de rapports sexuels. Dans ce cas, ton fantasme pourrait-il être assouvi ?

Il fit épaule commune à la mienne, penché sur le rebord du quai. Sur la surface de l'onde, les reflets lumineux se découpaient en vitraux mouvants.

— Non, c'est rigoureusement impossible. Je ne tiendrais pas.

— Réfléchis un instant et trouve-moi un seul fantasme où tu pourrais te passer de rapports sexuels.

Il porta la main au front, puis glissa ses doigts dans les boucles ordonnées de sa chevelure brune.

— Il n'y en a pas. Tous mes fantasmes ont une dominante sexuelle, comme les vôtres et ceux de monsieur Tout-le-Monde, d'ailleurs. Ce n'est pas ce que disait Freud ?

— Pas tout à fait et, vu tes connaissances littéraires, tu devrais le savoir. Il existe deux types de fantasmes. Les sexuels, comme les tiens, les miens et comme, tu as raison de le souligner, ceux de la plupart des gens. À ceux-ci viennent s'accoler les fantasmes dits de toute-puissance : le mythe de la performance, du pouvoir absolu, de la domination extrême. Les rêves de belles voitures, de déesses sur les plages, d'immenses richesses…

Je fis face à mon collègue.

— Mettons-nous dans le cas du tueur, à présent. J'aimerais que tu joues le jeu. Tu es ce tueur. Tu étudies les faits et gestes d'une jolie femme, Dieu seul sait de quelle façon pour le moment, pendant un certain laps de temps. Des jours, des semaines, des mois peut-être. Tu sens un désir brûlant monter en toi, n'est-ce pas ? Joue le jeu et réponds avec franchise.

— OK… Réfléchissons… Je la vois… Je la traque, je l'observe depuis longtemps… J'ai de plus en plus de mal à tenir. Elle est seule, désirable. Je sais que je peux me l'approprier, sans aucun risque. C'est moi qui décide de l'heure et de l'endroit.

— D'accord. À présent, tout est prêt. Un soir, donc,

tu t'appropries cette fille. Tu en fais ce que tu veux, comme pour ta Dolly Parton…

— Oui. Elle est inconscience, devant moi. Je… J'ai franchi le pas. Trop tard pour reculer. Elle… est à ma merci…

— Elle est à toi… Tu la mets nue, en la déshabillant lentement, et tu la ligotes pour la plier à toutes tes volontés, même les plus folles. Que ressens-tu à cet instant ?

Derrière ses paupières closes, son imagination forgeait presque instantanément un scénario.

Les mots coulèrent avec fluidité de ses lèvres..

— Je… je mets du temps pour l'attacher, parce que c'est un moment excitant… J'ai… envie d'elle. Mais… pas maintenant… Je dois aller jusqu'au bout…

— Au bout de quoi ?

— De… de mes désirs…

— Lesquels ?

— Je… Je n'en sais rien… J'agis, c'est tout.

— Que fais-tu ?

— Je la suspends, la lève en tirant sur la corde…

— Elle est réveillée ?

— Oui… Elle se réveille, lentement…

— Quelle est sa réaction ?

— La douleur qui s'accroche à son visage me rend fou. Elle sait qu'elle va mourir…

— Et là, tu commences à entailler… Une, deux, trois… quarante-huit entailles… Pendant plusieurs heures… Que se passe-t-il en toi ?

— Je…

Il secoua la tête. Ses pupilles s'étaient dilatées comme des soleils noirs.

— Arrêtez, commissaire… Je n'en peux plus. Je…

Je ne comprends pas ce salaud. Pourquoi vous me demandez tout ça ?

— Pour te prouver que ce type ne pense pas comme nous ! Aucun d'entre nous ne pourrait réaliser une horreur pareille avec tant de précision, en prenant tout ce temps, ces longues heures pendant lesquelles l'envie de la violer ne lui a même pas traversé l'esprit.

Sibersky recula de trois pas.

— Mais c'est impensable ! Il s'est certainement retenu pour l'acte sexuel ! La peur de laisser des traces !

— En une situation pareille, à supposer que tu aies un goût prononcé pour le morbide, tu aurais pu te retenir de la violer, toi ?

— Non, je ne crois pas...

— J'ai lu pas mal de bulletins émis par la Société Psychanalytique de Paris. Il est clairement établi que les pulsions sexuelles ne sont pas contrôlables, au même titre que la douleur ou la peur. Quand quelqu'un se brûle avec une gazinière, que fait-il ? Il retire la main, parce qu'il ne peut pas se CONTRÔLER. Dans le pire des cas, notre assassin aurait enfilé un préservatif, mais il l'aurait violée quand même, avant ou après la mort. Non... Ce type agit sous d'autres directives, différentes de celles du simple acte de tuer.

— Par motif de vengeance, alors ?

Je secouai la tête.

— La colère se manifeste toujours durant l'acte de vengeance. Un tueur sous l'emprise de la colère ne peut pas être organisé. N'oublions pas les aspects pré- et post mortem, la mise en scène, cette volonté de créer un impact fort... Je pencherais plutôt pour un fantasme de toute-puissance...

— Lequel ?

— Je n'en sais rien. Peut-être celui de faire souffrir, de se prendre pour un bourreau. Ou une volonté de domination telle qu'il n'atteint l'exultation que lorsqu'il ôte la vie...

Sibersky possédait cette incroyable capacité de déchiffrer les lignes d'une explication avant même qu'elles fussent tracées. Il compléta :

— Tous les psychanalystes affirment qu'un fantasme n'est jamais totalement assouvi, n'est-ce pas ?

— Exact. Continue...

— Dans l'accomplissement de l'acte, censé représenter la matérialisation du fantasme, on remarque toujours un petit quelque chose d'imparfait, un détail qui pousse à recommencer, encore et toujours, pour dépasser un idéal impossible à atteindre... Toujours exact ?

— Oui.

— Donc, si vous avez raison, s'il s'agit bien d'un fantasme de toute-puissance, notre tueur pourrait être amené... à réitérer ?

— Je n'ai jamais dit ça, malheureux ! Tu te rends compte de la portée de tes propos ?

Je me remis en route d'un pas de légionnaire et Sibersky me talonna. Il employa un ton moralisateur.

— Je crois qu'au plus profond de vous-même, vous pensez comme moi, mais que la peur d'avoir raison vous noue la gorge. Je ne sais pas quelle force obscure engendre ces êtres démoniaques, ni si ce sont les lois de probabilités ou du hasard qui font que, à un moment ou un autre, on bascule du mauvais côté. Mais ce que je sais, par contre, c'est qu'ils existent, cachés derrière nos portes, aux coins de nos rues prêts à agir. Et une fois embarqués dans la spirale meurtrière, plus rien ne peut les arrêter. Il recommencera !

— Ne t'emballe pas, petit… Ne t'emballe pas…

Dans ma Renault 21 exposée à la lumière feutrée d'un lampadaire, nous parcourûmes les photos sous un dôme de silence poisseux. Le virus épineux du dégoût s'accrochait au fond de ma gorge.

Sibersky balançait la tête, la bouche suturée, le visage comme entaillé par les tons tranchants des clichés.

Bien que harponné par la fatigue, je le briefai sur la marche à suivre pour les jours futurs.

— Mets deux hommes sur l'histoire du fournisseur en matériel médical. Ça ne doit pas être tous les jours qu'on se procure ce genre de scie… Essaie aussi de trouver ce qui se fait actuellement en matière de sadomasochisme, de ligotage. Je crois qu'on va devoir fourrer les pieds dans ce sale milieu. Un fou comme toi d'informatique a déjà certainement utilisé le STIC ?

Le Système de Traitement de l'Information Criminelle offrait une gigantesque base de données composée de millions de lignes, permettant, à l'aide de recherches multicritères, d'établir des liens entre les différentes affaires criminelles enregistrées.

— Oui, bien sûr. Pour l'affaire du tueur de Nanterre, notamment. Mais aussi en plein d'autres occasions, pour culture personnelle.

— Bon. Alors interroge le fichier. Fais des requêtes croisées. Têtes tranchées, tortures, crochets, suspensions, yeux exorbités. Bref, donne à manger à l'ordinateur, nourris-le des données que nous connaissons. Ne néglige rien. Si tu trouves que dalle, vois avec Schengen, fais une demande auprès de Leclerc pour Interpol et le BCN[1]-France. Envoie des gars à la bibliothèque.

1. Bureau Central National.

Je veux en savoir plus sur cette histoire de pièce dans la bouche. Fais-les enquêter sur les mythes et rituels sanglants par la même occasion. Allez, va te coucher. Comment va ta femme ?

— L'accouchement approche à grands pas. Peut-être avant la fin de la semaine prochaine… Il est plus que temps, ça fait plus d'un mois et demi qu'ils la retiennent à l'hôpital et que je passe mes soirées seul. Sa grossesse aura été un véritable calvaire. Espérons que le bébé sera en bonne santé…

* * *

Le sang émeraude de l'Amazonie coulait dans les veines de Doudou Camélia, ma voisine de palier. De l'appartement de cette vieille Guyanaise de soixante-seize ans, s'exhalaient les parfums des épices créoles, du gingembre, des acras de morue et de la patate douce. Son mari, né d'une longue lignée d'orpailleurs, avait décroché le gros lot en dénichant un filon dans les méandres tortueux du Maroni, en Guyane française. Il avait arraché femme et enfants de la misère verte en venant s'installer à Paris, riche de ses pépites, pauvre de sa méconnaissance totale du monde occidental. Il avala son bulletin de naissance en 1983 entre Saint-Germain-des-Prés et Montparnasse, après trois coups de couteau dans le dos, pour avoir eu le malheur de sourire à des membres du groupe d'extrême droite Unité Radicale. Ce soir-là, les collègues avaient retrouvé Doudou Camélia tout de noir vêtue, à gémir, un crucifix serré contre la poitrine, alors qu'elle ignorait théoriquement le décès de son mari.

Chaque fois qu'elle entrait en transe, elle m'affirmait que ma femme était vivante, enfermée dans un endroit humide et pourrissant d'où radiaient des toiles d'ondes maléfiques. Elle sentait des odeurs de champignons, de moisissures, des effluves d'eaux stagnantes ou de mangroves, et je la voyais, assise en tailleur malgré ses vieux os, renifler l'air comme le ferait la truffe d'un fin limier. Je crois aux équations, au fil mathématique qui régit lois et pensées, aux lignes parallèles de la logique. Je ne peux concevoir de baser ma vie, le sort de ma tendre moitié sur des a priori ou les dires suspects d'une vieille femme à moitié timbrée.

Au moment où j'introduisis la clé dans la serrure de ma porte, exténué par ma journée, elle glissa les racines noueuses de ses doigts dans mes cheveux et je perçus comme une aura tiède me traverser tout le corps. « Tu sens la mo't, Dadou… Suis-moi ! », m'annonça-t-elle de sa voix aux fibres de chêne centenaire. Elle portait son ensemble de madras aux couleurs feu, serré autour de sa taille éléphantesque par une longue cordelette blanche. Son front d'ébène était purulent de sueur ; elle sortait à coup sûr d'une période de transe.

Un nuage bas d'encens à la fleur d'oranger flottait dans son séjour. Les langues jaunes des flammes de bougies dansaient dans l'air autour d'une cage de canaris posée sur la moquette. Les deux serins, perchés sur une tige de bois, semblaient figés dans le plâtre.

Elle m'invita à m'installer dans un fauteuil en moelle de rotin tressé.

— Je sens le mauvais dans ta chamb'e, Dadou, le t'ès mauvais. N'ent'e pas là-dedans !

Un sel piquant brûlait ses lèvres retroussées. Des moignons de dents apparurent, bien seuls au milieu du gouffre immense de sa bouche.

— De quel genre ? interrogeai-je d'un ton curieux.

— Le Malin, Dadou, l'Homme sans visage ! Il est venu su' Te"e pou' p'opager le Mal !

Elle embrassa son crucifix à en user le christ d'étain. Ensuite, elle souleva la cage et les oiseaux s'envolèrent dans un fouillis de plumes avant d'atterrir côte à côte sur un yucca. Leurs yeux brillaient dans la lumière tamisée telles des billes de carbone.

Sans raison, une fourmilière de frissons se propagea sur mes os, entre mes chairs.

— Et à quoi ressemble-t-il, ce malin, Doudou ? Pourquoi se cache-t-il dans ma chambre ?

Elle s'envoya deux belles lampées de bourbon au goulot, du Four Roses à quarante-cinq degrés. Lorsqu'elle tressaillit, son cou gonfla comme celui d'une tortue qui rabat la tête sous sa carapace.

Dans son regard, je lus les pattes de tigres, les gueules ouvertes des serpents, les mandibules des mygales, j'y déchiffrai une peur sauvage, brutale, un mélange ocre de terreur et d'incompréhension.

— Je peux pas di'e, Dadou. Je sais, c'est tout. N'ent'e pas là-dedans.

— Je ferai bien attention, Doudou, je te le promets.

Je me levai et traversai les écharpes de brume d'encens en direction de la porte, quand elle éclata en sanglots.

— Dadou… Je les entends hu'ler…

— Qui ça ? Les chiens ? Ils continuent à hurler ?

— Jou' et nuit, ils hu'lent, Dadou… Ils ne me laissent jamais en paix… Ils viennent jusque dans mes 'êves…

Une gorgée d'alcool lui embrasa la voix.

— Va, Dadou, glousse-t-elle. Va, mais fais bien attention !

Je fermai doucement derrière moi. J'avais beau ne pas y croire, je dégainai mon Glock avant de pénétrer dans mon salon. Pour ne rien changer, tristesse et calme se battaient dans un duel grotesque à coups d'éclairs de silence.

À me tourner et me retourner dans mon lit, je ne pus m'empêcher de faire le rapprochement entre ce terrible meurtre et les phrases terrifiantes de Doudou Camélia. J'avais décelé du soufre dans son regard, quelque chose d'impossible à simuler, un terrible pressentiment à la puissance du réel. Je pensai aux canaris, à ces plumes jaunes qui virevoltaient dans l'air, à la noirceur dérangeante de son séjour. Dans la chaleur des draps, mes poils se hérissèrent sous les assauts de la peur.

La conversation avec le lieutenant Sibersky trottait dans ma tête, soulevant bon nombre d'interrogations. Je ne me souvenais pas d'avoir découvert un corps mutilé dans de si atroces conditions. Outre les horribles sévices infligés à la victime, entraient aussi en considération la complexité de la mise en scène et son incroyable élaboration. La fantastique énergie qu'avait dû dépenser l'assassin pour construire son système de poulies et y accrocher le corps, me laissait pantois. Et que dire de tous ces détails, étudiés, abandonnés comme pour laisser un message ? La pièce dans la bouche, les yeux mutilés et renfoncés dans leurs orbites, ces morceaux de bois calés entre les mâchoires ?

Lorsque ce morbide cortège de pensées se décida à m'abandonner, le train du sommeil finit par m'emporter, alors que s'élançaient déjà au ciel les lueurs enfantées par l'aube.

Chapitre deux

À mon réveil difficile, j'entrepris de lire les courriers électroniques accumulés dans ma messagerie pendant mon séjour à Lille. Au travers de la technologie et de la puissance d'Internet, je m'étais constitué une tonne d'amis sans visages, lointains anonymes pourtant si proches de moi. Des noms d'internautes qui se demandaient le pourquoi du silence de Suzanne. Je n'avais jamais trouvé le courage de leur répondre, de leur avouer que ma femme avait disparu et que depuis un semestre, moi, commissaire à la DCPJ de Paris, ignorais toujours si elle était encore en vie.

L'intitulé du dernier courrier, *Alors, ça t'a plu ?* banalement signé *XXX*, m'injecta un raz de marée d'adrénaline. Lorsque je découvris, en tête de message, la photo numérique d'un fermier courbé sur sa terre, ramassant des betteraves d'une main usée, je pensai avoir affaire à un plaisantin.

Mais le texte, sous l'image, dépassa les limites de mon imagination.

Cher ami,

Je voulais juste te faire partager la lettre que je

viens d'envoyer à la mère de la charmante demoiselle que tu as rencontrée très récemment. Cela me ferait beaucoup de peine si tu ne la trouvais pas à ton goût, car il m'a fallu un temps fou pour la rédiger. Au plaisir de te revoir...

« Ma chère madame Prieur,

De nos jours, chez les aborigènes Pitta-Patta d'Australie, lorsqu'une fillette atteint la puberté, l'ensemble de la tribu, hommes, femmes et enfants, se réunit. L'officiant, un homme âgé, élargit l'orifice vaginal de la fillette en le déchirant vers le bas à l'aide de trois doigts attachés par une ficelle d'opossum. Dans d'autres régions, le périnée est déchiré à l'aide d'une lame en pierre. Je vous épargnerai la vue des photos que j'ai actuellement sous les yeux. Cette opération est généralement suivie d'actes sexuels sous la contrainte, avec de nombreux jeunes hommes, au moins une dizaine... J'aurais pu suivre cet exemple remarquable pour m'occuper de votre fille, mais j'ai préféré procéder autrement avec ma méthode bien à moi, que vous apprécierez, j'espère, à sa juste valeur. Tout d'abord, si cela peut vous rassurer, sachez que je n'ai pas baisé votre fille, mais que j'aurais pu si j'avais voulu.

J'ai commencé par la déshabiller. Il m'a fallu plus de deux heures pour la ligoter, l'entraver jusqu'à contrôler le plus infime de ses mouvements. Ce fut un honneur pour moi de travailler sur la toile d'un corps si sublime, velouté, presque feutré. Bien sûr, vous vous en doutez, j'ai attendu qu'elle fût réveillée pour enfoncer les crochets dans sa chair. Oh ! Si seulement vous aviez pu voir comme elle se débattait ! Douleur et plaisir sont comme deux corps liés à une seule tête, ils se repoussent mais ne peuvent se passer l'un de l'autre, et je crois qu'elle en a pris conscience avant de mourir.

Sa peau s'écartait d'une façon presque artistique lorsque j'appuyais ma lame sur ses petits seins fermes, ses épaules, son nombril. À la lecture si méticuleuse de son corps, je trouvais toutes les réponses à mes interrogations, je savais pourquoi j'agissais et ce que je recherchais. Vous rendez-vous compte que j'ai pu distinguer les profondeurs des couches de sa chair, ressentir les aigrettes de douleur qui lui cambraient les reins ? Elle vibrait tout son saoul, des ondes incompréhensibles allaient et venaient sans cesse, pareilles à des vaguelettes, puis se brisaient dans un cri étouffé de bonheur. Ou de souffrance ?

Comme un bon soldat, elle a supporté ses blessures, pas seulement en les subissant, mais en les acceptant, consciente que toutes les difficultés sont une loi immuable de la nature. Elle nous a quittés en aimant l'entité pour qui elle est tombée. Soyez-en fière.

Elle sera bien accueillie là-haut, n'ayez aucune crainte. Les armures abîmées valent bien plus aux yeux de Dieu que le cuir neuf, et je reste persuadé qu'il essuiera toutes ses larmes. La mort ne sera plus, il n'y aura plus de deuil, ni cri, ni douleur. Elle sera bien...

Telles furent les dernières minutes rouges de votre fille, de cette femme dont nous pouvons dire, à présent, qu'elle a sûrement, dans son ultime râle, autant maudit ses parents que le jour de sa naissance...

Le bonheur doit être l'exception, l'épreuve est la règle.

Quelqu'un qui, désormais, compte pour vous plus que quiconque... »

Ces mots me figèrent dans les replis du dégoût, à la bordure des profondeurs rances de la colère, de la rage, de l'envie de presser le monde jusqu'à en extraire la substance immonde qui donne vie aux criminels. Je me sentis oppressé par l'impuissance, par cette facilité outrageante de propager le mal jusqu'à blesser sans même toucher. À ce moment, les mots de Doudou Camélia retentirent en moi comme le glas lointain du malheur annoncé : *Je sens le mauvais dans ta chamb'e, Dadou, le t'ès mauvais...*

Sans plus toucher à rien, dans les pénibles secondes qui suivirent, j'appelai Sibersky, l'exhortant à intercepter la lettre à tout prix, puis Thomas Serpetti, l'un des hommes les plus doués en informatique qu'il m'a été donné de connaître.

* * *

Thomas Serpetti avait surfé sur la vague Internet avec le glisser digne d'un dieu hawaïen. Début 2000, dans le sillage de l'effet start-up, il avait quitté son poste de responsable sécurité-réseau chez IBM, à la Défense, pour lever un million d'euros au premier tour de table avec des investisseurs séduits par ses idées novatrices et son business-plan en béton. À l'époque, il changeait deux fois de cravate par jour, serrait des dizaines de mains, s'affichait dans toutes les conférences où il fallait se montrer. Il avait loué des bureaux-placards du côté de l'Opéra de Paris, embauché à tour de bras des informaticiens nourris au hamburger et laissé le business ainsi que l'euphorie générale lui enfler les poches. Dans la foulée, il s'était acheté une vieille ferme au sud de Paris, à Boissy-le-Sec, un Yearling, Reine de Romance, aux Ventes de Deauville, puis s'était retiré des affaires, plein aux as, lorsque les châtaignes avaient commencé à se fendre sous les feux ardents de la Bourse. Depuis ce temps, il coulait des jours tranquilles sur les champs de courses, ou bien grillait des heures, des journées, à peaufiner son réseau de trains miniatures, bijou de patience, de joies d'enfants, de plaisirs du rail. Sa passion du modélisme ferroviaire m'avait même contaminé, enflammé… jusqu'à la disparition brutale de Suzanne…

Cet éternel adolescent avait le jeu dans la peau et je crois qu'il aurait tué frères et sœurs pour avoir le dernier mot face à une roulette. Je l'ai vu un jour s'acharner sur le numéro dix-huit, au casino d'Enghien-les-Bains, jusqu'à la fermeture des portes et y perdre une fortune. Mais peu importait. Il avait laissé en ces lieux une empreinte indélébile et, depuis ce jour, on l'appelait *Monsieur* chaque fois qu'il en franchissait le seuil. Voilà ce qui plaisait à Thomas Serpetti.

Notre première rencontre avait eu lieu virtuellement sur un forum Internet traitant de la schizophrénie. Le frère de ma femme, tout comme celui de Thomas Serpetti, était ce que l'on appelle un schizoïde paranoïaque.

Je me souviendrai toute ma vie des explications que mon beau-frère, Karl, m'avait données sur cette fracture de l'esprit, un soir d'automne où il allait déjà très, très mal : *L'Hydre se niche dans les sinuosités de mon intestin grêle. Sa tête plonge parfois dans mon estomac, où elle aime se repaître de longs moments. Elle se nourrit de ce dont je me nourris et évacue ses selles par ma bouche. C'est un serpent grotesque et venimeux dont je dois me débarrasser à tout prix.*

À vingt-deux ans, Karl se scarifiait l'abdomen de seize coups de cutter, trouvant dans l'automutilation le seul moyen de chasser l'Hydre en lui. À présent, il survivait dans une dimension parallèle, étranger à son propre corps, chargé comme une bombe biologique de Largactil, d'Haldol et de Droleptan, à l'hôpital psychiatrique de Bailleul, dans le Nord…

J'accueillis Thomas Serpetti avec la mine d'un croque-mort qui aurait assisté à son propre enterrement.

« C'est ici que ça se passe, Thomas. Je veux ton avis avant de mettre le SEFTI dessus. Comme je te l'ai dit au téléphone, je n'ai touché à rien. Il y a la photo de ce fermier et cette horrible lettre dessous. Dis-moi si on peut retrouver l'expéditeur. »

Cet ancien expert en sécurité informatique, ne supportant pas la délinquance ou la criminalité, menait une traque sans merci contre les pirates des temps modernes et travaillait en collaboration avec les ingénieurs du SEFTI, le Service d'Enquête des Fraudes aux Technologies de l'Information. Régulièrement, Serpetti transmettait à mes collègues scientifiques des adresses de hackers, des bandits de l'informatique qui volaient des fichiers de cartes bleues ou qui déposaient, par simple provocation, des messages à caractère pornographique sur des sites comme *Les Échos* ou le *Times*.

Sa main fondit sur la souris de mon ordinateur. Il remonta ses petites lunettes rondes en acier sur l'arête de son nez, passa une main dans sa coupe en brosse comme s'il s'apprêtait à accomplir un quelconque exploit sportif avant de se coller à l'écran.

— Je… je peux lire ?

— Vas-y… Je compte sur toi pour l'aspect confidentiel de cette affaire…

— Tu sais que tu peux me faire confiance…

Sa bouche s'ouvrait au fur et à mesure qu'il lisait.

— Sacré bon sang !

Il ôta ses lunettes et se frotta les yeux.

— J'en ai déjà vu de belles sur Internet, mais là, on atteint un summum ! C'est… c'est réellement ce qui s'est passé ?

— Malheureusement oui, soupirai-je.

— Mais il s'adresse directement à toi ! Il te tutoie ! C'est quelqu'un qui te connaît ! Comment pourrait-il savoir que l'on t'a confié l'enquête ?

— Je n'en sais rien… Les nouvelles vont très vite dans ces villages, sans oublier les médias. L'information est peut-être d'une manière ou d'une autre, remontée jusqu'à lui. Cela reste flou. Mais nous allons enquêter, ne t'en fais pas pour ça. Alors, le mail ?

Clics de souris, profusion de fenêtres sur l'écran. Serpetti ouvrit des fichiers aux noms barbares, se promenant dans mon ordinateur avec l'aisance d'une particule chargée dans un courant électrique, animé par la passion de la connaissance universelle, cette volonté d'arracher la solution à l'insoluble, comme un défi à lui-même et aux machines.

— Cette adresse e-mail est bien entendu bidon. Tu vas sur un site spécialisé, donnes un nom, n'importe lequel, et le site t'autorise alors à envoyer des e-mails avec une adresse que tu choisis toi-même, genre *JacquesChirac@elysees.fr*. Même pas besoin de logiciel spécial pour gérer les e-mails, le site s'occupe de tout. Parfaitement anonyme. Ou presque…

Le détail qui différenciait le Serpetti de la masse grouillante des informaticiens, le *ou presque...*

— Ou presque ? Est-ce qu'il y a un moyen de mettre la main sur l'expéditeur ?

— Ça dépend ! Si le type s'y connaît, tu n'y arriveras pas. Sinon, les probabilités sont assez faibles et, crois-moi, le travail fastidieux pour y parvenir.

— Explique-moi ! Et vas-y doucement, s'il te plaît...

Ses fossettes tranchantes reflétaient la lumière métallique de l'écran quand il se tourna vers moi. À presque trente ans, se creusaient encore sur son visage les stigmates de son acné d'adolescent.

— OK. Je vais simplifier au maximum, répondit-il d'un ton serein. Tu imagines une gigantesque toile d'araignée, très complexe, de la taille d'une ville. Tu répands, à une extrémité de la toile, des milliers, des millions de petites araignées, toutes semblables. La plupart des araignées sont myopes, elles n'entendent ni ne sentent rien, mais elles savent, grâce aux vibrations, se diriger vers n'importe quel point sur la toile. Par contre, elles demeurent incapables de juger du chemin le plus court et, par conséquent, elles vont toutes emprunter une voie différente pour aller au même endroit. Tu me suis ?

— Oui. Ce n'est pas très compliqué...

— Alors écoute bien la suite ! Tu dois suivre des yeux l'une de ces araignées jusqu'à sa destination, puis me retracer son trajet entre les différentes intersections et fils de la toile, de mémoire. En serais-tu capable ?

J'imaginai un immense territoire de soie orbiculaire, accroché aux plus hauts édifices de Paris sous un ciel de désolation, comme dans un film fantastique.

— Ça me semble difficile, répliquai-je. Les araignées

interfèrent les unes avec les autres, se croisent et se ressemblent, je pourrais très bien à un moment donné suivre un autre individu sans m'en apercevoir. De plus, il faudrait une sacrée mémoire visuelle pour se rappeler le chemin dans un tel labyrinthe.

Thomas agita sa paire de lunettes par l'une des branches, comme l'homme politique qui s'apprête à exposer un argument de poids.

— Tu as parfaitement cerné le problème ! Eh bien, pour Internet, c'est pareil. Remplace les croisements par des ordinateurs, et le fil lui-même par du câble électrique. Étends la toile à la dimension planétaire. Tu imagines la scène ?

— Parfaitement.

— Quand tu reçois un mail, même en provenance de ton voisin, ce courrier a transité par des dizaines, voire des centaines de relais différents répartis à travers le monde. Pour retrouver son berceau d'émission, il faut remonter la chaîne, maillon par maillon. Cela implique des coups de fil aux propriétaires des machines, des recherches dans les fichiers de traces des serveurs pour espérer passer au maillon précédent. Si un seul ordino est éteint entre-temps, ou si les traces du passage ont été effacées, c'est fichu, un peu comme si tu coupais un fil de la toile d'araignée. Contacte immédiatement les ingénieurs du SEFTI. Plus ils agiront tôt, plus la chance de remonter la filière sera importante.

Identifier l'émetteur allait relever de la magie. Je demandai quand même :

— Et si le gars s'y connaît ?

— Il aura utilisé un anonymiser. C'est un site particulier qui se charge pour toi de rendre l'origine de ton mail totalement anonyme. De plus, s'il est vraiment prudent, il aura transité par des milliers d'autres ordinateurs de particuliers, connectés à Internet en même temps que lui. Dans ce cas, la chance de le localiser est strictement nulle.

Je nous servis un pur guatemala tassé, presque solide.

— Comment a-t-il récupéré mon adresse e-mail ?

— Tu ne peux pas savoir avec quelle facilité l'on peut glaner des informations sur toi, lorsque tu surfes sur Internet ! On connaît tes sites favoris, les heures de tes connexions, tu laisses des traces partout où tu vas. Il suffit que tu aies posté une fois un message sur un forum ou un groupe de discussion et ton e-mail peut alors être récupéré par un anonyme, des boîtes de pub ou d'autres colporteurs qui vendent ces adresses à des tiers. Tu te trouves certainement dans le carnet d'adresses de milliers de personnes sans le savoir… D'ailleurs, tu peux mesurer l'ampleur du phénomène rien qu'à regarder ces *spams* qui emplissent ta boîte aux lettres.

— En effet… Autre chose ?

Je vis poindre dans son regard un rayon d'espoir.

— La photo de ce fermier m'intrigue, me confia-t-il en écrasant son doigt sur l'écran. D'une part, je ne vois pas bien le lien avec cette lettre et, d'autre part, la taille qu'elle occupe sur ton disque dur me paraît un peu élevée… Plus de trois cents kilos-octets. Il me semble que… Tu possèdes un logiciel de traitement d'images, genre Photoshop ou Paint Shop Pro ?

— Non, je ne crois pas.

— Aurais-tu une loupe ?

— Non plus… Mais je peux démonter l'une des lentilles externes de mes jumelles.

— Parfait.

Je devinais les chiffres, les opérateurs logiques qui s'acheminaient vers le cerveau de Thomas pour y tourbillonner en une gigantesque soupe mathématique. Je me rappelai l'une de ses remarques, un soir où nous étions réunis autour d'une bonne table, avec Suzanne. *Toute matière, toute information est composée de zéros et de uns. La tôle de ta voiture est faite de zéros et de uns, ce couteau est fait de zéros et de uns et même le cul d'une vache est fait de zéros et de uns. Souvent, pour passer d'un problème à une solution, il suffit d'inverser quelques zéros et quelques uns...* Suzanne avait explosé de rire et, depuis ce temps-là, elle ne voyait plus les ruminants de la même façon.

Je tendis à Thomas l'un des oculaires de ma Zeiss 8. La lentille concave disséqua les pixels de l'écran au fur et à mesure qu'il la déplaçait, en plissant les yeux.

— Je n'y mettrais pas ma main au feu, mais on dirait que certains points sont plus clairs que les autres. C'est quasiment invisible, mais je connais ce genre de technique... Regarde un peu cet endroit du ciel, sur la photo.

Je plaquai ma rétine contre la lentille. Rien de spécial, juste du bleu au milieu du bleu. Il constata :

— Tu n'as pas l'œil de l'expert ! Stéganographie, ça te dit quelque chose ?

— Une technique de codage ancienne ? Un moyen de passer des messages, comme le faisait César ?

— Presque. Tu confonds avec la cryptographie. Le vicieux, dans la stéganographie, c'est que l'information cachée est véhiculée de façon transparente dans de l'information non cryptée, claire et significative, contrairement à la cryptographie où le message reçu est illisible. Les pirates informatiques, les terroristes, appliquent cette technique pour s'échanger des données sensibles en échappant aux divers systèmes de surveillance et d'écoute, comme Sémaphore ou Échelon chez les Américains. Ils cachent leurs messages, images ou fichiers sonores, dans d'autres médias en utilisant des logiciels téléchargeables sur Internet. Le destinataire qui possède la clé de déchiffrement reconstruit alors l'information originale. Un système très prisé par les pédophiles. Tu arrives sur un site d'apparence sobre, tu visualises des photos de vacances, de plages et de ciel bleu. Mais, si tu appliques la clé à ces images, qu'est-ce que tu découvres ?

— Des photos d'enfants… Bien vu, Thomas ! Tu vas pouvoir décrypter ?

En proie à l'excitation, je lampai mon café et me brûlai le bout de la langue.

— Ne t'emballe surtout pas ! ajouta-t-il d'une voix qui incitait au calme. Il faut que je vérifie au préalable si la photo contient effectivement des données cachées. Et, sans clé de déchiffrement, il risque de falloir plusieurs semaines avant d'arriver au résultat. Les techniques de cryptanalyse, pour casser les codes cryptographiques, ne sont pas très performantes en la matière, car la puissance des algorithmes rend le déchiffrement extrêmement délicat, voire impossible si la clé est trop longue… Ce qui est, somme toute, logique. Sinon, à quoi bon crypter ?

Je détournai mon regard de l'écran, l'orientai vers mon portable.

— Bon… Je vais mettre les gars du SEFTI immédiatement sur le coup, en parallèle à ton travail.

— Laisse-moi sur ta bécane pour que je fouille

encore un peu. Je vais t'enregistrer ce qu'il faut sur un CD et tu le transmettras au SEFTI. Autre chose. Tu devrais te faire installer une ligne haut débit sur laquelle pourraient se brancher les ingénieurs du SEFTI. On appelle cela du sniffage : ils surveillent à distance tout ce qui transite sur ta ligne et peuvent ainsi réagir ultra rapidement. Si tu veux, j'en fais la demande et demain, tu as ton modem ADSL installé. J'ai des relations pour accélérer le processus !

— Bonne idée. De toute façon, je comptais en faire poser un. Si tu pouvais t'en occuper, ça m'arrangerait...

— Pas de problème !

Son sourire me fit réaliser à quel point l'emprise des affaires criminelles me coupait du reste du monde, un peu comme Dead Alive avec ses macchabées. J'avais dérangé Serpetti tôt dans la matinée, l'avais arraché à ses draps sans même lui demander comment il allait.

— Tu portes sur toi le teint safrané des vacances, me déridai-je, humant l'arôme décapant d'une nouvelle tasse.

— Je rentre d'Italie, hier justement. Tu as eu de la chance de pouvoir me joindre.

— Et Reine de Romance ? Toujours aussi performante ?

Thomas avala son café bouillant d'une traite, sans ciller.

— Elle est en pension au cercle hippique de Chantilly. Prise en main par John Mohx, la pointure des entraîneurs. On la prépare pour les grandes courses et derbys de l'année prochaine. » Une mimique évocatrice lui étira les lèvres. « Je ne suis plus célibataire, tu sais ? Yennia et moi, on ne se quitte plus. Unis comme Terre et Lune. Je l'ai connue, devine ? Dans un train pour

Londres ! Elle est d'origine roumaine, hôtesse de bord dans l'Eurostar Paris-Londres. Il faudrait que tu passes à la ferme nous rendre une petite visite.

— Je n'y manquerai pas…

— Et puis, tu verras mon réseau ferroviaire ! Je suis passé en échelle HO 1/87, celle des pros ! Je m'éclate comme un fou ! Bouge pas !

Il se leva, se jeta sur son sac à dos, en sortit une locomotive en laiton Hornby, à la cabine magenta et au chariot noir.

— C'est pour toi, Franck. Une vapeur vive Basset Lowke 1959 ! En parfait état ! Elle m'appartenait, mais elle ne roule plus sur mon nouveau réseau, alors je te l'offre. Je l'ai appelée Poupette.

Il s'étonna devant mon absence de réaction. La passion du rail qu'il m'avait transmise, comme le reste, m'avait abandonné depuis que le vide, le silence, la douleur régnaient en maîtres dans mon appartement.

— Désolé, Thomas, mais je ne suis plus trop dans le coup. Les trains et moi, c'est de l'histoire ancienne pour le moment. Tu sais, je n'ai plus goût à grand-chose.

— Avec Poupette, tout est différent ! Cette loco a quelque chose de magique, tu dois l'essayer ! J'ai déjà rempli le réservoir de butane, pour le brûleur. Tu rajouteras un peu d'eau et d'huile dans le tender et elle est partie pour une heure. Tu verras comme son chant est apaisant, sa compagnie charmante. Elle te remontera le moral dans les moments difficiles… Il posa le modèle réduit sur le bureau.

— Toujours rien pour Suzanne ?

Il me prit la main comme à un vieux frère.

— Aucune piste, que dalle. Pas la moindre manifestation de l'agresseur. Si seulement je pouvais avoir un signe, un indice qui me dirait si elle est morte ou pas ! Quelle torture que de rester dans le doute, avec la crainte permanente de tomber sur le cadavre de ma femme comme ça, au détour d'un sentier… Mon avenir me fait horriblement peur, tellement dépendant de données qui ne m'appartiennent pas… Mon sort se trouve presque entre les mains de ce salopard qui l'a enlevée…

— Tu sauras la vérité, un jour ou l'autre.

— Je l'espère de tout mon cœur.

Je fis mine de penser à autre chose en esquissant le squelette d'un sourire.

— Écoute ! Reste ici, fais de ton mieux avec mon ordinateur. Je dois y aller. Déjeunons ensemble ce midi, si tu veux. Rejoins-moi devant le 36, nous irons au Vert-Galant. Tu n'as pas d'obligations avec ta Yennia ?

— Yennia ? Je tue mes journées à l'attendre ! Elle disparaît le matin pour ne réapparaître que le soir, telle une aurore boréale. OK pour ce midi… Je t'y rejoindrai…

Il se racla la gorge. Franck… Tu crois que ce pourrait être quoi, ce message caché ? S'il cherche à nous dire quelque chose, pourquoi ne pas le signaler ouvertement ?

— Thomas… Toi qui es riche à millions, pourquoi vas-tu encore au casino sachant que tu risques d'y perdre une fortune ?

— Pour… l'excitation que m'apporte le jeu ?

— Tu as la réponse à ta question…

* * *

Mon grand-père avait achevé sa carrière de mineur en tant que porion-chef à la fosse treize de Loos-en-Gohelle.

De galibot, il était devenu gueule noire, puis boiseur, rouleur, raccommodeux, porion et donc porion-chef. En général, les boyaux de charbon vous emprisonnaient pour la bonne moitié de votre vie et, si le baiser mortel du grisou vous avait épargné, la silicose, elle, vous laissait sur le carreau. Vous naissiez au fond, vous mouriez au fond, vos enfants mouraient au fond, dans la gueule du monstre. Sauf mon grand-père…

Quinze années lui avaient suffi pour gravir les échelons de la hiérarchie et jamais, de toute sa vie, il ne sollicita la chance ou le hasard. Cet arpenteur de corons connaissait les dates d'anniversaire de tous ses responsables hiérarchiques, les prénoms de leurs femmes, de leurs enfants et aussi la couleur de leurs chiens. Il s'arrangeait pour rencontrer les épouses dans les boulangeries, les estaminets, les blanchisseries, afin d'y vanter les qualités émérites de leurs maris et leurs incroyables aptitudes à diriger les troupes. Aux grandes occasions, même dans les temps les plus durs où le pain et la soupe manquaient, il n'oubliait jamais d'envoyer aux personnes plus riches que lui une bouteille de genièvre. Ainsi, même au travers des reflets translucides et enivrants de l'alcool blanc, ses chefs, inconsciemment, remerciaient ce visage qui leur procurait le plaisir de l'oubli…

Il appelait cela *la technique du sacrifice rentable* et me répétait souvent : *Si tu éveilles en celui à qui tu parles la flamme qui fait briller ses yeux, ce petit quelque chose qui fait vibrer son cœur, alors tu en feras l'un de tes plus chers alliés. Tu n'auras plus deux bras, ni deux jambes, mais quatre, parce qu'il sera toujours à tes côtés quand tu auras besoin de lui.*

Plus de cinq cents personnes assistèrent à son enterrement, lorsqu'un cancer généralisé l'emporta en 1978.

Contrairement à lui, je n'avais pas utilisé *la technique du sacrifice rentable* pour gravir les échelons. Par contre, je l'employais à tour de bras pour m'entourer des gens qu'il fallait, au moment où il le fallait.

Richard Kelly, le juge chargé de l'instruction, avait un penchant tout particulier pour les grands chocolats. Une fine gueule comme il n'en existe qu'une dizaine dans le monde. Si son bureau demeurait aussi impeccable et stérile que l'intérieur d'une morgue, on voyait toujours traîner, dans un coin, une plaque entamée de jivara, manjari ou caraïbe, bijoux de cacao commandés directement aux chocolatiers de renom comme s'il s'agissait de purs diamants. Je m'étais donc muni de guanaja, aux fèves de cacao d'Amérique du Sud, l'un de ses préférés. Je vis avec amusement sa pomme d'Adam bondir quand je posai le trésor en barres sur son bureau.

Je devais jouer serré. Il s'agissait de le convaincre de mettre à la poubelle ce connard de Thornton, ombre de psychologue, pas fichu de faire le profil psychologique d'un poulpe.

À l'origine, Thornton exerçait dans un cabinet indépendant. Un sacré beau gosse pour ses quarante ans, une plastique d'Apollon aux yeux de biche. Il s'était envoyé tellement de patientes sur le fauteuil de son cabinet qu'il aurait pu recevoir le prix du meilleur étalon aux Hot d'or. Sa clientèle se renflouait sans cesse, de plus en plus dévêtue, de moins en moins malade et ses successeurs avaient dû retrouver des petites culottes jusque sous les coussins de son canapé en cuir. Puis, Thornton, apparemment lassé de la routine du sexe facile, ou l'âge l'ayant rendu moins vigoureux, avait fait jouer l'influence de papa pour nous faire profiter de ses talents d'analyste. Il interrogeait les témoins, les criminels, en tirait des conclusions qui auraient fait sourire les statues de l'île de Pâques.

« Ce crétin à nœud papillon confondrait un terroriste afghan avec une bonne sœur », m'avait balancé Bambi, le patron des mœurs, la première fois qu'il l'avait rencontré, il y avait très, très longtemps, quand il était très, très en colère. L'écarter du circuit restait une affaire délicate, puisque ledit connard à nœud papillon n'était rien moins que le fils du procureur de la République.

Avec Richard Kelly, nous parlâmes un instant de chocolat, puis, tout naturellement, des premiers éléments de l'enquête. Je lui exposai avec concision les réflexions de Sibersky et moi-même sur le caractère peu commun du tueur, sur l'importance apportée aux détails de la mise en scène ; enfin, surtout, je soulignai la totale inexpérience de Thornton dans le domaine du crime à caractère sadique et, d'ailleurs, dans le domaine du crime tout court. Je voulais aller au-devant des faits, anticiper les gestes du tueur, agir en amont et non plus en aval et, pour y parvenir, j'avais besoin d'alliés plutôt que – je pesai mes mots – de boulets à traîner.

Je lui demandai donc de placer sur le dossier Élisabeth Williams, expert judiciaire auprès de la cour d'appel de Paris et psycho-criminologue. Il m'envoya une grimace comme je n'en avais jamais vue, un chef-d'œuvre sur langue, mais, après deux heures de lutte acharnée, lâcha le morceau lorsqu'il goba un carré de guanaja…

— Je laisse quand même Thornton sur le coup,

insista-t-il. On ne peut pas l'évincer comme ça, d'un claquement de doigts. Surtout pour le remplacer par un *profiler*…

— Pas *profiler*. Psycho-criminologue.

— C'est pareil. J'espère que vous me donnerez raison de vous avoir fait confiance et que vous ne me ferez pas perdre mon temps.

Je n'avais jamais eu l'occasion de travailler avec un spécialiste du comportement humain. Un vrai, je veux dire, un Thornton à la puissance cent. Les conférences qu'Élisabeth Williams dispensait à l'université Paris II étaient empreintes de magie. Par la force des mots, la pertinence de l'analyse et la rigueur de ses démonstrations, cette spécialiste nous transportait au-devant du tueur, dans les méandres tortueux de son esprit. J'avais décortiqué tous ses livres, sa thèse sur les maladies mentales du criminel, l'avalanche d'articles qu'elle publiait dans la *Revue internationale de police scientifique et judiciaire*. Je vouais une passion sans limite à ses propos, sa prestance, dans l'anonymat ingrat de l'élève niché au fond de la salle de cours, timide et attentif. Et je rêvais d'appliquer ses grandes idées sur une affaire criminelle d'envergure. Or là, dans cette enquête, j'avais l'intuition d'avoir face à moi un type nouveau de tueur, un animal intelligent, raffiné et démoniaque, maître de ses émotions, décideur universel du destin de ses victimes. Une araignée repliée dans un coin de sa toile, chargée de poison, jaillissant dès que vibrerait l'un des fils de soie.

J'eus honte de penser que, de l'autre côté de la frontière du Bien, dans l'ombre rouge d'une bête à sabots et à cornes, se dissimulait peut-être le genre de tueur que l'on attend toute une carrière à la Crim'…

Affirmer que mon métier ne me plaisait pas serait le pire des mensonges. Je l'aimais autant, et peut-être plus, que ma femme. Ce quotidien tapissé de brouillard de sang, d'éclairs de métal découpant tendons et nerfs, grattant la chair jusqu'à l'os, ces âmes sombres et mystérieuses tourbillonnant dans des pièces ensanglantées, constituaient la moelle profonde de ma vie. Même aux côtés de Suzanne, j'avais pour loisirs des lectures sur les tueurs en série, des visites aux musées de la criminologie et des films à suspense, ceux dans lesquels l'assassin brille par son machiavélisme. Quand on franchit les portes de la Crim', on oublie d'être humain, on devient des Dead Alive, des esclaves condamnés à combattre ce qui ne meurt pas ou renaît de ses cendres. On erre entre deux mondes, entre le commun et l'irréel, entre la chaleur d'un sourire et la pire noirceur terrée en chacun des esprits qui peuplent ces terres…

Je songeai à tout cela et commençai à regretter ce que j'étais devenu. Le manque de l'être aimé me brûlait intérieurement, comme cet alcool que l'on jette dans le ventre des flammes pour les faire rejaillir plus fort encore. Je palpais l'air devant moi et y dessinais des courbes nues, je m'enivrais d'un parfum qui n'existait plus, je percevais des murmures fragiles qui s'évaporaient dès que je tendais l'oreille. Ce matin-là, je redevins, le temps d'une pensée, un homme comme les autres. Le flic n'était pas loin, il me guettait, l'arme au poing, affamé de traque et de poursuite. Je l'aimais autant que je le haïssais.

Reverrai-je un jour le tendre sourire de ma femme ?

* * *

Mon portable avait cette incroyable faculté de sonner au mauvais moment de sa petite sonnerie stridente. D'ordinaire, je l'éteignais chaque fois que je mettais – et Dieu seul sait si ces instants faisaient office d'exception – mon travail de côté. Mais, à chaque fois qu'un tueur entrait dans ma vie par la grande porte, je laissais le cellulaire à l'affût d'un appel en permanence, le gardais contre moi comme un fidèle compagnon. Suzanne avait appris à le détester.

S'il vous prenait l'extravagante et ô combien courageuse envie de braquer les caisses d'un restaurant, mieux vaudrait éviter le Vert-Galant. Cette bonne table, à deux pas du 36, fourmille d'inspecteurs en civil, de commissaires, d'officiers de police et de flics en tout genre, accompagnés la plupart du temps de leurs épouses. Une concentration de Colt, Smith & Wesson et Beretta au mètre carré à rendre jaloux un Pablo Escobar. Je me levai de table, m'excusai auprès de Thomas, mon roi en informatique, avant de décrocher. La voix enflammée de Dead Alive embrasa mon combiné.

— On tient du solide, commissaire Sharko. Écoutez-moi bien. L'eau présente dans l'estomac de la femme nous a révélé des choses intéressantes. Tout d'abord, les types du labo y ont découvert des molécules à quarante carbones et de l'acide okadaïque. Ces molécules sont produites par la *Dinophysis acuta*, une espèce d'algue microscopique qui se développe dans les eaux stagnantes. Plus aucune trace de l'algue elle-même, probablement décomposée par manque d'apports en matières organiques et en ensoleillement…

Je posai une main sur mon oreille gauche pour m'isoler du bruit ambiant et demandai :

— De quel type d'eau s'agit-il ? Eau de mer, eau douce, marécage ?

— Eau de pluie, en témoigne la présence d'oxyde d'azote.

— Donc de l'eau de pluie en flaques ou en courtes étendues… Combien de temps faut-il à l'algue pour se développer ?

— Trois à quatre jours. Au vu de la prolifération hallucinante de bactéries dont je vous épargnerai les noms, le chimiste suppose que l'eau est restée plusieurs semaines dans un récipient hermétique, genre bocal, avant de se retrouver dans l'estomac.

— Si je comprends bien, l'eau aurait été prélevée dans une flaque il y a un sacré paquet de jours, puis conservée consciencieusement pour être administrée à la victime ?

Je fis signe au serveur de nous apporter l'apéritif d'un roulement de mains, tout en gardant une oreille-satellite plaquée contre le portable.

— Exactement ! Ce n'est pas fini… Deuxième point, nous avons détecté dans l'eau une quantité importante de silicates d'alumine phylliteux, autrement dit, du granit rose dissous. J'ai déjà fait une partie de votre boulot en interrogeant Frédéric Foulon, un expert en minéraux. Il affirme qu'une telle concentration granitique ne peut pas s'obtenir de façon naturelle, par un processus normal d'érosion. Le granit ne vient pas de l'écoulement d'une rivière ou du simple ruissellement d'eaux de pluie sur des parois granitiques. La cause est ailleurs.

— Et il vous a donné des pistes, cet expert ?

— Deux solutions. Ou le tueur a dissous le granit

lui-même, ou le granit se trouvait déjà dans l'eau quand il l'a collectée. Dans ce dernier cas, il est très probable que la roche se soit déposée dans une flaque sous forme de poussière.

— Un lieu où l'on travaillerait le granit rose ? Comme une entreprise ?

— Oui, mais œuvrant à l'extérieur, dans un endroit propice à la rétention d'eau de pluie et au développement d'algues. Comme une carrière, par exemple. Le problème, c'est que des carrières de granit rose, il en existe un sacré paquet… En Bretagne bien sûr, en Alsace au niveau de la faille d'effondrement, dans les Alpes, les Pyrénées et autres massifs montagneux. Sans oublier qu'il pourrait aussi s'agir de l'artisan qui construit ses pierres tombales dans un coin de son jardin avec des blocs de granit importés. Et alors, ça compliquerait franchement votre affaire ! Bon courage, commissaire. Tenez-moi au courant…

Sa voix disparut derrière le déclic du téléphone. Posant le cellulaire sur la table, je sortis un carnet de ma veste pour noter les points clés de notre conversation.

— Du nouveau, dirait-on, s'intéressa Serpetti en buvant une gorgée de Martini rose.

Je m'assis et m'hydratai d'une bière pression, une Leffe brune.

— En effet. Ce que m'a dit le légiste est bluffant, absolument bluffant…

Je me passai une main de l'arrière du crâne jusqu'au front.

— Il l'a forcée à avaler cette eau croupissante… À quoi cela peut-il bien rimer ?

— De quoi parles-tu ? C'est quoi, cette histoire d'eau ?

— Je préfère ne pas t'en dire plus, Thomas. Ne m'en veux pas…

Serpetti bascula la tête vers l'arrière et s'envoya une double gorgée d'alcool italien, avant de jeter : « La science m'impressionnera toujours… Je n'aimerais pas être un assassin de nos jours. Avec vos techniques, le type ne peut même plus péter tranquillement sur le lieu du crime, parce que vous seriez capables de récupérer les molécules du pet, d'en déduire l'âge et la couleur du tueur et de dire ce qu'il avait mangé avant de commettre le crime ! »

Ayant liquidé le reste de son verre, Thomas reprit :

— Bien, cessons de plaisanter ! L'appel de ton légiste m'a coupé dans ma lancée. Je confirme, un cryptage est caché à l'intérieur de la photo. Mais avec ta bécane, on ne peut rien en tirer. C'est un veau, il lui faudrait des mois avant de reconstituer le message original. Les ingénieurs du SEFTI sont sur le coup ?

— Oui, ils planchent sur le courrier électronique et la photo depuis ce matin. Ils disposent de machines de la taille d'un meuble, enfermées dans une salle réfrigérée. Ce devrait aller beaucoup plus vite… En espérant que cela nous conduise quelque part.

— Je te l'ai dit, le processus de déchiffrement risque d'être très long. La puissance des processeurs fera gagner du temps, certes, mais je crains que nous n'obtenions pas la réponse avant une semaine ou deux.

— Nous verrons bien… De toute façon, nous n'avons pas d'autres pistes pour le moment que cette image… Il faut être fortiche en informatique pour faire ça ?

— Chiffrer ou déchiffrer ? Tu parles ! Un enfant de huit ans pourrait le faire ! Comme envoyer des mails.

Une éclipse d'anxiété chassa le sourire de Thomas.

— La mère de la femme assassinée a reçu la lettre ?

— Malheureusement... L'assassin l'avait glissée directement sous la porte au cours de la nuit... La mère a été emmenée en cellule psychologique à l'hôpital de la Pitié. Elle a essayé de se suicider à coups de Temesta...

Après avoir quitté Thomas, je m'usai les neurones à comprendre le pourquoi de la signature chimique dans l'estomac de Martine Prieur. Le lieutenant Sibersky avait sans doute raison ; l'assassin cherchait peut-être à nous défier, nous, les policiers, les criminologues, les biologistes et psychologues. Peut-être souhaitait-il que nous entrions dans son jeu pour mieux nous observer, nous juger, nous jauger comme des rats de laboratoire. Peut-être allions-nous devenir les cobayes de ses sordides expérimentations.

Pour aller jusqu'à lui, je ne voyais qu'une solution, retrouver le lieu originel de cette eau...

* * *

Un vivarium aseptisé. Voilà à quoi me faisaient penser les locaux de la police scientifique et technique qui s'étiraient sur le quai de l'Horloge. S'y mouvaient les espèces les plus rares et omniscientes d'homo sapiens masqués, lunettes, gantés, décapés au désinfectant.

En cet endroit hivernal, se côtoyaient une bonne partie des termes en « gie » du dictionnaire, biologie, toxicologie, morphologie, anthropologie et autres... Sur les écrans des ordinateurs constamment allumés, circulaient des signatures vocales numérisées, des enchevêtrements violacés de filigranes, des tortuosités digitales, des visages virtuels rapiécés de réel, avec des nez, des yeux, des bouches qui se superposaient tour à tour pour former des combinaisons de faciès. Une batterie technologique à la recherche de l'invisible, à la conquête du rien qui contient le tout.

Thierry Dussolier, responsable du service de dactyloscopie, passa me chercher à l'accueil. À l'identique de ses clones, il portait une blouse en coton trop longue qui volait derrière lui comme une cape.

— Suivez-moi, commissaire.

— Qu'a donné l'analyse de la lettre envoyée par l'assassin ?

— Rien du tout, répondit l'ingénieur. L'ESDA, autrement dit, l'Electro-Static Document Analyser, n'a révélé aucune impression involontaire. L'échec de ce côté-là.

Au détour d'un dédale de couloirs, l'ingénieur et moi-même pénétrâmes dans une pièce sans fenêtre, aménagée comme une chambre coquette ; lit en pin, cadres sur les murs, lampe de chevet, romans éparpillés sur une petite commode, téléviseur et chaîne hi-fi. Je me retrouvais face au mobilier de Martine Prieur, déplacé, consigné et agencé de la même façon, pour reconstituer, en laboratoire, l'environnement du crime. L'ingénieur ferma la porte et nous plongea dans une obscurité d'attente, de celles qui font saliver.

— Allons-y, commissaire…

Une lumière noire de Wood aux dominantes violacées gicla du plafond. L'invisible apparut, se grava sur mes rétines. Des centaines d'empreintes digitales, essaimées aléatoirement sur les meubles telles des pattes de chat et blanchies au cyanoacrylate, dansaient dans un ballet luminescent. Cette pièce dévoilait des histoires secrètes, des emballées nocturnes mises à jour comme une violence de plus perpétrée sur la femme. Mais, sous la nuée des étoiles digitales, se cachait peut-être un astre particulier, plus sombre que les autres, un magma de crêtes, de bifurcations, d'îlots et de lacs constituant l'empreinte de l'assassin.

Le scientifique m'exposa les éléments principaux, accompagnés d'une riche gestuelle.

— L'assassin portait des gants en latex poudrés puisqu'on a relevé des traces de lactose sur les bords du lit, de la commode et… vous verrez dans un instant…

— À quoi sert cette poudre ?

— L'amidon, le carbonate de calcium ou le lactose, à l'intérieur des gants, facilite leur enfilage et accroît l'adhérence des doigts au latex. Lorsqu'on les enlève et les remet plusieurs fois, de la poudre se dépose sur la surface extérieure des gants, d'où les traces.

— Ces modèles sont-ils répandus ?

— Dans les domaines pointus, comme la chirurgie. On se les procure en pharmacie, mais il faut en faire la demande exclusive parce que, par défaut, le pharmacien donne des gants non poudrés.

Le planétarium des empreintes offrait un spectacle de nuit d'été. Les désignant, je m'enquis :

— En avez-vous relevé d'autres que celles de Prieur ?

— Non. Par contre, nous avons quelque chose de très, très intéressant.

Je me rapprochai de lui, pupilles dilatées, respiration courte.

— Observez ce tableau-ci.

Il me désigna le poster d'un phare fouetté par une mer déchaînée, plaqué derrière une vitre vierge de toute marque digitale.

— On dirait… de la poudre… Du lactose ?

— Effectivement. Lorsque vous accrochez un tableau, vous le tenez forcément, à un moment donné, par les bords. Si vous regardez attentivement, on retrouve des traces de lactose sur les bords supérieurs gauche et droit. Et que voit-on sur les autres vitres autour de vous ?

Je me tournai en direction des deux autres tableaux mouchetés d'îlots digitaux dans leurs angles.

— Sur le sous-verre du phare, aucune empreinte. Juste les résidus de lactose… Par contre, sur les autres, des tonnes d'empreintes, celles de Prieur, mais pas de lactose. Cela voudrait dire…

— Nous avons relevé la présence d'alcool, de l'isopropyl, sur la vitre, elle a donc été nettoyée avant d'être accrochée. De plus, des techniciens sont retournés sur les lieux du crime. Le clou soutenant ce cadre était planté de biais, contrairement aux autres. Taille et matière différentes aussi.

— Donc, planté par quelqu'un d'autre que Prieur…

— Oui… On peut clairement avancer que ce tableau a été accroché par l'assassin…

La lumière noire rendait les yeux bleus de Dussolier étrangement lumineux, presque transparents, comme ceux d'un lapin éclairé par des phares. De son corps habillé de blanc radiait une aura vive, luminescente.

Je tirai une première conclusion qui, au vu des découvertes, coulait de source.

L'assassin aurait apporté lui-même ce tableau… Il nous offre un autre indice…

— Pardon ?

— Je pense qu'il a choisi volontairement les gants

poudrés afin de nous orienter par le biais des traces jusqu'à ce sous-verre…

— Pourquoi ne pas laisser un mot *J'ai apporté ça*, s'il voulait réellement que nous nous en apercevions ?

— Parce qu'il nous teste ! Comme avec l'eau présente dans l'estomac ! Il veut nous mener quelque part, évaluer à quelle vitesse nous progressons. Il nous jauge, dissèque nos capacités d'analyse, d'organisation. Il est sacrément malin et possède une bonne connaissance de nos techniques d'investigation…

— Vous extrapolez un peu, vous pensez que tous ses gestes sont volontaires alors qu'ils ne le sont peut-être pas !

— Bien sûr que si ! Pourquoi n'avons-nous pas retrouvé de lactose sur la victime ? Il a enfilé ces gants spécialement pour le tableau, avant ou après son travail sur Prieur, mais pas pendant…

— Vous avez raison…

J'observai le poster et, brutalement, l'évidence me percuta de plein fouet.

— Dites-moi si je fais fausse route, mais ce phare est bien composé de granit rose, n'est-ce pas ?

L'ingénieur fit disparaître ses mains dans les poches de sa blouse. Avec les jeux de lumière, on aurait dit qu'elles avaient été coupées net, que seuls les poignets pendaient au bout des bras.

— À cent pour cent, fit-il en hochant la tête. Ce n'est pas un phare mais plus précisément un feu, construit entièrement en granit rose. Il se niche à Ploumanac'h, au fin fond de la Bretagne, sur la Côte de Granit rose justement. Un endroit magnifique, un véritable havre de paix… Mais, quel est le rapport ?

La lave du sang affluait sur mes joues.

— Dites-moi, vous qui connaissez ce coin, pourriez-vous me dire si on y trouve des carrières de granit ?

— Oui, il y en a pas mal, notamment autour de Ploumanac'h. Vous savez, la Côte d'Armor est le berceau du granit… La plupart de nos pierres tombales viennent de là-bas… ou de Chine !

Lorsque je sortis du laboratoire, je commençais tout juste à réaliser à quel point la scène du crime avait été réfléchie, tracée au papier millimétré. La parfaite corrélation de l'eau dans l'estomac et du poster, avait pour but unique de me mener en Bretagne, à la recherche de quelque chose ou de quelqu'un dans une carrière de granit. Si tel était le cas, si je découvrais réellement des indices dans les Côtes d'Armor, alors se dressait devant moi une entité démoniaque à l'intelligence époustouflante…

Je consignai dans un bref rapport les premières conclusions de l'enquête et le rangeai, alors que la nuit déversait ses étoiles, sur le bureau de Leclerc.

Après avoir empilé deux costumes et des vêtements de rechange dans une valise que je calai à l'entrée du salon, je tirai, de dessous le lit, le ballast en liège sur lequel s'amarrait mon réseau ferroviaire – une boucle simple en rails ROCO, avec un tunnel et une gare – et posai délicatement Poupette sur son nouvel espace de liberté. Serpetti avait abandonné une notice gribouillée, indiquant le moyen de démarrer cette petite locomotive à la bouille sympathique.

Avec une pipette, je remplis le réservoir d'eau et celui d'huile, allumai le brûleur d'origine, laissai la chaudière monter en pression avant de pousser la manette située dans la cabine.

La magie s'opéra. Cylindres, pistons, bielles et manivelles s'activèrent dans un sifflement de vapeur. Poupette la timide se lança à l'assaut du rail, hésitante dans un premier temps, bien plus franchement au bout de quelques secondes. Elle crachotait de l'eau, sifflotait, fumait joyeusement. L'odeur des époques passées, des journées moites, montait dans la pièce, comme un parfum à la fragrance de feu, d'humidité. Une odeur qui m'emporta, pour une fois, loin de ma vie devenue noire comme le schiste.

Au moment où je fermai les yeux, l'image de Suzanne m'apparut. Elle portait sa robe de mariée et me souriait…

Chapitre trois

La Côte de Granit rose témoignait avec douleur des colères de la terre et de la force vive de l'érosion. D'immenses rochers, enchevêtrés dans un défi à l'équilibre, fendaient les eaux turquoise en figurines harmonieuses, affublées de noms évoquant : *la Tête de mort, la Tortue, le Père Trébeurden* ou encore, *la Femme dormante*. De ce chaos sans ordre apparent, s'échappait la beauté palpable du fanal de Ploumanac'h, puissamment ancré sur son socle de granit, son regard de pierre orienté vers les yeux ultramarins du grand large.

Je longeai la côte vers l'est, traversai un vieux pont qui enjambait un cours d'eau asséché avant d'arriver à Perros-Guirec où, d'après les indications de la carte topographique déployée sur le siège passager, se situait la plus grosse carrière de granit de la région. Une logique décidée par le tueur m'avait poussé jusqu'ici et j'espérais que les six cents kilomètres de trajet ne me resteraient pas en travers de la gorge tel un os de poulet.

À l'entrée du chantier, je ne me souciai pas des panneaux d'avertissement censés refouler les touristes et me garai à proximité immédiate du gouffre, sur une étendue terreuse et desséchée, où pelleteuses, camions-bennes et marteaux-piqueurs arrachaient l'écorce rosée des pans abrupts.

Je posais à peine pied à terre qu'un type casqué me barra le chemin de sa corpulence grasse à l'odeur de fût de chêne.

— Vous savez pas lire les panneaux ! hurla-t-il.

— Commissaire Sharko, police criminelle de Paris. Vous êtes le responsable ?

Il me toisa avec un air de bête sauvage.

— Nan. Le responsable est au fond. Peux voir vot' badge ?

Je lui plaquai ma carte sous le nez.

— Emmenez-moi auprès de lui. »

Il me tendit un casque jaune indien et bava, sans me regarder :

— Y s'est passé quelq' chose de grave ?

Je le bus du regard.

— C'est ce que je cherche à découvrir…

Il cracha un bolide de salive dans la poussière.

— Voyez avec le patron, moi, j'm'occupe pas de ça.

Le gouffre s'ouvrit devant mes yeux comme une gigantesque plaie sanglante. Toutes les nuances de rose s'accrochaient aux parois dans des mouvements de torsions et de cassures. Une cabine de métal, tractée par un système de poulies, nous déposa au fond après une descente vertigineuse. Les minuscules fourmis casquées, telles qu'elles le paraissaient depuis le haut, reprirent leurs formes rondes d'humains. Mon regard s'accrocha aux flaques qui jonchaient le sol poussiéreux. Eaux croupissantes de pluie étoilées de poussière de granit et de petites algues. Une copie conforme de ce qui avait été recueilli dans l'estomac de la victime.

Une voix flûtée à l'intérieur de ma tête me dit que je me trouvais sur le bon chemin…

À ma grande déception, le feu nourri de mes questions posées au personnel ne révéla rien de particulier. Difficile, lorsque l'on ne sait pas ce que l'on veut, d'obtenir des résultats. Un peu comme un chercheur dans une grande pièce vide se disant, *qu'est-ce que je vais faire aujourd'hui ?* J'espérais peut-être l'évidence, mais madame Évidence avait décidé de rester blottie loin de moi et je devais faire avec.

Le soir tombait déjà, mettant un terme momentané à mon escapade solitaire. Je ne m'en plaignis pas. Les huit heures de trajet m'avaient éreinté le dos, gonflé les yeux comme des bonbonnes de butane et j'éprouvai le besoin puissant de dormir. Je m'installai dans l'hôtel le plus proche et m'abandonnai aux plaines verdoyantes du sommeil, sans que rien, cette fois, réussisse à interférer…

J'en avais plus qu'assez. Deux nouvelles exploitations visitées, deux échecs.

À l'heure de midi, le lendemain, j'engloutis un sandwich au crabe dans une brasserie au bord de la plage et m'attaquai à la dernière carrière à explorer dans les environs de Ploumanac'h, celle de Trégastel. Psychologiquement, je m'étais préparé à retourner à Paris avec le poids de la déception dans les poches…

Lorsqu'on me déposa au fond de la carrière, l'ingénieur des travaux, un grand mince aux traits anguleux, comme décroché de la roche à coups de burin, ne jugea pas nécessaire de venir à ma rencontre. Je m'apprêtai à lui tomber dessus, mais, après un échange de chuchotements et de regards méfiants avec l'un de ses chefs d'équipe, il me fit signe d'approcher.

— Commissaire Sharko, police criminelle de Paris.

— La Crim', ici, dans ce trou au milieu d'un trou ? Que me vaut cet honneur ?

— Pourrait-on discuter ailleurs, on ne s'entend pas parler !

À quelques mètres, une pelleteuse à chenilles renversa un moellon de granit sur le sol dans un vacarme assourdissant. Personne ne réagit. Nous étions loin de l'ambiance feutrée des bureaux parisiens.

Nous pénétrâmes dans une cabane à travaux, une boîte de métal froissé, plus poussiéreuse encore qu'un sac d'aspirateur plein. Je préférai rester debout, de crainte de salir mon costume.

— Dites-moi ce que vous voulez, commissaire, et essayons de faire vite, s'il vous plaît. Il me reste une vingtaine de mètres cubes à faire sortir aujourd'hui et les gars sont moins responsables que des palourdes, pour peu qu'on les laisse trop longtemps seuls.

Je répétai le discours que j'avais déjà tenu la veille et dans la matinée. « J'aimerais savoir si vous n'avez pas constaté d'événements étranges, de faits marquants, de choses sortant de l'ordinaire, dans un espace de temps allant, disons, de mai 2002 à aujourd'hui. »

Il souffla sur le dessus de son casque pour en chasser la poudre de roche. Ma veste s'étoila d'îlots poussiéreux.

— Oups ! Désolé ! lança-t-il sur un ton presque amusé. Le costume, ce n'est pas ce qu'il y a de mieux pour se rendre au fond d'une exploitation.

Je l'assassinai du regard.

— Répondez à ma question, s'il vous plaît !

— Non, rien de spécial. Vous savez, ici, vous êtes,

pardonnez-moi l'expression, dans le trou du cul du monde. La seule chose que l'on voit de l'extérieur, ce sont les avions au-dessus de nos têtes ou les mouettes chiant sur nos casques.

— Pas de vols, de dégradations ? Pas de comportements suspects parmi vos ouvriers ?

— Rien de tout cela.

— Auriez-vous surpris quelqu'un en train de prélever de l'eau dans les flaques par terre ?

— Mais… Je n'en sais rien ! Dites-moi, pour quelle raison êtes-vous ici ?

— Pour une affaire de meurtre.

Le masque de la frayeur recouvrit son visage.

— Un meurtre ? Dans la région ?

— Sur Paris, mais des indices bien précis m'ont mené ici.

Je lui posai encore d'autres questions qui ne me menèrent à rien, ce à quoi je m'étais préparé.

— Bon… Je suis désolé d'avoir pris de votre temps.

— Il n'y a pas de quoi…

Il me tendit la main, je la serrai en jetant :

— Je vais quand même interroger vos ouvriers pour suivre la procédure. Sait-on jamais. Un détail pourrait leur revenir en mémoire…

— Ils… Ils n'ont pas le temps ! Nous avons des délais serrés. Si vous commencez à tous les interroger, nous allons prendre un retard fou ! Je dois sortir mes vingt mètres cubes avant 18 h 00, vous comprenez ça ?

— Je comprends… Mais ça ne prendra que quelques minutes…

Au moment où je posai le pied dehors, le mot magique me statufia.

— Attendez…

Je me tournai vers lui.

— Quelque chose vous revient en mémoire ?

— Fermez la porte, s'il vous plaît.

Je m'exécutai. Ses sourcils broussailleux marquaient une inquiétude franche.

— Le seize juillet dernier, Rosance Gad a eu un accident et s'est écrasée au fond de la carrière. Elle a chuté de la face nord, celle par laquelle vous êtes arrivé tout à l'heure. Gad avait été embauchée l'année dernière, en février 2001, comme technicienne informatique, chargée de piloter les machines par ordinateur, des scies circulaires par exemple, pour la découpe des blocs en pavés…

Connexion intersynaptique. Sécrétion d'adrénaline en masse. Feu brûlant dans tout l'intérieur du corps. Je tenais quelque chose…

— C'est tout de même un sacré détail que vous aviez oublié de me signaler ! Quel genre d'accident ?

— Gad était une sportive chevronnée, mordue de sensations fortes. Si vous observez bien les parois du pan nord, vous y découvrirez des mousquetons et des pitons. Elle remontait par là deux soirs par semaine. Une soixantaine de mètres d'ascension.

— Ce genre de pratique n'est-il pas interdit sur un site en exploitation ? Qu'en pensait l'inspection du travail ?

— Certains de nos hommes sont habilités à travailler sur paroi, là où les bras mécaniques ne peuvent aller. L'escalade, le travail sur pans verticaux, fait partie du métier.

— Gad avait-elle ces autorisations ? Respectait-elle les consignes de sécurité ? Quel matériel utilisait-elle ?

Il me toisa d'un œil de félin. Un félin qui jouait de la patte face à un grizzli beaucoup plus fort que lui.

— Écoutez, commissaire, on a eu droit à un défilé d'inspecteurs, du travail et de police. Tout était parfaitement en règle. Je leur ai déjà tout raconté, alors, s'il vous plaît, abrégez.

— Très bien. Comment est-elle tombée et de quelle hauteur ?

— Le médecin a estimé, d'après les dégâts causés par la chute, qu'elle était tombée d'une dizaine de mètres. Un des mousquetons s'est rompu…

— Un mousqueton, vous dites ? C'est pourtant extrêmement solide.

— Des mousquetons cassent, des élastiques se rompent, des parachutes ne s'ouvrent pas et des pétroliers coulent. Que voulez-vous que je vous dise ?

— Travaillait-elle au fond, auprès des hommes ?

— Oui, mais elle restait dans la roulotte, là où est installé le matériel informatique. Nous n'avons jamais eu de soucis avec elle. Très bon élément… Dommage que ce soit arrivé…

— Était-elle jolie ?

Une lueur se déploya dans ses yeux, comme un reflet tranchant.

— Euh… Pas plus que ça…

— Vous mentez mal. Comment la trouviez-vous, personnellement ?

— Pas mal… À quoi jouez-vous, commissaire ?

Il se détacha de la table où il s'était accoudé. Je rétorquai d'une voix aigrelette :

— Quel type de relations entretenait-elle avec vos hommes ?

Yeux creux, lèvres tremblantes, flambée sous les chairs.

— Co… Comment ça ? Je… Je vous laisse, inspecteur…

— Commissaire, pas inspecteur… Restez encore un peu, s'il vous plaît. Je n'ai pas terminé.

— Pas le temps.

Il se jeta sur la porte de la boîte de conserve mais je l'attrapai par la blouse.

— Pas terminé, j'ai dit !

Je le propulsai vers l'intérieur. Il se claqua une cuisse sur un coin de table, ce qui lui arracha un cri de bête sauvage.

Il vomit :

— Bon sang ! Vous êtes cinglé ou quoi ? Je vais…

— Vous allez quoi ?

— Je…

— Vous allez répondre à mes questions, ou alors nous pouvons nous rendre dans un endroit beaucoup plus sympathique appelé salle d'interrogatoire !

— Il vous faut un mandat, quelque chose comme ça !

— Vous me cherchez ! Je reviens dans une heure avec une convocation !

Il reprit sa place bien sagement et balbutia :

— Très bien… Je vous écoute.

— Je suppose qu'une fille ravissante doit être courtisée assez souvent, dans ce trou du cul où aiment à chier les mouettes ?

— Elle… elle est en effet sortie avec plusieurs gars… Mais les relations extra-professionnelles ne me concernent pas. »

Je tapai du poing sur une table de métal pliante. Les petites cuillères sursautèrent dans leurs tasses à café.

— Écoutez-moi ! Une femme a été assassinée d'une manière peu catholique ! Le tueur m'a emmené jusqu'ici, alors maintenant, vous allez me dire ce qui tourne autour de cette fille !

Il alluma une cigarette. La pulpe de ses doigts, tartinée de nicotine, ne laissait aucun doute quant à son avenir, cancer du poumon ou de la gorge avant cinquante ans.

— Elle… n'était pas très bien dans sa peau… Je veux dire… dans sa vie privée…

— Expliquez-moi !

— Elle ne s'est jamais cachée de ses idées lugubres, de son goût pour… les choses bizarres…

— Quel genre de choses ?

Il fit glisser un filet de fumée entre ses dents, jaunes elles aussi. La cigarette semblait l'avoir apaisé et sa langue se déliait.

— Connaissez-vous la composition physique du diamant, commissaire ?

— Non. Quel rapport ?

— Le diamant est composé à 99,95 % de carbone pur, mis sous très haute pression. Mais il reste un infime pourcentage d'impuretés, de l'azote ou du bore, entre autres. Elles sont quasiment invisibles, cependant on devine leur présence lorsque certains photons, entrant en collision avec elles, dévient de leurs trajectoires initiales, changeant ainsi de façon très sensible le spectre lumineux. Quel que soit le diamant, quelle que soit sa taille ou son prix, ces impuretés sont impossibles à extraire. Tous les diamants sont souillés, commissaire.

— Où voulez-vous en venir ?

— Pour vous dire la vérité, cette femme était un diamant, une beauté fatale. Vous la contempliez comme une pierre précieuse et vous lui donniez le bon Dieu sans confession. Mais en elle, se cachaient des choses insoupçonnées, des tourbillons de machiavélisme. C'était une bête féroce, un démon comme vous ne pouvez vous imaginer…

Un contremaître de chantier arriva en trombe dans la cabine.

— Chef, on a besoin de vous ! Y a le géomètre qui nous fait ses quatre cents coups. Il refuse que nous attaquions le pan R23. Il veut faire rappliquer des ingénieurs sécurité ! Il va nous mettre en retard, cette espèce d'abruti…

— J'arrive !

L'ingénieur se coiffa de son casque.

— Écoutez, commissaire. Rejoignez-moi dans trois heures, vers dix-neuf heures, à la crêperie de Trestraou, sur la plage de Perros-Guirrec. Nous en rediscuterons… Je vous raconterai tout ce qu'il y a à raconter…

Il disparut dans un coup de vent, le front beurré de sueur.

* * *

Assis seul à une table pour quatre dans la crêperie de Trestraou, je me commandai une bolée de cidre, impatient d'écouter les réponses de José Barbades, l'ingénieur de la carrière de Trégastel. J'avais l'impression d'avoir remué en lui des tourments passés, des souvenirs enterrés profond, scellés et destinés à ne plus jamais émerger. Quelles obscures relations entretenait cette fille, Rosance Gad, avec les ouvriers du chantier ?

Une femme était morte au creux de cette carrière dans des circonstances peut-être différentes de celles rapportées par l'évidence. Plus de six cents kilomètres et presque deux mois et demi séparaient le cadavre de Rosance Gad et celui de Martine Prieur ; pourtant, se levait en moi le sentiment qu'un solide filin unissait ces deux femmes. Pourquoi l'assassin m'aiguillait-il dans cette voie ?

José Barbades ne me fit pas attendre. Il arriva avec cinq minutes d'avance, le teint cireux, les yeux rougis par le tracas. Un velours couleur pois cassé lui tombait jusqu'aux chevilles et, au travers du dernier bouton ouvert de sa chemise, jaillissait un entrelacs de poils qui montaient jusque dans son cou. Il jeta une œillade discrète autour de lui avant de s'asseoir en face de moi.

— Je vous commande quelque chose à boire ? demandai-je.

— Même chose que vous… Écoutez, je suis marié, j'ai un enfant. Je compte sur votre discrétion pour ne pas mettre à nouveau le feu aux poudres. Ce que je vais vous révéler doit rester entre nous…

— Je ne peux pas vous faire une telle promesse, mais croyez bien que ce n'est pas le genre de choses que j'ai l'habitude d'ébruiter. Vous savez, je viens de l'ombre et je repartirai dans l'ombre, sans que plus jamais vous ne voyiez mon visage… Parlez-moi de Rosance Gad, de cette bête démoniaque, comme vous disiez tout à l'heure…

Il se pencha vers moi par-dessus la table, brisant la distance froide qui circulait entre nos chairs comme un arc électrique.

— Ça a commencé quatre mois après son arrivée au chantier. Un de mes gars est sorti avec, le temps d'une soirée. Elle lui a déballé le grand jeu, champagne, restaurant, promenade sur la plage… Vous savez, les gars se racontent leurs secrets entre eux et j'ai les oreilles partout. C'est à l'hôtel le Bel Air, un trois étoiles à l'ouest de Lannion, que ça s'est produit…

Il s'envoya une rasade de cidre avant de continuer d'une voix peu assurée.

— Elle a fermé la chambre à clé, puis a sorti un attirail de folie de son sac. Cordes, cravaches en cuir, pinces crocodile, bougies, bâillons en plastique…

— Quelle sorte de bâillons ?

— Une balle traversée par une lanière de cuir. Elle en possédait de toutes les couleurs et de toutes les tailles. La balle se place dans la bouche et, avec la lanière, on serre autour de la tête. Quasiment pas un son ne sort de la bouche. Un truc de taré…

Je me rappelai les traces de plastique rouge relevées sur les incisives de Martine Prieur. Ce type de gadget aurait pu assurément lui atrophier les glandes salivaires.

— Continuez, je vous prie…

— Dois-je vraiment entrer dans les détails ?

— C'est primordial…

— Quand il l'a vue déballer son matos, il a bien failli prendre ses jambes à son cou et pourtant, il est resté, scotché par ses pulsions, par son envie d'explorer les territoires inconnus du masochisme.

Il se baissa plus encore, le cou et le dos presque parallèles à la table.

— Elle l'a attaché en croix au lit, bras et pieds écartés. Si fort qu'il a senti ses membres s'engourdir et les marques sont restées plus d'une journée autour de ses poignets. Puis elle l'a bâillonné, s'est elle-même déshabillée et s'est mise à jouer avec son sexe, à le masturber. Elle avait chaussé des talons aiguilles et, avec le talon, elle lui a martelé les bourses. Elle lui a aussi versé de la cire brûlante à la base du pénis. Ses jeux cruels ont duré des heures et des heures…

Il secouait la tête, rattrapé par des images et des

éclats de souvenirs blessants. J'avais la certitude que ce type parlait de sa propre expérience.

— Vous savez ce que nous a raconté l'ouvrier ? continua-t-il en considérant avec insistance mon alliance.

Des perles de sueur vinrent s'emprisonner dans la pépinière de ses sourcils. Je me contentai d'envoyer sur un ton inquisiteur :

— Dites-moi…

— Il a avoué qu'au travers de la douleur, il n'avait jamais ressenti une telle jouissance, un sentiment d'exultation abominable, quelque chose qui le poussait à vouloir toujours plus… Il a pris son pied comme jamais avec… le démon… sans qu'il y ait le moindre rapport sexuel ! Il a atteint, raconte-t-il, l'orgasme, gonflé par le manque, l'insatisfaction, les assauts répétés des pointes de douleur…

Le manque… Le manque de rapport sexuel avait causé l'orgasme…

— Et elle, Gad, prenait-elle autant de plaisir ?

— Elle jouissait à chaque fois qu'elle le torturait…

Une recherche du plaisir par le culte de la souffrance, voilà ce qui liait le tueur et Gad. Une envie écœurante d'aller au-delà des tabous, de briser les règles de la tolérance à la douleur. Une manière de toucher l'exaltation suprême en faisant abstraction du sexe. Ce qui expliquait que Prieur n'avait pas été violée. Je demandai :

— Combien d'hommes sont passés entre ses mains ?

Il s'étrangla avec une gorgée de cidre. Une rafale de postillons s'écrasa sur la table.

— La curiosité est un poison, tout comme la recherche de chair et de plaisir. Qu'y a-t-il de plus excitant que de braver les interdits, d'aller là où personne ne va ?

Il désigna mon alliance.

— Parlez-moi franchement, commissaire. Vous êtes marié. Pourquoi la Criminelle ? Qu'est-ce qui vous pousse à remuer tout ce qu'il y a de plus noir en notre monde, à traquer le mal, à vivre dans le sang et la terreur ?

Je me sentis aussi mal à l'aise que lui. Dans un échange de bons procédés, je me devais de lui répondre avec franchise.

— Pour vaincre la routine, m'éjecter du terrain plat qui guide notre vie jusqu'à la mort sans une seule bosse, sans le moindre creux. Oui, j'aime la traque, le sang et l'odeur d'un assassin. Enfin, une partie de moi l'aime, et c'est certainement la plus mauvaise, mais c'est aussi la plus forte, celle qui prend le dessus, comme le jumeau dominant dans le ventre maternel…

Un drôle de sourire lui écarta les lèvres.

— Je vois qu'on se comprend, commissaire. Nous sommes tous pareils, parce que nous sommes tout simplement humains… Oui, plus de la moitié des hommes ont expérimenté ses trouvailles…

— Vous y compris ?

La main qu'il se passa sur le front lui ferma les yeux.

— Oui…

— D'où croyez-vous que cette fille tenait son savoir sur les techniques sadomasos ? Parlait-elle lorsqu'elle se trouvait en votre compagnie ? Lisait-elle des revues spéciales ? Côtoyait-elle des gens du milieu ?

— Tout ce qu'elle pouvait déblatérer pendant les jeux SM, n'était qu'un chapelet d'injures et de mépris. Personne ne connaissait rien de sa vie, autre que ce qu'elle voulait bien nous livrer… C'était une sale pute ! Une putain de salope !

Je m'accoudai à la table.

— Écoutez. Il faut que j'en sache plus à son sujet. Peut-être que vos ouvriers connaissent des faits que vous ignorez et qui peuvent être importants pour mon enquête. Je vais aller les interroger, au risque de déterrer de vieux fantômes.

— Ne remuez pas la merde, commissaire, je vous en prie. Chacun d'entre nous souhaite oublier cette fille. Laissez les gars en dehors de ça.

— Pourquoi les couvrez-vous ainsi ?

Il se plaqua au fond de la banquette, la nuque posée sur le rebord et les yeux limite vitreux dirigés au plafond.

— Parce qu'ils n'ont jamais eu d'histoire avec elle. Il n'y a eu que moi... Moi et moi seul...

Il se tut, puis ajouta :

— Vous devriez aller voir ses parents. Ils vous en apprendront plus sur elle... Je vous ai dit tout ce que je savais...

* * *

Le père de Rosance Gad n'était pas le genre de type à croiser le soir au détour d'une rue un peu trop sombre.

Quand il m'ouvrit, le globe du ventre à l'air et les poils du torse luisants, il serrait dans la main une machette ensanglantée et j'entendais, jaillissant de l'arrière-cour, les gloussements désespérés des volatiles pris de terreur. Le type mesurait au minimum un mètre quatre-vingt-dix et l'instrument tranchant paraissait bien ridicule dans sa main de la taille d'une bûche.

— C'est une heure pour déranger les gens ? me balança-t-il au visage en essaimant ses postillons sur mon costume. Il puait le calvados artisanal, cette espèce d'alcool à brûler sorti des entrailles d'un vieil alambic rouillé.

— Je suis le commissaire Sharko. J'ai quelques questions à vous poser, à propos de votre fille.

— Ma fille ? Elle est morte. Qu'est-ce que vous lui voulez ?

— Je peux entrer ? Et je serais extrêmement rassuré si vous posiez votre machette…

Il se mit à rire comme un ogre, une main sur l'estomac.

— Ah ouais, la machette ! C'est pour les poules. C'est ce soir qu'elles passent à la casserole !

Il s'écarta et me laissa pénétrer dans ce qu'il aurait été déplacé, voire outrageant, d'appeler une maison. Même à grand renfort de Kärcher industriel, se lancer dans le nettoyage du carrelage aurait relevé de la folie. Quant à la tapisserie, elle rappelait, en moins neuf, les lambeaux de rubans autour des momies.

— J'aimerais savoir, monsieur Gad, comment votre fille occupait son temps libre et ses soirées.

Il s'envoya une rasade de tord-boyau.

— Z'en voulez ?

— Non, merci, possible que je reprenne la route bientôt…

— Ah ouais, vous êtes flic, j'oubliais… Jamais d'alcool, c'est bien ça ? Savez pas c'que vous perdez. Mon père disait qu'il valait mieux la compagnie d'une bonne bouteille que celle d'une femme. Parce que la bouteille, elle, elle se plaint jamais… Pas comme les grosses…

Nouvelle gorgée.

— Rosance n'était pas souvent ici. Je la voyais jamais le soir, parce que moi, je travaille de nuit. Et les week-ends, elle partait sur Paris. Elle cramait la moitié de sa paie là-bas et dans le TGV.

— Que faisait-elle sur Paris ?

— J'en sais fichtre rien, ce qu'elle foutait là-bas. Elle voulait jamais en parler. Vous savez, moi, j'suis assez libéral. À la mort de ma femme, c'est moi qui m'suis occupé de la p'tite. J'ai fait c'que j'ai pu, mais j'ai pas ça dans les tripes, moi, vous savez, les choses maternelles, les bonnes manières et tout le tintouin. J'la laissais faire c'qu'elle voulait, tant qu'elle gagnait sa croûte… Mais j'suppose que vous êtes là parce qu'elle avait fait des conneries sur Paris, non ?

— C'est ce que j'essaie justement de savoir. Quelles étaient ses fréquentations ?

— J'sais pas…

Nouvelle lampée d'alcool, puis silence.

— Vous n'avez jamais rien constaté d'anormal, chez elle ? Pas de… choses bizarres ?

Des larmes lui montèrent aux yeux.

— C'était ma p'tite fille, et elle est morte… J'veux pas avoir à me rappeler… C'est trop dur ! Laissez-moi tranquille !

Seul, comme un naufragé au milieu de l'océan. Livré à la solitude la plus blessante, au chant cinglant du vide et de l'abandon.

Une seule alternative s'offrait à moi : *la technique du sacrifice rentable.*

— Dites-moi, si on buvait un verre, avant d'aller tordre le cou à ces fichus poulets ? Entre nous, j'ai la main. Mon père tenait une ferme.

Je perdis plus d'une heure à observer et participer à un spectacle aux dominantes rouge vif, où les têtes volaient comme des bouchons de champagne sous le coup de la hache, mais j'obtins l'autorisation d'aller jeter un œil dans la chambre de la fille.

Le père n'avait jamais trouvé le courage d'y fourrer les pieds. Nous le fîmes ensemble… La chambre paraissait propre par rapport au chaos général qui régnait dans la maison. Si la fille avait dissimulé des secrets, ce serait forcément ici… Je ne découvris rien. Pas une revue, pas un agenda, aucun numéro de téléphone gribouillé sur un coin de feuille. Nulle trace de ce matériel sadomaso dont m'avait parlé l'ingénieur de carrière. Que des vêtements sobres empilés, un lit bien fait, des armoires rangées avec soin, à peine couvertes d'un film de poussière.

— Vous ne veniez jamais ici, même quand elle était en vie ?

— Nan. J'respectais son intimité, quoi qu'on en pense. J'la laissais faire ce qu'elle voulait. Y a qu'une fois où elle m'a foutu en rogne, c'est quand elle est rentrée de Paris avec un piercing sur la langue. Les tatouages, je m'en tapais, mais les piercings, j'pouvais pas admettre. Ça me dégoûtait.

— Des tatouages qu'elle se faisait faire à Paris ?

— Ouais.

— Vous savez dans quel quartier ?

— Ben nan. J'suis jamais allé à Paris. Comment voulez-vous que je sache ? En tout cas, ça ressemblait à pas grand-chose, ces trucs qu'elle se faisait graver sur le corps.

— C'est-à-dire ?

— Ben… J'me souviens plus trop… Des figurines bizarres, comme des diables…

— Quelle sorte de diables ?

— J'me rappelle plus. Et puis y avait aussi des

mélanges de chiffres et de lettres. Elle a jamais voulu me dirc ce que ça signifiait.

Parfois, lorsque l'on marche en bordure d'océan où le temps paraît clément, il arrive qu'une bourrasque surgie de nulle part nous percute en pleine figure. Je ressentis exactement la même chose à ce moment-là.

Je lançai à Barrique-de-calvados :

— Vous vous souvenez de ces inscriptions ?

— Z'êtes fou ? J'me souviens même plus du nom de mon clébard, mort y a cinq ans. J'sais pas. Ça doit être une espèce de maladie. Des trous de mémoire, comme ça. Un jour, j'oublierai de respirer ou de pas péter en public.

— Vous permettez, je donne un coup de fil rapide…

— Allez-y. Tant que c'est pas avec mon téléphone…

Sibersky décrocha.

— Sharko à l'appareil. Dis-moi, as-tu la lettre de l'assassin sous les yeux ?

— Je… J'allais partir… Attendez, je retourne à mon bureau… Voilà, je l'ai.

— Peux-tu me relire le passage où il parle de son scalpel ? Des meurtrissures qu'il lui inflige ?

— Euh… J'y vais : *Sa peau s'écartait d'une façon presque artistique lorsque j'enfonçais ma lame sur ses petits seins fermes, ses épaules, son nombril. À la lecture si méticuleuse de son corps, je trouvais toutes les réponses à mes interrogations…*

— Arrête ! J'ai la réponse !

— Mais ? Mais quelle réponse ?

Gad portait sur elle le code qui allait permettre de décrypter la photographie du fermier. Tout prenait un sens. Je briefai rapidement Sibersky avant de raccrocher, puis m'engageai dans le fond de la chambre.

— Je peux regarder sur l'ordinateur ? »

Le père était scotché à sa bouteille, sa compagne de virée, sa peluche de verre qui l'accompagnait dans ses longues embardées solitaires.

— Faites, cracha-t-il. J'ai jamais su utiliser ces saloperies. Pour moi, c'est de la merde en boîte.

En appuyant sur le bouton, j'entendis le crissement de la pointe de diamant sur la surface du disque dur, puis plus rien. Écran noir. Données effacées. Disque formaté. Quelqu'un était passé ici avant moi…

— Vous travaillez la nuit, vous dites ?

— Ouais. Trois fois sur quatre, j'rentre que le matin, à 6 h 00.

— Pensez-vous que quelqu'un aurait pu pénétrer ici en votre absence ?

— Vous êtes pas bien ? Pour quelle raison il aurait fait ça ?

— Regardez vous-même. Il n'y a rien ici, à part des vêtements ! Rien qui rappelle la présence de votre fille. Les données de l'ordinateur ont été effacées. Pas une photo, pas une seule revue, que dalle ! Monsieur, je vais demander à ce que la police ouvre une enquête sur les circonstances de la mort de votre fille. Ce n'était peut-être pas un accident…

Il me regarda d'un air de poule au riz, le visage fulminant de colère.

— Qu'est-ce que vous voulez dire ?

— Qu'elle a peut-être été assassinée par le même tueur que celui d'une autre femme, sur Paris. Monsieur Gad, si vous voulez connaître la vérité, il va falloir que j'exhume le corps de votre fille.

— Quoi ?

— Je vais demander à ce qu'on déterre votre fille.

Elle portait une inscription sur le corps, un indice très important qui a toutes les chances de nous rapprocher du tueur.

Il fracassa sa bouteille contre la tapisserie avec la violence d'un batteur de base-ball. Joli geste.

— Tu vas laisser ma fille où elle repose ! Fous-lui la paix, bordel de Dieu !

Il s'approchait de moi, les contreforts de son torse bombés comme des barils à poudre, me dardant des yeux à cailler le lait. Je me glissai sur le côté sans chercher à le provoquer et osai, en me retranchant dans l'escalier :

— La paix, elle ne la trouvera que lorsque j'aurai mis la main sur le pourri qui l'a assassinée…

* * *

Avant de retourner à l'hôtel pour taper le rapport sur mon portable et le transmettre par e-mail à mes supérieurs ainsi qu'à la psy, je marchai le long de la plage de Trestraou, les chaussures dans la main. Des langues d'écume et de sel venaient me lécher le bout des orteils, luisantes sous les flambeaux rougeoyants de l'un des derniers soleils de septembre.

Au préalable, avant de réclamer officiellement l'exhumation du corps de Rosance Gad, j'avais téléphoné à l'ingénieur de carrière José Barbades, lui demandant s'il se souvenait des inscriptions tatouées sur le corps de Gad. Il m'avait signalé qu'effectivement, elle portait bien des tatouages, dont un qui représentait une espèce de sigle, juste sous le nombril. Bien entendu, il n'avait jamais cherché à en retenir la composition, trop occupé à se faire labourer les fesses par les lanières mordantes du martinet.

Le maire de Perros recevrait, demain dans l'après-midi, les papiers autorisant l'exhumation. Richard Kelly, le juge d'instruction, connaissait son boulot et le poids de ses responsabilités. Il ne m'aurait pas laissé extraire un corps de sa tombe, l'agresser dans sa tranquillité souterraine, s'il n'avait pas pressenti que cette femme était la pièce qui cachait le sac d'or. Cette histoire de photo codée l'intriguait, mais certainement pas autant que moi. Qu'allait-elle nous révéler ? Quelle horrible vérité se nichait derrière le cliché de ce pauvre fermier collectant ses betteraves ? Quelque chose trottait dans ma tête, une chose horrible… Et si le message codé dévoilait… la suite de son itinéraire sanglant ? Comme une espèce de carte au trésor où chaque point crucial représenterait… une victime ?

Un nuage effilé coupa le soleil en deux, au ras de l'horizon, dans un feu d'artifice de rose, d'orange et de violet. Je m'assis contre un rocher d'où jaillit un petit crabe qui se faufila entre mes pieds avant de rejoindre une flaque translucide. Je jetai un regard circulaire autour de moi et, contre toute attente, me laissai envahir par les larmes jusqu'à ce que ma poitrine se soulevât dans des soubresauts d'amertume. Je pensais à Suzanne, à mon impuissance, à sa souffrance, à ma colère. L'ignorance me rongeait comme un acide à la douceur de l'hydromel, lent et indolore, efficace dans sa traîtrise. L'immensité bleue qui s'ouvrait devant moi accueillait mes pleurs dans son silence marin, les entraînait avec elle au loin et les gardait précieusement au fond de ses eaux, comme des coffres destinés à ne jamais être ouverts.

Sur la pointe bretonne, loin de chez moi, je me sentais seul… et ballotté de tristesse…

* * *

Je passai une grande partie de la journée suivante – la veille de l'exhumation – au commissariat de Trégastel, à relire les dossiers, les actes de décès, à interroger les témoins de la mort de Rosance Gad.

Tout avait été bâclé. Pas d'autopsie, un minimum de paperasse ; selon eux, l'accident était une évidence. Vite enterrée, vite oubliée. J'avais l'impression, justifiée, que ma présence ne leur faisait pas plaisir et que, hormis la lecture quotidienne de la rubrique nécrologique dans *Le Trégor*, on préférait s'affairer autour d'une partie de belote mouvementée plutôt que de réduire modestement la délinquance qui se répandait alentour.

De retour à l'hôtel, j'en profitai pour brancher mon ordinateur portable sur la prise téléphonique et me connecter à ma messagerie. Une tonne de publicités polluantes se déversèrent dans ma boîte aux lettres, genre *Buy Viagra Online* ou alors *Increase your sales rate of 300 %.* Je pris enfin le temps de me désabonner de ces mailing-lists auxquelles, a priori, je ne m'étais jamais inscrit, puis terminai la soirée en surfant sur le Net, avec, pour objectif, les techniques de cryptographie. Clic, moteur de recherche. Clic, site de cryptographie… Clic, clic, description de la machine Enigma utilisée par les Allemands durant la guerre. Clic, clic, clic, les jeunesses hitlériennes. Clic, le néonazisme. Clic, page personnelle d'un skinhead. Clic, moteur de recherche. Clic, clic, propagande nazie. Clic, clic, clic, messages d'incitations à la violence. Clic, clic, photos de juifs, une arme sur la tempe. Clic, clic, film d'un Noir en train de se faire démolir le portrait. Durée du film, une minute et quatorze secondes. Daté de cinq jours…

En me couchant, j'eus une suée en songeant aux milliers, aux millions de personnages qui, devant leurs écrans d'ordinateurs, se repaissaient tranquillement, un verre à la main, de tout ce que la loi interdisait…

* * *

Sur les sépultures perlaient de petites gouttes de rosée, fraîches et spontanées, perdues sur la frontière de la nuit et du jour.

Au cœur du cimetière de Trégastel, la silhouette du thanatopracteur se découpait dans la brume légère du petit matin comme une tombe parmi les autres. Il ne broncha pas à mon arrivée, le visage vergeté de froide rigidité. Il était étonnamment jeune, vingt-cinq ans, trente maximum, mais je lus, quelque part au fond de ses yeux, des échardes d'ennui et de lassitude. Derrière lui, contre une palissade, deux fossoyeurs communaux grillaient une cigarette.

— Il fait un peu frisquet ce matin ! risquai-je pour engager un semblant de conversation.

Le praticien me déshabilla d'un air coupant, serra le nœud de sa cravate couleur mort et se replongea dans sa bulle de silence.

— Le maire devrait arriver avec un médecin-conseil de Brest, continuai-je en m'adressant à la sépulture humaine.

— Vous croyez que ça me plaît de faire ça ? me

lança-t-il d'une voix presque aussi grave que celle d'un baryton.

— Pardon ?

— Vider des cadavres, leur coudre les yeux et les lèvres, et ensuite les déterrer comme pour les violer une seconde fois, vous pensez que ça me fait plaisir ?

L'homme et le thanatopracteur, tout comme l'homme et le flic, ennemis enfermés dans un même corps, unis comme deux os d'un squelette...

— Moi aussi, j'ai horreur de ce genre de choses, répliquai-je avec une réelle franchise. Je dois même vous avouer qu'à l'heure qu'il est je ne suis pas plus rassuré qu'une poule dans un train fantôme... Ce n'est jamais de gaieté de cœur que l'on arrache les morts à leur tranquillité.

Ma flèche de sincérité le toucha.

— Vous avez raison, il fait frisquet ce matin...

Je m'approchai de lui. Mes pas craquaient sur les gravillons, perdus dans la forêt figée de croix et de béton.

— Dites-moi, avons-nous une chance de retrouver le corps en bon état après plus de deux mois ?

— Cette pauvre fille avait les trois quarts des os brisés par la chute, les membres complètement retournés et le visage démoli. Mon métier est difficile, mais je le fais bien, et certaines personnes vont jusqu'à me dire que je suis doué.

— C'est-à-dire ?

— Vous voulez des détails, les voici. J'ai vidé le corps de son sang pour le remplacer par du formaldéhyde. J'ai remis les os à leur place. J'ai aspiré l'urine, le contenu de l'estomac, les gaz intestinaux, et j'ai nettoyé une seconde fois la dépouille à l'aide de savon antiseptique avant de l'habiller. Les techniques d'inhumation font que le corps se conserve parfaitement pendant plus de quatre mois. Normalement, vous devriez le retrouver beau comme un sou neuf…

Les deux retardataires arrivèrent enfin, pas plus heureux que mon compagnon des brumes. Des pans d'inquiétude se décrochaient de leurs visages.

— Allons-y ! ordonna le maire sur un ton franchement glacial. Réglons cette affaire, et le plus vite possible !

Les deux fossoyeurs se chargèrent du descellement du caveau et de la remontée du cercueil.

Autour de moi, mines graves et regards fuyants. L'acajou grinçait au contact des sangles, tel un cri de douleur arraché au bois vernis.

Au basculement du couvercle, lorsque se présenta l'intérieur sobre et trop ordonné du cercueil, je ressentis tout contre ma joue l'effleurement d'une main osseuse. Celle de la Mort…

Au travers du pinceau de lumière projeté par ma Maglite, une main, sortie du linceul très blanc, apparut tournée vers moi, les doigts repliés en contradiction avec le mouvement implorant des mains. Un suaire en batiste couvrait le visage comme une tendre caresse et le long du cou cascadaient des cheveux encore châtains, légèrement ondulés. Puisque personne ne remuait l'ombre d'une phalange, je pris l'initiative d'ausculter la surface du corps. Au toucher, la toile qui enveloppait la dépouille rapiécée craqua comme un linge frais. Les jolis vêtements qu'elle portait, certainement ses plus beaux, me firent croire un instant qu'elle dormait. Je déboutonnai le tailleur, puis le chemisier d'une main de plume et mon cœur se souleva, à la limite de se briser, lorsque m'apparut la blancheur mortelle de sa poitrine. La peau ondoyait en plis à peine visibles, comme la surface d'une mer calme, mais on sentait que les escouades de l'au-delà s'affairaient activement sur tout ce qui rappelait encore la vie.

Sur le sein gauche se déployait la gueule d'une espèce de bouc, une représentation maléfique que l'on dénichait dans les vieux grimoires de sorcellerie. Plus proche de son épaule droite, s'érigeait une croix celte enroulée d'un serpent, une sorte de vipère blanche aux crocs de sang. Le tatouage qui m'intéressait apparut, arqué autour du nombril. Les lettres rouges commençaient à se replier sur elles-mêmes telles des fleurs fanées. Je tirai légèrement sur la peau et lus : BDSM4Y.

Je demandai d'attendre avant d'inhumer le corps, le temps d'un coup de fil. J'avais prévenu Thomas Serpetti de la possibilité d'un appel la veille au soir. Il décrocha au bout de la deuxième sonnerie et me lança :

— Je suis prêt. Donne-moi le code.

Je lui dictai les cinq lettres et le chiffre constituant un terme dont je n'avais, pour le moment, pas saisi la signification.

— Alors, raconte-moi ! m'impatientai-je.

— Bon sang, ça passe ! Le logiciel recherche maintenant le bon algorithme de déchiffrement... AES-Rijndael, Blowfish, Twofish... Il y en a pour une petite heure, je pense. La liste des différents algorithmes est assez importante. Je te rappelle dès que c'est terminé ! Que penses-tu que l'on va découvrir derrière ?

— Quelque chose qui me fait peur, Thomas...

Chapitre quatre

Le bureau du chef de la Crim', dans son assemblage de linoléum défraîchi, de meubles surannés et de rideaux passés, portait dans sa moelle de bois la prestance d'un lieu culte, ancien et précieux, où l'austérité aiguise les sens au point de révéler l'inattendu. Des frottures du chêne, des auréoles de café qui persillaient l'immense table de réunion, au centre de la pièce, grésillaient les voix diaphanes, mélancoliques, des grands enquêteurs qui s'étaient succédé dans l'anonymat.

J'installai le rétroprojecteur, mains moites et lèvres pincées, tandis qu'un public anxieux prenait place autour de la table. Les lieutenants Sibersky et Crombez, Martin Leclerc mon divisionnaire, trois autres OPJ de la Crim', Van de Veld le légiste, deux techniciens du SEFTI et une dizaine d'inspecteurs. Une concentration d'intelligences, de réflexion, un assemblage de personnalités vouées à une cause unique, hormis le cheveu sur la soupe, le psy Thornton.

Élisabeth Williams, la psycho-criminologue, arriva et s'installa face à moi. Brushing laqué, deux-pièces rayé, visage fermé. Une façade d'église.

Nous nous apprêtions à plonger dans l'univers du

tueur, dans ce monde embrasé par le vice, un terrain marécageux débordant de pourriture et de furie.

Lorsque Sibersky tira les rideaux, j'appuyai sur le bouton du rétroprojecteur.

Un cône éblouissant de lumière blanche projeta sur un écran perlé la photo d'une femme. L'explosion vive de douleur qui ressortait de chaque grain du cliché, creusa les fossettes, troua les bouches, plissa les traits en racines noueuses de stupeur.

J'essayai de donner de la consistance à ma voix.

— Dans l'e-mail que j'ai reçu durant la nuit du premier meurtre, il y a six jours, se trouvaient cachées deux photos, à l'aide d'un procédé appelé stéganographie. L'une d'elles a été tirée de face, et l'autre, celle-ci, de dos. Le tueur nous livre sa prochaine victime…

Le cliché révélait une femme de dos, agenouillée nue sur un sol de béton. Une pellicule de chair pas plus épaisse que du tulle cachait à peine le serpent annelé de sa colonne vertébrale. Ses omoplates devenus couperets tendaient la peau à la faire craquer, et le réseau complexe de nœuds et de cordages qui entravait le corps, semblait se dresser comme un dernier rempart à sa dislocation.

— Des pointes de bois de différentes tailles ont été plantées à divers endroits du dos, avec des inclinaisons et des degrés de profondeur variables. L'extrême maigreur de cette fille est due à une sous-alimentation évidente, voire une absence totale de nourriture, probablement depuis plusieurs jours. Pas de traces apparentes d'urine ou d'excréments sur le sol, ce qui indique que son ravisseur veille à ce qu'elle reste propre…

Oreilles dressées, regards tendus, fronts luisants. L'assemblée décontenancée s'accrochait à chacun de mes mots comme un breuvage salvateur. Le légiste perça le silence.

— Le teint de la peau laisse présumer qu'elle est encore vivante, n'est-ce pas ?

Je chargeai la seconde photo sur l'écran de l'ordinateur portable. Un cri mort, comme un râle, s'échappa des lèvres de Thornton. L'un des inspecteurs sortit dans l'urgence, l'estomac révulsé.

Le visage de la fille exprimait un degré de souffrance palpable, un instantané de douleur arraché au présent, fixé pour l'éternité sur le papier et dans les pensées de chacune des personnes ici présentes. Deux clous lui perforaient la pointe des seins, mariant la chair et le bois d'une solide table dans une étreinte sanglante. Un arc de métal, en forme de fer à cheval, pénétrait dans sa bouche pour la maintenir ouverte et deux mâchoires d'acier lui écrasaient les tempes de manière à lui interdire un quelconque mouvement latéral de la tête. Face à chacun de ses yeux, dardait un pic aiguisé au mouvement longitudinal réglable par des vis papillon.

— Oui, à voir l'expression de ce visage, il n'y a aucun doute qu'elle était vivante au moment de la photo. Mais l'est-elle toujours aujourd'hui ? Si oui, alors cela signifie que celui qui a tué Martine Prieur s'occupait de cette femme-là en parallèle…

Je pointai un faisceau laser au centre du cliché, appliqué dans les pénibles explications que je me forçais à donner. Mes propres mots me glacèrent le sang.

— L'engin qui lui immobilise la tête est un appareil stéréotaxique, utilisé par les laboratoires de vivisection dans le but de réaliser des expériences sur les animaux.

Je basculai sur la première photo en enfonçant la touche *Page up* du clavier.

— La pièce semble assez vaste, très sombre. Il doit s'agir d'une cave ou d'un local privé de fenêtres. Un lieu isolé où il peut agir en toute sécurité, sans crainte d'attirer l'attention.

Élisabeth Williams prenait des notes sur un petit carnet à la couverture de cuir. Le maître qui écoutait l'élève.

— Avez-vous la moindre idée de l'endroit où elle pourrait se trouver, d'après ce que vous avez pu apprendre en Bretagne ? me demanda le divisionnaire en battant du stylo sur la table.

— Absolument pas. La seule chose que je sais, c'est que le tueur nous donne ces photos comme une récompense à nos investigations. Nous avons découvert le code, il nous autorise à pénétrer dans son intimité. À ce niveau, il y a deux solutions ; ou la scène du crime dissimule un autre indice qui mène à cette femme, ou l'assassin se joue de nous, purement et simplement. Qu'en pensez-vous, mademoiselle Williams ?

Elle posa son carnet sur la table ainsi que sa paire de lunettes.

— Je vous laisse terminer, monsieur Sharko. Mais vos conclusions me paraissent intéressantes.

— Hum… Très bien. J'ai demandé le concours du SRPJ de Nantes pour l'ouverture d'une enquête sur Rosance Gad. Cette fille entretenait, d'une manière ou d'une autre, une relation physique ou morale avec le tueur. Elle est le maillon qui peut nous rapprocher de lui.

— Le tueur aurait pris le risque de nous entraîner sur un terrain qui nous permettrait de le coincer ? harponna le divisionnaire d'un ton dubitatif.

— Non, je ne pense pas qu'il se soit ouvert à une

telle fantaisie. Cette fille a eu peut-être des relations sados avec lui sans jamais connaître son identité. La chambre de Rosance Gad a été visitée, j'en ai la conviction. Et tous les indices semblent disparus. En particulier, les données de l'ordinateur ont été effacées, comme chez Prieur. Donc aucune trace évidente…

— Pourquoi efface-t-il les disques durs ?

— Je n'en sais rien. Peut-être connaissait-il ces filles depuis Internet ? À creuser…

J'éteignis le rétroprojecteur.

— J'ai terminé. À vous, mademoiselle Williams.

— Euh… Oui, j'arrive.

Elle chaussa ses lunettes et s'éclaircit la voix avant de s'élancer dans son monologue.

— Tout d'abord, messieurs, je ne suis pas magicienne, ni voyante. Je ne sors pas non plus d'une série télévisée, armée de dons surnaturels. Ne vous attendez donc pas à ce que je vous donne un portrait-robot de l'assassin qu'il suffirait d'accrocher sur les pare-brise de vos voitures ou à la boucherie du coin… » Des étirements de lèvres, bribes de sourires, délièrent les nerfs. Le divisionnaire Leclerc envoya un coup de coude dans les flancs de Sibersky, d'un air de dire *et en plus elle est comique !* Williams laissa le calme s'approprier les lieux, avant de continuer. « J'ai dressé un bilan exhaustif des rapports, des témoignages et des photos qui sont passés entre mes mains. Je ne parlerai que superficiellement de la lettre envoyée au commissaire Sharko, l'analyse méticuleuse de son contenu me prendra un peu plus de temps. D'ordinaire, il me faut plus d'une semaine pour dresser un premier état des lieux, alors, messieurs, soyez indulgents… Monsieur Sharko a tiré des conclusions très pertinentes de la scène du crime. À l'évidence, le tueur souhaitait que nous retrouvions Martine Prieur le plus rapidement possible, d'où, entre autres, la porte laissée ouverte. Ce qui peut nous amener à penser que la femme sur les photographies, exposées par monsieur Sharko, est toujours vivante. Parce que, dans le cas contraire, l'assassin aurait cherché à se manifester et à nous montrer… son trophée.

« La plus grande caractéristique de ce meurtre, comme des éléments photographiés sur la deuxième femme, demeure l'aspect sadique, manifesté par une cruauté extrême tant physique que mentale. Le sadique trouve l'exaltation au travers de la durée de l'acte. Il gardera sa victime vivante le plus longtemps possible, l'utilisera comme un objet destiné à satisfaire ses fantasmes. À ses yeux, elle ne représente rien et il s'en débarrassera avec autant de remords qu'un mouchoir en papier usagé.

Elle plaqua ses mains à plat sur le bois lisse de la table.

— D'ordinaire, ce type de torture est accompagné d'actes sexuels qui, s'ils ne s'expriment pas par une pénétration, ressortent au travers de la mutilation des organes génitaux, seins tranchés, vagin prélevé ou déchiré. Dans sa lettre, il précise clairement, je cite, *qu'il ne l'a pas baisée, mais qu'il aurait pu*. Par cette précision, il veut prouver qu'il n'est pas impuissant, mais que l'acte sexuel ne revêt qu'un aspect secondaire dont il peut se passer sans aucune difficulté. Il en résulte un comportement atypique par rapport à la majorité des tueurs en série, qui, pour la plupart, ont des rapports sexuels post mortem. De plus, en général, on note des points communs entre le physique des victimes ; couleur ou longueur de cheveux, tailles ou plastiques semblables. Ici, je n'en ai relevé aucun. La première victime était blonde, celle des photos châtaine. L'une assez grande, l'autre plutôt petite. Sans oublier Rosance Gad, qui, s'il l'a effectivement tuée, présente un physique encore différent.

Elle se servit de l'eau dans un gobelet de plastique et s'humecta les lèvres.

— N'hésitez pas à m'interrompre si je vais trop vite… Le tueur est un joueur, il aime prendre des risques et cherche par des moyens détournés à se faire remarquer. Provocations envers la police, lettre détaillée, photographies de ses victimes… Par ces biais, il trouve le moyen de prolonger son acte, ce qui peut lui permettre de se satisfaire lorsqu'il ne tue pas… Il veut absolument nous faire partager ses sensations, sans pour autant nous donner plus d'informations sur son identité. Ce type de personnage aime suivre le déroulement de l'enquête criminelle, ce qui traduit un besoin de contrôle qui progresse. A priori, il connaît monsieur Sharko, puisqu'il lui a adressé en premier lieu ce courrier. Gardez donc un œil sur toutes vos relations, journalistes, indics, agents d'entretien et même livreurs de pizzas, ainsi que les anciens suspects ou coupables qui sont passés entre vos mains.

Ses propos sortaient naturellement, comme si les pensées de l'assassin et de ses victimes s'étalaient devant ses yeux et qu'elle se contentait de les interpréter.

— La scène du crime, organisée, signifie que le meurtre a été scrupuleusement préparé, sans doute des semaines, voire des mois à l'avance. Ce type de tueur ne laisse rien au hasard ; victime isolée, plein d'essence toujours fait, voiture entretenue pour préserver sa fuite. Il ne connaît pas forcément ses victimes, de façon personnelle je veux dire, mais s'attache à étudier attentivement leur environnement, leurs habitudes, les lieux où elles se rendent, qui elles fréquentent. Le meurtre, perpétré durant la nuit, et les tortures infligées à la deuxième femme dans une durée pouvant s'étaler sur plusieurs jours, portent à penser que le tueur est célibataire, que son métier lui permet d'accorder du temps à l'étude ainsi qu'à, pardonnez-moi le terme, l'entretien de ses victimes.

Œil scrutateur dans l'assemblée :

— La façon dont il l'a ligotée est une technique appelée *bondage*. Cela vous dit quelque chose ?

Neuf personnes moi y compris, sur la quinzaine présente, levèrent la main. Elle reprit.

— Cela vaut donc le coup que j'explique. Cette science du ligotage nous vient du Japon. Elle représente, à l'origine, un art sur corps à base d'entraves. Sachez que certains *bondageurs* japonais sont aussi célèbres que de grands sportifs ; les places pour leurs séances de ligotage se monnaient à prix d'or et ils ont pour public des chefs d'entreprise, des avocats ou des cadres frustrés du nœud. Bien entendu, cet art originel s'est vite dégradé lorsqu'il s'est répandu dans les milieux sadomasochistes. Le bondage propose un panel impressionnant de techniques, un peu comme le Kāma Sūtra qui évolue de la position simpliste du missionnaire jusqu'à des combinaisons beaucoup plus évoluées, genre *la brouette japonaise* ou *l'enfoncement du clou.*

Des rires plus francs dégivrèrent l'atmosphère.

— Ici, la technique employée s'appelle le Shibari : bras ligotés à l'équerre dans le dos, entraves pressant les seins, chevilles attachées et repliées sous les cuisses, corps paraissant encoconné dans une toile d'araignée.

L'une des techniques les plus complexes, elle ne s'improvise pas. Le tueur sera peut-être abonné à des revues pornographiques, disposera de nombreuses cassettes vidéo, écumera les milieux sados ou sera adepte d'un club japonais. Parlons un peu des statistiques du FBI, dressées parmi des tueurs en série interrogés pour le programme VICAP, dont, bien entendu, nous ne trouvons pas d'équivalent en France vu le nombre très réduit de tueurs en série manifestes. Ce type de personnage a un quotient intellectuel supérieur à la moyenne, au-dessus de 110, pour un âge compris entre 25 et 40 ans. Sa mine inspire confiance, il est propre et bien habillé. Ses préférences sexuelles tournent autour de la pornographie, du fétichisme, du voyeurisme ou du sadomasochisme dans plus de 70 % des cas. Selon le VICAP, 85 % sont de race blanche, 75 % possèdent un emploi stable et, dans les deux tiers des cas, tuent dans un endroit proche de leur lieu d'habitation… Finalement, tous se disent incapables d'arrêter de tuer et d'ailleurs, ils n'en voient pas l'intérêt… Nous savons donc à quoi nous attendre…

Une question fusa.

— Vous parlez de tueurs en série depuis le début. Vous pensez réellement que l'assassin de Martine Prieur en est un ?

— À l'évidence, oui. Pour toutes les raisons que je vous ai exposées précédemment… Le tueur classique ou de masse ne se vanterait pas de ses exploits, ne chercherait pas à provoquer. Et les scènes de crimes seraient beaucoup, beaucoup moins élaborées. N'oublions pas, de surcroît, que nous avons deux victimes potentielles et un meurtre effectif, ce qui est le facteur le plus convaincant…

— Mis à part les statistiques, disposons-nous d'éléments concrets, de certitudes qui s'appliqueraient à notre tueur ? interrogea Leclerc.

Elle répondit avec discipline.

— Il est droitier…

— Comment ça ?

— Les nœuds de corde sont tous faits de la même façon, l'extrémité droite passe dans la boucle constituant le nœud. Un gaucher procéderait à l'envers… Ce point n'était pas signalé dans le dossier, mais je suppose que vous l'aviez remarqué, non ?

Bouches cousues dans l'assemblée.

— On ne peut pas dire que le fait qu'il soit droitier élimine beaucoup de monde, intervint avec un rire jaune Thornton. Dites-moi, mademoiselle Williams, il me semble que les meurtriers en série ont un modus operandi qui n'évolue jamais d'un meurtre à l'autre. Dans ce cas, pourquoi aurait-il essayé de faire passer pour un accident le meurtre de Rosance Gad, si cela en est effectivement un ? Et pourquoi ne le revendiquer que maintenant ? »

L'eunuque du cerveau, pour une fois, se risquait à frôler la barre haute de l'intelligence.

Sans se laisser désarçonner, elle déclara :

— Considérons l'aspect temporel des événements. Les deux dernières manifestations du tueur demeurent très rapprochées, voire simultanées ; toutes deux, des scènes de souffrances extrêmes. Les meurtriers en série en sont rarement à leurs premiers délits lorsque débute la série. Certains ont déjà tué dans leur adolescence, d'autres se servent d'animaux pour assouvir leurs fantasmes, un peu comme un terrain d'entraînement. Il est fort possible qu'il ait entretenu des rapports particuliers avec Rosance Gad qui ont réveillé des pulsions endormies au plus profond de lui. Puis, sur le coup, la peur d'être découvert l'a fait maquiller le crime en accident. Mais à présent, la chrysalide est devenue papillon et, comme ces individus aiment à le faire, il revendique ce meurtre, tel un trophée oublié qu'il faut ressortir du grenier.

Thornton se recala au fond de sa chaise, le stylo entre les mâchoires. Calmé, apparemment.

— Votre avis sur la tête tranchée ? Les yeux extraits puis replacés dans leur orbite ? questionnai-je en agitant la main.

— Difficile de vous parler de l'ensemble de mes conclusions, sinon la réunion durerait la journée… Vous lirez mon rapport. Cependant, je vais répondre à votre question maintenant que vous l'avez posée. Le tueur cherche à atteindre un but, l'exaltation suprême dans l'acte de tuer, qui, ici, se traduit par un rituel sanglant. Le rituel lui permet de retirer une profonde satisfaction de l'acte de torture en lui-même. En lui ôtant la tête, il s'approprie sa victime. Le plus étonnant reste cette expression du visage de Prieur, une bouche tordue de douleur, des yeux suppliants dirigés non pas vers le plafond, mais au ciel. Il a travaillé cette face comme un sculpteur modèle sa pierre. Il veut nous transmettre un message et, croyez-moi, je planche dessus en m'orientant notamment sur la piste religieuse. Mais je préfère ne pas vous en dire plus, car l'étude est loin d'être aboutie. Rien d'autre ? (Elle envoya une œillade circulaire.) Très bien. Merci de votre attention, messieurs…

La salle se vida dans une nuée de chuchotements et de regards bas. Le discours s'était érigé à la hauteur de mes attentes et une bonne partie de mes interrogations avait trouvé réponse.

— Joli exposé ! envoyai-je à la psycho-criminologue alors qu'elle s'apprêtait à partir. Vous avez chassé le scepticisme de certains à grands coups de phrases marteau.

— Monsieur Sharko… Il me semble avoir déjà vu votre visage bien avant aujourd'hui, mais je ne me souviens plus où.

— J'ai assisté à presque toutes vos conférences.

— Vous avez une très bonne approche dans vos rapports. Vos analyses sont pointues et précises. Elles m'ont grandement facilité le travail.

— Je vous offre un café ?

— J'ai un rendez-vous important, commissaire, et je suis déjà en retard. Une autre fois, très certainement… À bientôt…

Thornton m'interpella avant que j'entre dans mon bureau.

— Assez scolaire comme analyse, non ?

— Pardon ?

— Le monologue de Williams. On dirait du rabâchage de bouquin sur les tueurs en série. N'importe qui aurait pu faire la même chose.

— Certainement pas vous, en tout cas.

Il s'adossa contre un mur, pieds croisés et observa le bout de ses ongles manucurés.

— J'ai appris que vous aviez insisté pour… comment dire… m'écarter de vos plates-bandes.

— En effet. Et alors ?

— Alors, il semblerait que vous ayez échoué.

Il s'engagea dans la descente d'escalier.

— Je crois que nous serons amenés à nous revoir

souvent, commissaire ! Plus souvent que vous ne l'espériez !

* * *

Alors que je dévorais le rapport d'Élisabeth Williams, Sibersky débarqua dans mon bureau, des feuilles brandies au-dessus de la tête.

— Je crois savoir d'où vient l'appareil stéréotaxique de la photo !

Je levai le museau :

— Annonce ! Et vite !

— J'ai interrogé les labos de vivisection possédant ce type d'appareil. L'un d'entre eux, en banlieue, s'est fait attaquer par le FLA, Front de Libération des Animaux, voilà quelques mois. Les loustics lui ont piqué son matos.

— En route !

Une soixantaine de kilomètres à l'ouest de Paris. Le laboratoire d'Huntington Life Science, HLS, dressait ses flancs de béton au bout de la zone industrielle A de Vernon, au cœur d'une étendue herbeuse taillée à l'anglaise. Un bâtiment haut de gamme, à la pointe du modernisme avec ses toits en forme d'ailes delta et ses vitres fumées en plexiglas. Au poste de garde, avant l'accès au parking privé, un molosse roux qui avait tout d'un épagneul déraciné de sa niche, jugea bon de se mettre au travers de notre chemin, comme si la barrière abaissée ne suffisait pas.

— Je peux voir votre badge ? aboya-t-il.

— Pas de badge, rétorquai-je.

Je passai par la fenêtre la carte colorée.

— On a appelé le directeur dans l'après-midi. Il est d'accord pour nous recevoir.

— Ne bougez pas, s'il vous plaît…

— Il a un beau pelage, vous ne trouvez pas ? marmonna Sibersky avec un sourire évocateur.

Le chien de garde échangea quelques mots dans son émetteur-récepteur avant de lever la barrière.

— Circulez !

— T'es un bon toutou… lança à voix basse mon collègue lorsque nous roulâmes au pas devant le gardien, avant d'ajouter :

— Je me demande comment on peut travailler là-dedans. Ça ressemble à une gigantesque chambre de torture…

Je pensais plutôt à un camp d'extermination aux apparences de paquebot de luxe, où chaque cabine renfermait un piège de métal, froid et inondé d'aboiements désespérés, de douleur gratuite ou de total irrespect pour la race animale. Tout cela dans l'unique but d'embellir des thons par le biais du maquillage…

Un assistant nous guida dans un labyrinthe de couloirs poinçonnés d'éclats crus de lampes au néon. Chaque porte close rappelait la porte précédente, chaque pas en avant semblait nous laisser sur place, comme si le bâtiment lui-même n'était qu'une succession de blocs identiques reproduits à l'infini et encastrés les uns derrière les autres. Pas de fenêtres. Juste le hurlement du silence, palpable et lourd comme un brouillard de glace. Encore des escaliers, devant. Puis d'autres couloirs… Finalement, l'assistant nous abandonna dans le bureau du directeur.

Trapu sous sa blouse de scientifique, l'homme de l'ombre parcourait un rapport massif dont je saisis le titre avant qu'il ne le pose, face cachée, sur son bureau : *Techniques de débarking au laser de classe A*.

— Débarking, ça veut dire désaboiement, me glissa Sibersky à l'oreille. Un moyen moderne d'éviter que les chiens gueulent trop…

— Avancez, je vous prie, nous lança d'une voix coulée dans le marbre l'individu à la mèche de cheveux rebelle. Tout de suite, je l'identifiai comme la réincarnation humaine d'un animal à sang froid, un reptile aux yeux de jade, à la peau rocailleuse, dépourvu de la notion de bien ou de mal. Ce type ne pouvait tenir d'autre place que celle qu'il occupait, directeur d'un laboratoire de vivisection.

— Nous avons quelques questions à vous poser, fis-je en m'approchant de lui.

— Je sais. Faites, mais vite ! J'ai beaucoup de travail, grinça-t-il avec un air d'homme agacé.

Je m'installai en face de lui sur une chaise à roulettes. Sibersky, tendu comme un nerf de bœuf, préféra la position verticale.

— Il y a cinq mois, le sept mai plus précisément, vous avez commandé chez la société Radionics deux appareils stéréotaxiques, des tables et boîtes de contention, des… attendez, je sors mes notes… canules de collision, une chaise Ziegler et divers matériels aux noms tout aussi charmants, suite à une action menée par le FLA. Pourriez-vous nous en dire plus à ce sujet ?

— Le Front de Libération des Animaux… Les salauds…

Il mima un geste de basketteur, propulsant une boulette de papier à dix centimètres d'une corbeille, puis échangea avec mon lieutenant un regard qui aurait foudroyé un paratonnerre.

— Ils sont intervenus dans la nuit du premier mai. Nous avons porté plainte pour vol et dégradation au commissariat de Vernon. Vous pourriez peut-être vous rapprocher d'eux ?

— Dites-nous-en un peu plus sur le FLA…

— Au départ, le mouvement est anglais ; il a fait son apparition en France voilà un an. Un commando antivivisection composé d'hommes peu violents mais organisés. Ne cherchez pas là-dedans des fous de guerre ou des adeptes de l'ultraviolence. La plupart d'entre eux ne mangent pas de viande, nagent avec les dauphins ou élèvent des animaux. Mais ces empoisonneurs nous pourrissent l'existence !

Les rayons du soleil entraient souillés par la large vitre fumée qui éventrait le mur ouest, tel un gigantesque pan d'observation. La vie lumineuse de l'extérieur semblait, elle aussi, refoulée aux portes de ce blockhaus, ne laissant place qu'à des dégradés de sombre sur des visages taciturnes.

— Ils vous ont donc volé tout ce matériel, repris-je.

— Non. Juste démoli, au point que nous ne pouvions quasiment plus l'utiliser. Vous savez, nos flacons supportent assez mal les coups de batte de base-ball. Seuls quelques instruments avaient disparu.

Sibersky se décolla du mur du fond.

— Quels instruments ?

Le directeur tendit un regard de vipère en direction du lieutenant. Les deux hommes s'étripaient des yeux. Le nazi répondit :

— Un appareil stéréotaxique et du petit matériel, des scies électriques, des bandages, des pansements, des antiseptiques, des anesthésiques, notamment de la kétamine…

Le lieutenant me pressa l'épaule. Je perçus le poids de la crispation à l'extrémité de ses doigts. Le directeur se dirigea vers la baie et toisa le ciel rendu sépia par le teint de la vitre. Sa main s'ouvrait et se fermait dans son dos comme un cœur battant. Je constatai à voix haute :

— Quelque chose semble vous troubler, monsieur le directeur…

— Savez-vous que les assurances nous obligent à filmer de jour comme de nuit les laboratoires ? Nous sommes tenus de garder les cassettes un an et six mois, après quoi nous avons l'autorisation de les effacer ou les détruire.

— Cela signifie que vous possédez l'enregistrement vidéo de cette fameuse nuit ?

— En partie, jusqu'au vol. D'ordinaire, les membres du FLA ne touchent jamais aux caméras. Ils préfèrent que nous profitions pleinement de leurs… comment dire… élans de bravoure… Mais apparemment, une ou plusieurs personnes sont revenues sur les lieux peu de temps après le départ des troupes. Elles ont brisé les caméras, puis ont embarqué du matériel… Je me suis toujours demandé ce qu'elles pourraient bien faire d'un appareil stéréotaxique…

J'envoyai une œillade discrète à mon collègue.

— Peut-on visionner ce film ?

L'Adolphe au pan de cheveux plaqué au front se tourna vers nous.

— Vous êtes bien conscients que vous abusez de ma générosité, j'espère ?

— Je suppose que vous y trouvez votre intérêt. Si nous mettons la main sur cette organisation, vous vous voyez débarrassé d'un fléau. Je me trompe ?

— Hum. Allons-y…

Il appuya sur un bouton.

— Je pars en salle de visio II. Qu'on ne me dérange pas !

Il nous invita à le suivre. À nouveau ces couloirs vides, comme creusés sous la terre. Géométries strictes, perspectives infinies. En passant devant une porte ouverte, je perçus les gémissements d'un chien. Mais des gémissements faibles et très lents, une plainte langoureuse à l'intensité émotionnelle telle qu'elle s'infiltrait en moi et me bouleversait. Il y avait dans cette complainte ce quelque chose d'universel, qui, malgré la barrière de la langue ou de l'espèce, vous fait ressentir avec acuité la souffrance d'autrui. Le beagle gisait là, sur une table en aluminium, allongé sur le dos. Les pattes attachées en croix essayaient, dans des mouvements incroyables de torsion arrachant la peau et les chairs, de se libérer des lanières. Avant que je ne pusse m'enquérir davantage, le directeur se glissa devant nous et claqua la porte d'un geste sec.

— C'est droit devant vous ! Continuez, s'il vous plaît !

L'image de la femme torturée me revint en tête. Nous arrivâmes à destination. Nous devions évoluer sous la surface du sol, n'ayant cessé de descendre des volées et des volées de marches.

Comme dans un abri antiatomique…

Ô vision divine ! Une petite plante grasse, fausse bien entendu, tentait d'arracher à la tristesse de la salle un soubresaut de gaieté. Le directeur ouvrit l'armoire étiquetée *Premier semestre 2002*. Il choisit méticuleusement la cassette adéquate et l'introduisit dans un magnétoscope.

L'intervention du FLA se révéla brève et fracassante.

Comme si l'on avait lâché une équipe de footballeurs américains surexcités dans une cristallerie. Les individus masqués, coordonnés à la perfection, avaient commencé par libérer les chiens, les chats, puis les lapins et les souris, et la horde des animaux s'était ruée d'un bloc poilu dans les couloirs, telle une arche de Noé en perdition. Dans le bordel général, la pièce avait été réduite, sous les assauts répétés des battes de base-ball, en une bouillie de verre pilé, un amoncellement de débris laminés par la rage.

L'ouragan avait duré quatre minutes trente secondes. Puis, trois minutes plus tard, des coups sur les objectifs des différentes caméras mettaient un terme au film.

— Voilà le travail, jeta le directeur en pressant le bouton *stop* de la télécommande. Intéressant, n'est-ce pas ?

— Vous avez remis une copie de ce film au commissariat de Vernon ?

— En effet. Ce film et ceux des autres caméras, qui présentent la scène sous des angles différents. Mais vos collègues ne semblent pas très actifs en ce qui concerne les recherches… Disons que leurs préoccupations paraissent ailleurs.

Nous remontions lentement les escaliers lorsque je ressentis comme une onde à l'intérieur de ma tête. Des hurlements de chiens… J'entendais des hurlements de chiens. Je glissai à l'oreille de Sibersky, alors que le directeur marchait devant nous :

— Tu entends des chiens hurler ?

— Oui… C'est très léger, mais je les entends… C'est dégueulasse…

Des sons aigus, déchirants, des plaintes désespérées montaient désormais de façon plus intense. On torturait des chiens, on réalisait des expériences sur eux... Réaliser des expériences... Je fis un brusque rapprochement qui me poussa à demander au directeur :

— Dites-moi, y a-t-il une SPA dans le coin ?

Le directeur rejeta sa mèche sur le côté d'un coup de tête, puis répondit :

— Vous savez pertinemment que les opposés s'attirent... Vous trouverez leur bâtiment à trois kilomètres d'ici, en continuant le long de la route par laquelle vous êtes arrivés. (Sourire niais :) Pourquoi, vous allez porter plainte contre nous pour outrage à animaux ?

À l'extérieur, Sibersky nargua le gardien, l'Épagneul, en faisant mine de lui jeter un os, puis me questionna :

— Je n'ai pas bien compris pour la SPA. Pourquoi voulez-vous qu'on se rende là-bas ?

— Que JE me rende là-bas. Je te dépose au commissariat de Vernon. Collecte un maximum de renseignements. Peut-être nos collègues se sont-ils efforcés, en grands passionnés... (je lui décochai un sourire) de retrouver ces types du FLA. Tu te feras raccompagner au 36 par l'un des brigadiers. Après, va faire un tour au quai de l'Horloge et donne aux techniciens une copie des cassettes. Ils pourraient découvrir des détails qui nous ont échappé. Il ne faut rien négliger...

— OK. Mais pour la SPA, vous ne m'avez toujours pas éclairé.

— Pour taire une intuition... Tu te souviens de la vieille Black, ma voisine ?

— La femme aux beignets de morue ?

— Oui. Elle pense avoir un certain don pour...

deviner les choses… Elle me parle à chaque fois de chiens qui hurlent, qui gémissent dans ses pensées…

Je m'arrêtai de justesse à un feu rouge auquel je n'avais pas prêté attention.

— Lorsque nous avons entendu ces cris, tout à l'heure, ça a fait comme un tilt. L'origine de ces hurlements vient de la souffrance qu'endurent les bêtes sous l'effet de la torture, aussi moderne soit-elle… La torture, comme celle infligée à cette femme sur les photographies. Tu sais quoi ? J'ai le sombre pressentiment que le tueur s'est entraîné sur des chiens avant de passer à l'acte grandeur nature…

La SPA de Vernon abritait sous son arche plus de quarante-sept chiens et quelque soixante-douze chats. Le vétérinaire qui m'accueillit était un Sénégalais aux lèvres impressionnantes, tels des quartiers de pamplemousse. La peau aride de son visage peluchait au niveau des pommettes et du front, et ses yeux, au blanc plutôt cireux, laissaient penser qu'il avait attrapé une maladie fiévreuse, genre malaria.

Le cabinet sentait le mélange des races, une odeur de poils et d'oreilles infectées, imprégnée dans l'espèce de moquette faisant office de tapisserie. D'épais blocs de verre translucides constituant une vitre, permettaient à la chevelure verte des cyprès de s'exprimer dans une espèce de flou artistique.

— Qu'est-ce qui se passe, monsieur le policier ? me lança le praticien avec un accent pas si lointain de celui de Doudou Camélia.

Il avait la fâcheuse manie de glisser des w à la place des r.

— J'aimerais savoir si vous disposez d'un fichier regroupant les disparitions d'animaux de compagnie.

— Bien sûr. Le fichier national, qui recense les animaux perdus, abandonnés ou disparus. Comme vous vous en doutez, il ne prend en compte que les chiens tatoués.

— Et vous avez moyen de l'interroger ?

Il se glissa derrière son ordinateur, un Macintosh dernier cri avec la pomme croquée à l'arrière de l'écran.

À voir ses lèvres et son front de la taille d'un terrain de football, je l'aurais imaginé avec des doigts énormes, mais ils étaient ciselés tels les instruments tactiles d'une jeune couturière et volaient avec aisance sur les touches du clavier.

— Annoncez-moi votre requête !

Un vent léger ballottait les feuillages des cyprès et la masse verte ondoyait au travers des pavés vitrés. Je me plaçai côté écran.

— Indiquez-moi les chiens et chats disparus dans le coin, entre le premier mai et aujourd'hui.

— Chiens ou chats ? Je dois choisir !

— Chiens…

— Chiens… Localisés à Vernon, sur un rayon de… disons trente kilomètres… Trente kilomètres, ça vous va ?

— Parfait.

L'ordinateur moulina quelques secondes, la mémoire vive se chargea avant de rendre le verdict.

— Cent seize chiens disparus.

— Vous pouvez regrouper par ville et trier par ordre décroissant ?

— Attendez… F8... Voilà…

Pas de flagrance. Au maximum quatre chiens disparus par ville ou village, sur des périodes de temps échelonnées et non ponctuelles. Aucun point commun. Rien.

— Vous pouvez essayer sur les chats ?

— C'est parti…

Résultat pire encore. Inexploitable… Quelque chose me poussa à insister :

— Vous pouvez refaire la requête avec les chiens, mais en étendant sur un rayon de soixante kilomètres ?

— On peut, répliqua le praticien. Mais là, on commence à taper sur Paris et il risque d'y en avoir un sacré paquet… Je peux me permettre une remarque, monsieur le vénérable policier ?

Ce type avait-il été battu par les flics dans une vie antérieure pour entretenir le culte de la crainte à ce point ? Ou alors les voyait-il comme des êtres suprêmes, des espèces de dieux moustachus débarqués sur Terre dans un panier à salade bleu ? Je m'exclamai :

— Mais bien sûr, allez-y !

Il bascula sur l'écran précédent en pressant la touche F3.

— Je ne sais pas exactement ce que vous recherchez, mais si c'est un endroit à forte concentration de disparitions de chiens, c'est visible comme le nez au milieu de la figure ! Et je peux vous dire que mon nez se voit !

Mon cœur se souleva.

— Montrez-moi !

Il pointa le doigt à quatre endroits différents sur l'écran.

— Quatre villages ou petites villes, séparés de pas plus de cinq kilomètres les uns des autres à une vingtaine de kilomètres d'ici, au sud.

Des noms de bleds que je ne connaissais même pas. Il poursuivit, du feu dans son regard de braise.

— Et… quatorze chiens disparus ! Sur une période de… qui commence le onze juin et qui se termine le deux juillet, soit moins d'un mois ! Quatorze chiens, moins d'un mois, dix kilomètres de rayon, ça fait beaucoup, non ?

À gros nez, flair exceptionnel. Je lui fis remarquer :

— Vous auriez fait un flic remarquable !

Il s'embrasa :

— Ne bougez pas, j'ai peut-être mieux à vous proposer… un point commun entre les races disparues !

La liste défila : Labrador… Labrador… Cocker… Labrador… Des chiens de bonne taille, doux et conciliants, à caractère naïf et faciles à maîtriser. Je demandai en considérant l'écran :

— Savez-vous ce que sont devenus ces chiens ? Certains d'entre eux ont-ils été retrouvés ?

— Vous savez, monsieur le très vénérable policier, les gens ne nous consultent que lorsqu'ils perdent leurs chiens. Quand ils les récupèrent, par contre, ils omettent bien de nous le signaler. Nous n'avons aucun suivi sur ce qu'ils deviennent. Ce fichier national se transforme en une poubelle parce qu'il n'est jamais purgé.

— Une dernière question, vous qui avez l'air de connaître ce coin comme votre poche. Y a-t-il des laboratoires sur les animaux dans ces environs ? Des rabatteurs qui pourraient enlever ces chiens pour effectuer des expériences ?

— Non, pas à ma connaissance. Hormis HLS, le premier labo de cosmétiques se trouve à Saint-Denis.

HLS ne travaille qu'avec des élevages de beagles. Et puis, les rabatteurs animaliers ne traquent pas ce genre de chiens, sauf si, bien entendu, ils en ont l'opportunité. Ils s'intéressent surtout aux bâtards des rues, à ces sacs à puces dont la disparition arrange plus qu'elle ne perturbe…

— Merci, monsieur N'Guyen. On peut dire que vous m'avez été d'un secours capital. Je peux récupérer les adresses des personnes qui ont porté plainte ?

Il lança l'impression du rapport.

— Pour me remercier, vous ne prendriez pas un petit chat ? J'ai huit euthanasies à pratiquer avant la fin de la semaine. C'est un peu comme si je tuais ma propre âme.

— Désolé, docteur… Mais je suis rarement chez moi…

Il désigna mon alliance :

— Pour votre femme peut-être ?

* * *

Je roulais au pas en direction d'Aigleville, empruntant les communales plutôt que les départementales afin de profiter à plein nez de la beauté verte des campagnes. Je m'arrêtai à la lisière d'un maigre bosquet où se groupaient quelques ormes pour m'alléger la vessie. Derrière moi et jusqu'aux formes rectilignes de l'horizon, se dressaient des meules de foin couleur or, tel un cimetière aux sépultures de paille.

Les hurlements des chiens qui harcelaient Doudou Camélia puisaient leurs forces vives ici, dans ces villages abandonnés aux terrains plats de la plaine. J'avais l'impression de progresser dans l'enquête, mais dans une direction totalement inconnue, un peu comme une sonde spatiale explorant l'univers sans jamais savoir où elle se dirige ni ce qu'elle recherche exactement.

Je pensais à cet individu, l'Homme sans visage de Doudou Camélia, revenu sur les lieux de l'intervention du FLA pour collecter ces instruments de mort, ces anesthésiques, ces bandages. Je devinais ses prétentions, sa volonté de répandre le mal et la souffrance à coups de scalpel précis et calculés. Je le voyais renifler ses victimes, les traquer à distance, les épier puis, un soir, leur tomber dessus comme le ferait une veuve noire sur un moustique piégé dans sa toile.

Je songeais à la femme ligotée dans ce cloaque, torturée, fouettée moralement par les cuirs de l'horreur. Il est des moments où il devient impossible de ressentir la douleur d'autrui ; on peut juste l'imaginer, en sentir le souffle le long de l'échine, frissonner au point de se blottir sous des couvertures. Mais on ne peut pas se mettre à la place. Jamais…

Avec la piste des chiens, sans réellement savoir où cela me conduirait, j'espérais avoir une longueur d'avance sur lui. J'étais sorti du sentier qu'il avait balisé pour moi, j'avais emprunté des chemins parallèles, des raccourcis qui me propulsaient vers l'avant. Je me rappelais ces phrases qu'Élisabeth Williams prononçait à chacun de ses séminaires : *Un criminel ne se déplace jamais seul. Il est accompagné, où qu'il aille, d'éléments qui laissent une trace indélébile de son passage. Sur une scène de crime, un échange s'opère entre l'assassin et les éléments invisibles qui constituent l'espace ; le tueur abandonne un peu de lui-même et emporte avec lui une infime partie de l'endroit où il se tenait, sans qu'il ne puisse rien y faire. C'est sur cet échange que nous devons investiguer.*

Peut-être existait-il un rapport entre l'assassin, l'Homme sans visage, et ces chiens disparus. Peut-être qu'à un moment donné un échange s'était opéré, indécelable à l'heure actuelle, mais qui prendrait tout son sens lorsque la piste aboutirait…

Mais qu'allais-je découvrir au bout de ces voies glacées ? L'échec ? L'incapacité à préserver la vie d'une femme dont je ne connaissais même pas le nom et qui croupissait dans les douves de l'obscurité ?

Je me remis en route vers le sud. Le soleil déclinait avec paresse devant moi, assailli par les rouges maladifs d'un ciel de traîne.

* * *

L'échec est l'aiguillon de la motivation, me lançait mon grand-père avec ses grands mots. En avalant mon steak tartare dans un troquet où l'ambiance rappelait celle de l'éclosion des premières cellules de vie au précambrien, je me disais qu'il ne tenait certainement pas compte de tous les paramètres, notamment ceux de la LEM, la *Loi de l'Emmerdement Maximum*. Cinq adresses biffées sur la liste fournie par le vétérinaire, autant de bides. La seule conclusion – fracassante – que je pouvais tirer, était que les chiens avaient tous disparu durant la nuit, alors qu'ils dormaient dans une niche à l'extérieur de l'habitation. Jamais d'aboiements, aucun témoin ; à chaque fois, les maisons se trouvaient isolées et les chiens auraient léché les pieds à des cambrioleurs.

Je roulais depuis une bonne dizaine de minutes

lorsque mon portable sonna. Je stoppai sur le bas-côté avant de prendre l'appel.

— Commissaire Sharko ? Armand Jasper, ingénieur expert en traitement d'images du laboratoire d'Écully….

Écully, Rhônes-Alpes, le fleuron des laboratoires de la police scientifique.

— … Nous avons analysé les photos de la femme torturée qui nous sont parvenues par voie numérique depuis Paris. Nous avons relevé la présence de tuyaux d'aération de diamètres assez importants qui longent la partie supérieure des murs ; sur le cliché original, ils se confondaient avec l'obscurité. Sur la photo où la femme se tient de dos, au niveau du plafond, on pense avoir décelé quelque chose ressemblant à un ventilateur. Je dis *on pense* parce que l'arrière-plan reste assez flou en dépit du travail de lissage effectué sur l'image, et il fait extrêmement sombre. Vu le diamètre de l'engin, ainsi que des tuyaux, aux dires d'un spécialiste du bâtiment, ce type de système est étudié pour traiter des volumes d'air importants. Plusieurs centaines de mètres cubes par heure… Donc, la victime n'est certainement pas retenue dans une propriété privée, genre cave ou garage, mais plutôt un bâtiment de la taille d'un entrepôt…

— Parfait ! D'autres infos ?

— Des détails que je dois encore consigner dans un rapport, mais rien de déterminant. Je vous l'envoie par e-mail demain dans la matinée. J'ai préféré vous prévenir tout de suite en ce qui concerne ce point. Ça me paraissait important…

— Vous ne pouviez pas mieux tomber…

J'opérai un demi-tour serré et pénétrai peu de temps

après dans le troquet. Cette fois, le climat festif me rappela mon job de veilleur de nuit dans la morgue de Lille à l'aube de mes dix-neuf ans.

Les deux paumés au teint lie-de-vin qui jouaient aux fléchettes, ainsi que les trois piliers de bar, m'envoyèrent un regard un peu plus appuyé, se demandant ce qu'un type en cravate trouvait de si merveilleux en cet endroit, Le Gai Lieu, pour y venir deux fois d'affilée en même pas une heure. De la mousse de bière imprégnait la barbe hirsute d'un balèze au ventre bombé comme un baril de whisky et qui, à l'évidence, aurait flambé sur place s'il était venu à l'idée de quelqu'un d'allumer une cigarette. Quand il me vit arriver, il balança un coup de coude dans le flanc du pilier droit et allongea un sourire un poil moqueur. Je m'approchai du comptoir et demandai au bouillon d'intellectuels :

— Existe-t-il dans le coin des entrepôts désaffectés, des endroits où plus personne ne met les pieds depuis plusieurs mois ?

Avant que la propriétaire de ce nid à fêtards ne pût écarter les lèvres, Barbe-à-Mousse envoya :

— Pourquoi ? T'es du fisc ?

Pilier droit et Pilier gauche se gaussèrent ; les deux curieux qui jouaient aux fléchettes vinrent s'accouder au bar, un verre de bière scotché à la main. Je répondis calmement, en m'adressant à la molécule d'éthanol barbue :

— J'ai juste posé une question. Chez les gens civilisés, la courtoisie impose que lorsque quelqu'un pose une question, ma foi, assez simple, l'un des membres de la communauté, en mesure de répondre, le fasse. Je vais donc répéter, au cas où l'effréné élan de gaieté qui embrase cet endroit aurait couvert le son de ma voix, existe-t-il dans le coin des entrepôts désaffectés ?

— Tu sais que t'es un vrai comique, toi ? Tu peux pas rester dans ton coin comme tout à l'heure et nous foutre la paix ? (Barbe-à-Mousse leva son poing. Un marteau-pilon.) Tu vois, un jour, j'ai frappé sur la tête d'un porcelet avec ça. La bête a gueulé un coup, puis on ne l'a plus jamais entendue. Tu veux que j'essaie avec toi ?

La propriétaire lui envoya un coup de torchon sur la joue.

— Arrête tes bêtises, Gueule à fuel ! Et ferme-la ou j'te vire avec mon pied dans le cul !

— Bien m'dame, rétorqua-t-il en grimaçant. Si on peut plus s'amuser !

La patronne s'appuya sur le comptoir, bombes mammaires bien en évidence.

— Non, je ne vois pas, mon chou, dit-elle en mimant la réflexion. Pas de zone industrielle dans le coin. Ici, c'est la pure campagne.

— Et aux alentours de Lommoye, ou de Bréval ?

— Non, non…

Barbe-à-Mousse intervint, des flambeaux dans les yeux.

— Moi, j'sais ! Les Hurleurs… Wooouh ! Wooouh ! Pourquoi tu lui parles pas des Hurleurs ?

— Il a parlé d'entrepôts ! grogna la femme d'une voix autoritaire. Pas d'abattoirs.

— Nan, balança Pilier droit. Il a dit : des endroits où plus personne ne met les pieds depuis plusieurs mois.

— Un abattoir, vous dites ? intervins-je.

Barbe-à-Mousse liquida son verre, imprégna sa barbe d'une coulée de bière et répondit :

— Ouais. Les Hurleurs… On dit que le bâtiment est hanté et que toutes les nuits, on y entend des animaux hurler… Moi, j'ai jamais vérifié… Mais Gus, lui, il est déjà allé dedans ! Hein, Gus, raconte !

Le joueur de fléchettes se contenta de lever une main.

— Non… Pas envie… J'ai rien à dire…

— C'est parce qu'il a les chocottes ! frémit la propriétaire. Vous allez vraiment vous rendre dans ce trou ?

— En effet… Dès que vous m'aurez donné l'adresse…

* * *

Les lueurs essoufflées de la ville ne laissaient plus paraître qu'une aurore diffuse, étalée au ras des longues étendues rectangulaires des champs. De plus en plus, l'obscurité s'immisçait dans les interstices feuillus des arbres, coulait lentement sur la tôle de mon véhicule, voilait parfois la lumière oblique de mes phares de ses fins serpents de brume. Devant, plus au nord, le halo orangé de Pacy-sur-Eure écaillait l'horizon à la manière d'un coucher de soleil flamboyant. Comme me l'avait indiqué Barbe-à-Mousse, je trouvai, après le croisement de deux départementales, la communale C15 que j'empruntai sur trois kilomètres, avant de m'engager sur une route moins large, signalisée comme impasse. Une vieille grille rouillée, fermée de plusieurs cadenas, se découpa dans le pinceau de mes feux. Je me garai sur le bas-côté, enfonçai les roues de la berline au cœur d'une végétation de jardin sale et, une fois le contact coupé, m'emparai de la lourde lampe-torche et de mon Glock

21. Le rail des puissants lampadaires qui encadraient l'autoroute A13, à quelques encablures du bâtiment, dressait un portrait sépia, tout en jeu d'ombres, de l'endroit de désolation aux larges allées vides envahies d'une friche abondante d'orties et d'herbes sauvages. Sous mes pieds, l'eau stagnante abandonnée par les pluies de la semaine dernière, croupissait en flaques peu profondes, nuancées par le gris mercure des reflets de la lune. Je me glissai dans l'un des nombreux trous éventrant le grillage, comme avaient dû le faire, malgré les risques de poursuites clairement signalés, des dizaines de curieux avides de toucher du doigt la matérialisation sanglante de leurs terreurs.

Le bloc massif du bâtiment de brique, d'acier et de catelles, ombre dans l'ombre, s'étirait sur l'étendue craquelée de l'asphalte noir, tel un paquebot en perdition au milieu d'un océan de solitude. Quelque chose, un mélange subtil d'angoisse et de peurs d'enfant, de souvenirs resurgis du néant, forma une boule dans ma gorge, ralentit subtilement ma progression, me délesta de mon assurance. J'hésitai à appeler l'officier de garde à la brigade, à déranger Sibersky pour qu'il me rejoignît, mais trop de doutes m'assaillaient encore. Je décidai de faire un premier tour d'inspection en solo…

Je longeai les enclos d'attente avant l'abattage et les aires d'étourdissement, la main serrée sur la crosse de mon arme, le corps noyé dans la pénombre des tubulures de métal inoxydable et des cloisons hermétiques.

Un froid intense chuintait des briques, un courant à peine perceptible qui rappelait le murmure d'un mourant. J'entendis le souffle saccadé des voitures qui filaient sur l'autoroute et, en un sens, cette façon de rompre ce calme polaire, cette coulée de silence, me rassura. Un cirrus effilé en forme de couteau voila la lune, fit danser des ombres sur les tôles froissées des toits dans un ballet déchirant.

L'endroit avait tout d'un cauchemar vivant, répugnant de puanteur suggérée…

La façade du bâtiment ne révéla aucune entrée praticable, une épaisseur de soudure à arc solidarisait chaque porte à son châssis, rendant l'intrusion impossible. Sur le côté, fort heureusement, une myriade de brèches, provoquées par des coups de masse ou de clés à molette, trouaient les volets roulants des aires de déchargement et me permirent, au prix d'une contorsion douloureuse, de me faufiler dans l'œil noir. S'ouvrirent à moi les portes scellées de l'inconnu…

Dès lors, je me guidai au seul pinceau pâle et cru soufflé par la Maglite. Je sentis les artères de mon cou gonfler sous l'afflux de pression sanguine, devinant les manifestations cyniques de la peur à la sueur qui m'enduisait le front. La pièce dans laquelle j'évoluais me parut immense, si creuse et vide que mes pas claquèrent vers des confins de noirceur que je ne discernais pas. La faune des ténèbres, ces ouvriers du désespoir, œuvrait avec acharnement dans l'anonymat de la nuit et de l'isolement. Des araignées tendaient leurs toiles, des mites agitaient leurs membranes en d'inquiétants frémissements et j'aperçus même un rat transpercer le faisceau jaune de ma lampe, courir sur une poutre branlante et se glisser entre les pales immobiles d'un ventilateur dont la taille dépassait mon imagination.

Je marchai sur des débris de verre, chevauchai des palettes de bois mort, longeai des mangeoires et des abreuvoirs gercés de pourriture avant de palper un rail de saignée qui, suivant toute logique, devait me mener dans le poumon rouge de la salle d'abattage. L'enfer du règne animal puait la tripe et l'abandon…

Je me faufilai, dos voûté, sous une porte basse barrée de lanières de caoutchouc noir, là où, quelques années auparavant, s'entassaient dans un calme électrique les bêtes paniquées, offertes aux appétits insatiables de la Mort. Le béton pisseux des murs laissa place aux catelles couleur dent gâtée, du sol au plafond, de l'arrière vers l'avant. L'atroce confinement de ce corridor aux allures de coupe-gorge me fit presser mon arme avec la vigueur d'un soldat.

Au ras de ma tête, des néons éclatés, dont les fines particules de verre tapissaient le sol comme une couche de neige croûteuse. Je progressai avec prudence, l'oreille attentive aux soubresauts des tuyaux craquants, à la course invisible de petits animaux qui me hérissaient tous les poils. Le rail me jeta dans une pièce gigantesque, aux murs si lointains que le pinceau de ma torche s'épuisa presque avant de les atteindre.

Des dizaines de boxes d'étourdissement, alignés de part et d'autre du rail de saignée, croupissaient dans l'obscurité, comme des employés de l'ombre parés à reprendre le cours de leur macabre mission. Je balayai avec ma torche toutes les directions, le regard aux aguets. La fraîcheur rouge de la viande congelée n'avait jamais quitté cet endroit humide, caverneux, effrayant dans sa monochromie blessante. Les tubes d'aération et d'évacuation me décochèrent des reflets bleutés sous les assauts photoniques, tels des clins d'œil mortels. Plus j'avançais au hasard de mes intuitions, plus la salle s'étendait, comme écartelée. Je devinais, là, juste devant moi, les carcasses du passé, suspendues, éviscérées puis sciées en deux du groin à la queue. J'imaginais ces saigneurs en blouses maculées de glaires, de sang, d'acide stomacal, plonger les bêtes dans les bacs d'échaudage, les ébouillanter jusqu'à ce qu'elles en ressortissent nues comme au jour de leur naissance, je flairais ces odeurs de têtes de porcs entassées par kilos dans les salles d'habillage et de désossement, puis broyées jusqu'à être réduites à l'état de jus de cadavres. Le parvis de la peur me déployait son tapis rouge ; j'évoluais dans la machinerie parfaitement huilée d'une bête démoniaque, une entreprise assassine dont le cœur battait encore…

Aucune trace des chiens ni de la femme. Rampes et couloirs vides, stalles d'étourdissement et plates-formes vierges… Je commençai à désespérer, hésitai un instant et me forçai à poursuivre l'inspection, malgré ma frayeur grandissante et ma certitude d'éprouver toutes les peines du monde pour regagner la sortie. À ma gauche, je découvris un cadran brisé de balance, des réchauffeurs hors d'usage, des prises d'eau éclatées, un mont d'étiquettes à oreilles, de fiches ante mortem abandonnées sur le sol. Au-dessus, des supports à crochets et à rails en surplomb, éventraient le plafond en une longue ligne, jusqu'à une bouilloire percée par le gel des tuyaux intérieurs. Il faisait noir… si noir que le poids de l'obscurité m'écrasait le dos…

D'insoutenables effluves de putréfaction me surprirent, me brûlant les narines. Réels, prenants au point de me compresser l'estomac. J'effectuai trois pas en arrière, glissai le bas de mon visage dans le col de ma veste et avançai à nouveau, tête baissée. Mais l'infection s'imprégnait dans le tissu, pénétrait en moi avec sauvagerie comme un gaz mortel. Je tentai bien de respirer le moins possible, mais, à chaque nouvelle bouffée d'air, je sentais que tous mes organes allaient me passer par la bouche. Je vomis un filet de bile jaunâtre, me ressaisis et me traînai jusqu'à la lourde porte de métal entrouverte d'une salle réfrigérée. L'odeur, devenue atroce, me redressa, me comprimant la poitrine et les côtes dans une étreinte douloureuse.

Devant moi, dévoilés crûment par le faisceau lumineux, six chiens gisaient, entassés, têtes emmêlées, poitrines craquées, dos lardés de plaies béantes. L'éclairage puissant de la Maglite révéla les tendons agrippés à l'os, tiraillés à leur maximum au travers de la chair noircie et pourrissante. Les cavités des yeux rendaient des globes desséchés à peine retenus par les tresses des nerfs optiques, et les gueules suppliantes, figées dans un ultime cri de douleur, s'imprimèrent sur le tableau blanc de ma mémoire. Une crise plus farouche de mon estomac me plia en deux.

La porte aux gonds rouillés, derrière moi, se mit à grincer en se rabattant lentement. Je frôlai la crise cardiaque, mon cœur stoppa puis accéléra enfin, déréglé et perdu tout autant que moi. Je me ruai hors de la pièce, tournai sur la droite au lieu de rebrousser chemin et m'engouffrai dans un corridor en pente, affolé, écœuré. Des rigoles couraient de chaque côté, enduites de sang séché, presque évaporé, pour se perdre dans les profondeurs inexplorées de l'abattoir. Ce sanctuaire de carrelages blancs, tachés de peaux mortes, d'éclats d'os, d'empreintes poussiéreuses, me tourna la tête. Les vitres en plexiglas des postes d'inspection des viscères me renvoyèrent l'éclat de ma propre torche en pleine figure, comme un coup de scalpel sur mes rétines. Je progressai toujours, coûte que coûte, accroché aux derniers soubresauts de courage qui m'animaient encore.

Les canaux transverses d'évacuation bifurquèrent à droite dans une très forte déclinaison, se jetant dans une fosse profonde. Je me penchai, promenai en gestes tremblants l'œil curieux de ma torche au fond du puits. Une échelle métallique permettait de descendre et, apparemment, d'emprunter un tunnel de béton menant probablement au cœur du système de ventilation et d'évacuation. Un groupement de tuyaux aux diamètres divers s'y enfonçait aussi, alors je décidai de m'aventurer sous terre, dans le poumon de l'enfer. Je longeai les tubes métalliques du bout des doigts, m'écorchant les phalanges sur des canalisations jadis explosées par la force brute de la glace. Le sang gicla, se mêla à la poussière en gouttes épaisses qui craquèrent en percutant le sol. Je remarquai alors la présence d'empreintes de pas. Des marques fraîches, vierges de salissures, aux contours propres et définis. Des allers et retours dans l'ombre, sous terre, à l'abri des regards, dans l'entrepôt du diable. Les marques du tueur…

Les tuyaux et les pas me conduisirent dans une ouverture latérale d'où chuintait un bruit sourd, à peine perceptible, comme celui d'un moteur lointain. Là, au fond, un rai de lumière blanche rampait sous une porte. Je m'éloignai à reculons, retournai au pied de l'échelle pour y sortir le cellulaire de ma veste et composer le numéro de la permanence à la Criminelle. Pas de réseau, communication refusée. Tout ce métal et ce béton agissaient comme un tissu opaque, un filet à ondes infranchissable. Je ne pris pas le temps de ressortir, résolu à agir seul. J'avais en ma possession l'effet de surprise…

Retour dans la bouche hurlante du tunnel au plafond bas et écrasant. Je pensai au tueur, l'imaginant derrière cette porte, les traits du visage ciselés par une lampe à huile, martyrisant la jeune femme, la privant de nourriture et plongeant ces pointes soigneusement taillées dans le velours de son corps…

Je m'avançai, torche éteinte, léger sur mes pieds autant que ma corpulence d'homme mûr me le permettait. Un cadenas enserrait la porte de l'extérieur, preuve de l'absence du tueur, ce qui me rassura et me déçut en même temps. Le ronflement provenait vraisemblablement d'un petit groupe électrogène portatif. Je pointai le canon de mon Glock devant moi, inclinai la tête et tirai sur l'anse cémentée du cadenas. Un feu de poudre illumina un bref instant le couloir comme le souffle d'un dragon et un cri déchirant, qui tourna en râle abject, inonda les abords du tunnel. Chassant la porte du pied, je me plaquai contre le mur crasseux alors que des jets de lumière volaient dans la pénombre comme des lames étincelantes. Ce qui se jeta sur mes rétines, me creva les yeux…

Le visage était tourné vers moi. Les pommettes tendaient la peau à en percer la surface et, des lèvres encroûtées de fièvre, se détachaient des boursouflures de peau morte. Les yeux vitreux aux pupilles devenues translucides, roulaient difficilement, comme arrachés de leurs nerfs. La céramique du corps, fêlée de côtes saillantes, fragilisée par les coups et les plaies ouvertes, semblait toute proche de se rompre en mille éclats d'os et de chairs ; les seins cloués à la table, gonflés par l'infection, étaient grêlés de marbrures olivâtres, de veinules rosées, de lésions noircissant autour de la tête des clous.

Malgré l'appareil stéréotaxique lui immobilisant les mâchoires, la fille remua les lèvres, en chassa la mousse blanchâtre de la pointe de la langue avant d'émettre une plainte étouffée. Je ne sus pas si elle réalisait qui j'étais, elle essayait de pleurer mais ne trouvait pas les forces nécessaires pour qu'affluassent les larmes.

Au-dessus, l'objectif incliné vers le bas, une caméra numérique filmait…

— Seigneur ! Je suis de la police ! Je vais vous sortir de là !

Je m'approchai d'elle et lui passai une main légère contre le méplat de sa joue presque aspirée de l'intérieur. Elle hurla une nouvelle fois, par réflexe. Je dévissai l'étau des tempes, ôtai les tiges de métal lui maintenant la bouche ouverte. Sa tête, trop lourde pour les muscles épuisés de son cou, tomba au creux de ma main. Comment la détacher sans la blesser davantage ? La corde usée lui pénétrait la grande voile blanche de la peau, les échardes de bois menaçaient de s'enfoncer au plus profond de sa chair à chaque mouvement indélicat. Piégé ! Incapable de la libérer, de lui lâcher la tête sans que la masse du crâne ne la fit basculer sur le côté, lui arrachant les seins. Elle avait la force d'un oisillon tombé de son nid…

— Vous êtes sauvée, on va s'occuper de vous. Vous pouvez parler ?

Sa respiration bruyante, comme celle d'un taureau étalé sur le sable chaud d'une arène, s'accéléra. Ses lèvres s'écartèrent, ses cordes vocales écorchées vomirent un son monocorde, incompréhensible. J'eus peur qu'elle me quittât, qu'un faux mouvement, même infime, la brisât en morceaux. Je n'entrevis aucune solution pour libérer ses chairs de l'emprise meurtrière des clous industriels. Les épaisseurs de sang séché et l'infection propagée jusqu'à la pointe des mamelons, interdisaient de lui effleurer même la peau sans la tuer de douleur. Il me fallait de l'aide, absolument.

— Je vais ôter ma main. Essayez de maintenir votre tête droite.

Je retirai le bout des doigts, mais la tête chancela, à peine retenue au corps par la charpente délabrée du cou. Le choix qui m'incombait me répugna.

— Écoutez, je vais revenir. Il faut une ambulance. Je vais vous bloquer la tête avec l'appareil, sans serrer trop fort.

Ses yeux chassieux montèrent vers moi. J'y déchiffrai l'exécration, l'envie de mourir surpassant celle de vivre. Elle me suppliait sans parler de rester auprès d'elle, de lui réchauffer le cœur d'une manière ou d'une autre. Déchiré intérieurement, je serrai l'étau d'une seule main, toujours en soutenant la tête presque démantelée de son totem de chair. Pourquoi cette escapade solitaire ? Quelles saugrenues prétentions m'avaient empêché d'appeler les renforts bien avant, dès que le doute m'avait traversé l'esprit ?

— Je reviens, je vous le promets ! Je vais sortir, remonter pour téléphoner, avec ceci, lui montrant mon portable, les secours arriveront, on va vous libérer, vous m'entendez ? Vous libérer ! Tenez bon. Je vous en supplie, tenez bon !

Je glissai des doigts tremblants dans sa chevelure rance sans soutenir son regard et m'enfuis, me ruant dans le corridor, le souffle court, suffocant, téléphone et revolver pressés contre moi comme les derniers biens d'un naufragé. Il fallait que je la sauve pour me sauver moi-même. Rien d'autre ne comptait, à présent : la sauver ! Qu'elle vive !

Je m'aventurai dans le tunnel avec prudence. Ma voiture garée devant l'entrée, le roulement du coup de feu dans la gueule de l'abattoir, étaient les preuves tangibles de ma présence. Au moment où j'empoignai l'échelle menant à l'étage des salles d'abattage, un faisceau lumineux s'accrocha à mon épaule et un picotement vif investit mon deltoïde gauche. Je basculai contre le mur, pointai le pinceau de ma lampe-torche en direction de mon col pour y découvrir un petit tube d'étain terminé par un bouquet de plumes rouges… une fléchette anesthésiante. Je l'arrachai de la veste, levai le canon de mon Glock vers le haut du puits et tirai jusqu'à ce que mon doigt ne trouvât plus la force de plaquer la queue de détente contre le pontet. Une pression m'écrasa les poumons, une main invisible me serra la gorge, rendant le passage d'air difficile. Mon bras et mon épaule gauches semblèrent se décrocher de mon corps, et le liquide froid fila en direction des membres inférieurs à une vitesse saisissante. Je me renversai dans le corridor au prix d'un effort surhumain, alors que, d'un coup, mes pieds s'enracinaient dans une mer de roche. Les muscles jambiers fanèrent et me lâchèrent. Accroupi puis couché, incapable de remuer le tronc, j'enfonçai mes doigts dans le verre pilé des néons éclatés pour combattre les effets de l'anesthésique. Je ne perçus qu'une infime partie du trait de douleur, preuve que l'afflux massif de produit terminait sa fulgurante digestion de mes sensations. Ma main s'ouvrit d'elle-même, la paume en sang, les doigts repliés, puis détendus, hors de contrôle. Paupières figées. Bouche ouverte. Incapable de déglutir. Mais parfaitement conscient. Un poisson dans une bourriche… Mes membres s'allongèrent puis rétrécirent ; les tuyaux, au ras du sol, se ramollirent, se tordirent dans l'espace en une lenteur exagérée. De la poussière soulevée par ma chute vint se coller sur mes rétines, provoquant une sécrétion lacrymale impossible à maîtriser.

J'eus l'impression de ne plus rien entendre. Ni le bruit de ses pas, ni sa respiration et pourtant, je sus qu'il s'approchait de moi, je le sentis comme on devine l'haleine d'un feu sans en voir les flammes. Il venait m'achever, tel un messie du mal, un messager de l'au-delà chargé d'une mission de destruction. Je ne suis pas prêt à mourir, je veux vivre ! Mais ce choix ne m'appartenait plus désormais. Mes yeux restèrent fixes. Je voulus parler, crier, les mots se bloquèrent à la porte de ma conscience ou restèrent accrochés aux cordes vocales. Où était-il ? J'entendis mon sang affluer, bouillonner, gonfler mes artères. Les sons intérieurs de mon organisme s'amplifièrent, ceux de l'extérieur diminuèrent. On me glissa un bandeau devant les yeux, mais je n'aperçus ni bras, ni main. Noir complet. Je sentis une force me traîner sur plusieurs mètres, une force d'aimant invisible et pourtant phénoménale. Quelque chose, quelqu'un me ramenait probablement à l'endroit d'où je sortais. Longue plainte de désespoir, interminable. La fille hurla à s'en déchirer la poitrine. Je devinais les soubresauts d'espoir qui se brisaient en elle comme les dernières vagues d'une mer prise par le gel. Plus de mouvement. On m'avait abandonné sur le sol. Les hurlements devinrent gloussements, les gloussements des râles d'agonie, puis, plus rien… Je sombrai, sombrai, sombrai…

Je me réveillai lentement, avec l'impression d'avaler du papier de verre à chaque déglutition. J'ôtai le bandeau de mes yeux, les doigts gourds. Je me levai, les membres encore alourdis par les restes d'anesthésique, me retournai et découvris, soudain, qu'il n'y avait plus rien à faire pour la fille…

Chapitre cinq

Dans la tombe silencieuse de la pièce, les techniciens de la police scientifique installaient de puissants halogènes, alors qu'un infirmier dépêché sur place me tirait quelques gouttes de sang en vue des analyses toxicologiques.

Le légiste, Dead Alive, attendait dans le tunnel de maintenance l'autorisation de l'OPJ de la Scientifique avant l'examen du corps. Quant à moi, je m'arrachai de l'enfer et laissai les rayons du soleil levant me colorer le visage, puis m'assis à l'arrière de l'ambulance dans la cour de l'abattoir. Nimbés de lumière, des insectes encoconnés par les araignées pendaient le long des chéneaux en boucles d'oreilles de soie. Tout autour, au ras de l'asphalte et à perte de vue dans les champs, la brume rampante se développait en coulée d'avalanche grise jusqu'à rendre le paysage figé dans un étau de tristesse et de désolation. Dans le flou de l'air, à l'arrière, les brefs ronflements des moteurs sur l'autoroute A13 se succédaient en cadence de pouls cardiaque.

Un véhicule de fonction arriva, phares découpant le brouillard, et vint se garer parallèlement à l'ambulance.

Sibersky et Élisabeth Williams en sortirent, les visages chanfreinés d'inquiétude. L'à-pic de leurs regards aurait pu pulvériser des vitres. Une troisième silhouette se joignit à eux, l'ombre de psychologue, Thornton.

— Bon sang, commissaire ! gronda le lieutenant. Vous auriez dû appeler les renforts ! Leclerc est en furie ! (Il me considéra avec un air plus doux.) Ravi de vous voir en vie…

— Je ne pensais pas que la piste des chiens me mènerait si loin… Tout s'est enchaîné tellement rapidement…

Mes pupilles s'élargirent face aux étranglements de désespoir de la fille qui tambourinaient dans mon esprit. Je secouai la tête avant de lancer à Sibersky, en désignant Thornton qui se dirigeait vers un OPJ de la Scientifique :

— Qu'est-ce qu'il fait là, cet abruti ?

— Fils-à-papa a insisté pour venir. Et on ne refuse rien, à fils-à-papa…

Je haussai les épaules et demandai à Williams :

— Je pensais que vous ne vous déplaciez jamais ? Ne raconte-t-on pas que les psys, les vrais, s'isolent à longueur de journée dans des clapiers de béton, sous terre, coupés de tout ce qui les entoure ?

Ses épaules frissonnaient. Elle avait troqué son tailleur pour un pull à col en V et un pantalon noir côtelé. Elle croisa les bras pour se protéger illusoirement du froid. Le soleil ne perçait plus et j'eus l'impression que la nuit tombait une seconde fois.

— En effet. Mais il n'y a pas de mal à déroger à la méthode américaine. Et puis, pensez-vous qu'un Picasso aurait le même rendu sur une photo que dans sa galerie ? Vous avez surpris le tueur dans la mécanique huilée de sa mise en scène, apparemment longue et sordide. Vous êtes apparu comme le grain de sable grippant une machine éprouvée. Je veux constater de mes propres yeux de quelle façon cela s'est répercuté sur la scène du crime… Vous devriez rentrer vous reposer et changer de chemise. Vous feriez peur à un fantôme.

— Je reste. J'ai senti le souffle chaud de cet enfoiré sur ma nuque, j'entends encore les cris blancs d'une pauvre fille que je n'ai pas su sauver. Croyez-vous que j'aie envie de me reposer ? Il cherche peut-être à l'heure qu'il est sa prochaine victime. Suivez-moi. Allons dans l'ancienne salle de pause du personnel, à l'intérieur. C'est la seule pièce baignée par la lumière du jour. Mes gars ont amené des thermos de café, de quoi réveiller un cimetière complet. Vous avez du nouveau à m'annoncer, j'espère, mademoiselle Williams ?

Mademoiselle Williams… Le mot était-il approprié pour une dame de presque cinquante ans ?

— Des choses intéressantes, en effet.

Je levai le menton vers Sibersky.

— Toi aussi, depuis hier ?

— Je vous raconte ça là-bas…

Je nous servis un Java bien chaud, noir charbon, et nous nous installâmes autour d'une table de métal après en avoir chassé la croûte de poussière. Le froid mordant de l'extérieur se glissait par les vitres grillagées dont, d'ailleurs, ne restait que le grillage. Thornton nous rejoignit et s'assit en bout de table. Cheveux bruns plaqués vers l'arrière, pull jacquard, pantalon de toile. Un golfeur.

Williams enroula ses paumes autour de la tasse fumante qu'elle porta sous son nez.

— Avant que je vous rapporte mes conclusions, racontez-moi ce qui s'est passé…

Je leur narrai mon enquête sur la disparition des chiens et les indices qui m'avaient conduit, en définitive, à l'abattoir.

— Parlez-moi du tueur, dit-elle en fixant mon regard.

— J'étais dans les vapes. Je n'ai pas vu la moindre partie de son corps. Il n'a jamais décroché une seule syllabe. On aurait dit… un souffle invisible, une onde de puissance, partout et nulle part. Je n'ai même pas ressenti l'emprise de ses mains sur mes membres lorsqu'il m'a traîné.

— Certainement les effets de l'anesthésique que vous aviez dans le corps. Semblait-il paniqué ?

J'entendais encore le sifflement du scalpel dans l'air alors qu'il officiait.

— Tout s'est passé très vite. Il m'a hissé jusque là-bas, l'a tuée et… je ne me souviens plus…

— Et la fille. Comment l'a-t-il exécutée ? intervint Thornton.

Je m'efforçai de lui répondre :

— À coups de bistouri… Quand j'ai repris mes esprits, j'ai regardé brièvement, je suis sorti et j'ai appelé les secours… Pourquoi m'a-t-il laissé en vie ? Mon Dieu…

— Je pense qu'il vous a traîné là-bas pour que vous assistiez par le sens de l'ouïe à l'exécution, expliqua Williams. Il vous a épargné pour montrer sa puissance de domination et de contrôle, même dans ce genre de situation qui, au départ, lui est défavorable. Cela dénote aussi qu'il ressent un sentiment de frustration important.

— Comment ça ?

— Je pense que son anonymat le dérange. Il se sait intelligent et veut que les autres le sachent. Il aimerait dévoiler son identité mais ne peut pas. Alors il vous laisse en vie. Une grande partie des tueurs en série ont un désir de célébrité, allant même jusqu'à reconnaître des actes qu'ils n'ont pas commis pour gonfler leurs palmarès. En vous épargnant, il frappe un grand coup ; sème le trouble, l'incompréhension ; démontre clairement qu'il n'est pas fou et agit dans la lignée d'un scénario bien précis.

Je me levai en direction de la fenêtre grillagée, le visage froissé de colère.

— Il la filmait…

— Pardon ?

— Quand je suis arrivé dans la pièce, la première fois, j'y ai découvert un groupe électrogène portatif qui alimentait deux lampes et une caméra vidéo située en face d'elle. Cet enfoiré la filmait !

Elle nota une phrase sur son rapport et la souligna d'une triple ligne de rouge. Thornton l'imita, en marmonnant :

— Souvenirs post mortem. Prolongation du fantasme… Intéressant… Très intéressant…

Sibersky se servit à la hâte une seconde tasse de café. Je dis à Élisabeth :

— Parlez-moi de vos conclusions…

— J'ai pris le temps de me pencher sur la lettre. Les mots sont le miroir de l'âme, et j'espérais bien découvrir le visage du tueur sur les reflets de l'encre.

Elle déglutit bruyamment une gorgée de Java.

— Et vous y êtes parvenue ?

— J'ai commencé. Le style de sa missive est net, précis, impeccable, il dénote une bonne éducation, une instruction importante. Pas une seule faute d'orthographe ni la moindre erreur de construction grammaticale. Mais j'ai relevé deux traits de pensée vraiment différents, ce qui me laisse pour le moment, je l'avoue, perplexe. Primo, l'aspect religieux. Certains mots ou phrases me portent à croire qu'il utilise les fondements de la religion pour justifier une partie de ses actes. Sa victime s'est rendu compte, je cite, *que toutes les difficultés sont une loi immuable de la nature*. Puis il enchaîne sur Dieu, signalant que *les armures abîmées valent bien plus aux yeux de Dieu que le cuir neuf*. Les *armures abîmées* se rapprochent bien entendu du symbole du valeureux guerrier, pour qui la souffrance est un lot quotidien. Il semblerait qu'il considère la souffrance de ses victimes comme l'ultime épreuve nécessaire avant leur rencontre avec Dieu, *une loi immuable*. Comme il le dit lui-même, *le bonheur doit être l'exception, l'épreuve est la règle*. Cette sentence s'applique comme un gant à Martine Prieur. Ne vivait-elle pas dans le bonheur et le luxe depuis qu'elle avait touché l'assurance vie de son mari ? N'aurait-elle pas dû plutôt s'immerger dans un sillon de souffrance et de repentir suite au décès ?

Je me rassis, les mains plaquées sur les genoux. Sibersky avait croisé les bras, sa tasse vide devant lui, sur la table.

Thornton, tout en prenant des notes, avança :

— Vous voulez dire qu'il agirait comme un censeur, qu'il aurait mutilé de la sorte deux femmes au nom de Dieu ?

— Non, je n'ai jamais dit ça, répondit d'un ton sec Williams. Pas encore, tout du moins. Simplement, soyons conscients que la trame religieuse peut conditionner ses agissements. Rappelez-vous, la pièce dans la bouche. Un geste purement religieux, un mythe grec encore appliqué de nos jours dans les pays hautement catholiques… D'ailleurs, en a-t-on trouvé une dans la bouche de la deuxième victime ?

— Nous ne tarderons pas à le savoir…

— Pour la suite, je vais fouiller dans les recueils religieux, Bible ou livres anciens. J'ai transmis la lettre et la photo de ce fermier à un théologien, Paul Fournier, un monstre de culture… Vous pouvez me servir un second café ?

Sibersky se leva et piocha une autre thermos dans un sac de toile à bandoulière.

— Vous parliez de deux aspects, pour la lettre… repris-je avec intérêt.

— En effet. La deuxième ligne directrice, majeure, est un sadisme prononcé. La plupart des tueurs en série se complaisent dans leurs actes de torture, n'éprouvent aucun remords envers leurs victimes et vont même jusqu'à narguer la police et les familles, comme c'est le cas ici. Mais, d'après les photos et comme risque de nous le confirmer le légiste, rares sont les tueurs qui entretiennent… excusez-moi, c'est le seul mot auquel j'ai pensé… qui entretiennent leurs victimes sur une telle durée. Vous rendez-vous compte des efforts qu'il a dû déployer pour la maintenir en vie ? Pour, chaque nuit, se rendre ici au risque de se faire prendre, pour la nettoyer, la nourrir un minimum et même… filmer ? Et que dire de l'installation sophistiquée chez Prieur ? Il fait preuve d'un mental à toute épreuve… Il est appliqué et patient, très patient… Aucune pulsion dominante ne le force à précipiter ses actes.

Un officier de la police scientifique, Georges Limon, entra dans la pièce.

— Nous en avons terminé, dit-il en prenant un gobelet en plastique. Le légiste attaque son expertise. Vous pouvez le rejoindre.

— Alors ?

— On a de belles empreintes de pied. Du quarante-deux. On peut affirmer à présent qu'il s'agit d'un homme. On a aspiré la poussière du couloir souterrain et de la salle confinée pour analyses au labo. Nous avons récupéré des cheveux, des morceaux d'ongles et de fibres synthétiques, ainsi que quelques empreintes digitales. Ajoutez à cela la flèche anesthésiante qu'il n'a pas pris la peine de ramasser. Probablement expédiée par un pistolet vétérinaire, compact et puissant… On vous tient au courant.

— Et les chiens mutilés ?

Une onde de dégoût fripa les sillons de son front.

— C'est un putain de boulot ingrat ce que vous nous demandez là ! Trois techniciens ont le nez là-dedans… Autant remuer la merde d'une fosse à purin !

— Plus aucune trace du système vidéo ?

Il jeta son gobelet vide sur le sol et l'écrasa du talon.

— Non.

— C'est tout ?

— Bien sûr, c'est tout ! À quoi vous attendiez-vous ? À ce qu'il nous laisse sa photo encadrée avec un petit mot de bienvenue ? On analyse le reste de l'abattoir et l'extérieur. Cet endroit me répugne. Il pue la charogne à plein nez.

Limon disparut avec la vivacité d'une lame dans le brouillard.

— Pas très en forme, les gars de la Scientifique, lâcha Sibersky sans l'ombre d'un sourire.

Je me levai en direction de la porte.

– Allons rejoindre le légiste...

Nous longeâmes dans un silence de pierre la salle d'abattage, descendîmes précautionneusement l'échelle par laquelle je m'étais engagé la veille, avant de rejoindre Van de Veld au bout du tunnel.

— Je ne vous ai pas exposé ce que j'ai découvert, glissa mon lieutenant avant notre entrée dans la pièce, mais ça peut attendre... Rien de déterminant de toute façon...

J'acquiesçai, les yeux figés sur le cadavre de la femme. Je l'avais à peine regardée, une fois recouvrés mes esprits. À présent je la découvrais, morcelée par la cruauté blanche des puissants halogènes à batterie.

Williams pénétra dans la pièce comme dans une église. J'aperçus dans ses yeux la flamme vacillante des cierges, les reflets kaléidoscopiques de vitraux ogivaux, les larmes de la Vierge. Une magie s'opérait, une fusion fantomatique et je crus voir, le temps d'un souffle, certains de ses cheveux onduler, comme caressés par la main de Dieu.

— Il n'y est pas allé de main morte cette fois, râla Van de Veld. Vous l'avez vraiment mis en colère, commissaire. Que pensez-vous de cela, madame Williams ?

Elle répondit à contretemps, éprouvant toutes les difficultés pour se décrocher de l'espèce de voile spirituel qui l'enveloppait.

— La colère n'est peut-être pas le seul motif d'un tel acharnement sur le visage, murmura-t-elle en se rapprochant de la chose morte.

Ses pupilles fondirent en tête d'épingle sous les aplats de lumière.

— Quelle autre raison, alors ? demanda le légiste en toisant discrètement Thornton, occupé à dresser un croquis rapide de l'agencement des objets et de la position de la victime.

— Il a préféré détruire ce qu'il avait construit parce qu'il n'a pas pu aller au bout de son fantasme. Une œuvre inachevée ne l'intéresse pas, il cherche la perfection, alors il a rejeté cet *objet fantasmatique* en le mutilant.

Elle se plaça face à la bouche piégée par l'appareil stéréotaxique.

— Pas de pièce ce coup-ci, évidemment… Cela me conduit à penser qu'il risque de recommencer bientôt, animé, comme vous dites, par la colère, mais aussi par le désir puissant d'aller cette fois au bout, dans un endroit tout aussi insolite qu'un abattoir… Dites-moi où se trouvait la caméra, commissaire.

— Ici, juste en face du corps. Elle reposait sur un trépied.

— Comment était l'éclairage ? Quelle partie du corps illuminait-il ? Le corps tout entier, juste la tête ?

Je pointai un doigt vers le fond de la pièce.

— Il y avait une lampe, genre lampe de chevet, de chaque côté du corps. Et une troisième derrière la caméra.

— Merci, commissaire…

En m'immisçant dans son monde sans qu'il ne s'y attende, j'avais peut-être éveillé en cet être démoniaque une rage inouïe, une volonté de répandre le mal avec une détermination plus farouche. Comme cette boule de neige que l'on pousse dans une descente, qui soudain vous échappe des mains et grossit jusqu'à tout écraser sur son passage. Williams poursuivit en monologue.

— Le tueur est passé d'organisé à désorganisé. Précipitation, panique, fuite. Ce qui peut nous laisser une chance. S'il agit désormais sous le coup de la vengeance ou de la colère, il commettra des erreurs grossières.

Sibersky se positionna dans le faisceau de la lampe, éclipsant la partie claire de nos visages et demanda d'une voix non ménagée :

— Vous voulez dire que nous devons attendre de prochains meurtres pour espérer mettre la main dessus ?

Thornton s'apprêtait à parler, mais Élisabeth le devança.

— J'espère que non ! C'est d'ailleurs mon rôle, autant que le vôtre, de tout faire pour éviter cela. Mais sachez que les tueurs en série agissent sans mobile apparent. Ils n'entretiennent aucune relation avec les victimes, contrairement aux tueurs de masse. Ils peuvent se tapir dans l'ombre des mois, voire des années, puis recommencer. Nous sommes tombés sur un arpenteur de bitume, un voyageur qui n'hésite pas à se déplacer, ce qui ne nous donne aucune indication géographique. Il travaille sur plusieurs victimes à la fois, celle-ci, Prieur, et rien ne nous permet d'affirmer, à l'heure actuelle, qu'une autre fille ne se trouve pas dans une situation similaire, quelque part au fond d'une forêt ou dans des entrepôts désaffectés, loin, très loin d'ici. À ce stade, la platitude de la vie ne l'intéresse plus. Les fantasmes prennent une telle importance que plus rien d'autre ne compte. Il est totalement voué à son obsession. » Elle orienta un regard appuyé dans ma direction. « Vous êtes intelligent, commissaire Sharko, mais si vous vous trouvez ici, c'est parce qu'il a bien voulu vous communiquer des éléments directeurs, même si, je pense, vous l'avez bluffé…

— Votre rôle consiste-t-il aussi à nous faire perdre espoir ? répliquai-je avec froideur.

— Non, juste à vous faire prendre conscience qu'un tueur en série ne se comporte pas comme un tueur classique. Je veux vous faire réfléchir autrement. Nous devons nous efforcer de penser comme lui, non pas en termes de mobile, mais plutôt en termes de lien caché, de logique, SA logique, qui fait de ces meurtres une chaîne unique, répondant à quelque chose de concret. Si nous découvrons ce quelque chose, nous aurons un profil psychologique précis du meurtrier…

Après avoir ôté l'appareil stéréotaxique, Van de Veld écarta d'une pince les mâchoires de la victime. Une petite dent gâtée s'effrita avant de tomber en morceaux sur le sol.

— Bon, allons-y. Érosion buccale, dents très abîmées, pourrissantes. Peau du visage sèche, joues creuses, yeux enfoncés dans les orbites, chute des cheveux.

Il se décala vers le bas du corps et lui cassa un ongle.

— Ongles striés, violacés, cassant net. Membres en baguettes de tambour… Nombreux œdèmes de carence sur la totalité du corps… Hanches saillantes, fesses totalement effacées, disques de la colonne visibles… Bordel, cette fille doit peser à peine quarante kilos ! À voir la taille des œdèmes, les vergetures, les plis pendants de peau et son incroyable élasticité, elle devait, à l'origine, être plutôt bien portante…

Une gifle de stupeur poussa Sibersky vers l'arrière. Il questionna, les lèvres ondoyantes :

— Combien de temps ? Combien de temps il l'aurait maintenue dans cette position, nue ? Combien de temps lui a-t-il fallu pour amaigrir sa proie à ce point ?

— Les examens toxicologiques nous révéleront s'il lui a administré des substances pour freiner l'infection des blessures, ce qui est fort probable vu les marques au niveau des avant-bras. Si c'est effectivement le cas, s'il l'abreuvait régulièrement, s'il l'hydratait, elle a pu rester dans cette position… plus d'un mois…

— Nom de Dieu !

Sibersky ramassa une ampoule de rechange qui traînait près d'un halogène et la fracassa contre un mur avec la rage d'un joueur de hockey.

— Vous allez encore nous dire, madame Williams, que Dieu a quelque chose à voir là-dedans ?

Il se volatilisa dans le long tunnel au pas de course, en larmes, radiant d'éclairs.

Je haussai les épaules, à moitié surpris de cette soudaine éruption d'émotions.

— Il faut l'excuser, justifiai-je en me tournant vers la psy. Ses nerfs sont à vif, tout comme les miens d'ailleurs. De toute ma carrière, je n'avais jamais vu une chose pareille.

Je lui pris le bras et la tirai sur le côté.

— Vous permettez ! lançai-je à Thornton qui s'invitait. Haussant les épaules, il retourna auprès de Van de Veld.

Je chuchotai.

— Vous croyez aux esprits ? À des dons quelconques de voyance ?

Elle jeta un regard fugace vers la victime avant de répondre.

— Pourquoi diable me parlez-vous de ça ? Est-ce l'heure et l'endroit ?

Je baissai encore d'un ton.

— Une vieille Noire, ma voisine, m'a annoncé des prédictions qui m'ont amené jusqu'ici. Elle parle d'un être démoniaque, un homme sans visage venu sur Terre pour propager le Mal… D'ordinaire, je ne crois pas à ces salades… Mais les circonstances de la découverte de cette femme me troublent énormément… Le hasard ne m'a pas conduit ici… Doudou Camélia m'a aidé. (Mon regard se perdit dans le blanc de ses yeux.) Si elle a eu raison pour les chiens, elle a peut-être raison pour ma femme… Oui, ma femme est peut-être vivante, elle me le répète si souvent.

— Je… Que voulez-vous que je vous dise… (Elle réfléchit un instant.) Faites-moi rencontrer cette femme, je vous donnerai mon avis, si cela peut vous aider.

Le légiste prélevait d'une pince effilée des échardes de bois qu'il rangeait dans des sachets en plastique apprêtés. Je l'informai :

— Nous vous laissons, docteur Van de Veld. Je passerai vous voir plus tard dans la journée à l'Institut. Dites-moi juste s'il y a eu des rapports sexuels.

— Apparemment non, souffla-t-il en chassant du bout de la langue des graines de sésame noir. Son vagin est rêche comme un sac de toile. Bordel, j'ai l'impression de travailler sur une momie qui a traversé deux millénaires…

* * *

Élisabeth et moi bûmes un autre café dans un routier, au bord de la nationale 13. Je portais sous les yeux le poids de ma nuit agitée et cependant, je n'éprouvais pas la moindre sensation de fatigue, comme si la volonté m'animait de mettre à profit chaque minute écoulée. Je donnai un coup de fouet à mon visage avec l'eau fraîche des toilettes et nous reprîmes la route dans la demi-heure qui suivit. Un bloc de ciel bleu avait chassé le brouillard, mais la température demeurait basse.

— Vous savez, me déclara Élisabeth, l'organisme possède son propre système de défense contre la douleur, il s'adapte, ce qui peut atténuer le mal. Par contre, aucune barrière n'existe pour la souffrance morale. Je… je me sens incapable d'imaginer ce qu'a dû endurer cette fille. Ça va bien au-delà de tout ce que nous connaissons en terme de psychologie, d'analyse, d'introspection.

Je doublai un poids lourd et me rabattis en urgence. Une voiture qui déboulait en sens inverse klaxonna.

Devant, se déployait le Tout-Paris, la marmite bouillonnante avec son air vicié, ses interminables serpentins de gomme et de métal…

Je m'enquis :

— Donnez-moi vos premières impressions sur ce meurtre-ci, à chaud…

— Trois paramètres importants. D'abord l'endroit. Les tueurs aiment évoluer dans des univers qu'ils connaissent. Interrogez le personnel de l'époque, tous ceux qui habitent à proximité de l'abattoir. Voyez avec les agents du commissariat local s'ils n'ont pas interpellé des visiteurs non autorisés. Il me faudra aussi une photo aérienne des lieux…

Je la surpris à serrer la poignée de la portière lorsque j'attaquai un nouveau dépassement.

— Ensuite, il y a la notion de durée. En général, plus l'acte sadique s'étale dans le temps, et je crois que dans notre cas nous frôlons un record, plus le tueur a la certitude de ne pas être pris. Il se sent invulnérable, s'appliquant à passer inaperçu, ce qui le rend redoutable. Finalement, il faut analyser tout ce qui tourne autour de l'acte lui-même ; là, se situe la grosse partie du travail. Vous savez, tuer brutalement n'est pas une chose facile, mais tuer avec l'art et la manière l'est encore moins. En ce sens, l'assassin noue une relation particulière avec sa victime, ce qui peut le conduire à laisser des indices de façon involontaire. Pourquoi, à votre avis, a-t-il pris la peine de la laver ou de lui nettoyer les oreilles ?

— C'est ça que vous regardiez, tout à l'heure, ses oreilles… Je pense qu'il nettoyait les déjections pour travailler dans un endroit propre, agréable pour lui… Par contre, pour les oreilles, je ne comprends pas…

— Peut-être s'est-il occupé d'un malade, parce que cet individu, un proche, se trouvait incapable de s'entretenir lui-même. Peut-être que, adolescent, il avait sous son aile un frère plus jeune et jouait le rôle d'une mère absente.

Je quittai la route un moment des yeux et me tournai vers elle.

— Vous êtes extrêmement croyante, n'est-ce pas ?

— Je prie beaucoup pour les victimes, mais pour les assassins aussi. J'abjure le Seigneur de leur pardonner. Je crois aux choses belles de la vie, aux forêts et aux grands lacs bleus. Je crois en la paix, en l'amour et en la bonté. Si c'est cela que vous appelez être croyante, alors oui, je le suis.

— Dans ce cas, dites-moi, que s'est-il passé quand vous êtes entrée dans la pièce, tout à l'heure ?

Un soufflet de stupeur lui empourpra les joues.

— De… De quoi voulez-vous parler ?

Voix troublée, papillonnante.

— Je vous ai vue. Quelque chose s'est produit au moment où vous avez pénétré dans la pièce. Vous évoluiez ailleurs, à des milliers de kilomètres de nous tous. Vos yeux, vos cheveux... Racontez !

— Vous... vous allez me prendre pour une folle...

— Et moi, avec mon histoire de chiens, pour qui croyez-vous que je passe ? Je vous écoute...

Elle se clarifia la voix.

— C'est la première fois que ça me fait ça, après plus de vingt-cinq ans de carrière. Quand je suis arrivée sur le lieu du crime, je me suis vue sur un haut sommet enneigé, si haut qu'il me devenait impossible de constater autre chose que le bleu du ciel. J'étais perchée à la pointe de ce sommet, les nuages naviguaient sous mes pieds, floconneux, ridicules. Et là, mon esprit s'est comme ouvert. J'ai senti au-dessus du corps de la fille une forme d'énergie, une sorte de vibration d'atomes, chaude, froide, bouillante puis glaciale. J'ai ressenti à la fois la paix de la victime et la rage folle du tueur. Des ondes positives et négatives m'emportaient, des flux de charges m'ont picoté les joues et m'ont agité les cheveux... Ce qui s'est produit, je n'en sais rien, mais je suis persuadée qu'il existe une explication scientifique à cela... Probablement mon cerveau a-t-il généré, à la vue de la scène, des substances hallucinogènes de défense, vous savez, un peu comme ceux qui connaissent des NDE, des expériences approchées de la mort...

J'opinai en silence. Pouvait-il en être de même pour le tueur ? Captait-il les présences, l'énergie vibrante des corps à sa merci ? Agissait-il pour le compte de puissances obscures qui guidaient ses pas, l'accompagnaient dans ses lugubres offices ? Que trahissaient cette invisibilité, cette force surprenante qui avait tracté mon corps dans la gueule du tunnel ? Pourquoi aucun bruit de pas,

pas même le craquement de ses semelles sur les éclats de néons ? Quel diable était-il ? Quel don possédait-il ?

À destination, je me garai au sous-sol et nous gravîmes à pied les étages, plongés dans un silence de réflexion.

— Dites-moi, commissaire, ça sent comme…

— La morue, je sais… L'odeur est imprégnée jusque dans la moquette. Doudou Camélia est accro d'acras.

Mes lèvres s'étirèrent, comme pour former un sourire…

Elle s'exclama :

— C'est rare de voir votre visage s'illuminer d'un sourire !

— Il faut dire que la situation actuelle ne prête pas vraiment à la fête ! Et comment pourrais-je sourire tant que je n'aurai pas retrouvé ma femme ?

Les coups sur la porte d'entrée de ma voisine guyanaise n'obtinrent pas de réponse.

— Elle doit être partie à la poissonnerie, glissa Élisabeth avec une pointe d'humour.

— Chut ! Écoutez !

Je m'avançai à pas feutrés jusqu'à mon palier. Un grésil sonore entrecoupé de sanglots filtrait au travers des murs.

— Quelqu'un se trouve chez vous ! murmura la criminologue appuyée sur mon épaule.

Je ne reconnaissais pas la voix, rêche, effilochée sur la partition chiffonnée de la peine.

— Restez à l'écart… dis-je en un souffle.

Je sortis mon Glock, examinai ma serrure ; elle n'avait pas été forcée. Pas la moindre trace d'effraction, alors que j'étais certain d'avoir fermé à clé. Un sursaut d'espoir jaillit de l'intérieur de mon séjour.

— Dadou ? C'est toi, Dadou ? Oh ! Mon Dieu ! Tu es en vie ! Ne c'ains rien ! Viens me voi' !

Sans plus réfléchir, j'enfonçai ma clé dans la serrure et poussai le bloc de bois avec précaution.

Je découvris la grosse Noire recroquevillée sur le sol, les bras en ceinture autour de ses mollets épais comme des sacs de boxe. Des larmes avaient enflé et exorbité ses yeux. Je fis signe à Élisabeth de s'approcher. Doudou Camélia gonfla les joues, comme deux montgolfières miniatures.

— Il est venu te voi', Dadou, hein ? Le malin, l'Homme sans visage, il est venu te voi' ? Dis-moi !

— Oui, Doudou, il est venu, cette nuit...

— Je le savais ! Je le savais !

Élisabeth se tourna vers la porte, examina la serrure comme je venais de le faire quelques secondes auparavant.

— Comment es-tu entrée, Doudou ? J'avais fermé à clé !

— Peu impo'te... Tu dois a"êter ce démon-là. A"ête-le, avant qu'il ne 'ecommence !

— Dis-moi comment faire ! Raconte-moi ce que tu ressens ! Tu vois Suzanne en ce moment ? Où se trouve-t-elle ? Bon sang, Doudou, dis-moi où se trouve ma femme !

Je me rendis compte que je la secouais sans ménagement. Élisabeth posa une main sur mon épaule et me tira vers l'arrière. Puis elle s'accroupit devant la vieille femme et se laissa prendre la main.

— Tu as la peau d'une fleur, mais le sang f'oid d'un caïman, madame. Tu connais les g'ands mystè'es de la mo't, le Seigneu' t'a dotée d'un don, comme moi, mais tu ne le sais pas enco'e. Utilise l'esp'it, il te guide'a là où tu dois aller. Mais p'ends ga'de au malin ! P'enez ga'de, tous les deux !

Une inspiration paraissant douloureuse lui dilata la poitrine.

Je l'aidai à se relever et le xylophone de ses vieux os me joua un air sinistre, un craquement de bois mort.

— Qu'as-tu vu cette nuit ? insistai-je. Avait-il un visage ? Dis-moi à quoi il ressemble !

— Non, Dadou, pas de visage. C'était un souffle maléfique, sans co'ps, sans visage. Il est pa'tout et nulle pa't à la fois. Il te su'veille, Dadou ! Fais très attention ! Pa'ce qu'il ne te donne'a pas de deuxième chance…

Elle ébouriffa les plis de sa robe damassée et, dodelinant, ployant sous ses kilos, s'effaça sans se retourner.

Un silence d'église s'étira entre Élisabeth et moi. Pour une fois, le masque de parfaite insensibilité qu'elle portait avait disparu, dévoilant une femme différente, profondément touchée par ce qu'elle venait d'entendre.

— Cette vieille dame dégage des ondes, me confia-t-elle. De chaleur, de pureté. Elle rayonne de bonté. Ses paroles sont si touchantes, si pénétrantes ! Mais… en quoi devons-nous croire, alors ?

— Je ne sais plus, Élisabeth, je ne sais plus… Pourquoi ne nous dit-elle pas clairement de qui il s'agit ? Pourquoi toujours ces allusions ? Si Dieu est si présent que ça, pourquoi n'arrête-t-Il pas le massacre ? Pourquoi lui donnerait-Il juste des indices, qui, de toute façon, arrivent quand il est déjà trop tard ? Hein ? Dites-moi donc pourquoi ?

Elle me serra les mains.

— Ce sont les hommes eux-mêmes qui ont créé ce

monde décadent. Adam et Ève ont désobéi et l'humain doit réparer lui-même l'erreur qu'il commet. Dieu n'a pas à intervenir.

— Il ferait mieux, pourtant…

Elle glissa la lanière de son sac de cuir autour de son épaule.

— Écoutez, je vais y aller. Je dois effectuer des recherches à la bibliothèque. Ce soir, j'intégrerai les nouveaux éléments de l'enquête à mon dossier. Nous ne tarderons pas à nous revoir, mais faites-moi signe si vous découvrez l'identité de la fille dans les heures qui viennent…

Dans ma chambre, j'affrontai le regard suppliant de Poupette et finis par la démarrer. Crachats de vapeur timide, un sifflement et la voilà partie, toute pimpante. L'odeur s'éleva telle une aurore de délivrance et amena son train de pensées agréables, inattendues, comme l'avant-veille. Je m'allongeai sur le lit, les mains derrière la tête, submergé d'images belles de ma femme… Oui… Thomas avait raison. Poupette m'arrachait des ténèbres, de la lugubre noirceur de ce monde pour me propulser sur les horizons clairs du passé. Le temps de quelques souvenirs, elle me ramenait Suzanne…

Chapitre six

Sonnerie stridente, une épine dans la brume printanière du sommeil. Au bout du fil, un bouledogue enragé, un clairon de chasse, un pétard de mariage. Le divisionnaire me roua de questions avant de m'ordonner de le rejoindre au 36 pour un point précis sur l'enquête. J'allais avoir des comptes à rendre…

À présent, grâce au modem ADSL que m'avait fait installer Thomas, je restais connecté à Internet jour et nuit, ce qui permettait aux ingénieurs du SEFTI de décortiquer les flux binaires voguant entre mon PC et le reste du monde. Un regard coutumier sur le contenu de ma boîte aux lettres électronique me révéla la présence d'un unique message, envoyé par Serpetti.

Franck,

Ton histoire de tatouage relevé sur le corps de la fille de Bretagne m'a tracassé au plus haut point. Une partie du sigle me disait vaguement quelque chose et, en creusant une bonne partie de la nuit, je pense avoir découvert des détails qui pourraient t'intéresser. Apparemment, le monde dans lequel semble évoluer ce malade est un monde d'allumés, de personnes dange-

reuses assoiffées de vice et de tout ce qu'il y a de pire ici-bas. Je préfère t'en parler en tête à tête. Je suis au champ de courses une bonne partie de la journée, puis je passe au FFMF (mon club de modélisme) en fin d'après-midi. Tu peux essayer de me joindre si tu le souhaites, mais la plupart du temps j'éteins mon portable quand je suis dans les tribunes de l'hippodrome. Brouhaha oblige... Passe à la ferme à 19 h 00, je t'y attendrai. Par la même occasion, nous dînerons ensemble. Je suis seul, Yennia est encore sur le Paris-Londres. J'espère de tout cœur que vous allez sauver la malheureuse des photos... J'ai l'impression que ton tueur n'a rien d'humain.

P-S : Il faudra que tu penses à me laisser ton numéro de portable. Tu es injoignable...

Amicalement,

Thomas S.

Les colères de Leclerc, mémorables, nous rappelaient, ô combien, que les murs de la Crim' manquaient d'épaisseur. Quand il piquait une crise, une onde de choc secouait les couloirs... De sombre idiot, je devins irresponsable et les années défilèrent au fur et à mesure des phrases, quand je passai de jeune incompétent à vieux con. Mais Leclerc changeait comme la marée ; à bout de mots, la gorge en feu à trop crier, il m'annonça qu'il trouvait mon action courageuse et menée avec une certaine efficacité. Il me remit un dossier d'enquête dressé par le SRPJ de Nantes avant de disparaître derrière des volutes grisâtres, une cigarette écrasée entre les lèvres.

— Ils ont de nouveaux éléments sur Gad ? lui demandai-je en m'écartant du halo de fumée.

— Non, à part la déposition de ce type, on n'a pas l'ombre d'un pet. L'autopsie du corps n'a pas été autorisée. De toute façon, après plus de deux mois… En conclusion, absolument rien ne nous permet de rejeter la thèse de l'accident. Cette fille n'était pas une sainte, comme tu pourras le voir dans le rapport, mais la loi n'interdit pas les penchants pervers et les gâteries au goût de cuir. Elle gardait sa vie privée si secrète qu'il nous est difficile d'obtenir la moindre piste. Factures de téléphone, que dalle. Voisinage, que dalle. Amis et famille, que dalle. Aucun hôtel réservé à son nom sur Paris, les dépenses par carte bleue n'ont rien révélé de spécial, si ce n'est des retraits importants dans le distributeur d'argent de la gare Montparnasse… Les habitués du train ont été interrogés, certains se souviennent juste de son visage, sans plus. Gad était une ombre dans le brouillard. Je compte sur toi pour me clarifier ce bordel, et le plus rapidement possible…

— Je ferai de mon mieux… Dites-moi, Thornton va nous coller au train longtemps ?

— Il est là en observateur… Il évalue le travail de Williams. C'est l'une des premières fois où la police travaille avec un profiler, alors tu comprends, le juge Kelly est sceptique.

— Parce que vous croyez que Thornton est capable d'évaluer autre chose que son trou du cul ?

Le téléphone de Leclerc sonna et je sortis, le maigre dossier sous le bras.

Je m'enfermai dans mon bureau, en chassai une pile de feuillets sur l'extrémité et, la tête entre les mains, parcourus les pages du rapport. La déposition de l'ingénieur de carrière restait, de loin, le passage le plus concret.

... Rosance Gad m'intriguait et me fascinait. Elle était assez renfermée, discrète, et je ne me souviens pas avoir souvent entendu le son de sa voix au travail. Elle aurait pu passer pour une petite fille modèle, méticuleuse, très appliquée dans ses tâches quotidiennes. Mais les Docteur Jekyll et Mister Hyde existent. Et quand vous tombez sur l'un, vous ne pouvez plus vous défaire de l'autre.

Je soulignai *Docteur Jeckyll et Mister Hyde*, songeant alors à l'Homme sans visage, le malin de Doudou Camélia, *il est partout, il est nulle part, il te surveille...* et je me remis à lire la suite.

Je tiens à rappeler que je n'ai jamais eu le moindre rapport sexuel avec cette fille...

La première fois que nous avons passé la soirée ensemble, c'est resté assez soft. Elle m'a menotté, a joué avec mon sexe, m'a infligé de petits coups de fouet sur le torse et les fesses. Bien entendu, quand je dis soft, tout est relatif à la suite. Elle m'a piégé. Je suis devenu accro, dingue de ses jeux étranges. Plus nos rapports devenaient violents, moins je pouvais me passer d'elle. Je ne sais pas, on aurait dit qu'elle était capable de contrôler mes sensations, mes perceptions, au point de me rendre esclave. Un esclave de la douleur... Nous nous voyions deux fois par semaine, en début de soirée et cela a duré plus d'un mois. Je prétextais à ma femme des réunions ou des repas d'affaires avec d'importants clients de la région.

Vous allez me prendre pour un fou, un malade sexuel, pourtant il n'en est rien. J'aime ma femme plus que tout ; je crois que Gad n'était rien d'autre que la réincarnation d'une brûlure sexuelle se nourrissant de la souffrance qu'elle provoquait.

On me force à énumérer les actes qu'elle pratiquait. Les voici. Des menottes, elle est passée au ligotage. Je ne sais pas où elle apprenait tout ça. De toute façon, elle me bâillonnait tout au long de l'acte, et j'avoue que je n'ai jamais pensé à lui poser la moindre question. J'en étais incapable... Tortures à base d'épingles à linge et de pinces crocodile. Brûlures à la cire sur la totalité du torse. Pressions plus ou moins fortes au niveau de la carotide. Parfois je partais et je revenais, à demi conscient, avec une impression de béatitude extrême... Pissing, c'est-à-dire qu'elle m'urinait dessus. Certainement l'acte que je détestais le plus...

Sur la fin, elle m'a proposé de filmer notre relation. Elle voulait me mettre une cagoule et tourner avec un caméscope les actes sadomasos. Elle me disait que je pouvais gagner beaucoup d'argent et, de toute façon, jamais on ne verrait mon visage. J'ai refusé, ça l'a mise en colère, et ce soir-là, elle m'a fait vraiment mal.... Elle est morte le surlendemain...

Je posai le rapport ouvert devant moi et me plaquai contre le dossier de mon siège, la tête rejetée vers l'arrière. L'ange qui dissimule le démon chez Gad, l'homme qui cache la bête féroce chez l'assassin, le tout sur un tapis de cruauté et de vice. Un lien étroit se tissait entre ces deux êtres, leurs destinées s'étaient croisées, emmêlées, torsadées et, de cette alchimie bouillonnante, avait jailli la mort. Le fil était brisé ; l'une des extrémités pourrissait sous terre et l'autre se baladait librement, au gré d'un vent de terreur. Je composai le numéro interne de Sibersky, le priant de me rejoindre dans le bureau. Il se présenta dans la minute.

— Commissaire, je suis désolé… pour mon comportement à l'abattoir… Mes nerfs ont lâché… J'ai… j'ai pensé à ma femme, à ce moment-là…

Je lui fis signe de s'asseoir.

— Tu n'as pas de honte à avoir… Ils t'ont donné des renseignements, au commissariat de Vernon, au sujet d'HLS et du FLA ?

— Sur le Front de Libération des Animaux, surtout. Le FLA s'organise grâce au réseau Internet et par échange d'informations sur des serveurs protégés par mots de passe. De nouveaux membres, les juniors, accroissent sans cesse les effectifs, mais seuls les seniors ont accès aux données sensibles, lieux de rendez-vous, prochaines cibles, plans d'action…

— Qu'appelles-tu seniors ?

— Des anciens qui ont fait leurs preuves dans des actions antivivisection ou des interventions au profit des animaux. Genre, libérer les cigognes des zoos. Des fanatiques pacifiques, voués à une cause noble.

— Facile de devenir junior, d'adhérer au mouvement ?

— Pas vraiment. L'inscription d'un nouveau dépend d'un parrain, déjà membre du FLA, chaque parrain étant responsable de son filleul. Les taupes qui tentent de s'introduire dans le mouvement sont ainsi très rapidement détectées… Le réseau est très mobile. Les sites changent souvent de serveur. Au sein de cette organisation, se mêlent des experts en systèmes d'information, en sécurité et en techniques de piratage… Autant dire qu'ils sont insaisissables…

— Nos collègues ont-ils mis la main sur l'un de ces membres ?

— Des suspects. Juste des suspects. Vous connaissez Paulo Bloumette ?

— L'apnéiste recordman de France ?

— Oui. Connu aussi pour ses coups de gueule médiatisés. Il clame presque ouvertement qu'il fait partie du FLA. Mais bien sûr, on n'a aucune preuve.

Je fermai le dossier dressé par le SRPJ de Nantes.

— Si le tueur ne fait pas partie du FLA, comment était-il au courant de leur action ?

— Je n'en sais rien. Je crois que le tueur est accro d'Internet.

— Pourquoi ?

— Il a peut-être réussi à glaner les informations du FLA sur la toile. De plus, les contenus des ordinateurs de Martine Prieur et de Rosance Gad ont été effacés ; à mon avis, ils contenaient des éléments sensibles pouvant nous fournir des indices sur lui. Peut-être des e-mails ou des sites Internet qu'elles avaient l'habitude de fréquenter, sur lesquels elles auraient pu le rencontrer. Prieur avait une ligne ADSL haut débit, elle surfait donc très certainement plusieurs heures par jour.

— Justement, a-t-on pu retrouver ces adresses de sites sur lesquelles nos victimes se rendaient ?

— Je me suis renseigné auprès du SEFTI. La masse d'informations brassée est énorme, les fournisseurs d'accès ne gardent les traces de connexions que quelques jours d'affilée. Les données n'étaient plus disponibles…

Encore une fois, le tueur nous avait devancés d'un souffle, avec toute sa maîtrise, sa connaissance.

— Focalise-toi encore sur Internet. Demande au SEFTI de jeter un œil sur les sites de rencontres français dans un premier temps, pour voir si Prieur et même Gad y avaient des abonnements. Dis-leur de fouiller dans les sites sadomasos, on ne sait jamais. Vois si certains proposent la vente de cassettes amateur d'actes de torture. Avec des adresses sur Paris, si possible. J'ai la sombre certitude que tout tourne autour d'Internet.

— C'est un moyen tellement simple de véhiculer le crime dans l'anonymat. Vous savez, commissaire, la police n'est qu'à l'ère glaciaire dans le domaine de la cybercriminalité…

En un sens, je me sentais rassuré. Le concret de la technologie ramenait le meurtrier dans le rang des humains, faillibles, constitués de chair et de sang. Mais l'Homme sans visage me surveillait, perché sur la voûte de mon âme. Je voyais encore les cheveux d'Élisabeth Williams s'électriser au contact de l'horreur. Je pensais à ces hurlements de chiens, ces visions de Doudou Camélia concernant Suzanne. L'irrationnel à la conquête du rationnel…

Tout en décrochant mon téléphone pour joindre le légiste, je demandai à Sibersky :

— La deuxième victime, du nouveau sur son identité ?

— On creuse dans les villages avoisinants. Aucune piste pour le moment…

— Tu restes ? J'appelle Dead Alive.

— OK. Je ne pense pas que j'aurai des haut-le-cœur cette fois. Au fait, vous aviez raison…

— Sur quoi ?

— Ma première autopsie… Il n'y a pas une seule nuit sans qu'un cauchemar m'assaille…

— Sharko à l'appareil. Peut-on faire un point sur la victime de l'abattoir ?

— C'est parti ! répondit Van de Veld avec son entrain coutumier. Les examens toxicologiques de la victime ont révélé la présence de peroxyde d'hydrogène sur les plaies. Un antiseptique à faible concentration, pour le soin de plaies gangrenées ou de nécroses des tissus. On peut l'acheter dans toutes les pharmacies. La victime souffrait de dénutrition irréversible. Le métabolisme des acides aminés ne pouvait plus se faire, le corps se consommait lui-même, puisant dans ses ressources propres pour sa survie. Cependant, le bourreau a prolongé le martyre au maximum. Il lui injectait une solution de glucose à dix pour cent, en perfusion lente, poignets et avant-bras étant meurtris de traces d'aiguilles. Le glucose représente l'un des éléments essentiels à la survie, mais ne peut bien sûr compenser les pertes lipidiques et protidiques, ni se substituer à l'apport des vitamines essentielles au métabolisme. Disons que le corps était une voiture qui essayait de rouler sur deux roues…

— Pourtant, il n'y avait aucune trace de matériel de perfusion lorsque je l'ai découverte. Comment l'expliquez-vous ?

— Il avait peut-être décidé d'en finir. Il revenait certainement pour l'achever ce soir-là. Sans perfusion, dans l'état où elle se trouvait, elle n'aurait pas pu tenir dix heures de plus.

— Comment se procure-t-on ce type de médicaments ?

— Ça se vend par ampoules à la pharmacie, sur prescription médicale. Le glucose est délivré aux personnes souffrant de dénutrition, aux anorexiques ou aux personnes âgées. Très facile de s'en procurer en falsifiant une ordonnance, car ce n'est pas un médicament dit sensible…

— C'est tout ?

— Non. La paroi stomacale se présentait distendue

et ulcérée. Comme je l'avais constaté sur place, les nombreuses vergetures encore roses qui lui nervuraient la peau au niveau des fesses, des hanches et du ventre, laissent présager qu'elle a pris du poids très rapidement.

— Une prise de poids due à une maladie ?

— Non. À une suralimentation soudaine. Possible que cette fille ait été boulimique…

— Stupéfiant. Bien joué, docteur.

— Je n'ai fait que constater… Au fait, comme je suis passé au labo, j'en ai profité pour récupérer vos analyses de toxines.

Il entretenait un suspense malsain que je m'empressai de trancher.

— Et alors ?

— Présence de kétamine dans votre sang. C'est un anesthésique de type dissociatif. Cela signifie, vous avez dû le ressentir ainsi, qu'il sépare l'esprit du corps. Vous restez conscient avec des hallucinations temporaires, mais votre corps, lui, ne vous appartient plus. Par injection, l'effet est quasi immédiat. Il arrive que l'esprit se déconnecte, si l'apport est trop massif, d'où votre évanouissement final…

— Merci, docteur… Faites-moi signe si vous avez du nouveau.

— Vous ne me demandez pas comment il a pu se procurer la kétamine ?

— Je sais déjà comment… Il l'a subtilisée au laboratoire de vivisection d'HLS. À bientôt, docteur…

Sibersky s'appuya avec le poids de l'inquiétude sur mon bureau. Il dit d'un ton aiguisé :

— Cet enfoiré de tueur se permet de jouer les apprentis infirmiers. Il l'a maintenue en vie cinquante jours ! Vous rendez-vous compte de sa volonté ?

Combattre à la fois la dénutrition et l'envie de mourir de la fille !

— On arrive à tout avec la volonté... Pour le meilleur et pour le pire...

Il frappa avec les jointures de son poing sur le dossier de sa chaise.

— Calme-toi ! ordonnai-je. Fouille du côté des polycliniques, hôpitaux, ou centres spécialisés pour boulimiques. Faxe-leur l'une des photos de la victime. Il faudrait aussi interroger les pharmaciens du côté de Vernon dans un premier temps, se renseigner sur les achats de solution de glucose.

— On ne peut pas faire un appel à témoin à la télé ?

Je claquai avec violence une photo de la victime sur la table.

— Pour leur montrer une horreur pareille ?

Il haussa les épaules.

— Dites-moi, commissaire, ne pensez-vous pas que, parfois, nous sommes des travailleurs de la mort ?

— Explique-toi !

— Vous connaissez ces escouades de la mort, ces insectes nécrophages qui arrivent par salves successives sur les cadavres pour se nourrir et qui, l'heure venue, abandonnent leur place aux escouades suivantes ? Nous sommes un peu comme eux. Nous travaillons dans le sillage de la mort. Nous arrivons sur le cadavre quand il est trop tard, bien trop tard, et nous nous nourrissons des restes que le tueur veut bien nous laisser...

— Notre rôle consiste justement à empêcher l'arrivée de l'escouade suivante...

Je portai mon attention sur le *Docteur Jekyll et Mister Hyde* souligné dans le dossier.

— Il faut persévérer dans les recherches sur Martine

Prieur. Cette fille était-elle bien une sainte comme nous le pensons tous ? Relance le commissaire Bavière. Demande-lui de disséquer son passé, de remonter jusque dans sa scolarité. Nous devons fouiller au-delà des apparences… Quant à moi, je vais sur Nanterre.

— Voir s'ils ont du nouveau pour votre femme ?

— Tu as deviné…

* * *

Pas un meuglement, grognement, aucune piaillerie ou turbulence de basse-cour dans l'immensité brune des champs. Dans le U central, un toit d'étable percé, un silo-cuve déchaussé, écrasé contre un hangar moucheté de champignons et de mousses vertes. Au fond, un château d'eau branlant. La ferme de Thomas Serpetti, aux allures de kolkhoze, de camp usé, respirait l'abandon, le travail inachevé, le laisser-aller de l'homme d'appartement. Mais, derrière les stalles de poussière, les auges noyées d'eaux croupissantes ou les mangeoires percées, poignait une aurore limpide, celle de la liberté, de l'absence de soucis, loin du fracas métallique et des tours bétonnées de la Grande Pieuvre.

Thomas m'accueillit sur le perron, habillé d'un jean coupe large et d'une chemise à carreaux, genre Charles Ingalls dans *La Petite Maison dans la prairie*.

— Salut Franck ! Ne fais pas attention au bordel de la cour. Je n'ai pas encore eu le courage de m'occuper de l'extérieur. Mais ça viendra… Entre, je t'en prie… Dis-moi, t'es obligé de te mettre en costume, même pour te rendre chez tes amis ?

— Question d'habitude. Tu m'enlèves mon costume,

c'est un peu comme si tu ôtais le nez rouge d'Auguste le clown…

Les grandes lignes parallèles des pièces dégageaient une impression de froideur intense. Le labeur, la dure vie des gens qui avaient habité ici, continuaient à infuser l'air de leurs parfums de terres humides, de foin coupé. L'agencement des fauteuils à oreillettes, des écoinçons patinés ou de la cheminée de salon, ne réchauffait qu'illusoirement une atmosphère à l'épaisseur de la pierre.

Au fond, dans une salle annexe, sous des lumières bleutées, se déployait une merveille de technologie, une œuvre incroyable de précision, un mélange d'âme d'enfant et de patience réfléchie.

Des dizaines de locomotives – de marques Hornby, Jouef, Fleischmann – dansaient dans un ballet électrique, croquaient le rail, tractaient des marchandises sous l'œil timide de chefs de gare en plâtre. Et, outre les gares, se déployaient des usines, des arbres, de l'herbe et des pieds de vignes en lichen, de l'eau dévalait des montagnes… Un réseau magnifique, une réussite parfaite, féerique.

— Magique, n'est-ce pas ? Tout est contrôlé par un ordinateur qui pilote les aiguillages, les dételeurs, les usines de chargement, les plaques tournantes, j'en passe et des meilleures ! C'est tout cela que j'aimerais te transmettre, Franck. Ce foisonnement miniature de vie est tellement… passionnant ! Planifier tous ces trajets, orchestrer ces croisements, maîtriser ces enchevêtrements de métal dans un ballet grandiose… Quelle joie !…. Tu as pu faire fonctionner Poupette, au fait ?

— Oui, je te remercie du cadeau. Il est vrai que cette petite locomotive à vapeur est très agréable. Dis, tu donnes des noms à tous tes trains ?

— Bien sûr ! Chacun d'entre eux possède un caractère, une destinée, comme nous. Tu vois, le grand noir qui double tous les autres ? Il s'appelle Thunder. La loco pépère rouge et blanche, c'est Vermeille. Lui, là-bas, celui qui traîne sa dizaine de wagons, se nomme Hercule. Je suis un peu leur père, à tous.

De retour dans la salle à manger, je désignai la paire de bas pendue sur un dossier de chaise :

— On sent qu'il y a une présence féminine ici !

— Oups, excuse-moi ! (Il s'empara des bas et les dissimula dans sa poche.) Yennia a toujours la tête dans les nuages.

— Je n'aurai pas la chance de la rencontrer ce soir, alors ?

— Non, désolé. Comme je t'ai dit au téléphone, à l'heure qu'il est, elle doit se trouver au pays des Rosbeefs…

Il me tendit un verre de genièvre de Houle, mon alcool préféré.

— Belle bouteille, répliquai-je avec l'œil de l'expert. Tu sais que tu me fais vraiment plaisir ?

— Je connais tes origines nordistes, c'est tout… Du nouveau pour la personne de la photo ? A-t-on espoir de la retrouver ?

— Elle est morte… Je l'ai découverte dans la nuit, dans le ventre pourrissant d'un abattoir désaffecté.

— Seigneur ! (Il se mordit les doigts.) Comment as-tu réussi à retrouver cette fille ? C'est incroyable qu'à partir d'une photo…

— Je préfère ne pas t'en dire davantage. Je ne veux plus t'impliquer dans l'affaire…

— Je ne peux pas vous abandonner ! Ni toi ni Suzanne. Jamais je n'aurais cru pouvoir te venir en aide dans une affaire criminelle. Aujourd'hui, j'en ai l'occasion. Ne me prive pas de ça, Franck. Je tenais beaucoup à Suzanne, moi aussi, tu le sais. Laisse-moi faire ce geste pour elle.

— N'oublie pas que tu n'es plus seul. Tu as Yennia, et tu dois veiller sur elle. La menace est vraiment réelle, Thomas.

— S'il y a danger, tu pourras faire surveiller ma ferme, non ? Vous faites ça dans les films, d'habitude. Allez, suis-moi, j'ai des choses à te montrer...

Il m'emmena dans un bureau, à l'étage. Un antre de technologie, là encore, une caverne de traitement de l'information. Un PC et deux serveurs LINUX tournaient en permanence ; sur l'un d'eux, défilaient à des rythmes fous des combinaisons de chiffres et de lettres. Des scanners, imprimantes, graveurs et lecteurs de DVD s'empilaient en une tour d'où clignaient des diodes vertes et rouges. Dans la pièce, la température avait grimpé d'au moins trois degrés. Un magnifique poster, une espèce de tapisserie luisante, couvrait le mur arrière du bureau et j'y posai mon regard un long moment, comme absorbé par la beauté hypnotique du paysage.

— Ravissant, n'est-ce pas ? Ce sont les marais du Tertre Blanc, un bled que j'ai découvert au hasard d'une randonnée à l'ouest de Melun. J'ai tiré la photo moi-même. Un paysage magnifique... J'aime penser à de tels endroits lorsque je travaille... ça... comment dire ? Me donne de l'inspiration... Tu vois ce petit chalet, à l'arrière-plan ? Un jour, je me l'achèterai.

— Tu as pourtant les moyens.

— Il faut faire durer le plaisir, sinon que deviennent les rêves si l'on obtient tout ce que l'on souhaite ?

Bien… (Il déploya un geste théâtral.) Voici mon jardin secret. C'est d'ici que je traverse le monde…

Des ventilateurs à processeurs tournaient à pleine puissance dans un ronflement soporifique.

— Parle-moi du tatouage », le priai-je.

— OK. C'est BDSM qui m'a mis sur la voie, un sigle existant sur une bonne partie des sites sados. BDSM4Y est une extension signifiant *Bondage Discipline and Sado Masochisme For You*, et désigne un groupement de sados français qui évolue dans l'ombre d'Internet.

— L'ombre d'Internet ? Que veux-tu dire ?

— Les sites pornos et sados prolifèrent sur la Toile. Tu en trouves pour tous les goûts. Fétichistes des pieds, des ongles, dominants et dominés, bondage, fans du latex, du pissing, de la zoophilie, de tout ce que tu veux. Dans les sillages poisseux de ces vitrines se dissimulent des choses bien plus ignobles, un monde caché où se propagent le vice purulent, l'extrême, l'insupportable…

Il me déroula un listing d'adresses Web craché par une imprimante laser. Des constellations de lignes sur le ciel blanc du papier.

— Regarde. Des adresses de sites pédophiles à n'en plus finir. Des scandes à Hitler, au nazisme, des appels au retour de la race supérieure. Et ceux-ci, dédiés à Ben Laden et au réseau Al Qaïda. Des invitations à la guerre, à la déchéance. Tu trouves même comment fabriquer des bombes, comment devenir un bon kamikaze sur fond de Coran… J'en ai gravé des piles de CD et pourtant, le commun des mortels ne s'aperçoit de rien en surfant… Tu vois cet ordinateur, dans le coin ?

J'opinai. La liste qu'il dépliait dévoilait des adresses, des www à n'en plus finir. Il continua.

— Ce serveur LINUX est en relation directe avec le SEFTI. Il leur transmet en temps réel les informations des sites suspects. Mais nous évoluons sur un terrain mouvant. Ces terroristes, ces sadiques de l'ère moderne, sont prudents et instruits, plus que quiconque. Ils savent effacer les traces de leur passage, ce qui les rend pratiquement insaisissables. De toutes ces adresses, je ne suis pas sûr que demain, il en reste une seule valable.

Ses doigts s'élancèrent sur le clavier d'un ordinateur, chevauchèrent les touches. Il tapa une adresse complexe, impossible à retenir ou à trouver au gré de la navigation sur la Toile.

— Voilà ce qui nous intéresse. Un écran d'identification apparut, Thomas y saisit un identifiant puis un mot de passe, la juste combinaison ouvrit les portes de l'inconnu.

— Bon sang ! Comment as-tu fait pour en arriver là ?

— Des zéros et des uns, Franck, des zéros et des uns !

— Explique !

— J'ai gratté, gratté, gratté. J'ai arpenté et crois-moi avec dégoût, les sites sadomasos. De liane en liane, d'indice en indice, comme tu le fais pour ton enquête. Je me suis immiscé dans les discussions en ligne, jusqu'à rencontrer des détenteurs de secrets qui m'ont permis de remonter aux origines de BDSM4Y. Et je suis tombé sur ce site…

— Mais pour l'identifiant et le mot de passe, comment as-tu réussi à contourner le système de sécurité ?

Il désigna une seconde machine, celle où défilaient sans répit les soupes de chiffres, les nuées de lettres.

— Enfantin ! J'utilise un robot, un logiciel intelligent qui teste jour et nuit des combinaisons possibles d'identifiants et de mots de passe. En conditions normales, même si l'ordinateur vérifie plusieurs centaines de couples à la minute, il faudrait des mois. Sauf que les internautes, toi comme moi, utilisent des mots de passe faciles à retenir. Dates de naissance, noms propres, prénoms, combinaisons de moins de six lettres de mots ou expressions triviales du genre *tototo* ou *tititi*... Mon robot travaille à partir de fichiers préétablis de mots. Les combinaisons peu probables sont éliminées, ce qui fait que l'on bascule de plusieurs mois à un jour ou deux de recherches. Vois-tu, ici, le logiciel a retourné David/101265. Le prénom et la date de naissance du type, probablement. Magique, non ?

Le site ne payait pas de mine. De pauvres pages sans vie, sans couleurs, mal organisées. Une autre fenêtre fleurit lorsque Serpetti cliqua sur l'un des rares liens. Des noms apparurent, des phrases, des dialogues par écrans interposés circulèrent. Le *chat* vibrait de vie.

— Voilà leur espace de travail, commenta Thomas. Ils discutent en direct à longueur de journée. Certains partent, d'autres arrivent et ça tourne continuellement… Regarde. Actuellement, il y a cinq personnes différentes, cinq pseudonymes. Cinq vicieux…

— Je connais ce genre de salon. Ils devraient détecter ta présence, non ? Car d'ordinaire, lorsque l'on se connecte, notre pseudonyme apparaît automatiquement.

Ses yeux reflétèrent la ruse du renard.

— Oui, sauf que j'ai trafiqué mon logiciel. J'observe sans être vu…

— De quoi discutent-ils ?

— De techniques de ligotage. De la façon dont ils font jouir leurs partenaires en les harnachant, en leur coupant la circulation sanguine ou en les étranglant jusqu'à la limite de l'asphyxie. Ils se considèrent comme les maîtres absolus de la douleur mêlée au plaisir. Quand je dis *ils*, je généralise, car certains pseudonymes, certaines façons de parler, indiquent que des femmes font partie du groupe.

Des femmes. Des Rosance Gad…

— Tu parles de la face cachée, noire, d'Internet. Il s'agit de sadomasochisme à dominante perverse, je suis d'accord avec toi. Mais cela reste tout de même assez commun dans le milieu, non ?

— Tu connais les sociétés secrètes ?

— Comme tout le monde. Les Francs-Maçons, l'ordre des Templiers, les Cathares…

— Les sociétés dont tu parles sont des sociétés initiatiques, composées de gens de la haute bourgeoisie, de chevaliers, de chapelains, de sergents mus par de nobles causes, même si des pages sombres de l'Histoire ponctuent leurs cours. D'autres sociétés de subversion, vouées au culte du satanisme, de la magie noire, de la sorcellerie ont existé aussi, notamment aux alentours du XVIIe siècle, mais, parce qu'elles effraient, on préfère les ignorer plutôt que d'en parler. Par exemple, la Sainte-Vehme, ça te dit quelque chose ?

— Il me semble qu'il s'agissait d'une confrérie qui servait à maintenir la paix et punir le crime ?

— Au sein de cette société, un groupuscule d'initiés, de grands maîtres, agissait dans le secret absolu, protégé par la coupole de la confrérie. Une sorte de société dans la société. Ces francs-juges vouaient une passion exacerbée à la douleur qu'ils infligeaient. Ils débordaient d'imagination pour torturer les accusés qu'on leur *confiait*. Je pense notamment à la Vierge de Nuremberg, une statue en bronze, creuse, une espèce de sarcophage dans lequel le supplicié devait entrer. La

Vierge se refermait et la victime se retrouvait empalée sur des pieux tranchants soudés aux portes, dont deux à la hauteur des yeux. Et le châtiment ne s'arrêtait pas là. Le socle s'ouvrait et le condamné tombait entre des cylindres armés de couteaux qui le réduisaient en pièce avant que la chair et les os ne soient emmenés par une rivière souterraine.

— Tu veux dire que BDSM4Y serait une société secrète à caractère pervers, vouée au mal, au culte de la douleur, bien au-delà de ce que l'on peut lire dans ces échanges ?

— Je crois, oui. La notion d'ordre, de hiérarchie, de règles et de secrets, reste très présente dans leurs conversations, ce qui laisse penser à une organisation de type confrérie. Tout a l'air de reposer sur de solides bases organisationnelles, comme dans une entreprise. Concernant leurs actions, d'après ce que j'ai pu lire, ils explorent la souffrance jusque dans ses derniers retranchements, jusqu'à la limite ultime de la mort. La douleur devient une source d'inspiration, un objet divin qu'ils veulent maîtriser de façon absolue.

Il se tut un instant puis grinça :

— Putain, Franck, ces types-là sont des tarés ! »

Je me penchai vers l'écran et les mots inscrits pénétrèrent ma chair comme la pointe d'un fouet. Les propos étaient si crus, si cyniques, tellement bestiaux que j'eus du mal à croire qu'il s'agissait bien d'humains.

Le tueur se nichait sans doute parmi cette meute, aux aguets, prêt à s'empourprer les rétines de sang. Je demandai :

— Comment fait-on pour pénétrer dans la société ?

— Tu rigoles ou quoi ? Jamais tu ne pourras entrer

là-dedans ! Ces types sont des courants d'air, extrêmement dangereux et, crois-moi, prêts à tout !

— Dis-moi comment percer la carapace !

— Il faudrait arpenter les milieux SM. Les actes qu'ils décrivent sont typiques de cruauté sadomasochiste poussée. Je pense que les membres de la société se voient recrutés selon leur assiduité aux milieux SM, leurs penchants pour la bizarrerie, ainsi que leur sens du secret, de la discrétion. Certains sont peut-être des gens haut placés. La prudence reste leur fer de lance, donc, à mon avis, mieux vaut ne pas jouer l'intrusion. En deux temps trois mouvements, ils te tomberaient dessus. Imagine le sort que ces tarés de la douleur pourraient te réserver !

Je me pris la tête dans les mains.

— Quelle bande d'allumés, bon sang !

Les phrases continuaient à défiler devant moi sur l'écran couleur. Des allusions à la douleur extrême, au plaisir de la chair, à la volonté de répandre le vice. Nous devions aller plus loin, il le fallait. Dans ce labyrinthe de pseudonymes, évoluait à l'évidence le tueur, bien protégé dans l'anonymat induit par Internet.

Une étincelle, deux silex que l'on frotte, illumina mon esprit.

— On peut mettre la main sur le responsable du site !

Le visage de Serpetti ne s'alluma pas pour autant. Idée pas si géniale, semblait-il.

— Peu probable. Le site est hébergé chez Wirenet, un fournisseur d'accès gratuit. N'importe qui peut y construire un site en restant parfaitement anonyme. Il suffit de créer un compte. Rien de plus simple. Bien entendu, ils exigent des informations comme ton nom, prénom ou adresse, mais rien ne t'empêche de rentrer des coordonnées bidons.

— Envoie l'info au SEFTI, demande-leur quand même de vérifier.

— Déjà fait… J'ai même transféré des fichiers au format texte qui contiennent tous leurs dialogues depuis deux jours. En fouillant, ils dénicheront peut-être des indices. Tu sais, je n'ai pas le flair du policier.

— Non, tu as celui d'un chien de chasse. Tu m'as fait avancer d'un grand bond.

— Que vas-tu faire à présent ?

— Essayer de retrouver ces fanatiques. Le tueur doit en faire partie. Tu as des noms d'endroits SM qu'ils pourraient fréquenter ?

— Oui. J'ai pas mal cherché. Il y a le Black-Dungeon, le Bar-Bar et le Pleasure & Pain, certainement le plus hard de tous. Tu ne comptes pas fourrer les pieds là-dedans, quand même ?

— Pas le choix. On ne doit pas perdre leur trace. Tout laisse présager que le tueur risque de recommencer, très bientôt.

Je me levai et lui emboîtai le pas dans l'escalier.

— Comment va ton frère, Thomas ?

Il me répondit sans se retourner, voûté sous les lattis inclinés de la descente d'escalier.

— Mal. Il n'a pas supporté l'arrivée de Yennia dans son monde. Il la prend pour une conspiratrice des Russes, ceux qui veulent lui voler ses formules secrètes. Le fait qu'elle soit d'origine slave n'arrange pas les choses… Ma tante a dû prendre le relais et s'en occuper, mais elle ne tient plus le coup. Nous avons dû signer des formulaires pour une demande d'internement… Franck, pourquoi une telle injustice existe-t-elle ? Sur quels critères Dieu s'appuie-t-Il pour infliger la souffrance à tel ou tel être jusqu'à la fin de ses jours, hein, dis-moi ?

— Je n'en sais rien, Thomas, je n'en sais fichtre rien…

Nous parlions de schizophrénie, prêts à attaquer les pizzas, lorsque mon cellulaire nous dérangea.

— Salut mon ami… Je ne te dérange pas, j'espère ?

Résonance de copeaux d'acier, étouffements de sciure de bois. Tonalités métalliques, écaillées, distordues par l'électronique. Le tueur me contactait ! Je décollai du fauteuil et, au travers de mon chahut de gestes désordonnés, Serpetti comprit et m'amena une feuille de papier ainsi qu'un stylo. Je déchiffrai l'ergot de la terreur dans son regard.

— Tu vas m'écouter bien sagement, fils de pute, parce que je ne recommencerai pas.

— Qu'est…

— Tu sais que tu as gâché plus d'un mois de travail ? Je t'attendais à l'abattoir, mais pas si tôt… Je suis allé loin, avec la fille, très loin. L'exploration s'est avérée longue et fastidieuse, mais tellement enrichissante. Tu veux le détail ?

— Pourquoi faites-vous ça ?

Voix de petite fille à présent.

— Sache que ma bouche se mêlait à la sienne, ses lèvres craquaient comme des cerises trop mûres, à l'opposé de ses seins qui gonflaient d'infection, tendres, charnus de féminité. Elle m'a avoué qu'elle m'aimait, tu te rends compte ? Je me suis offert à elle comme elle s'est offerte à moi. Nos âmes ont communié au travers du trait de sa douleur. Oh ! Je l'aime, je l'aime, je l'aime…

Je notai le plus de choses possibles dans les moments de silence, des idées en vrac. L'envie de hurler me brûlait la langue.

— Crois-moi, la fille ne naîtra pas, parce que je l'ai retrouvée. L'étincelle ne volera pas et je nous sauverai, tous. Je corrigerai leurs fautes…

Un déclic, à l'autre bout de la ligne. La voix changea, encore et encore. « Je n'ai pas trop apprécié ton intrusion sans invitation. J'ai été poli avec toi et je pensais que tu en ferais tout autant. N'oublie pas, n'oublie jamais que je reste celui qui t'a épargné ! Tu me dois beaucoup à présent… (Voix de vieille dame.) Je relève ton défi. Tu veux jouer, on va jouer. Attends-toi au pire…

— Où voulez-vous en venir ?

Sons caverneux, bande défilant au ralenti.

— Tu impliques du monde dans notre affaire. Des gens innocents, que tu mets en danger presque intentionnellement, semble-t-il. Je devine tout, je vois tout, je suis ton ombre. Quelqu'un va payer, ton meilleur allié, maintenant !

— Arrêtez ! Non !

Déclic cru. Panique franche. Un magma sous ma chair.

— Bordel, il a raccroché !

Je lâchai le téléphone, serrai, lâchai, comme si je tenais une braise.

Pouce enfoncé sur la touche de rappel automatique. Numéro masqué. Appel impossible, non mémorisé. Je criai :

— Cet enfoiré va peut-être tuer quelqu'un ! Il faut

que j'appelle ! Si seulement elle pouvait avoir le téléphone, bon sang !

Je reconnus la voix du lieutenant Crombez, de garde à la brigade criminelle.

— Commissaire Sharko ?

— Envoie une équipe immédiatement chez ma voisine, chez Élisabeth Williams et ici, chez Thomas Serpetti ! Qu'on appelle Williams ! Vérifiez que tout va bien ! Le tueur rôde dans les parages ! Où est Sibersky ?

— Parti il y a une demi-heure !

— Appelle-le sur son portable et dis-lui de me rejoindre chez moi le plus tôt possible !

Thomas m'agrippa l'épaule.

— Mais qu'est-ce qui se passe ?

— Désolé, Thomas ! Je dois partir ! Enferme-toi ! Une voiture de surveillance va arriver. Il va falloir que tu lâches l'affaire. Ça devient trop dangereux.

— Mais explique-moi donc, Franck ! Je ne…

Il ne finissait pas sa phrase que la porte d'entrée battait déjà. Les tracés funestes de la mort s'ouvraient devant moi, là-bas, telles deux rangées de flambeaux dans la marmite orangée de la capitale.

Ma berline arrachait l'asphalte, dévorait les lignes de signalisation.

Je calai le cellulaire sur son support et composai en catastrophe le numéro de Rémi Foulon, le patron de l'Office Central pour la Disparition Inquiétante de Personnes.

— Rémi, Shark à l'appareil ! J'ai besoin d'un service !

L'OCDIP avait ses entrées dans tous les fichiers privés, en particulier ceux chargés d'enregistrer les appels entrant et sortant d'un téléphone portable, quel qu'il soit. Rémi Foulon m'envoya, d'une voix à la dureté du diamant :

— Il est tard, Shark. J'allais partir. Abrège, s'il te plaît !

— C'est d'une importance capitale ! Le tueur que je traque m'a appelé !

Silence à l'autre bout de la ligne.

— Envoie ton numéro ! » finit par cracher la voix.

Je lui transmis mon numéro de portable.

— OK. Je te rappelle d'ici une heure.

* * *

— Alors, commissaire ? À quoi ce feu d'artifice rime-t-il ? s'enquit Sibersky. La vieille dormait comme une souche. Rien de spécial non plus chez Williams, ni chez votre ami, Serpetti.

D'un geste las, je me tournai vers la fenêtre de ma cuisine. Un rideau de pluie chiffonnait la robe opaque de la nuit. En bas, sous les aiguilles d'eau battant le bitume, deux parapluies noirs s'escarmouchaient avant de fondre dans les bouffées froides de l'inconnu.

— Il joue avec nos nerfs. Il surveille nos agissements, nous observe, embusqué quelque part dans l'ombre. (Je serrai le poing, repliai les doigts à m'enfoncer les ongles dans la chair, puis adressai un regard dur à Sibersky.) Du nouveau pour la victime de l'abattoir ?

— Que dalle. La piste des hôpitaux n'a rien donné pour le moment. Des inspecteurs cherchent encore à la brigade. Leur nuit risque d'être plutôt blanche.

— Et sur le passé de Martine Prieur ?

— Rien de spécial. Une vie sans anicroche. Père décédé d'un anévrisme au cerveau quand elle avait cinq ans. Sa mère l'a élevée, couvée, presque surprotégée jusqu'à ce que Prieur entame des études de médecine. Après trois ans d'internat, elle a tout plaqué. Selon sa mère, elle ne supportait plus le stress ni la vue journalière des cadavres. Dès lors, changement de style complet.

— Comment ça ?

— Son look. Sa mère m'a laissé parcourir les albums de photos. On a du mal à reconnaître la même fille entre deux clichés de la même année. Peau ivoirine, cheveux longs couleur corbeau, vêtements sobres genre costume d'enterrement à la fac de médecine ; un peu style gothique, mystique, si vous voyez ce que je veux dire. Quelques semaines plus tard, une fois ses études arrêtées, on la retrouve le teint hâlé, sûrement des UV, une coupe au carré, vêtements clairs et clinquants.

— Qu'a-t-elle fait ensuite ?

— Elle enchaîne les petits boulots, caissière, vendeuse… La chance lui sourit lorsqu'elle rencontre Sylvain Sparky, un notaire de dix ans son aîné. Il est riche, possède une belle villa à Fourcheret. Vous connaissez la suite. Elle arrête de travailler et termine sa vie dans l'insouciance de l'argent…

— Vers quelle spécialité médicale s'était-elle orientée ?

— Je n'en sais rien, je n'ai pas pensé à demander.

— Je suppose que tu ne t'es pas rendu non plus à la faculté de médecine pour jeter un œil dans les dossiers, voir qui elle côtoyait à l'époque et surtout, savoir ce qui a bien pu lui faire stopper net ses études ? Autre que le *stress* ?

Un spasme nerveux remua la paupière du lieutenant et elle se mit à battre comme une aile de colibri. La sonnerie de mon téléphone le tira d'embarras.

— Laisse tomber la piste de Prieur. J'irai faire un tour à la fac demain. Reste encore deux minutes, s'il te plaît…

Je décrochai. Rémi Foulon m'arracha un ressac d'adrénaline.

Je m'exclamai d'une voix impatiente :

— Dis-moi que tu as quelque chose sur le numéro !

— Tu vas halluciner, Shark ! Ton correspondant est un numéro vert, celui de “SOS femmes battues” !

— C'est un gag ?

— Je vais essayer de t'expliquer simplement. Les numéros du genre “SOS femmes battues” sont gérés par des autocommutateurs, des PABX. Pour des raisons de maintenance de ces machines, il existe des combinaisons de touches à pianoter pour pouvoir pénétrer dans le cœur du système. Dès lors, le technicien habilité accède à la fonction de routage vers le réseau téléphonique et là, il peut atteindre n'importe quel numéro de téléphone sur le compte du PABX.

— Comment se procure-t-il cette fameuse combinaison ?

— Des fuites, des annuaires de numéros gratuits qui se monnaient au même titre que les free cards.

— Le personnel des différents services de répression du banditisme peut avoir accès à ces données ?

— Bien sûr, le fichier est accessible depuis n'importe quel SRPJ de France. Dis-moi, tu ne penses quand même pas à quelqu'un de la maison ?

— Disons que j'envisage toutes les possibilités.

— Ne pousse pas le bouchon trop loin, quand même… Je te laisse. Ma femme m'attend.

— Merci pour la mauvaise nouvelle, Rémi…

Je m'adressai au lieutenant, appuyé mollement contre un dossier de chaise.

— Tu te souviens de Fripette ?

— L'exhibitionniste en conditionnelle que vous avez coincé avec les Mœurs il y a deux ans ? Celui qui a couru à poil dans tous les couloirs de la Crim' ?

— Oui, celui-là. Demain, à la première heure, tu vois avec le patron des Mœurs s'il connaît ses activités actuelles. Tu me le retrouves et tu me sonnes dès que tu as son adresse, OK ?

— Pas de problèmes. Mais… Pourquoi ?

— Ce type est ma clé d'entrée dans les milieux sados…

Avant de me coucher, j'envoyai un e-mail à Élisabeth Williams, en retranscrivant les propos du tueur tels que je les avais notés sur ma feuille de papier.

Instinctivement, je mis en route Poupette et observai, dans la pénombre, son voyage incessant sur les voies miniatures. Elle allait, venait, imperturbable, tournait à n'en plus finir, comme prisonnière d'un carcan de métal, mais pourtant tellement libre ! Je m'étendis sur le lit, bercé par son chant mélodieux.

Une idée me traversa l'esprit.

Je filai dans la salle de bains, récupérai un ancien flacon de parfum de Suzanne et en versai quelques gouttes dans le réservoir d'eau de la loco. Oh ! Cette odeur qu'elle diffusa dans toute la pièce ! Je fermai les yeux, imaginai Suzanne ici, à mes côtés. Je palpai son corps, caressai ses cheveux. Pensées souples et déliées, souvenirs heureux, joies inattendues… Poupette me portait ailleurs, sous un ciel pur, moucheté de sourires, de joies d'enfants…

Chapitre sept

Un rideau sombre de pluie se mit à marteler mon pare-brise avec la rage des mauvais jours au moment où je sortais de la berline. Sous les traits inclinés, j'enfilai mon imperméable plié dans le coffre et courus jusqu'à une petite enseigne discrète, plantée sur un vieux mur de briques effritées. L'antre de Fripette, l'exhibitionniste reconverti en propriétaire de sex-shop, m'ouvrait ses mâchoires.

Parmi un échantillon de cinq mille individus déjà particulièrement laids, vous prenez celui qui a un nez comme un brise-glace, un autre avec des chicots à donner à son dentiste l'envie de se suicider et finalement, un dernier aux yeux de merlan frit. Vous fusionnez les trois, vous obtenez une espèce de tête à laquelle vous ôtez les cheveux, vous la déposez sur un corps chétif et cela vous donne Fripette. Une tronche à effrayer un calamar géant…

Lorsqu'il m'aperçut, ses petits yeux de jais brillants semblèrent s'échapper de leurs orbites sous l'effet de la surprise. Il se terrait derrière son guichet, recroquevillé comme un rat, à trier des cassettes de pornographie. L'inlandsis de son crâne luisait sous la lumière bleue d'un néon.

— Salut, Fripette ! Je vois que tu ne chômes pas. Une reconversion digne de ta personne, tout en finesse.

Il disparut derrière une pile de cassettes.

— Qu'est-ce que tu veux, commissaire ? Alors qu'est-ce que j'ai pour toi… Un coffret de six doigts chinois ? Un kit orgasmique duo ? Attends… Du Bois-bandé, ta femme devrait apprécier !

J'ignorai la remarque… ou plutôt la mis de côté. Encore une comme ça et je lui enfilerais un godemiché au travers de la bouche. Je demandai d'une voix dure :

— Tu fréquentes encore les milieux SM ?

— Non.

Je saisis le manche d'un fouet et le claquai contre le guichet. La bouteille de stimulant sexuel se brisa sur le sol alors que de petits sexes mécaniques se mettaient à bondir et à avancer tout seuls, comme des pingouins sur une banquise. Fripette pesta :

— Putain, tu vas payer mec ! Tu sais combien ça coûte, le Bois-bandé ?

— Je réitère ma question, tête de nœud. Tu fréquentes encore les milieux SM ?

Il glissa sur le côté et s'engagea dans une allée sans me répondre, des DVD encore emballés dans les mains. Le sang me monta aux tempes. J'arrachai l'insecte chauve du sol, le plaquai contre une étagère qui bascula lourdement.

— Arrête ! hurla-t-il. Tu vas tout me saccager. Je vais…

— Tu vas quoi ?

Je renforçai mon étreinte et obtins en retour un gargouillis aigu.

— Lâche-moi, c'est bon ! (Il se dégagea d'un geste sec comme s'il avait eu le dessus. Oui, je fréquente !)

Et tu sais quoi ? Plus que jamais ! Je m'éclate comme un fou !

— Tu connais le Bar-Bar, le Pleasure & Pain ?

— Pas trop mon style. C'est du hard de chez hard. J'y suis allé une fois ou deux. Je suis plutôt branché latex et bondage.

— Qu'est-ce que tu appelles du hard de chez hard ?

— Bondage avec torture des seins ou du pénis. Ventes aux enchères pour fessées. Domination extrême, avec esclavagisme poussé, pissing, caning. Un beau petit monde.

— Qui fréquente ces milieux ?

— Tu trouves de tout. Ça va de l'avocat au sadique pur et dur qui passe ses journées de chômage à se branler.

— Il y a des femmes ?

— Je veux, mon neveu ! Et je pourrais même te dire qu'elles sont carrément plus cruelles que les hommes. De belles chiennes ! La dernière fois que je suis allé au Pleasure & Pain, une salope s'est amusée à presser les testicules d'un type avec un casse-noisettes. Le gars est reparti avec les couilles enflées comme des œufs de poule.

Un type trempé entra et fit demi-tour immédiatement. La peur d'être reconnu, dévisagé…

— BDSM4Y, ça te dit quelque chose ?

D'un coup, son teint bleuit.

— D'où tiens-tu ce nom ?

— Peu importe. Dis-moi ce que tu sais d'eux.

Il se cala entre des ensembles de latex et de vinyle noir.

— C'est une légende urbaine, une rumeur. Un fantasme de sado, comme il en existe tant dans le milieu. Ce groupe n'a jamais existé.

— J'ai retrouvé une fille avec ce tatouage sur le corps.

— Et alors ? Il y en a bien qui ont des tatouages de Jésus sur la fesse, qu'est-ce que ça prouve ? Qu'ils en sont la réincarnation ?

— Ils existent. J'en ai la preuve. Crache ! Qu'est-ce qui se dit sur eux ?

Mon poing serré à deux doigts de son nez le fit parler.

— Il paraîtrait que le groupe est constitué d'intellos mêlés aux pires espèces de malades. Les intellos organisent, les malades exécutent les actes obscènes. Ils sont puissants, influents, vifs et furtifs comme le vent. On dit qu'ils jouent avec la mort, ils en approchent les frontières du plus près qu'ils peuvent. Mais toujours des on-dit. Personne ne sait s'ils existent.

— Explique ! Qu'entends-tu par jouer avec la mort ?

— Ils feraient des expériences sur des animaux… Il paraîtrait aussi qu'ils ou elles recueillent des clochards ou des prostituées dans différentes villes de France, pour les emmener avec leur consentement dans des endroits isolés. Ils leur offrent de grosses sommes d'argent en échange de leur silence et de leur totale soumission le temps d'une soirée. Apparemment, ces types inspirent confiance, puisque les victimes, si on peut parler de victimes, les suivent sans broncher.

— Et après ?

— Ils disposent de tout ce qui peut exister en matériel de torture, en gadgets sexuels, ils sont équipés de médicaments pour calmer leurs victimes, sédatifs, drogues, anesthésiques. Une véritable organisation, disent les rumeurs. Ensuite, ils vont au bout de la douleur, ils se régalent de la souffrance de leurs cobayes. Il paraît que certains n'en sont jamais revenus.

— Et les autres ? Ceux qui survivent ?

— Ils se taisent. S'ils parlent, ils sont morts. Et puis, l'argent leur est réellement versé.

— Tu as l'air d'en connaître un rayon.

— Je te répète juste ce qu'on m'a raconté.

— Qui t'a raconté ça ?

— Quelqu'un à qui on a raconté la même chose… Et ainsi de suite…

La porte grinça. Un couple entra.

Une femme d'une centaine de kilos, cintrée dans un ensemble de cuir comme si elle avait gonflé à l'intérieur, et un type aussi petit qu'elle était large, au regard de fouine.

Fripette les chassa en un tour de main.

— Privé ! Je suis fermé. Revenez plus tard !

Je m'approchai de lui avec un visage de glace. Il gardait ses distances, de peur que mes doigts agiles lui caressent la joue.

— Ce soir, tu vas m'accompagner au Pleasure & Pain.

Dans un brusque mouvement de recul, il renversa une pile de revues.

— T'es un givré, mec ! Je mets pas les pieds là-dedans, encore moins avec un flic !

— N'oublie pas que tu es en conditionnelle. On peut venir fourrer le nez dans tes petites affaires, si tu veux.

Je m'avançai dans le rayon hard des cassettes vidéo.

— Gang-bang, sodomies, intéressant… Tu vends ça combien ? Cinquante euros ? Faut pas se gêner ! Les inspecteurs risquent de s'y retrouver difficilement dans tes comptes. On peut éplucher ça aussi, si tu veux. D'ordinaire, le petit recel n'est pas bien grave, mais, pour un gars en conditionnelle…

— Tu ne ferais pas ça quand même ? Je suis clean,

je n'ai rien à me reprocher ! C'est pas de ma faute s'il y a des tarés qui mettent des fortunes pour ces cochonneries !

Mon œil glissa sur un mot qui me gifla l'esprit, VIOL.

— Bon sang ! Mais qu'est-ce que c'est que ça ?

Je m'emparai du DVD intitulé *Viol pour quatre*. Un seul nom au bas de la cassette, Torpinelli. Le magnat du sexe. Au dos de la pochette, des scènes d'une extrême cruauté m'éclaboussèrent les rétines.

Fripette me l'arracha des mains. Il cracha :

— Ce n'est pas pour de vrai, il n'y a que des acteurs là-dedans ! L'une des dernières nouveautés de Torpinelli. Une espèce de viol filmé en direct dans des conditions qui rappellent la réalité. Ça plaît énormément, tu sais ? J'en ai déjà maté et c'est extrêmement troublant. On dirait carrément du réel… Y a pas mal de types qui se branlent là-dessus… Ça leur évite de passer à l'acte, tu vois ce que je veux dire ?

— Espèce d'enfoiré ! Demain, t'as le fisc derrière ton sale cul.

Je pris la direction de la sortie, mais il se glissa devant moi.

— C'est bon ! C'est bon ! Je vais t'emmener là-bas ! Mais si tes découvertes sur le BDSM4Y s'avèrent exactes, tu nous conduis direct à l'abattoir !

— À moi de juger.

— Si tu y vas fringué en pingouin, tu ne franchiras même pas la porte d'entrée. Enfile des fringues banales, genre jean et pull-over. Les SM portent toujours un sac avec leur matos. Les soirées au Pleasure & Pain sont *dressées*, ça signifie que tu dois te changer avant d'entrer dans les donjons de soumission ou les salles de vente ; latex, cuir, masque, cravache.

Bref, l'équipement qui te transpose dans le monde du bizarre, leur monde. De ce côté-là, je peux te fournir. Tu souhaites toujours y aller ?

— Le masque m'arrange… Continue.

— Dans ces backrooms, trois catégories de personnages ; les soumis, les dominants et les mateurs. Dans notre cas, le mieux est de se positionner dans les mateurs, à moins que tu aies d'autres préférences ?

Il me décocha une espèce de sourire. Ses dents ressemblaient à des runes vieilles de plusieurs siècles.

— Mais dans ce type de jeu, même les mateurs ont un rôle. Ils provoquent l'excitation chez le dominant, ils l'encouragent. Prends garde à tes mimiques. Le moindre trait froissé et tu provoqueras la méfiance du groupe. Il faut que tu donnes l'air de prendre ton pied. Tu pourras passer le masque, justement pour éviter qu'on te mate trop. Heu… Faut que je te familiarise avec le vocabulaire SM et les comportements à adopter… Mais, au fait, qu'est-ce que tu cherches là-bas ?

— Ne pose pas de questions, il vaut mieux…

Sorti de chez Fripette, j'eus l'impression d'être mentalement sali. J'allais devoir me prêter à des actes qui me répugnaient, entrer dans un monde parallèle de créatures étranges, à la face humaine mais aux pensées démoniaques. Des centaures bouillonnant de fantasmes, des maîtres d'ouvrage capables de transformer l'homme en objet par le biais du cuir et du latex, dans des pièces sombres, enterrées dans des sous-sols purulents de déchéance.

Comme la fleur a besoin de la fraîcheur secrète de la terre pour accumuler la force qui éclatera à la lumière du jour, les membres de BDSM4Y se nourrissaient de la substance de leurs victimes pour s'épanouir, pour ressentir leur espèce de gloire sur la vie, sur la douleur, sur Dieu. Je ne réussissais pas à leur donner un visage. Qui étaient-ils ? Comment imaginer des avocats, des professeurs, des ingénieurs, des défenseurs de principes, mêlés par le biais du vice à la décadence, aux bas-fonds de la morale, brassant le mal jusqu'à en récolter les fondements nourriciers ?

En plongeant dans la marmite du Diable, j'espérais quelque chose. Je ne savais pas quoi exactement. Peut-être sentir la présence de l'Homme sans visage, cette étrange sensation qui m'avait ébranlé quand j'étais à sa merci au fin fond de l'abattoir.

Par le biais d'Internet, de cette Toile merveilleuse aux yeux de l'ignorant, de l'utilisateur lambda, j'allais m'immerger dans les milieux les plus sordides du Paris nocturne.

* * *

Opéra de Paris, au dôme lustré par les pluies, le bronze doré de ses statues érigé vers un ciel de mercure. Élisabeth Williams s'était réfugiée sous l'une des arcades de la façade, à proximité de quelques touristes japonais regroupés entre les colonnes monolithiques. Je traversai en oblique l'avenue de l'Opéra, l'imperméable levé au-dessus de ma tête, les épaules serrées. La nuée écarlate des feux-stop des automobiles trouait la grisaille comme des signaux de détresse, dans un fracas de coups de klaxon.

Élisabeth parla la première.

— Je vous ai donné rendez-vous ici en espérant que nous pourrions discuter dans ce magnifique monument, mais je n'ai pas pris garde aux travaux de restauration.

Une belle erreur, parce qu'à présent, nous voici tous deux piégés dans un étau dc pluie !

— Vous êtes parée pour un sprint d'une centaine de mètres ? Il y a un pub sur le côté.

Je haussai les épaules.

— Désolé, mais je n'ai pas de parapluie.

— Moi non plus, répliqua-t-elle avec un sourire. La pluie m'a eue par surprise.

Nous battîmes l'asphalte du boulevard Haussmann à pas pressés, serrés sous mon imperméable-parapluie. Les passants s'étaient amassés sous les enseignes, les tonnelles ou au bord des terrasses, visages levés vers un ciel résolument noir. Une fois installés à l'intérieur du Pub Louis XVI, je nous commandai deux chocolats chauds.

— Thornton ne vous colle pas trop aux baskets ? m'enquis-je alors qu'elle se secouait les cheveux.

— Il faut bien faire avec… Je n'ai pas trop l'habitude que l'on remette en question mes capacités. De ce côté, les gendarmes sont bien plus disciplinés que vous, les policiers.

Elle me glissa sous les yeux une photocopie couleur, sortie d'une pochette à élastiques.

— Ça vous dit quelque chose ?

Le cliché représentait un buste de sainte. Des étoffes souples et glissantes se tordaient dans leur abondance sur l'arc de sa tête jusqu'au vallon de ses épaules. Le mouvement violent de torsion imprimé à l'ovale du visage rendait une aura de souffrance indescriptible qui allait bien au-delà de la simple photographie. La bouche ouverte implorait, les yeux adressaient une supplique agonisante au ciel. Les entailles creusées par le temps et l'usure fendaient le visage sculptural de chaque côté des joues.

— Où avez-vous trouvé ça ? On dirait… l'expression infligée au visage de Martine Prieur ! Les étoffes sur la tête, les yeux levés au ciel, les entailles joignant les lèvres aux tempes ! C'est… C'est identique !

— Exactement. Mon théologien, Paul Fournier, a déniché des pistes très intéressantes. Les propos, la manière d'agir du tueur, sont axés autour du thème de la douleur, au sens réel du terme, mais aussi au sens religieux, comme je le pensais. La photo du phare fouetté par la mer en furie qu'il a accrochée chez Prieur, ce cliché de fermier envoyé par courrier électronique, représentent des symboles profonds de souffrance à connotation biblique. Connaissez-vous le Livre de Job ?

— Pas plus que ça.

— Il a été rédigé avant ceux de Moïse. Job y raconte l'histoire d'un homme mis à l'épreuve par Dieu, en sept points principaux axés sur des concepts de souffrance, de Bien et de Mal. Dans certaines épîtres, nous sommes les fermiers de Dieu. Nous ne pouvons être glorifiés aux yeux du Seigneur qu'en subissant l'épreuve, le fermier représente celui que la longévité et la rudesse de l'épreuve n'altèrent pas, un symbole de courage ; il endure la souffrance en silence.

— Et le phare ?

— Prenez un phare en pleine mer. Par une nuit calme, pouvons-nous affirmer que l'édifice est ferme ? Non. Par contre, si la tempête se déchaîne sur lui, alors nous saurons s'il tient bon. L'épreuve reflète la nature profonde des choses, c'est le miroir de la personnalité !

Elle me présenta la lettre rédigée par l'assassin, ponctuée de notes désordonnées, et poursuivit d'un ton neutre.

— Regardez, les phrases soulignées sont extraites en partie du Livre de Job, à laquelle l'auteur a ajouté sa petite touche personnelle. Le tueur parle d'*armures abîmées*, de *ce soldat qui subit les épreuves sans ciller*, de ce *dieu qui essuie les larmes*. Citations du Livre, presque mot pour mot.

Je me serrai la tête entre les mains.

— Vous allez me prendre pour un attardé, mais je ne vois pas bien ce que le tueur cherche à prouver.

— J'y viens. Selon les écrits de Job, l'expérience de la douleur n'est pas une fin en soi, mais une étape qui rapproche de Dieu. La souffrance, sous une forme ou une autre, est la destinée de tous ceux qui veulent mener une vie pieuse et doivent s'absoudre de leurs péchés. En ce sens, le pardon de Dieu s'obtient par l'épreuve, et l'épreuve uniquement. Assurément, ces femmes torturées ont péché.

À présent, la pluie violentait les vitres de la brasserie avec caractère. Des gens se tassaient devant l'entrée, d'autres s'engouffraient dans la bouche de métro Opéra ou cavalaient en direction des Galeries Lafayette.

Élisabeth me questionna.

— Avez-vous un moyen quelconque de dépister les personnes qui empruntent tel ou tel ouvrage dans les bibliothèques ? Un fichier centralisé, comme celui du FBI ?

— Non, non, bien sûr que non. En matière de tueurs en série et de centralisation de fichiers, nous avons un retard phénoménal sur l'Amérique. Et on ne peut pas dire que ce type d'assassins coure les rues en France.

— Nous en avons pourtant un sérieux sur les bras, répliqua-t-elle.

— En effet… Mais rien ne nous empêche de nous passer d'un fichier central et d'écumer une à une les bibliothèques, de vérifier quel abonné a emprunté le livre recherché…

— Cela risque de prendre du temps, mais vous allez devoir vous y coller…

Je bus une gorgée de chocolat.

— Comment donc êtes-vous remontée jusqu'à la photographie de cette sculpture ?

— Je me suis rendue à la bibliothèque François-Mitterrand dans la matinée. J'ai toujours pensé que la scène était empreinte d'un caractère religieux. La tête tranchée dans ses froissures d'étoffes, ce regard implorant le ciel, la pièce dans sa bouche. Je me suis donc penchée sur les représentations célèbres de la souffrance dans l'art pictural et sculptural, le tout sur fond de religion. Je suis assez vite tombée sur Juan de Juni, un sculpteur du XVIe siècle. Il évoque clairement que la douleur, l'affliction et la souffrance sont les seuls chemins ouvrant les voies divines. Pour transmettre ses sentiments, il utilise un mouvement puissant de torsion qui secoue ses figures et dénonce l'angoisse suprême. Ce que vous avez sous les yeux représente le buste de sœur Clémence, une œuvre longtemps interdite, très peu connue.

Elle se laissa un instant distraire par une altercation qui explosait devant le café. Une histoire de coup de parapluie…

— À l'aube du XVe siècle, Madeleine Clémence, fuyant son village, s'est réfugiée dans les ordres religieux pour expier ses péchés, notamment l'adultère. Elle a totalement changé de vie, espérant ainsi adoucir sur son sort le regard de Dieu, être protégée de ses dénonciateurs potentiels. Au Moyen Âge, la répression des crimes par le pouvoir laïc est légitime, surtout pour les cas d'adultères qui peuvent conduire à la peine de mort. Cinq années plus tard, on captura sœur Clémence dans un couvent. Sous les ordres de l'inquisiteur d'Avignon, elle fut torturée à mort pour donner l'exemple. Un modèle de discipline véhiculé dans de nombreux écrits de l'époque…

La pécheresse reconvertie en bonne sœur. Martine Prieur, aux cheveux couleur aile de corbeau, à l'allure macabre, transformée en fille au style clinquant, menant une vie tranquille, oubliée. Pouvait-il y avoir un quelconque rapport ? Sur le frontispice de mon esprit tambourinaient maladivement deux mots, toujours les mêmes, *Jeckyll, Hyde*... La lumière, les ténèbres.

— Quel est le rôle du tueur si vos constatations sont avérées ? Agit-il comme un envoyé de Dieu ? Un justicier, un censeur ?

— Les tueurs qui accomplissent leur office au nom de Dieu prolifèrent aux États-Unis. Ils se disent poussés par des voix célestes. Cependant, très peu prennent la peine de maquiller leur crime de cette façon. Soit ils le déclarent ouvertement, par exemple en l'écrivant sur les murs avec le sang de leur victime ; soit ils le revendiquent lorsqu'ils se font appréhender. Ici, tout se joue dans la subtilité.

— Si on peut parler de subtilité…

— Je suis persuadée que vous m'avez comprise. Rappelez-vous le cadre du phare ou cette photo du fermier. Ces indices recelaient une double signification ; l'une religieuse, l'autre purement factuelle. Il fait preuve d'une intelligence troublante. Cependant la partie des fantasmes, cette volonté d'appliquer la douleur, non pas dans le but de punir mais dans celui de prendre son pied, domine chaque fois qu'il martyrise ses victimes.

— Pour quelle raison ?

— Mais... parce qu'il les filme, il divulgue ses sentiments par ses lettres, ou ce coup de fil que vous avez reçu. Là, il exulte.

— Justement, que pensez-vous de cet appel téléphonique ?

— Vous avez noté, entre autres : *Crois-moi, la fille ne naîtra pas, parce que je l'ai retrouvée. L'étincelle ne volera pas et je nous sauverai, tous. Je corrigerai leurs fautes*... Vous avez une idée de la signification de cette phrase ?

— Absolument pas. On aurait dit, malgré la voix truquée, qu'il divaguait complètement. Ce pan de monologue n'a rien à voir avec ce qu'il a dit avant, ni après. Je ne sais pas, ça tombait comme un cheveu sur la soupe... Vous avez pu découvrir quelque chose, vous ?

— Non, le sens de cet avertissement demeure malheureusement trop flou. Mais, lorsqu'il dit *parce que je l'ai retrouvée*, je pense qu'il parle plutôt de la mère. Il a peut-être retrouvé une future mère. Auquel cas cette femme doit se trouver en danger...

— Mais comment savoir, bon sang ! (Je bouillais intérieurement.) Dites-moi, avec la deuxième fille, celle de l'abattoir, où voulait-il aller ? Cette façon dont il l'a positionnée a-t-elle un équivalent religieux, genre sculpture ou peinture ?

Son attention se focalisa soudain sur un éclair qui craquela le plafond du ciel. Ses lèvres se mirent à remuer, faiblement mais distinctement. Elle comptait, les secondes s'égrenaient sur le rebord de sa bouche.

— Mais qu'est-ce que vous faites ? questionnai-je en posant ma tasse dans sa soucoupe.

Sans détourner son regard de la vitre, elle agita une main qui m'invitait à me taire. Quand l'éternuement de Zeus ébranla le ciel, elle se tourna à nouveau vers moi et s'interrogea.

— Obtiendrai-je un jour la réponse ?

— À quoi donc ? Vous semblez perplexe ! »

Elle se colla un doigt sur la tempe, comme pour focaliser les ondes.

— Depuis toute petite, chaque fois que je vois le premier éclair d'un orage, je compte pour savoir à quelle distance l'orage se situe. Et, chaque fois, irrémédiablement, je tombe sur sept. Jamais six ni huit, mais sept. C'est systématique…

Le velours de sa voix charriait de l'intensité, de la franche émotion. Je l'imaginais, petite, penchée à sa fenêtre, mesurant mentalement la distance la séparant de l'orage. Et à tomber irrémédiablement sur ce nombre, sept…

— Peut-être provoquez-vous inconsciemment ce phénomène ? Sans vous en rendre compte, vous rallongez ou raccourcissez les secondes pour arriver à sept…

— Peut-être bien, peut-être bien…

Ses yeux l'emmenèrent ailleurs. Je nous replongeai dans le vif du sujet.

— À votre avis, où voulait-il aller avec la deuxième victime, celle de l'abattoir ?

— Difficile à dire, son travail ayant été interrompu. Mais, encore une fois, on peut déceler un certain symbolisme. Les échardes représentent des symboles souvent cités dans la Bible.

— Elles matérialisent la souffrance du croyant. » Elle chassa ses cheveux légèrement mouillés vers l'arrière.

— Les victimes, comme je l'ai déjà signalé, n'offrent pas de points communs particuliers en ce qui concerne leur physique. Ce rapport doit se cacher ailleurs, certainement dans le passé de ces femmes. À l'évidence, Prieur a cherché à dissimuler un terrible secret, tout comme sœur Clémence avec son adultère. L'assassin agit alors comme un messager, un juge ou un bourreau, il est celui qui punit mais aussi celui qui absout ses victimes. Il les lave de leurs péchés en les soumettant au calice de douleur absolue. Rappelez-vous l'état de propreté des corps et surtout, le fait qu'il ne les viole pas ; je crois que, dans les tous derniers instants, il les respecte… (Elle fit courir sa main sur la table, comme une caresse.) Puis, il y a la deuxième personnalité, celle qui prend du plaisir dans l'acte, celle qui torture pour matérialiser ses fantasmes, celle qui filme pour les prolonger. Cette face-là de l'être est certainement la plus noire, la plus sadique. Je soupçonne que nous avons affaire à, non pas un, mais bien deux meurtriers en série, unis dans le même corps sous l'égide d'une terrible intelligence !

Un coup de tonnerre fit trembler les vitres. Les nuages cavalaient dans le ciel et le filet de l'obscurité s'abattit sur la capitale comme une gigantesque tache de pétrole.

— Nous sommes coincés ici un bon bout de temps ! lançai-je en m'accoudant à la table. Il tombe des briques !

Elle ne releva pas. Je sentais une onde froide en elle, une puissance crue qui lui durcissait le sang… J'imaginais le tueur tel un dragon à deux têtes, une Hydre de l'Herne écumant des rouleaux de feu, vomissant les charognes digérées de ses précédents repas. Je me souvins de cette force qui m'avait tiré dans l'abattoir, qui avait exécuté son châtiment dans les cris, la rage, tout en m'épargnant.

Je voyais la femme en face de moi distante, ailleurs, et je songeai à Suzanne. Des phrases, des mots féminins résonnèrent dans ma tête, comme des coups de feu. Ma femme vivait, quelque part, j'en étais persuadé. Une autre partie de moi aurait préféré qu'elle fût morte, au chaud et à l'abri dans l'éclat des étoiles... À présent, sans comprendre pourquoi, j'apercevais des marécages nauséabonds, des canaux tortueux de pourriture et de saletés, je la devinais, là, au milieu de cet enfer d'eau et de mort. Pourquoi ?

— Vous souhaitez me parler de votre femme ? devina Élisabeth en entrecroisant ses doigts sous son menton.

Ses joues avaient recouvré la couleur de la vie. Avait-elle fouillé dans mes pensées inconsciemment ? Possédait-elle réellement un don, comme l'affirmait Doudou Camélia ?

Nous discutâmes de Suzanne longtemps, très longtemps. Je me vidai de tout ce qui me pesait sur le cœur, comme quand on crache une bonne toux. L'orage s'épuisa, la pluie cessa, le calme d'un souffle apaisé balaya le café tel un petit vent tiède. Je me sentis bien, soulagé, rassuré aussi. Nous avions parlé comme deux vieux amis... Nous nous quittâmes dans le ronflement lointain de l'orage passé ; elle, du côté du Louvre, moi, du côté de la place Vendôme...

* * *

Monsieur Clément Lanoo, le professeur d'anatomie de la faculté de médecine de Créteil, dégageait une impression de puissance, de maîtrise absolue. Ses mains assurées lançaient des doigts habiles, démonstratifs, qui couraient sur les planches anatomiques pour en absorber la consistance et les retransmettre à un public captivé. Je m'installai au fond de l'amphithéâtre, attirant sur moi quelques regards de futurs médecins et deux ou trois chuchotements.

Lorsque sortirent les étudiants, je m'avançai vers le pupitre. L'homme déchaussa ses lunettes et les rangea dans un porte-lunettes en velours.

— Puis-je vous aider ? s'enquit-il en enfournant ses fiches dans une pochette noire en cuir.

— Commissaire Sharko, de la police judiciaire. Je souhaiterais vous poser quelques questions concernant une étudiante qui a fréquenté votre faculté, voilà de cela cinq ans. Elle se prénommait Martine Prieur.

Le calme coulait comme un souffle dans le vaste amphi et nos voix s'envolaient par les travées de sièges vides jusqu'aux murs du fond.

— Ah oui, Prieur… Je me souviens… Une brillante étudiante… Remarquable de rigueur et d'intelligence. Un problème avec elle ?

— Oui, un léger problème. Elle a été assassinée.

Il posa sa pochette sur le pupitre, les deux mains regroupées sur la poignée.

— Seigneur ! Que puis-je faire pour vous ?

— Répondre à mes questions. Vous brassez énormément d'étudiants par année, non ?

— Plus de mille huit cents par an. Les structures vont bientôt nous permettre d'en accueillir sept cents de plus.

— Et vous les connaissez tous personnellement ?

— Non, à l'évidence non. Je suis amené, au cours de deux entretiens annuels, à tous les rencontrer, mais ça s'arrête là pour certains. Le suivi se fait surtout par les résultats obtenus aux devoirs.

La porte du fond battit, une tête passa avant de disparaître. Je continuai :

— Comment Martine Prieur s'est-elle distinguée de la masse pour qu'après cinq ans, vous vous souveniez d'elle ?

— Vous ne pouvez pas savoir combien les connaissances anatomiques des internes de chirurgie sont misérables. Je suis conférencier et professeur d'anatomie, monsieur Sharko, et c'est avec une immense désolation que j'appréhende le progrès. Les jeunes de maintenant sont rompus à l'informatique, l'ordinateur est devenu l'outil incontournable. Les films remplacent les manipulations. Cependant, vous pourrez regarder autant de vidéos que vous voudrez, vous ne saurez jamais comment palper un foie, tant que vous n'aurez pas un interne, un chef de clinique ou un patron qui vous dira *tes mains, il faut les placer comme cela*, sur un vrai ventre, d'un vrai malade. Mettez-leur un cadavre bien réel sous les yeux, la moitié d'entre eux s'enfuit en vomissant. Prieur ne faisait pas partie de cette catégorie. Elle avait le sens de la précision, de l'exactitude du dessin, elle vous disséquait un cadavre en un tour de main. Très vite, je l'ai nommée chef de travaux d'anatomie. Une place chère, privilégiée, vous savez ?

— En quoi cela consistait-il ?

— Donner des cours de dissection, tous les jours, aux étudiants de première année.

— Martine Prieur tuait ses journées à explorer les cadavres, si je comprends bien ?

— On peut dire ça comme ça. Mais tuer n'est pas le terme exact…

— Comment se comportait-elle avec ses camarades ? Quel ressenti aviez-vous sur sa personnalité en dehors du cadre médical ?

Un nuage traversa son regard.

— Je ne suis pas très au courant de la vie privée de mes étudiants. Leurs sauces personnelles ne m'intéressent pas. Seuls les résultats comptent. Les meilleurs restent, les autres partent.

Je le sentis soudain se replier comme une feuille que l'on froisse.

— Pourquoi a-t-elle brutalement tout plaqué ?

Il descendit prudemment de l'estrade et s'avança dans la large rangée centrale.

— Je l'ignore. Il arrive que certains se découragent, quelle que soit la motivation, quelle que soit l'année. Je ne sais pas ce qui se trame dans la tête des gens, je ne le saurai jamais, même si je disséquais un à un leurs neurones… J'ai une réunion importante dans peu de temps, monsieur le commissaire. Alors, si vous permettez…

Je bondis de l'estrade, alpaguai sa veste d'une poigne qui indiquait clairement ma détermination.

— Je n'ai pas fini mes questions, monsieur le professeur. Veuillez rester encore un peu, s'il vous plaît.

Il bascula l'épaule pour se dégager de mon étreinte avec un geste de désinvolture.

— Allez-y, cracha-t-il. Et vite !

— Vous n'avez pas l'air de bien saisir, alors je vais vous expliquer. Prieur a été découverte la tête tranchée, les yeux arrachés puis remis dans leurs orbites. Elle a subi des mutilations pendant de longues heures, suspendue à des crochets d'acier. Et ceci tourne peut-être autour du personnage qu'elle était en dehors des apparences. Un *Docteur Jeckyll* et *Mister Hyde*, si vous voulez. Alors, maintenant, je souhaiterais que vous me disiez pourquoi elle a arrêté ses études brutalement !

Il me tourna à nouveau le dos, buste droit, épaules carrées. Un totem…

— Suivez-moi, commissaire… Sharko…

Nous descendîmes un couloir en pente s'enfonçant dans les entrailles cachées de la faculté. Au fond, une porte épaisse. Il chercha la bonne clé, déverrouilla et nous entrâmes.

Trois halogènes chassèrent l'obscurité, dévoilant un peuple silencieux qui évoluait dans du liquide transparent. Des êtres dépigmentés aux visages boursouflés, aux orbites vides, aux bouches freinées dans leur cri, flottaient verticalement. Des hommes, des femmes, même des enfants, nus, suspendus dans les cuves de formol… Des accidentés, des suicidés, propres et sales à la fois, poupées de chiffon à la merci de la science… Le professeur trancha le silence :

— Voici le monde dans lequel évoluait Martine Prieur. De toute ma carrière, je n'avais jamais vu une élève passionnée à ce point par la dissection. L'approche de la mort est une étape très difficile à franchir pour nos étudiants. Elle, rien ne l'intimidait. Elle pouvait passer des heures, des nuits, ici, à réceptionner les corps de la morgue, leur injecter du formol et les préparer pour la dissection.

— Pas mal, pour quelqu'un qui ne supportait pas les cadavres…

— Comment ?

— C'est le motif fourni à sa mère quant à son départ de la faculté. Dites-moi, ne devait-elle pas se contenter d'assurer les travaux pratiques auprès des élèves de première année ?

— D'ordinaire, nos étudiants se relaient pour faire

ce qu'ils appellent le sale boulot. Prieur insistait pour gérer ces tâches toute seule. Après tout, cela faisait aussi partie de ses responsabilités.

— Pourquoi m'avez-vous amené dans cet endroit épouvantable, professeur ?

— Les corps, une fois autopsiés, sont conduits à l'incinérateur, dans une autre pièce. À l'époque, monsieur Tallion, un employé de la fac, s'occupait de la crémation. Prieur lui déposait le corps après la dissection. Le rôle de Tallion consistait à arracher l'étiquette du pied du cadavre, la consigner dans un registre, puis plonger le corps dans le four une fois la chauffe effectuée. Un soir de ce fameux hiver 1995, il a fait si froid que les canalisations extérieures ont gelé. Une nuit sans chauffage dans l'internat. Bien entendu, le four n'a pas fonctionné. Tallion, pris de panique, a dissimulé le cadavre dans la chambre froide où nous conservons les corps avant de les traiter au formol.

— Je ne saisis pas bien…

Il s'appuya contre une cuve comme on le fait banalement dans la rue contre un mur. La chose baignant dans le liquide ne le dérangeait absolument pas.

— Prieur et lui cachaient un lourd secret…

— Quel secret, bon sang ? On n'est pas dans un film à suspense, monsieur Lanoo !

— Prieur mutilait les cadavres… (Il avait parlé à voix basse, comme si nos spectateurs allaient casser, de colère, leurs vitres de plexiglas pour nous serrer la gorge.) Elle leur tranchait le pénis, leur entaillait les parties anatomiques non disséquées, leur coupait la langue…

— Leur ôtait-elle aussi les yeux ?

— Oui… Oui, elle leur arrachait les yeux…

Les aquariums à humains se mirent à tourner autour de moi…

Ces corps déchirés par la mort, comme suspendus dans l'air, cette odeur de formol flottant dans la lumière tranchante, blanche, blessante, m'obligeaient à sortir…

— Excusez-moi, monsieur le professeur… Je n'ai pas beaucoup dormi, et j'ai juste pris un café…

Il ferma la porte à double tour.

— Il n'y a pas de honte à avoir. Ce n'est pas le genre de musée que l'on paierait pour visiter, n'est-ce pas ? Quoique…

Petit rire cynique.

— Pourquoi l'employé, ce Tallion, n'a-t-il jamais rien dit ? tentai-je avec quelques trouées sonores dans la voix.

— Elle couchait avec lui… Quand nous avons découvert ce cadavre mutilé, Tallion a tout déballé dans l'espoir de préserver son poste.

— Que faisait Prieur des organes qu'elle prélevait ?

— Rien du tout. Elle les faisait brûler aussi.

— La suite de l'histoire ?

— Nous avons demandé à Prieur de quitter la faculté…

— La solution de facilité… Pas d'enquête, pas de fuites, pas de mauvaise publicité, n'est-ce pas ?

Il stoppa devant une photo de Sir Arthur Keith, les mains dans les poches, la tête levée comme pour contempler la voûte du ciel qui tapissait le toit de verre, et avoua :

— La solution la moins pénible pour tous, en effet…

— Pour quelle raison réalisait-elle ces actes odieux ?

— Attrait immodéré pour le morbide. Besoin d'explorer si intense qu'il menait à la mutilation, peut-être face à l'incompréhension de certains phénomènes. Que cherchait-elle dans les toiles mortes de ces corps ? Nous ne l'avons jamais su. Nécrophilie, fétichisme ? L'anatomiste veut toujours aller au-delà des apparences, il se sent tout-puissant s'il ne contrôle pas ses sensations… Facile, lorsqu'on a un scalpel en main et un cadavre devant soi, de se prendre pour Dieu…

— Tallion vous a-t-il parlé de sa relation avec Prieur ?

— C'est-à-dire ?

— Était-ce une relation sexuelle classique ? Sado-maso ?

Il plissa le visage.

— Mais comment voulez-vous que je le sache ? Vous me prenez pour sœur Teresa ? Nous avons réglé cette histoire rapidement…

— Où puis-je rencontrer ce Tallion ?

Une inspiration leva sa poitrine.

— Mort avec sa femme et ses deux enfants dans un accident de voiture, voilà trois ans…

L'univers de Prieur s'évanouissait comme une brume dans l'aube. Les cadavres jonchaient sa vie, sa mort, tout ce qu'elle avait été… J'ajoutai, d'une voix qui trahissait un dépit évident :

— Avait-elle des amis privilégiés parmi les étudiants ? Des personnes susceptibles d'être au courant de ses penchants nécrophiles ?

— Comme je vous l'ai dit, je ne m'immisce pas dans la vie de mes étudiants.

— Pouvez-vous me sortir le listing de vos élèves de 1994 à 1996 ?

— Il risque d'y en avoir un sacré nombre. Je vais demander à la secrétaire… Je vous laisse, commissaire. Le temps est mon pire ennemi et l'âge n'arrange rien.

— Il se pourrait que je passe à nouveau.

— Dans ce cas, prenez rendez-vous…

La vérité avait éclaté. Prieur avait baigné dans l'obscène, emmurée dans les recoins obscurs de la faculté à mutiler davantage ce qui l'était déjà. Elle avait laissé l'horreur derrière elle en quittant l'école, changeant d'apparence, de vie, plaquant ce côté morbide, le terrant dans les profondeurs enténébrées de son âme. Cherchait-elle alors à se guérir d'une espèce de maladie qui lui empoisonnait l'existence et la contraignait à vivre dans le secret de l'inavouable ?

Le tueur avait découvert son jeu. Il avait agi, cinq années plus tard, alors qu'elle se sentait protégée dans le cadre de sa petite vie rangée. Il lui avait rendu la monnaie de sa pièce, une souffrance volontaire, provoquée, odieuse. Œil pour œil, dent pour dent. L'analyse d'Élisabeth Williams se tenait, tout concordait ; le tueur jouait sur deux terrains différents.

Tout concordait, mais rien ne me rapprochait de lui. Il errait dans le crépuscule parisien en toute liberté, tel un aigle dominant un large terrain de chasse. Il traquait, jouait, frappait en un éclair, puis disparaissait dans l'ombre du sang. Il maîtrisait la mort, il maîtrisait la vie, il maîtrisait la croisée de nos destins…

* * *

L'heure d'entrer dans le monde de la douleur vint avec les vapeurs suaves de la nuit. Le Tout-Paris nocturne s'illuminait comme un fourmillement de lucioles.

Proximité du métro Sébastopol. Un couloir de bitume ouvert au sexe, quelques voitures garées sur les trottoirs, une lignée de lampadaires usés qui trouaient à peine la nuit. Des ombres circulant à pas pressés dans les mailles du deuxième arrondissement, dos voûtés dans des imperméables, les mains dans les poches, regards braqués au sol. Deux, trois filles, appuyées contre les murs, un talon aiguille enfoncé dans les vieilles briques des façades.

Alors que nous marchions, Fripette me dicta les dernières recommandations.

— Ne parle pas, surtout pas de questions, je m'occupe de tout. Si on vient à savoir qu'on met le nez dans les affaires de ces gens-là, on recevra plus de coups en un quart d'heure qu'en quinze rounds contre Tyson. Tu n'as pas ton feu sur toi, j'espère ? Ni ta carte de police ? On va être fouillés.

— Non, c'est bon.

— Et tes papiers ?

— Je les garderai sur moi.

— Très bien. Tu n'as rien à faire, sauf à mater et à la fermer. Tu te colleras le masque de cuir sur le visage, comme le pire des sadiques sexuels. Ni vu, ni connu, OK ?

— OK.

— Nous allons entrer dans les backrooms les plus hards du Tout-Paris, toujours partant ?

— Plus que jamais…

Il me posa une main sur l'épaule.

— Dis-moi, commissaire, pourquoi t'envoies pas tes larbins, tes sbires au casse-pipe ? Pourquoi tu veux tout faire toi-même ?

— Raisons personnelles.

— T'es pas du genre bavard, toi, quand il s'agit de parler de ta vie perso…

Quarante-huit, rue Greneta. Une porte de métal. Une

petite trappe qui s'ouvre. Un masque de cuir troué de deux yeux qui apparaît.

— Fripette. Qu'est-ce que tu veux, sale enfoiré ?

— Charmant accueil. On veut entrer. On a envie de s'éclater un peu.

— Ça fait un bail qu'on t'a pas vu.

— Je remets ça.

— T'as du pognon ?

— Mon pote est plein aux as.

Un nez renifla par la trappe. Une langue courut sur le cuir.

— Y veut quoi, ton pote ?

— C'est un putain de mateur. Un comme t'en as jamais vu. Laisse-nous entrer, maintenant !

— Il ne sait pas parler ? Il a pas la gueule de l'emploi, je l'aime pas...

— Laisse-nous, j'te dis. Y a pas de lézard.

— Vaudrait mieux pour ton petit cul. Tu connais le dress code de ce soir ?

— Uniformes. On a ce qu'il faut.

La porte s'ouvrit dans un splendide grincement. Fripette fourra deux cents euros dans la paluche de Face-de-Cuir. Pressé dans une blouse d'infirmier et des bottes de cuir blanc montant jusqu'aux genoux, l'homme puait le vice à plein nez. Pour trouver l'endroit accueillant, il fallait beaucoup, mais vraiment beaucoup d'imagination ; à côté de ça, une cave aurait fait office de palace. Une grande femme sexy, moulée dans une pièce unique de vinyle violet, se dressait comme une chatte derrière une espèce de bar, d'où jaillissait la lumière d'ampoules rouges qui réussissaient à peine à éclairer un long couloir. La Chatte nous tendit des jetons en plastique de différentes valeurs.

— Soirée fessées au tribunal, si vous voulez, lança-t-elle d'une voix de disque rayé. Vestiaires à droite. Allez vous changer, esclaves ! ordonna-t-elle en crachant un long rire cynique.

Autre pièce, autre lieu de désolation, murs briquetés et bancs en métal. Nous nous changeâmes en silence sans nous regarder. L'étrange sensation que l'on nous surveillait depuis notre entrée m'écrasa. J'enfilai ma blouse d'infirmier, les bottes généreusement fournies par Fripette et le masque de cuir noir, qu'il m'aida à lacer à l'arrière de mon crâne. J'avais honte et je remerciai le ciel de ne trouver nul miroir dans ce cloaque.

— T'es une vraie beauté ! me lança Fripette.

— Ferme-la !

Il coiffa son crâne d'albâtre d'une perruque de juge et endossa sa toge d'homme de droit. Il cacha ses yeux derrière un loup de cuir, me marmonnant :

— C'est parti. Nous allons nous balader dans les différents donjons. Essaie de dégotter ce que tu recherches, et vite. Suis-moi et n'oublie pas, tu peux ouvrir les oreilles, mais tu fermes ta grande gueule !

Je n'aimais pas son ton et me promis de lui envoyer mon poing dans la figure en sortant d'ici. Si nous sortions…

Le long du sombre couloir pendaient toutes sortes d'affiches, du genre *Ludy et Mister Freak se marient. Venez assister nombreux à la cérémonie organisée par maître S'ADO. Fessées à volonté*. Le claquement sec du fouet, des cris étouffés de peine et de plaisir filtraient au travers des différentes portes entrouvertes.

Première salle, salle médecine. Fripette me tira par le bras ; nous nous fîmes une place contre l'un des murs, dans le clair-obscur de la lampe pendue au-dessus d'une table d'opération fabriquée maison. Au centre, un homme bedonnant, riche en poils, sanglé sur la table tel un porc bien rose. Quatre femmes masquées, déguisées en infirmières, lui flagellaient avec tact les parties sensibles, lui arrachant à chaque fois un râle de douleur. Ses bourses enflèrent et son sexe se tendit comme une matraque de CRS. Les officiants disposaient de divers instruments, genre rouleaux à ramollir les pâtes à pizza et, éventuellement, le sexe, des martinets, des sortes d'étaux à seins, ou encore, des vibromasseurs.

Autour de nous, ça chuchotait. Les langues tournaient sur les lèvres, les mains fondaient sous les costumes en vue d'une probable masturbation. Je fouillai du regard mes voisins, devinant, en ceux non masqués, des personnes à qui l'on aurait pu confier ses enfants avant d'aller au cinéma.

D'autres observateurs dégageaient une impression de rigidité, se régalant de la souffrance de l'homme attaché, comme d'un gâteau à la chantilly. Certains se parlaient à l'oreille puis disparaissaient dans une autre pièce.

À présent, le patient sexuel hurlait. Un bourreau lui envoya des échardes de lumière dans les yeux alors qu'une autre lui lâchait des pinces crocodile sur la membrane nervurée des bourses. Le spectacle s'équilibrait de lui-même ; ceux qui sortaient étaient remplacés par de nouveaux mateurs ou guignols en costume. Les mots me brûlaient au bord des lèvres ; quelqu'un, parmi cette cohorte d'obsédés, appartenait forcément à BDSM4Y, probabilité oblige. D'un coup, mon regard se bloqua. Je reconnus Face-de-Cuir à l'entrée de la salle. Il me dévisageait, pénétrait en moi comme une lame dans la chair, ses poings serrés dans ses gants.

Je braquai à nouveau mon regard vers la scène de violence, fis mine d'apprécier le spectacle… Aussi facile que d'avaler une boule de pétanque…

Puis, une femme de l'assemblée remplaça l'homme meurtri, se laissa sangler et le show reprit de plus belle. Nous nous frayâmes un chemin pour quitter la pièce.

Changement de décor, tableau identique ; pièce médiévale, croix à sangler, maîtres, dominés, mateurs. Pas de lampe, juste des torches qui éclaboussaient des parties de membres, des peaux humides, des visages pétris de douleur. De nouveaux arrivants se serrèrent tout contre nous. Chaleur des corps, mélange des sueurs, noir complet, traits de lumière parfois. Nous ne faisions qu'un. Je me penchai vers mon voisin, sans savoir s'il s'agissait d'un homme ou d'une femme.

— Quel pied… lui murmurai-je à l'oreille.

Pas de réponse. Fripette me pressa l'épaule et, protégé par le noir, je lui collai un coup de coude dans les flancs.

— Tu viens souvent ? continuai-je à susurrer.

La forme s'éloigna et disparut, laissant la place à un autre paquet de chair, plus corpulent, puant le dessous de bras.

Mes yeux commençaient à s'accoutumer à l'obscurité. Je distinguais à présent les courbes des corps des mateurs, tassés contre les murs, comme nous. Je percevais l'odeur âpre de leurs chairs en ébullition, de leurs sens retournés par le spectacle. Deux types en treillis attachèrent une femme à la croix, lui enfoncèrent un anneau de métal dans la bouche et lui bandèrent les yeux. Après lui avoir arraché l'uniforme, ils lui collèrent sur les seins et le clitoris des pastilles conductrices reliées à une batterie douze volts, du genre de celles que l'on trouve sous les capots des voitures. Lorsqu'ils envoyèrent le jus, la fille hurla, puis la fille jouit, puis la fille en redemanda…

Subitement, Fripette me tira avec fermeté par la blouse. Nous sortîmes par une autre porte, tombâmes dans la salle du tribunal où un juge tapait du marteau sur les fesses d'une femme accroupie, longeâmes les murs avant de retrouver le couloir. À l'autre bout, devant la salle de médecine, des carcasses d'hommes balèzes s'agitèrent.

— Laisse tes fringues dans l'vestiaire ! On s'casse ! Ils se doutent de quelque chose !

Nous remontâmes le couloir et prîmes la forme de courants d'air devant le bar. Des courants d'air dans des uniformes…

Arrêtez-les ! cria une voix qui se voulait tout sauf rassurante.

La Chatte lança une bouteille de whisky pleine qui me frôla le sommet du crâne. Un sosie de Face-de-Cuir s'interposa devant la porte de sortie, brandissant une lame. Je lui allongeai sans réfléchir un coup de botte sur la poitrine, lui ravalant son nez d'une manchette serrée. Fripette ouvrit le loquet et nous nous élançâmes dans la rue. La meute s'agglutina aux abords du donjon avant de rentrer, après quelques échanges à voix basse et des doigts tendus bien haut.

— Putain, mais t'es con, bordel à chiotte !

Fripette envoya un magistral coup de semelle dans une poubelle de métal avant de crier de douleur.

— Putain, bordel ! J'me suis fait mal ! Chiotte !

Il versait des torrents de larmes.

— J'suis grillé à cause de toi ! Foutu ! J'suis déjà mort ! Ils vont me faire la peau, putain ! Je t'avais dit de fermer ta grande gueule !!! »

Je jetai la blouse d'infirmier sur le sol. Un couple,

nous découvrant accoutrés de la sorte, moi avec mes bottes et Fripette dans sa tenue de juge, préféra changer de trottoir. Un doute m'assaillit. Je plongeai ma main dans la poche arrière de mon jean et, à ce moment, sentis mon aorte se dilater comme si elle allait éclater à l'intérieur de mon corps.

— Ils m'ont volé mes papiers ! Ces enfoirés m'ont volé mes papiers ! m'écriai-je.

Ces ombres, serrées contre moi dans la salle médiévale… Face-de-Cuir avait dû se douter de quelque chose, alors il avait envoyé un sbire pour me tirer mon portefeuille. Fripette décocha un sourire triste.

— T'es dans la même merde que moi, mon gars. Attends-toi à avoir une petite visite un de ces quatre. Et s'ils apprennent que t'es flic, ils te feront bouffer ton uniforme. Ils sont puissants et organisés. Ce que tu as vu ce soir n'est que la face visible de l'iceberg. Il y a une mafia dans le domaine du hard, comme dans la drogue ou la prostitution. Seulement vous, les flics, vous êtes bien trop beaufs pour fourrer votre moustache là-dedans !

La moutarde me monta au nez. Je me ruai sur lui, levai la main pour lui fracasser la mâchoire mais me retins au dernier moment ; ce type d'une laideur extraordinaire n'avait rien demandé et il risquait de payer les pots cassés à ma place.

— Casse-toi, Fripette, lui lançai-je en baissant finalement le poing.

— Qu… quoi ? Tu ne vas pas m'envoyer des flics pour qu'ils me protègent ? Putain, mais t'es cruel, mec ! Qu'est-ce que tu crois que je vais devenir maintenant ?

Je m'avançai vers lui, dents pointues, yeux fulminants d'éclairs. Il corrigea :

— OK, OK mec !

Ses pas se mirent à claquer dans la nuit.

— Putain ! T'es le pire des cons que je connaisse ! Va te faire foutre ! Allez tous vous faire foutre !

Dans le métro presque vide où n'aurait pas traîné un fantôme, deux jeunes embarquèrent à Châtelet et vinrent m'encadrer.

— Pas mal tes bottes, mec ! T'as vu ça ? Il sort d'où ce gars ? Sale PD ! File-nous tes bottes !

— Qu'est-ce que tu vas faire avec ça ?

— Qu'est-ce que ça peut te foutre ? J'te demande juste tes bottes. Puis ton fric, tant que tu y es ! Ouais, mec ! Allonge ta thune !

J'enlevai les lacets lentement, empreint d'une tristesse profonde. J'avais brisé une piste sérieuse. Avec mes papiers, ils découvriraient mon identité. L'affaire remonterait jusqu'à l'organisation BDSM4Y et ces tarés disparaîtraient dans la nature, essayant peut-être de me faire la peau avant.

— Tes bottes, connard ! Magne-toi !

J'enlevai la botte et, d'un mouvement circulaire, envoyai le talon en pleine figure de l'abruti qui gesticulait à ma gauche. Un arc épais de sang gicla, accompagné d'une petite dent, une canine, qui bondit sous les sièges libres. Avant que le second dégainât son cran d'arrêt, je lui pliai mes doigts sur la mâchoire. Des os craquèrent, probablement ceux de mes phalanges, mais aussi et surtout, ceux de son maxillaire. Il se pressa le visage dans les mains et gémit comme un suppliant. Je me levai, m'accrochai à une barre métallique et sortis à la station suivante pour continuer à pied. J'avais la main en sang et j'étais anéanti.

En rentrant, malgré le poids de la fatigue, une motivation étrange me poussa à démarrer Poupette.

Sans succès. Les réservoirs étaient pourtant pleins, la pression grimpait dans la chaudière, mais la loco ne me rendit qu'un couinement désespéré, un gargouillis de vapeur, une plainte chevrotante. Comme un être humain agonisant… Souffrait-elle autant que moi, sous sa carapace de métal ?

Impossible d'invoquer les visions si belles de ma femme, cette fois. Partout, l'odeur de la mort… Je m'endormis mal à l'aise, tremblant et trempé de sueur, mon Glock couché sur la table de nuit…

Chapitre huit

Devant moi, le Maroni bouillonne et les pans d'eau qui se brisent sur les rochers émoussés par la force vive du courant grondent à l'unisson. Sur l'autre berge, en face, le sang ruisselle d'une femme nue allongée dans la boue, se mêle à l'onde du fleuve jusqu'à le rendre soudainement rouge. Elle tourne un regard dévasté de tristesse vers moi, tend ses mains, brandit ses doigts implorants dans ma direction comme pour m'attirer à elle. Le sein qui lui a été arraché baigne à ses côtés dans une petite flaque devenue rouge, elle aussi. Le long de son bassin, une entaille écarte cuirs et chairs pour laisser apparaître la pellicule translucide de l'utérus. Au-dessus de moi, le ciel s'assombrit, l'air se charge d'une chaude humidité, les nuages s'enroulent dans le vent d'altitude ; l'orage tropical s'apprête à faire trembler la terre.

Au loin, un zodiac défie les eaux, moteur hurlant, et combat le courant en direction de la rive opposée. À son bord, une silhouette agite les bras, crie à tue-tête des phrases en créole dont le sens m'échappe. L'engin range ses flancs de caoutchouc à proximité de la femme et son pilote se jette sur la berge, abandonnant le bateau aux appétits du fleuve, avant de partir brutalement se camoufler dans la flore avoisinante.

Dans mon axe de vision, deux fentes jaunes cerclées de noir, surgies des entrailles du fleuve, fendent l'eau, palpitent, sondent le terrain et pressentent la chaleur humaine. Très régulièrement, le voile transparent de la paupière s'abat sur l'œil avant de disparaître avec la même férocité. De larges narines, des volcans, soufflent un tourbillon d'eau et s'orientent vers la fille dont le sang s'épanche à n'en plus finir. Les crocs s'aiguisent, la mâchoire claque, les narines battent et hument les douceâtres effluves d'un repas exceptionnel. Là-bas, en Guyane, on m'a appris à deviner la taille d'un caïman en mesurant mentalement la distance qui sépare ses yeux et, au jugé, celui-là doit approcher trois mètres de férocité, de puissance, de cruauté absolue. La fille hurle, roule sur le côté dans un effort vain. Les arceaux de ses côtes lui transpercent la peau chaque fois qu'elle essaie de bouger. Je dois agir et, bien que le courant risque de m'emporter, m'élance dans les bras du Maroni. Le caïman tendu comme une flèche fonce vers elle et, avec une exquise lenteur devant l'impuissance de sa proie, remonte la berge, patte après patte, crocs flambant neufs.

L'eau s'écrase sur mon torse en jets de furie. La colère folle de l'onde me décale vers l'aval, mais je progresse, accroché aux rochers, aux branches de palétuviers qui flagellent l'eau ensanglantée chaque fois que le vent tord leurs ramures. La femme s'épuise les cordes vocales, gémit et, dans les intonations brasillantes de peine, prend le timbre de voix de Suzanne. Son visage revêt à présent les traits de ma femme. Et elle hurle, hurle à me crever les tympans. Des coups de feu font décoller une nichée de toucans. Le crâne trapézoïdal du caïman explose, la bête roule sur le côté, dévale la berge et se laisse avaler par le fleuve comme un tronc mort. La lisière de la jungle accouche d'une forme, d'une silhouette râblée, enveloppée d'une cape noire à l'intérieur rouge. Une capuche lui couvre la tête, mais il n'y a pas de tête, pas de visage, juste cette capuche appuyée sur des courbes qui n'existent pas. L'Homme sans visage se dresse devant moi…

Il se penche sur Suzanne, sort d'une de ses manches un coupe-coupe aiguisé. Il tire le sein restant par le téton et le tranche à la base d'un coup net de lame.

Quelques mètres seulement me séparent d'elle, mais le courant me plaque contre un rocher en forme de crâne, me broie la poitrine à presque m'empêcher de respirer. Si je bouge, les flots tumultueux m'emporteront vers les cascades écrasantes de puissance.

L'homme décoche un rire au moment où des trombes d'eau se mettent à dépouiller les arbres de leurs feuilles. Du talon, il chasse Suzanne le long de la pente. Le corps mutilé de ma femme glisse sur l'eau, se fait chahuter par la gueule du fleuve, dévale entre les rochers contre lesquels il se fracasse. Suzanne s'approche, avale des gorgées de boue et de sang, régurgite, sombre vers le fond puis surgit devant moi.

Je tends le bras, ses doigts m'écorchent la peau des mains. Elle se cramponne, le cou gonflé d'eau, mais le Maroni déchaîne ses rapides et me l'arrache, l'entraîne dans ses vapeurs avant de la précipiter au cœur des cataractes.

L'homme ricane inlassablement, devant. Comment

réussit-il à rire, privé de visage ? D'où s'échappent les sons ? Son cri me brûle sans fin.

Je quitte mon rocher et permets aux flots démontés de me ramener dans les bras de ma Suzanne…

Mon réveil sonnait depuis un quart d'heure lorsque j'émergeai au milieu du lac de ma sueur, mes os cliquetant les uns contre les autres sous l'effet de la peur. J'éprouvai un mal horrible à comprendre que je venais d'ajouter, à l'épais catalogue de mes cauchemars, le pire de tous…

D'ordinaire, même en plein sommeil, j'étais capable d'entendre une mouche voler, de percevoir la respiration de Suzanne tout contre moi lorsque je la serrais dans mes bras. J'hallucinai, quinze minutes de sonnerie stridente et je n'avais rien entendu… La puissance du cauchemar avait-elle pu m'emprisonner à ce point ? Étrangement, je me souvenais de chaque détail, comme si la scène venait de se dérouler à l'instant devant mes yeux. Je sentais encore les effluves nauséabonds du fleuve, cette pluie tiède, ces nuages noirs en forme d'animaux. Je voyais l'eau jaillir des naseaux du caïman, j'avais sur les lèvres le goût du sang de Suzanne. Tout… Tout semblait… si réel !

Je jetai un œil à Poupette, noyée au milieu d'un mélange d'eau et d'huile. Pour elle aussi, la nuit avait été difficile. Je ressentis de la culpabilité, un sentiment de frustration de la voir en cet état. De son métal sans vie, filtrait une aura tiède, une chaleur qui me touchait le cœur, qui me rapprochait de Suzanne sans que je pusse expliquer pourquoi. Je me promis d'essayer de la réparer dans la soirée.

En buvant mon café, je laissai courir mes yeux sur

le listing répertoriant les élèves de la faculté de médecine, de 1994 à 1996.

Des noms qui, comme j'aurais dû m'en douter, ne me disaient absolument rien.

Je parcourus rapidement l'e-mail de l'ingénieur d'Écully concernant les photos décryptées, puis me dirigeai vers la salle de bains. Un mont de linge y traînait. Des chemises que je n'avais pas encore eu le temps de repasser, des langues de cravates suspendues sur le rebord de la baignoire, des pantalons chiffonnés, voire déchirés. Je transportai l'ensemble dans un coin de notre chambre, donnai un coup sur le sol de la salle d'eau avant de faire ma toilette. Les noms d'étudiants continuaient à défiler dans ma tête, comme un film sans fin. Garçons, filles, Français ou étrangers, éparpillés dans tous le pays ou ailleurs...

Comment mettre la main sur ceux qui avaient côtoyé de près Martine Prieur, de si près au point de connaître son macabre secret ?

Sur une soudaine impulsion, à moitié dévêtu, je bondis sur le cellulaire.

Après une longue attente au secrétariat, on transféra enfin mon appel sur le poste du professeur Lanoo. Un sang chaud affluait déjà à mes joues.

— Monsieur Clément Lanoo ? Commissaire Sharko !

— Monsieur Sharko ? Je vous ai déjà dit de...

— Ça va être très court, monsieur Lanoo. Martine Prieur est bien restée trois années à l'internat de la faculté ?

— Euh... Oui, en effet. Et alors ?

— Les chambres sont prévues pour deux personnes, n'est-ce pas ?

— Oui, surtout pour des raisons financières.

— Dites-moi avec qui Prieur a vécu durant ces trois années.

— Attendez une minute, je consulte mon ordinateur…

L'attente fut horrible.

La voix à forte prestance trancha le silence.

— Un seul nom, Jasmine Marival. Oui, ces deux filles ne se sont pas quittées pendant trois ans…

— Bon sang ! Vous n'auriez pas pu me dire ça hier ?

— Comment vouliez-vous que j'y pense ? Vous m'avez demandé si je connaissais la vie privée des élèves, je vous ai répondu non. Je ne vois…

— Est-elle allée au terme de ses études ?

— Euh… Non… Elle a encore continué un an après le départ de Prieur, puis elle s'est arrêtée. Ses notes étaient devenues catastrophiques…

— Merci, monsieur le professeur.

J'appelai au 36 et, dix minutes plus tard, après avoir enfilé mon trois-pièces, le lieutenant Crombez me contacta en retour. Il s'exclama :

— On tient l'adresse de Jasmine Marival, commissaire ! C'est peu commun. La fille vit dans une vieille bâtisse, en pleine forêt de Compiègne !

— Et quelle est sa profession ?

— Elle est garde-champêtre.

— Elle était…

— Pardon ?

— Elle ÉTAIT garde-champêtre. Parce qu'il est fort probable que cette fille et celle de l'abattoir ne fassent qu'une… Où se cache le lieutenant Sibersky ?

— À la maternité, je crois. Il avait prévenu qu'il arriverait plus tard au bureau…

* * *

Forêt de Compiègne. Près de quinze mille hectares érigés vers le ciel en harpons de chênes, hêtres et charmes. Un poumon naturel sillonné de veines d'eau, troué d'étangs, embelli par les tons ocre de l'automne naissant… Le village de Saint-Jean-aux-Bois traversé, nous nous engageâmes sur des routes de moins en moins larges, où l'asphalte en certains endroits devenait terre et la terre, boue.

Le lieutenant Crombez rangea le véhicule dans un chemin transverse à l'axe principal avant de poser pied à terre. Une flaque fangeuse accueillit l'une de mes toutes nouvelles chaussures en cuir véritable. Dans le silence blanc de la forêt, la clameur de ma colère ressembla à une déchirure.

Le lieutenant Crombez tourna sur lui-même, le regard au ciel, comme perdu loin de ses catacombes de béton et de verre.

— J'adore la forêt, mais pas au point d'y vivre. Ça me ficherait presque la chair de poule d'habiter ici, au milieu de nulle part…

— Tu es sûr que c'est dans le coin ?

— D'après la carte, la baraque se situe à quatre cents mètres vers l'ouest.

— Tu as certainement manqué une route. On va devoir traverser ce bourbier. Avec la quantité de flotte tombée ces derniers jours, ça ne va pas être triste. Bon… Allons-y…

Des murs de sureaux, de viornes et de ronces, se dressaient devant nous, encadrés de troncs rugueux envahis par les mousses et le lierre. Les épines ainsi que les branches nues des buissons s'acharnaient à entailler mes chaussures, ce qui fit allégrement monter ma tension nerveuse à la limite du supportable.

Les murailles serrées d'écorces et de feuilles ramenaient l'horizon au bout de notre nez. Je pestai :

— Tu es sûr que tu ne t'es pas planté ? Maintenant, c'est mon pantalon qui est mort ! Dévoré par les ronces ! Tu veux ma ruine ou quoi ?

— On devrait arriver…

— Oui, on devrait…

Un cri de linotte troua le limbe matinal, relayé dans son élan par d'autres cris qui roulèrent loin dans les chevelures des arbres.

Nous rejoignîmes, ô divine providence, une voie plus large où réussit enfin à surgir le front carné du soleil. La densité arboricole s'affaiblit et, sur la gauche, légèrement en contrebas, s'alanguissaient sept étangs éparpillés dans le fouillis ordonné de la nature, au gré de leurs eaux dormantes.

— Voilà, on y arrive. Les étangs Warin. La bâtisse se tient certainement derrière les arbustes, au fond. Vachette ! C'est rudement sinistre comme coin ! On se croirait dans la forêt de *Blair Witch* !

— Quoi ?

— Laissez tomber… Un truc de jeunes…

— Je connais *Blair Witch*. Ne me prends pas pour une croûte.

Le long des plans d'eau se miraient les frondaisons des ormes enracinés avec toute la force de l'âge dans la terre. La faune et la flore s'épanouissaient dans l'harmonie des terres oubliées, loin, très loin de la marée humaine où le lieutenant et moi survivions.

La grande bâtisse, construite en 1668 par une communauté de célestins, perça la bande continue des arbres, avec ses toits en pointe élancés vers le ciel, semblant même égratigner le plafond bas des nuages, ses trois étages puissamment ancrés en pierre jaune, ses fenêtres barlongues figeant la maison dans une expression de colère. Devant la façade, s'étirait un if aux branches arquées par le poids des aiguilles humides, imprégnées de l'odeur des époques passées. L'arbre, paraît-il, avait traversé les temps ancestraux. Je n'avais pas vu *Le Projet Blair Witch*, mais suffisamment de fois *Amytiville, la maison du Diable* pour affirmer que cette baraque lui ressemblait comme deux gouttes d'eau.

— Elle vivait là-dedans ?

— Dans une partie seulement. Selon l'Office des forêts, le rôle de Jasmine Marival consistait à habiter et entretenir les lieux pour éviter tout vandalisme ou le squat. Drôle de reconversion pour une fille qui a fait médecine, habituée à la grande ville et au contact !

— Elle aimait peut-être le lugubre. Comment a-t-elle obtenu cette place ?

— Rien de plus simple. Elle a remplacé son grand-père. Il a bousillé sa vie ici…

Les étangs, sur notre gauche, dégageaient une odeur d'eau croupie, lézardée en surface par le chaos des têtards.

— Possible qu'elle ait pu disparaître plus d'un mois sans que les gars de l'Office des forêts s'en aperçoivent ?

— Vous savez, je crois qu'ils ne se seraient même pas aperçus de la disparition de la maison.

— Bon… On y va. Reste sur tes gardes… On ne sait jamais…

Sur le seuil usé aux pierres éclatées par les gelures

hivernales, nous nous plaquâmes contre les meneaux, arme contre joue. La porte bâillait légèrement, comme une mâchoire de piège à loup. Nulle lumière ne filtrait par l'embrasure. Je murmurai :

— J'entre. Prends le champ gauche, je couvre à droite.

À l'intérieur, l'immobilité des choses mortes nous assaillit. Le roucoulement épuisé d'un pigeon me hérissa les poils. Le couloir étranglé du hall d'entrée nous amena dans un salon gorgé de ténèbres, aux fresques écaillées, aux meubles engourdis.

Nous épousâmes les murs, furtifs, mêlés aux éléments comme des fluides. Les rayons du soleil éclatés par les branches des hêtres, étouffés par les vitres crasseuses, filtraient à peine, comme si la demeure refusait l'incursion de la lumière, le souffle de la vie. Dans le séjour, place à la fusion des couleurs morbides, des noirs nuancés, des gris passés. En face, les escaliers à vis en pierre s'envolaient vers l'obscurité plus épaisse des étages.

— On fouille le rez-de-chaussée… Suis-moi, marmonnai-je. Nous parcourûmes les pièces une à une, lorsqu'une petite caméra reliée à un ordinateur, dans la salle de bains, attira l'attention de Crombez.

— Vous avez vu, commissaire ? Une webcam, orientée en direction de la baignoire !

Nous en découvrîmes dans la cuisine, le salon, la montée d'escalier. Le lieutenant explicita :

— Cette femme dévoilait sa vie sur Internet ! Vingt-quatre heures sur vingt-quatre ! Le moindre moment d'intimité retranscrit à des milliers de mateurs !

— C'est peut-être la raison pour laquelle il l'a punie. Tout du moins, cette vie mise à nu lui a facilité la tâche… (Je m'approchai d'un PC.) Les ordinateurs sont éteints… L'électricité doit être coupée… Tu as vu l'interrupteur général ?

— Non…

Retournant dans la cuisine, j'ouvris quelques tiroirs et finis par dégotter une lampe de poche en état de marche.

— J'aurais dû prendre ma Maglite, bordel ! Bon… Vérifions la cave et nous nous chargerons ensuite des étages.

Un escalier d'une vingtaine de marches plongeait dans une cave voûtée. Le faisceau de ma pauvre lampe n'éclairait qu'illusoirement et l'obscurité reprenait ses droits derrière nous au fur et à mesure de notre progression. Le plafond extrêmement bas nous contraignit à nous baisser. Une humidité verte, chargée d'odeur de champignons, exsudait des briques sombres et semblait se déverser sur nos épaules. J'évitai de justesse un nid d'araignées d'une flexion de jambes, mais Crombez n'eut pas le même réflexe et se prit le visage dans la toile grouillante de minuscules insectes.

— Putain de bordel de merde ! grogna-t-il en se secouant les cheveux avec dégoût. Cet endroit me répugne !

Au bas des marches, nos dents grincèrent lorsque ma loupiote croisa le regard perçant d'un renard à l'air offensif, museau braqué vers nous. Je faillis décocher une balle mais l'animal ne bougeait pas.

Il était empaillé.

— Qu'est-ce que c'est que ce foutoir ? chuchota Crombez en chassant de son front les araignées rebelles.

Derrière le renard, plus au fond, des tribus muettes d'animaux de la forêt souffraient en silence sur des socles en bois, piégées à jamais dans l'immobilité de paille imposée par leur bourreau. Furets, lapins, chouettes, marcassins imploraient presque. Les billes de leurs yeux s'illuminaient sous le feu de ma lampe comme des lucioles, les crocs lustrés brillaient, comme s'ils cherchaient à mordre quand même.

En éclairant sur la gauche du renard, je crus me trouver dans le laboratoire expérimental du docteur Frankenstein. Sur une table métallique, étincelaient toutes sortes d'instruments de chirurgie utilisés pour le dépouillage, pincettes, scalpels, ciseaux, scies chirurgicales, couteaux de différentes tailles… Sous la table, une autre série d'outils qui, à l'évidence, avaient aussi leur utilité dans le funeste ouvrage, perceuse, presses, râpes mécaniques, toupies de menuisier…

— À droite, glissa Crombez… dirigez votre lampe à droite…

Je m'exécutai. Le pinceau bloqua sur une webcam.

— Mon Dieu ! m'exclamai-je dans un murmure. Elle filmait ça aussi !

— Remontons ! souffla mon lieutenant d'une voix grelottante. C'est un vrai repaire de saloperies, ici…

En nous retournant, des cages de différentes tailles plaquées contre le mur porteur se découpèrent dans le cône de lumière. Des prisons destinées à enfermer des animaux vivants… Et, juste au-dessus, une seconde webcam… Quelle espèce d'être maléfique avait germé en Jasmine Marival ? Quelle jouissance avait-elle ressenti en se livrant au regard des caméras ? Quels étaient les pires ? Ceux qui se régalaient de ces images de torture, de taxidermie en direct, ou elle, Marival, qui leur offrait un spectacle ignoble à regarder ?

Comme Prieur, elle se délectait dans le vice. Comme Prieur, l'horreur, la souffrance infligée lui procuraient du plaisir. Et, comme Prieur, elle avait été sanctionnée…

Direction les étages. Nous grimpâmes les volées de marches côte à côte, martelés par le son creux du silence et de nos propres pas claquant sur la pierre. Des rideaux ténébreux s'abattaient sur nous comme des capes tranchantes ; nous évoluions au toucher, le long d'un couloir troué de lourdes portes de bois. Nous attendant au pire…

— Je ne peux pas croire qu'elle vivait là-dedans, frissonna Crombez. On dirait un train fantôme, un manoir hanté. Vous croyez au Diable ?

— Occupe-toi de cet étage. Je vais voir au-dessus… Gueule s'il y a un problème.

— Vous pouvez compter sur moi… pour gueuler… Je tremble dans mes fringues comme un poulet dans une rôtisserie…

J'avais l'impression d'errer dans l'intestin d'un monstre endormi, qu'un simple faux pas réveillerait. Je devinais des cadres accrochés aux murs, les visages peints piégés dans l'éternité, sentant ces regards me disséquer, m'épier, j'entendais presque les yeux cireux rouler dans les orbites.

Nouvelle volée de marches. Couloir identique un étage au-dessus. Pas de webcam. Elle ne se rendait probablement jamais ici.

J'ouvris une porte collée à sa feuillure par les toiles d'araignée et un élan vif de lumière embrasa la pièce au travers de l'arc cintré de la fenêtre. Des meubles disparus sous des draps blancs, du lit désossé, ravagé par l'abandon, s'exhalait la lourde odeur du passé, de ce qui fut, de ce qui ne serait plus. Je m'approchai de la fenêtre, caressai des yeux les cimes des arbres dressés juste devant moi, à l'extérieur.

Au travers des feuillages, j'entrevis les nappes verdâtres des étangs et un coup d'œil circulaire me révéla un point brillant, noyé dans la touffe serrée de la forêt, plus à l'est. Le mélange de tôle et de verre poli que je découvris, me fouetta le visage ; les reflets provenaient d'une voiture dont je n'arrivais pas à distinguer la couleur précise.

Cascade d'adrénaline, turbulences acides au fond de la gorge. Quelqu'un se terrait dans la maison, piégé par la pierre, acculé par notre présence dans un recoin inexploré de la bâtisse assassinée…

Je m'éjectai de la pièce, glissai le long des murs et des lambris, évoluai comme un souffle intime dans l'âme boisée de la demeure. Je regagnai l'escalier, dévorai les marches, m'élançai dans le couloir presque infini du premier étage.

Craquement soudain, grincement de porte, ombre trapue arrachée à l'obscurité, vomie par une pièce latérale. In extremis, gâchette mi-enfoncée, je reconnus la solide charpente de Crombez.

— Commissaire ? Je…

— Tais-toi… (Je courus vers lui, me penchai vers son oreille.) Quelqu'un est ici ! Il y a une voiture dehors !

Une tension nerveuse arqua mon lieutenant.

— Seigneur… Je… Je n'ai rien relevé à cet étage… Toutes les pièces sont vides, les meubles de certaines d'entre elles se cachent sous des draps, comme des fantômes…

— Rien au deuxième non plus…

Nous murmurâmes d'une seule voix :

— Il est au troisième !

L'étau rêche de l'angoisse me serra la gorge. Au fur et à mesure de notre avancée dans le lugubre, les mauvais souvenirs de l'abattoir m'assaillaient, me trouaient l'estomac comme des stylets de métal. Une puissance lourde flottait dans l'atmosphère, une force surprenante qui semblait émaner des murs oubliés de ce couloir. À présent, je subodorais une présence perchée derrière l'une de ces portes, prête à frapper. Je demandai à Crombez de redoubler de prudence…

Porte après porte, ouverture après ouverture, le soufflet de la tension gonflait puis crevait devant l'immobilité flagrante renvoyée par les pièces. Nos nerfs nous effleuraient la peau. Le plus insignifiant grincement des boiseries renforçait l'étreinte de nos phalanges sur la gâchette de nos armes.

Dans ces moments d'attention extrême, mon corps communiait avec ce qui l'entourait, comme si chaque objet, chaque son, analysé par mon ouïe ou ma rétine, était décomposé à l'infini avant d'atteindre la machinerie affairée du cerveau.

L'odeur infecte émanant de la dernière porte, au fond du couloir, nous assaillit. Un mélange âcre de gasoil, de sang et de chair grillée me leva le cœur et contraignit Crombez à enfouir son nez dans l'encolure de son trois-quarts. Nous nous plaquâmes de chaque côté du bâti, lèvres cousues, sueurs froides. Crombez poussa, j'entrai, il talonna, je basculai, il couvrit. Puis, le lieutenant s'écroula à genoux sur le sol, l'arme suspendue à l'index, la bouche ouverte. Je compris alors qu'il s'était mis à prier…

Une masse sombre se détachait dans la pénombre de

la pièce. Des persiennes tirées des fenêtres, ne filtraient que des lames de clarté essoufflées par les feuillages fournis des arbres, cependant, le sang généreusement répandu sur le parquet mosaïque réfléchissait quand même un éclat rouge tendre, cerclé de noir sur les bords des flaques.

Le corps nu s'affalait sur une solide chaise de bois, saucissonné de cordes qui disparaissaient dans les bourrelets enroulés des cuisses et de la poitrine. Sur le grand lac charnu du ventre et aux abords des membres, la peau brûlée par endroits craquait, se repliait, s'enroulait jusqu'à laisser transparaître la chair rosie des muscles et la coulée grisâtre des graisses.

Une aube de sang couvrait le large front de Doudou Camélia, comme suintant du crâne lui-même.

Dans la lueur ocrée d'un trait de lumière, sur la table, j'aperçus la bulle molle du cerveau, cette blancheur virginale mêlée aux pourpres, qui rayonnait comme une aura divine. Le crâne avait été découpé, le cerveau ôté et disséqué ; puis, soigneusement, le couvercle osseux avait été reposé à sa place, vidé de sa substance pensante, de ce qui rend humain.

Derrière, sur le mur à la tapisserie gonflée d'humidité, s'inscrivaient ces mots en lettres de sang : *les raccourcis qui mènent à Dieu n'existent pas*.

Je m'apprêtai à me laisser succomber aux flagellations insipides du désespoir, mais le hurlement âpre de la vengeance me gorgea de haine, d'envie de tuer à mon tour. J'enjambai le corps plié de Crombez et m'élançai dans les escaliers avec l'espoir d'arriver avant l'assassin à la voiture camouflée dans les fourrés. Une puissante vague de gasoil m'agressa les narines au moment où mes pieds s'enfonçaient dans une immense mare irisée, entre le premier et le deuxième étage. J'eus à peine le temps de fairc demi-tour, qu'un embrasement furieux dévasta tout le bas de la cage d'escalier et s'appropria le couloir du premier étage, dans un roulement sourd. Les dents carnassières des flammes dévoraient déjà les solives et les poutres du plafond, dansant sur le plancher en crépitant de colère et de joie mêlées. La fuite par le bas devenait impossible.

Je grimpai à nouveau, me ruai dans la chambre de l'horreur, foudroyé par la panique. L'esprit de Crombez semblait flotter dans la pièce, même si la carcasse de l'homme, recroquevillée dans un coin, oscillait d'avant en arrière comme un carillon déréglé. Le jeune lieutenant venait d'entrer par la grande porte dans le monde de l'Homme sans visage. Je hurlai :

— Il faut sortir d'ici ! Il a mis le feu au premier. Impossible de descendre !

Crombez se jeta dans le couloir, où des rouleaux de fumée rampaient le long du plafond comme des milliards d'insectes minuscules.

— Seigneur !

— Va vite me chercher des draps dans les autres pièces ! Magne-toi !

Je ressentis tout le mal du monde à me faufiler le long du corps prostré de Doudou Camélia. Son regard de cendre suppliait, ses lèvres gonflées s'encroûtaient déjà de rigidité, de froideur, et j'eus l'impression en la frôlant qu'une petite main, une main d'enfant, me tirait l'arrière de la veste.

Au-dessus de ma tête, les premières nuées grises de fumée envahissaient la salle mortuaire, en chassaient l'air vicié pour le remplacer par pire encore. Je poussai les persiennes avec des mouvements saccadés, abrupts, ouvris la fenêtre puis récoltai un maximum des draps qui couvraient les vieux meubles et le lit à baldaquin. Crombez réapparut.

— Allez ! Noue les bouts ensemble ! Et serre de toutes tes forces ! m'écriai-je en rassemblant les linges en bordure de fenêtre.

Sous nos pieds, le plancher craquait sous les assauts répétés de l'intense chaleur qui se propageait à l'étage inférieur. L'haleine du feu se rapprochait dangereusement et la fumée roulait désormais teintée de rouge et d'orange. Le feu flairait l'humain, le feu progressait, le feu jouait, avec cette volonté affirmée d'anéantir tout ce qui se dresserait sur son passage, mort ou vif.

Je jetai le cordage de fortune par la fenêtre, en attachai l'extrémité autour du tuyau d'un radiateur et poussai Crombez devant moi.

— Vas-y le premier ! Grouille !

J'entendis des fenêtres exploser, des poutres s'effondrer, un grognement ignoble se répandre dans les murs comme un navire qui va se rompre en deux. Crombez enjamba la croisée, s'agrippa au tissu. Les fibres de lin se tendirent sous l'action de la masse de son corps. L'ensemble tenait mais ne supporterait jamais le poids de deux hommes.

À mi-course, Crombez hurla. Le bas de la corde flambait et, autour, à l'extérieur, les flammes louvoyaient dans l'air par la gueule béante des fenêtres éventrées.

— Descendez, commissaire !

Sans attendre, je chevauchai l'appui, m'accrochai à ce qui me retenait encore à la vie et me suspendis dans le vide. Le tissu couina, éprouvé à l'extrême, frôlant la rupture. Je vis Crombez se propulser comme un homme-araignée et s'écraser dans la boue cinq mètres plus bas. Un craquement atroce parvint jusqu'à mes oreilles, s'ensuivit un hurlement de douleur qui me laissa peu optimiste sur l'état de ses chevilles. Sous mes semelles, des flammes s'accrochaient à la corde et entamaient leur repas. Des geysers rougeoyants jaillissaient de partout, comme attirés par la verdure avoisinante. Le feu était affamé.

Les six mètres me séparant du sol me parurent plus profonds que le Grand Canyon. D'ici, j'allais m'aplatir comme un œuf frais. Le choix me paraissait pourtant assez restreint, mais, quitte à tomber, je préférai abandonner la corde et engager mes doigts dans les larges fissures des pierres qui offraient de bonnes prises d'escalade. Je gagnai ainsi quelques mètres avant de finalement me lâcher, les extrémités des doigts en sang, les genoux et les coudes éraflés.

La chute s'avéra raide mais supportable, sauf qu'au moment de l'impact je crus que le totem ivoire de la colonne vertébrale allait me transpercer l'arrière du crâne.

Crombez gémissait, les mains enlacées autour de sa cheville qui décrivait un angle impossible avec le reste de la jambe. Il avait atterri sur la seule pierre du jardin.

La folie meurtrière du feu avait gagné les artères centenaires de la demeure, ravageant les trois étages jusqu'à la moelle de la pierre. Des torsades braisées de cendres s'enroulaient et dansaient haut dans le ciel, entraînées ensuite par un farouche vent d'ouest. Je tirai Crombez par les bras au travers du tapis de boue, le déposai à l'abri loin du déluge et appelai les pompiers. Puis je me laissai choir, le dos contre un hêtre, la tête entre mes mains ouvertes au désespoir. Encore une fois, mon chemin venait de croiser celui du tueur. Encore une fois, j'étais arrivé trop tard et Doudou Camélia avait récolté les fruits de mon incompétence. Par quel incompréhensible moyen l'assassin était-il remonté jusqu'à elle ? Je voyais encore cette phrase, ces lettres de sang, *les raccourcis qui mènent à Dieu n'existent pas*.

Avait-il deviné le don de voyance de la vieille Noire, pressentant qu'elle pourrait remonter jusqu'à lui ? Après avoir franchi les parvis sacrés de son âme, il l'avait éliminée sans un poinçon de pitié, avec le luxe de la traîner jusqu'ici pour profiter pleinement de ses cris d'agonie dans le cimetière vert de la forêt.

Pendant combien de temps l'avait-il ligotée sur la chaise ? Combien de brûlures, de tortures morales lui avait-il infligées ? Était-elle encore consciente au moment où il s'apprêtait à lui prélever le cerveau ?

Devant moi, dans cette pluie incandescente de flammèches, le monde de la Guyanaise, de cette force généreuse, périssait dans un tourment de fumée. La matière même qui symbolisait son passage sur Terre s'envolait en spirales grises, loin du regard du monde, loin de la cruauté de l'Homme sans visage, peut-être à l'abri quelque part à l'orée du ciel…

Tout s'effondrait, s'évanouissait. Les indices, les données précieuses enfermées dans les ordinateurs, les empreintes. J'étais maudit… J'étais vraiment maudit…

L'Homme sans visage… Un rapiéçage de cruauté démesurée, un souffle de feu qui se déplaçait de corps en corps, de victime en victime, abandonnant dans son sillage mort et désolation. Un esprit voué au Diable, aux pires horreurs de ce monde, transformant même ce pire en inconcevable, par le biais d'une seule couleur, le pourpre.

Il se perfectionnait, jour après jour, enrichi de ses atrocités, peaufinant ses techniques de chasse, plongeant un peu plus à chaque fois dans une démesure indescriptible. Il jouait avec la mort, bafouait les lois, l'humanité, la vie et toutes les choses qui donnaient un sens à l'existence. Il était celui par qui le Mal se répandait. N'était-il pas lui-même le Mal ? Je me posais sérieusement, très sérieusement la question…

* * *

Je me souviendrai toute ma vie du jour de mon mariage, de ces visages sertis de liesse, de ces rubans blancs frémissant dans l'air d'été et sur les tôles lustrées des voitures.

Un jour, en fouillant dans la commode de notre chambre, j'y avais découvert la vieille boîte en carton dans laquelle était soigneusement pliée la robe de mariée de Suzanne. J'avais frôlé du bout des doigts la dentelle Valenciennes, remuant le feu ardent des souvenirs et m'étais transporté par le biais du rêve dans l'aube claire, tellement lointaine, de mon passé jadis heureux. Du toucher de l'âme, je m'étais rappelé la petite église de Loos-en-Gohelle devant laquelle Suzanne se dressait au bras de son père, son bouquet de roses, de camélias et d'orchidées pressé contre la poitrine. Je me souvenais aussi des poignées de riz offertes au ciel, de notre course folle vers la Déesse apprêtée sous les rires des enfants, des robes des demoiselles d'honneur ondulant juste derrière…

Une fleur reste ce qu'elle est, même privée de ses feuilles, même fanée ou brûlée par l'œil rouge du soleil. Les souvenirs s'estompent mais ne disparaissent pas, ils vont et viennent comme ces langues d'écume qui s'échouent sur une plage avant de repartir grandies par leur substance même. Ils tissent ce que nous sommes, bien plus que ce que nous avons été... Je m'accrochais à cela chaque jour pour surmonter la disparition de ma femme, de ma Suzanne.

Le plus frappant, c'est la façon dont les jours maudits restent eux aussi figés dans le pavé de la mémoire, comme une brûlure morale dans l'écorce de l'âme. Enfant – je venais d'avoir dix ans, un mardi – j'avais vu un chien, un berger allemand, aspiré et déchiqueté par les roues d'un semi-remorque. Nous revenions d'Annecy, les rares vacances ayant ponctué mon enfance. Des moments de joies inoubliables dans le grand lit blanc des montagnes, entre mes parents, à manger des glaces italiennes sur les pédalos. Mais ce chien, son ultime regard, ce cri glacé... Je revoyais encore les billes noires de ses yeux chargées d'effroi, comme dans le miroir, mon propre reflet.... L'image, arrimée aux wagons de mes souvenirs, m'accompagnerait n'importe où j'irais, même dans mon sommeil. Et, tel un vieux fantôme, elle me harcèlerait jusqu'à ce que je sois tombé, moi aussi, dans le Grand Canyon.

Le jour de la mort de Doudou Camélia creusa un sillon de feu dans les lignes tourmentées de mon esprit et jamais, jamais, le futur ne chasserait les horreurs que j'avais vues ce jour-là...

Lorsque mon téléphone sonna, juste après l'arrivée des pompiers, je sus que la longue épine du malheur venait à peine de me frôler.

— Shark ! Ici Leclerc ! L'inspecteur Brayard a dégoté quelque chose de sérieux !

— Qu… Qu'est-ce que vous dites ?

— Grâce à toi… Tu avais dit à Sibersky d'interroger le STIC chaque jour et, avant de partir pour la maternité, il a transmis le relais à Brayard. Bref, ce dernier a saisi les critères de recherche propres à chaque meurtre et, ce matin, une réponse est tombée. Une enseignante en chimie a été découverte chez elle, ligotée et bâillonnée exactement de la même façon que les précédentes victimes. Le type lui a lardé le corps de pinces crocodile avant de disparaître. Et devine quoi ?

Ma tête me tournait. Les gyrophares des pompiers éclaboussaient mes rétines, pénétraient le cuir de mon esprit comme des flashes électriques.

— Sharko ? Tu es là ?

— Oui… Quoi ?

— La fille a été torturée, mais elle est vivante !

— Vivante ?

— Tu m'as bien entendu ! Les tortures demeurent superficielles, elle s'en sort sans trop de mal. Il l'a endormie avec un anesthésiant, mais on ne sait pas encore lequel.

— Kétamine ?

— Peu probable, étant donné qu'il a utilisé un chiffon imbibé, raconte-t-elle. Peut-être de l'éther ou du chloroforme…

Avais-je encore les moyens de réfléchir ? Je fis signe à l'un des pompiers, qui accourut, et lui demandai de m'apporter une aspirine. Crombez, lui, avait été emporté sur une civière.

— Sharko ? Je te sens distant ! Qu'est-ce qui se passe ?

— À quelle heure s'est-elle fait agresser ?

— À 23 heures. Il a pris la fuite vers 2 heures du matin, affirme-t-elle.

Théoriquement, le tueur avait pu accomplir les deux actes dans la même nuit. Peut-être était-il allé ligoter Doudou Camélia dans cette maison, puis il s'était occupé de la fille avant de revenir achever la vieille Noire. Ou alors d'abord la fille, puis Doudou Camélia chez elle, juste après.

Mais comment imaginer qu'au travers de son itinéraire de sang, il puisse laisser une victime en vie ?

— Bon, Shark, qu'est-ce qui se passe ? C'est quoi, ce boucan ?

— Je viens de tomber sur le cadavre de ma voisine en pleine forêt de Compiègne…

— Quoi ? ! Je pensais que tu avais juste retrouvé la trace d'une amie de Prieur ? Que signifie ce bordel ?

Bribe de silence. Claquement de chewing-gum de l'autre côté du fil.

— L'assassin s'est chargé de ma voisine, il l'a traînée ici pour la torturer en toute tranquillité !

— Mais… Bon Dieu ! Qu'est-ce que tu me racontes ! Je n'y comprends rien ! Quand ? Comment ? Explique-toi !

— Cette nuit aussi. Il l'a attachée sur une chaise, l'a torturée, puis lui a extrait le cerveau pour le poser sur une table.

— Pourquoi ta voisine ? Quel est le rapport avec les autres victimes ?

— Pas de rapport direct. Mais c'est elle qui m'a guidé sur la piste de l'abattoir. Je ne sais pas comment le tueur l'a appris, mais il l'a appris. Elle possédait un don de voyance. Il devait craindre qu'elle le reconnaisse. Qu'elle ne découvre enfin qui se cache derrière l'Homme sans visage…

— L'Homme sans visage ??? Mais où te crois-tu… ? Dans une mauvaise série B ? Bordel de Dieu, Shark ! À quoi tu joues ?

J'écartai le combiné de mon oreille un instant, avalai mon aspirine dans un verre d'eau et repris :

— Y a-t-il moyen d'interroger cette enseignante ?

— On risque d'avoir un gros problème de paperasserie. L'affaire, à l'heure actuelle, repose entre les mains des gendarmes. Le procureur de la République refusera de fusionner les dossiers tant qu'il n'y aura pas de preuve formelle que nous avons affaire à une seule et même personne, notre tueur. La loi est mal foutue, mais il faut faire avec.

— L'enquête risque de nous glisser sous le nez ?

— Officiellement, oui. Mais va quand même jeter un œil là-bas. La femme habite en banlieue parisienne, à Villeneuve-Saint-Georges ; pour l'instant, elle se trouve à l'hôpital Henri-Mondor de Créteil… Plus choquée psychologiquement qu'autre chose. Dis-moi, tu penses qu'il s'agit du même tueur ?

— Les techniques s'apparentent étrangement… Il n'y a pas eu de fuites avec la presse ?

— Ces fumiers de journalistes ne cessent de fouiner. Probable que, dans quelques jours, la phobie générale s'installe autour de la capitale, voire dans tout le pays. Mais pour le moment, non, pas de fuites. À part notre équipe restreinte, personne ne connaît exactement la façon dont ont été perpétrés les crimes… (Un bruit ignoble brouilla la ligne. Un tremblement de terre. Leclerc se mouchait.) Je commence à me choper un rhume avec le changement de température de ces derniers jours. Alors, même tueur ?

— S'il n'y a pas eu de fuites, difficile de penser

autrement. Le tout est de comprendre pourquoi il l'aurait épargnée…

— Dis-moi… J'en reviens à cet Homme sans visage, comme tu dis… Tu ne crois pas à ce genre de choses, quand même ?

Je feignis l'ignorance.

— À quoi donc ?

— À ces sornettes de l'au-delà. Ces histoires de voyance, de forces occultes, d'esprits frappeurs revenus sur Terre pour se venger ?

— Il faut que vous envoyiez une équipe ici. On a des marques de pneus et peut-être d'autres indices dissimulés çà et là dans la forêt. Il faut ratisser le coin au peigne fin. Je rentre chez moi, je vais essayer de reconstruire le scénario de sa virée nocturne… Quant à ces histoires de l'au-delà… Non, je n'y crois pas…

Je raccrochai sur un mensonge. En fait, je n'avais pas réellement menti. J'y croyais sans y croire, un peu comme lorsqu'on mange sans faim.

Je ne savais pas où ces voies de sang me mèneraient, mais, dorénavant, je n'espérais qu'une chose. Que cette longue torture mentale cesse, le plus vite possible…

Chapitre neuf

La police avait investi mon immeuble et plus particulièrement l'appartement de Doudou Camélia. Dans le carré extérieur, au milieu du petit parc fleuri entre les tours, les badauds s'étaient regroupés, curieux et oppressants, se demandant, pour ceux qui la connaissaient, ce qui avait bien pu arriver à la vieille Noire, cette dame sans histoires. Les journalistes de la chaîne locale s'étaient mêlés à la foule, jouant du micro auprès des gros malins qui donnaient l'impression de savoir ce qu'ils ignoraient toujours.

Le divisionnaire Leclerc, appuyé contre la porte de mon appartement, battait du talon. Des inspecteurs en civil allaient et venaient du couloir à l'ascenseur.

— Shark. Tu m'offres un café ?

— Oui. Si vous me laissez le temps d'entrer.

Il me toisa de la tête aux pieds. Il y avait de quoi. Chaussures ravagées, pantalon tapissé de boue, veste balafrée de traces d'herbe et d'écorce, sans oublier l'odeur de feu que je trimbalais, à rendre jaloux un jambon fumé. Je demandai :

— Qu'ont-ils découvert ?

— C'est le serrurier qui a ouvert parce que la porte

était fermée à clé. Aucune trace de lutte à l'intérieur, pas d'objets déplacés ni de traces suspectes. On a relevé les empreintes de deux personnes différentes.

— Elle ne recevait jamais. Elle n'a pas de famille, ici, en France. Les empreintes doivent être les miennes… Quel est le scénario probable de sa disparition ?

— L'épicier du coin ferme à 20 h 00, elle venait lui faire souvent le brin de causette, jusqu'à 20 h 15. C'est certainement au moment où elle rentrait chez elle qu'il lui est tombé dessus. L'un des locataires affirme qu'hier, aux alentours de 20 h 00, quelqu'un a sonné à l'interphone. Et devine quoi ? C'est ton nom que le type a donné : *C'est monsieur Sharko. J'ai oublié la clé de la porte d'entrée. Vous pouvez m'ouvrir s'il vous plaît ?*

— Merde !

— Comme tu dis ! Le gars s'est probablement planqué derrière la cage d'escalier, dans l'ombre. Quand elle est entrée, boum ! Il l'a ensuite traînée jusqu'à la porte du parking souterrain et là, il l'a embarquée dans sa voiture, dans le coffre probablement. Vu le poids qu'elle pesait, le travail n'a pas dû être facile, mais il y est arrivé.

— Et… la caméra de surveillance a pu filmer quelque chose ?

— Brisée.

— Qu… quoi ?

— Oui. Elle pendait au bout de son fil…

Six mois plus tard, je crus revivre la nuit de la disparition de ma femme. La caméra détruite, l'enlèvement dans le parking, la fuite sans témoins. Un scénario huilé à la perfection, sans faille…

Juste une coïncidence ? Deux hommes différents

auraient partagé la même méthode ? J'ouvris la porte de mon appartement et m'engageai dans l'ascenseur.

— Mais, Sharko, qu'est…

— Je reviens commissaire ! Je dois juste vérifier quelque chose au sous-sol. Une intuition… Entrez et préparez le café…

Les portes coulissantes se refermèrent ; les pulsations de mon cœur se mirent à accélérer comme si j'étais piégé dans un manège infernal. Le voyant lumineux de l'indicateur électronique se déplaçait lentement, d'un bouton à l'autre, jusqu'à s'illuminer sur *niveau – 1*. Les battants s'écartèrent, je déverrouillai une autre porte pour, finalement, tomber dans le silence sépulcral de ce satané sous-sol, cimetière de voitures et de tôles mortes.

Sous la lueur laiteuse des lampes intégrées au plafond, je m'orientai vers la place vide numérotée trente-neuf. Je m'avançai à pas lourds, comme robotisé, guidé par mon subconscient, par des choses que je ne maîtrisais plus.

Et je la découvris. Les larmes me montèrent aux yeux, instantanément. Un râle d'agonie s'échappa de ma poitrine et inonda la voûte de béton jusqu'à, par un jeu d'échos, revenir percuter mes propres tympans. Je tombai sur le sol, les genoux en avant, comme Crombez l'avait fait en découvrant le corps torturé de Doudou Camélia. Et je pleurai, pleurai à n'en plus finir, à m'arracher la voix. Une petite pince à cheveux jaune gisait contre le mur, à l'endroit précis où, la première fois, j'avais découvert celle de Suzanne…

Il était revenu. Il était revenu prendre ma voisine après s'être occupé de ma femme six mois plus tôt.

L'Homme sans visage… L'Homme sans visage était celui qui détenait Suzanne…

Soulevé par une quinte de colère, je me levai et frappai de toutes mes forces contre un pilier de béton, à me fracasser le poing et me briser tous les doigts. Le sang coula de la peau arrachée de mes phalanges, mais je cognai encore et encore, jusqu'à ce que la douleur, devenue trop forte, me contraignît à m'arrêter.

Des pas perturbèrent le silence, derrière moi, comme des clappements ralentis de castagnettes. On venait dans ma direction mais je ne bougeai pas, recourbé sur moi-même contre le pilier. Je considérais mon poing ensanglanté et mes doigts gonflés, sans réfléchir, sans penser, comme si j'avais perdu toute notion de temps et d'espace.

Une main se posa sur mon épaule, tendre et fragile, une main de femme.

Je crus halluciner, je devais halluciner, parce que je devinais le parfum de ma Suzanne. La présence se fit de plus en plus insistante et, cette fois, je fus persuadé de sa réalité. J'osai enfin lever les yeux…

— Commissaire ?

— Madame Williams…

Mon regard se posa à nouveau sur le sol, sur ce flux pourpre qui coulait de mes phalanges.

— C'est bien lui ? C'est lui qui a enlevé votre femme ? demanda-t-elle d'une voix comme brûlée par de la chaux vive.

Je levai mes yeux rougis, gorgés de larmes, dans sa direction.

— Comment savez-vous ?

— Elle a toujours su, elle, Doudou Camélia…

Elle s'accroupit à mes côtés.

— Cette nuit, il s'est produit quelque chose d'étrange, d'inexplicable. (Elle me tendit un mouchoir de papier.) J'ai fait un rêve encore si tenace dans mon esprit que j'ai l'impression qu'il se déroule à l'instant devant mes yeux. Vous et votre femme en faisiez partie...

Moi aussi, je me souvenais de mon cauchemar avec une précision étonnante. Le caïman, Suzanne, mutilée de l'autre côté du Maroni...

— Pourquoi me racontez-vous cela ?

— Je me trouvais dans un zodiac sur le Maroni, en Guyane. Je ne suis jamais allée dans ce pays et pourtant, je parlais couramment le créole. À mon réveil, j'ai écrit les phrases que j'avais prononcées en créole et suis allée vérifier à la bibliothèque... C'est absolument prodigieux ! Ces mots, ces expressions que j'employais, existent bel et bien !

Je secouai la tête, complètement déboussolé. L'irrationnel s'immisçait comme une couleuvre dans mon univers cartésien. J'y croyais, j'y croyais vraiment et l'ombre de mon rêve qui agitait les bras dans ma direction depuis le zodiac, c'était elle, Élisabeth Williams !

— Élisabeth ! Je crois que nous avons partagé le même cauchemar, mais avec deux visions différentes !

— Dans la mienne, vous vous teniez sur la rive...

— À votre droite lorsque vous remontiez le courant ! Ma femme se trouvait en face ! Et vous êtes allée vous camoufler auprès d'elle ! Pourquoi ? Pourquoi ne pas l'avoir secourue ? Qu'avez-vous essayé de me dire ? Bon sang ! Mais que se passe-t-il ?

— Je vous criais de vous éloigner, je voulais vous éviter d'avoir à affronter l'agonie de votre femme. Je savais qu'il allait arriver pour l'achever et que ni vous ni moi ne pouvions rien y faire.

— Vous pouviez intervenir !

— J'ai bien essayé ! Lorsque j'ai atteint la berge, j'ai entendu l'assassin se frayer un chemin au coupe-coupe dans la jungle. Mes visions se réalisaient ! Il venait accomplir son funeste ouvrage ! Je… Je n'ai pas eu le courage de l'affronter, alors je me suis cachée à proximité…

— Vous l'avez aperçu de près ! Dites-moi à quoi il ressemble !

Son regard fuyant se posa sur un tube d'aération qui longeait le parking souterrain.

— Je n'en sais rien… Impossible à définir. C'est très étrange, mais je ne me souviens pas de son visage.

— Tout simplement parce qu'il n'avait pas de visage…

Ses lèvres se détendirent, comme si ce point obscur prenait soudainement de l'éclat.

— Vous avez raison ! En fait, je me souviens parfaitement de lui, mais, comme vous dites, il n'avait pas de visage ! (Elle tourna son regard vers moi.) Il lui a murmuré des choses avant de la pousser dans le fleuve.

— Quoi ?

— Il lui pardonnait… Il lui pardonnait pour tout ce qu'elle avait fait…

Ma main avait pratiquement doublé de volume. Le sang séchait en croûte sur mes doigts boursouflés, des aiguillettes de douleur se hissaient en moi jusqu'à me faire mordre la langue.

— Vous… Vous croyez qu'il l'a tuée ?

— Que vous dire, Franck ? Un événement hors du commun a eu lieu cette nuit, un phénomène inexplicable, dans une dimension autre que celle de notre conversation. Je crois que votre voisine a fait communier nos âmes…

Avant de mourir, elle a dû dégager une puissance psychique faramineuse pour nous toucher, nous faire savoir qu'il la tenait. Et si l'homme n'avait pas de visage, c'est parce qu'elle n'a jamais pu l'identifier précisément…

Alors, mes propos me surprirent moi-même, tant ils défiaient l'entendement ; hors contexte, on m'aurait pris pour le roi des fous.

— Et si l'Homme sans visage détenait les mêmes pouvoirs qu'elle, mais pour accomplir le mal ? Et si, effectivement, il existait un rapport avec Dieu, avec le Diable, avec des forces qui nous surpassent, qui dépassent l'imagination ?

— Les meurtres et les mutilations sont bien réels ; ces atrocités doivent nous ancrer dans la réalité. Si nous sortons de ce cadre et nous basons sur des histoires de forces maléfiques, alors tout sera joué d'avance. Et jamais nous ne le piégerons.

— D'accord avec vous. Mais rien ne pourra m'ôter de l'esprit que l'irrationnel tient une place prépondérante dans l'histoire. Notre rêve commun, la façon dont il a deviné les dons de Doudou Camélia et puis, cette invisibilité, l'absence d'indices…

— N'oubliez pas que l'enseignante, celle qui est peut-être tombée entre ses mains, est toujours vivante !

— Pourquoi l'aurait-il laissée en vie si c'est bien lui ?

— Le comportement de ce genre d'individus reste très difficile à cerner, mais il arrive que les tueurs épargnent leurs victimes, simplement parce que ces dernières ont réussi à éveiller en eux de la sensibilité, c'est-à-dire à montrer qu'elles étaient humaines et non des objets.

Une nouvelle rafale de larmes m'assaillit.

— Et cette barrette que j'ai retrouvée ici… à l'identique d'il y a six mois… J'ai toujours cru que Suzanne m'avait laissé volontairement cet indice… Et si c'était lui ? S'il avait déjà tout prévu comme s'il avait pu lire dans la carte de nos destins ? Comment pouvait-il savoir que je découvrirais une première fois la pince, puis une seconde fois aujourd'hui ? C'est invraisemblable… Osez me dire que tout ceci est rationnel ! Osez me dire que tout ceci est le fruit du hasard !

— Non, Franck, bien sûr que non… Je… Je ne comprends pas plus que vous… Que voulez-vous que je vous réponde ?

Je me décollai du sol en m'aidant juste de la main épargnée par ma colère.

— Je n'en sais rien. Pour une fois, j'avais juste besoin d'être rassuré…

Elle me tira par le bras précautionneusement.

— Vous vous êtes bien arrangé, me dit-elle en soufflant sur mes doigts. Il faut soigner ça. Avez-vous des antiseptiques et des bandages dans votre appartement ?

— Peu importe. Il faut que je retrouve ce fumier, coûte que coûte ! Et je le tuerai, je l'achèverai de mes propres mains !

Elle m'attrapa par la manche alors que je m'élançais d'un bloc en direction de l'ascenseur.

— Calmez-vous, Franck ! Vous ne devez pas vous laisser emporter, c'est ce qu'il recherche ! Il veut déchaîner votre rage. Il vous sait vulnérable si vos sentiments dominent votre logique et votre capacité à réfléchir. Allons tranquillement panser cette main, manger un morceau et après, nous aviserons. Laissez vos inspecteurs, vos lieutenants, tous ces policiers et gendarmes, accomplir leur travail…

— Mettez-vous à ma place, Élisabeth… Mettez-vous une seule seconde à ma place !

— Je sais, Franck… Je sais…

Mon portable sonna. Je décrochai et Sibersky m'annonça la naissance de son fils, un petit Charlie de 2,8 kilos. Je fis un effort surhumain pour laisser transparaître un soupçon de joie dans ma voix…

— J'ai besoin que tu me fasses un point, Shark ! envoya le divisionnaire Leclerc d'un ton à faire pousser des roses sur du marbre. On ne te voit pratiquement plus au 36 et les cadavres t'accompagnent partout où tu te déplaces, comme si tu avais de la moutarde dans le cul ! T'es plus à l'antigang, bordel de Dieu ! Quant à vous, madame Williams, vos rapports sont… surprenants, d'une incroyable précision. Trop précis, peut-être. Trop… comment dire… scolaires. Je me demande s'ils ne vont pas nous conduire sur de fausses pistes…

Le divisionnaire ne s'était pas assis à table avec nous. Il se tenait debout, bras croisés, aussi nerveux qu'un poisson dans une poêle à frire.

Élisabeth prit la parole la première.

— Ma profession est encore très mal connue, vous savez. Les criminologues existent aux États-Unis depuis près d'un demi-siècle contre quelques années seulement en France. Je ne suis pas là pour vous apporter le tueur sur un plateau, mais pour vous accompagner dans votre démarche, aiguiller vos hommes. Mon métier n'est pas une science exacte. Il peut arriver en effet, comme le prouvent certaines grandes affaires, de se tromper. L'assassin n'entre pas dans un moule préétabli. Ils n'ont pas tous des mères surprotectrices ou des pères alcooliques. Cependant, certains traits évidents, certaines caractéristiques du tueur ressortent autour des scènes des crimes, des trajets empruntés, des indices abandonnés volontairement. Le cœur même de mon métier consiste à trier ces données, à en extraire des liens pour établir un profil psychologique, une manière de se comporter. C'est tout. Libre à vous de suivre, ou pas, mes recommandations.

Elle serra un bandage autour de ma main si fort qu'elle m'arracha un petit cri de douleur. Les flèches plantées par Leclerc dans son amour-propre, se matérialisaient par la brutalité soudaine de ses gestes.

— J'ai bien pris note, dit Leclerc. À toi, Shark !

J'avais l'impression que ma main, gonflée de sang, s'apprêtait à éclater sous le bandage.

Je lançai à Leclerc :

Vous avez lu mes rapports, non ?

— En effet. Mais j'ai l'impression de planer à dix mille, parfois ! Dis-moi à nouveau ce que vient faire ta voisine dans l'histoire et comment il se fait que tu l'aies retrouvée là où tu recherchais une amie de fac de Prieur !

— Reprenons. Doudou Camélia m'a orienté vers la fille de l'abattoir. Elle parlait sans cesse de chiens qui hurlaient dans sa tête. En enquêtant sur le vol du matériel au labo HLS, cette histoire de chiens m'a conduit à l'abattoir où j'ai retrouvé Jasmine Marival. Le tueur m'y a surpris, m'a épargné. Puis, il m'a téléphoné pour m'annoncer qu'il allait s'occuper de ceux ou celles qui, d'un moyen quelconque, m'aidaient dans l'enquête. Et il a réussi à retrouver ma voisine. Comment, je suis bien incapable de vous le révéler pour le moment. Et il l'a assassinée…

Je m'échappai un instant du bouillon de mes pensées avant de poursuivre.

— … Madame Williams m'a indiqué ensuite une

piste intéressante, en découvrant que le tueur agissait en punisseur, sur des êtres qui avaient péché dans leur passé. Pour Prieur, nous avons relevé un changement important dans sa vie, avant et après avoir plaqué ses études de médecine. Je suis allé enquêter à la faculté. Le professeur d'anatomie m'a avoué que, responsable des dissections, elle mutilait les cadavres, de mèche avec l'employé chargé des incinérations. Son macabre jeu a été découvert et, en fait, on lui a demandé de prendre congé, bien sagement, sans faire de bruit.

Je trempai le bout des lèvres dans mon café, en humai l'arôme.

— Je me suis dit que Prieur avait peut-être partagé son secret avec quelqu'un de proche, à qui elle aurait pu se confier. Comme sa colocataire par exemple, Jasmine Marival. Trois ans de vie commune, ça crée des liens, forcément. Voilà ce qui m'a mené en pleine forêt de Compiègne…

— Et pourquoi s'en est-il pris à celle-là ? Quel péché a-t-elle bien pu commettre pour subir une telle colère ?

— Elle filmait son quotidien et ses scènes de tortures animales avec des webcams. Possible que le tueur ait retrouvé sa piste sur le Net. Peut-être pioche-t-il ses victimes en les observant au travers de caméras, ou en circulant sur des forums où ces femmes confient leurs penchants morbides… Je vais coordonner une action avec le SEFTI, qu'ils essaient de remonter jusqu'à l'adresse du site où étaient diffusées les images de Marival.

Leclerc allait et venait, toujours les bras croisés, comme s'il était prisonnier d'une camisole de force.

— Qu'a donné la piste des milieux sados ?

— L'échec pour le moment. Milieu très fermé, difficile à percer. Il est évident que le tueur y puise son inspiration, mais l'enquête va s'avérer délicate. Les langues ne se délieront pas facilement. D'autant plus qu'ils doivent se douter qu'on veut les infiltrer… Cela peut être très, très risqué…

— Il nous faut des oreilles, je vais organiser une réunion avec le patron des mœurs. On va essayer de glisser des taupes. Ses inspecteurs ont l'habitude de ce genre d'intrusions. Nous devons focaliser nos énergies sur cette… société BDSM4Y… puisque tu penses que le cœur du problème vient de là.

— Que les hommes restent extrêmement prudents…

— Expose-moi ton plan d'action.

— Je vais aller ce matin interroger la prof agressée. Je reste sceptique, mais il est possible qu'elle ait bien eu affaire au tueur.

— Sois très discret. Tu n'as aucun droit sur le dossier pour le moment. Les gendarmes mènent la danse sur ce coup-là… Pas d'entourloupes, OK ? Si tu fous la merde, mon patron risque de ne pas apprécier, et moi non plus ! Madame Williams, essayez de voir, selon ce que vous racontera cette enseignante, si le profil correspond avec notre tueur. Bordel ! Il ne manquerait plus que ce soit une autre personne et qu'ils se multiplient comme des vermines ! On a déjà plus d'une centaine de policiers sur le coup, éparpillés tout autour de Paris ! Et pas une piste, que des suppositions ! Mais où va-t-on ? Où va-t-on ?

Il disparut dans une vague de colère en claquant la porte derrière lui.

— Je ne suis pas sûre que nous l'ayons rassuré, confia Élisabeth en enfilant sa veste. Pourquoi ne lui avoir rien dit pour votre femme ?

— Je crois qu'il aurait pété un boulon si nous lui avions parlé de notre rêve commun.

— Est-ce bien la seule raison ?

— Non… Il aurait été capable de me retirer l'affaire. C'est à moi que l'Homme sans visage a déclaré la guerre. Depuis le début, depuis plus de six mois, il s'acharne à me pourrir la vie… Je ne sais pas ce qu'il me veut, mais ce que je sais, par contre, c'est que jamais je ne le lâcherai ! Jamais ! J'irai au bout, l'un de nous deux y restera. Tout est déjà tracé, absolument tout… C'est ainsi que cela finira. J'en ai la ferme conviction…

Je me dirigeai vers ma chambre.

— J'ai besoin d'être seul un moment, Élisabeth. Je passe vous prendre tout à l'heure et nous irons à l'hôpital…

— Très bien, répliqua-t-elle. Ne faites pas de bêtises, Franck…

Et comme si ce feu d'artifice de malheurs ne suffisait pas, Serpetti m'annonçait, par e-mail, qu'il avait perdu la trace de BDSM4Y. L'enquête régressait proportionnellement au nombre de cadavres qui s'entassaient comme du linge sale autour de moi…

Le pire se produisait et pourtant, à cet instant, je ne pensai qu'à réparer Poupette. Son emprise grandissait, se déployait en moi comme un cancer. J'éprouvais un besoin puissant de cette odeur dans la pièce, ces flots agréables qui m'envahissaient chaque fois qu'elle tournait, ces réminiscences de ma femme. Sombrais-je dans la folie ?

J'essuyai l'huile et l'eau sur le sol, donnai un coup de chiffon sur le chariot. Aucune fuite apparente. Pas de pièce abîmée. Je fis l'appoint en liquide avant de tenter une mise en marche. Poupette vibra, s'élança droit devant elle dans un sifflement de renaissance. Que dire alors de cette panne au moment où Doudou Camélia agonisait et de ce débordement d'énergie, aujourd'hui ? Rationnel, irrationnel ?

La douce odeur que j'attendais tant, s'appropria la pièce, souleva mon âme dans les volutes limpides de la béatitude. De toutes les drogues, celle que diffusait Poupette était certainement la plus fulgurante…

* * *

Le grand vaisseau blanc de l'hôpital Henri-Mondor se dressait devant nous, chargé de malades, de blessés, de personnes venues y couler leurs derniers jours. Nous prîmes la direction du service de soins, dans l'aile droite, côté maternité, derrière le bâtiment ultramoderne de cardiologie. Devant les portes coulissantes de l'entrée, des malades à la mine ravagée fumaient, emmitouflés dans des robes de chambre, les regards las et vitreux posés nulle part. Nous grimpâmes au troisième étage, chambre trois cent trente-six. Je détestais ces odeurs de produits qui empestaient l'air, ces pièces aveugles peuplées de métal et de médicaments. Tout, ici, rappelait franchement la fragilité de l'être, la puissance de la mort et l'infime frontière qui sépare l'une de l'autre.

Julie Violaine se reposait au-dessus de ses draps, la poitrine mouchetée de petits pansements. Ses pupilles étaient dilatées, explosées dans le blanc de l'œil par des pensées encore trop violentes. Accroché au plafond, un téléviseur diffusait un vieux Tex Avery en noir et blanc. Elle tourna la tête lentement dans notre direction, avant de se plonger à nouveau dans le dessin animé qu'elle ne regardait même pas. Elle dit dans un souffle léger :

— Encore les gendarmes ? J'ai déjà tout raconté, au moins trois fois de suite. Je suis plus que lasse, si fatiguée… Vous pouvez comprendre ça ? Sortez, s'il vous plaît. Je ne vous dirai rien…

— Nous avons juste quelques questions, mademoiselle Violaine.

— Sortez, je vous dis. Ou j'appelle une infirmière !

Élisabeth Williams se pencha sur le lit.

— Cela ne vous dérange pas si je m'installe à côté de vous, sur cette chaise ? J'aimerais que nous parlions tranquillement, rien qu'à deux, entre femmes. (Elle se tourna vers moi.) Vous pouvez sortir, monsieur Sharko, s'il vous plaît ?

— Mais, Élisabeth ! Je dois rester !

Elle me tira par le bras à l'extérieur de la chambre. J'obtempérai.

— Écoutez-moi, commissaire. Laissez-moi quelques instants avec elle. Je sais comment procéder, faites-moi confiance. Cette fille a besoin d'être rassurée, vous comprenez ? Elle a subi un traumatisme très important, il faut y aller doucement. Allez prendre un café ou un chocolat en attendant.

— Essayez de tirer le maximum de renseignements. Nous devons avancer !

— OK. Mais elle ne se confiera pas devant un homme, encore moins un commissaire de police. Alors, disparaissez !

— Elle ignore que je suis commissaire, elle nous prend pour des gendarmes !

— Vous croyez que c'est mieux ? Disparaissez !

— À vos ordres, madame…

Je redescendis dans le hall d'entrée, glissai une pièce dans le distributeur de boissons et sortis avec mon chocolat chaud devant l'hôpital, à l'air frais. Une vieille femme au dos en carapace de tortue, coiffée d'un bol de cheveux gras, m'envoya un sourire dévoilant un cimetière de dents digérées par le tabac. Elle rampa vers moi en boitillant.

— Une petite Gitane ? poussa-t-elle d'une voix roulante de toux.

Je disséquai des yeux le paquet bleuté aux bords écornés. Une envie monta en moi, si impérieuse que le refus n'était pas envisageable.

— Pourquoi pas… Ça fait huit ans que j'ai arrêté, mais je crois qu'aujourd'hui, c'est la bonne journée pour recommencer.

— Pour sûr, gars, râla-t-elle.

À la première bouffée, je crus avaler un chardon. Ma respiration se bloqua une dizaine de secondes. Un millénaire. Les sept couleurs de l'arc-en-ciel défilèrent sur mon visage, du violet au rouge.

La vieille dame me frappa sur le dos de ses maigres mains, de plus en plus fort jusqu'à ce que, finalement, le réflexe de la respiration reprît de lui-même. Un filet de salive pendait entre ma bouche et le sol.

— Dis donc, gars, j'ai bien cru que t'allais rester sur le carreau !

Je me mis à éclater de rire, un rire franc, un doux acide qui me dénoua l'estomac.

— Ma p'tite dame, il faudra bien plus qu'une cigarette pour me laisser sur le carreau !

— Eh bien moi, c'est la cigarette qui m'a foutue sur le carreau. J'ai un cancer du poumon, un putain de cancer du poumon !

— Et vous fumez encore ?

— Il faut bien combattre la maladie, non ?

Elle me décocha un rire qui se termina dans une toux ignoble. Pliée en deux, elle cracha sur le sol ce qui ressemblait à un morceau de poumon, en plus foncé. Elle pila son mégot dans un parterre de fleurs avant d'attaquer une autre cigarette sans filtre. Écœuré, je jetai ma clope à peine entamée dans une poubelle et rentrai. Je décidai de gravir à pied les trois étages plutôt que de prendre l'ascenseur.

En cours de route, je redescendis en trombe à l'accueil et demandai si une certaine madame Sibersky n'avait pas été admise en maternité. On m'aiguilla vers un autre accueil, dans l'aile ouest, où l'on m'apprit qu'effectivement, elle avait été transférée du service de soins vers la maternité l'avant-veille.

Je frappai à la porte et une voix fatiguée me pria d'entrer. Laurence Sibersky me gratifia d'un grand sourire de jeune maman comblée.

Le minuscule être reposait sur sa poitrine, la tête inclinée contre le cœur de sa mère. Charlie dormait d'un sommeil profond, paisible, et sa petite bouche remuait parfois, comme pour téter.

— Entrez, Franck, me chuchota-t-elle. Mes deux bébés dorment.

Elle dirigea son regard vers le coin derrière la porte. Le lieutenant Sibersky, ramassé au fond d'une chaise pliante, avait la tête écrasée dans la main droite. Le plomb du sommeil l'empêchait de se réveiller malgré le bruit de mes pas.

— Je vous apporterai le cadeau la prochaine fois, murmurai-je. Je devrais le recevoir bientôt... À vrai dire, je passe au hasard, j'étais venu rendre visite à quelqu'un d'autre et la providence a voulu que vous

vous trouviez dans le même hôpital. Comment allez-vous ?

Je posai ma main sur les petits doigts, minuscules, semblables à de fines aiguilles.

— Il est superbe ! C'est un très beau bébé…

— Merci, Franck. Ça me fait plaisir de vous voir, après tellement de temps… David me parle souvent de vous, vous savez ?

— En bien, j'espère ?

— Il vous admire énormément. Il bosse dur pour vous et il passe à l'hôpital en coup de vent… Il rentre tard… Si tard…

Je sentis l'écume de l'amertume au fond de ses paroles, ce sel piquant qui brûle les lèvres de toutes les femmes de flics.

— David est un très bon élément. Un grand ami aussi. Je sais que ce ne doit pas être facile pour vous, mais sachez qu'il pense constamment à vous, même au cours de nos missions parfois délicates…

— Nous formons une vraie famille à présent. Il faut que vous preniez soin de lui, Franck. Je ne veux pas qu'un soir l'on vienne m'annoncer que je ne reverrai plus jamais mon mari ailleurs que dans un cercueil…

Elle caressa du dos de la main les joues abricot du nourrisson, les larmes au bord des yeux. Le silence infernal de la pièce me mit mal à l'aise ; j'avais la triste impression de ne pas me trouver à ma place en ce lieu où, d'ordinaire, s'érigent les feux de la joie. Je me levai doucement, presque sur la pointe des pieds et, embrassant la main de la jeune maman, susurrai :

— Reposez-vous bien, Laurence. Ils vont mobiliser toute votre tendresse…

— Passez ce soir à l'appartement. Je dirai à David de vous y attendre. Vous pourrez discuter…

Je disparus, dos voûté, épaules tombantes, miné de peine.

Je croisai à nouveau des malades mal en point, des visages ternes, secoués de douleur. Les effluves médicamenteux, le goût de la cigarette encore accroché à ma langue, me montèrent à la tête.

Je m'enfermai dans les toilettes, taraudé par l'envie de vomir sans rien avoir à régurgiter. Le monde tournait, les murs, autour de moi, se resserraient puis s'écartaient, comme si j'étais encore sous l'emprise de la kétamine.

Les spectres des visages éteints paradèrent devant mes yeux. Prieur, Gad, Marival, Doudou Camélia. Et mon cœur se gonfla de chagrin, mon âme d'impuissance, mon corps tout entier me répondit que rien ne ramènerait les êtres de chair passés sous le scalpel de l'Homme sans visage.

Et, sans cesse, comme une comptine amère, le chant du cygne me frappait les tympans, me ramenait devant les yeux l'image floue de ma femme enfermée quelque part, nue, les pieds dans l'eau et le corps couvert de sangsues. Je la croyais en vie, je la savais morte… Ou l'inverse… Je ne comprenais pas… Pourquoi ? Pourquoi ? Pourquoi ?

Jamais je n'aurais dû mettre les pieds ici, dans cet endroit qui me rappelait trop bien de quoi était faite la réalité, ma réalité. Je remontai les marches, longeai les couloirs encroûtés par la maladie, jetai un œil par la fenêtre de la chambre de Julie Violaine et frappai. Élisabeth Williams, d'un signe de tête, m'autorisa à entrer.

La femme à la poitrine constellée de pansements,

aux pupilles encore dilatées, avait recouvré un air serein.

Élisabeth me résuma la situation.

— Nous avons pas mal discuté, Julie et moi. Elle m'a relaté tout ce qui s'est passé cette nuit-là, dans les moindres détails. Je reviendrai ici demain pour bavarder encore un peu avec vous, Julie, vous êtes d'accord ?

— Bien entendu, murmura la jeune femme. Votre présence m'a fait tellement de bien. J'avais besoin de discuter, mais pas que de l'agression…

Les images d'une série télévisée captivèrent son regard, elle s'abandonna au flux tumultueux de ses pensées. Nous sortîmes en silence.

— Alors, Élisabeth ! L'attente a été terrible !

— Vous m'offrez un café ?

— Oui. Mais ils ne sont pas géniaux, ici, ça ressemble à du jus de chaussette. J'ai repéré un petit bistrot pas loin de l'hôpital. Allons plutôt là-bas. J'ai envie de changer d'air.

Dans le bar-tabac, nous optâmes pour une place près du billard, au fond.

— On fait une partie ? me demanda-t-elle en désignant la surface feutrée. À vingt-deux ans, j'ai disputé les championnats de billard, le Magic Billiard Junior 8 Ball Tournament en Floride. J'ai enrhumé à ce jeu les plus gros machos qui aient jamais existé. Je leur ai cloué le bec d'une telle façon qu'ils sont repartis la queue entre les jambes, si je puis m'exprimer ainsi !

— L'image est assez démonstrative, en effet.

— Je n'ai pas rejoué depuis une trentaine d'années, vous vous rendez compte ?

— Allons-y ! Mais je ne suis pas un champion. Je me

débrouille, c'est tout… (J'agitai ma main bandée.) Et puis, vous partez avec un sacré avantage, quand même !

Je glissai une pièce dans la fente et laissai Élisabeth disposer les boules sur le tapis. Elle cassa le paquet et entra directement deux boules dans les poches, tout en me racontant :

— Julie Violaine s'est fait agresser juste avant de rentrer dans son pavillon ; l'agresseur, embusqué à l'extérieur, l'y attendait. Elle a été immobilisée fermement, puis a perdu connaissance lorsqu'on lui a placé un mouchoir imbibé devant le nez. De l'éther, selon les analyses, comme on en trouve dans toutes les pharmacies. Elle s'est réveillée ligotée et bâillonnée sur son lit, dans la chambre à coucher. Bien entendu, il lui avait bandé les yeux.

Elle glissa la boule numéro sept dans le trou du milieu.

— Il l'a caressée longuement, puis s'est mis à lui accrocher des pinces crocodile aux mâchoires extrêmement affûtées à l'extrémité des seins. D'abord le droit, puis le gauche. Elle a hurlé, mais le bâillon étouffait ses cris. Durant l'acte, elle a perdu la notion du temps, mais, apparemment, la torture n'a pas duré très longtemps. Elle l'a entendu ensuite se masturber, puis il s'est enfui, sans jamais prononcer un mot.

La boule numéro quatre percuta la quatorze avant de manquer le trou de peu.

— Ah ! On dirait que j'ai un peu perdu la main. À vous de jouer, Franck !

— Quinze direct ! annonçai-je.

La boule percuta les bords du trou avant de s'y enfoncer.

— Joli coup ! admit Élisabeth. Pour moi, au vu de notre entretien, il ne s'agit pas du tueur. Elle a entendu le type effectuer sans cesse des allers et retours jusqu'à la fenêtre de la chambre, certainement pour vérifier que personne n'approchait de la maison. Elle l'a senti hyper nerveux, plus stressé qu'excité, ce qui va à l'encontre de ce que nous avons pu apprendre de notre homme.

La treize me résista et Élisabeth ne perdit pas l'occasion de la chasser du tapis. Elle s'attaqua à la quatre, collée contre une bande.

— Lorsqu'un individu se masturbe, le désir retombe et l'acte de mise à mort, dans ce cas, ne peut que difficilement être accompli.

— Comment ça ?

— Pourquoi la majeure partie des tueurs en série violent-ils leurs victimes une fois celles-ci mortes ? Simplement parce que la puissance du fantasme est proportionnelle au désir sexuel. Ce que cherche ce type d'individus est justement d'entretenir ce fantasme le plus longtemps possible, de manière à ce que le plaisir de torturer la victime, de l'humilier et de la tuer, ne retombe pas. Dans le cas de Julie Violaine, lorsque l'agresseur s'est masturbé, il n'a pas jugé nécessaire de poursuivre, ni même de tuer. Il n'en avait plus l'envie, alors il est parti, tout simplement. L'Homme sans visage, tel que nous le connaissons, n'aurait jamais pu faire une chose pareille.

Elle effectua un aller-retour jusqu'à la table afin de boire une gorgée de Brazil. Accoudés au comptoir, à l'entrée, des amateurs observaient la position de nos boules. Elle saupoudra une couche de bleu sur le bout de sa queue.

— Très important, le bleu, annonça-t-elle. Ça évite au bouchon de glisser sur la boule au moment de l'impact. Un peu comme le talc que les gymnastes se mettent sur les mains.

Deux nouvelles boules regagnèrent leur tanière, illico presto. Je demandai :

— A-t-elle la moindre idée de qui il pourrait s'agir ?

— Elle a l'air d'être une fille très honnête et rangée. Le champ d'investigations reste large, surtout si on considère le vivier d'étudiants qu'elle côtoie chaque jour.

— Quelqu'un aurait-il de bonnes raisons de lui en vouloir ? A-t-elle remarqué des comportements étranges parmi les gens qui l'entourent ? S'est-elle sentie observée ?

— Ce qui est certain, c'est que l'agresseur la savait seule, étant donné l'heure assez tardive, 22 h 00. Elle rentrait de sa séance hebdomadaire de piscine. Donc, il connaissait son planning.

Courte étude sur la position des billes.

— Sinon, elle n'a rien pressenti de suspect dans son entourage.

Une autre boule goûta aux rebords feutrés de l'un des trous.

— Vous allez me mettre une pilée ! constatai-je avec un sourire.

— Ne vous inquiétez pas, vous n'êtes pas connu, ici ! Personne n'ira raconter au 36 que vous vous êtes pris une raclée par une femme !

Cinq jeunes, deux filles et trois garçons, vinrent s'appuyer contre le mur des toilettes en face du billard. L'un d'eux, engoncé dans son blouson Bonhomme Michelin couleur pneu crevé, balança sa cigarette encore allumée à mes pieds, sur le carrelage. Derrière le bar, je vis le regard inquiet du patron se dissimuler derrière une bouteille de J & B de deux litres. Il feignait l'ignorance.

Élisabeth manqua son coup. Une pouffe se gaussa, le nez aplati dans le blouson de Bonhomme Michelin, son petit ami, une fouine à long museau et au crâne scellé sous une casquette qui lui cachait ses yeux miteux.

Les deux autres types, des tiges d'un bon mètre

quatre-vingts, roulaient des épaules, chauffaient leurs doigts en les faisant craquer. Il devenait évident que l'orage risquait d'éclater.

— C'est à toi, la bagnole de flic, mec ? vomit l'un des rats. Et t'oses te pointer ici ? Ici, c'est chez nous, mec. Fous le camp, mec.

— C'est à vous de jouer, Élisabeth. Ne faites pas attention.

La criminologue fit le tour du billard, mais une pouffe lui barra le chemin. Elle portait plus de maquillage sur le visage que mon grand-père de charbon lorsqu'il remontait de la mine.

— Excusez-moi, mademoiselle ! s'énerva Élisabeth. Un peu de respect, s'il vous plaît ! Vous voyez bien que nous sommes en train de jouer !

Sans que j'eusse le temps de réagir, le pot de maquillage lui allongea une claque monumentale. Élisabeth piqua du nez sur le tapis de feutre.

Les trois types s'emparaient déjà des tiges de bois rangées dans le porte-queues.

— Allons-nous-en, Franck, supplia Élisabeth, la joue envahie d'un teint cerise.

— Elle baise bien, ta femme, enculé ? m'envoya une voix, celle du rat numéro deux me sembla-t-il.

Je dis avec calme.

— Attendez-moi à l'extérieur… J'arrive…

— Franck, laissez tomber, je vous en prie !

— Il n'y en a que pour deux minutes…

Le patron du bar se rua dans notre direction, mais le feu d'artifice avait déjà démarré. J'encastrai ma queue dans l'abdomen de rat numéro deux et, tout en esquivant une attaque un peu lente, rangeai proprement l'extrémité la plus lourde de la tige dans le thorax de Bonhomme

Michelin, juste au-dessous de la gorge. Sa respiration se bloqua, il bleuit et tomba sur le sol comme un pruneau d'Agen. Pot-de-maquillage enjamba le billard, se jetant sur moi avec un cri ignoble, alors que je m'occupais de rat numéro trois, le plus discret. Elle s'accrocha à mon dos comme une sangsue, me tirant le bouc et me griffant les joues du peu d'ongles qu'elle avait. Je hurlai et, tout en reculant, reçus un coup de poing dans la tempe. J'eus l'impression que mon oreille allait se décrocher. Le type qui s'était pris l'onde de choc dans l'abdomen commençait à s'en remettre. Cette fois, je décidai d'en finir le plus rapidement possible. Une manchette bien placée envoya la fille sur le carreau et un coup de semelle magistral coucha définitivement Bonhomme Michelin. L'une des filles restantes prit la fuite et son compagnon hésita avant de disparaître lui aussi, sans se retourner.

Élisabeth me fit penser à la double face du Jocker dans *Batman*, une moitié du visage rouge, l'autre blanche, les marques de doigts encore imprimées sur sa peau.

En ouvrant la portière de la voiture de fonction, je m'inquiétai :

— Comment allez-vous ? Elle n'y est pas allée de main morte.

— Je m'en remettrai. J'aurais dû être plus prudente. Et vous, pas trop mal à la barbe ?

— Non, ça va. Décidément, ce bouc ne m'apporte que des soucis. Il y a deux ans, j'ai voulu cracher du feu pour impressionner mon neveu, le soir de la Saint-Jean. Plus jeune, j'avais appris cet art, mais, à l'époque, j'étais imberbe et très certainement plus doué pour ce genre de bêtises. Bref, ce soir-là, de l'alcool à brûler a coulé sur les poils de mon bouc. Je vous laisse deviner la suite…

Elle se pencha vers moi, se barrant le torse avec sa ceinture de sécurité.

— Je ne vous savais pas comme ça, Shark, téméraire et bagarreur.

— Shark ?

— C'est bien ainsi que vos collègues vous appellent, non ? Le requin ? Parfait diminutif de Sharko ?

— J'ai été élevé à l'école de la rue. Et, dans la rue comme dans l'océan, seul le plus fort gagne.

Je mis le contact ; les vitres vibrèrent sous les regards mitrailleurs des jeunes rassemblés au bas d'un immeuble. L'ambiance s'enflammait, il était plus que temps de mettre les voiles.

Je la relançai, un regard dans mon rétroviseur.

— Nous n'avions pas terminé notre conversation. Si vous êtes persuadée qu'il ne s'agit pas de notre tueur, comment pourrait-il utiliser les mêmes techniques de ligotage et de torture ? On ne peut tout de même pas laisser tout cela sur le dos de la coïncidence ?

— Non, en effet. Mais les techniques de torture diffèrent, plus légères dans ce cas-ci, sans effusion de sang, même si la douleur était bien présente. L'agresseur semble au courant des méthodes de notre tueur. Très difficile de savoir comment, si ce n'est que la presse commence à faire des vagues avec cette affaire. Nous avons été interrompus avant que je vous en parle ; mais, de mon entretien avec Julie, il ressort que le type se comporte comme un frustré sexuellement, qui a peur de s'affirmer.

— Comment ça ?

— Il n'y a eu ni viol, ni blessure profonde, ni meurtre. L'agresseur est venu assouvir un fantasme sexuel qu'il aurait très bien pu satisfaire dans tous ces milieux sadomasos, sur lesquels j'ai un peu enquêté, moi aussi. Les adeptes de la douleur existent, ce genre de tortures se pratique avec des femmes consentantes qui ne trouvent le plaisir et l'orgasme que dans la souffrance, justement. Je pense que l'agresseur se sent incapable d'affirmer ses penchants sadomasos. La peur d'être reconnu, démasqué, montré du doigt peut-être… Continuez à creuser la piste des bibliothèques, des vendeurs de cassettes et de revues pornographiques. D'après ce qu'elle m'a décrit, il a utilisé la technique extrêmement complexe du Shibari pour l'attacher, à l'identique de Prieur. Il s'est forcément instruit quelque part et Internet ne suffit pas toujours…

— OK, je mets des gars là-dessus dès que possible. En parlant d'Internet, Julie Violaine possède-t-elle une ligne ?

— Non, pas même un ordinateur personnel.

— Sort-elle souvent ? Bars, discothèques ?

— Pas d'après ce qu'elle m'a dit. Elle vivait encore chez sa mère il n'y a pas si longtemps que cela. Elle m'a tout l'air d'une vieille fille.

Nous traversâmes le flux incandescent des bouchons sur la nationale, prîmes la direction de Villeneuve-Saint-Georges et parvînmes au pavillon de Julie Violaine.

Deux gendarmes de faction, un chef et un brigadier, devant la façade, mangeaient des sandwiches, la radio branchée sur un sketch de Jean-Marie Bigard. L'un d'entre eux, Thon-Mayonnaise, le chef, nous barra le passage. Une tache de sauce illuminait son col de chemise, provoquant le fou rire d'Élisabeth sans qu'il en comprît la raison. Je lui présentai ma carte tricolore qui généra un rictus de kapo sur ses lèvres.

— On n'entre pas là, commissaire. Et je crois que vous en êtes parfaitement conscient. Qu'est-ce que vous faites ici ?

Élisabeth explosa à nouveau et dut se retirer au bout de l'allée pour apaiser son entrain.

Je me mordis les joues pour éviter de succomber à mon tour. Le chef lâcha son sandwich dans une poubelle. Je tentai :

— Vous pouvez au moins répondre à quelques-unes de mes questions ?

— Pour quelle raison je le ferais ?

— Le lâcher de salopes…

Le rire d'Élisabeth s'arrêta net.

— Qu'est-ce que vous dites ? ! hallucina Thon-Mayonnaise.

— « Le lâcher de salopes » ! C'est mon sketch de Bigard préféré. J'adore quand il parle des méthodes de chasse. Criant de vérité !

Je lui glissai un clin d'œil.

Il troqua son sale rictus pour un sourire et répliqua :

— C'est vrai qu'il me poile bien, celui-là… Posez donc vos questions…

— Quels indices a-t-on relevés ?

— Un seul type d'empreintes dans la chambre de la fille. Plusieurs dans la cuisine. On a retrouvé un chiffon imprégné d'éther sur le sol. Le type a voulu essuyer ses pas dans le hall d'entrée avec une serviette de table, retrouvée dans une poubelle, couverte de boue. Mais on n'a pas eu de mal à identifier sa pointure, notamment avec les empreintes de ses chaussures laissées sur les marches extérieures. Du quarante et un ou quarante-deux.

— Des traces de pneus à l'extérieur ?

— Non, aucune récente. Avec les fortes pluies de la veille, nous aurions dû découvrir à proximité des marques fraîches, mais rien. Apparemment, le type n'est pas venu en voiture, ou alors il s'est garé extrêmement loin.

— Oui, probable. Il a déjà dû regarder quelques séries policières à la télévision.

Thon-Mayonnaise tendit un sourire étoilé de miettes de pain. L'envie d'exploser de rire me chauffait de plus en plus et il dut le déchiffrer dans mes yeux.

— L'enseignante attaquée dispense la chimie à l'École supérieure de microélectronique de Paris. Nous allons orienter nos recherches au sein de l'établissement. Cette femme sortait peu, si ce n'est pour faire son footing, aller à la piscine ou rendre visite à sa mère.

— Vous avez interrogé les voisins ? Les gens du patelin proche ?

— On commence seulement. Mais l'enquête n'est pas facilitée par l'isolement de la maison…

— Rien d'autre ?

— Non…

— Qui dirige les opérations ?

— Le capitaine Foulquier, de la gendarmerie de Valenton, à dix minutes d'ici.

— Combien d'hommes sur le coup ?

— Une dizaine…

Élisabeth me glissa un coup de coude, alors que nous retournions vers mon véhicule. Elle moralisa :

— Pas très subtil, le coup du lâcher de salopes ! Je vous croyais plus fin que cela.

— Je le suis. Mais il faut savoir s'adapter à l'interlocuteur… Dites, je vais vous déposer, je dois passer à l'école où enseigne Violaine.

— Que comptez-vous faire ?

— Récupérer la liste des étudiants et faire relever par mes inspecteurs ceux qui possèdent une liaison Internet ou une ligne haut débit…

Chapitre dix

Thomas Serpetti me passa un coup de fil au moment où je m'apprêtais à me rendre chez Sibersky. Il m'annonça fièrement qu'il avait retrouvé la trace de BDSM4Y sur Internet et que mon coup d'éclat au Pleasure & Pain embrasait leurs conversations. Il ne me cacha pas que les esprits agités de cette bande de tarés étaient désormais braqués vers moi et que des actions allaient être entreprises sous peu. Involontairement, j'avais peut-être trouvé le meilleur moyen – certes risqué – de les approcher…

Je portais sous le bras une petite peluche que j'avais commandée sur le site Web d'*Oursement Vôtre*. Une espèce d'ours-buisson aux poils torsadés couleur épinard et à la mine franchement craquante. Sur l'écran de mon ordinateur, sa frimousse m'avait tout de suite plu, mais j'ignorais si le cadeau conviendrait à un enfant tout juste né. Au pire, il l'aurait pour plus tard…

Sibersky vivait à Créteil, pas très loin de chez moi en définitive. Je longeai le grand parc de la Rose, pris le centre-ville avant de gagner une impasse où je garai sans mal mon véhicule. Une vieille dame qui sortait son chien, un bâtard de chez Bâtard, me tint la porte un instant et je me faufilai dans l'ouverture en direction du deuxième étage. Sibersky m'ouvrit avant même que je ne frappe.

— Je vous ai aperçu par la fenêtre, commissaire.

— Tu as un bébé magnifique. Un David Sibersky en miniature… Les félicitations sont de mise…(Je lui tendis la peluche-buisson.) Tu mettras ça dans le berceau du petit, de ma part.

— Il ne fallait pas… Installez-vous, commissaire.

— Je te préviens, on parle de tout sauf de l'affaire. Un seul mot sur ça et je te tords le cou ! Tu te mettras au courant toi-même après-demain. Ce soir, je voudrais juste oublier un peu… Oublier, ne serait-ce qu'une heure. Tu m'offres une bière ?

— Une Zywiec ?

— Je veux mon neveu ! Les bières polonaises ressemblent à de la pisse de bison, mais moi j'adore !

— Vous savez que la pisse de bison, c'est ce qui donne le goût à la vodka ? Sans la pisse, une vodka devient de l'alcool à patates imbuvable !

Je lui décochai un sourire franc. Je désignai son ordinateur, calé dans l'angle du salon. Des fenêtres s'ouvraient et se fermaient sur l'écran.

— Que télécharges-tu ?

— Des chansons en format MP3. Je grave mes propres albums, c'est beaucoup plus économique !

— Tu fais ça nuit et jour ?

— Le soir surtout. Il faut bien que je passe le temps… ça fait presque deux mois qu'ils retiennent Laurence à l'hôpital…

— Dès qu'elle rentrera à la maison, tu n'auras plus le temps de t'ennuyer !

— J'espère bien…

De retour de la cuisine, il coupa une metka et disposa les rondelles dans une petite coupelle de bois.

— Vous mangez avec moi, n'est-ce pas ? Riz et courgettes farcies, ça vous tente ?

— Un régal. Suzanne en préparait de temps en temps. Chaque fois que nous remontions dans le Nord, ma mère lui donnait des courgettes du jardin, des bombes à faire pâlir un artilleur ! Ces semaines-là, c'était soupe de courgettes, courgettes farcies, courgettes en papillote ou à la vapeur !

Sibersky jeta un œil à la fenêtre, sa Zywiec à la main.

— Vous vous rappelez, le curé voleur de troncs d'église ?

J'avalai une gorgée de travers et la mousse faillit me ressortir par les trous de nez.

— Oui ! Excellent ! Il m'était carrément sorti de la tête, celui-là ! Les mœurs nous avaient demandé de l'aide pour le violeur des églises et on avait, ou plutôt, tu avais, intercepté ce type-là parce qu'il s'était enfui en courant lorsqu'il nous avait vus. Le gars déguisé en curé pillait les troncs d'église ! Il grappillait à peine deux cents francs à chaque fois pour faire vivre sa famille ! Le pauvre type tombé au mauvais endroit au mauvais moment… Mais pourquoi donc me parles-tu de lui ?

Il s'envoya le reste de sa bière polonaise sans ciller.

— Ce gars-là, le pilleur de troncs d'église, c'est mon voisin depuis la semaine dernière. Il vient d'emménager avec sa femme et ses deux enfants.

— Tu rigoles ?

— Il est peintre en bâtiment.

— Et il t'a reconnu ?

Le lieutenant apporta un pack de six Zywiec fraîches et m'en proposa une nouvelle avant de se servir lui-même.

J'avais avalé la moitié de la metka et mon cholestérol devait monter en flèche. Sibersky continua.

— Plutôt deux fois qu'une. Vous auriez vu le regard terrorisé qu'il m'a lancé !

— Somme toute, c'était quand même un brave type… Mais la loi n'a pas d'états d'âme. Et nous représentons la loi…

Sibersky envoya une nouvelle œillade au travers du rideau.

— Dites-moi, commissaire, vous n'avez pas eu l'impression d'avoir été suivi avant d'arriver ici ?

Je posai ma bière sur la table basse Bali et glissai jusqu'à lui.

— Fais voir.

Sibersky bascula sur le côté tout en parlant.

— Le gars, dans la voiture, au bout de l'impasse… Je l'ai vu arriver en même temps que vous. Il vous a suivi tout à l'heure, puis est resté en bas un moment avant de retourner dans sa voiture. Il vous attend. Qu'est-ce qu'il vous veut ?

— Tu arrives à lire le numéro de la plaque ?

— Non, pas d'ici… Mais attendez, j'ai une paire de jumelles dans la chambre…

Lorsqu'il réapparut, il ne restait de la Zywiec qu'il avait emportée que la canette vide.

— Note le numéro ! m'enflammai-je. 2185 AYG 92 !

— Donnez-moi les jumelles !

Je les lui tendis.

— J'ai bien fait de vérifier ! Vos yeux vous jouent des tours… C'est 2186 et non pas 2185. 2186 AYG 92… Un lien avec l'affaire ?

— Disons que j'ai mis les pieds là où il ne fallait pas. Tu te souviens du tatouage sur Gad, BDSM4Y ?

— Bien sûr.

— C'est une société secrète composée d'espèces de tarés de la douleur. Une sorte de secte qui expérimente ses trouvailles sur des animaux ou des clochards.

Sibersky se bascula contre le mur.

— Le tueur en ferait partie ?

— Peut-être. Il y a moyen de sortir ailleurs que par le hall d'entrée ? Je compte bien le cueillir sur place.

— On peut appeler des renforts, non ?

— Pour quel motif ?

— Interpellation d'un suspect dans l'affaire…

— Tu penses… Non, il faut que je règle ça en tête à tête avec lui. J'ai ma petite idée pour lui faire cracher le morceau.

— Une idée à la couleur de votre poing ?

— Exactement… Alors ? Comment sort-on sans être vus ?

— Il faut monter sur le toit et passer à l'arrière par l'escalier de sécurité. Vous croyez qu'il est armé ?

— Tu as déjà vu une abeille sans dard ? Bien sûr que oui, il est armé…

Un croissant de lune nimbait d'argent les toits des appartements voisins. La température avait bien chuté depuis la semaine précédente et le vent frais venu du nord me glaçait le visage. L'escalier de métal à colimaçon nous déposa au rez-de-chaussée et nous longeâmes, dos courbé, une rangée de haies qui nous amena à une vingtaine de mètres du véhicule. Au travers des feuillages, on distinguait dans les nuances étamées de la nuit l'ombre du type qui gardait, semblait-il, un œil rivé vers les appartements. Il avait pris soin de se garer au bout de l'impasse, prêt pour la filature, à l'abri des lueurs franches des lampadaires qui éclaboussaient le bitume.

— On ne peut plus avancer, murmura Sibersky.

Pour l'atteindre, il faudrait sauter par-dessus la haie et se mettre à découvert.

Une grande grille perpendiculaire aux haies nous empêchait d'aller plus loin. Impossible d'approcher sans se faire repérer.

— Il faudrait le forcer à sortir… Tu as une solution ?

Sibersky posa un genou dans l'herbe, genre position du tireur d'élite, avant de secouer la tête.

— Non. Je ne vois pas…

— Merde ! Bon, on ne prend pas de risques. On remonte… On va le laisser mijoter… Allons manger ces courgettes farcies. J'en ai l'eau à la bouche.

— Mais… ?

— Ne discute pas ! Je l'attendrai de pied ferme ce soir, chez moi…

Le temps de cuisson idéal pour le pâté de merles est de trois heures. D'ailleurs, quand on veut s'assurer que la cuisson est terminée, on plante une aiguille dans le pâté qui doit ressortir nette.

Le type, dans la voiture, devait être aussi moelleux qu'un bon pâté de merles. L'interminable attente avait certainement porté ses nerfs à fleur de peau, ce qui, psychologiquement, me donnait un avantage sur lui.

Je repris donc la route aux alentours d'une heure du matin. Côté discrétion, mon poursuivant assurait remarquablement bien, le pinceau de ses phares ne se reflétant que rarement dans mon rétroviseur.

Pour ne pas changer mes habitudes, je rentrai ma voiture au sous-sol. La porte électronique du garage contraignit le poursuivant à rester à l'extérieur. À peine garé, je me ruai vers l'entrée, puis dans l'ascenseur. Une fois dans mon appartement, je défis le lit et glissai des oreillers sous les draps en moulant la forme d'un corps. Rapidement, j'en vins à me demander si je n'aurais pas mieux fait d'appeler du renfort, d'intercepter le type et de l'emmener pour interrogatoire. Mais cet interrogatoire-là, je voulais le conduire moi-même, ici, loin des lois, dans l'intimité de mon Glock pointé sur sa tempe.

Comme de coutume, je fermai la porte à clé pour éviter d'attirer les soupçons, pris une chaise que je plaquai contre le mur dans le coin de ma chambre et attendis, l'oreille tendue, que l'abruti tombât dans mes filets. Poupette me dardait son triste regard d'acier, certainement mécontente de ne pas parader en clôture de soirée. Le tour d'honneur serait pour plus tard…

Après une heure d'attente, je me surpris à parler avec la locomotive…

Trois heures du matin… Peut-être s'attelait-il juste à l'exercice de filature ? Peut-être l'intervention serait-elle pour plus tard, à un moment où je ne m'y attendrais pas ? Le tic-tac amer de l'horloge dans le hall d'entrée me tapait sur le système. Au travers des persiennes à demi baissées, des rais de lumière artificielle projetaient des cicatrices sur les murs de ma chambre, de notre chambre. Un voile de brume se posait sur mes rétines et j'en vins à me demander si je ne rêvais pas ou si la fatigue n'allait pas m'emporter dans son traîneau d'argent…

Lorsque la sonnerie de mon portable déchira la toile tendue du silence, je crus que les battements de mon cœur allaient me crever la poitrine. Je sautai sur l'appareil et, à l'autre bout de la ligne, je n'entendis qu'un râle étranglé. L'écran à cristaux liquides indiquait le nom de Sibersky.

— Sibersky ! Qu'est-ce qui se passe ? Parle, bon Dieu !

Souffle taraudé au bout du fil, puis plus rien.

Je composai le numéro du SAMU tout en me propulsant dans l'ascenseur.

Jamais, de toute ma vie, je ne mis si peu de temps pour parcourir quinze kilomètres en banlieue parisienne. J'ignorai les feux tricolores, les lignes blanches, les panneaux de signalisation. La phrase prononcée par la femme de Sibersky trottait dans ma tête et je priais, priais de tout mon saoul pour que… *Prenez soin de lui, nous formons une famille… Prenez soin de lui, nous formons une famille…*

Lumière éteinte dans son appartement, au second. Je chevauchai les volées de marches dans un rythme à m'éclater les artères et les poumons. L'ambulance n'était pas encore arrivée. Aucun verrou ne retenait la porte, alors j'ouvris d'un coup sec. D'un mouvement circulaire de Glock, je balayai l'entrée, me précipitai dans la cuisine, puis dans la chambre.

Je le découvris, gisant sur le sol, sa main ensanglantée repliée autour de son téléphone portable. Des bulles de salive s'écoulaient de sa bouche ouverte, ses pupilles fixaient le plafond. Je ne sus pas qui remercier lorsque je perçus la palpitation de son cœur au bout de mes doigts. Pouls régulier, respiration cadencée. Je glissai doucement une main derrière sa nuque et un filet de sang s'évada de sa narine droite. Ils l'avaient arrangé au point de rendre son visage quasi méconnaissable, mais ils l'avaient laissé en vie, de plein gré. Je retournai son armoire à pharmacie, accrochée dans les toilettes, en extrayai de l'eau oxygénée, du Dakin, des bandages. L'odeur de l'antiseptique le fit revenir à lui.

— N'essaie pas de parler, lui ordonnai-je. Les secours vont arriver dans quelques instants…

Je lui passai de l'eau fraîche sur le front.

Ça va aller…

Trois hommes, blousons siglés SAMU, se présentèrent cinq minutes après.

— Il est salement amoché, leur annonçai-je, mais il est en vie.

L'un d'entre eux posa un masque à oxygène sur le visage et ballonna.

— La gorge est gonflée, mais ça passe… Pouls de quatre-vingts. T.A. de 12-8. Mais qu'est-ce qui s'est passé ?

— Il s'est fait agresser.

Sibersky m'agrippa le poignet, chassa le masque de l'autre main et souffla :

— Deux… Ils m'ont surpris… dans mon sommeil… pas vu leurs visages… des cagoules noires… Donnez-moi quelque chose… J'ai mal… la mâchoire…

— En route ! lança un urgentiste.

En sortant, j'appelai le commissariat local tout en examinant la serrure. Rien n'avait été forcé…

J'obtins la permission de m'installer à ses côtés, à l'arrière du véhicule, pour accompagner Sibersky à l'hôpital.

— Qu'est-ce que ces gars voulaient ? Pourquoi l'agression ? Des voleurs ?

Il articulait difficilement au travers de ses lèvres boursouflées, mais les sons sortaient audibles.

— Ils m'ont… demandé pourquoi… on venait mettre le nez dans… leurs affaires… C'était… un avertissement… J'ai peur… commissaire… J'ai peur pour ma femme et mon fils…

Les pulsations cardiaques indiquèrent le nombre de

cent cinquante sur l'électrocardiogramme. Le médecin me fit signe d'y aller doucement.

— Que t'ont-ils dit d'autre ?

— Rien… Je… leur ai demandé s'ils savaient… que les bisons pissent sur l'herbe à vodka… (Il m'adressa un sourire empourpré du sang des gencives.) Alors… ils m'ont salement amoché…

— Tu as pu remarquer quelque chose ?

— Il faisait noir… Et ils m'envoyaient le faisceau de leur lampe… dans les yeux…

— Comment sont-ils entrés chez toi ?

— Pas fermé la porte à clé… après votre départ…

Il me prit la main et la serra avec le peu de forces qu'il lui restait.

— Ne dites rien… à ma femme… Pas cette nuit… Laissez-la dormir en paix, avec… le petit… Charlie…

Prenez soin de lui, nous formons une famille... Prenez soin de lui, nous formons une famille...

— Je te le promets… J'irai la voir demain matin…

Il finit par fermer les yeux, laissant les sédatifs légers l'emmener loin de ce monde pourri.

Les radiographies ne révélèrent aucune fracture. Le nez avait tenu le choc, l'os ayant déjà été brisé dans la jeunesse du lieutenant. Seule la mâchoire inférieure avait réellement morflé, avec deux dents cassées et des gencives dans un sale état. Une fois hors de la salle de suture, il fut placé dans une chambre particulière et je tuai la nuit à ses côtés, bouillonnant de haine…

La tâche d'annoncer la nouvelle à sa femme ne s'avérait pas des plus simples, mais je tenais à le faire moi-même. Quand je pénétrai dans la chambre de maternité, à sept heures du matin, elle comprit sur-le-champ. Elle s'embrasa de pleurs, envisageant le pire d'emblée.

Le bébé frémit, puis se rendormit calmement dans son petit lit à roulettes, aux côtés de sa mère. Instinctivement, il se mit à téter.

— David va bien… Ne vous mettez pas dans cet état…

— Que… Que…

— Il a été agressé cette nuit, à votre domicile. On l'a emmené aux urgences et, à présent, il est réveillé. Je vous laisse le soin de vous préparer et je vous conduis à lui. Il se repose dans l'aile des soins intensifs. Vous pouvez prendre le petit avec, son père sera heureux de le voir…

Elle ne m'adressa qu'un mot, sur un ton qui aurait fendu en deux un iceberg.

— Pourquoi ?

— C'est une longue histoire… Je vous raconterai, dès que vous serez habillée…

Chapitre onze

À présent, il me fallait des réponses. Et vite. Au 36, je fonçai dans le bureau de Delhaie, l'inspecteur à qui j'avais demandé de disséquer le listing des étudiants de l'enseignante agressée. De toute évidence, il n'avait, lui non plus, pas fermé l'œil de la nuit. Suite à ma requête, Rémi Foulon, le patron de l'OCDIP, lui avait laissé libre accès au fichier des abonnés téléphoniques.

— Commissaire, j'ai fini il y a à peine une demi-heure. Quatre cent soixante-dix élèves, quatre cent soixante-dix recherches dans le fichier…

— Et alors, qu'est-ce que ça a donné ?

— Sur les quatre cent soixante-dix élèves, deux cent soixante-douze possèdent une ligne Internet classique ; cent cinq, une ligne haut débit. On aurait dû s'en douter, puisque l'école dispense les nouvelles technologies.

— Bon sang ! Si l'on ne compte que les garçons, ça nous ramène à combien ?

— Il n'y a que cinquante-quatre filles en tout et pour tout, à l'ESMP. Je n'ai pas fait la distinction, mais ça ne doit pas enlever grand-chose… Nous ne sommes pas très avancés, n'est-ce pas ?

— Tu as regardé aussi par rapport à la localisation géographique ? Quels sont ceux qui habitent dans le coin de Violaine ?

— Je n'ai pas eu le temps…

— Continue, alors ! Il faut en éliminer le plus possible, ou on ne s'en sortira pas… Après, tu passeras à la piscine de Villeneuve-Saint-Georges. Interroge le personnel, vois s'ils ont la liste de leurs abonnés stockée informatiquement quelque part. Et recoupe les informations. L'agresseur fait forcément partie de l'environnement quotidien de Violaine… Ah ! Autre chose… Tu photocopies le listing des étudiants et tu le distribues à Jumont, Picard et Flament. Tu me sors la liste des bibliothèques situées dans le quartier de l'école d'électronique et tu y envoies les inspecteurs. Qu'ils vérifient si ces étudiants n'y disposent pas de carte d'abonnement et, au cas où, qu'ils épluchent leurs lectures… Comme dit Williams, l'agresseur a forcément puisé son inspiration quelque part… Bien compris ?

— OK, commissaire… Mais pour ce genre de boulot, mieux vaudrait le listing informatique plutôt que le listing papier. J'ai un logiciel de comparaison de fichiers ; comme les bibliothèques sont équipées informatiquement, ce serait quasiment instantané pour la comparaison et pour savoir qui emprunte quoi…

— Très bien, je vais donner un coup de fil à l'école pour qu'ils t'envoient le fichier par mail…

— Dites, je peux quand même rentrer chez moi me changer ? Je sens le merlan pas frais.

— Fais d'abord ce que je te dis et après, tu auras tout le loisir de rentrer chez toi…

* * *

Le gérant de l'agence de location s'emplissait la panse de chips au moment où j'arrivai. Il dissimula maladroitement le paquet sous son bureau, comme un gosse. Je posai ma carte devant moi, entre ses mains grasses.

— J'ai de petites questions à vous poser. Quelqu'un a loué chez vous une voiture immatriculée 2186 AYG 92. J'aimerais que vous me disiez de qui il s'agit.

— Une minute... (Clic de souris, battement du disque dur, résultat.) Un certain Jean Moulin.

— Ben voyons... Vous demandez une pièce d'identité lorsque vous louez une voiture ?

— Bien entendu ! Le permis de conduire ! C'est la moindre des choses pour conduire une voiture, non ? Je fais toujours une photocopie...

— Montrez-la-moi.

Il fouilla dans une bannette.

— Le client a souhaité reprendre sa photocopie une fois qu'il m'a restitué le véhicule. J'ai l'habitude de ce genre de demande, alors, par prudence, je fais toujours deux photocopies. J'aime garder une trace de mes clients. Ça trouve toujours son utilité...

Il me tendit la photocopie couleur, puis picora du bout des doigts les miettes de chips semées sur son pull.

— Quand vous a-t-il rapporté la voiture ?

— Ce matin...

— Attendez... Je passe un coup de fil...

Après avoir raccroché, je balançai la photocopie sur la table.

— Il vous a montré un faux permis de conduire !

— Comment ça ?

— Le numéro sur douze chiffres, indiqué au bas du permis, n'existe pas dans le fichier.

— Merde !

— Comme vous dites…

— Le permis est peut-être faux, mais la photo, c'est bien la sienne, et récente en plus. C'est la seule chose que je regarde quand on me présente un permis et j'ai l'œil.

— Oui. Vous avez un sacré œil… Il vous a réglé de quelle façon ?

— En liquide.

— Évidemment… Je peux voir la voiture ?

— Ça va être difficile, un client vient de la louer il y a tout juste une heure… Retour du véhicule à la fin de la semaine.

Les forces de la malchance s'étaient liguées contre moi. Un jour sans, comme on dit… Pas tout à fait… Je possédais la photo, mon arme dans son holster et je savais à qui aller rendre une petite visite…

Des élans rageurs me faisaient avancer à l'intuition, reléguant la réflexion au second plan. Si Suzanne s'accrochait encore à la vie, son temps était compté et je devais donc agir vite, même au prix du sang.

Lorsque la trappe du Pleasure & Pain grinça, je fourrai le bras dans l'encadrement, attrapai la nuque de Face-de-Cuir d'une main, lui collant, de l'autre, le canon de mon Glock dans la narine droite. Sans son masque, j'avais, devant moi, le regard chargé de surprise d'un monsieur Tout-le-Monde.

— Fais le malin, face de pet, et je t'explose la cervelle ! Tu ouvres maintenant et ne bouge pas la tête !

Il s'exécuta et, dès que le verrou fut ôté, j'envoyai un coup de pied monumental dans la porte, dont le battant lui percuta d'abord le nez, puis le front.

La Chatte, qui rangeait des bouteilles derrière son bar, leva les mains. Elle miaula :

— Qu'est-ce que tu nous veux, coco ? On n'est pas ouvert, tu sais ?

— Tu fermes ta gueule !

J'attrapai Face-de-Cuir par l'encolure de son pull-over et lui plaquai la joue contre le bar.

— Qui a envoyé ces types ?

— Va te faire foutre !

Je lui levai la tête par les cheveux et la fracassai contre le zinc deux fois de suite. L'arcade sourcilière s'ouvrit comme un fruit trop mûr. « Je dois répéter ? » La Chatte tenta de me casser une bouteille sur le crâne, mais avant qu'elle n'abattît son bras, j'explosai le litre de gin d'une balle. Elle tressaillit lorsque je pointai le canon contre son front. Je jetai la photocopie du permis de conduire sur le comptoir devant les yeux hagards et désormais franchement moins malins de Face-de-Cuir.

— J'te laisse dix secondes pour me dire de qui il s'agit. Après, j'flingue la pute !

— Tu le f'ras pas ! Tu le f'ras pas !

Mon coup de crosse lui cassa deux dents.

— Putain, t'es un taré ! hurla la fille.

— Cinq secondes !

— Fous-lui la paix ! Laisse mon mec, enculé !

— Trois secondes…

— C'est bon ! céda-t-elle d'une voix sertie de colère.

— Ferme ta gueule ! Il le f'ra pas, j'te dis ! beugla le gros tas en postillonnant des gouttes de sang.

Elle gloussa :

— Je ne connais pas le nom de ce type, mais je sais qu'il vient ici presque tous les soirs. Alors maintenant, tu te casses, OK ?

— À quelle heure ?

— J'sais pas moi, bordel ! Il se pointe vers 23 h 00 !

Je renforçai mon étreinte sur le cou de Face-de-Cuir. Il respirait comme un taureau. Tout en maintenant ma clé d'immobilisation, je dis :

— Parle-moi de BDSM4Y…

Son teint de lait caillé devint blanc-cadavre. Je lui passai les menottes et flanquai sa charpente graisseuse dans un coin. Dans son mouvement de chute, il se cogna la tête contre un mur.

— Fils de pute ! cracha-t-il.

— Parle ! lançai-je à Miss Latex.

— Connais pas…

Je me dirigeai vers Face-de-Cuir.

— On recommence le jeu ?

— C'est la vérité ! Personne ne les connaît ! Ils n'existent pas !

— Les types qui ont agressé mon collègue étaient pourtant bien réels !

— On n'est pas mêlés à ça ! bava-t-il. On veut pas d'emmerdes. Ces tarés-là, moins on en parle, mieux on se porte…

— Il ne te ment pas, ajouta la Chatte. Il ne faut pas jouer avec eux. Ils sont puissants, nulle part et partout à la fois… On ne sait absolument rien… On a un commerce nous, ici. Alors, nous fous pas dans la merde !

— Mets-toi à poil et toi aussi ! ordonnai-je en assistant mes propos de rapides mouvements de Glock.

— Je fais comment avec les menottes, tête de nœud ?

Je lui ôtai ses entraves. Ils obtempérèrent, trouvant encore le moyen de prendre du plaisir dans l'acte. La Chatte éprouva toutes les difficultés pour se débarrasser de sa seconde peau. Pire qu'un serpent qui mue. Les deux corps dénudés présentaient des tatouages sur le corps, mais pas de traces de BDSM4Y.

— C'est bon, rhabillez-vous !

Je m'adressai à Face-de-Cuir.

— Dis-moi, c'est bien toi qui nous as poursuivis Fripette et moi, l'autre nuit ?

— Exact. Mais il fallait pas paniquer comme ça ! C'était juste pour te faire peur. On n'aime pas les intrus ici, encore moins ceux qui fouinent.

— Rends-moi mes papiers.

— Quels papiers ?

Je brandis ma crosse. Il hurla, les deux mains devant le visage :

— J'te promets ! J'ai pas tes papiers !

Il se replia en boule sur le sol.

— J'les ai pas tes papiers, bordel !

— Lève-toi… C'est bon…

Il me parut sincère. Après tout, ces deux-là n'étaient que des commerçants du sexe. Par pure curiosité, je leur posai la question :

— Pourquoi vous faites ça ? Ce bar ? Ces backrooms sordides ?

La fille vint poser une serviette humide sur l'arcade de celui qui semblait être son compagnon.

— Mais pour le fric, mon gars ! Tu peux pas imaginer le blé qu'on se fait avec tous ces tarés ! Nous, on joue le jeu, c'est tout, mais ça reste uniquement une question de blé. Eux, ils prennent un pied fou quand ils viennent ici, tous autant qu'ils sont, maîtres et esclaves. Où est le problème ?

— Je risque de venir faire un petit tour cette nuit. Pas d'embrouilles, surtout. J'espère que notre ami commun sera là, parce que, dans le cas contraire, je crois que je vais vraiment m'énerver !

— Faudra que tu règles tes affaires dehors, répliqua la femme. T'entres pas ici, on ne veut pas d'emmerdes. Alors planque-toi dans la rue, fais ce que tu veux, mais t'entres plus ici. OK, on ferme notre gueule. Le type viendra ce soir. T'as la photo, tu lui tombes dessus avant qu'il n'entre, mais tu nous mets pas le boxon ? Ça te va comme deal ?

— Ça me paraît honnête… Ne me mettez pas de bâtons dans les roues… Ou alors je reviendrai et ça pourrait faire très mal…

Je disparus en claquant la porte derrière moi.

* * *

Je profitai de l'heure de midi pour avaler rapidement un club-sandwich, installé dans le vieux fauteuil de cuir qui traînait dans un coin de mon bureau. Je l'avais acheté à une brocante et son état de vétusté avait provoqué les foudres de Suzanne, qui avait refusé que j'installe un laboure-fesses dans le salon. Du coup, il avait fini ici, à mes côtés, dans ce bâtiment aussi vieux que le siècle passé. Mon esprit s'apprêtait à voguer sur les flots bleus du sommeil, quand Crombez entra, les coudes calés dans des béquilles.

— Alors, tu t'habitues ? lui demandai-je en désignant les béquilles d'un coup de tête.

— Il faut bien. Chaque fois que je me déplace,

j'ai l'air d'un type qui a envie de pisser à mort mais qui ne peut pas ! (Il tendit un sourire qui s'estompa aussitôt.) Je viens au rapport…

— Tiens, prends ma place.

— Si je m'assieds là-dedans, je ne pourrai jamais me relever, constata-t-il avec justesse. On dirait une trappe à souris en cuir. Ça va aller, je reste debout. Vous avez l'air dans un état pire que le mien. Les poches sous vos yeux ressemblent aux sacoches du vélo de ma mère…

Il posa son fessier sur mon bureau.

— Concernant Compiègne, tout a cramé, il ne reste qu'un tas de cendres. On n'a retrouvé que les os carbonisés de votre voisine… Rien n'est exploitable. Seule la cave a été épargnée, avec toutes ces bêtes empaillées… Par contre, le SEFTI est enfin sur une piste !

— Raconte !

— Les webcams étaient reliées à une ligne téléphonique. À partir de là, ils ont remonté jusqu'au fournisseur d'accès de Marival. Elle y hébergeait son site. Via la ligne téléphonique, les images des webcams étaient déposées sur Internet.

— Tu as pu aller sur le site ?

— Vous vous doutez bien ! C'est une page personnelle comp…

Je l'interrompis et me dirigeai vers mon ordinateur portable.

— Montre-moi !

Il tapa *http://10.56.52.14/private*.

Une page se dessina à l'écran, avec des liens, des encarts de texte, de petites animations.

Crombez reprit :

— Chaque lien représente l'une des pièces de sa maison. Bien entendu, cela ne fonctionne plus, puisque le courant a été coupé ; par conséquent, le flux d'images, de son domicile vers le fournisseur d'accès, a été interrompu. Le site dispose aussi d'un forum, d'un *chat* où les internautes peuvent dialoguer en direct et de diverses pages personnelles où Marival exposait ses idées et postait des messages.

Je cliquai aux endroits qu'il m'indiquait.

Il poursuivit.

— Marival n'était pas boulimique, comme l'avait annoncé Dead Alive, mais elle se nourrissait extrêmement mal. Que des trucs gras ou sucrés, qui font qu'elle grossissait régulièrement. Voici une photo d'elle, il y a moins d'un an…

Il me prit la souris des mains et cliqua sur une icône. Une autre fenêtre s'ouvrit. Mes yeux s'écarquillèrent.

— Sainte Marie ! Mais elle devait bien peser…

— Quatre-vingt-treize kilos exactement. Elle l'a indiqué dans le texte sous la photo… Difficile à comparer avec le squelette retrouvé dans l'abattoir, à peine plus lourd qu'un sac de pommes de terre… Vous imaginez l'énergie déployée par le tueur pour la maintenir en vie plus de cinquante jours ? Pour l'amaigrir à ce point, en la nettoyant régulièrement, l'hydratant au strict minimum ?

— Sans oublier que ça ne l'a pas empêché de s'occuper de Prieur…

— Le dernier fichier transmis sur le serveur Web date exactement de cinquante-quatre jours, date probable de l'enlèvement.

Il ferma la fenêtre, tapa une autre adresse dans le navigateur principal, y saisit un identifiant et un mot de passe à l'invite. Il poursuivit :

— Et maintenant, voici sa boîte aux lettres.

— Tu as l'air de t'y connaître autant que Sibersky ! Je ne suis plus dans l'air du temps ou quoi ?

— Mon frère a toujours été un mordu d'informatique. Lorsque nous étions à la maison, plus jeunes, il m'a appris pas mal de choses… Disons que je me débrouille et que je suis abonné à quelques revues… Voilà… Tous les messages qu'elle n'a pas supprimés sont là. J'en ai lu un paquet… Et devinez qui se distingue dans son carnet d'adresses ?

— Prieur ?

— Exactement ! *martine.prieur@octogone.com.*

— De quoi discutaient-elles ?

— À votre avis ?

— Sadomasochisme ?

— Dans le mille. Tortures sexuelles, ligotage, fétichisme, bref, toute la panoplie de la parfaite dominatrice. D'après ce que j'ai pu lire, toutes les deux entretenaient des relations purement virtuelles avec de nombreux partenaires… L'ère moderne de l'Internet…

Il dirigea la petite flèche de la souris vers le dossier *Personnel*, puis *contacts*. Une liste sans fin de pseudonymes se déroula.

— Voilà tout le beau monde avec qui elle discutait. Des relations purement fantasmagoriques. Avec ses webcams, elle rendait apparemment ces types fous, ils devaient se branler en masse devant leurs ordinateurs à chaque fois qu'elle se mettait à poil, en dépit de son poids. Les propos échangés sont obscènes… Elle parle aussi très longuement des tortures infligées à ces animaux que nous avons retrouvés à la cave. Vous aviez vu juste, commissaire…

— Sur quel point ?

— Marival n'était pas une sainte.

Je déplaçai le curseur qui se transformait en petite main chaque fois que je survolais un message.

— Tu crois que le tueur pourrait faire partie de ces types ?

— Possible. En tout cas, ce site a dû fortement l'aider pour préparer son coup. Comment mieux connaître les habitudes d'une femme qu'en l'observant jour et nuit par caméra interposée ?

Il piégeait ses victimes en se servant de la Toile. Il connaissait les secrets de leurs vies, de leurs fréquentations, de leurs plannings.

Peut-être avait-il entretenu des relations purement virtuelles avec Gad, Prieur, Marival ? Il avait obtenu d'elles des aveux, d'intimes confessions et il les avait ensuite punies parce qu'elles vivaient dans le péché, dans la déchéance, dans un monde sali par le regard d'autrui.

L'Homme sans visage ne supportait pas le vice, alors il l'appliquait lui-même pour sanctionner son prochain, comme un justicier. Il les torturait, les tuait, puis effaçait les données de leurs ordinateurs pour gommer les traces.

Je me décrochai du fer chaud de mes pensées et dictai à Crombez :

— Il va falloir que tu m'épluches ces messages au microscope. Je vais essayer d'en lire un maximum aussi, mais j'ai quelques affaires à régler auparavant. Colle deux ou trois personnes dessus.

— Très bien. Mais le SEFTI est déjà très actif. Ils doivent récupérer le disque dur chez l'hébergeur pour analyser toutes les données qu'il contient.

— OK. Nous avançons enfin… A-t-on relevé des marques à l'endroit où était embusquée la voiture ?

— Oui. Les empreintes ont été moulées puis remontées au labo. Dessin et largeur des pneus classiques. Aucune trace de peinture relevée dans les environs. Au fait, il y avait bien une petite route qui menait directement à la demeure... Mais nous sommes arrivés par l'autre côté, le mauvais. Désolé pour vos chaussures...

— Laisse tomber... Tu as interrogé les parents ou l'entourage de Marival ?

Crombez agita son bras engourdi et fit rouler sa tête pour détendre les muscles de son cou.

— Elle n'avait pas beaucoup de famille. Sa mère n'a pas voulu s'occuper d'elle à la naissance et son père a fichu le camp... Alors ce sont ses grands-parents qui ont pris le relais. Mais les vieux ne la voyaient plus beaucoup. Marival était une femme très renfermée, solitaire, Petite, elle restait souvent cloîtrée dans sa chambre à disséquer des insectes, raconte le patriarche. Elle avait toujours voulu faire médecine...

— Et pourquoi n'est-elle pas allée au bout ?

— Ses résultats... Elle était incapable d'apprendre... Elle a tenu trois ans parce qu'elle obtenait de bonnes notes lors des travaux pratiques, probablement aidée par Prieur. Quand Prieur a fichu le camp, ses notes sont devenues catastrophiques... Alors son grand-père a pris sa préretraite pour lui laisser sa place dans cet endroit maudit...

L'histoire, à présent, se fondait dans un moule logique. Élisabeth avait raison. Le tueur retrouvait, grâce à Internet, celles qui propageaient la douleur et leur infligeait le même sort, sous l'égide de Dieu. Je songeai aussi à Julie Violaine, l'enseignante, qui débarquait au milieu de ce beau merdier comme un cheveu sur la soupe. Quel rôle pouvait-elle bien tenir dans l'histoire ?

Une fille à l'apparence nunuche ne disposant même pas d'un accès Internet, loin, si loin de Prieur ou de Gad…

Mon portable vibra. Je décrochai…

— Tu penses à moi, mon ami ?

Je me ruai derrière mon bureau, récupérai un dictaphone dans mon tiroir et le déclenchai aussitôt, tandis que Crombez s'approchait de moi, tendant l'oreille. Je lui fis signe de déguerpir et je fermai la porte.

— Qu'est-ce que tu as fait à ma femme ?

Voix de vieil homme défilant au ralenti.

— Je vois que tu as bien reçu mon petit message dans le parking. Tu es très perspicace…

— Dis-moi si elle est toujours en vie !

— C'est moi qui donne les ordres, fils de pute ! Ne me dicte pas ce que je dois faire !

— Dis-moi juste…

Il raccrocha.

— Merde ! »

L'envie me prit de projeter mon portable sur le mur mais je me retins au dernier moment. Avais-je bousillé les chances qu'il m'appelle à nouveau ? Je me mis à user le parquet d'allers et retours silencieux durant lesquels, j'en étais persuadé, ma tension nerveuse aurait explosé n'importe quel tensiomètre.

Je devais adopter une approche différente. Il souhaitait parler, mais uniquement de ce qu'il avait décidé. Il fallait lui donner cette impression de domination qu'il souhaitait ressentir. Chaque mot, chaque phrase, sa façon de communiquer, ses intonations, même au travers du truqueur de voix, constituaient des indices importants. Le temps s'écoula… un millénaire… avant que la sonnerie ne me percutât à nouveau le tympan.

— Estime-toi heureux que je te rappelle ! Encore

un coup comme ça et tu n'entendras parler de moi que par cadavres interposés. Compris ?

— J'ai compris.

— Encore une fois, nos chemins, nos destins se sont croisés, avec une légère avance pour moi cependant. Comment se fait-il que tu arrives toujours derrière ?

— Je… Je ne sais pas… Il y a bien un jour où nous allons enfin nous rencontrer…

— Mais moi, je t'ai déjà rencontré ! Tu aurais déjà oublié l'abattoir ?

— Non, bien sûr que non… Je voudrais juste te voir en face de moi, en chair et en os. Découvrir ton vrai visage, découvrir qui tu es réellement, découvrir qui se cache derrière ces actes abominables.

Sons de canard enroué.

— Abominables ? Et c'est moi que tu traites de bourreau ? Qui es-tu, pour oser me dire ça, à moi ? Pour qui te prends-tu ?

— Je suis celui qui te traque, celui qui va hanter tes nuits jusqu'à la fin des temps. Je ne te lâcherai jamais !

— Je ne sais pas qui hante les nuits de l'autre, mais je dois t'avouer que je n'ai pas beaucoup pensé à toi ces derniers temps. J'étais un peu occupé, si tu vois ce que je veux dire.

— Non. Je ne vois pas. Explique-moi.

— Cesse de faire le malin ! Tu en as pensé quoi, du coup de la vieille Noire ? Pas mal, non ?

— J'ai compris pourquoi cette femme te faisait si peur. Mais cette fois, c'est toi qui es arrivé trop tard.

Percée du silence. Franges d'hésitations. Changement de voix, plus grave encore. Un pavé qui coule.

— Pourquoi ? Dis-moi pourquoi ?

— Tu lui as découpé le cerveau parce que tu ne comprenais pas l'origine de sa connaissance. Qu'espérais-tu découvrir à l'intérieur de son crâne ? Une explication ?

— C'est moi qui pose les questions ! Que sais-tu que j'ignore ?

— Beaucoup de choses. Parle-moi de ma femme, et je te dirai ce que tu veux entendre.

Silence. Puis…

— Tu bluffes, bava la voix. Crois-tu en Dieu ?

— Pas réellement. On ne peut pas dire que Dieu me soit d'un grand secours.

— Et au Diable ? Dis-moi si tu crois au Diable !

— Pas plus qu'à Dieu.

— Tu devrais, pourtant… Au fait, tu veux que je te parle de ta femme ? De ta pute de femme ? Si ça peut te rassurer, elle est en vie, mais je crois que si je te racontais ce que je lui fais, tu préférerais qu'elle soit morte…

Je fus incapable de dire si j'éprouvais de la peine ou du soulagement. Je le savais, j'avais toujours su que Suzanne se trouvait encore en vie, mais l'annonce qu'il me fit eut le même effet qu'un poignard planté depuis longtemps dans la chair et tourné pour agrandir la plaie. La voix reprit, une octave plus basse.

— Je te trouve bien silencieux d'un coup ? Tu ne veux pas savoir pour ta femme ?

— Je… Je ne suis pas sûr…

— Eh bien, je vais te raconter un peu. Je la viole tous les jours. Un peu réticente au début, mais maintenant ça va mieux, beaucoup mieux. Tu ne peux pas savoir combien les gens sont conciliants pour peu qu'on leur fasse mal…

— Espèce de fumier ! Je te tuerai !

Long, très long rire.

— Mais la mort ne représente rien ! Crois-tu que ma

mort ramènera à la vie toutes celles qui sont passées entre mes mains ? As-tu pu imaginer une seule seconde ce qu'ont enduré ces femmes ? Et tu crois que ma mort pourra rattraper tout ça ? Tu es impuissant, vous l'êtes tous ! Tu ne peux rien contre moi, absolument rien ! Et maintenant, je vais aller m'envoyer ta pute ! Après, j'aviserai… Je finirai peut-être par m'en débarrasser… Elle me monopolise un peu trop de temps… Mais ne t'inquiète pas, avant qu'elle meure, je lui pardonnerai…

Plus rien… Je m'écrasai dans le vieux fauteuil, rembobinai le dictaphone et repassai la bande, encore, encore et encore. Suzanne vivante… survivante… Je fis tout pour penser à autre chose, pour ne pas imaginer les terribles châtiments qu'il lui infligeait quotidiennement… *Je la viole tous les jours…* Puis vinrent à nouveau à moi ces odeurs d'eau croupissante, ces images vertes de marécages, brouillées par les bruissements des ailes de moustiques… *Ta pute de femme…* J'avais l'impression que ma tête gonflait de l'intérieur, que ma cervelle allait presser les os du crâne jusqu'à tout faire exploser. Je m'imprégnais de chacune des phrases qu'il avait prononcées… *je crois que si je te disais ce que je lui fais, tu préférerais qu'elle soit morte…*

Je sortis mon Glock de son holster, le tournai contre moi une première fois pour ressentir l'effet d'un canon sur ma tempe, puis le dirigeai vers le sol. Je recommençai avec cette fois le doigt sur la détente et le cran de sécurité défait. Je m'apprêtai à appuyer. Il manquait quoi ? Une impulsion nerveuse, un ordre du cerveau ? Je guettai l'ordre, je le sentis se bloquer quelque part en moi, sans définir précisément où. Dans le bas de la poitrine, dans la gorge, au cœur ? Où ? Je vis mon doigt remuer, faiblement, mais il manquait l'influx nécessaire.

Lentement, je posai l'arme sur le sol, à mes pieds, et me mis à attendre l'instant où mon corps tout entier se braquerait contre moi, jusqu'à ce que j'accomplisse le geste fatal. Mais ce moment ne vint pas et la vie s'offrit à nouveau à moi, victorieuse, horrible à regarder…

Je me haïssais, je haïssais le monde…

Quelques minutes plus tard, Leclerc débarqua dans mon bureau et m'arracha le dictaphone des mains.

* * *

Je le vis rappliquer, rue Greneta, à 22 h 35. Le type au faux permis, celui qui m'avait filé alors que Sibersky se faisait démolir le portrait… Il portait un sac à dos, un pull à col roulé et un pantalon de flanelle avec des souliers vernis. Les pinceaux lumineux des lampadaires découpaient les traits de son visage en froissures de papier, mais je le reconnus à sa coupe de cheveux ou, plutôt, à l'absence de coupe, puisqu'il avait rassemblé ses longs cheveux vers l'arrière avec un élastique, comme sur la photo du permis de conduire.

À ce moment, rien ni personne n'aurait pu m'empêcher de lui tomber dessus, de lui envoyer un coup de crosse sur l'arrière du crâne et de le compresser dans le coffre de ma voiture. Donc je m'exécutai, puis démarrai en trombe, pneus crissant, et l'emmenai au fond du parking sous-terrain de mon immeuble. Je l'arrachai du coffre par sa queue-de-cheval et, lorsqu'il hurla de douleur, lui allongeai mon poing sur le nez. Je le projetai contre le mur et le choc entre sa colonne vertébrale et le béton le cloua au sol. Le faisceau de ma lampe fit luire le sang qui perlait de ses narines et venait mourir sur ses lèvres.

— Mais… Qu'est… Qui êtes-vous ?

— Pourquoi tu m'as suivi hier ?

Il frotta la généreuse coulée sanguine avec la manche de son pull-over.

— Vous… Vous êtes cinglé… Je… ne vous connais pas…

Je lui envoyai un revers de main dont l'écho rappela un claquement de pétard.

— Arrêtez ! Je… vous préviens… Je suis… avocat… Vous… allez avoir de gros problèmes…

— T'es avocat ? T'es avocat, fils de pute ?

Je pressai le canon de mon Glock contre sa tempe, tout en lui serrant la gorge jusqu'à l'empêcher de respirer. Un râle fade s'évada de sa bouche.

— Tu parles ! Ou je t'explose la tête ! Parle ! Parle !!!

— Je… Je ne sais rien… C'est la vérité ! Arrêtez, je vous en prie ! On m'a juste demandé de vous suivre !

— Qui ?

Il gloussait. Le sang n'arrêtait plus de pisser. Un fleuve…

— J'en sais rien ! Je vous le jure ! Ce sont eux qui prennent contact avec moi chaque fois ! Je ne les ai jamais vus !

— Qui ça, eux ? Accouche !

— Les maîtres du groupe… Ceux qui ordonnent, ceux qui organisent…

— J'attends !

— Je ne suis qu'un initié… Ils m'ont accepté dans leur société parce que je fréquente depuis plusieurs années les milieux SM…

— Avec un penchant particulier pour la douleur, n'est-ce pas, fumier ?

L'intensité du rayon lumineux le contraignit à tourner la tête.

— Oui… Mais il n'y a rien de mal… Les femmes sont consentantes… Nous le sommes tous…

— Et tuer des animaux ? Torturer des prostituées ou des clochards et leur filer du pognon pour qu'ils la ferment, tu appelles ça comment ?

— Je… Je ne suis pas au courant…

Quand il constata la hargne avec laquelle je brandissais le bras, il lâcha prise.

— Je n'ai assisté qu'une fois à ce genre de réunion… Il y a un mois… ça s'est déroulé dans un centre de vacances fermé… En pleine forêt d'Olhain, dans le nord de la France, à deux cents kilomètres d'ici… Ils… Ils avaient ramené un vagabond… Un pauvre type, une épave ramassée quelque part, prête à tout pour gagner du fric… Le rendez-vous était fixé dans les bois, en pleine nuit… Nous… nous ne nous connaissons quasiment pas les uns les autres… Nous restons toujours masqués, seuls certains prennent la parole… Je.. Je n'ai fait qu'assister… ! Pitié… Laissez-moi partir…

— Qu'est-ce que vous lui avez fait ?

Il se mit à gémir.

— Réponds !

— Ils l'ont sédaté pour le calmer, puis ils l'ont sanglé à une table. Ils lui ont administré un anesthésique local, au niveau de la gorge, pour l'empêcher de crier ou d'émettre des sons. Puis ils ont commencé à lui entailler la chair… Ils… Il doit y avoir des médecins, des chirurgiens, des infirmiers dans le groupe… Ce n'est pas possible autrement… Ils avaient tout le matériel, les médicaments pour éviter les saignements… Chaque fois qu'ils entaillaient, ils recousaient derrière, à vif… Le… le clochard hurlait, mais rien ne pouvait sortir de sa bouche…

— Et tu as joui, espèce d'enculé ! Hein, raconte-moi ! Tu t'es branlé pendant que ce type se faisait torturer !

— No… Non…

Je lui envoyai un coup de semelle dans le thorax. Sa respiration se bloqua longtemps – une messe de Pâques – et il finit par bleuir de façon inquiétante. Je le décollai de terre et lui frappai dans le dos du plat de la main. Son torse se gonfla soudain, comme si, d'un coup, il avait aspiré l'atmosphère tout entière. Il cracha à s'arracher des morceaux de larynx avant de reprendre un teint de circonstance.

— Vous… Vous… êtes… un… taré… s'étrangla-t-il.

— Pourquoi ? Pourquoi tu fais ça ? J'ai besoin de comprendre ! Explique !

— Vous… allez encore me frapper si je vous dis la vérité…

— Si tu mens, ce sera pire… Sois sincère et j'aviserai.

Il ouvrait ses mains sur sa poitrine comme s'il venait de disputer un cent mètres et cherchait à récupérer.

— Vous voulez la vérité ? L'être humain… a besoin de zones d'ombre… pour développer sa vie intérieure… C'est comme ça… Toutes les sociétés, quelle que soit l'époque… ont sécrété dans leurs franges… des confréries, des ordres, des associations… Nous…, haleta-t-il, cherchons tous le Diable… Nous éprouvons tous… une attirance pour le mystère, le surnaturel… bien au-delà des raisons… ou de la matière… Vous croyez que je pourrais me satisfaire… de ma robe de pauvre avocat minable ?

Métro, boulot, dodo ? Non, non… Bien sûr que non… Nous vivons dans un monde de faux-semblants, tout n'est qu'illusion… Oui, je prends mon pied à infliger la douleur à mes semblables… Oui, je ne vis que quand je me tiens au sein de la confrérie… Oui, j'aime le vice, le mal, tout ce qui peut blesser, heurter le commun des mortels… Et rien ni personne ne pourra bouleverser l'ordre des choses…

Je perdis les forces qui m'animaient, qui entretenaient ma soif de vengeance, ma hargne, mon envie de sauver ce qui pouvait l'être. Combien étaient-ils, tapis derrière les apparences de monsieur Tout-le-Monde, à prôner le mal, à encourager la déchéance ?

— Comment te contactent-ils ?

— Je reçois dans ma boîte aux lettres électronique des adresses de sites, sur lesquels je me connecte avec un identifiant et un mot de passe qu'ils me donnent. Là, ils me disent ce que je dois faire, et quand. Ils fixent les rendez-vous, dirigent tout, ils sont hors d'atteinte. Lorsqu'il y a des soirées, nous sommes toujours en comité restreint, une quinzaine de personnes maximum… C'est par mail qu'ils m'ont ordonné de vous suivre, de vous surveiller… C'est tout. Je leur renvoyais les informations par Internet, sur une boîte aux lettres qui change d'adresse presque tous les jours… Mon rôle vous concernant s'arrêtait là… Je devais vous suivre… juste vous suivre…

— Et les deux types qui ont agressé mon collègue ?

Ses yeux s'écarquillèrent. « Personne n'a agressé votre collègue !

— Ne te fous pas de ma gueule !

— Je… Je vous le jure… Je n'étais pas au courant !

Je me penchai sur lui et chiffonnai son col de pullover.

— Maintenant tu vas m'écouter, avocat de mes deux ! Je vais te laisser rentrer chez toi, bien tranquillement. Si je te vois encore traîner dans les parages, je te tue.

Je fouillai dans la poche arrière de son pantalon et m'emparai de sa carte d'identité.

— J'ai ton adresse. S'ils essaient de te contacter, tu as intérêt à me prévenir. Je pense que tu sais où j'habite… Si je n'ai pas de tes nouvelles sous dix jours, je viendrai te rendre une petite visite que tu ne risqueras pas d'oublier. Continue à faire ce qu'ils t'ordonnent, mais tiens-moi informé. Si tu bluffes, si tu essaies de m'arnaquer, t'es mort… J'ai déjà trop perdu dans l'histoire et je ne suis plus à un cadavre près. As-tu bien compris le message ou faut-il que je répète ?

— Non… Je vous raconterai tout… Tout… Tout ce que vous voudrez…

— Casse-toi.

Il disparut plus vite qu'une étoile filante. Je notai intérieurement qu'il faudrait dès le lendemain placer une équipe de surveillance sur lui…

Je remontai d'un pas de pénitent jusqu'à mon appartement. Devant la porte fermée de Doudou Camélia, l'odeur des acras de morue avait fini par s'estomper et je sentis, comme pour la première fois, une immense vague de vide et de solitude se briser sur mon âme.

Je piochai une bouteille de whisky – du Chivas quinze ans d'âge – derrière le petit bar en rotin et m'expédiai un premier verre bien serré sans même réellement apprécier le goût antique des terres vieillies. Je renouvelai l'opération plusieurs fois, jusqu'à ce que mes pensées prissent envol autour de moi, comme des mouettes qui chahuteraient au vent.

D'étranges formes s'esquissaient dans ma tête, des

ombres indéfinissables, des silhouettes difformes, diaboliques, recroquevillées sur elles-mêmes dans un coin de mon esprit. J'essayais de songer à des choses belles, mais n'y arrivais pas, comme si la beauté elle-même avait revêtu le visage de la mort. Je voyais ces filles qui déclenchaient le vice en s'exhibant sur Internet, je me rappelais la cassette des Torpinelli chez Fripette, *Viol pour quatre*, et ces listes infinies de sites pédophiles crachées par les imprimantes de Serpetti. Je savais que le Mal se déployait sur le monde dans une gigantesque marée noire.

Poupette la capricieuse refusa sa promenade nocturne. Ce soir plus que jamais, il me fallait son réconfort, son doux chant enjoué, l'alchimie secrète de son parfum. J'eus beau m'acharner sur la manette, les essieux ne bronchèrent pas.

Nouvelles gorgées d'alcool, plus généreuses. Non, je refusai la solitude, cette nuit. J'appelai Élisabeth, tombai sur le répondeur et téléphonai ensuite chez Thomas. Encore un répondeur. Sûrement était-il occupé avec son amie Yennia…

Je finis par m'endormir, ivre, loin, très loin de ce que j'avais un jour été, un commissaire de police respectable qui aimait son métier…

Chapitre douze

Il est des jours où la chance, disons plutôt un hasard provoqué, se décide à frapper à votre porte. Ce matin-là, la chance s'appelait Vincent Crombez.

— Pas terrible de laisser votre portable fermé, commissaire…

— J'ai oublié de le recharger. Je n'étais pas très en forme hier.

— Vous avez la tête des mauvais jours… Bonne nouvelle, très bonne nouvelle ! Delhaie a fait un travail prodigieux avec le listing des étudiants. Mais ça n'a rien donné…

— Annonce ! Joue pas au con, je ne suis pas d'humeur. Tu n'es pas venu pour me dire ça ?

— Vous avez eu une sacrée bonne intuition avec le coup des bibliothèques et je dois dire que l'inspecteur Germonprez a un flair d'épagneul. Sans sortir de son bureau !

— Comment ça ?

— Presque toutes les bibliothèques disposent de sites Internet. Avec un compte spécial, on peut accéder au backoffice, l'interface qui permet de gérer la bibliothèque et ses abonnés de n'importe où dans le monde. Comme les bibliothécaires sont tenus de collaborer avec la police, ils lui ont fourni sans trop de difficultés les accès nécessaires pour interroger la base de données. À force de fouiner, Germonprez a relevé une liste de bouquins très intéressants, empruntés à la bibliothèque René-Descartes, par un certain Manchini, étudiant de troisième année à l'école de la prof agressée, Violaine. Les titres ne vous diront certainement rien et paraissent anodins. Des trucs du genre, *La Sainte Inquisition : la Chasse aux sorcières, Les Ficelles du métier, La France interdite*. C'est ce dernier titre qui lui a mis la puce à l'oreille, parce que Germonprez avait déjà loué la cassette vidéo traitant du même sujet, une sorte d'enquête sur les milieux sadomasos en France. L'ouvrage *Les Ficelles du métier* traite de l'art du bondage au Japon ; quant au livre sur l'Inquisition, il décrit très précisément les moyens de torture utilisés à l'époque. Sur la quantité énorme de bouquins empruntés par Manchini, tous ont plus ou moins un rapport avec le sexe, la torture et la douleur.

— Tu as pu enquêter sur ce Manchini ?

— J'allais justement au 36, mais j'ai préféré faire un détour par chez vous étant donné que je ne pouvais pas vous joindre et j'ignorais si vous vous présenteriez au bureau aujourd'hui.

— Bon… Tu ne vas plus au 36, on se rend à cette école. Officiellement, petite visite de courtoisie…

— À cause des gendarmes ?

— Exactement… J'ai fait une requête auprès du juge d'instruction, Kelly, qui a lui-même insisté auprès du procureur de la République pour une fusion des dossiers et un travail en collaboration. Mais rien n'a été décidé. Et nous n'avons pas le temps d'attendre la paperasse…

* * *

Le sigle de l'ESMP, l'École Supérieure de Microélectronique de Paris, dominait la courte avenue Foch où se perdaient des arbres épars et un semblant de verdure plantée de main d'homme. Le long des murs d'un restaurant universitaire, dans une rue transversale, barrissaient des éléphants avec des barils de lessive en guise de pattes, des oreilles de carton et de tissu ainsi qu'une trompe en polystyrène. Le bizutage battait son plein ; les TVA, – Très Vénérables Anciens – et les TTVA – Très Très Vénérables Anciens – s'en donnaient à cœur joie en déversant des litres de soupe de poisson dans les chevelures malmenées des nouveaux. Des volées de chansons paillardes, des hymnes à l'ESMP sortaient forcés des bouches où s'engouffrait avec générosité la mousse à raser.

— Ils ont l'air de morfler, les bizuths », constata Crombez en évoluant de bond en bond avec ses béquilles.

— Les bizutages n'ont jamais été tendres. Ils représentent la voie ouverte aux abus de tous genres…

Une secrétaire nous annonça à l'accueil et le directeur se présenta quelques instants plus tard. Sa tête énorme, posée sur un maigre cou, lui donnait l'air d'une tortue et mon sentiment se confirma quand je le vis de profil ; il avait un nez à pouvoir abriter une colonie de vacances. Ses lunettes à larges verres, couleur écaille de tortue justement, veillaient sur le haut de son front dégarni comme une deuxième paire d'yeux. Il lança :

— Police, gendarmerie, police ? Vous ne pourriez pas vous arranger pour venir une seule fois ? J'ai un boulot monstre avec le début de l'année scolaire !

De petites veines saillaient de sa gorge, comme des éclats d'os.

— Nous sommes venus vous parler plus particulièrement de l'un de vos étudiants.

— Élèves ingénieurs, corrigea-t-il. ... Je vous écoute, mais faites vite, s'il vous plaît.

— Manchini, élève de troisième année.

— Manchini… Manchini… Ah oui… Et alors ?

— En fait, nous aimerions que vous le convoquiez dans votre bureau…

— Pour quelle raison ?

— Nous souhaiterions avancer sur l'affaire Violaine…

— Et alors, le rapport avec Manchini ? J'espère que vous ne soupçonnez pas l'un de mes élèves ingénieurs ? Vous…

— Nous faisons notre travail. L'une de vos enseignantes a été agressée, il est donc normal, étant donné qu'elle passait la majeure partie de son temps avec vos… élèves ingénieurs, que nous nous orientions dans cette direction.

— Pourquoi Manchini ?

— Allez le chercher, s'il vous plaît.

— Vous êtes tombés en plein bizutage. Il n'y a pas de cours pendant trois jours… Il doit être dehors, avec les autres…

Le cortège des éléphants s'était déplacé dans la cour intérieure de l'ESMP, abandonnant derrière lui une traînée de mousse à raser, d'œufs pourris et de sauces en tout genre.

— La vache ! lança Crombez. On pourrait les suivre rien qu'à l'odeur… ça sent le nuoc-mam…

Des TVA en blouses blanches hurlaient dans des mégaphones et les pauvres éléphants, au moment où nous arrivâmes, poussaient les murs ou s'entassaient les uns sur les autres pour former des millefeuilles géants. Un étudiant fumait dans un coin calme, les poches alourdies de matériel antibizuths. Nous le choisîmes comme interlocuteur ; Crombez se fit une joie d'intervenir.

— Nous souhaiterions parler à Alfredo Manchini.

— Alfredo ? On ne l'a pas vu ce matin.

— Il n'est pas censé se trouver ici ?

— Si. Pas trop son style de manquer le bizutage…

— Pourquoi ?

Il écrasa son mégot du talon. « Qui êtes-vous ? On ne parle pas trop de ça à des inconnus… Essayez d'aller voir ailleurs… J'y serai peut-être. »

Ce facho de mes deux nous adressa un sourire narquois, provoquant. Dans le dos de sa blouse, un dessin au fusain représentait un hamburger avec des bizuths relégués au rôle de steak. Il s'appelait TVA Burger. Il s'avança avec détermination vers la masse compacte des éléphants, mais je posai une main écrasante sur son trapèze gauche.

— Aïe ! Vous me faites mal, ducon !

— Tu vas m'écouter, espèce de peigne-cul d'électronicien de merde.

Je lui plaquai sur le nez ma carte tricolore.

— Je suis commissaire de la police criminelle de Paris. Si tu m'emmerdes, je pourrais m'énerver et tu peux demander à mon collègue, vaut mieux pas que je m'énerve !

Crombez agita la main et arrondit la bouche, d'un air de dire : *non, il ne vaut mieux pas, mais vraiment pas l'énerver !*

— Commissaire de police ? Mais vous lui voulez quoi, à Manchini ?

— Contente-toi de répondre à mes questions. Je te tutoie. Ça ne te dérange pas que je te tutoie ?

— Euh… Non…

— Pourquoi Manchini n'aurait-il manqué le bizutage pour rien au monde ?

— L'année dernière, il s'est éclaté comme un fou… Il est assez créatif dans ce domaine, ma foi.

— Sois plus explicite !

Il jeta un œil autour de lui, puis baissa d'un ton.

— Il a inventé ce qu'on appelle Le tribunal, une soirée spéciale où l'on juge les bizuths pour leur obéissance et leur bon comportement pendant les trois jours.

— Explique !

— Certains bizuths sont plus rebelles que d'autres, alors ceux-là, on les fait plus particulièrement morfler pendant Le tribunal.

— Cela signifie ?

— Oh ! Rien de bien méchant. On les enferme dans des salles aménagées en caves, on leur balance des abats ou on les emprisonne aux côtés d'une tête de veau pelée…

— Et je suppose qu'il y a des abus ?

— Bien sûr que non ! Tout est réglo ! Et tous les TVA qui sont là, anciens bizuths, vous le diront. Le bizutage, c'est ce qui soude une promotion. Ça les prépare à traverser les dures années d'études qui les attendent.

— Vachement ! beugla Crombez.

Un éléphant s'élança dans la cour, barils aux pieds,

et se fit stopper dans sa course effrénée par un croc-en-jambe sévère. Il s'écrasa sur le sol comme une pastèque trop mûre.

— Ça, c'est réglo ? ironisa Crombez en désignant l'éléphant mal en point.

— C'est un rebelle… Les rebelles, il faut les mater, sinon ils sèment la zizanie et après, on perd le contrôle des troupes.

— Tu es sûr que Manchini n'est pas là ?

— Oui. On a dû refiler son bizuth à un autre TTVA.

— Tu le connais bien, Manchini ?

— Assez… Mais en cours, ce n'est pas un type du genre expansif.

— Scolairement parlant, il donne quoi ?

— Élève moyen. Un peu même à la traîne, parfois.

— Il a des cours avec Julie Violaine ?

— Nous en avons tous.

— Et son comportement ?

— Classique… Discret, même… Pas le genre de gars à aller de l'avant. On peut le laisser dans un coin et le récupérer un an après qu'il ne bougerait pas.

— En matière sexuelle, quelles sont ses tendances ?

— Mais je n'en sais rien, moi ! Comment voulez-vous… ?

— Vous ne parlez jamais de ça entre mecs ?

— Si, mais…

— Mais quoi ?

— Manchini a l'air un peu… hors du coup. À chaque fois que nous parlons de sexe entre nous, il se défile. On dirait… que ça ne l'intéresse pas…

— Où pouvons-nous le rencontrer ?

— À la résidence universitaire Saint-Michel, deux

boulevards plus haut… Si vous le voyez, dites-lui de se radiner !

Des veines de lierre infectaient la résidence sur la totalité de sa surface comme un cancer de la pierre. La grille de fer forgé de l'entrée ouvrait sur une allée de vieux pavés, bordée sur les flancs de parterres de fleurs entretenus.

Pour nous mener à la chambre d'Alfredo Manchini, nous engageâmes la concierge, qui ressemblait au majordome Nestor des albums de Tintin, en plus féminin. À condition que le mot féminin puisse s'appliquer à ce genre de personnage ; un potager de points noirs lui persillait le nez et un duvet de poils à faire pâlir un poussin lui couvrait le menton. Un tue-l'amour d'une efficacité redoutable.

Après avoir frappé à la porte de Manchini plusieurs fois sans succès, je lui demandai de nous ouvrir avec son double de clés. Elle hésita, les yeux fixés sur ma veste comme si elle cherchait à y deviner la forme de mon arme.

— Je ne sais pas si je peux… Je regarde les séries policières… Vous ne devriez pas avoir un mandat, ou quelque chose du genre ?

Je la baratinai en beauté pour la convaincre. Elle lança une œillade dans le couloir et inclina le menton.

— Dites… Je peux toucher votre flingue ?

— Lequel ? envoya Crombez avec un sourire peu ménagé. Oh ! Vous ! s'exclama-t-elle en marquant son indignation. Cochon !!!

Je lui montrai mon feu et elle finit par nous ouvrir.

— Merci madame… Laissez-nous la clé. Nous fermerons et vous préviendrons quand nous aurons inspecté.

Crombez se pencha à mon oreille alors que Tue-l'amour s'éloignait.

— Vache ! Je suis persuadé qu'elle perdrait deux kilos si on lui perçait les points noirs qui se bataillent sur son pif. Elle a une tronche, on dirait la surface de Mars !

— Pardon ? lança-t-elle en revenant vers nous.

Crombez sursauta mais pas autant que moi. D'un mouvement de tête, je lui fis comprendre que notre conversation ne la concernait pas.

La surface habitable de la chambre universitaire équivalait à celle de mon appartement, si ce n'est que tout ce qui se trouvait ici, mobilier, hi-fi, vidéo, coûtait trois fois plus cher que chez moi.

Crombez admira : Il ne s'embête pas ce type ! Vous avez vu l'écran à plasma accroché au mur ? Ça vaut dans les huit mille euros, un joujou pareil…

— Fouille la chambre et la salle de bains. Je m'occupe du salon.

Crombez effectua une rotation complète sur une seule de ses béquilles, comme un acrobate.

— On cherche quoi ? demanda-t-il dans la foulée.

— Tout ce qui pourrait nous rapprocher de la vérité…

J'ouvris les portes du meuble de télévision, après m'être occupé de son verrou, et découvris une quantité incroyable de cassettes et de DVD. Des films de guerre, comme *Pearl Harbor* ou *Il faut sauver le soldat Ryan*, des comédies, des films policiers et une belle pilée de films pornographiques à dominante sadomasochiste, signés Torpinelli. Au fond du salon, je bus des yeux les différentes couvertures des ouvrages qui écrasaient de leurs connaissances les planches des armoires en chêne.

Mécanique quantique, thermodynamique, topologie, sciences humaines et sociales… Du baratin d'étudiant.

À gauche, dans l'angle du salon, un ordinateur dernier cri à l'écran aussi plat qu'un timbre. Je voulus l'allumer mais une grille interdisait l'accès à l'interrupteur. J'examinai la serrure, glissai la lime à ongles que j'avais l'habitude d'emporter avec moi et obtins gain de cause en quelques secondes. Je pressai le bouton, attendis, mais l'ordinateur bloqua au moment de lancer le système d'exploitation. L'écran devint bleu, une liste impressionnante défila, *fichier introuvable, fichier introuvable, fichier introuvable…*

Toutefois, malgré mon dépit profond, je constatai que le comportement du PC était différent de celui de Gad ou de Prieur. Cette fois, le disque dur n'avait pas été formaté, mais les fichiers avaient probablement été effacés en utilisant le système d'exploitation.

Lorsque Crombez me rejoignit, je lui demandai :

— Alors, qu'as-tu découvert ?

— Côté vêtements, on joue dans le classique. Jeans, tee-shirts, chemisettes. Par contre, j'ai dégotté pas mal de revues intéressantes dans un tiroir, *Bondage Magazine, Détective magazine* qui est aussi une revue sur le bondage et… il y en a plein d'autres. Commandées probablement par Internet.

— Comment le sais-tu ?

— Ces revues sont américaines. Et il y a l'adresse des sites qui les diffusent au bas de la page. Ce Manchini en connaît un rayon en matière de sadomasochisme… Il se pencha vers l'écran. Inutilisable ?

— On dirait que les fichiers ont été effacés. Manchini a voulu peut-être cacher quelque chose ; ou alors, il a pris peur et effacé des données sensibles dans la précipitation.

— Il existe peut-être un moyen de reconstruire ce qui a été supprimé…

— Comment ?

— Un disque dur fonctionne comme un aimant, composé de milliards de petits pôles microscopiques ; s'ils sont polarisés, ils représentent le chiffre un ; sinon, le chiffre zéro. Quand vous effacez proprement un disque dur, en le formatant comme c'était le cas chez Prieur ou Gad, tous ces pôles sont remis à zéro, l'information devient irrécupérable. Par contre, quand vous supprimez des fichiers par le système d'exploitation, vous dites juste au système de rompre le lien avec ces informations, mais les données, elles, restent bien présentes sur le disque dur. Bon nombre de malfrats se laissent berner. Ils croient qu'en effaçant simplement, ils se mettent à l'abri. C'est sans compter avec l'efficacité de nos collègues ! Il considéra les messages d'erreur. Le SEFTI possède le matériel et les logiciels pour récupérer une bonne partie des données. Mais il faudrait emporter le disque dur…

— Démonte-le !

— Mais on n'a pas…

— Fais, je te dis !

Il dévissa avec son couteau suisse les vis cruciformes, écarta le boîtier d'acier, débrancha les nappes de fils et me tendit le disque dur que je glissai sous ma veste. Il replaça tout bien en place et j'ordonnai : Bon, continuons la fouille !

J'ouvris les uns après les autres les tiroirs du meuble de cuisine. Tiens, tiens, des pinces crocodile !

Elles traînaient au milieu de câbles coaxiaux, de plaques de silicium, de résistances et de condensateurs.

— Normal, pour un élève en électronique, justifia

Crombez. Regardez les plans, ici… Décodeur pirate… ou alors comment obtenir les chaînes du satellite sans abonnement… Ce Manchini est loin d'avoir une vie rangée…

— Vous êtes de la famille ? nous demanda une voix alors que nous nous apprêtions à redescendre au rez-de-chaussée.

Dans l'entrebâillement d'une porte palière, apparut une petite tête ébouriffée aux yeux gonflés de maladie.

— Oui, nous cherchons Alfredo. Nous aurions aimé avoir de ses nouvelles.

— N'approchez pas ! conseilla la voix. J'ai une gastro-entérite carabinée et si vous ne voulez pas passer vos jours prochains là où vous savez… J'ai entendu pas mal de bruit cette nuit… Il était tard… Peut-être vingt-trois heures. Puis encore à trois heures du matin. Trois heures pile, je le sais, parce que j'ai regardé mon radio-réveil. Alfredo est entré puis est ressorti. Ou l'inverse… je crois… D'ordinaire, vers les six heures du matin, il allume sa saloperie de télévision plaquée contre notre mur commun et ça me réveille à chaque fois… Mais là, je n'ai rien entendu… La paix… Il a peut-être découché… Ou alors il était tellement bourré qu'il n'a pas su rentrer.

— Il boit ?

— Comme nous tous. De temps en temps, une ou deux fois par semaine…

— C'est ça que vous appelez de temps en temps ? Vous avez une drôle de notion du temps.

Je vis son visage se chiffonner comme si un bloc de pierre lui était tombé sur le pied. Alerte ! Pluie de météorites dans les fesses ! Je vous laisse ! Allez voir au Sombrero, rue Nationale, à l'angle. Il s'y rend souvent.

La porte claqua, mais j'eus le temps de glisser une carte de visite dans l'embrasure.

— Pas très clair tout ça, commissaire. Vous avez vu pour combien d'argent il y en a dans l'appartement ? Ce Manchini est issu d'une famille bourgeoise, impossible autrement ! Mais… Vous retournez à la chambre ?

— Je voudrais juste vérifier un détail.

Crombez descendit m'attendre dans le hall. Je le rejoignis une poignée de secondes plus tard. « Alors, commissaire ?

— Patience…

Au moment de remettre la clé à Tue-l'amour, je la questionnai : Les étudiants entretiennent-ils leurs chambres eux-mêmes ?

— Non. Une femme de chambre change les draps tous les jours et fait le ménage.

— Tous les matins ?

— En fin de matinée, plus précisément. Une fois que tous les étudiants sont en cours. Elle jeta un œil sur sa montre. La tournée va d'ailleurs bientôt commencer…

— Qu'avez-vous découvert ? s'enflamma Crombez dès que nous fûmes sortis..

— Le lit de Manchini était défait… Il est rentré chez lui vers les vingt-trois heures, comme l'a signalé sa voisine de palier, puis il s'est couché. Mais quelque chose l'a fait sortir précipitamment… aux alentours de trois heures du matin. Bon… On passe à ce bar, le Sombrero, puis on retourne voir le directeur de l'école. Je crois qu'il ne nous a pas tout dit.

La piste du bar ne donna rien. Manchini n'y avait pas pointé le nez ni la veille, ni l'avant-veille, ni même depuis une sacrée pilée de jours.

La Tortue, les mêmes lunettes couleur écaille sur le même front, débarqua sans le sourire à l'accueil de l'école d'ingénieurs.

— Commissaire, je crois que vous frôlez les limites de l'offense.

— Nous ne serions peut-être pas ici si vous nous aviez révélé ce que nous attendions.

— Et qu'attendiez-vous ?

— Apparemment, Manchini n'a pas l'air d'être n'importe qui. Je me trompe ?

Sa tête s'engloutit entre ses épaules. Une tortue qui cherche à se protéger d'une patte de chat.

— Nous recrutons nos élèves sur dossier pour les meilleurs, par concours pour ceux qui sont un peu en dessous. Manchini a été admis par concours, il y a trois ans. Comme vous pouvez vous en douter, nous ne menons pas d'enquêtes sur nos élèves. Pourquoi le ferions-nous ?

— Et pour Manchini ?

Sa voix devint chuchotement.

— C'est le neveu d'Alphonso Torpinelli !

— Le magnat du sexe ?

On aurait dit que ma question lui avait envoyé des éclats de verre dans les oreilles.

Il grimaça.

— Oui… Côté maternel. Nous essayons de ne pas l'ébruiter. Vous ne pouvez pas imaginer combien les écoles se surveillent entre elles, profitent du plus petit grain de sable pour faire valoir leur différence auprès des entreprises qui recrutent nos élèves. Si elles venaient à savoir qu'un membre de la famille des Torpinelli se trouve sur nos bancs, cela pourrait causer un tort irréparable à notre image de marque. Nous avons clairement signifié à Manchini de taire ses origines…

— Sinon quoi ? intervint Crombez.

— Cela ne vous regarde pas… Jusqu'à présent, tout s'est bien passé. Mais nous n'avons jamais bien compris les raisons de sa présence ici, vu la fortune colossale de ses parents. Peut-être un goût immodéré pour les études, peut-être veut-il voler de ses propres ailes, ou alors déteste-t-il le milieu du sexe…

— Ça, ça m'étonnerait glissa Crombez.

Le directeur le dévisagea d'un œil mi-fermé de varan avant de poursuivre.

— Les Torpinelli ont un sens profond de la famille et Alfredo aurait pu vivre de ses placements bancaires jusqu'à la fin de sa vie… Savez-vous qu'il paie déjà l'impôt sur la fortune ? Tout cela me dépasse…

— Où peut-on joindre ses parents ?

— Aux États-Unis. Ils détiennent, avec l'oncle et son fils, quatre-vingts pour cent du marché du sexe sur Internet. Des millions et des millions de dollars brassés chaque année. Pas un seul nouveau site pornographique qui se crée sans que ces rapaces mettent la main dessus.

— Nous sommes passés chez Alfredo, à la résidence Saint-Michel, mais il ne s'y trouvait pas. Ni là, ni au bizutage. Vous auriez une idée ?

— Ses parents possèdent une villa au Plessis-Robinson. Une résidence magnifique, vide la plupart du temps… Possible qu'Alfredo s'y trouve.

— Vous êtes sûr que vous n'avez plus rien à nous révéler ?

— Je vous ai tout déballé ce coup-ci… Il s'avança dans le couloir, se retourna une ultime fois. Vous n'avez pas garé votre voiture de police devant l'établissement, j'espère ? Ça ferait mauvais style pour mon école !

Avant de monter dans notre véhicule, j'annonçai :

— Bon, on dépose le disque dur au SEFTI, en souhaitant que cela nous mène quelque part. Ils en ont pour longtemps, tu crois ?

— Le facteur chance tient un rôle important dans la récupération des fichiers. Ça peut aller très vite, comme prendre plusieurs jours. Un peu comme un puzzle de six mille pièces passé dans une tondeuse à gazon ; si la lame était suffisamment haute, vous retrouverez le puzzle presque intact ; par contre, si elle était assez basse pour laminer le puzzle, je ne vous garantis pas l'état des pièces…

* * *

Après notre passage en coup de vent au SEFTI, nous prîmes la direction du Plessis-Robinson.

Le Plessis-Robinson représentait un peu le Paradis à proximité des forges de l'Enfer parisien. Quand on flâne dans les vieilles ruelles commerçantes et animées, l'on renoue un pcu avec la douceur de vivre des villages franciliens d'autrefois. Suzanne et moi aimions toucher du doigt ce coin de ciel bleu, à six kilomètres seulement de la tourmente. Ce jour-là, malheureusement, le temps n'était pas à la balade ni même aux souvenirs…

Notre voiture remonta parallèlement à l'étang Colbert, au parc Henri-Sellier, avant de dépasser une tourelle d'angle à six pans qui annonçait les abords du quartier résidentiel. Nous longeâmes, éblouis, les façades ennoblies, les toitures à la Mansart faisant jouer, sous les traits de lumière, zinc et ardoise, les balcons en ferronnerie et les corniches aussi spacieuses à elles seules que mon appartement.

Plantée au cœur de conifères à hautes tiges et de chênes, la villa s'élançait vers le ciel, avec son fronton en demi-lune et ses larges baies vitrées. Une Audi TT trônait dans l'allée, derrière le portail ouvert. Nous garâmes notre épave en bordure de la palissade et nous nous présentâmes sur le seuil en pierre marbrière.

— Vache ! souffla Crombez. Encore un qui pète dans la soie…

Nos coups à la porte n'obtinrent aucune réponse. En tournant la poignée, je remarquai :

— Tu n'as pas entendu ? Quelqu'un nous a dit d'entrer !

— Mais… Je n'ai rien entendu.

Je fronçai les sourcils. Il corrigea :

— Si, je crois bien avoir entendu quelqu'un, tout compte fait… Oui… Il nous demande bien d'entrer.

La porte n'était pas verrouillée. Les espaces s'ouvrirent devant nous en lignes fuyantes lorsque nous pénétrâmes et contournâmes une piscine chauffée, abritée sous une véranda.

Ce fut dans la salle de sports que nous découvrîmes le corps sans vie d'Alfredo Manchini. Une barre olympique de développé-couché chargée à son maximum lui écrasait le larynx et sa langue, bleu lavande, pendait. Ses mains avaient gardé une position crispée, comme si, dans un ultime effort, il avait cherché à basculer la barre sur le côté pour se dégager de l'étreinte métallique.

— Je crois que nous arrivons trop tard, crut bon de préciser Crombez.

— Tu aurais pu faire voyant, toi, tu sais ?

Sous une flambée de colère, j'arrachai un haltère de son support chromé et le claquai sur les dalles de mousse avec violence.

— Fais chier ! Bordel de merde !!! Préviens Leclerc, appelle Van de Veld ainsi que le lieutenant de la police scientifique ! Je vais contacter le juge d'instruction pour réclamer l'autopsie du corps !

— Du calme, commissaire ! Tout laisse à penser qu'il s'agit d'un accident, non ? Il était en survêtement et baskets, il a peut-être eu un malaise. Vous savez quoi ? J'ai fait pas loin de quatre années de musculation. Et je ne vous raconte pas combien de fois je suis resté coincé comme ça, avec la barre sur la poitrine.

Je m'approchai du corps refroidi.

— Il n'aurait pas eu le moyen de basculer la barre sur le côté ?

— Ça dépend. On est souvent en tension maxima le lorsqu'on pousse et il arrive parfois que les muscles lâchent, lors du tout dernier mouvement. C'est pour cela qu'il vaut mieux être deux. Mais seul, si la barre reste bloquée sur la poitrine, on tente de la fairc rouler jusqu'en haut des pectoraux pour pouvoir la basculer plus facilement… Je suis persuadé qu'il a essayé de le faire ; regardez, les fibres de son tee-shirt sont tirées, voire arrachées sur les pecs. Seulement, le poids était trop important pour qu'il y arrive en solo. Il est alors mort étouffé, la poitrine écrasée… Puis la barre a roulé sur son larynx lorsqu'il ne l'a plus retenue…

Je comptai la charge totale.

— Il y a quand même cent huit kilos de poids.

— Avec la barre, ça fait cent vingt-huit. Mais vu son gabarit, ça ne m'étonne pas trop. J'avais un maxi à cent quinze kilos.

— Appelle quand même. On ne peut pas laisser ça sur le compte du hasard.

Alors que Crombez contactait le légiste, je jetai un œil aux autres appareils, la presse à cuisses, les deux vélos, les sets d'haltères rangés par ordre de poids croissant. Rien, apparemment, n'avait été dérangé. Pas un seul disque de chrome qui traînât sur le sol, pas une seule barre déplacée, sauf celle du développé-couché.

— Le portable de Leclerc est sur messagerie râla, Crombez en haussant les épaules. Je lui ai laissé un bref message lui signalant de vous rappeler. De ce fait, j'ai prévenu le commissaire général Lallain. Il va nous envoyer une équipe…

— Très bien… Dis-moi, lors d'une séance normale de musculation, tu emportes toujours une bouteille d'eau, non ?

— Bien sûr. C'est essentiel ! Pour éliminer l'acide qui s'accumule dans le muscle pendant l'effort. Sans eau, impossible de s'entraîner. Surtout en muscu…

— Alors, explique-moi pourquoi Manchini n'avait pas de bouteille d'eau !

Crombez eut des yeux en bille de verre.

— Exact ! Troublant, en effet…

— D'autant plus troublant selon le témoignage de sa voisine de chambre ; elle l'a entendu cette nuit revenir vers 23 h 00, puis partir aux alentours de 3 h 00. Je ne suis pas légiste, mais j'ai vu suffisamment de cadavres pour t'affirmer que celui-là n'est pas frais de ce matin.

— Il aurait été tué dans la nuit ?

— Il semblerait… Et une séance de musculation en

pleine nuit me paraît assez improbable... Sans oublier ces données effacées de l'ordinateur. Quelqu'un avait peut-être intérêt à ce que Manchini disparaisse...

Nous attendîmes dans le salon le temps que la police scientifique fît son ouvrage de prélèvements. L'excellent Dead Alive, treillis couleur pain brûlé et pull camionneur à fermeture lui remontant jusqu'au cou, exhibait un nez à rendre jaloux un nasique. Il grogna :

— Je m'occupe de celui-là, puis je pose malade. J'en ai plus que marre de trimballer des rhumes la moitié de l'année sans avoir le temps de me soigner. Vous avez vu mon pif ? On dirait un lampion.

— C'est gentil de faire ça pour nous, docteur...

Une fois le travail de la scientifique effectué, nous retournâmes auprès de feu Mancini. Van de Veld examina la chevelure brune du cadavre, puis les différentes parties de son corps avant de revenir sur la poitrine.

Il enclencha son dictaphone.

— Aucune plaie ni lésion apparentes sur la tête, les membres ni le dos. Présence d'écoulements sanguins minimes au niveau des narines, inégalité du diamètre des pupilles, présence d'excoriations sur les pectoraux droit et gauche certainement dues au frottement de la barre métallique.

Il coupa l'enregistrement. Vous pouvez ôter la barre ? Nous nous exécutâmes. Cette satanée ferraille me parut plus lourde que la *femme-baleine* du Piccadilly Circus.

Dead Alive pressa à nouveau le bouton *marche*.

— Le larynx a été broyé par la barre, ce qui a causé une mort quasi immédiate par asphyxie. Il retourna le corps. Au vu des lividités cadavériques ainsi que de la rigidité du corps bien en place, il ne semble pas que le corps ait été déplacé après la mort. Le thermomètre rectal indique… 25 °C. La pièce est chauffée à 18 °C, donc, en supposant une baisse d'un degré par heure depuis le dernier souffle, cela nous donne une mort qui remonterait aux alentours des… une heure ou deux heures du matin grand maximum…

Il coupa une nouvelle fois son enregistrement.

— Drôle de moment pour lever de la fonte…

— Deux heures ? Vous êtes sûr ?

Son regard s'obscurcit.

— Ai-je déjà avancé des propos sans être certain ?

— Quelque chose de concret pourrait-il différencier l'accident du meurtre ?

— Il n'y a pas de traces de coups ou de contusions autres que celles causées par la barre, rien d'évident, quoi. Par contre, l'autopsie nous révélera la présence ou non d'acide lactique dans les muscles, ce qui nous donnera une indication sur l'intensité de son entraînement. Dites, c'est qui ce type ?

— L'un des neveux de Torpinelli.

— Le roi du sexe ? Wouah !

— Sonnez-moi dès que vous aurez du nouveau… Tu me suis, Crombez ? Allons jeter un œil dans l'Audi…

Mon lieutenant me questionna dans le hall d'entrée.

— Si Manchini est mort entre une heure et deux heures du matin, comment aurait-il pu sortir ou entrer chez lui à trois heures, comme l'affirme sa voisine ?

— Difficile pour un mort, en effet ! Seule possibilité, quelqu'un d'autre est venu à sa place effacer les données de son disque dur avant de mettre les voiles. Ce que contient cette saloperie de boîte de métal est peut-être la réponse à toutes nos questions…

Les loquets de la voiture sportive étaient abaissés. Courbé au niveau des vitres, je demandai à Crombez :

— Manchini portait juste un tee-shirt dans la salle de musculation. Il devait bien avoir une veste ou un blouson, non ? Retourne à l'intérieur et essaie de me le retrouver…

Je le vis peiner avec ses béquilles dans les gravillons.

— Non, reste plutôt ici. J'y vais.

Je requis deux inspecteurs pour m'aider ; l'un d'eux finit par me présenter une veste de cuir.

— Je l'ai prise sur le lit de l'une des chambres à l'étage.

— Continuez de fouiller. Si vous mettez la main sur un téléphone portable, apportez-le-moi !

Tout en palpant le vêtement, je retournai auprès de Crombez. Les poches de la veste ne révélèrent qu'un jeu de clés ainsi que des papiers d'identité. Ni téléphone portable, ni organiseur électronique, ni portefeuille. Juste les clés et les papiers.

Dans la boîte à gants, s'entassaient pêle-mêle des CD, deux paquets de cigarettes et une paire de gants en cuir. Le cendrier débordait de mégots. Crombez alluma l'autoradio et le caisson de basses incrusté dans la plage arrière faillit pulvériser les vitres du véhicule.

— Éteins ça, bordel ! hurlai-je, les mains plaquées sur les oreilles.

Le tremblement de terre cessa.

Je constatai :

— Aucune trace de portable, ni ici, ni dans la villa, ni dans la chambre de sa résidence.

— Il n'en possédait peut-être pas ?

— Il n'y avait pas de ligne fixe à la résidence

Saint-Michel. Manchini est parti précipitamment de chez lui hier soir, pour une raison X ou Y. À supposer qu'il dormait, puisque le lit était défait, qu'est-ce qui aurait pu le contraindre à sortir brusquement à onze heures du soir ?

— Un coup de fil ?

— Exactement. Je pense que celui qui a visité la chambre vers trois heures du matin, a aussi fait disparaître ce fameux portable… Nous allons être rapidement fixés.

Une nouvelle fois, je mis à contribution cette bonne pâte de Rémi Foulon.

— Après ça, tu pourras me faire livrer une caisse de bouteilles de champagne ! Du Dom Pérignon et rien d'autre ! Allez… Donne-moi les coordonnées de ton type et rappelle dans une demi-heure… Mais tu sais que tu pourrais me mettre dans l'embarras ? Chaque accès au fichier est tracé.

— Oui, mais c'est bien toi qui contrôles ces traces, non ?

— Je vois qu'on ne te la fait pas…

Je le sonnai au bout de vingt minutes.

— Je t'avais dit une demi-heure ! grogna-t-il. Ça va… Je l'ai… Son numéro de portable est 06 14 12 20 15. Il a en effet reçu un appel à 22 h 50, provenant d'une cabine publique, au Plessis-Robinson. Je te faxe l'historique de ses appels à ton bureau, mais sache déjà qu'il a coulé deux bonnes semaines cet été au Touquet, dans le nord de la France.

— Je sais où ça se situe, merci. Comment tu as récupéré l'info ?

— Le fichier nous donne les numéros appelés et appelants, mais aussi, dans le cas particulier des cellulaires, le lieu de l'appelant.

— Grand merci ! D'une incroyable efficacité, comme d'habitude !

Dans la minute, j'envoyai un technicien de la police scientifique relever les empreintes et les éventuels résidus de salive sur le combiné téléphonique originaire de l'appel. Avec un peu de chance, personne n'aurait utilisé la cabine entre-temps…

Le Touquet… La tanière de Torpinelli Junior, le point chaud de son commerce sulfureux. Quelqu'un avait eu peur de Manchini, alors on l'avait écarté du circuit, presque proprement. Quel genre d'appel avait pu contraindre le jeune homme à sortir en pleine nuit pour se rendre précipitamment à la villa de ses parents ? Quelle raison puissante avait poussé au crime et, surtout, quel rapport avec l'Homme sans visage ? J'avais la sombre certitude que les affaires fusionnaient, sans en avoir les preuves ni les explications. D'un côté, des meurtres sauvages, abominables ; de l'autre, un assassinat camouflé en accident. Un terrible secret se dissimulait derrière cette toile opaque et je n'avais pas encore déniché le moyen d'en percer la trame…

Le coup de fil qui me délivra provint de l'un des ingénieurs du SEFTI, Alain Bloomberg.

— Commissaire ! Venez vite ! On a eu de la chance, l'appareil de reconstitution de disque dur a réussi à capturer l'adresse dc boot du système d'exploitation !

— Parlez français !

— La porte d'entrée aux fichiers, si vous voulez ! Certaines données sont définitivement corrompues, mais… Nous avons récupéré le plus intéressant… Sainte Marie… Vous n'allez pas en croire vos yeux…

* * *

Le disque dur était relié à un PC par une nappe de fils grise. L'ingénieur Bloomberg avait branché un rétroprojecteur. « Voilà le topo, commissaire. Nous avons mis la main sur deux fichiers vidéo compressés en technologie MPEG. Un format qui réduit considérablement leur taille, afin de les stocker plus facilement ou de les faire circuler plus rapidement via Internet.

— Et que montrent ces fichiers ?

— Regardez…

Il appuya sur la combinaison ALT + F8 de son clavier et un logiciel de lecture vidéo apparut sur l'écran. Puis il enclencha le bouton *marche*.

La silhouette charnue de Manchini se découpait dans le champ de l'objectif. La caméra tenait probablement fixée sur un trépied, car filmant en hauteur sans aucun tremblement. Derrière, une femme inconsciente sur un lit. Son visage, tourné vers la caméra, me permit d'identifier sur-le-champ Julie Violaine, l'enseignante. L'apprenti acteur s'approcha d'elle, sortit d'un sac au pied du lit, des liens, un bâillon, des pinces crocodile ainsi qu'un bandeau pour les yeux. Et il entama son méticuleux ouvrage de cordes…

L'ingénieur diffusa la majeure partie du film en accéléré, mais, d'après l'indication temporelle au bas du logiciel, la scène de ligotage avait duré une bonne heure. La suivante, pendant laquelle il s'était filmé en train de la torturer et de se masturber, s'étalait sur une durée de temps équivalente. Bloomberg appuya sur *stop*. « Même chose sur la deuxième vidéo, sauf qu'il a coupé les scènes où on le voit à l'écran, rendant ainsi le film totalement anonyme. Ce Manchini était un sacré pervers ! »

Des papillons noirs volaient dans ma tête. À quoi cette foire à la décadence pouvait-elle bien rimer ? Une image me revint à l'esprit. Celle du DVD chez Fripette. Cette jaquette de *Viol pour quatre*, où une fille, d'après le résumé de l'histoire, se faisait violer dans des conditions réelles. Une œuvre signée Torpinelli… Je demandai à l'ingénieur :

— Vous pensez que ce genre de vidéos circule sur Internet ? Des types en train de violer des femmes pour de vrai, ou, comme dans le cas de Manchini, une agression grandeur nature ?

— Ma foi, nous sommes déjà tombés sur ces films et nous les stockons sur CD ROM, conservés dans nos armoires, avec des CD de MP3 piratés, des adresses de sites illégaux et des fichiers dangereux qui polluent Internet. Vous connaissez les *snuff movies* ?

— J'en ai déjà entendu parler… des vidéos de meurtres filmés ?

— En effet. Ces dernières années, des cassettes ont été retrouvées par le FBI, dans les milieux glauques comme des marchés sados nocturnes, où les enregistrements pirates circulent de main en main. Le phénomène s'est propagé aussi en Afrique et dans une bonne partie des pays occidentaux… On découvre sur ces vidéos des hommes masqués en train de violer puis tuer des femmes, à coups de couteau… Les scènes de *snuff* restent extrêmement courtes, concentrées dans quelques minutes de visionnage uniquement. On pense que ce sont des comédiens qui jouent et, même si les scènes de violence sont bien réelles, le meurtre, lui, ne l'est pas. Avec le développement de la technologie, le flux vidéo a été réorienté sur Internet. Jusqu'à présent, la véracité de ces images a toujours pu être démentie, même si les techniques se perfectionnent et rendent les analyses délicates. Concernant les viols, idem… Des sites pirates proposent ce genre de fantasmes, mais pas à n'importe quel prix… Des gens paient des fortunes pour mater ces saloperies.

— Et vous ne pensez pas que Manchini voulait en arriver là ? Diffuser sa vidéo par pur plaisir ? Par provocation ? Pour satisfaire d'autres tarés comme lui ? Peut-être s'échangeaient-ils ce genre de films ?

— C'est bien possible. Internet est une pépinière d'emmerdements et nous donne vraiment du fil à retordre ; pour les initiés, c'est un endroit ouvert à tous types d'abus, même les plus inimaginables. La dernière mode ? La vente de bébés… Des mères avides de gain se font mettre enceinte et fourguent leur enfant à des couples stériles par l'intermédiaire d'enchères… Le tout de façon illégale, bien entendu.

— Hum… Cela ne nous donne toujours pas la raison du probable assassinat de Manchini… Bon, reprenons depuis le début. Manchini agresse ce professeur, filme la scène et se confectionne un petit montage vidéo. D'une manière ou d'une autre, quelqu'un en est informé. Soit Manchini lui a envoyé la vidéo de ses exploits. Soit il lui a parlé de son projet et lorsque l'assassin s'aperçoit que Manchini est passé effectivement à l'acte, il prend peur pour une raison que, malheureusement, nous ignorons encore. Il s'arrange alors pour se débarrasser de lui, maquillant l'assassinat en accident, revient chez Manchini en pleine nuit et efface le contenu de son ordinateur.

— Ce quelqu'un pourrait-il être le tueur que nous recherchons ?

— Non. Notre tueur aurait, d'une part, formaté le disque dur et, d'autre part, je crois qu'il s'y serait pris autrement pour éliminer Manchini, avec sa méthode bien à lui. Je me levai de ma chaise. Des points essentiels m'échappent encore…

— Lesquels ?

— Quelle sombre relation se tisse entre Manchini et le tueur ? Comment Manchini a-t-il pu imiter la technique de l'assassin concernant la façon de ligoter et de bâillonner sa victime ?

— Et s'il n'y avait aucune relation ?

— Il y en a forcément une !

— Pourquoi ?

— Parce que je le sens…

Mon regard s'attarda sur l'écran perlé déployé sur le mur du fond. Je réfléchis à haute voix :

— Et si Manchini était tombé sur un véritable *snuff movie* ?

— Comment ça ?

— Celui de l'assassin en train de torturer puis d'éliminer ses victimes ? Quand j'ai découvert Marival dans l'abattoir, une caméra filmait la scène. D'après Élisabeth Williams, il conserve ainsi un souvenir impérissable de ses victimes, pour prolonger l'acte de torture et s'emparer à jamais de leur conscience. Mais si son but se résumait à celui de réaliser un *snuff* ?

Bloomberg enroula le câble du rétroprojecteur avant de me lancer :

— Si c'est vraiment le cas, alors il y a en ce moment des personnes tranquillement installées dans leur fauteuil, en Australie ou au fin fond de l'Amérique, qui se branlent devant la mort de ces pauvres femmes…

Je sortais à peine des locaux du SEFTI que Leclerc me convoquait dans son bureau. Sans connaître la raison officielle de notre tête-à-tête, j'avais tout de même une bonne idée de ce qui allait se produire…

— Assieds-toi, Shark.

Je m'exécutai alors qu'il agitait son stylo entre ses doigts, comme une vieille habitude dont il était incapable de se débarrasser. Il poursuivit avec toute la délicatesse du monde.

— Tu vas prendre quinze jours de congé. Ça te fera le plus grand bien. Tu es allé trop loin cette fois… Tu empiètes sur le territoire des gendarmes, tu casses la gueule à tous ceux qui te tombent sous la main. Le type d'un bar SM a porté plainte contre toi. Il paraît que tu lui as démoli le portrait.

— Cet enfoiré vou…

— Laisse-moi terminer ! Écoute, je sais que le tueur tient ta femme, j'ai écouté l'enregistrement… Je… j'en suis désolé… Tu ne peux pas continuer comme ça, cette histoire te touche de trop près.

— Mais…

— Le commissaire général Lallain va reprendre le dossier, le temps de débroussailler ce merdier monumental. Tu n'as plus les idées très claires en ce moment, ça ne peut que porter préjudice à l'équipe tout entière. Tu risques de faire des conneries. Prends le large, retourne à Lille dans ta famille !

— Ne me déchargez pas de l'affaire !

Son stylo partit en vrille à travers la pièce.

— Je fais ce qu'il y a de mieux pour nous tous !

Nous piétinons et j'ai même l'impression que, parfois, nous régressons. Il faut que tu me remettes ton insigne et ton arme.

— Il est trop tard... lui envoyai-je dans l'intonation du désespoir. Je ne peux plus repartir en arrière ! Vous ne comprenez pas que c'est moi que le tueur cherche ? Comment voulez-vous que je laisse tomber ? Ne me démettez pas de l'enquête ! Pas comme ça ! Ma femme m'attend, enfermée quelque part... Je... C'est moi... C'est moi qui dois la retrouver ! Personne... ne peut faire ça à ma place ! Je... sens des choses... C'est mon affaire... Je vous en prie !

Leclerc se plaqua au fond de son siège. Ne rends pas mon rôle plus difficile qu'il ne l'est déjà. Ton arme, ta carte...

Je posai le Glock sur son bureau.

— Ta carte, ajouta-t-il.

— Elle est chez moi... Je l'ai oubliée...

Je sortis sans répondre, peu fier de ce que j'étais devenu. On m'avait dérobé une partie de moi-même, un peu comme à une mère à qui l'on arracherait son nouveau-né des bras dans le moment merveilleux de la naissance.

Chapitre treize

Élisabeth Williams me rendit visite au moment où j'enfournais quelques costumes dans une valise. Elle s'assit sur le rebord gauche du lit, là où Suzanne avait l'habitude de dormir.

— Que voulez-vous, Élisabeth ? lui demandai-je sans lui adresser l'ombre d'un regard. Je suppose que vous savez et outrepassez les lois en venant ici.

— Officiellement, je n'ai plus l'autorisation de vous donner des informations sur le sujet. Mais rien ne m'empêche de venir vous voir en dehors des heures de travail. Pourquoi ont-ils fait ça ?

— Ils ont l'impression que l'on n'avance pas, c'est compréhensible... Selon eux, il n'y a aucun lien entre le meurtre de Manchini et les cadavres semés par l'Homme sans visage.

— Ils attendent juste des preuves.

— Que je suis incapable de leur apporter, il faut l'avouer.

Je forçai sur les sangles de ma vieille valise de cuir pour pouvoir la fermer.

— Où allez-vous ?

— Quelque part, loin d'ici...

Elle désigna mon réseau ferroviaire.

— Encore l'une des facettes cachées de votre personnage, ce train miniature ? Je ne vous savais pas avec une âme d'enfant.

— Vous ne connaissez rien de moi. Cette loco, c'est la seule chose qui m'apporte encore du réconfort. Je me sens mieux avec elle qu'avec la plupart des humains. »

Elle se leva avec la raideur d'une barre à mine et me vida un chargeur de mépris sur le visage.

— Je ne peux pas croire que vous abandonniez comme ça, Shark !

— Que voulez-vous que je fasse ? Que je brûle tout sur mon passage, que je dise à mes supérieurs d'aller se brosser ? Ce n'est pas de cette façon que les choses fonctionnent, madame Williams.

— Vous ne m'appelez plus Élisabeth ? Vous m'écartez de votre horizon comme vous le faites avec tous ceux qui vous entourent ? Vous croyez que je suis comme eux ?

— Je n'en sais rien… Laissez-moi tranquille à présent…

— *La fille ne naîtra pas, parce que je l'ai retrouvée. L'étincelle ne volera pas et je nous sauverai, tous. Je corrigerai leurs fautes…*

Mes vertèbres se hérissèrent comme les poils drus d'un chat en rage.

— Pourquoi me dites-vous ça ? À quoi jouez-vous !

— Votre femme était-elle enceinte au moment de son enlèvement ?

Attaque acide au fond de ma gorge. Éruption de rage.

— Mais qu'est-ce que vous me racontez ? Sortez, Élisabeth ! Fichez le camp d'ici !

— Répondez, Franck. Essayiez-vous d'avoir un enfant ?

Je me calai dans l'un des angles de la chambre, me laissant choir, une flèche de détresse en plein cœur.

— Depuis plus d'un an, nous voulions avoir un enfant. Suzanne frôle la quarantaine et il était plus que temps… Nous avons essayé, mois après mois, sans succès. On nous a infligé une batterie d'examens qui n'ont rien révélé d'anormal. Nous présentions toutes les dispositions nécessaires pour que ça marche… Mais ça n'a jamais marché.

— Votre femme a été enlevée le trois avril. Si elle avait été prise, à quelle date cela se serait-il produit ?

Je saisis avec difficulté le sens de sa question.

Elle se reprit :

— À quelle date devait-elle ovuler ?

— Dites-moi ce que vous avez découvert !

— Donnez-moi la date probable de son ovulation. Je suppose que vous la connaissiez, étant donné que vous essayiez depuis des mois.

Je réfléchis longuement, le regard posé sur Poupette.

— Je… Je ne m'en souviens plus… ça fait plus de six mois !

— Faites un effort !

— Je… Oui ! C'était le jour du printemps ! Le vingt et un mars.

— Mon Dieu ! Ça pourrait bien correspondre !

— Dites-moi !

— Vous vous souvenez de sœur Clémence, torturée par l'inquisiteur d'Avignon, le père Michaélis ?

— Bien sûr… La sculpture de Juan de Juni… La punition infligée par l'assassin à Prieur pour ses péchés passés…

— Exactement ! La solution s'étalait sous mes yeux, mais je n'ai rien vu ! Tous les écrits concernant le père Michaélis ont été démentis par l'Église et la Très Sainte Inquisition, aucune preuve n'ayant pu être fournie à l'encontre du Père de son vivant. Son autobiographie, découverte au début du XIVe siècle, dupliquée par des moines copistes et des scribes, a été utilisée par les tribunaux royaux pour souligner les abus de l'Inquisition. Écoutez les différents passages de son récit : *« Par une seule femme, Ève, le péché est entré dans le monde et par ce péché, le vice s'est étendu entre toutes les femmes... » « Les âmes choisies, particulièrement perverses, payent la rançon de leurs propres erreurs. Je les purifie de toute souillure de la chair et de l'esprit, je les aide à grandir spirituellement au moment où elles rejoignent Dieu. Par leurs souffrances, elles lavent un peu plus à chaque fois le péché originel. »* Et voici celui qui m'a mis la puce à l'oreille, mot pour mot ce que vous a dit l'assassin. *« La fille ne naîtra pas, parce que je l'ai retrouvée. L'étincelle ne volera pas et je nous sauverai, tous. Je corrigerai leurs fautes... »*

Je me pris la tête dans les mains, recroquevillé dans mon coin comme sous l'emprise de puissantes drogues.

— Seigneur... Qu'a-t-il voulu dire ?

— Le père Michaélis a torturé et mené au bûcher un nombre incalculable de femmes au nom de l'hérésie et de l'Inquisition. Des actions toujours justifiées, les soupçons émis par l'Inquisiteur n'étant jamais remis en cause. Ses fidèles le surnommaient l'Ange rouge.

— L'Ange rouge ?

— Oui. Un messager qui appliquait la parole de Dieu par la voie du sang...

— Seigneur ! (Les palpitations de mon cœur remontaient jusqu'à ma tempe.) Et cette phrase, *la fille ne naîtra pas*, que signifie-t-elle ?

— L'Ange rouge raconte avoir été éclairé par Dieu sur la naissance d'un enfant qui serait possédé par six cent soixante-six démons. Une fille chargée de propager le péché originel, de répandre le mal sur Terre. La naissance de l'enfant était prévue pour le vingt-cinq décembre…

— Le jour de Noël ?

— Le jour de la naissance du Christ. Il a décrit la femme, la mère de cette enfant diabolique, au travers des pages de son autobiographie. Beaucoup de choses coïncident avec votre épouse…

— Donnez-moi ces pages !

— Je… Je ne les ai pas… Le livre est une copie ancienne… On ne peut pas le sortir de la bibliothèque.

— Faites-moi voir votre sacoche !

— Je…

— Je vous en prie… Je veux lire…

Elle me tendit des photocopies, la bouche serrée. J'en décortiquai les mots à voix haute. « … *J'ai coupé ses longs cheveux blonds auxquels elle tenait beaucoup. Ses yeux azur reflétaient l'étrange lueur de celles qui commercent avec le Diable. Pour la faire avouer, j'ai enfermé Suzanne un moment, un bon moment, dans un caveau où pourrissaient des corps d'animaux en décomposition. Elle a fini par parler. Le sacrifice de l'enfant après sa naissance sera une immense victoire sur le Mal.* »

Je lus la suite comme si je lisais mon propre acte de décès. J'étais mort intérieurement. Je n'éprouvais que des sentiments de colère, d'impuissance, de douleur morale extrême. Le monde s'écroulait autour de moi…

Un enfant… Suzanne allait donner naissance à un enfant… Notre bébé tant attendu. Des étoiles, des sphères argentées se mirent à papilloter dans ma tête. Le volcan de mes pensées explosa… Passage à vide, sorte d'évanouissement conscient…

Cet enfant, je voulais l'accompagner, j'aurais donné corps et âme pour coller mon oreille sur les courbes douces du ventre de sa mère, pour poser une main légère et sentir le tout premier coup de pied. Ces moments-là m'avaient été volés, pour toujours, pour l'éternité…

— Comment… cela… s'est-il terminé ? soufflai-je, terrassé par un chagrin sans nom.

Élisabeth arpenta nerveusement la chambre.

— L'enfant voulait sortir avant le vingt-cinq décembre… Le père Michaélis a tout fait pour retarder l'accouchement, persuadé que sa victoire sur le Malin serait un échec s'il ne tuait pas l'enfant le jour de Noël. Il… Je ne peux pas vous dire… Elles sont mortes toutes les deux, c'est tout !

— Que… que lui a-t-il fait ?

— C'est écrit dans ces pages.

— Dites-moi !!! hurlai-je.

— Il lui a cousu les lèvres génitales…

Les photocopies que je lâchai virevoltèrent un instant avant de se poser avec une délicatesse outrageante sur le sol. Ma voix se cassa :

— Mais… Pourquoi s'en est-il pris à ma femme ? Pourquoi Suzanne ?

— Pour la ressemblance, le prénom, le fait qu'elle était enceinte à ce moment-là… Des raisons que l'on ne pourra peut-être jamais expliquer…

— Mais… Comment aurait-il pu le savoir ? Je… J'ignorais moi-même que nous attendions un enfant ! Il… L'Homme sans visage… Il… a deviné…

Élisabeth porta une main à la bouche, tourna dans la pièce, leva Poupette, la manipula pour fuir mon regard et la reposa sur ses rails. « Il doit forcément y avoir une explication logique !

— Je… Qui est-il ? Qui est-il ? Il… est trop fort… Que… quels autres terribles secrets révèle encore ce livre ? Où… Où la retenait-il ?

— Les lieux ne peuvent pas coïncider avec ceux de notre époque, j'ai déjà vérifié. Nous savons maintenant ce qui le pousse à agir. Il se calque sur l'itinéraire sanglant de l'Ange rouge. Le père Michaélis a encore tué beaucoup, beaucoup d'innocents avant d'être découvert et de se donner la mort dans un monastère. Il avait confié ses écrits à des fidèles avant de mourir… Notre tueur ne s'arrêtera pas de lui-même. Vous devez vous mettre au travers de son chemin, Franck !

— Comment se mettre au travers du chemin d'un fantôme ?

— Raccrochez-vous à ce qu'il a fait, je vous l'ai déjà dit ! Ces meurtres sont bien réels. S'il veut que l'enfant sorte à terme, il traitera votre épouse correctement. Vu les produits qu'il a utilisés sur la fille de l'abattoir, ou la kétamine qu'il vous a administrée, il doit s'y connaître en médication. Il fera au mieux pour que l'accouchement se passe bien…

— Pour qu'il puisse tuer le bébé en toute tranquillité ensuite ?

— Il nous reste deux bons mois, Franck. Une soixantaine de jours pour mettre la main dessus…

— Quelle est la chronologie des meurtres du Père ?

Que représente la fille de l'abattoir dans son itinéraire de sang ?

— Le père Michaélis avait enlevé puis torturé des jours durant Madeleine Demandolx, qu'il tenait enfermée dans l'un des donjons du couvent. Le tout, sous le secret le plus strict et avec l'aide de quelques fidèles. Accusée, elle aussi, de commerce avec le Malin, simplement parce qu'elle entretenait des relations avec des hommes différents…

— Comme Marival avec son site Internet… Ces correspondances qu'elle nourrissait avec tous ces rebuts… De quelle façon Madeleine Demandolx est-elle morte ?

— Sous le coup des supplices endurés… L'assassin prend modèle sur l'Ange rouge en ajoutant sa touche personnelle avec des tortures plus longues. Quant aux victimes, leurs péchés sont plus graves ; vie adonnée au vice pour Gad ; mutilations sur des cadavres, pour Prieur ; amoralité et maltraitance d'animaux dévoilées aux yeux du monde, pour Marival… Sans oublier votre voisine, qu'il considérait peut-être comme une sorcière, avec son don de voyance ou de prédiction… Il les a toutes punies parce que au travers de leurs actes, elles n'avaient pas la crainte de Dieu ! Elles outrepassaient les droits des mortels fixés par le Seigneur !

Élisabeth sortit de sa sacoche un restant de photocopies qu'elle posa sur le lit.

— Voici l'autobiographie dans sa totalité. Presque deux cents pages de monstruosités… Tout y est clairement expliqué…

Elle s'installa à mes côtés.

— Il a encore commis un meurtre entre la mort de Madeleine Demandolx et celle de Suzanne Gauffridy, la mère censée engendrer l'enfant aux six cent soixante-six démons.

— Décrivez-le-moi.

— Une femme qui avait avoué au confessionnal ses penchants homosexuels… elle toussota nerveusement. Il… lui a brûlé les organes génitaux et les seins… Vous savez, il a été montré que le père Michaélis a rédigé ses écrits sous l'emprise de la folie. Aucun autre ouvrage de l'époque ne retrace ces meurtres et tout porte effectivement à penser que cette autobiographie n'est qu'un ramassis de mensonges. Voilà pourquoi elle n'est mentionnée nulle part, sinon, le père Michaélis aurait été considéré comme le plus grand meurtrier en série de tous les temps…

— Je vais renforcer la sécurité chez vous. Possible que vous soyez en danger.

— Ce n'est pas la peine.

— J'insiste…

Je pensai à la vidéo visualisée dans la matinée au SETFI. L'idée que le tueur filmait pour réaliser des *snuff movies* m'avait semblé cohérente, rationalisant un tant soit peu le monde d'horreur dans lequel il évoluait. Mais, avec les dires d'Élisabeth, je me rendais compte à quel point je m'étais trompé.

L'Homme sans visage, l'Ange rouge, n'avait rien d'humain. Une question me taraudait.

— Six cent soixante-six, cela représente bien le chiffre du Démon ?

— De la Bête, de Lucifer. Cinq démons puissants plus Lucifer donnent le premier six. Ensuite, les six jours de terribles souffrances du châtiment. Enfin, les six seront punis, Lucifer et ses hordes d'ogres, pour leurs atrocités sur les hommes. Cela donne six cent soixante-six.

— À quelle date exacte devait naître cette enfant ? Cette fille aux six cent soixante-six démons ?

— Le 25 décembre 1336.

— Il y a... six cent soixante-six années…

Élisabeth remua les lèvres, comme pour construire une parade, mais les mots se bloquèrent sur le bout de sa langue. Le calme qui, jusqu'à présent, l'avait soutenue, l'abandonna ; ses longues mains tremblèrent lorsqu'elle les posa en croix sur sa poitrine. Je murmurai : Nous poursuivons quelque chose, Élisabeth, quelque chose de pas humain et Doudou Camélia le savait…

— Il… Il y a un détail que j'ai omis de vous signaler, Franck…

— Allez-y…

— Je… Je ne peux pas y croire…

— Dites-moi ! »

Le chuintement soudain d'un jet de vapeur faillit stopper définitivement les battements de mon cœur. Élisabeth se plaqua par réflexe contre un mur, terrorisée. Poupette bouillonnait, vibrait, parée à affronter le rail. Je me précipitai sur elle et baissai une manette.

— Vous… vous avez certainement déclenché la mise en pression en la manipulant. Je… la pensais en panne… Dites-moi, maintenant !

Elle se décolla du mur, prudemment.

— Avant de mourir, le père Michaélis rajoute une dernière phrase, qui clôt son autobiographie : *Je reviendrai sauver le monde... quand le Mal descendra à nouveau sur Terre...*

— Six cent soixante-six années après la naissance prévue de cette enfant… Seigneur !

Le grand verre de vodka qu'Élisabeth but sec sembla lui donner un coup de fouet. Je l'accompagnai avec un verre de Four Roses dont je n'appréciai même pas la saveur. J'étais prêt, une nouvelle fois, à me laisser emporter par les flots ténébreux de l'alcool, mais une petite voix m'enjoignit de continuer à me battre pour Suzanne et le bébé.

— Je dois me raccrocher à quelque chose ou je vais péter les plombs », confiai-je à Élisabeth. « Diable ou pas, j'irai au bout… J'ai une petite piste… Le gars qui a agressé Julie Violaine, ce Manchini, a été assassiné pour éviter qu'il dévoile quelque chose de primordial. Il s'était filmé en train de l'agresser.

— Vous rigolez ?

— Ai-je l'air de plaisanter ? Je pense qu'à un moment donné, le grain de sable nommé Manchini, s'est introduit dans la mécanique parfaitement éprouvée d'une terrible machine assassine… Alors, on l'a fait disparaître discrètement en simulant un accident. En marge de notre… Ange rouge, bien entendu… Son ou ses assassins ne devaient pas se douter qu'on le retrouverait si vite et donc, dater l'heure du décès avec précision, pour en déduire qu'il ne s'agissait pas d'un accident. Je ne vois encore aucun lien avec notre affaire, mais ce lien existe, j'en suis persuadé.

— Une idée sur les auteurs du meurtre ?

— Manchini s'est déplacé précipitamment en pleine nuit, je suppose donc qu'il connaissait fort bien celui qui l'a appelé. Son portable a été subtilisé, les données de son ordinateur effacées… Je pars pour le Touquet. Je vais aller rendre une petite visite à Torpinelli père et fils.

— Ces gens-là ? Risqué, non ?

— Je veux comprendre, Élisabeth, vous saisissez ? Je… Je ne veux pas mourir sans savoir…

Elle posa son verre vide à l'envers sur la table, comme les Russes, annonçant d'une voix réchauffée par l'alcool :

— Je serai vos yeux et vos oreilles sur l'affaire. Tous les dossiers remontent jusqu'à moi. Je vous tiendrai au courant.

— Vous risquez votre place, vous le savez ?

— Vous êtes le seul qui ayez vraiment cru en moi… Et je ne peux plus vous laisser tomber, désormais… Nous le combattrons à deux… Qui que ce soit…

* * *

Au moment où je m'apprêtais à embarquer pour le Touquet, mon téléphone sonna.

— Commissaire… Sharko ? Voix fébrile et hésitante à l'autre bout.

— Lui-même.

— Je suis la voisine d'Alfredo Manchini. Vous vous souvenez ? La fille avec… la gastro-entérite…

— Bien sûr. Je vous avais laissé ma carte.

— J'ai… longtemps hésité avant d'appeler… Sanglots. J'ai appris… qu'il avait eu… un accident… Mais je n'y crois pas vraiment…

— Pour quelle raison ?

— Passez… Je vous expliquerai…

Son état ne s'était guère amélioré. En forme, ce devait être une belle fille, mais, pour le moment, ses yeux éraillés d'éclairs de sang et son teint cireux lui donnaient l'air d'une zombie version mauvais film des années soixante.

Elle garda ses distances.

— Restez loin de moi si vous…

— Ne vous inquiétez pas. Les microbes ont plus peur de ma présence que moi, de la leur ! Racontez-moi.

La chambre ressemblait étrangement à celle de Manchini. À croire que le bâtiment dans sa totalité servait de refuge à la populace riche du Tout-Paris. Elle s'humecta le bout de la langue dans un verre où dansait une aspirine, grimaça et avala le tout.

— Alfredo m'a confié une clé, il y a trois jours, me demandant de la garder avec moi et de la donner à la police s'il lui arrivait quelque chose. Mais…

Elle me tendit la petite clé.

— Vous avez une idée de ce qu'elle ouvre ?

— Il m'a parlé d'un coffre dissimulé dans un bureau de la villa de ses parents… Ce sont des CD ROM… importants…

— Vous savez ce qu'ils contiennent ?

— Non.

Je serrai les poings. « Vous auriez dû nous en parler la première fois !

— Il voulait que je la donne uniquement s'il lui arrivait un malheur ! Il avait confiance en moi !

Elle se mit de nouveau à pleurer. Je m'enquis doucement :

— Vous m'avez dit au téléphone, tout à l'heure, que vous ne croyiez pas à l'accident…

— En effet… L'histoire de la clé, déjà… Puis les bruits, cette nuit-là… Alfredo n'était plus le même, ces derniers temps. On aurait dit que quelque chose le tracassait, qu'il avait peur…

— De quoi, à votre avis ?

— Difficile à dire. Nous dînions assez souvent ensemble et je l'ai senti distant, plus silencieux. Il ne mangeait plus beaucoup, ne sortait plus non plus…

— Vous étiez proches ?

Elle hésita une fraction de seconde.

— Amis, uniquement.

— Vous n'étiez pas attirée par lui, ni lui par vous ?

Nouvelle hésitation, plus franche.

— Alfredo n'était pas mon genre de mec…

— Et vous n'étiez pas son genre de fille ?

— Exactement. »

Je m'approchai d'elle et lui pris la main.

— Vous me dites la vérité, maintenant ? Alfredo est mort et, tout comme vous, j'ai la conviction qu'il a été assassiné. Si nous voulons punir les auteurs du crime, vous devez tout me raconter.

Elle se laissa choir dans un fauteuil à oreillettes, la tête rejetée vers l'arrière.

— D'accord. J'étais accro à Alfredo. Un beau gosse, Rital et balèze, par-dessus tout. Mais… Il a toujours refusé… Je ne sais pas pourquoi…

Ses yeux se noyèrent dans les brumes. Je pensai au film de Manchini, à ces scènes sordides de l'agression de Violaine. Je lui tendis un mouchoir de papier avec lequel elle essuya son front ruisselant de sueur et de maladie.

Je l'interrogeai :

— Alfredo était-il fortiche en informatique ?

— Vous plaisantez ? C'était un dieu ! Capable de pirater n'importe quel serveur en moins d'une heure.

Il tuait son temps à hacker des sites pornos, récupérer des listes de mots de passe et les mettre à disposition gratuitement sur des forums…

— Vous avez fait ce qu'il fallait, avec la clé. Vous savez, je crois que Manchini refusait de coucher avec vous parce qu'il voulait vous protéger de lui-même, de ce qu'il était réellement.

— Vous savez des choses que j'ignore ? Dites-moi ce que vous avez découvert !

Je me levai et pris la direction de la porte. « Manchini était malade, à deux doigts de sombrer dans la folie meurtrière. Il aurait pu faire du mal à énormément de personnes, vous y compris…

Deux plantons tuaient le temps aux abords de la villa de Manchini en grillant une cigarette, dos collés contre la tôle d'un véhicule de fonction.

— Commissaire ! Qu'est-ce que vous faites là ? Vous savez que vous n'avez…

— Que je n'ai pas quoi ?

— C'est… c'est le divisionnaire… Il nous a interdit de…

— Je dois juste vérifier quelque chose… De très, très important… cela ne prendra que quelques minutes.

Le planton adressa un regard perdu à son collègue qui fit mine de ne rien entendre.

— Vous… Vous êtes sûr que vous n'allez pas nous mettre dans l'embarras, commissaire ? Uniquement quelques minutes ?

— Oui. J'entre et je ressors, comme le vent !

Je pénétrai et montai directement à l'étage.

Après avoir jeté un rapide coup d'œil dans les différentes chambres, je découvris un vaste bureau d'affaires. La pièce restait sombre malgré la fenêtre par laquelle brillait le soleil timide d'automne. Pas de trace de coffre. Je me dirigeai vers la massive bibliothèque plaquée contre un mur, face au bureau. Livres d'économie, de marketing, d'informatique, probablement jamais ouverts, parfaitement alignés et rangés alphabétiquement par thèmes.

Le meuble en chêne était bien trop imposant pour espérer le déplacer et, même en glissant un regard entre la bibliothèque et le mur, je ne décelai aucun relief laissant présager la présence d'un coffre. Passant une main sur le contour du meuble, puis entre les étagères, je sentis, sous le panneau qui soutenait la deuxième rangée de livres, un petit interrupteur sur lequel je m'empressai d'appuyer.

Bruit de piston, un système mécanique éventra l'étagère en deux. Le pan gauche se désolidarisa du pan droit et le coffre, un AL-KO AMC, apparut, encastré dans une partie du mur dissimulée par la bibliothèque.

Je n'eus pas besoin d'utiliser la clé. Quelqu'un était passé ici avant moi. La serrure avait été percée et la porte s'entrebâillait légèrement.

Bien entendu, l'intérieur du coffre était vide.

Une bourrasque de rage me fit serrer les deux poings. Mes prédécesseurs n'avaient pas fait le travail à moitié. Plus aucune trace de poussière d'acier laissée par le perçage, que ce fût sur les livres, le sol ou le mur…

La chance de me rapprocher de la vérité venait de me passer sous le nez. Mais, à présent, je savais que je ne me déplacerais pas pour rien au Touquet…

Chapitre quatorze

Alphonso Torpinelli Junior. Un serpent échappé des Enfers, une bête maléfique, curieuse et affamée, qui écrasait à coups de sabots les microbes qui osaient se dresser devant lui. Un homme puissant, très puissant ; un esprit malin qui brassait des milliards d'euros sur le marché le plus prolifique de tous les temps, le sexe.

Il avait su évincer du circuit son vieux père, un homme plutôt respectable. Le patriarche, atteint d'une tumeur au cerveau, avait été opéré une première fois avec succès ; mais le gliome s'était redéveloppé et sa position beaucoup trop risquée en interdisait l'ablation. Les spécialistes lui laissaient au maximum quatre mois à vivre.

On soupçonnait Alphonso Torpinelli de toutes les corruptions possibles et imaginables. Traite des Blanches, réseaux de prostituées dans les pays de l'Est, pédophilie et tout ce que le vice pouvait engendrer en ce bas-monde. Mais les malheureux qui avaient tenté l'expérience de fourrer le nez dans ses affaires, devaient, à l'heure actuelle, avoir nourri une bonne cinquantaine de grands requins blancs de l'océan Pacifique.

Sur l'esplanade du Touquet, la lune déjà bien en place jouait avec les vagues, les faisant scintiller au moment où elles se brisaient sur la plage déserte. Plus proche de Stella-Plage, au bout d'une jetée où s'accrochaient des paquets de moules, je devinai le bruissement d'ailes des dernières mouettes occupées à récolter les têtes coupées des maquereaux, laissées à l'abandon par les pêcheurs sur le gros dos de la mer. Un petit vent de terre soulevait des tourbillons de sable, déposant les grains sur les cabines fermées des vacanciers avant de les emmener à nouveau vers le large.

Dans la chambre de l'hôtel, je lus, page après page, horreur après horreur, l'ouvrage photocopié du père Michaélis et la grande main crochue de l'amertume s'abattit sur mes épaules comme une vague géante. Je priai Dieu pour que ce récit ne fût que le fruit de son imagination, mais je ne pus m'empêcher de penser que ce sanglant itinéraire avait sans doute réellement existé et que… l'Ange rouge était peut-être de retour…

Je priai pour ces victimes que je ne connaissais pas, je priai pour celles qui avaient croisé le chemin de l'Homme sans visage, je priai pour ma femme et mon futur bébé. Si un génie avait pu jaillir d'une lampe que j'aurais frottée un peu trop fort pour exaucer un seul de mes souhaits, je lui aurais demandé de nous emmener tous trois loin d'ici, de nous déposer sur une île déserte où il n'y aurait ni téléphone, ni radio. Juste nous trois, loin de l'haleine fétide de ce monde, loin de ces routes de sang et de ces visages horribles à regarder…

J'essayai à nouveau de tresser les brins de corde, de rapprocher les morceaux pour constituer un assemblage solide, mais je n'y arrivai pas. Manchini, l'Ange rouge, BDSM4Y… Liés par le vice, évoluant dans l'univers secret de ce qu'il ne faut pas voir, de ce qu'il vaut mieux ignorer si l'on veut vieillir en paix.

Je songeai à la découverte d'Élisabeth, à la façon dont son enquête littéraire l'avait conduite dans les bras du père Michaélis. Cherchant un parallèle avec les indices. Le cadre du phare accroché au mur. La photo du fermier, puis la lettre qui nous avaient orientés vers la piste religieuse. La scène du crime, cette expression du visage de Martine Prieur nous permettant de faire le rapprochement avec le buste sculpté par Juan de Juni. Nous en avions déduit un rapport entre les victimes, cette volonté de punir la douleur par la douleur. Le tueur m'avait ensuite dévoilé, au moyen de la pince à cheveux, qu'il détenait ma femme. Puis cette phrase, trop flagrante, où il reprenait mot pour mot les propos d'un Père meurtrier…

Il nous manipulait ; il traçait lui-même le fil de l'enquête, nous orientant dans les directions qu'il avait choisies pour nous. Nous étions entrés dans son plan diabolique sans même nous en rendre compte… Il jouait avec nos esprits et tendait les fils de nos âmes à sa guise… Il possédait d'évidents talents de psychologie, de machiavélisme…

Et si seulement il ne pouvait y avoir que cela ! Il avait deviné le don de Doudou Camélia, il avait su Suzanne enceinte ! À chaque fois, il me précédait d'un souffle, je n'évoluais que dans son sillage mortel, incapable de prendre les devants. Je poursuivais une ombre, une entité à la force de l'impossible…

De son côté, Manchini avait porté un terrible secret.

Un secret qui avait poussé quelqu'un à commettre un crime de plus.

Cette nuit-là, je n'eus plus peur de mourir. Mais peur de ne jamais connaître la vérité…

* * *

Le gardien borgne de la somptueuse villa des Torpinelli me tomba dessus, sans même me laisser appuyer sur la sonnette de l'immense portail hérissé de pointes métalliques. Il affichait une cicatrice esthétiquement incurvée sur la joue gauche, dont une pointe venait mourir sur le bord de son cache-œil noir en cuir. Sa longue chevelure or serpentait jusqu'aux épaules, lui donnant l'air d'un lion déchu, un roi de la jungle qui aurait reçu un coup de patte meurtrier dans un combat à la régulière. Quand il se pencha à la fenêtre, je devinai qu'il n'avait jamais dû sourire de sa vie.

— Quelque chose me porte à penser que vous vous êtes égaré me souffla-t-il avec une main sous le veston.

— Pas vraiment. Je suis venu voir monsieur Torpinelli, père de préférence, fils, sinon…

Un autre gardien, talkie-walkie à la main, remontait l'allée dans notre direction. Le lion déchu me demanda, la main plaquée sur ma portière ouverte :

— Vous avez rendez-vous ?

— Je suis venu tenir un brin de causette à propos du neveu, Alfredo Manchini.

Il scruta ma plaque d'immatriculation.

— Police ?

— Quel œil ! (Je collai ma carte que je n'avais pas rendue à Leclerc sur la tôle bleue du véhicule.) DCPJ de Paris.

Il me fusilla de son demi-regard. Son acolyte continuait à marmonner dans son talkie-walkie. À eux deux, ils étaient plus larges de carrure que les équipiers alignés des Blacks. Deux rouleaux compresseurs, un blond platine et un Noir au crâne lisse comme l'ébène. La caméra de surveillance, accrochée sur l'un des battants du portail, tendit son œil de verre dans ma direction. Bruit de mécanique, ajustement des optiques. J'ajoutai :

— Alfredo Manchini est mort et, vous savez, je dois faire mon boulot…

— Et ton boulot consiste à venir flirter avec la mort ? me balança le grand Black. Tu crois que tu vas entrer comme ça ?

— Je peux revenir avec du beau monde, répliquai-je en fixant la caméra. Mais je préférerais que nous réglions ça tranquillement, entre nous. »

Le talkie-walkie du beau blond émit un chuintement qui le fit s'éloigner un instant.

Il revint, me dévoilant autant de dents que de touches d'un clavier de piano.

— Laisse-le passer ! dit-il en s'adressant à Crâne-d'Ébène.

— Accompagne-le jusqu'à l'atrium… Le patron s'amuse.

Ils procédèrent à la fouille réglementaire et me confisquèrent mon vieux Smith & Wesson que je gardais d'ordinaire sous le siège conducteur de ma voiture.

— Tu récupéreras ton joujou en repartant, se gaussa Gueule-d'amour.

— Ne t'amoche pas l'autre œil avec », rétorquai-je en lui tendant mon feu par le canon.

Il grogna un coup et reprit son poste.

La demeure apparut au détour d'un boqueteau de sapins, à presque trois cents mètres de la grille d'entrée. Le terrain était si vaste que l'on n'en voyait pas les limites et Dieu sait qu'elles existaient, gardées par une demi-douzaine de porte-flingues. À côté du palace que je découvrais ici, la villa du Plessis ressemblait à une boîte d'allumettes.

Crâne-d'Ébène me conduisit dans une pièce confinée, l'atrium, où je crus effectuer un saut dans le temps de plus de deux millénaires. Trois gladiateurs croisaient le fer au centre d'une piste circulaire de sable. Deux d'entre eux, un rétiaire armé d'un filet et d'un trident, et un hoplomaque, équipé d'un lourd bouclier rectangulaire et d'une épée longue, s'érigeaient contre le troisième, un secutor à l'allure plus vive et à l'équipement extrêmement léger.

Les armes de bois conçues pour le jeu sifflaient dans l'air comme des feux d'artifice. Le secutor esquiva le trident, se plia sur la gauche au ras du sol et envoya un monumental coup d'épée dans le flanc nu du rétiaire, qui gémit avant de s'effondrer, les deux bras en avant.

— Ça suffit ! ordonna le secutor.

Ses deux adversaires s'écartèrent en haletant, boitillant, et disparurent dans le vestiaire situé à l'arrière de l'atrium. Le secutor leva la visière de son casque et je reconnus le visage trempé de sueur de Torpinelli Junior. Il me désigna des présentoirs sur lesquels reposait une quantité effroyable d'armes et de protections en cuir de l'époque romaine.

— Choisissez, me proposa-t-il. Il y en a pour tous les goûts et chaque tempérament doit y trouver son compte. Je vous attends. Battez-moi et nous parlerons. Sinon, il faudra revenir une autre fois, avec autre chose que votre pauvre carte de police… Et soyez plus combatif que ces deux idiots.

— Je ne suis pas venu ici pour jouer !

— Alors Victor va sagement vous raccompagner vers la sortie…

Je me dirigeai vers les étals.

— Vous n'avez rien d'autre à faire pour occuper vos journées ? Vous vous ennuyez à ce point ?

— Lorsqu'on a tout, il faut bien être inventif pour tuer les journées…

Je mimai du doigt une cicatrice sur ma joue.

— Je suppose que ce n'est pas le beau gosse de l'entrée qui dira le contraire…

Il rabattit sa visière, me tourna le dos et fendit l'air de coups d'épée précis. J'ôtai ma cravate, ma veste et endossai le galerus par l'épaule. La pièce de cuir tomba le long de mon flanc gauche jusqu'à ma hanche. J'enfilai aussi les jambières et les coudières avant de passer un casque orné d'une crête en forme de poisson. Je glissai mon bras dans un petit bouclier rond, léger et maniable, et, de l'autre main, je saisis un sabre courbe.

— Parmularius, me lança-t-il.

— Pardon ?

— Vous portez l'équipement d'un parmularius. Gladiateur de grande qualité, vif, agile, mais aux protections peu efficaces. Vous êtes prêt ?

J'eus le temps d'apercevoir le sourire lustré de Crâne-d'Ébène qui barrait l'entrée comme un bon chien de garde avant de me positionner pour l'attaque.

— Allons-y, fis-je d'un air faussement assuré.

Nous tournâmes un moment dans le sable à nous observer et, sous le casque, la sueur perlait déjà de mon front pour venir enfler mes sourcils. Soudain, Torpinelli abattit son épée et j'eus à peine le réflexe de parer avec mon bouclier qu'il m'envoya un coup de pied dans l'abdomen. Le choc me propulsa d'un bon mètre en arrière.

— Il faut être prudent ! vomit-il au travers du casque.

— Je ferai attention la prochaine fois, renvoyai-je dans un souffle court.

Je me courbai un peu plus, me demandant si je n'aurais pas mieux fait de choisir un bouclier plus large, mais il allait m'écraser si je ne réagissais pas instantanément. J'envoyai un coup de sabre en bois qu'il esquiva avec aisance et il répliqua cette fois d'un mouvement de bouclier qui me percuta la cuisse. La pièce de cuir ne me protégea qu'illusoirement et mon visage se plissa de douleur.

— Ça fait mal ? bava-t-il derrière un rire idiot.

Cette fois, j'y mis du cœur. Deux coups vifs de sabre le placèrent sur ses gardes, un troisième qui manqua de lui raboter l'arête du nez, le fit reculer et buter du pied contre le bord de la piste de sable. Il chuta vers l'arrière.

— Attention de ne pas poser les pieds n'importe où ! envoyai-je.

— Pas mal pour un vieux…

L'affront de la chute devant son acolyte dut l'exaspérer. Il se rua dans ma direction, l'épée brandie derrière la tête et je n'eus qu'à basculer sur le côté pour éviter son attaque. Il me tournait le dos, j'en profitai pour lui allonger un coup précis et sec au niveau de l'omoplate gauche. Il grimaça. Le double échec chassa sa confiance. Il me toucha encore une fois ou deux, mais je dominais à présent le combat et il capitula dix minutes plus tard, au moment où je lui abattis le sabre sur le dessus du casque, dans un coup sourd qui le sonna comme une cloche de Pâques.

Je ressentis une sensation de béatitude extrême après le combat, comme si, le temps d'un affrontement, toutes les pensées noires qui m'oppressaient depuis des mois avaient fui la terreur de mon propre corps. Le grog qui chasse le bon rhume…

Le gladiateur déchu claqua des doigts et Crâne-d'Ébène se volatilisa dans une autre pièce.

— Qu'est-ce que vous voulez ?

— La mort de votre cousin n'a pas l'air de vous perturber…

— Il faut savoir faire face à la mort. La mort, je la vois tous les jours rien qu'en regardant mon vieux père. Et ce n'est pas pour ça que je pleure. Répondez à ma question. Que voulez-vous ?

— Enquête de routine. Disons que j'essaie de comprendre pourquoi votre cousin a soudain eu l'envie de faire une séance de musculation à deux heures du matin.

Il se dirigea vers le vestiaire et je lui emboîtai le pas. Ma chemise suintait de sueur et mes vêtements de rechange étaient à l'hôtel. Je me sentais… gras.

— Accompagnez-moi dans le sauna, proposa-t-il. Je vais vous faire apporter un change…

Quitte à me sacrifier, *sacrifice rentable*, je jouai le jeu jusqu'au bout. Il me tendit une serviette en éponge que je nouai autour de ma taille après m'être déshabillé.

— Vous êtes plutôt bien bâti, ironisa-t-il. Pas une once de gras.

— Parce que vous pensez qu'à quarante-cinq ans on est foutu ?

— Disons qu'on traîne parfois un peu la patte…

Lorsque je pénétrai dans la petite pièce tapissée de lambris, une vapeur de marmite bouillante me sauta à la gorge, j'eus sur le coup l'impression d'avoir avalé un flambeau. Torpinelli versa une casserole d'eau sur des pierres volcaniques. Un nuage opaque se répandit autour de nous, accroissant sensiblement la température de quelques degrés supplémentaires. Des rouleaux de feu semblaient pénétrer mes poumons.

— J'ai appris que l'on avait autopsié mon cousin. À quoi jouez-vous ?

— Je vois que vous avez vos sources.

— J'ai des yeux partout. Métier oblige.

— La procédure d'autopsie est obligatoire dans le cadre d'une enquête criminelle.

Ses yeux brillèrent au travers des écharpes grises de vapeur.

— Quelle enquête criminelle ?

— Quelqu'un s'en est pris à votre cousin et a cherché à dissimuler l'acte en accident.

Torpinelli versa cette fois juste un verre d'eau sur les pierres. Je ne distinguais même plus mes pieds, ni les murs qui nous entouraient. J'entendais seulement sa voix caverneuse :

— Alfredo était un gars sans histoire. Pour quelle raison l'aurait-on assassiné ?

— J'aurais aimé avoir votre avis là-dessus.

— J'en sais fichtre rien.

La chaleur devenait insupportable. J'ouvris la porte, me gorgeai de l'air des vestiaires et restai dans l'embrasure.

— Vous le voyiez souvent, votre cousin ?

— Je n'ai pas beaucoup le temps, vous savez, avec les affaires…

— Quand l'avez-vous rencontré pour la dernière fois ?

— Cet été. En août. Il est venu deux semaines ici.

— Quoi faire ?

— Ça vous regarde ? Éclipse de silence, puis : Je lui ai demandé d'installer un système de webcams dans le studio et dans nos donjons de tournage. Vous voulez l'adresse du site ? Vous pourriez vous rincer l'œil moyennant un abonnement au coût très raisonnable. Mais puisque vous m'avez battu, je vous ferai une fleur…

J'ignorai son sourire de coin.

— Pas trop mon style, merci. Vous embauchez beaucoup de hardeuses ?

— Une vingtaine.

— Vous les logez ?

— Dans l'aile ouest. C'est mieux d'avoir les filles à proximité pour… travailler…

— Je vois… La vue quotidienne de ces filles par caméra interposée et même en direct ne rendait-elle pas Alfredo… comment dire… dingue ?

Le coulis de vapeur gagnait à présent la totalité du vestiaire. Torpinelli se rinça sous une douche froide et s'écrasa sur un banc en pin massif.

— Vous connaissez les chauves-souris vampires, commissaire ? Ces animaux me fascinent. Elles pendent aux arbres tout le jour, au point que ceux qui les ont vues en parlent comme de noix ou de cosses géantes. Mais quand arrive la nuit, elles se transforment en de redoutables prédateurs. Capables de vous vider un bœuf comme ça il claqua des doigts – des hommes, des femmes, ne se sont jamais réveillés suite à leur baiser mortel.

— Alfredo Manchini était une chauve-souris vampire ?

— La pire de toutes. Vous savez, il avait un réel problème avec les femmes.

— C'est-à-dire ?

— Je le voyais à son air de vicieux face à l'écran quand il matait mes hardeuses. Le type calme et frustré qui cache un volcan en lui. Je lui ai souvent proposé de s'envoyer une des filles, voire plusieurs, mais il a toujours refusé. Alors une nuit, pendant qu'il dormait, j'ai demandé à l'une d'entre elles d'aller lui faire… une petite surprise… Je voulais voir sa réaction… Il… m'intriguait vraiment.

— Et ?

— La chauve-souris vampire s'est réveillée…

— Mais encore ?

— Il l'a ligotée pendant plusieurs heures puis l'a baisée jusqu'au petit matin. Il avait la queue en flammes et on a dû la fourrer dans un gant de toilette rempli de glaçons. Intéressant comme les gens changent quand ils pensent avec la queue, non ?

Il coiffa ses cheveux vers l'arrière et les plaqua avec une couche dc gomina. Le peigne pliable finit dans la poche intérieure de sa veste.

— Votre cousin avait peur de quelque chose ou de quelqu'un. Vous en avait-il parlé ?

— Non. Ce n'était pas son genre d'exposer ses soucis. Nous avons tous les nôtres. Vous ne pouvez pas imaginer le nombre de personnes qui veulent me faire la peau.

— Si, j'imagine…

Il se leva et se rhabilla. Je fis de même avec mes propres vêtements, laissant ceux que l'on m'avait apporté sur le banc.

— Votre cousin a agressé l'une de ses professeurs. Nous l'avons retrouvée ligotée et torturée, nue sur son lit.

Il jeta sa serviette avec violence sur le sol.

— Le sale enfoiré ! Ça ne m'étonne pas de lui ! Frustré de mes deux !

— Vous ne le portez pas dans votre cœur, me semble-t-il.

— Pas spécialement… Cet abruti était plein aux as. Et tout ce qu'il a trouvé à faire, c'est d'aller perdre son temps dans une école d'ingénieurs de merde ! Une honte pour notre famille !

— Apparemment, avant de mourir, il s'est bien rattrapé ! Et faisait aussi preuve d'un certain talent pour la vidéo, je crois que son petit film se serait très bien vendu…

— Qu'est-ce que vous me racontez ?

— Votre cousin s'est filmé en train de torturer cette enseignante.

L'annonce l'immobilisa un instant.

— Vous avez découvert ce film où ?

— En quoi cela vous intéresse-t-il ?

— Je veux juste savoir.

— Sur son ordinateur… Le ou les crétins qui ont essayé d'effacer les données de son PC devraient aller se… rhabiller…

Il me démolit du regard. Je recadrai :

— Cette hardeuse qu'il s'est envoyée, elle ne s'est

pas plainte des tendances sadomasos de votre cousin ? Elle s'est laissé faire ?

— C'est son quotidien. Elles aiment ça, les salopes. C'est ce qui rapporte, le bizarre, le SM, le bondage. De nos jours, le public attend autre chose que la simple pornographie brute de fonderie.

— Comme le viol filmé en direct ?

— Ouais. Un bon filon. Mais je suppose que vous n'êtes pas idiot, vous savez qu'il s'agit de faux ?

— Moi, oui. Mais les malades qui visionnent ces films le savent-ils vraiment ?

— C'est pas mes oignons.

J'enfournai ma cravate dans ma poche et laissai mon col de chemise ouvert.

— Il me semble que votre père n'apprécie pas vraiment ce que vous faites.

J'eus l'impression que des flammes allaient jaillir de ses narines.

— Ne parlez pas de mon père ! Il n'a plus les capacités de diriger les opérations ! Et je ne fais que m'adapter à la demande ! Attention à ce que vous dites, commissaire !

Je scrutai chaque trait de son visage. BDSM4Y, vous connaissez ?

Aucune réaction. S'il cachait son jeu, il le cachait bien.

— Ce sigle ne me dit rien.

— Jusqu'où vont les demandes de vos clients en matière de bizarrerie ?

— Si vous saviez comme ils sont imaginatifs ! Mais je ne crois pas nécessaire de vous décrire ce genre de choses. Vous commencer à m'irriter sérieusement avec vos questions. Abrégez, ou je vous fais raccompagner !

— Vous n'avez jamais eu des demandes de *snuff movie* ?

— Qu'est-ce que vous dites ?

— *Snuff movie*, vous connaissez ?

Il tira la porte du vestiaire.

— Victor ! Victor !

— Répondez !

Il me tira par le col de veste et me plaqua contre le mur humide de vapeur.

— Ne répète plus jamais ce mot devant moi, fils de pute ! Maintenant, tu vas ouvrir grand tes oreilles, commissaire ! Tu mets encore un pied ici, t'es mort ! C'est très dangereux de venir seul, on ne sait jamais ce qui peut arriver ! Alors, si t'oses te pointer, viens bien accompagné !

Je me dégageai de son étreinte en le poussant avec violence, me retenant de le démolir. Si je levais le bras sur lui, j'étais cuit. J'osai quand même.

— Toi, tu vas m'écouter ! Je ne vais pas te rater ! Si je découvre la moindre entourloupe à ton sujet, si tu pètes ailleurs que dans ton froc, je serai là pour te coincer. Je ne sais pas ce que tu caches, ni pourquoi toi ou l'un de tes affreux avez éliminé Manchini, mais je le découvrirai.

Crâne-d'Ébène se mit en travers de mon chemin, bras croisés.

— Fous-moi ça dehors !!! hurla Torpinelli. T'es un homme mort !

Je prévins Crâne-d'Ébène.

— Tu me touches, je t'explose ta sale cervelle !

Il me laissa circuler, un sourire d'Oncle Ben's aux lèvres. Au sortir de l'atrium, au sommet de l'escalier en marbre, peinait à se déplacer le vieux Torpinelli, courbé sur une canne. Je crus lire sur ses lèvres EN-TER-RE-MENT avant qu'il ne disparût dans le couloir, voûté comme un pape.

Crâne-d'Ébène me colla jusqu'à la sortie, où Gueule-d'amour, le lion déchu, me décocha un sourire narquois.

— T'espérais quoi, monsieur le P-O-L-I-C-I-E-R ?

— Tu as déjà pensé à te présenter aux élections pour le Front National ? rétorquai-je. Tu me fais penser à quelqu'un, mais je ne me rappelle plus qui.

Il lança mon Smith & Wesson sur le siège conducteur de ma voiture.

— Tire-toi ! Tire-toi loin, très loin d'ici !

— Je ne serai jamais bien loin… Et quand je reviendrai, tu seras le premier à le savoir.

— Surveille bien tes arrières, alors…

Enterrement… Le vieux Torpinelli venait de me fixer un rendez-vous.

* * *

Je me voyais mal débarquer au milieu de la cérémonie funéraire et m'approcher du vieux en lui demandant un truc du genre : *Alors monsieur, racontez-moi ce que votre fils a fait de mal !* À l'évidence, mieux valait jouer la prudence. Par un moyen ou un autre, s'il le désirait vraiment, le patriarche tenterait de prendre contact avec moi.

L'enterrement d'Alfredo Manchini devait se dérouler dans l'après-midi au cimetière du Touquet. Une pluie horriblement cinglante, chargée de l'air du nord, se déversait du ciel noir depuis la fin de matinée. Je fis plusieurs fois le tour du cimetière. D'abord en voiture, en longeant les palissades pour constater, à regret, que je n'avais aucun point de vue sur l'intérieur. Puis à pied, afin d'essayer de me dénicher une planque pour observer la cérémonie sans risque. La fosse avait été creusée au bout de la dixième allée, sous un if, protégée par une bâche bleue. Mon analyse fut brève. Si je voulais dégoter une place de choix aux réjouissantes festivités, il fallait absolument me trouver au cœur du brasier, dans le cimetière.

À 15 h 00 tapantes, le cortège funéraire assombrit la rue alors qu'au loin, les cloches de l'église tintaient encore. De longues berlines noires, des vitres teintées, des regards derrière des lunettes de circonstance, se suivaient dans un silence à peine perturbé par le soupir de la pluie. J'avais garé mon véhicule dans un parking résidentiel à presque un kilomètre du cimetière. Je me terrai dans le hall d'un immeuble, bien au sec, ma paire de Zeiss à la main.

Il n'y avait qu'une vingtaine de personnes. Je supposai que les Torpinelli avaient préféré un enterrement sans éclat médiatique. Vite passé, vite oublié… Le vieux sortit en dernier, accompagné par deux porte-parapluies qui le collaient comme son ombre.

La pluie m'arrangeait, elle n'aurait pas pu mieux tomber. Déployant un vaste parapluie, une dizaine de minutes après le début de la cérémonie, je pénétrai discrètement dans le cimetière, me dirigeant vers l'extrémité opposée à celle où s'amassaient vestes et cravates noires. Je portais un bouquet de chrysanthèmes, pour me disculper de tout soupçon. Le vieux se tenait plus en retrait, installé sur une chaise pliante, ses jambes semblant à présent incapables de soutenir le poids de son corps. De temps en temps, il scrutait l'ensemble des tombes, derrière lui. Je m'arrangeai, en me décalant de deux allées, pour me situer dans son champ de vision. Lorsqu'il tourna un regard dans ma direction, je levai mon parapluie pour qu'il distingue mon visage, puis le rabaissai aussitôt lorsque Gueule-d'amour jeta une œillade perçante vers moi. Je fis mine de nettoyer la tombe. Le lion déchu enfonça la main sous sa veste, avança dans ma direction, mais le vieux le rappela à l'ordre et lui murmura quelque chose à l'oreille. Il venait d'éviter ce qui, dans un sens comme dans un autre, aurait conduit à un incident inévitable.

Un corbeau se posa à côté de moi et, les ailes déployées telles deux capes, le cou tendu, se glissa entre deux sépultures pour y picorer des vers de terre. La pluie drue me dévorait les épaules et le froid pénétrait en moi sous l'effet des violentes bourrasques. Mon parapluie faillit se retourner mais tint bon. Gueule-d'amour m'avait à l'œil. Il m'avait reconnu. De temps en temps, il posait sa main devant son imperméable et mimait, deux doigts tendus et le pouce replié sur l'index, la forme d'un revolver. Il n'attendait qu'une chose, que je m'avance.

Cependant, je pris soin de rester à l'écart et de patienter. Je cherchais déjà comment j'allais pouvoir fuir du cimetière sans passer par l'entrée principale et, surtout, sans me retrouver le corps criblé de balles…

L'inhumation dura à peine un quart d'heure et je me demandai, au départ des premiers participants, de quelle façon allait procéder le vieux pour se mettre en contact avec moi. Je le vis insister auprès de son fils pour se recueillir encore un instant. Il se leva de sa chaise, passa les mains dans le dos. Il serrait une pochette de plastique pliée. Réalisant le signe de la croix devant la tombe, il arrangea ensuite une couronne mortuaire et déposa, j'en avais la quasi-certitude, l'enveloppe plastifiée sous l'un des pots de fleurs, au bord du couvercle de marbre.

L'affaire se corsa vraiment cinq minutes plus tard. Alors que je pensais avoir entendu les derniers ronflements de moteurs, deux ombres fichtrement trapues se découpèrent à l'entrée du cimetière, dont une longue chevelure blonde ruisselante de pluie. Gueule-d'amour. Il choisit une allée médiane, son acolyte étrangement noir contournant par l'extrémité sud, celle où je me tenais. Ils avaient troqué leurs parapluies contre des Beretta et, à constater leur allure déterminée, je compris qu'ils venaient pour me tailler autre chose qu'un brin de causette.

Le corbeau assombrit le tableau d'un long croassement qui aurait fait peur à un mort. Jetant mon parapluie, je dégainai mon vieux Smith & Wesson et me faufilai au travers des allées en chevauchant les tombes, baissé de manière à disparaître derrière les marbres. Les cous de mes poursuivants se tendirent comme ceux des furets, puis ils accélérèrent leurs foulées, tout en restant prudents. Je me précipitai, dos voûté, vers la tombe de Manchini, levai le pot de fleurs, m'emparai de la chemise plastifiée et la fourrai dans ma poche.

Au même moment, une balle faillit me décoller l'oreille gauche. Un vase de marbre explosa. Le corbeau s'envola mais, dégommé en plein vol, vint s'écraser à une dizaine de mètres de moi. Je m'accroupis derrière une stèle, les genoux dans la boue, et logeai une balle dans le tronc d'arbre derrière lequel se camouflait Gueule-d'amour. Du coin de l'œil, je surveillai Crâne-d'Ébène, dont l'ombre noire se faufilait entre les colonnes funéraires, quatre divisions plus loin. Le coup de feu dut les refroidir un instant, ils ne bougèrent plus de leurs planques. J'en profitai pour remonter l'allée et, dos cassé, me rapprochai de l'entrée annexe que j'avais repérée auparavant, à l'arrière du cimetière. Les balles fusèrent à nouveau. Un morceau de stèle vola, un autre projectile ricocha sur la surface marbrée d'un caveau avant de se ficher quelque part pas loin. Je me plaquai au sol, vidai au jugé la moitié de mon chargeur avant de me relever, pour riper le long de la palissade où je me trouvais sacrément à découvert.

Au moment où j'allais être hors d'atteinte, je sentis un éclair dans l'épaule droite comme si l'on m'avait enfoncé un poignard. Le sang ruissela sur mon imperméable et se mêla à la pluie en un rouge sale. Malgré le faisceau de douleur, je m'élançai sur la route, parcourus une centaine de mètres et arrêtai une voiture en me plaçant au milieu de la chaussée, arme pointée en avant.

Les pneus crissèrent, le regard sous l'habitacle se voila d'effroi lorsque je me jetai sur le siège arrière en hurlant : « Je suis de la police, roulez !!! » Pas besoin de le dire deux fois ! Le chauffeur enfonça l'accélérateur au maximum, la voiture dérapa et finit par filer plein champ. Mes deux poursuivants, haletant comme des marmites chaudes, apparurent au moment où nous prenions un virage.

— Déposez-moi aux urgences… dis-je au chauffeur sur un ton qui se voulait doux. Et merci pour le service…

— Je n'ai pas vraiment eu le choix, répliqua-t-il avec justesse.

* * *

La balle avait effleuré le deltoïde, abandonnant un petit sillon sanguinolent sur le dessus de mon épaule. En définitive, je m'en tirais avec cinq points de suture et un pansement serré. Ma carcasse de flic en avait vu d'autres.

Une fois à l'hôtel, enfermé dans ma chambre, je pris la pochette plastifiée et en sortis une feuille pliée, à l'intérieur de laquelle se cachait une autre feuille. Malgré la protection, une partie du papier avait bu l'eau, l'encre avait déteint et coulé comme des larmes sur un visage. Mais l'ensemble restait lisible. Je reconnus une écriture hésitante et fragile, celle d'un mourant. La première lettre disait :

« Je ne sais pas qui vous êtes, mais j'ai vu votre plaque d'immatriculation me signalant que vous représentez la loi. Votre présence aujourd'hui est un signe. Dites-moi ce que cache mon fils. D'importants virements bancaires sont régulièrement effectués de comptes clients vers l'un de ses comptes. Des sommes astronomiques. J'ai volé un nom dans son carnet d'adresses : Georges Dulac, qui vit à l'autre bout de la ville. Restez discret, ou il me tuera. Et même s'il ne me reste plus beaucoup de temps à vivre, je veux connaître la vérité. Je suis surveillé ici, alors ne cherchez surtout pas à entrer en contact avec moi. Il ne vous le permettra pas... Vous me laisserez un message sous le pot de fleurs demain. Je passerai au cimetière à 15 h 00...

Quoi qu'on en pense, je suis un homme d'honneur, monsieur. Si mon fils bafoue la loi et cet empire que j'ai tant peiné à construire, il faudra qu'il paie. »

Le second papier représentait l'impression d'un écran d'ordinateur, sur lequel apparaissait le nom de Dulac, avec des dates de virements bancaires. Un document qui n'avait rien d'officiel. Juste des chiffres posés dans une grille. 15 avril, trente mille euros. 30 avril, cinquante mille euros… Et ainsi de suite, tous les quinze jours, depuis avril, avec des pointes à deux cent mille euros au début du mois de septembre… Un calcul rapide m'amena à une somme d'environ cinq millions d'euros, en même pas six mois… Je crus deviner ce que représentaient ces transactions et priai Seigneur Dieu pour qu'il en fût autrement…

Je me connectai à Internet via mon ordinateur portable et la prise téléphonique de la chambre d'hôtel, puis lançai une recherche sur le nom de Georges Dulac. Les résultats retournés confirmèrent mes doutes. Il gérait des portefeuilles importants de clients boursiers, achetant et vendant des warrants, des actions, des capitaux-risques ou des options. Il pesait un tel poids dans le domaine de la finance qu'il était capable de faire perdre dix pour cent à une action par le simple jeu de la spéculation. L'un dc ces requins pour qui le pauvre est un cafard à aplatir du talon.

Je me mis en route vers son domicile, bien décidé à découvrir la nature réelle de ses dépenses.

Georges Dulac se trouvait en voyage d'affaires à Londres et ce fut sa femme qui m'accueillit. Une saucisse argentée vint explorer le dessus de mes chaussures en aboyant.

— Laisse le monsieur tranquille, Major ! Allez, file ! ordonna la femme d'un ton de vieille mégère.

Le chien n'obéit pas.

— Je peux peut-être vous renseigner, monsieur ? Mon mari rentre dans la soirée.

Au premier abord, cette sexagénaire m'avait paru froide, rigide dans son tailleur Yves-Saint-Laurent. Mais elle me reçut avec courtoisie, m'invitant à entrer sans attendre ma réponse. La solitude des longues journées devait la dévorer.

— À vrai dire, cela m'arrange que votre mari ne soit pas là. J'aurais quelques petites questions à vous poser sur ses activités financières.

— Vous êtes du fisc ?

Je lui envoyai un sourire franc.

— Non, non, Dieu merci non ! Je suis…(je sortis mon badge)… de la police.

— Oh mon Dieu ! Que se passe-t-il ? Ne me dites pas qu'il lui est arrivé quelque chose !

— Non, ne vous inquiétez pas. Je mène une enquête dans le coin sur les Torpinelli…

— Ah ! Vous me rassurez ! Les Torpinelli… Des vrais poisons… Surtout le fils… Il est temps que la police fourre le nez dans leurs affaires ! Ils vendent du sexe comme on vend des bonbons. Quelle honte !

— Votre mari les côtoie ?

— Vous prendrez bien un Earl Grey ?

— Avec plaisir.

Nous nous installâmes dans le salon. Saucisse argentée jappa et grimpa sur mes genoux.

— Major ! Tu n'as pas honte ?

— Laissez-le. Les chiens ne me dérangent pas.

Celui-ci est… charmant… Avez-vous déjà côtoyé les Torpinelli ?

— Les Torpinelli ? Non, jamais de la vie. On ne mélange pas les torchons et les serviettes, vous savez. Il y a un monde d'écart entre ces gens-là et nous.

Son air hautain et sa façon de scinder le monde m'agaçaient sensiblement, mais je ne laissai pas ma voix trahir mes sentiments.

— Il semblerait pourtant que votre mari ait réalisé d'importants virements vers l'un des comptes Torpinelli.

Le fond de sa tasse de thé se mit à cliqueter contre la sous-tasse en faïence.

— Qu… qu'est-ce que vous dites ?

— Vous occupez-vous des comptes bancaires ?

— Non… Non, cela revient à mon mari de gérer nos comptes. Nous en possédons dans différentes institutions. En France, en Suisse, dans des îles… Je… Je n'y connais rien et je lui fais confiance, c'est son métier…

— Depuis six mois, il y a eu plus de cinq millions d'euros de virements au bénéfice des Torpinelli.

La peau détendue de ses joues se mit à vibrer sous l'effet de la nervosité. De petites secousses la contraignirent à poser sa tasse sur la table.

— Mais… Mais… Pour quelle raison ? De quoi s'agit-il ?

— C'est ce que je suis venu découvrir. (Je lui pris la main.) Vous me faites confiance, madame ?

— Je… Je ne vous connais pas… Mais… Je veux savoir…

— Comment se comportait votre mari ces derniers temps ? Rien ne vous a marqué ? Quelque chose qui pourrait sortir de l'ordinaire ?

Elle se leva et battit le plancher de pas hésitants.

— Non… Je… je ne sais pas…

— Réfléchissez…

— Il n'est pas souvent à la maison, vous savez… Il… Il est vrai que nous nous sommes disputés à plusieurs reprises dernièrement… Il passe ses soirées à travailler dans son bureau… Il s'y enferme, ne vient se coucher qu'au milieu de la nuit… Mon mari n'est plus qu'un fantôme, commissaire, un fantôme qui entre et sort de cette maison comme bon lui semble… Il a trop peur de vieillir, de rester prisonnier de cette gigantesque habitation…

Je me levai à mon tour.

— Où votre mari range-t-il ses relevés de comptes bancaires ?

— Je… Dans son bureau, je crois…

— Puis-je les consulter ?

— Je… Je ne sais pas… C'est confidentiel…

— N'oubliez pas que je suis de la police… Je cherche juste à reconstituer la vérité.

— Suivez-moi…

Je comprenais la détresse de cette femme. Seule dans cette banquise de pierre et de lambris. Perdue entre ces murs de glace, à l'écart du monde, des gens, de la vie. Elle se tenait droite, le torse bombé, fière d'être ce qu'elle était, une femme de riche, l'épouse d'un homme qui possédait tout mais qui ne se trouvait jamais à ses côtés. Une femme qui, semblait-il, ignorait les activités de son mari.

— Il ferme toujours son bureau à clé quand il y travaille ou quand il part… Mais j'en ai un double… Mon mari est cardiaque. Je n'aimerais pas qu'il lui arrive quelque chose dans ma maison sans que je puisse ouvrir la porte pour être auprès de lui.

— Et il sait que vous possédez cette clé ?

— Non.

Le bureau ressemblait plus à un salon qu'à un lieu de travail. Téléviseur, lecteur DVD, cafetière, large banquette de cuir blanc cassé, peau de tigre étalée sous une table basse. Et des papillons…

— C'est un grand amateur de papillons, constatai-je avec une pointe d'émerveillement.

— Il en fait importer du monde entier. Des spécimens rares, d'une beauté exceptionnelle. Regardez celui-ci, c'est un Argema Mittrei, le plus grand papillon du monde, plus de trente centimètres d'envergure. Quand sa mère est morte, mon mari a découvert un papillon blessé dans le coin de sa chambre. Un Grand Monarque. Il l'a pris, l'a posé sur le rebord de la fenêtre et l'insecte s'est envolé loin dans le ciel. Une vieille tradition indigène prétend que les papillons s'envolent avec les âmes des morts, qu'ils les portent au Paradis pour que ces esprits reposent en paix. Mon mari y a toujours cru. Il est persuadé que chacun de ces papillons a emmené une âme au Paradis, y compris celle de sa mère…

Elle parlait avec passion, les yeux illuminés d'une petite étincelle que je n'avais jusqu'à présent pas vu briller.

— S'il est si croyant que ça, pourquoi retenir tous ces papillons morts dans des cadres ? Pourquoi les priver de leur divine mission en les tuant ?

— Mon mari est très possessif… Il faut que tout lui appartienne… Ces papillons, comme le reste…

— Vous permettez que je jette un œil dans ses tiroirs ?

— Allez-y. Et j'espère sincèrement que vous ne découvririez rien…

Aucun relevé bancaire ni papier confidentiel. Juste des coupons d'ordres boursiers, des adresses de clients, des courbes de simulations tracées à l'imprimante couleur.

— Votre mari ne possède pas d'ordinateur ?

— Si, un portable et un ordinateur classique. Il emporte toujours le portable avec lui. L'autre est sous le bureau. En fait, il n'y a que la boîte de métal, on dit l'unité centrale je crois ? Mon mari a bricolé pour que l'écran de télévision serve aussi d'écran d'ordinateur.

Je me penchai sous le bureau. L'unité centrale se trouvait à gauche du siège, idéalement placée pour être allumée ou éteinte facilement depuis le siège.

— Je peux le mettre en marche ?

— Allez-y.

J'appuyai sur l'interrupteur.

— Vous avez déjà regardé ce que contenait cet ordinateur ? Je vois qu'il y a un lecteur de CD ROM et un graveur de CD. C'est du tout dernier cri.

— Je n'y connais absolument rien en informatique. Je ne serais même pas capable de l'allumer. Je sais juste que nous disposons d'une liaison rapide, mon mari l'utilise pour aller sur Internet. Il joue aux échecs avec des Russes.

L'écran bloqua au moment de l'identification.

— Il me demande un mot de passe… L'identifiant est resté présent à l'écran, il s'agit de Sylvette. Vous avez une idée pour le mot de passe ?

— Euh… Sylvette était le prénom de sa mère… Essayez Dulac.

— Ça ne marche pas. Autre chose ?

— Euh… Euh… Sa date de naissance alors ? 12101948.

Même écran. Erreur de saisie de mot de passe… Dernière chance, dis-je d'une voix crispée. Réfléchissez ! Ne vous en a-t-il jamais parlé ?

Elle orienta son regard vers un tableau de papillons.

— Je sais ! Monarque ! Essayez Monarque !

Doigts tremblants, je tapai les lettres composant le nom du papillon… Feu de Bengale sous ma chair…

— Ça passe !!!

Le bureau virtuel ne présentait que deux icônes. L'une pour lancer un navigateur Web, l'autre pour démarrer la messagerie. J'ouvris donc un *browser* et parcourus le dossier *Historique*, indiquant les derniers sites visités par Dulac.

Je ne découvris qu'un ramassis de sites pornographiques, *Japanese Teen Girls, Extreme Asian Bondage, Fuck my Chinese Ass*… Une liste si impressionnante que la place manquait sur l'écran pour tout énumérer.

Madame Dulac se plaça à mes côtés. Les mots qu'elle allait prononcer, moururent sur ses lèvres au moment où elle constata d'elle-même l'aspect étrangement bridé des pions de ces fameuses parties d'échecs.

— Ce… Ce n'est pas possible ! gloussa-t-elle.

Je démarrai la messagerie et dépilai la tonne d'immondices qui traînait dans la boîte aux lettres. Que des messages à caractère porno. Des contacts virtuels avec qui il entretenait des relations qui l'étaient peut-être moins.

Sa femme se décomposa et explosa en larmes. Je fermai momentanément le logiciel de messagerie et tentai d'ouvrir le tiroir sur le côté du bureau. Il me résista.

— Vous n'auriez pas la clé de ce tiroir ?

— Non. Désolée…

Elle s'acharna sur la tirette, comme si elle cherchait, elle aussi, à percer l'horrible vérité. Je sortis le kit manucure de ma veste.

— Vous permettez ?

Elle serra ses poings sous son menton.

— Ouvrez-le !

Je n'avais pas perdu la main, même pour les serrures coriaces. Elle céda en moins de trente secondes, sans la moindre trace d'effraction. La Dulac me donna un léger coup d'épaule, se faufilant devant moi pour ouvrir d'elle-même. Nous ne découvrîmes rien d'autre qu'une nouvelle clé.

— Votre mari possède-t-il un coffre-fort ?

Elle leva la clé à hauteur d'yeux, entre le pouce et l'index.

— Non… Je… Je n'en sais rien… Il… me cache tellement de choses !….

— Et derrière ces cadres ?

Elle se précipita sur le premier venu, une collection de morphos bleus aux ailes miroitantes.

— Rien ici, souffla-t-elle avec soulagement.

Je compris immédiatement vers lequel me diriger… celui aux moulures massives, plus épais que les autres, suffisamment imposant pour dissimuler un coffre-fort.

— J'ai trouvé…

Je posai délicatement le cadre sur le sol, laissant la vieille dame engager la clé dans la serrure. Sa jugulaire pulsait dans les renflements de son cou de poulet. Elle extirpa du coffre une pile de sept CD ROM, sans pochette, sans marque distinctive. Gravés à l'évidence depuis un ordinateur.

— Oh ! Seigneur ! Mais… De quoi s'agit-il ?

Je lui ôtai les CD des mains et les posai sur la table basse.

— Madame, je ne crois pas que vous devriez regarder le contenu de ces CD…

La stupeur blanche qui s'empara d'elle me fit frissonner. Quasiment, elle se décomposa devant mes yeux. Les larmes fusèrent à nouveau, les arceaux de ses mâchoires battirent sous les soubresauts de ses sanglots et le maquillage coula le long de ses joues craquelées par l'âge comme une rivière d'encre.

— Je… Je veux voir ce que contiennent ces CD… Je… Laissez-moi voir… J'en ai le droit. C'est mon mari, et je l'aime !

J'allumai le téléviseur à plasma et enfournai un CD ROM choisi au hasard dans le lecteur de l'unité centrale. Sur l'écran télé, un logiciel, genre magnétoscope virtuel, se lança de lui-même et le film se chargea à l'intérieur. Avec un geste d'hésitation, j'appuyai sur *marche*. Durant les premiers instants où l'écran restait neigeux, les bouillons acides du stress grimpèrent jusque dans ma gorge. Après les cinq premières secondes de film, je cliquai sur le bouton *stop* du logiciel, secoué de tremblements. L'envie de vomir me saisit, mais le relent se bloqua au bord de ma bouche.

La capacité de parler échappa à la vieille dame. Elle se figea dans le marbre de la surprise, de l'horreur, de l'inconcevable et je crus qu'elle allait se briser en morceaux quand je la serrai contre moi, instinctivement, comme si j'enlaçais ma pauvre mère. Elle explosa en sanglots, s'arrachant la voix dans des cris identiques aux chants tristes des baleines. Ses yeux perdirent le repère de la réalité, fouillant la pièce à la recherche d'un point auquel se raccrocher. Et elle hurla, hurla,

hurla… Je la levai doucement par le dessous du bras et l'accompagnai dans une pièce annexe.

— Ne… Ne me laissez pas… bafouilla-t-elle. Je… veux savoir…

— Vous ne pouvez pas… regarder ça, lui répondis-je avec difficulté. Je reviens… Restez sur ce lit, je vous en prie !

— Non… Monsieur… Mon mari… Qu'est-ce qu'il a fait ?

Après les premières secondes de visionnage, je dus baisser le son. Ces cris fusant du CD ROM me perçaient les tympans, comme des aiguilles enfoncées directement au creux des oreilles.

Sur l'écran, Martine Prieur, à demi consciente, les yeux révulsés, le blanc de l'œil chassant la pupille derrière la paupière. Une expression indescriptible sur son visage, dans l'instant d'agonie. Un cocktail atroce de douleur, de besoin de comprendre, d'envie de vivre et de mourir. L'objectif de la caméra zooma sur une entaille imprimée le long de l'omoplate gauche, s'attarda sur l'onde sanguine qui se déversait sur le sol. Un champ plus large présenta la victime dans son ensemble. Mollets, cuisses, deltoïdes perforés de crochets d'acier… Prieur, suspendue à deux mètres au-dessus du sol, endurant ses dernières minutes de torture…

La matérialisation du Mal sur Terre se répandait par l'intermédiaire de ces CD ROM…

Cette fois, je vomis sur la peau de tigre et une partie de mon pantalon. Un sel brûlant me piquait les lèvres, me rougissait les yeux jusqu'à les transformer en boules de feu. Je me levai, perdu à mon tour, à la recherche d'une épaule sur laquelle m'appuyer. Mais il n'y avait personne. Juste mon désespoir. Mon estomac se comprima à nouveau, me pliant en deux. Je me plaquai contre un mur, la tête au ras d'un cadre de papillons. Mon cœur s'emballa. Mes sens tournoyaient comme s'ils s'apprêtaient à quitter mon corps, puis tout s'estompa, d'un coup, lorsque j'entendis un bruit de portière dans l'allée.

Je me précipitai vers la fenêtre. Georges Dulac, m'apercevant lorsque j'écartai le rideau, se réengouffra dans sa Porsche. Je me ruai dans l'escalier, sautai les dix dernières marches à la limite de me rompre le dos et m'écrasai sur le sol, mon épaule blessée m'empêchant de me rééquilibrer. Ma veste se déchira, je me relevai et, malgré l'élancement lancinant, me jetai dans l'allée. La voiture disparaissait déjà au bout de la rue en vrombissant…

Au moment où je voulus braquer le volant de mon véhicule, mon épaule m'envoya un tel reflux de douleur que je dus abdiquer. La plaie s'était rouverte pendant ma chute dans l'escalier…

J'appelai le commissariat local, déclinai mon identité et leur demandai de se mettre de toute urgence à la poursuite d'une Porsche grise immatriculée 7068 NF 62 et d'envoyer une équipe rue des Platanes.

Je rejoignis la vieille dame couchée, recroquevillée sur elle-même. Elle se redressa, le chignon défait, le visage peint d'une indescriptible détresse. Elle me pressa la main avec la force vive du désespoir.

— Dites-moi que tout ceci n'est qu'un mauvais rêve… Je vous en supplie…

— J'aimerais… Mais je ne peux pas… où se trouve votre boîte à pharmacie ? Vite !

— Salle de bains…

J'enlevai ma veste, ma chemise, puis le pansement collé par le sang coagulé. Je déroulai des bandelettes de gaze stériles, les serrai de toutes mes forces autour de la plaie, si fort que je crus me casser toutes les dents tellement la douleur irradiait. La chemise et la veste réenfilées, je courus vers le bureau, éjectai le CD ROM du PC et en enfonçai un autre. Neige, image brouillée, mise au point de la caméra, puis une date, en bas. Cinq octobre 2002, le lendemain de la mort de Doudou Camélia.

Je compris… Je compris de quoi il s'agissait. Un long cri me vida les poumons, puis un autre et encore un autre… Des pas fébriles résonnèrent dans le couloir, la vieille dame passa la tête par l'embrasure de la porte, faillit faire demi-tour puis vint à mes côtés, me glissa une main douce dans les cheveux. Et je la serrai… et je pleurai… tellement…

Une rage folle m'arracha de là. M'emparant de tous les CD ROM, je les fourrai dans le coffre-fort que je fermai à clé et dévalai l'escalier. Dans ma voiture, la douleur de mon épaule me cloua au siège lorsque j'exécutai mon demi-tour. Je dus lâcher le volant, l'arrière de la berline percuta une gigantesque borne de granit. Mon pare-chocs resta sur le sol et, après quelques manœuvres, je réussis à prendre la route en direction de chez Torpinelli. D'une main, je récupérai tous les chargeurs empilés dans la boîte à gants, les glissant dans mes poches tout en grillant un feu tricolore, et manquai de percuter une voiture qui venait sur ma droite. Mon rétroviseur me renvoya la lumière bleutée d'un gyrophare, une voiture de police surgit du carrefour et essaya de me rabattre sur le bas-côté à coups de volant hasardeux. J'accélérai, fonçai comme une torpille dans les rues désertes du Touquet, la main gauche me pressant l'épaule droite. La douleur s'intensifiait, mais elle me stimulait et rien, à présent, ne m'empêcherait d'aller au bout. Je surpris mes poursuivants en braquant à quatre-vingt-dix degrés dans une allée transverse. Je faillis m'évanouir sous les assauts de la souffrance. À l'arrière, à plus de trois cents mètres, mes poursuivants réapparurent, sirènes hurlantes. Après trois autres facéties de ce genre, ils finirent par sortir de mon champ de vision et le bruit s'estompa.

Au niveau de l'entrée des Torpinelli, je tirai le frein à main, provoquant le pivotement de la voiture à angle droit. Je m'attendais à l'accueil de Gueule-d'amour et de ses acolytes, mais ils repeignaient le sol, têtes explosées de plusieurs balles.

Une colonne de fumée noir corbeau tourbillonnait devant moi. Et, au bout de l'allée, je distinguai la Porsche en flammes encastrée dans le mur de la façade. Les boiseries extérieures et les branches des arbustes commençaient aussi à prendre feu.

À proximité de la maison, j'écrasai la pédale de frein. Le pare-brise était constellé d'impacts de balles. Dulac gisait, la tête éclatée contre la vitre. Je me ruai à l'intérieur alors que les sirènes se manifestaient. J'entendis des cris, des coups de feu, le ronflement caractéristique d'une Kalashnikov, puis plus rien, plus un bruit, à part le doux crépitement des flammes qui devenait colère.

Le vieux Torpinelli se tenait couché sur le sol, au bas de l'escalier, la mitraillette entre les jambes. Son fils, criblé de balles, ouvrait la bouche au ciel, les yeux curieux, abandonnés à la mort. Je me dirigeai vers l'homme, lui tendis la main.

— Venez, il faut sortir d'ici, et vite !

Un jet de sang gicla par l'orifice béant de sa poitrine. Il trouva la force de me tendre une disquette, l'âme sur les lèvres. J'ai… j'ai tout… découvert… Mon fils…

— Qui réalise ces films ? Dites-moi qui réalise ces films !

Je le secouai par le col de sa chemise. Sa santé, sa vie m'importaient peu. Je voulais qu'il me livre, dans un dernier soupir, les horribles secrets détenus par son fils.

— Dites-le-moi ! Dites-le-moi !

Un dernier souffle l'arracha à la vie. Je me mis à hurler « Noooon ! ».

L'épaisse fumée qui, à présent, s'engouffrait par l'entrée, me fit prendre conscience que je parlais à un mort. Je saisis la disquette de la main repliée de Torpinelli, la fourrai dans la poche intérieure de ma veste et me propulsai à l'extérieur, le visage enfoui dans mon col.

Trois véhicules de police barraient l'entrée de la grille. On me somma de poser mon arme sur le sol.

— Je suis de la police ! hurlai-je.

— Posez votre arme ! envoya un mégaphone. Posez votre arme, ou on tire !

J'obtempérai, alors que, devant moi, la maison partait en fumée.

* * *

Le divisionnaire Leclerc ainsi que le lieutenant Sibersky débarquèrent au commissariat du Touquet trois heures après ma course-poursuite spectaculaire.

On me laissa mijoter un quart d'heure supplémentaire dans la salle d'interrogatoire. J'avais affaire à une batterie d'incompétents. Pas un col bleu ne comprenant le moindre mot de ce que je racontais, j'avais donc demandé à ce qu'on me laissât dans mon coin jusqu'à l'arrivée de mes collègues.

À l'heure de la délivrance, des brigadiers entrèrent dans la salle et m'accompagnèrent jusqu'au bureau du capitaine Mahieu.

— En route ! lança Leclerc en claquant une main qui se voulait chaleureuse sur mon épaule en feu. J'émis un cri strident, genre chien à qui l'on écrase une patte sans le faire exprès.

— Oh ! Désolé ! dit-il en portant la main devant la bouche.

Sibersky s'approcha de moi. Son visage avait désenflé.

— Heureux de vous voir en vie, commissaire. J'espère que vous allez pouvoir nous éclairer sur ce merdier.

— Il y a des survivants chez les Torpinelli ?

— Quelques employés et porte-flingues. La quasi-totalité de la maison a cramé.

Leclerc me précisa :

— Nous avons gardé le motus sur le fait que tu n'étais plus en fonction. Je ne l'ai jamais officiellement signalé à nos supérieurs… Je me doutais que tu ne lâcherais pas l'affaire. Je voulais juste te sortir de là… De toute évidence, j'ai échoué.

Je lui serrai la main.

— Merci, Alain… Ils m'ont pris une disquette tout à l'heure.

Il la sortit de sa poche.

— Je l'ai.

— Et alors, que contient-elle ?

— Des noms… Une cinquantaine de noms de personnes importantes. Des hommes d'affaires américains, anglais, français, riches à millions. Que représente-t-elle, Shark ? Pourquoi ces gens se bousculent-ils sur une disquette que t'a fournie Torpinelli ? Qu'avait à voir Dulac dans l'histoire ?

— Allons chez Dulac. J'y ai découvert des CD ROM. Je vous raconterai tout là-bas.

— Attends… Ton épaule… Sibersky va prendre le volant de ton véhicule. Je vous suis.

— Comment va ta femme, David ? demandai-je au lieutenant d'un ton soucieux.

— Elle va bien…

Mon regard glissa sur son visage.

— Dis-moi la vérité.

— Elle pète les plombs ! Je pète les plombs ! Elle en a assez de vivre avec un homme qui n'est même pas sûr de rentrer le soir. On… s'est disputés. Elle dort chez sa mère, avec le petit…

— Tout ceci est de ma faute, David.

— Vous n'y êtes pour rien, commissaire… La faute au métier, c'est tout…

Il alluma une cigarette.

— Tu fumes maintenant ! lui lançai-je d'un ton réprobateur.

— Il faut un début à tout.

— Tu as peut-être mal choisi le moment, avec un nourrisson à la maison.

— Il n'y a pas de nourrisson à la maison… Pas plus qu'il n'y a de femme… (Il changea de sujet.) Racontez-moi ce qui s'est passé ! Comment êtes-vous remonté jusqu'à ce Dulac ? Que contiennent ces CD ROM ?

— Parlons d'autre chose… Je t'expliquerai une fois arrivés…

Madame Dulac se pelotonnait dans les bras de sa fille, toutes deux submergées de larmes. Elle m'agrippa par la veste au moment où je montais.

— Promettez-moi de tout me dire, commissaire. J'ai le droit de savoir… C'était mon mari…

— Vous saurez la vérité.

Je déverrouillai le coffre-fort et en sortis les CD ROM. J'interrogeai Leclerc :

— Avez-vous avancé avec BDSM4Y ? Des traces ?

— Nos agents infiltrés n'ont rien décelé pour le moment. Une bonne partie des effectifs s'occupe à interroger des prostituées, des clochards, fait le tour des hôpitaux pour essayer de retrouver des patients qui auraient présenté des signes de torture. Cette putain d'organisation nous monopolise les deux tiers de nos ressources ; j'espère que ça nous mènera quelque part.

— Et l'avocat pourri au faux permis de conduire ?

— On le suit à la trace, mais apparemment ils ne prennent plus contact avec lui… On dirait qu'ils ont disparu dans la nature. Vachement futés… Mais on les aura… Alors maintenant, explique-nous et reprends depuis le début. Je suis autant paumé qu'une poule dans le désert. Tu t'es douté que Manchini avait été assassiné. Et après ?

— Il a reçu un coup de fil dans la nuit du meurtre qui l'a précipité dans un piège. Quelqu'un qu'il connaissait bien, puisqu'il s'est déplacé très tard, alors qu'il dormait. J'ai ensuite découvert que son coffre camouflé dans la villa familiale avait été percé et son contenu, vidé. Manchini avait passé plus de deux semaines chez son cousin cet été et, d'après un listing récent de ses numéros de téléphone, il l'appelait souvent. J'ai donc creusé la piste Torpinelli, la seule viable de toute façon.

Leclerc se déplaça dans le bureau, mains derrière le dos, scrutant les papillons.

— Et au Touquet, qu'as-tu découvert ?

— J'ai eu un entretien avec le fils Torpinelli, qui ne m'a pas appris grand-chose. Par contre, coup de chance, le vieux m'a fourni en cachette une liste de transactions bancaires entre son fils et Dulac. Des sommes extrêmement importantes, régulièrement étalées dans le temps, pour un montant total de plus de cinq millions d'euros.

— La vache !

— Comme vous dites… Et ici, chez Dulac, je suis tombé sur ces CD ROM… Jamais, de toute ma vie, je n'avais visionné une ignominie pareille. Je n'en ai regardé que deux. Les tortures, les souffrances, les meurtres filmés de Catherine Prieur et de Doudou Camélia.

— Grand Dieu ! lança Sibersky. Mais… Qu'est-ce que cela signifie ?

Je me levai et frappai des deux poings contre le mur, la tête baissée entre les épaules.

— Que Dulac, tout comme les cinquante pourris sur cette disquette, s'offraient des meurtres !

Leclerc me serra le coude.

— Comment ça ?

— À quel type de loisirs originaux pourraient bien s'adonner des hommes qui ont le pouvoir, l'argent, l'influence ? Qui ont les moyens de tout se payer ? Quel fantasme suprême pourrait bien assouvir l'argent ?

— Le meurtre…

— Pire que le meurtre. Des heures et des heures de furieuse souffrance pour soi, rien que pour soi. Le plaisir d'arracher une vie par le seul pouvoir du fric. Des images à faire vomir le plus salopard des criminels.

Je brandis un cadre de papillons et le pulvérisai contre le sol. Les ailes des phalènes, bombyx et autres machaons, se froissèrent comme des feuillets d'aluminium. Je criai, écumant de colère :

— Ces types se payaient la mort en direct ! Et Torpinelli en a fait un commerce juteux !

— Mais… à quoi rime l'agression commise par Manchini ? Et pourquoi a-t-il été assassiné par la suite ?

J'essayai de contenir la bonbonne de rage qui implosait en moi.

— Manchini possédait une double personnalité. Celle du type discret, moyennement brillant en classe. Et celle du malade sexuel frustré, incapable d'entretenir une relation normale avec une femme. Ses sentiments refoulés se libéraient dans des accès de violence et de décadence prononcés. Il a probablement mis la main sur ces vidéos pendant ses vacances d'été…

— De quelle façon ? Torpinelli devait être extrêmement prudent…

— Manchini, une bête en informatique, pouvait facilement surveiller les activités de son cousin. Il a certainement découvert cet ignoble trafic en fourrant le nez dans le PC de Torpinelli alors qu'il installait un système de webcams. Mais, au lieu de prévenir la police ou qui que ce soit, il a préféré subtiliser ces

CD pour les mater en toute tranquillité depuis son ordinateur personnel. Là où nous sommes incapables de regarder, lui a très certainement pris un pied comme pas possible. Alors, cette incroyable machine assassine lui est montée à la tête. Place à l'acte, comme le démontrait si bien le tueur sur ses images. Les pulsions ont franchi la barrière de la conscience, Manchini a donc opéré mais sans pousser jusqu'au meurtre. Peut-être n'était-ce pas son but, peut-être la torture lui suffisait-elle ?

— Quelle espèce de taré ! intervint Sibersky. Ce type n'avait pas vingt-cinq ans…

— Avec ses contacts, Torpinelli a immédiatement été informé de cette agression et a dû faire le rapprochement avec son cousin. Il a pris peur. Sa mécanique huilée, son commerce diabolique, risquaient de prendre l'eau. Il a appelé Manchini en pleine nuit, l'a fait avouer et l'a supprimé avant d'effacer les données de son ordinateur et de récupérer les CD ROM cachés dans le coffre-fort.

— Et que contenaient ces CD ROM ?

— Peut-être des copies de ces vidéos. Imaginez le risque de laisser ça à la portée de tous… Manchini était extrêmement prudent, quoi qu'on en pense.

— Torpinelli était notre tueur, alors ?

— Non, malheureusement. Le tueur se présente comme un as en informatique, en électronique, en piratage. Torpinelli n'a pas le profil. Et puis, la façon dont ont été choisies les victimes, demande de l'observation, de la préparation, une connaissance de l'entourage… Torpinelli n'aurait pas pu effectuer les allers et retours journaliers du Touquet jusqu'à l'abattoir, surveiller

Prieur comme il a dû le faire. Notre tueur vit dans la proximité parisienne, dans notre proximité…

— Qui, alors ?

— Je n'en sais rien… Je n'en sais fichtre rien !…. Nous devons éplucher les activités, les comptes de Torpinelli. Il faut interpeller ces fumiers qui s'entassent sur la disquette et les foutre en tôle jusqu'à la fin de leurs jours !

Je plaquai mon front sur le mur. Sibersky troua le silence.

— Que contiennent les autres CD ROM ?

— Je n'ai pas regardé… Le supplice de la femme de l'abattoir sur plusieurs CD ROM ? Comme un horrible feuilleton où chaque épisode s'enfonce dans l'horreur et se monnaye de plus en plus cher…

Leclerc s'empara d'un CD ROM au hasard et le glissa dans le lecteur de l'ordinateur. Alors que le film démarrait, je ne me retournai pas, toujours face au mur, face à ces papillons cloués sur leurs supports de bois. Ces images étaient trop, beaucoup trop insupportables.

Les enceintes du téléviseur renvoyèrent des bruits de chaînes qui se percutaient entre elles, puis des sons semblables à des râles, à peine audibles.

Sibersky émit un gargouillis étouffé et Leclerc se jeta sur la souris pour interrompre la lecture. Lorsque je leur fis face, tous deux me dévisageaient, l'air ravagé.

— Qu'est-ce qui vous prend ? interrogeai-je en me décollant du mur. Qu'est-ce que vous avez à me regarder comme ça ?

Même silence, mêmes visages plombés.

— Répondez, bon sang !

Leclerc s'empressa d'éjecter le CD ROM pour l'empocher dans sa veste.

— Allons-y ! ordonna-t-il.

— Rentrons sur Paris ! Nous visionnerons ceci plus tard !

— Dites-moi ce qui se trouve sur ce CD ROM !

— Shark, tu devrais…

— Dites-le-moi ! Remettez le CD dans le lecteur ! Remettez-le !

Sibersky empoigna fermement la manche de ma veste.

— Vous n'avez pas besoin de voir ça, commissaire. Pas maintenant…

— Le CD ! m'écriai-je en me dégageant brusquement de son étreinte. Il faut que je sache !

Leclerc me le tendit, tête baissée. Je l'insérai avec hâte dans l'appareil.

Je découvris alors ce que jamais je n'aurais pu imaginer et, si Leclerc n'avait pas pris la précaution de me reprendre mon arme, je me serais tiré une balle dans la tête…

Chapitre quinze

Je me demande si parfois la mort ne serait pas préférable à la vie. Le Grand Voyage facilite tellement les choses. Qu'il eût été simple de fermer les yeux, de donner dans un dernier effort un petit coup d'index sur une gâchette et de se jeter dans le grand tunnel blanc…

Allongé sur mon lit, le soleil, voilé par la dentelle des cirrus, déclinait dans un panache de rouges annonciateurs des froides journées automnales. Poupette gisait sur le sol, dans une flaque d'huile. On aurait dit qu'elle souffrait, pleurait, se mourait lentement, comme moi. Ce soir-là, je sus que le sommeil ne m'accueillerait plus, que mes nuits allaient porter le visage blême de mes atroces journées.

J'avais peur.

Les images qui défilaient sur l'écran de mes yeux, ouverts ou clos, allaient et venaient jusqu'à me décrocher de la réalité. Sans cesse, il débarquait sur sa monture, l'épée brandie au-dessus de sa tête. L'Ange rouge… Le père Michaélis… Je voyais cette soutane noire vibrer dans l'air, cette capuche abaissée autour d'une forme creuse, comme je visionnais mon propre reflet dans le miroir. Son souffle fétide me taraudait les épaules, ce rire comme vomi de ses entrailles me persécutait au point de me poser les mains sur les oreilles.

Le plus inquiétant, c'était cette substance visqueuse qui engluait mes pensées jusqu'à m'empêcher de m'évader vers des cieux plus doux. Je me sentais persécuté et cette volonté que je rassemblais pour chasser l'être s'appropriant mon âme, consommait toute mon énergie. Je percevais des filaments d'affliction se tisser en moi, emprisonner mon esprit dans le réseau complexe de la folie. Oui… À entendre cette voix, à me trouver incapable de chasser ces images qui me coupaient du monde matériel, je crus que je devenais fou…

Je ne trouvai pas le courage de visualiser les quatre CD ROM sur lesquelles ma femme endurait des tourments que même le plus insensible des animaux ne supporterait pas. Pourtant, je priais pour revoir l'opaline de son visage. Mais la regarder, là, soumise, bafouée, dépouillée de son identité, me tuerait. Le poignard courbe de son regard implorant me démolirait à un point tel que je mettrais un terme à ma vie, sans l'ombre d'une hésitation. J'espérais qu'un jour, Suzanne renaîtrait loin d'ici, de ce monde pourri, entourée d'âmes qui l'aimaient, qui aimaient respirer comme elle l'écorce fraîche des érables des grandes forêts canadiennes…

Sans avoir fermé l'œil, je me traînai au 36 comme un cadavre arraché à sa tombe.

Leclerc m'avait autorisé à poursuivre l'enquête, redoutant ce qui pourrait m'arriver si je restais à l'écart. Il m'avait parlé comme à un ami, lui qui, d'ordinaire, entretenait une distance froide avec ceux qui se hasardaient à l'accoster. Je ne pouvais pas me permettre de ruminer chez moi, dans ce cachot qui respirait à plein nez le parfum de Suzanne. Dans les couloirs, des gens me saluèrent mais je ne leur répondis pas, j'avançais, voilà tout. Je m'installai à mon bureau et m'abandonnai de nouveau à ces images.

Les CD ROM circulaient certainement entre les mains des plus grands spécialistes du traitement d'images, des psychologues, des forces de police, d'Élisabeth Williams. Les uns amplifiaient les gammes de fréquences basses pour révéler des sons jusque-là inaudibles ; les autres notaient les heures des différentes prises de vues, cherchant une corrélation profonde entre les choses, ou déduisant l'état d'esprit de l'assassin au moment de l'acte. Mais aucun d'entre eux ne me rendrait ma femme.

Quatre CD ROM, quatre épisodes… Suzanne enchaînée, le ventre arrondi par le temps, le visage ravagé, les traits implorant qu'on la libérât enfin.

Des films qui retraçaient son indescriptible calvaire. Où se cachaient les autres épisodes, ceux d'août, de septembre ? Entre les mains de quels pourris ?

Une opération spéciale avait été ordonnée par le directeur de la police judiciaire de Paris, notre grand patron. Tous les SRPJ étaient sur le coup, avec pour ordre d'arrêter les personnalités incriminées par la fameuse disquette. Ces gens-là seraient interrogés, punis et probablement flanqués en prison. Mais aucun de ces monstres ne savait vraiment qui se cachait derrière l'Ange rouge ou cette réincarnation de je-ne-sais-quoi…

Si j'en avais eu la possibilité, et surtout le droit, je les aurais tous tués, un par un, d'une balle dans la tête. J'aurais enfoncé un projectile dans mon barillet, l'aurais tourné au hasard et appuyé sur la gâchette et, si le coup n'était pas parti, j'aurais recommencé, encore et encore. Et surtout, je leur aurais demandé pourquoi. Pourquoi ? Pourquoi ?

Je ne m'aperçus de la présence d'Élisabeth Williams que lorsqu'elle me cria presque à l'oreille. Elle traîna une chaise, s'installa à mes côtés. Je me résolus à l'écouter, mais l'Ange rouge continuait à me harceler dans un coin de la tête.

— Franck… Je… Que dire ? Je… pensais que ce n'était qu'une légende… Jamais il n'a été prouvé que cela se produisait… Et aujourd'hui, nous en avons la preuve… Seigneur…

— De quoi parlez-vous ?

— Le *snuff film*. Ces meurtres filmés pour assouvir les fantasmes d'hommes puissants…

Images crues se jetant devant mes yeux. Ma femme, enfermée dans un cercueil avec des chairs putréfiées d'animaux… Face à mon absence de réaction, Williams poursuivit.

— Je… Je ne sais plus sur quel axe chercher. Notre tueur intervient dans deux dimensions totalement différentes. D'abord, il reproduit les actes du père Michaélis, ce qui, au départ, nous laisse penser que c'est un fanatique se prenant pour un saint chargé d'infliger une punition divine. Ensuite, il y a l'autre aspect, l'aspect *snuff movie*, ce besoin de vendre du meurtre, ce moyen de… gagner de l'argent. Et s'il n'y avait que cela qui l'intéresse depuis le début, l'argent ? Nous serions bien loin de l'Ange rouge réincarné, de ces démons, n'est-ce pas ? Je… Je me suis plantée, Franck, sur toute la ligne ! Je n'ai fait que nous orienter dans de mauvaises directions.

— Vous avez fait de votre mieux, Élisabeth. Quoi que vous en pensiez, vous nous avez été d'un grand secours.

— Mon rôle s'arrête ici, commissaire. On m'a fait comprendre que l'on se dispensait désormais de mes services. Je vais creuser encore la piste un jour ou deux, puis Thornton prendra le relais…

— Mais…

— Chut… Je vais repartir en Floride. Me rendre au bord de mon lac et y passer d'agréables moments. Quand je serai prête, je reviendrai… Et je traquerai de nouveaux criminels, tout comme vous…

— Je ne traquerai plus de criminels, Élisabeth… Je n'en peux plus… Je… Je ne sais pas comment tout cela va finir… Mal, très mal, sûrement…

— Ne dites pas ça commissaire ! Votre femme est vivante, quelque part ! Accrochez-vous à cette image et battez-vous, battez-vous !

— Elle ne l'est peut-être plus ! Il l'a tuée ! Je le sens !

Je vis les pupilles d'Élisabeth se répandre dans le blanc de l'œil comme une nappe de pétrole, puis se rétracter à nouveau en tête d'épingle.

— Non. Je sais qu'elle est vivante. Je… Je le sens… Écoutez, Franck… Il faut que vous visualisiez les CD ROM. J'ai encore fait un rêve qui n'est pas anodin… Vous devez regarder…

Je serrai les poings.

— Je ne peux pas, Élisabeth !

— C'est le seul moyen de la sauver ! Peut-être que quelque chose vous choquera, vous ? Un détail qui nous aurait échappé ? Faites cet effort, Shark, pour l'amour de votre femme ! Pour attraper l'ordure qui bafoue à un tel point la vie et Dieu ! Faites-le, Shark ! Faites-le !

Je sortis mon portefeuille, portai un regard triste sur une photo sépia de ma femme. La puissance même de l'amour m'inonda le cœur d'une pluie de chagrin. Je murmurai :

— Je vais le faire, Élisabeth… Je vais visualiser ces CD ROM…

* * *

La salle de traitement numérique du laboratoire de la police scientifique ressemblait à un studio d'enregistrement, du genre de celui d'Écully, mais en beaucoup plus petit.

On y retravaillait les différentes vidéos et bandes sonores fournies dans les procédures judiciaires, en quête de vérité. Les possibilités d'analyse des ordinateurs défiaient sans conteste l'imagination…

Je m'installai dans une petite salle où s'empilaient plusieurs magnétoscopes, un téléviseur, un ordinateur et d'autres appareils dont je ne connaissais pas l'usage. Un ingénieur, Pascal Artemis, m'y rejoignit et posa quatre CD ROM au-dessus du poste de télévision.

— Monsieur Sharko, vous pourrez regarder les films dans leur intégralité si vous le souhaitez, mais j'ai dupliqué certains passages sur ce cinquième CD, des passages que j'ai retravaillés numériquement pour essayer d'en tirer quelque chose… Des morceaux où l'on constate des changements de lieux, d'attitudes…

— Comment ça ? Je ne comprends pas bien.

— Vous allez voir…

Il glissa le montage dans un lecteur de CD ROM, puis désigna l'ordinateur.

— Les images vont apparaître sur l'écran de l'ordinateur et non pas sur le téléviseur. Installez-vous face à l'écran.

Je m'exécutai. Le CD diffusa une première séquence. Suzanne, assise sur une chaise, les mains ligotées dans le dos et les chevilles attachées aux pieds de bois… La porcelaine fragile de son corps se décrochait de l'arrière-plan très sombre. Une lumière aveuglante lui éclairait le visage et la forçait presque à fermer les yeux. Ces images firent couler dans mes veines la sève de l'impuissance, de la désolation et il me prit l'envie de me lever et de m'enfuir. Mais une voix intérieure m'ordonna de rester assis.

Le technicien cala l'appareil sur pause. Il ouvrit un fichier, une reconstitution qu'il avait préalablement enregistrée sur l'ordinateur.

— Sur le premier CD, votre femme a été filmée sous plusieurs angles distincts. Nous disposons d'un logiciel d'extrapolation très puissant. À partir des différentes images, d'un algorithme de prédiction et en retravaillant le contraste, la luminosité et d'autres paramètres, nous pouvons reconstruire quasiment la totalité de l'endroit où elle est enfermée. Regardez…

Il lança l'animation. La salle apparut comme en plein jour. Une sorte de caméra virtuelle donnait un rendu tel que l'on avait l'impression de se retrouver à l'intérieur de la cavité.

— On dirait une espèce de tunnel aménagé, remarquai-je.

— En effet. Au vu des poutres soutenant les parois, de la terre sur le sol et de l'humidité parfois sur l'objectif, on dirait qu'elle se trouve sous terre. Une grotte…

L'animation tournait toujours sur elle-même, inlassablement, dévoilant un lit, un pot de chambre, une table, une chaise et un petit crucifix accroché au-dessus du lit. Une solide porte de métal cloisonnait l'entrée de la pièce. L'enfer sous terre, le Tartare…

— Autre scène, dit Artemis. … Assez insupportable… Ça va aller ?

J'opinai de la tête et il cliqua sur un bouton. Suzanne apparut encore une fois les mains entravées, debout dans un coin. Une balle en plastique transpercée par une sangle de cuir empêchait de remuer les lèvres. Son corps croqué par les morsures du froid, fragilisé par les coups répétés, racontait l'histoire écrite de son calvaire. Ses cheveux étaient pourtant propres, les draps de son lit aussi. Une puissante torche l'éclairait et, contrairement à la scène précédente, l'image tremblotait, il devait tenir la caméra en main. De sa voix trafiquée, métallique et froide, il lui ordonna d'avancer. « Avance ! Avance ! Pute ! » Elle obéit, pantelée d'une telle terreur qu'elle s'étouffait derrière son bâillon. Ils franchirent la porte et un boyau sombre à la gueule dévorée par l'obscurité se déploya devant eux. Ils évoluèrent dans le dédale, elle devant, lui derrière à filmer le martyre de mon épouse. L'ingénieur, de la même façon que précédemment, appela une image stockée sur ordinateur qui révéla des détails invisibles à l'œil nu.

— Ça va aller, commissaire ?

— Oui. Continuez.

— Bien. Voyez-vous ces encoches le long de la paroi ? Selon d'autres images, elles sont espacées d'environ cinq mètres. Elles servaient probablement, dans l'ancien temps, à fixer des flambeaux afin d'éclairer les voûtes. L'expert en géologie nous affirme que les parois ne sont pas en craie, mais d'une roche d'un étage immédiatement supérieur à la craie, appartenant probablement aux couches des coquilles pétrifiées ou nummulitiques. Sur certains plans où l'éclairage est plus fort, il est presque catégorique. Il se souvient d'un fait intéressant, relaté dans des archives de topographie. Dans le village de Droizelle, pas très loin de Paris, une cave s'est affaissée, provoquant un trou de six mètres de profondeur. Le même jour, une poissonnerie et une maison voisine se fissuraient également. On crut que des nappes souterraines en étaient la cause. Un ingénieur des travaux publics entreprit des fouilles. Les sondes ne donnèrent rien, alors il fut décidé de creuser un puits profond, étayé, cloisonné et, après des semaines, on découvrit, à quatorze mètres de profondeur, un vaste souterrain composé de caves voûtées. Creusées au XIIe siècle, révèlent certains écrits. Par des communautés juives pour y stocker leurs objets précieux, parce qu'elles étaient soumises à des restrictions très sévères des pouvoirs publics et qu'il leur était interdit de commercer. Ces souterrains présentent les mêmes caractéristiques que celui où est enfermée votre femme.

D'un coup de reins, je fis rouler ma chaise vers l'arrière de la pièce.

— Combien a-t-on recensé de réseaux de galeries ?

— Plus d'une vingtaine éparpillés dans le Bassin parisien. On en découvre de nouveaux tous les ans. Votre divisionnaire a déjà lancé une opération de fouilles en coordination avec les différents services de police. Mais il est fort probable que celui-ci soit encore inconnu, car les galeries recensées sont gardées et protégées.

— Bon sang… Ma femme sous terre…

Je me remémorai les visions de Doudou Camélia, cette humidité, ce lieu pourrissant où il retenait Suzanne. Depuis le début, les pressentiments de la Guyanaise se vérifiaient…

— Commissaire ?

— Oui.

— Je vais continuer, si vous le permettez. L'analyse phonique n'a rien révélé. Aucun son ou bruit nous permettant de localiser l'endroit. Ce qui confirme la profondeur et l'isolation des galeries.

Il but un verre d'eau et m'en proposa un que je refusai. Il plia ensuite le gobelet et le jeta dans une corbeille.

— Chacun des films dure une demi-heure. D'après les dates au bas de l'écran, les prises de vues sont espacées d'environ un mois, ce, à partir d'avril 2002. Normalement, vous auriez dû découvrir six films, votre femme ayant été enlevée voilà plus de six mois. Soit ce Dulac les dissimulait ailleurs, soit, pour une raison ou une autre, les derniers épisodes ne lui sont pas parvenus.

— Nous les retrouverons chez les autres salauds… Ces hommes respectables… aux noms inscrits sur la disquette…

— Heu… En fait, d'autres images indiquent, à en juger par les marques sur les bras de votre femme, qu'il la drogue régulièrement. Sur la plupart des scènes, elle est bâillonnée et attachée, ce qui l'empêche d'émettre le moindre signe. Cependant, nous avons remarqué deux faits particulièrement troublants. Premier point, voyez-vous ce petit crucifix, situé au-dessus du lit ?

J'acquiesçai. Artemis changea de photo.

— Et maintenant, que constatez-vous ?

— On dirait qu'il a été retourné... On ne voit plus la gravure du Christ, contrairement à l'image précédente. La gravure se trouve désormais côté mur.

— Exact. Et ça continue de cette façon sur une bonne partie du premier film. Sur les autres vidéos, cette croix a disparu, ce qui tend à prouver que le tueur s'en est aperçu.

— Qu'est-ce que cela signifie ?

— Nous l'ignorons... C'est pour cette raison que nous comptions sur votre présence. Cherchait-elle, par ces inversions, à représenter un symbole, une certaine dualité ? Nuit et jour ? Lune et soleil ? Noir et blanc ?

— Je ne comprends pas, désolé... Vous aviez dit qu'il y avait un deuxième point ?

Il se leva et s'empara du premier épisode.

— Sur ce CD, le regard de votre femme, de temps en temps, devient fuyant.

— Comment ça ?

— Ses pupilles partent d'un coup sur la gauche et se remettent en place, un peu comme une maladie des muscles oculaires que l'on appelle nystagmus.

Je me levai de ma chaise et lui arrachai le CD ROM des mains avant de l'enfoncer dans le lecteur.

— Montrez-moi !

Il cliqua sur *avance rapide* avec la souris, fit marche arrière et se cala sur une scène où la caméra, posée sur un pied, filmait ma femme en train d'uriner dans un pot métallique. Le tressaillement de l'œil fut très bref, presque imperceptible. L'ingénieur accéléra… *Lecture*... Nouveau mouvement des yeux.

— Nous ne l'avons pas remarqué tout de suite, pensant que votre femme avait effectivement ce handicap. Mais sur le deuxième CD, il se produit une coupure. Sur la prise de vue suivante, on revoit votre femme avec… un hématome sous la pommette gauche… et le mouvement n'existe plus. Il a dû s'en apercevoir, tout comme des retournements de croix. Cette agitation des yeux vous dit-elle quelque chose ?

Je lui demandai la souris et repassai la scène. Fuite des yeux sur la gauche… Encore et toujours…

— Je… ne comprends pas bien… Son frère schizophrène souffre de divergence oculaire, de nystagmus. Ses yeux partent très souvent sur la gauche, de la même façon, avant de se remettre en place d'eux-mêmes. Mais… Pourquoi nous fournirait-elle cette indication ?

— À l'évidence, votre femme voulait vous faire penser à un fait important, peut-être en rapport avec son frère. Possible qu'il ait quelque chose à voir là-dedans ?

— Ça m'étonnerait beaucoup, il est interné depuis plus de six mois… Seigneur, Suzanne, qu'est-ce que tu essaies de me dire ? (Je considérai longuement le plafond, avant de reprendre.) Vous avez découvert d'autres indices ?

— J'ai une équipe sur les CD ROM. C'est un travail de fourmi. Une copie de tous les enregistrements est au centre de police scientifique d'Écully afin qu'ils nous apportent leur aide. Ils planchent dessus jour et nuit. Les informations remonteront jusqu'à votre service en temps réel au fur et à mesure des investigations. S'il a commis la moindre erreur, nous la découvrirons. À présent, vous pouvez visualiser les CD ROM si vous le souhaitez. Ne perdez jamais de vue que votre femme vous fait confiance et qu'elle a très certainement cherché, à l'image des yeux et du crucifix, à nous signaler quelque chose.

— Très bien… J'aimerais rester seul dans la pièce, si cela ne vous dérange pas…

— Je comprends, commissaire. Prenez le temps qu'il faudra… Je serai dans la salle voisine, si vous avez besoin d'un quelconque soutien.

Et j'engloutis le premier CD ROM dans le lecteur. Et je m'assis sur la chaise. Et je priai Dieu de me pardonner pour ce que j'allais visionner… Et je le suppliai de m'apporter du courage. Beaucoup de courage… Et je sus, dès lors, que jamais, plus jamais, je ne pourrais fermer les yeux sans ma femme à mes côtés.

Parce que si cela devait encore arriver, alors, je préférerais mourir…

* * *

La brusque impulsion des yeux se reliait au frère de Suzanne, mais j'avais beau me griller les neurones, je ne comprenais pas. Dès lors, je me convainquis que le seul moyen de découvrir la vérité était d'aller à la rencontre de Karl, son frère.

Je me lançai sur l'A3 puis l'A1, la pédale plaquée au plancher de ma berline. Mais la vérité m'attendait-elle vraiment à l'autre bout de ces voies d'asphalte ? L'hôpital psychiatrique retenait Karl depuis plus de six mois. Je débarquerais là-bas, et ensuite, quoi ? Je lui montrerais le film ? Je le perturberais plus qu'il ne l'était déjà ?

Après une trentaine de kilomètres, je bifurquai sur la première aire de repos que je croisai et partis me rafraîchir le visage sous un robinet d'eau.

Devant mes yeux, au-delà du ballet de tôle et de métal des camions, se dressait le regard implorant de ma femme, cette expression destinée à me mener quelque part, nulle part.

Quel rapport pouvait bien se nouer entre l'Ange rouge et Karl ? Pourquoi insister sur cette maladie nerveuse des yeux ? Pourquoi cherchait-elle à me rapprocher de la schizophrénie ? Et cette croix retournée, positionnée à l'envers, puis à l'endroit ? Cette dualité… Envers, endroit… Pile, face… Rouge, noir… Zéro, un… Zéro… Un… Zéro… Un… Des zéros et des uns…

Souvent, pour passer d'un problème à une solution, il suffit d'inverser quelques zéros et quelques uns…

L'idée me fulgura l'esprit comme un déchirement du ciel. La solution se décocha du fond de mon âme en lettres de feu. Dire qu'elle se cachait en moi depuis le début…

Je regagnai l'autoroute à toute allure, la quittai à la sortie suivante pour m'y réengager sur la voie opposée, explosant la limite de vitesse autorisée.

Chapitre seize

En route, un scénario se dressa dans ma tête, net, précis, un incroyable enchaînement de circonstances faisant qu'à chaque fois, il se trouvait là, au bon moment. J'essayai de réorganiser mes pensées jusqu'à l'ultime commencement.

Et les propos d'Élisabeth Williams tintèrent dans ma tête. *Ce type de tueur va tout faire pour se trouver au cœur de l'enquête.*

Serpetti et son frère schizophrène…

Serpetti, avec ses zéros et ses uns…

Serpetti, si proche de moi que je ne voyais pas son visage…

La première fois… La première fois, je l'avais appelé de moi-même pour qu'il retrouve l'origine de l'e-mail. Je lui avais ouvert les portes de la bergerie et il s'était déployé dans le cœur de notre enquête comme un virus informatique s'empare du contrôle d'un ordinateur !

Il m'avait apporté son aide pour noyer le poisson. Il avait orienté les forces de police dans les puissantes mâchoires de BDSM4Y, avait transformé nos investigations en un fantastique gaspillage d'énergie. Puis, le coup de téléphone au moment précis où je me trouvais chez lui ! Facile de déclencher un appel à retardement. Il avait prévu que je lancerais des hommes pour surveiller les victimes potentielles ! Doudou Camélia, puis Élisabeth Williams !

Et sa Yennia, que je n'avais jamais vue, qui n'existait pas… Toute cette organisation autour de mon enquête pour se disculper, pour se trouver au foyer même du brasier, se tenir au courant des dernières découvertes ! Comment ? Comment avais-je pu être aveugle à ce point sur ce parieur, cet homme qui ne vivait qu'au travers du jeu et de l'argent, qui contrôlait les destinées de ses victimes de la même façon qu'il manipulait ses trains ?

Il jouait, depuis le début il jouait ! Je l'imaginais encore à mes côtés lorsque je me confiais quant à Suzanne, lorsque je lui livrais mes sentiments sur l'assassin, sur cet Homme sans visage ; à chaque fois, je lui racontais à quel point j'allais mal et il me consolait, me rassurait…

Seigneur ! J'avais serré moi-même le nœud coulant autour du cou de mon épouse et de toutes ces filles…

Aucune réponse de la voiture de faction, postée devant chez Serpetti. J'ordonnai, depuis mon cellulaire, à l'ensemble des équipes de se rendre à sa ferme et me lançai le premier en direction de Boissy-le-Sec.

En route, je passai un coup de téléphone sur le portable d'Élisabeth, mais tombai sur le répondeur. J'appelai alors le policier chargé de la surveillance de la psychologue. Je n'obtins, là encore, que le silence radio. Quelque chose clochait ! Un élan foudroyant d'angoisse me pressa la gorge.

En voulant doubler une voiture par la droite sur la

bande d'arrêt d'urgence du périphérique, je percutai des cônes de travaux, me rabattis en catastrophe et raclai l'aile gauche d'un véhicule qui croisait ma trajectoire houleuse.

Je sortis enfin du réseau urbain et pénétrai la campagne comme une boule de feu dans le firmament... À plusieurs reprises, je faillis filer dans un fossé, écraser des passants ou même éjecter des vélos...

Et je déboulai devant la ferme, l'arme sur mes cuisses... Les deux plantons, dans leur voiture, avaient la gorge tranchée.

Je me précipitai dans l'entrée, chassai la porte et me jetai à l'intérieur. Personne...

Prudemment, je grimpai à l'étage, parcourus les pièces d'un bref coup d'œil avant de redescendre et fouiller du regard le rez-de-chaussée. Dans la pièce derrière la salle à manger, les transformateurs bouillaient, les trains tournaient à pleine puissance dans un hurlement métallique, un tumulte de rage. La majeure partie d'entre eux avait déraillé et s'était écrasée contre les murs. Thunder, le grand train noir, dominait le réseau de sa puissance de fonte, doublant, grillant feux et signaux, à la recherche des prochaines victimes à broyer de ses mâchoires de fer...

Arme au poing, je me lançai dans la cour intérieure, défonçai d'un violent coup de pied la porte pourrie de la grange aux pailles. Je me frayai un passage dans l'encombrement de vieilles pièces de métal, de volets cassés, de bois mort où jouaient des aplats de lumière et courus jusqu'au mur du fond. Rien d'anormal, aucune chaleur humaine.

Je me dirigeai alors vers le vieux château d'eau en brique. Un cadenas neuf en interdisait l'entrée et du neuf n'avait pas sa place sur une ruine branlante ! Je le fis sauter d'un coup de feu en me protégeant le visage et pénétrai dans l'obscurité, sans oublier d'allumer une petite torche ramassée dans la grange. Ma semelle percuta un autre cadenas. Les galeries souterraines se déployaient sous mes pieds, sous la ferme…

Je dévalai les escaliers en pierre, tout en prenant garde de ne pas me rompre le cou dans une mauvaise chute. Les ténèbres s'abattirent sur moi comme une lame de guillotine. Ma torche devenait dérisoire.

Je devais récupérer la Maglite dans le coffre de ma voiture…

Sous le trait du puissant faisceau, j'avançai sous les voûtes d'où perlaient parfois des gouttes d'humidité qui mouraient sur la pierre dans un flop percutant. Devant moi, un trou plongea dans le noir saisissant et la galerie se scinda en deux autres branches, en Y. J'avais l'impression d'évoluer dans la panse d'un gigantesque monstre de pierre. La lumière naturelle disparaissait au rythme de ma progression, comme digérée par cette noirceur affamée. Je décidai de suivre avec méthode le mur de droite, afin de reconstituer aisément mon chemin au cas où cet entrelacs d'intestins souterrains me désorienterait. Une petite entrée dans la roche me conduisit dans une sorte de salle et, dans l'éclat jaune des rayons, se découpèrent des ossements humains. Des côtes repliées telles des griffes de chats, des fémurs, des tibias et des crânes, des dizaines de crânes. Je m'approchai du monceau calcifié et compris, à constater les fissures sur les os, que ces squelettes ne dataient pas d'hier. J'éclairai l'arche basse du plafond, les murs suintants, me demandant quels horribles secrets renfermait l'histoire de cet enfer chtonien. Je m'éclipsai, l'arme toujours serrée avec force. J'eus l'impression que l'obscurité me piquait les joues et s'intensifiait autour de moi. Les cinq piles emboîtées dans le manche de ma Maglite commençaient à présenter des signes de faiblesse. J'en avais encore, grand maximum, pour une demi-heure de lumière avant l'extinction complète des feux.

Plus en profondeur, je tombai sur une autre cavité, un nouvel ossuaire, puis me retrouvai pris au piège dans un cul-de-sac.

Je rebroussai chemin, la main ne quittant pas le mur de gauche. Une galerie plus large s'engouffra dans une ouverture béante de la paroi et je m'y enfonçai d'un pas très vif. Les soubresauts d'intensité lumineuse du faisceau démontraient clairement que les ténèbres ne tarderaient pas à reprendre leurs droits.

Le lacis souterrain devait s'étendre sur plusieurs centaines de mètres, voire des kilomètres ; sans cesse, s'ouvraient dans l'inconnu de nouvelles bouches et des tunnels sans fin. Je suivais toutes les voies qui se présentaient à moi, prenant soin, à chaque fois, de noter mentalement l'itinéraire emprunté. J'étais devenu, moi aussi, un jouet de Serpetti, une marionnette, un train électrique piégé dans un réseau grandeur nature…

Au creux de nulle part, j'osai un appel.

— Suzanne ! Suzanne !

Ma voix buta sur de multiples murs avant de disparaître, comme avalée par le néant. Aucune réponse. Juste des échos glaciaux. La Maglite s'éteignit et se ralluma lorsque je tapotai sèchement sur l'arrière. J'avais surestimé la durée de vie des piles. Il me fallait remonter et attendre des renforts censés arriver d'un instant à l'autre. La pulpe des doigts cette fois en contact avec le mur situé à ma gauche, je revins sur mes pas jusqu'à, enfin, atteindre l'escalier, au moment où ma torche s'éteignait définitivement. Des voix extérieures parvinrent jusqu'à mes oreilles.

— Ici ! hurlai-je.

J'entendis des haussements de ton puis une cavalerie de pas.

— C'est moi, Sharko !

J'accourus jusqu'à l'entrée du château d'eau.

— Combien êtes-vous ?

Sibersky répondit.

— Nous sommes huit, venus avec quatre voitures. Une voiture est partie chez la criminologue. D'autres équipes vont arriver !

— Allez me chercher des torches ! Des projecteurs, vite ! Et amenez-vous ! Il faut fouiller ces souterrains !

— Vous pensez qu'il tient Williams ?

— Je crois ! Vite !

— Et votre femme ?

— Elle est enfermée là-dedans, j'en ai la certitudc ! Des centaines et des centaines de mètres de galeries se déploient sous nos pieds. Appelez d'autres renforts, encore et encore. Je veux le plus de monde possible sur les fouilles ! Contactez tous les commissariats du coin ! Qu'ils rappliquent ! Et surtout, il me le faut vivant ! Vivant ! Cet enfoiré, je le veux vivant !!!

— À vos ordres !

Je pris sous le bras l'un des projecteurs à batterie et me lançai dans les boyaux, longeant cette fois la patte gauche du réseau souterrain.

— Suivez-moi ! À chaque fois que les tunnels se sépareront, nous nous séparerons de la même façon de sorte à couvrir le maximum de surface. Si vous découvrez quelque chose, criez !

Très rapidement, le labyrinthe nous éloigna les uns des autres. Seul Sibersky m'accompagnait encore. Le puissant projecteur nous offrait un spectacle digne d'une série d'angoisse. Des zones d'ombres dues au relief irrégulier se dessinaient au-dessus de nos têtes comme les mains décharnées de spectres. L'eau ruisselait plus fort dans certaines cavités, nous eûmes à traverser de larges flaques qui croupissaient sur le sol très certainement depuis des années. Un nouveau boyau contraignit Sibersky à poursuivre sur la gauche.

Quant à moi, je me fiai à mon intuition et me dirigeai au hasard de mes pas. Les voix des collègues rampaient le long des voûtes, bondissaient dans toutes les directions jusqu'à se perdre. Le boyau se rétrécit soudain à un point tel que je dus me glisser de profil en serrant le ventre. Et j'avançais, j'avançais, j'avançais…

Sans pouvoir expliquer pourquoi, une crise d'angoisse s'empara de moi. Mes membres se mirent à trembler de façon incontrôlable et mes jambes ne purent soutenir plus longtemps la masse de mon corps. De la sueur me piqua les yeux. Je fus contraint de m'asseoir. Ma tête partit à la renverse une première fois, puis une seconde, je frôlai l'évanouissement. La voix de Sibersky me parvint par à-coups, comme si elle s'était brisée en éclats de cristal au contact de la roche.

— … missaire… ouvé… enez… vite…

Je secouai la tête, me demandant si je ne rêvais pas. Du givre s'accrochait à mes lèvres. J'étais frigorifié. Je dus faire preuve de toute la volonté du monde pour m'arracher du sol et retrouver des sensations dans mes jambes.

— … missaire… êtes… ort… echez…

— J'arrive… J'arrive !

Je ne réussissais plus à retrouver mon chemin. J'avais perdu mes repères, la notion de l'espace et du temps. Je criai :

— Parle ! Parle pour que je me guide au son de ta voix !

— …. iams… gneur… missaire…

Je me ruai vers où semblaient jaillir les sons.

— … mmissaire… ommissaire…

Puis, alors que je m'engageais dans un boyau perpendiculaire, les émissions sonores se clarifièrent.

— Commissaire ! Commissaire ! Seigneur ! Dépêchez-vous !

Je courais à présent, dos courbé à cause de la voûte de plus en plus basse. Une lueur vive éclaboussa l'obscurité à une dizaine de mètres devant moi. Mais avant d'y parvenir, je dus traverser un passage si serré qu'il me fallut m'accroupir pour le franchir.

Une lourde odeur de chairs brûlées s'agrippa soudain à mes narines. Sibersky éclairait un corps nu couché sur le côté, les genoux repliés sur la poitrine et le visage tourné vers l'arrière de la niche, de sorte que je ne le vis pas en arrivant. La chevelure reposait sur la roche, les cheveux précautionneusement étalés de manière à couvrir un maximum de surface.

Sibersky orienta la torche dans ma direction, puis se cacha le visage parce que je lui envoyais le faisceau du projecteur dans la figure. Je posai l'engin sur le sol, m'avançai lentement vers le corps recroquevillé.

Lorsque je l'atteignis, un relent me plia en deux, et je partis vomir dans un coin.

« Racontez-moi pourquoi vous exercez ce métier...

— C'est très bête. J'avais treize ans et, par un matin d'automne, je suis allée donner à manger à des canards, au bord du lac Scale, en Floride. S'y aventurer était interdit à cette période de l'année, parce que la chasse battait son plein, mais je m'en fichais. Les pauvres bêtes venaient chercher le pain jusque dans ma main. Elles étaient affamées. Puis un coup de feu les a fait s'envoler. Les canards ont décollé. Je les ai vus se faire abattre les uns après les autres, en plein ciel. J'assistais à une série de meurtres... Ça m'a tellement déchiré le cœur que je me suis dit que je ne pouvais pas laisser ce genre de tueries impunies, qu'il fallait faire quelque chose pour stopper le massacre. C'est ce qui, plus tard, m'a orientée vers mon métier... C'est drôle, non ? »

Des petits-laits, des sérosités rosâtres, des eaux semblables aux vins gris du Maroc, suintaient des deux seins brûlés d'Élisabeth Williams. À proximité du bassin, des pavés de chair avaient disparu, sans doute prélevés à l'aide d'un instrument tranchant et le sang avait durci en caillots accrochés aux franges de peau.

« Et vous n'avez jamais pensé à vous marier ?

— Non. Les hommes ne comprennent pas ce que je fais. Ça n'a jamais véritablement collé avec ceux que j'ai rencontrés. Ils me rendaient malheureuse, mieux valait la compagnie des femmes. Eh oui, Franck, je suis homosexuelle ! Mais je pense que vous vous en doutiez. Je me trompe ? »

Les parties génitales avaient aussi été brûlées. Une petite poire remplie d'essence avait été déposée au fond du vagin, puis allumée à l'aide d'une mèche de coton et d'un briquet…

« Vous savez ce qui me plairait le plus au monde, commissaire ? Ce serait de retourner au bord de ce lac, de voir à nouveau ces canards nager devant moi et de leur donner de la mie de pain. Je retournerai là-bas un jour, je me le suis juré... »

Sibersky orienta sa torche sur la gauche de l'entrée.

— Il a utilisé… ce briquet et cette bombe aérosol pour lui brûler les seins… Et… Il a écrit ça…

Il pointa le faisceau vers le plafond. Je lus : *Salut, Franck !*, marqué à la craie.

Je m'essuyai la bouche d'un mouchoir, sortis le portable de ma poche mais l'absence de réseau le rendait inutilisable. Je m'élançai dans l'étranglement, m'arrachant au passage l'arrière de la veste, courus dans le boyau, en longeai un autre, à droite, puis encore à droite jusqu'à ce que la lumière du jour illuminât mon visage.

D'un doigt tremblant, l'estomac au bord des lèvres, je composai le numéro de Serpetti. Il parla avant que j'eusse le temps d'ouvrir la bouche.

— Salut, mon ami ! Alors, ma petite surprise t'a plu ?

— Fils de pute ! Rends-moi ma femme !

— Elle n'est pas très loin de moi, tu sais. Mais je m'inquiète un peu parce que ces derniers temps, elle a eu un nombre impressionnant de contractions. On dirait que le bébé veut sortir.

— Arrête, Thomas, je t'en supplie ! Arrête le massacre !

— Il ne doit pas sortir ! Pas maintenant ! Ta femme doit aller au bout. Je suis en train de rassembler un peu de matériel. Il faut que j'arrange tout ça. Après, ça ira mieux, beaucoup mieux… En fait, ce n'est pas que tu me déranges, mais, vois-tu, j'ai à faire, comme d'habitude… Au fait, il faudra bien prendre soin de Reine de Romance, parce que je crois que je ne la reverrai pas de si tôt…

Il raccrocha.

— Noooooon ! Ne raccroche pas ! Nooooon !

Je recomposai le numéro, sans réponse. Je m'effondrai, les deux genoux sur le sol, les mains dans la terre humide de la cour intérieure. D'autres voitures, gyrophares en action, s'accumulaient à l'entrée.

Subitement, je me relevai et pénétrai à l'intérieur du logis où les fouilles avaient déjà commencé. J'avalai les volées de marches qui conduisaient à l'étage. Dans le bureau où ronflaient à n'en plus finir les ordinateurs, le poster se trouvait toujours là, accroché sur le mur frontal… Les marécages du Tertre Blanc. Et le chalet, au fond…

Crombez, qui venait d'arriver, m'interpella au moment où je m'apprêtais à prendre la route.

— Commissaire ? Où allez-vous ?

— Pousse-toi de là ! Je dois vérifier quelque chose !

Je claquai la portière devant son nez et fis crisser les pneus en démarrant dans les gravillons.

La tension nerveuse rendait mes muscles raides comme des barres de fer. Une douleur aiguë me dévorait l'épaule et le dos et mes articulations fatiguées commençaient à me lanciner. Mais il fallait que je le tue. Que je le tue de mes propres mains, sans personne pour m'en empêcher. Je devais voir ses yeux lorsque le projectile attaquerait sa chair. *Tiens bon, Suzanne, tiens bon, je t'en supplie !*

Une partie de mes pensées se portait vers Élisabeth

Williams, vers la terrible mort qu'il lui avait infligée. J'aurais dû y songer ! J'aurais dû prévoir qu'il en arriverait là ! Seigneur ! Combien de personnes étaient mortes par ma faute ? Combien en avais-je sauvées des griffes de Thomas Serpetti, de l'Homme sans visage, ce visage si familier que je ne réussissais pas à le voir ? Aucune…

Je roulais pour affronter l'Ange rouge dans un ultime combat, un duel que j'attendais depuis plus de six mois. Je roulais vers la coupole brasillant du soleil couchant, je roulais vers l'endroit où m'attendait mon destin…

Chapitre dix-sept

L'odeur d'eaux croupissantes pénétra en moi et se matérialisa enfin, comme si elle s'exhalait de la substance même de mes rêves. Le chemin fangeux qui éventrait les marais depuis plusieurs kilomètres, se referma sur les roues de mon véhicule comme une mâchoire de fer. Je donnai un coup d'accélérateur, mais la gomme patina. Je fus contraint de continuer à pied.

Les derniers moustiques avant les rudesses hivernales dansaient à la surface, effleurant parfois l'onde du bout de la patte avant de s'effacer derrière les chaumes tendus des roseaux. Plus j'avançais, plus le marais s'épaississait. Le lugubre décor autour de moi n'avait plus rien à voir avec le poster de Serpetti et je recherchai désespérément une île, un îlot ou une étendue herbeuse sur laquelle devait se dresser le chalet. Les rayons obliques du soleil pailletaient d'une sale clarté les rares aplats où l'eau parvenait à percer la couche épaisse des nénuphars et j'eus l'impression de pouvoir marcher à la surface du marais, tellement la flore s'y déployait avec générosité. Des roseaux géants de plus de deux mètres, dressés comme des lances de guerriers, m'empêchaient de distinguer autre chose que l'univers restreint de ce cachot de verdure dans lequel j'évoluais.

Je continuai à me hasarder sur le mince chemin naviguant entre les marécages, me demandant si la voie n'allait pas finir par s'arrêter net ou si des sables mouvants n'allaient pas m'entraîner vers le fond. Je m'agrippais aux branches arquées par l'humidité et presque nues des aunes, chevauchant leurs racines qui s'enfonçaient dans les profondeurs de l'eau tels de gigantesques anacondas.

Au détour d'un tronc à l'écorce pourrissante, j'aperçus enfin la cabane, perchée sur une île envahie d'arbres et de fougères, en plein milieu du manteau kaki de l'eau. Une barque était amarrée sur l'un des flancs de l'île et une petite lumière effrayante émanait d'entre les volets fermés. Je me baissai, m'approchai du bord du marais et envoyai de désespérés regards circulaires à la recherche d'une embarcation, ou d'un moyen de me rendre sur l'île, perdue à une cinquante de mètres dans la soupe des nénuphars.

Je me résolus à ôter ma veste, mes chaussures et me glissai le long de la berge, serrant les dents. L'eau monta jusqu'à mes mollets, puis s'attaqua à mes cuisses et mon bassin. Les lentilles, les joncs, tout ce qu'il y avait de pourri, s'accrochait à mes membres. L'eau était glaciale. Peut-être sept ou huit degrés, pas plus. J'avais intérêt à avancer très vite, si je ne voulais pas sombrer au fond, foudroyé par une hypothermie. Je levai les bras, mon arme au-dessus de ma tête. D'un coup, alors que la surface de l'onde s'enroulait autour de mon torse, je chutai dans un trou de vase. Le réflexe de la respiration me fit avaler une gorgée d'eau et je remontai à l'air libre en suffoquant, des lentilles dans les narines, la bouche et les yeux. Sous l'effet de surprise, j'avais lâché mon arme ; je tentai en vain de la récupérer, en tâtonnant du bout des orteils, me laissant couler volontairement, mais je palpai juste ce mélange en décomposition stagnant au fond de l'eau.

Je me mis à nager la brasse, freiné par les tiges des nénuphars qui se mêlaient à mes mouvements. Le froid commençait ses dégâts. Mes lèvres, mes mollets, mes biceps, mes pectoraux, durcirent comme du bois. Mes doigts et mes orteils me piquèrent, me donnant l'impression qu'ils allaient se briser. Et mon épaule, comme blessée par une seconde balle, hurlait de douleur…

Je parvins enfin sur la berge, exténué, frigorifié, sans arme, alourdi par le poids de l'eau, de la vase et de la végétation cramponnées à mes vêtements. L'obscurité dévalait de la voûte du ciel à une vitesse ahurissante et des coassements de crapauds perforaient le silence aquatique. Je ramassai l'un des gros bâtons qui jonchaient le sol. J'en choisis un solide mais suffisamment léger pour me permettre de le manipuler avec aisance. Des racines et des branches pourries me torturèrent la plante des pieds. Un branchage pointu cassa net dans la pointe de mon orteil. Je criai intérieurement, retournai mon pied et arrachai l'intrus en serrant les dents. Mes muscles raidis par le froid semblèrent recouvrer une légère élasticité, dans des proportions toutes relatives. Je gagnai enfin les abords de la cabane. L'herbe haute relayait le sol marécageux et rendait, Dieu merci, ma progression plus discrète…

Volets clos. J'effectuai un tour du chalet, plaquai mon oreille contre la paroi et m'immobilisai. Le roucoulement d'une radio monta jusqu'à moi, cependant je ne perçus aucun autre bruit. Je risquai un œil, mais les lattes inclinées m'empêchaient de voir à l'intérieur. Un vent frais se leva avec le crépuscule, pénétrant au point de me tétaniser les articulations.

Je m'interrogeai sur la façon de m'introduire à l'intérieur. Le regard que je jetai par le trou de la serrure ne me renvoya que du néant ; la clé reposait dans son emplacement. Je saisis avec la plus grande attention la poignée, émis une poussée et, à ma grande surprise, la porte s'ouvrit sans aucune résistance. Je bondis dans la gueule du loup, le bâton brandi au-dessus de ma tête…

Et je découvris ma femme, les yeux bandés, attachée en croix sur une table, la poitrine offerte à une nudité outrageante. Je devinai à l'intérieur de son ventre rond la présence du petit être et ne pus empêcher mes larmes de jaillir et m'inonder de chagrin. Une impulsion intérieure, un flux imprévu de sensations les plus pures, me paralysa, puis me fit chanceler et chuter sur le sol. Je me relevai, difficilement, m'écroulai à nouveau lorsque le visage de Suzanne s'orienta dans ma direction. Des mots de détresse s'accrochèrent au bord de ma gorge et, dans un instant qui me parut une éternité, je perdis le réflexe de la respiration.

Je ne songeai qu'à ôter son bandeau, la serrer dans mes bras, l'embrasser, la couvrir d'amour, toucher ses cheveux, son ventre, ne fût-ce que l'espace de quelques secondes. Mais, auparavant, mes dernières pulsions de flic me forcèrent à scruter la kitchenette et les toilettes. Pas de Serpetti. Sans chercher à réfléchir, je me lançai sur la porte d'entrée et tournai la clé de manière à verrouiller l'issue. Je m'approchai de mon amour, de mon futur bébé que j'aimais déjà plus que tout au monde et, sans même les toucher, je sentis que la chaleur de leurs corps, le battement de leurs cœurs m'embrasaient l'âme.

Suzanne ne parlait pas. Les cordes lui enserrant les poignets blanchissaient ses mains. Le haut de son corps, salpêtré, crevassé de stries profondes et d'auréoles plus ou moins prononcées, s'érigeait en témoin hurlant de son supplice. Je me penchai enfin vers elle, écrasé de larmes. Mes doigts, mes mains, mes jambes frémirent, tremblèrent, de froid, de peur, d'une émotion à l'intensité solaire. Je m'agrippai au coin de la table et, rassemblant mon énergie, chassant les douleurs qui m'assaillaient de partout, lui retirai le bandeau. Que ce geste, cet instant se figent à jamais dans ma mémoire, jusqu'à la mort…

Sa lèvre inférieure s'écarta et un cri blanc jaillit du fond de sa gorge. Elle se mit à hurler de façon incontrôlable, infligeant de tels mouvements de torsion à ses poignets et chevilles que la corde cisailla la peau. Les muscles fuselés de ses jambes tressaillirent, son corps tout entier ondulait comme sous le coup d'un choc électrique. Et ses hurlements s'élevèrent haut, très haut dans les profondeurs de la nuit tombante.

— Chérie ! Oh ma chérie ! Suzanne !

Quelque chose lui imposa un calme soudain. Ma voix. Elle avait reconnu ma voix, celle de son mari, d'un être venu lui apporter de l'amour, du réconfort, autre chose que des insultes et des coups. Le temps d'un souffle, son regard croisa le mien. J'y déchiffrai notre rencontre, nos jours heureux, le combat de nos deux vies. J'y discernai la sensibilité incroyable d'une mère pour son bébé…

— Chérie ! Chérie ! Je t'aime ! Je t'aime !

Je répétai à m'écorcher la gorge ces mêmes mots,

m'approchai de son oreille, lui passai une main dans les cheveux, sur le ventre. Oh, ce ventre ! Mon bébé, notre bébé ! Et je la serrai contre moi, tellement…

Une mousse fine coula de ses lèvres, ses pupilles dilatées fixèrent l'une des poutres du plafond.

— Suzanne ! Reste avec moi, Suzanne, je t'en prie ! Suzanne ! Ne me laisse pas !

Avec la plus grande peine, je parvins à lui détacher les mains. Je défis finalement les entraves des chevilles et ma propre femme se roula en boule dans un coin, les cheveux dans la bouche, les cheveux dans les yeux, les cheveux lui couvrant la totalité du visage. L'air humide charria une écœurante odeur d'urine, une petite flaque s'auréola sous ses pieds. Le balancement de son ventre, de son fessier, de ses jambes repliées contre sa poitrine, s'accéléra. Et elle oscillait, oscillait, oscillait…

Je savais qu'elle pouvait revenir à moi, que, dans la mécanique intransigeante de la conscience, quelque part, une petite porte était restée ouverte sur la lumière.

Alors que mes bras se tendaient vers elle, une voix m'interpella. Une voix truquée. L'une de celles déjà entendues au téléphone.

— Bienvenue, Franck !

Thomas Serpetti pointait une arme dans ma direction, un vieux Colt qui semblait encore en parfait état de marche. L'homme sortit par une petite trappe dissimulée sous un tapis et monta les dernières marches d'une échelle. Il posa le truqueur de voix sur le sol avant de m'envoyer un sourire d'une incroyable méchanceté.

— Il fallait que je voie ça, Franck ! Les retrouvailles

avec ta femme, après plus de six mois d'attente. Tu as vu comme j'en ai bien pris soin ?

Il effectua des mouvements avec son Colt m'incitant à lâcher le bâton tout juste ramassé. Je m'exécutai et levai les mains. Suzanne sursauta, coula un regard vide et se remit à se balancer comme un cheval de bois, la tête enfoncée entre les genoux, contre son ventre.

— Mon Dieu, Thomas. Qu'est-ce que tu lui as fait ?

— Ta femme est devenue marteau, Franck. Après quatre mois, comme ça, sans raison. Du jour au lendemain ! J'aurais pu m'en débarrasser, ça m'aurait tellement facilité les choses. Mais j'ai préféré aller au bout, pour le jeu… Pour la célébrité, pour le fric. Comme un challenge… envers toi…

— Pour le jeu ! Mais… Mais comment oses-tu ?

Ses yeux rayonnèrent de noir, ses pupilles grossirent comme celles d'une bête sauvage acculée, prête à tuer pour préserver sa vie…

— Tu imagines, Franck ? Tu en connais, toi, des êtres de mon intelligence ? Tu as vu à quel point je vous ai bluffés ? La vie, la mort, tout cela n'est qu'un immense jeu. Si tu pouvais savoir le pied que j'ai pris ! Oh ! Mon cher ! Personne, absolument personne ne pourra surpasser l'œuvre que j'ai menée ! J'ai tout contrôlé, Franck, depuis le début. La croisée des destinées, l'arrêt définitif de leurs vies… Comme des trains miniatures !

Je baissai les bras, mais il tendit l'arme et je les levai à nouveau. Des flaques d'eau de marais se formaient à mes pieds et les muscles fatigués, blessés de mes épaules me brûlaient.

— Explique-moi. J'ai besoin de savoir pour Suzanne. Comment tu as su qu'elle était enceinte ?

Il la considéra longuement.

— Elle me l'a dit après l'enlèvement, dans un dernier sursaut d'espoir, espérant peut-être que j'allais la relâcher. Dire qu'elle voulait te faire la surprise ! N'est-ce pas charmant ? (Il s'assit sur le bord de la table.) J'avais en tête l'idée du film à épisodes. J'ai envoyé un premier fichier par Internet à ce requin de Torpinelli. Je savais qu'il prendrait, que ce genre de film se vendrait à prix d'or sur les marchés parallèles, des milieux que je t'ai fait découvrir au fur et à mesure… Puis, les demandes se sont renouvelées, de plus en plus nombreuses, avec des souhaits très, très particuliers. Et je me suis aperçu que j'adorais ! Ça m'excitait à un point tel que tu ne peux imaginer. J'étais le maître absolu de mes victimes, mais aussi de ces hommes qui se branlaient par dizaines devant mes chefs-d'œuvre !

— Tu es… Tu es…

— Mais, avant d'attaquer mon parcours, il me fallait un scénario, de quoi vous faire plancher, vous, les psychologues, les policiers, les scientifiques. De ce côté, Internet est une mine d'or. On y déniche des rapports d'autopsie, les guides complets utilisés par la police scientifique, les appareils, les moyens déployés pour traquer les assassins… Toute la batterie nécessaire pour analyser vos failles, vos manières de travailler, de progresser, le jus même de vos tripes… Je suis retourné en Bretagne pour y prélever cette eau particulière, afin de l'abandonner dans l'estomac de Prieur. Pas mal, non ? Et ces psycho-criminologues ! Je me suis amusé comme un fou ! J'ai joué avec vous comme un marionnettiste avec ses poupées de bois. Je vous ai orientés, avec succès, dans les mâchoires aiguisées de BDSM4Y. Vous y avez laissé des plumes, si je ne me trompe ? (Il s'installa sur une chaise.) Au départ, je suis tombé sur des documents qui parlaient de ce père Michaélis. Sa carrière me parut… intéressante… D'autant plus que tout cela cadrait, comme par enchantement, avec la naissance de ton enfant et le nom de ta femme. On aurait dit, je ne sais pas, que tout cela était écrit…

Il agita les doigts en l'air, tel l'enchanteur jetant de la poudre de perlimpinpin. Je cherchai un moyen pour me rapprocher de lui. Je lui demandai, en exécutant un pas vers l'avant :

— Et Gad ? Pourquoi l'avoir tuée ?

— Je ne l'ai jamais tuée, Franck ! Cette crétine de Bretonne a bel et bien eu un accident ! Grâce à elle, j'ai tourné mes premiers films. Oh ! Elle était plus que consentante ! Et tu aurais dû voir comment ça se bousculait aux portes de mes sites pirates, pour mater ces vidéos ! En fait, je crois que c'est de là que m'est venue l'idée de pousser l'expérience plus loin.

— Et ces filles que tu as assassinées ? Tu les contactais par Internet ?

— Tu te rends compte que cette pute de Prieur s'était vantée d'avoir mutilé des cadavres à la fac ? Elle exposait ça comme un trophée, une gloire personnelle, à un tas d'abrutis qui jubilaient devant ses confessions ! Et Marival ? Cette salope de Marival bien planquée au fond de sa forêt ? Elle croyait pouvoir montrer sa chatte, faire des trucs à ces animaux sans avoir un retour de bâton ? Je lui ai bien fait comprendre qu'Internet pouvait être très dangereux. Qu'il ne fallait pas provoquer les gens en se masturbant devant des caméras. Que l'on ne se trouve jamais à l'abri, où que l'on soit… Je pense qu'après plus d'un mois et demi à végéter au fond d'un abattoir, elle a bien… digéré la leçon. Ces femmes méritaient ce qui leur est arrivé ! Je n'ai pas tué des innocentes !

— Tout se déroulait parfaitement pour toi jusqu'à Manchini, n'est-ce pas ?

Un rictus lui chiffonna le visage.

— Cet idiot de Torpinelli n'a pas été assez prudent. Je suppose que son crétin de cousin a fourré le nez dans ses affaires, plus particulièrement dans les données de son ordinateur. Un beau petit frustré sexuel, ce Manchini… Il a fallu qu'il expérimente de lui-même… Ces films ne sont pas faits pour les amateurs dans son genre. J'aurais dû m'en occuper personnellement. Ça t'aurait évité de foutre une merde pas possible du côté du Touquet.

— Ton frère schizophrène, Yennia, ton voyage en Italie durant le premier meurtre… Tout cela est faux ?

— Il a été si facile de manipuler ta femme ! Le pauvre Thomas avec un frère schizophrène d'un côté et, de l'autre, une épouse délaissée, venue déverser ses malheurs sur des forums Internet. Pfff… Si facile, tellement facile… Tu es flic, non ? On ne t'a jamais appris à faire preuve de méfiance envers des gens que tu ne connais pas ? Il est si aisé de s'inventer une vie grâce à Internet, de s'immiscer dans l'intimité des couples, des célibataires, des enfants, avant même qu'ils s'en aperçoivent ! Nous sommes à l'ère du cybercrime, Franck, et ça, il aurait fallu le faire entrer dans ta petite cervelle de moineau !

Serpetti gardait un œil sur Suzanne qui divaguait,

déversant un flot d'écume entre ses jambes écartées. Je le questionnai en ouvrant mes paumes au ciel :

— Que comptes-tu faire maintenant ? Tu vas nous exécuter ? Combien d'innocents comptes-tu encore tuer ?

— J'ai presque fini mon œuvre, Franck. Après, je verrai. Il y a un petit nouveau que je dois finir de former. Il apprécie beaucoup mes vidéos et je suis persuadé qu'il sera un jour capable d'en faire autant.

Il agita le revolver latéralement.

— Va te plaquer contre le mur ! Là, derrière ! Et tu t'assieds dans le coin !

J'osai encore un pas dans sa direction, mais mon zèle lui fit orienter le canon vers ma femme.

— Je compte jusqu'à trois. Un, deux…

— C'est bon ! Ne tire pas. Je vais faire ce que tu me demandes…

Je me déplaçai à reculons et me laissai glisser dans l'angle, les mains au-dessus de la tête.

— Bien, très bien, sourit-il. Tu es une nouvelle fois aux premières loges pour assister au spectacle, à l'identique de la femme de l'abattoir ! Sauf que cette fois, je t'autoriserai à regarder.

Toujours en me braquant, il sortit d'un sac un kit chirurgical stérile contenant le matériel nécessaire à une intervention d'urgence : scalpels, compresses, lames, aiguilles courbes et fil de soie.

Il redressa la table et disposa l'attirail sur le rebord.

— Tout est prêt pour la naissance de ton enfant… Il ne manque plus que… (il piocha l'appareil dans le même sac)… la caméra. »

Je plaquai mes mains au sol pour me relever, mais

il tira une balle à deux centimètres de mes pieds. Suzanne hurla.

— Encore un geste et je te flingue ! Bouge ! Essaie seulement de bouger ! Lève les mains, lève bien les mains !

Il s'approcha de moi avec la prudence d'un lapin pointant hors de son terrier, me colla l'arme fumante sous les narines. L'odeur de la poudre à canon me monta à la tête.

— Ferme les yeux, enculé !

— Tire ! Tire ! Qu'est-ce que t'attends ?

Je sentis une chaleur intense grimper le long de mon cou. Lorsque j'ouvris les yeux, il m'exposait une seringue vide.

— Kétamine… Je crois que tu connais ? Ça va te calmer un peu. J'ai dosé pour que tu puisses assister au son et lumière en toute sérénité, sans crainte de te… blesser…

Il s'avança vers Suzanne, lui administra une dose de produit et la tira jusqu'à la table improvisée en champ opératoire.

— Voilà… Juste pour que tu te tiennes un peu tranquille, Suzanne.

Il se tourna vers moi.

— Ta femme n'est plus que le fantôme de ce qu'elle était. Elle est déjà morte, Franck. Tu ne t'en rends pas compte ? Regarde-la ! Regarde ses yeux !

La mâchoire inférieure de Suzanne récoltait des bouillons de salive qui, ensuite, roulaient le long de son menton. Elle était repartie ailleurs, sur une autre planète. Pourtant, nous nous étions retrouvés, le temps d'une fraction de seconde. Si peu… Tellement peu…

Comme la première fois, mais de façon moins

intense, mes membres s'alourdirent et mon corps tout entier sembla se couler dans le béton. Mes doigts se décrochèrent de mes mains, mes mains de mes bras et mes bras de mon corps. Mon enveloppe corporelle se figea en glace.

Serpetti allongea Suzanne sur la table. Elle obtempéra sans formuler une quelconque plainte. Ses pupilles éclipsaient le blanc de ses yeux, sa bouche continuait à clamer comme si elle s'apprêtait à lancer une prière au ciel.

Je balbutiai :

— Suzanne… Suzanne… Je… t'aime… et lorsque Thomas Serpetti se baissa pour ramasser les liens enroulés sur le sol, elle se cambra, s'arqua comme si un courant électrique d'une intensité faramineuse la traversait, et lui planta un scalpel au travers du cou dans un hurlement atroce, en un sursaut de haine qui fermentait depuis des mois et des mois. La lame pénétra par la droite de la trachée et en ressortit de l'autre côté. Le Colt glissa jusqu'à mes pieds.

Serpetti écarta les lèvres, émit un cri étouffé tout en portant ses deux mains à la gorge d'où s'échappait un petit geyser de sang. Ses genoux percutèrent le sol, il s'écroula et se redressa, les yeux fixés sur l'arme, animé par la rage, l'envie de tuer encore et encore. Sa langue, ses dents, ses gencives se couvrirent de sang et d'un mélange absolu de hargne qui jaillissait droit de ses tripes. Il allait atteindre le revolver. Il allait l'atteindre et tirer avant de mourir ! Suzanne gisait sur le sol, pétrifiée elle aussi par l'afflux de kétamine dans ses artères. Serpetti progressa, rampa, s'arracha les ongles contre le plancher, s'étirant dans un ultime effort avant de s'immobiliser, la main à quelques centimètres de l'arme. Ses yeux restèrent ouverts un instant, le temps de remuer mes lèvres pour murmurer :

— Tu… as… perdu. Mon enfant naîtra… pendant que toi… tu croupiras en enfer.

Il lâcha ses dix derniers pour cent d'air dans une bulle de sang, le regard fulminant d'une colère inhumaine.

Quand son âme noire s'envola, les cheveux de Suzanne s'écartèrent les uns des autres, comme électrifiés… Alors je sus qu'Élisabeth Williams et Doudou Camélia flottaient dans l'éther, pas très loin d'ici…

Épilogue

L'air est extrêmement chaud pour un mois de mai. Un vent venu du Sahara, affirment-ils à la radio. Ma fille s'élance devant moi d'une démarche peu assurée, bringuebalante, et ses petites mains s'enfoncent dans le sable lorsqu'elle se prend le pied dans un château abattu par la marée montante. Ses éclats de rire font fuir une colonie de mouettes qui se repaît dans de l'eau tiédie par le soleil de printemps et les oiseaux, dans un ballet aérien grandiose, chantent et dansent au-dessus de nos têtes.

Suzanne se tient à mes côtés.

Elle fixe l'œil bleu de la mer, indifférente à tout ce qui se produit autour d'elle, comme si quelqu'un, à l'intérieur de sa tête, avait construit un mur qui lui voile les choses belles de la vie. À son regard, s'accrochent encore les blessures du passé et je crois qu'elles s'y agripperont jusqu'à la fin de nos vies.

Avant notre grande aventure au bord de la mer du Nord, je lui ai donné ses gélules ainsi que son sirop. Les médecins affirment qu'il n'existe pas d'autre moyen pour taire les longues plaintes qui gémissent en elle de jour comme de nuit. Les médicaments la portent loin de nous, mais je sais que lorsque notre petite fille se glisse dans le creux de ses bras, elle se sent bien, réchauffée quelque part au fond de son cœur. Parfois, je la surprends à tendre un sourire à notre bout de chou et, alors, je sens que tout n'est pas perdu, qu'un jour, je redécouvrirai ma Suzanne d'autrefois.

J'ai tout plaqué. Paris, mon métier, mon cercle restreint d'amis et cette vie de dingue. Nous résidons tous trois au bord de la mer dans les embruns froids du nord de la France, loin de ces territoires de sang. J'ai retapé un vieux commerce. Je vends des jouets à une cinquantaine de mètres d'où nous habitons. La pension d'invalidité de Suzanne me permet de payer les services d'une infirmière à domicile et une nourrice pour notre bébé. Quant à Poupette, ma petite locomotive magique, je n'ai pas eu le courage de la garder avec moi. Elle fait partie désormais des choses mortes, d'un passé trop douloureux à supporter.

Je ne suis jamais bien loin de mes chéries. À chaque fois que j'en ai l'occasion, je cours les rejoindre, pose la tête de ma femme sur mes cuisses et caresse ma fille de l'autre main. Je ne suis plus commissaire de police à la Criminelle. Je suis redevenu un homme comme les autres…

Hier soir, ils ont découvert deux cadavres nus, allongés dans une barque au bord d'un lac. Un garçon et une fille, avec chacun une pièce dans la bouche. Je l'ai vu à la télévision… J'ai éteint et suis monté me coucher.

J'ai rêvé d'un immense champ de blé où dansaient deux femmes que j'avais jadis connues…

DEUILS DE MIEL

À ma sœur Delphine

Chapitre premier

Un an… Un an depuis l'accident.

Un moment d'inattention. Une seconde. Même pas. Une pulsation. Bordure de nationale. Une crevaison. Je me baisse, ramasse un boulon échappé sous le châssis. Me relève. Trop tard. Ma femme court au milieu de l'asphalte, ma fille au bout de ses doigts. Un véhicule qui surgit, trop vite. Bleu. Je vois encore ce bleu trop saillant, alors que je m'élance en hurlant. Le crissement des freins sur la chaussée détrempée. Puis, plus rien…

Un jour, on réapprend à vivre.

Et, le lendemain, tout fout le camp…

Devant moi, au creux des remparts de Saint-Malo, un type déambule tranquillement, les cheveux à l'air, le teint flatté par les rouges d'un crépuscule flamboyant.

C'est lui, je l'ai reconnu sans l'once d'une hésitation. La France n'est pas assez grande, il faut que je croise sa route, au terme de mes congés. Celui qui leur a arraché la vie.

Le chauffard.

À cet instant, quelque chose craque en moi. Une déchirure abominable…

Dire que je pensais qu'elle allait mieux, ma Suzanne,

après six années de traitements abrutissants et de cris dans la nuit. Le traumatisme de son enlèvement semblait s'essouffler, elle savait sourire à nouveau, au moins à mes yeux, avait réappris les choses simples de la vie. Se laver, s'habiller, s'occuper un peu de notre petite Eloïse. Bien sûr, ce n'était plus la combattante d'autrefois, tellement lointaine parfois, si décrochée de la réalité et dépendante d'autrui. Sans cesse à arpenter la frontière de la folie. Mais j'avais perçu dans ses yeux le renouveau, la soif de vivre surpassant celle de partir.

Suzanne… Pourquoi t'es-tu lancée sur une nationale avec notre fille ? Quel démon s'est emparé de toi, en ce triste matin d'automne ?

Ces questions, je les ai ressassées des centaines et des centaines de fois. Un livre, qu'on ne referme jamais…

Devant, l'homme, Chartreux, il s'appelle Patrick Chartreux, s'adosse sur la vieille pierre et sort son téléphone portable. Il se retourne brusquement vers moi, je détourne la tête et simule un intérêt soudain pour le grand large. L'onde tranquille, ses bateaux paisibles. Je ne sais pas comment réagir. Une haine grandissante me brûle la gorge et je me sens capable d'une connerie. Mes poings se crispent, tandis que Chartreux s'engouffre dans un bar branché. Le voir disparaître me soulage. J'aurais pu repartir, l'oublier. Alors, pourquoi me suis-je décidé à l'attendre, grillant clope sur clope ? Pas bon signe…

Le front perlant, les mains moites, j'ouvre et ferme mon portefeuille d'un geste nerveux. Ma carte tricolore de flic occupe à nouveau son emplacement. Après tant d'années loin du pavé et des traques, j'ai repris le métier. Quitter le Nord, son ciel bas, ses souvenirs trop blessants. Puis retrouver la Grande Pieuvre, ses rues surpeuplées, cette vie de dingue au 36. Leclerc, mon divisionnaire, m'a mis plusieurs fois à l'épreuve ces six derniers mois et je n'ai pas failli. Il pense avoir retrouvé le commissaire d'antan, sa hargne au combat. Il a sans doute raison. Jamais cette hargne n'a été aussi grande…

Le commercial friqué sort enfin, fringant dans son costume de marque. Il hume l'air iodé, réajuste son col de chemise griffée avant d'attaquer sa marche. Des flashs me fracassent l'esprit. Sa tête de vainqueur, au procès. Ses faux airs de compassion. Ses larmes simulées. Trente kilomètres au-dessus de la moyenne, deux existences volées et une si petite punition ! À l'époque, des bras avaient su m'empêcher de le démolir. Plus maintenant. J'accélère le pas et me rapproche de lui…

Bifurquer dans une ruelle déserte restera très certainement sa plus grande erreur. Son corps ploie sous le feu de ma colère, tandis que mes chéries hurlent là, dans ma tête… Encore et encore… Je me relève, tremblant, le visage dans l'ombre. Mes yeux sont gorgés de sang et de sueur…

Qu'est-ce que j'ai fait ?

Je m'enfuis subitement et précipitamment vers ma voiture. Contact. Autoradio à fond. Direction l'autoroute… Curieusement, je n'éprouve aucun soulagement… pitoyable… Sur le volant, mes mains tremblent fort.

Sous la traînée des astres, je quitte les douceurs océanes pour les forges rougeoyantes de la capitale. L'étau de chaleur qu'aucun souffle ne daigne apaiser ne se desserre plus, même la nuit. Alors je souffre en silence, transpercé par une grande brûlure dévorante… La brouette d'acier qui me sert de véhicule bougonne mais me transporte quand même à bon port…

L'Haÿ-les-Roses… Mon immeuble… Sa solitude acide…

Là-haut, au troisième étage, se déroulent des rubans teigneux de marijuana. Un raccourci osé qu'a trouvé mon voisin de palier, un Rasta solitaire, pour ramener à lui l'exubérance de la Guyane. Sa grand-mère et moi étions liés d'une amitié sans frontières. Elle aussi, dans ses grands ensembles de madras, a disparu dans des conditions abominables.

L'Ange rouge a décidément détruit ma vie et éliminé ceux que j'aimais.

Aujourd'hui, un seul mot me hante l'esprit. *Traque*. Profiter de la carapace de flic pour les traquer, tous, les uns après les autres. Leur éclater le crâne sous ma semelle, comme autant de moustiques.

Sur la moquette de ma chambre, des pieuvres de fer épandent leurs tentacules jusqu'en bordure de salle à manger. Les trains miniatures, vapeurs vives ou motrices électriques, attendent la délicatesse d'une main pour promener leurs wagons. Avant de me coucher, j'en propulse deux, pleins rails. Malgré ces rivières pourpres qui ont irrigué ma vie, il reste une peur que je ne maîtrise pas, celle du silence… Aidé de somnifères, je sombre lentement, dans la fureur des raclements de bielles. Le visage de Chartreux m'apparaît une dernière fois, une bulle de sang entre les lèvres…

Tard dans la matinée, je m'extirpe de ma couche, réveillé par le téléphone. Je suis censé reprendre le travail demain mais un message, sur mon répondeur, change la donne. Mon divisionnaire me demande d'aller dans une église. Un curé a découvert sur l'agenouilloir d'un confessionnal une femme morte, nue et rasée des orteils au sommet du crâne. Tout mon être s'embrase d'un feu dangereux.

Au moment où j'éteins le transformateur brûlant qui agite mon réseau de trains, où les locomotives épuisées de leur course nocturne arrachent les derniers mètres, alors, à ce moment-là, l'homme, l'humain, s'endort, tandis que le flic s'éveille.

La *traque*.

La traque reprend…

Chapitre deux

Depuis l'accident de mes chéries, je n'étais plus jamais entré dans la maison de Dieu. Aussi, ma cicatrice intérieure se rouvrit lorsque je m'enfonçai, en cet après-midi de fournaise, dans l'église d'Issy-les-Moulineaux. Au cœur de l'allée, entre la rigueur trop dure des bancs, je distinguais encore les cercueils, dont l'un, si petit, avait soulevé la bouffée étranglée des sanglots… Tout, dans l'édifice de pierres, respirait ma souffrance.

Une bouche glissa le long de mon oreille. Martin Leclerc, mon divisionnaire, se précipitait vers la sortie, le portable hurlant.

— Je te laisse gérer ! ajouta-t-il en reluquant mes cheveux coupés à ras. On a le feu vert du procureur Kelly pour la levée du corps et l'autopsie ! On se voit tout à l'heure pour un point !

J'acquiesçai et me dirigeai vers un attroupement d'où grimpaient des haussements de voix et des crépitements de flashs. En face, Jésus pleurait, traînant derrière lui ses siècles de calvaire.

Le lieutenant Sibersky m'accosta avec cet air grave des mauvais jours. Sur sa gauche, les deux Rangers du légiste dépassaient du confessionnal.

— Bonjour, commissaire, fit-il sans le sourire. On a déjà vu des retours de congés plus gais…

Sa voix vibrait d'une assurance toute modérée.

— Annonce !

— OK. La porte, derrière l'autel de gauche, a été forcée au pied-de-biche. D'après le curé, c'est la deuxième fois qu'une effraction a lieu, la dernière, sans conséquences, remontant au trimestre dernier. Les techniciens de la scientifique ont relevé des empreintes un peu partout. L'enquête de proximité est en cours, des inspecteurs interrogent les habitants des alentours.

— Parle-moi de la victime.

— Femme blanche, une cinquantaine d'années. Aucune trace apparente de blessures ou de sévices. Les chevilles sont encore entravées, mais les mains ont été libérées de leur corde, abandonnée sur le sol. Les yeux étaient bandés avec du sparadrap. Le prêtre a retrouvé le corps agenouillé, à huit heures trente-cinq ce matin, dans la loge des pénitents du confessionnal. Le crâne rasé était couvert de… papillons.

Je fronçai les sourcils.

— Des papillons ? Morts ?

— Vivants. Sept gros papillons à longues antennes, avec… le dessin d'une tête de mort sur l'abdomen. Quand on a essayé de les attraper au filet, ils ont… crié. Un couinement terrifiant.

— Où sont-ils ?

— Partis pour le labo. La lampe à ultraviolets a révélé, sur la tête de la victime, des taches blanchâtres, invisibles à l'œil nu, expliquant peut-être la présence de ces bestioles. L'entomologiste nous en dira plus…

— D'accord, d'accord, d'accord… Un corps nu, rasé, les chevilles entravées, mais pas les mains. Des insectes sur le crâne. Le tout dans une église. Du grand classique quoi !

— On ne peut pas plus classique, en effet... Pour en revenir au confessionnal, la partie centrale était ouverte, contrairement à la veille. Après sa découverte, le curé a immédiatement prévenu la police d'Issy, qui a débarqué quinze minutes plus tard, talonnée par nos équipes.

Le légiste sortit du lieu de pardon. Van de Veld avait tout du militaire, l'intelligence en plus. Treillis, barbe d'une rigueur mathématique et un beau visage de roche dénué d'expression.

— On y va pour le topo, commissaire ?

Après une poignée de mains, il m'invita à le suivre. Le cadavre m'apparut de dos, recroquevillé, tassé par le poids des chairs meurtries. La tête chauve et les avant-bras s'écrasaient sur un prie-Dieu, tandis que l'index de la main droite, fermée, pointait sur le côté. Sous le tranchant d'un halogène à batterie, le crâne immaculé luisait.

Van de Veld se faufila dans la loge.

— On peut ordonner la levée du corps. Sans autopsie, impossible de déterminer la cause de la mort. Nul hématome ou blessure. Aucun écoulement nasal ou buccal qui pourrait impliquer un décès par asphyxie. Le visage n'est pas cyanosé, pas de pétéchies, donc, a priori, pas d'étranglement.

De l'arrière, j'examinai la toile humaine avec l'œil d'un étrange passionné. Oubliés les trains miniatures et les sensibleries de comptoir. La machine Sharko, boulonnée d'insensibilité, reprenait du service.

— Des rapports sexuels ?

— À première vue, non. Par contre, la victime a

perdu énormément d'eau. Ces auréoles, sur le sol et le prie-Dieu, témoignent d'une forte sudation.

— On ne sue plus après la mort, je me trompe ?

— Non. La femme a été amenée ici vivante. Observation confirmée par le fait que le corps n'a pas été déplacé. Elle est morte dans ce confessionnal sans que je comprenne de quoi. Et ça m'énerve !

— Je peux ?

Il me laissa la place dans le confinement. Les sourcils, les aisselles et les poils pubiens de la victime manquaient aussi à l'appel.

— Les techniciens ont ôté l'adhésif sur ses yeux ?

— Oui. Du chatterton, posé par-dessus les paupières. Vous verrez sur les épreuves photographiques.

Le médecin poursuivit, alors que mon regard suivait la direction du doigt mort.

— Dents saines et soignées, physique propre, mais ongles longs, y compris ceux des orteils. Quatre d'entre eux, à la main droite, sont cassés ou arrachés. Ce qui pourrait témoigner d'un enfermement forcé… et prolongé…

Je me penchai par-dessus le prie-Dieu, les narines attentives.

— Oui, anticipa le légiste, on sent des odeurs de parfum ou de crème, présentes sur la totalité de la peau, même le crâne. Dans la bouche et aux commissures des lèvres, j'ai relevé les traces d'un composé sucré, foncé, peut-être du miel. Sans doute ce qui a retenu ces papillons. Les analyses sanguines et du contenu stomacal confirmeront…

La lumière crue de l'halogène me cisaillait les pupilles. Plus j'emmagasinais d'informations, plus le trouble m'envahissait.

De quoi était morte cette femme ?

— Une idée sur l'heure du décès ?

— D'après la rigidité cadavérique et la température rectale, je dirais au beau milieu de la nuit, entre deux et quatre heures du matin… L'autopsie précisera…

Van de Veld ôta ses gants de latex, rabattit le dessus de sa mallette lourde d'instruments tranchants avant de s'enfiler une demi-bouteille d'eau.

Je me tournai vers la chevelure blonde de Sibersky.

— Les chevilles sont ligotées, contrairement aux mains, volontairement déliées. L'index pointe cette partie du confessionnal. Le technicien chargé des relevés n'a rien décelé ?

— Pas à ce que je sache, non. Ni empreintes ni marques particulières.

J'ordonnai aux croque-morts d'emmener le cadavre pour l'institut médico-légal. Après leur départ, Sibersky plongea les mains dans les poches de son jean.

— Alors commissaire ? Vous en pensez quoi ?

— Je me pose surtout des questions. Pourquoi ici ? Pourquoi vivante ? Pourquoi rasée et nue ?

Le jeune lieutenant m'exposa ses impressions à chaud.

— La victime se trouvait dans la loge du pénitent. L'assassin s'est, lui, rendu dans la centrale, celle du confesseur, puisque la porte était ouverte. Tout, dans la mise en scène, indique donc le rituel de la confession. Le pécheur d'un côté, agenouillé, le confesseur de l'autre.

— Sauf que notre pécheresse n'est pas venue de son plein gré.

— Ça, c'est clair ! Ses membres entravés prouvent qu'on l'a forcée à une certaine forme de soumission, peut-être physique, un effort ayant pu générer toute cette sueur, ou alors simplement auditive et verbale.

— Un truc du genre *Parle-moi, confesse tes péchés et Dieu te pardonnera*...

— Exactement. Quant à la nudité… Voir une femme nue, attachée, agenouillée et réclamant son pardon, n'est-ce pas le symbole suprême de la domination, du rapport maître-esclave ?

Je clignai des yeux.

— Une cause possible, en effet, mais…

J'embrassai l'espace, bras écartés.

— …. Regarde autour de toi. L'église forme un même bloc, orienté vers une mission unique : la prière, le don de soi, la foi. Tu vois, je n'y connais pas grand-chose en religion, à peine si j'ai lu la Bible, mais je sais qu'à la Genèse, Adam et Ève étaient nus, aussi nus que notre victime. La pureté des premiers jours… La nudité originelle, celle de toutes les créatures de Dieu…

Sibersky émit un drôle de sifflement.

— Oh là ! Vous voulez me faire comprendre quoi, là ?

— Juste que, dans une scène de crime, l'environnement peut justifier les actes. Peut-être l'a-t-il rasée et déshabillée non pour répondre à un fantasme quelconque, mais dans l'unique but de l'amener ici, afin de la préparer à… une sorte de cérémonie. Cherchait-il à l'offrir au jugement de Dieu dans sa forme primitive, dans cette nudité absolue qui replace tous les humains au même rang ?

Je fixai un grand vitrail, face à moi.

— Ce que je veux dire, c'est qu'il ne faut pas tout ramener au sadisme, aux fantasmes de pervers sexuels. Certains cherchent à atteindre un but plus… élaboré…

— Élaboré comme la présence de ces papillons étranges. Que viennent faire ces sales bêtes là-dedans ?

Je haussai les épaules.

— J'en sais fichtre rien. Qu'est-ce qu'on ressasse à leur sujet, le plus souvent ? Qu'ils symbolisent la beauté, la renaissance, la transformation, lorsqu'ils sortent de leur chrysalide.

— Mouais. On a peut-être affaire à un fan du *Silence des agneaux*... Le genre de mec bien allumé.

— Allumé ou pas, il témoigne de maîtrise, de sang-froid. La scène est de type organisé. Il suffit d'observer la position de la femme, la présence du miel, le parfum, les papillons. Dans la manière dont a été commis le meurtre, aucune pulsion n'est venue le perturber, il a gardé son calme et, de ce fait, limité les erreurs.

— Il a donc préparé son opération à l'avance, avec minutie. Il connaît les lieux, le moyen de pénétrer. Peut-être un adepte des messes du dimanche matin…

Il nota cette voie d'investigation sur son carnet avant de poursuivre.

— …. Il conditionne sa proie, qu'il retient depuis plusieurs jours, la parfume, la rase, la nettoie. Il se procure ces insectes. Et il opère. Le confessionnal, en pleine nuit…

Je m'approchai à nouveau du lieu de pardon et prolongeai l'idée de Sibersky.

— Son crime perpétré, dont nous ignorons pour l'heure par quel moyen, il détache les mains de la pénitente, pour placer le bras droit d'une façon particulière. Il est évident que l'index de la morte nous signale une orientation à suivre.

— Pourtant, l'expert a déjà vérifié… Et moi aussi… Rien de particulier sur les boiseries…

— Il faut chercher encore. Ce n'est pas la victime qui s'exprime, mais son assassin. Ce fumier a des choses à dire.

Je retournai dans la loge, voûté, oppressé par le trop étroit espace. Le mur désigné présentait des rayures, quelques coups, mais rien de concret. Même en cognant sur le bois lisse, je ne discernai nulle variation de densité.

— Merde ! Ça indique forcément quelque chose ! Abstraction faite du confessionnal, la direction pointe… cet alignement de colonnes, puis, au final… cette partie du mur.

— Je ne vous ai pas attendu, je l'ai déjà inspectée, trancha Sibersky. Et le sol, les colonnes… Rien d'anormal, aucune inscription ou marque étrange. Il faudrait peut-être voir avec le prêtre…

— Un instant…

J'évoluai entre la perfection des ornements, ébloui par l'excellence de la construction. Mes phalanges palpaient la pierre centenaire. Dans le sens suggéré par le doigt mort, rien n'apparut. J'élargis ma zone de recherches. Les bancs, la nef, les décorations sculptées. Échec et encore échec. Le tueur nous parlait et nous refusions de l'écouter.

— Putain ! J'ai horreur de ça !

Dernier acharnement visuel, dernière déception.

— Bon ! Je file au 36, Leclerc m'attend pour un point. Qui s'occupe de l'enquête de voisinage ?

— Crombez, avec cinq ou six hommes.

— Et de la déposition du curé ?

— Moi, officiellement. Et je suis fichtrement en retard.

— Il faudra monopoliser un gars pour fouiller

l'église. Et s'il faut regarder sous la robe de la Sainte Vierge, on regardera sous la robc de la Sainte Vierge !

En approchant de la porte arrière barrée d'un ruban jaune, je m'enquis :

— Tu m'as dit que cette porte avait déjà été forcée, le trimestre dernier. Tu as plus d'infos ?

— Ah oui ! Fin avril. Le père pense qu'il s'agissait de Gitans, installés à l'époque à deux pas de l'église.

— Qu'ont-ils volé ?

— Rien, juste une visite nocturne…

Mon bouc crissa sous un faisceau d'ongles sceptiques.

— Curieux pour des Gitans. J'en ai suffisamment côtoyé pour t'affirmer que le mot visite ne fait pas partie de leur vocabulaire.

— Je sais bien. Surtout qu'il devait y avoir pas mal de matos, genre groupes électrogènes. Une partie de l'édifice était en rénovation, la voûte et certaines colonnes se fissuraient…

Je stoppai net.

— La troisième dimension ! T'aurais pu y penser ! Le vertical !

— Quoi ?

J'étais déjà revenu au centre de la nef, la tête levée, le regard parcourant le lointain. Des maillages d'ombre, des arcades discrètes s'entrecroisaient sous le ciel de pierre.

— Cherche ! Cherche avec moi sur les cintres !

— Les cintres ? Mais comment il y aurait grimpé ?

— Comme les ouvriers ! En utilisant leurs échafaudages !

Mon cœur se comprima soudain.

— Là-haut ! La fissure ! Et cette colonne, désignée

par la victime ! Elle a été restaurée en son extrémité supérieure ! Ce n'est pas en bas qu'il faut chercher… mais en haut !

Le bras tendu, les yeux rivés vers ces hauteurs, je m'écriai finalement :

— Prépare-toi à rejoindre Jésus ! Aujourd'hui, on va monter au ciel !

Chapitre trois

Ça nous a fait mal, tu sais... Eloïse n'a pas arrêté de pleurer. Elle pleure sans cesse à présent.

Je sais, ma chérie. Dis à Eloïse que je l'aime, dis-lui d'être forte.

Tu lui manques, il n'y a rien ici. Elle te cherche partout. Elle ne comprend pas pourquoi tu n'es pas à nos côtés. Alors je dois lui expliquer, sans cesse...

— ….ssaire… Commissaire !

Rétraction des pupilles. Azur bleu, toits rouges… Sur le parvis de l'église, j'inspirai une grande bolée d'air, passai une main sur mon visage ruisselant avant de considérer Sibersky. Il désignait ma chaussure droite, rongée par un mégot rougeoyant. Je secouai le pied et écrasai ma cigarette du talon.

— Merde ! Des pompes neuves !

Le lieutenant tremblait d'impatience.

— J'ai découvert un message ! Inscrit au sommet d'un des piliers rénovés ! On attend l'arrivée d'un chariot élévateur et d'un technicien de la scientifique.

Je plongeai dans l'espace frais à la lumière apaisante. Sibersky m'indiqua l'emplacement concerné avant de me tendre des jumelles.

— C'est au sommet… D'ici on ne peut pas lire précisément, mais avec des jumelles j'y suis parvenu… Essayez…

— Ça dit quoi ?

— C'est… difficile à expliquer… Mais… ça fiche sacrément les jetons en tout cas…

Il me montra un point précis de la voûte.

Je réglai les optiques et les mots gravés dans la pierre, à plus de dix mètres du sol, m'apparurent.

Derrière le tympan de la Courtisane, tu trouveras l'abîme et ses eaux noires. Ensuite, des deux moitiés, le Méritant tuera l'autre Moitié de ses mains sans foi et l'onde deviendra rouge. Alors, au son de la trompette, le fléau se répandra et, sous le déluge, tu reviendras ici, car tout est dans la lumière. Surveille les maux et, surtout, prends garde au mauvais air.

Je restai un moment sans réaction, partagé entre un curieux sentiment de colère et d'excitation. Cette enquête puait le jeu de l'oie grandeur nature.

— Je n'y comprends pas grand-chose, avouai-je en plissant les yeux, mais ce texte sent l'avertissement ou le puzzle morbide…

— D'autant plus qu'il date, a priori, du temps des travaux et non pas d'hier. Voilà plus d'un trimestre que notre homme prépare son coup… D'abord il avertit… puis il agit… Ça, c'est de la putain de préméditation !

— Écris qu'il faudra retrouver et interroger les ouvriers. Bizarre qu'ils n'aient pas signalé ce message.

Sybersky en prit note et proposa :

— Vous devriez appeler le légiste. Lui demander de jeter un œil aux oreilles de la victime, *derrière le tympan de la Courtisane.*

Je contactai dans la minute Van de Veld qui s'apprêtait à inciser le corps. Il promit de me rappeler dès que possible.

— Tu vas aller prendre la déposition du curé. Soumets-lui ces phrases, il y verra peut-être plus clair que nous… Si l'assassin veut nous parler… écoutons-le…

— Vous pensez à un illuminé de la Bible ? questionna Sibersky. Un de ceux qui croient tuer au nom de Dieu ?

— Trop tôt pour le dire. Mais à vue de nez, on est parti pour une longue et macabre affaire.

Chapitre quatre

Souvent, les enquêtes nous amènent à rencontrer des tas de personnalités intéressantes. Des scientifiques, des psychologues, des fous d'informatique, des chirurgiens…

Parmi cet éventail de matière grise, j'appréciais particulièrement un docteur en théologie, Paul Legendre, professeur et conférencier à la Faculté libre de théologie protestante de Paris. Une encyclopédie religieuse, ce type, qui happait les versets de la Bible comme on lisait un canard. Au détour d'une sordide affaire de crimes pervers, nous étions devenus amis.

Après avoir cherché à le joindre par téléphone, je lui envoyai, depuis l'ordinateur de mon bureau, un mail contenant l'étrange message. Peut-être ces lignes provenaient-elles d'un quelconque ouvrage mystique ou d'un courant de pensée en rapport avec la religion. Si tel était le cas, Paul le découvrirait.

De son côté, Sibersky avait interrogé le curé, un jeune de vingt-quatre ans qui n'avait décrypté dans le propos qu'un bouillon d'incompréhension. Ça partait mal.

Adossé à mon vieux siège en cuir, je roulai des trapèzes et décrispai ma nuque.

Dans ce bureau froid et sans couleurs s'étaient succédé les pires dossiers criminels. Viols, pédophilie, tortures, meurtres. Le pain quotidien des flics de la Crim', le carburant de leurs nuits et le parasite de leurs familles. Mais, sans plus aucune accroche, on pouvait presque se sentir bien ici.

Après quelques minutes dans la nébuleuse de mes pensées, la salive afflua sur ma langue. Ça y était, mes mains tremblaient, mon front perlait. Ça recommençait…

Je sortis une petite boîte contenant de minuscules comprimés et en avalai un à contrecœur, conscient de ce que ces satanées pilules avaient fait à ma femme. Un long et sournois abrutissement, un moyen de taire les fantômes dans sa tête mais aussi de la couper du monde. Aujourd'hui, c'était mon tour. Le prix à payer pour que tout aille mieux… La sonnerie de ma ligne interne me fit sursauter.

Le divisionnaire Leclerc voulait me voir dans son bureau. Il fulminait d'une colère palpable.

Dans le même instant, l'entomologiste, Houcine Courbevoix, me contacta sur mon portable au sujet des insectes.

— Tu m'as ramené sept beaux mâles *Acherontia atropos*, plus communément appelés *sphinx têtes de mort*, à cause de ce dessin assez effrayant, sur leur thorax.

— Une idée d'où ils peuvent sortir ?

— Ces papillons nocturnes fréquentent de moins en moins nos forêts. À l'évidence, ceux-ci proviennent d'un élevage.

— Tu es certain ?

— Je veux ! D'une part, la vie de l'adulte est très

éphémère, sept à dix jours ; en attraper autant en si peu de temps relèverait plutôt de l'exploit. Mais ces spécimens-là ont tous le même âge, entre quatre et cinq jours. À l'état de chenilles, ils constituent des réserves en nutriments, qui leur permettent de vivre sans se nourrir une fois adultes. C'est cette quantité, mesurée dans l'hémolymphe, qui m'a permis de définir la consommation de ces nutriments, donc leur âge. À noter que j'ai aussi trouvé des traces de miel. Les sphinx en sont très friands.

Le cachet me donnait déjà un grand coup de fouet intérieurement.

— Et les taches blanchâtres, sur le crâne ?

— Il s'agit d'une hormone appelée phéromone, que l'on trouve dans une glande située au bout de l'abdomen des femelles. Quelques millièmes de gramme suffisent à attirer les mâles de la même espèce à plus de dix kilomètres à la ronde. Un véritable aimant ! Ce qui explique pourquoi tes papillons sont restés agglutinés.

— D'accord… Et ces… sphinx, ont-ils une particularité, des connotations… religieuses, ou… représentent-ils un symbole quelconque ?

Mon interlocuteur prit le temps de la réflexion et finit par répondre :

— Ils ont toujours eu une très mauvaise réputation, en rapport avec cette tête de mort sur leur corps et ce cri inquiétant qu'ils poussent lorsqu'ils se sentent en danger. En voir voltiger un à la porte d'une maison ou à une fenêtre était censé attirer le mauvais œil… Certaines légendes leur prêtent le rôle de messagers des défunts, qui cherchent à adresser une dernière requête aux vivants. Mais tout ceci reste bien entendu totalement infondé ! Quant à la symbolique… C'est horriblement flou, ce que tu me demandes, car les lépidoptères suscitent certainement un grand nombre de symboles, de par leurs transformations successives. Celui qui revient le plus souvent, mais je pense ne rien t'apprendre, est la résurrection de l'être, lorsqu'il sort de sa chrysalide... C'est peut-être ce que ton assassin a voulu mettre en avant, en plaçant nos *têtes de mort* dans une église. Résurrection, Jésus... Tu vois le genre ?

Ma ligne interne sonna à nouveau. Leclerc s'impatientait.

— Je vais devoir te laisser, m'excusai-je en reprenant l'autre combiné. Tu m'envoies ton rapport dans la journée ?

— Sans problème.

— Notes-y tout ce qui te passe par la tête, même sans importance. Nous ferons le tri. Et n'oublie pas d'y ajouter cette histoire de résurrection...

Je raccrochai et me jetai dans les couloirs.

Le divisionnaire, d'un hochement de tête, m'indiqua de fermer la porte.

— On vient à l'instant de m'apprendre la nouvelle ! Qu'est-ce qui t'a pris, Shark, bon sang ! L'IGS va nous tomber sur le dos !

Il tapa sur la table d'un poing maigre mais incisif.

— Tu lui as broyé le nez ! Il est à l'hosto !

Je le considérai d'un air transparent.

— De qui parlez-vous ?

Des serpents bleus gonflèrent sur son cou.

— Te fous pas de moi ! Patrick Chartreux t'a reconnu ! La semaine dernière, Saint-Malo, ça te dit quelque chose ?

Je fis crisser mon bouc fraîchement taillé.

— Saint-Malo ? J'étais du côté de Brest, hôtel des Grands Salants. Vous pourrez vérifier. Chambre trois cent deux, réservée au nom de Franck Sharko...

Leclerc garda un silence tendu, plia un chewing-gum entre ses dents avant d'envoyer :

— La Bretagne, comme par hasard ! Tu sais qu'il ne leur faudra pas longtemps pour prouver que tu étais à Saint-Malo ? Ils se fichent de tes états de service, des récompenses. L'Ange rouge, c'est de l'histoire ancienne ! T'es un sanguin, Shark, tes méthodes expéditives, tes virées en solo, ils n'apprécient que moyennement là-haut. J'y ai mis beaucoup de ma personne pour te faire réintégrer le 36. Et regarde dans quelle merde tu me flanques ! Tu n'avais pas besoin d'aller jusque-là ! Ça fait presque un an !

Ma bouche s'amincit.

— Si nous parlions plutôt de l'affaire...

Mon étonnante tranquillité le mit en furie. Le flux de sang ne quitta plus ses joues.

— Je ne peux pas te laisser seul sur le coup ! Tu es un bon flic, le meilleur que je connaisse, mais comprends-moi, s'ils réussissent à prouver que tu as démoli ce connard, tu vas te retrouver au placard et moi, avec pas mal d'ennuis sur le dos. Il me faut un leader, quelqu'un qui pourra tenir le dossier du début à la fin. Tu... tu seconderas le commissaire Del Piero...

Je me levai d'une traite, les deux mains bien à plat sur le bureau.

— Moi, lieutenant de Del Piero ? Vous vous fichez de moi ? Elle vient de débarquer !

Leclerc plaça un dossier devant lui.

— Raison de plus pour la lancer avec une affaire d'envergure. Trois ans à la brigade financière du SRPJ de Marseille, sept à l'antigang de Lyon avant d'intégrer la Crim'. Elle connaît le métier. Elle plongera dans le bouillon.

— Je m'en fiche pas mal ! Donnez-moi le feu vert ! Cette enquête est pour moi !

Leclerc appela la foudre.

— Tu n'auras que le feu orange ! Et c'est sans appel ! De quoi tu te plains, tu seras sur le terrain, bordel !

Lorsque je vis flotter dans ses yeux noirs une froideur d'iceberg, je sus qu'il ne changerait plus d'avis. Je me levai et violentai le chambranle.

— Elle t'attend, maintenant, avant de réunir les équipes pour officialiser l'annonce ! Son bureau est de l'autre côté ! grinça-t-il encore.

— Je sais ! répondis-je sans desserrer les dents. Mais aujourd'hui, je suis encore en congé. Je rentre chez moi… À demain…

La porte de Leclerc claqua et des *Tu joues au con, Shark, tu joues au con !* traînèrent dans le feu de mes pas.

Dehors, une chaleur d'étuve trempa ma chemise. Les passants aussi suaient à gouttes épaisses, la brûlure de l'air les contraignait à assiéger les fontaines ou envahir les magasins climatisés. Et, malgré les interdictions, la Seine se pailletait de baigneurs inconscients.

Jamais le soleil n'avait été aussi gros.

En route, j'achetai des gouaches, de nouveaux pinceaux ainsi que des moules en plâtre dans ma boutique fétiche, un vieux magasin de modélisme. Je voulais créer une famille de 1930, un homme, une femme et une fillette engoncés dans leurs tenues d'époque, attendant une vapeur vive Bassett-Lowke sur l'un des quais de mon réseau ferroviaire. La main dans la main, une expression de joie sur leurs visages. Un bonheur éternel, tout simplement.

Mon portable sonna alors que je traversais le parc de la Roseraie.

— Van de Veld à l'appareil. Vous m'aviez dit de vous rappeler, pour le tympan…

— Vous avez une piste ?

— Vous pensez bien… Le tympan droit de la victime était percé, j'y ai collecté un tube en étain, glissé dans la trompe d'Eustache. L'assassin a dû le piéger là en le poussant dans le conduit auditif avec une pince extrêmement fine.

Le meurtre révélait ses premiers mystères… Je collai le portable plus près de mon oreille.

— Et que contenait cet étui ?

— Des inscriptions, sur un morceau de papier calque enroulé. Mais l'ensemble est incompréhensible… Des barres horizontales, verticales, en diagonale. Ça ressemble à un code dont il manquerait les morceaux clés.

Je stoppai au milieu d'une allée de roses.

— Quoi ? Il n'y a rien d'autre ? Dans l'oreille gauche, vous avez vérifié ?

— Évidemment ! Vous m'avez déjà vu faire les choses à moitié ?

— Le labo est passé récupérer le tube ?

— Le technicien doit arriver d'un instant à l'autre.

— Dites-lui de me scanner le message et de me l'envoyer sur mon e-mail personnel dès que possible.

Je lui épelai mon adresse électronique et demandai encore :

— *Derrière le tympan de la Courtisane, tu trou-*

veras l'abîme et ses eaux noires... ça vous inspire quelque chose ? Vous n'avez pas découvert de trace de liquide, ou un composé noir ?

De l'autre côté de la ligne, un bruit de mastication. Je m'installai sur un banc et sortis un carnet de ma sacoche. Au loin, allongée sous l'ombre d'un saule, une môme lisait.

— Non… Non, je ne vois pas. Il y a bien un liquide, derrière la membrane, qui transmet les vibrations au nerf auditif, mais il est plutôt de couleur blanc nacré.

Je notai la remarque et invitai le légiste à poursuivre ses explications.

— Ce corps recèle autant de secrets extérieurs qu'intérieurs, expliqua-t-il. Vous la voulez longue ou abrégée ?

— Abrégée, s'il vous plaît. L'essentiel…

— Concernant l'enveloppe charnelle et le squelette, je n'ai décelé aucun hématome, pas de lésions, de fêlures ni de fractures quelconques… Commissaire, vous avez travaillé à l'antigang, il fut un temps ?

— Je… Oui, pourquoi ?

— Je suppose que vous êtes déjà arrivé sur un site juste après une explosion ? Eh bien, c'est la même chose ici ! Ce corps a implosé comme un pétard et je ne peux, pour le moment, que constater. Il va falloir attendre le retour des analyses sanguines et toxicologiques pour un verdict plus précis.

Je m'attachai aux mots importants et m'enquis :

— De quoi est-elle morte ?

— Une quantité effroyable de caillots de sang ont bouché ses artères, peut-être apparus suite à l'éclatement des globules rouges. Ce qui a entraîné, dans un premier temps, un gonflement des vaisseaux puis un dysfonctionnement du cœur et du système vasculaire des poumons, provoquant une congestion pulmonaire. Au passage, notre victime avait contracté une broncho-pneumonie aiguë, une bronchite puissance dix si vous préférez. Étrange en pleine canicule, non ?

Je me pris la tête dans la main.

— A-t-elle pu être empoisonnée, aurait-on pu lui injecter une substance toxique ?

— Aucunement. Avec l'arsenal de réactifs que nous possédons, les signes de l'empoisonnement sont faciles à détecter. La seule chose que nous ayons relevée dans l'estomac était… une énorme quantité de miel.

— Du miel ? De quelle importance ?

— Plus de cinq cents grammes. J'aime autant vous dire que l'assassin a dû salement la contraindre à l'ingurgiter, son palais et le fond de sa gorge étaient abîmés, comme si on lui avait enfoncé une cuillère ou un entonnoir avec force dans la bouche.

— Vous avez des précisions sur ce miel ?

— La digestion sérieusement entamée et les réactions chimiques nous empêchent d'en déduire le type ou l'origine.

Il profita de mon trouble pour caser :

— Croyez-moi, commissaire, cette femme était une bombe biologique ! Quelque chose lui a détruit tout l'intérieur. Une maladie, un virus peut-être. À quelle vitesse et dans quelles circonstances, nous l'ignorons encore, malheureusement. Mais vu l'état de ses organes internes, il est évident que le crime ne s'est pas passé à l'extérieur… mais à l'intérieur de son corps…

Il raccrocha avec cette violence propre aux hommes pressés. Ma nuque se posa lentement sur le banc, mes yeux embrassèrent ce ciel que nul nuage ne venait salir.

Van de Veld avait employé le terme *bombe biologique*, le message parlait de *fléau*.

Alors, au son de la trompette, le fléau se répandra.

Qu'y avait-il à comprendre ? Fallait-il lire dans cet assassinat un premier avertissement ? Je quittai le banc, les mains dans les poches.

À ma gauche, cachée par un parterre de fleurs, la fillette lisait toujours. Ce n'est pas elle qui m'intéressait le plus, mais son livre. Mes yeux ne se décrochèrent plus de la couverture bleu et vert, alors que mon cœur tambourinait de plus en plus fort.

Les Exploits de Fantômette, une histoire de 1961. Celle préférée d'Eloïse, ma fille…

Chapitre cinq

L'index d'un cadavre pointe un avertissement, gravé à une dizaine de mètres au-dessus du sol. La victime est nue, intégralement rasée, agenouillée, explosée sous ses chairs. Sur son crâne, sept papillons vivants, des sphinx têtes de mort. Le message indique :

Derrière le tympan de la Courtisane, tu trouveras l'abîme et ses eaux noires. Ensuite, des deux moitiés, le Méritant tuera l'autre Moitié de ses mains sans foi et l'onde deviendra rouge. Alors, au son de la trompette, le fléau se répandra et, sous le déluge, tu reviendras ici, car tout est dans la lumière. Surveille les maux et, surtout, prends garde au mauvais air.

Une fois assis en tailleur au centre de mon salon, j'éparpillai mes notes autour de moi. Derrière le *tympan de la Courtisane*, le légiste avait découvert un tube en étain, avec, pour contenu, un papier calque griffonné de signes incompréhensibles. J'en avais la copie scannée sous les yeux, que j'avais ensuite reproduite sur calque également, pour simuler l'original.

Des signes tracés à la main, sur un calque… Pourquoi ? Pourquoi pas du papier tout simple ? Quel rapport avec un *abîme* ? Que signifiaient les *eaux noires* ?

Ces pensées m'amenèrent à Paul Legendre, mon docteur en théologie. Je me jetai sur mon PC, vérifiai les e-mails. Hormis les publicités stupides, aucun courriel intéressant. Nouveau coup de téléphone. Répondeur. Tant pis…

Les symboles réclamaient qu'on les complète. Ces traits horizontaux et verticaux, ces barres obliques pouvaient très bien représenter des mots censés reconstituer, eux aussi, un autre texte. Mais il en manquait une partie… Une partie… Mes côtes se rétractèrent. Je cueillis l'avertissement et lus, à voix haute :

Ensuite, des deux moitiés, le Méritant tuera l'autre Moitié de ses mains sans foi.

Des deux moitiés ! Je ne disposais que de la moitié du message ! D'où le calque ! Fallait-il le superposer à un autre ? Pourtant, Van de Veld avait dépecé le corps. Cœur ouvert, vessie crevée, crâne scié, cerveau cisaillé. De la belle ouvrage, mais la Mort n'avait rien révélé d'autre. Alors, où diable chercher cette moitié manquante ? Comment remonter jusqu'à *l'abîme et ses eaux noires* ?

Le message… Tout devait se nicher dans le message, derrière le repli des lettres. Je le relus une, dix, cent fois, m'imprégnai de chaque terme, chaque virgule, la moindre majuscule. Majuscule à *Courtisane*, la victime. Majuscule à *Moitié*…

Cette *autre Moitié* signifiait-elle le mari ? Auquel cas, il se trouvait en danger, lui aussi. Le tueur ne s'était peut-être pas attaqué à une seule personne… mais à un couple.

Ça bousculait la donne.

Je me levai brusquement, survolté. Pour quoi faire, aller où ? Je n'avais que des bribes.

Ma pizza commandée chez *Speed Rabbit* disparut dans mon estomac sans que j'en sente le goût. Ma radio bruissait. Changement de station. N'importe laquelle. Pas de silence. Surtout pas de silence…

Sinon, elles pouvaient revenir. Les voix.

Tout était forcément là, sous mes yeux. Je baissai les paupières… Une ombre, grimpée au sommet d'un échafaudage… En pleine nuit… Avril… Autour, des figures divines… Des vitraux, la croix du Christ, l'écho des prières… Pourquoi une église ? Pourquoi si haut, invisible ?

La jouissance.

Pour qu'il fût le seul à en jouir, au milieu de la foule.

Je l'imaginai, chaque dimanche, levant les yeux vers l'avertissement, alors que les hommes de foi prêchaient la parole de Dieu. En ressentait-il une forme d'exaltation, de domination ? Annoncer un crime, gravé dans la pierre, au cœur même de la maison de Dieu et sous le regard de tous, une belle petite jouissance de pervers…

Mes yeux se braquèrent à nouveau sur le libellé.

Le Méritant... Le tueur parlait-il de sa personne ? Pourquoi s'acharnait-il à abandonner des textes codés ? Quel rôle tenait dans son jeu cette femme, aux organes démolis ? Que signifiait : *sous le déluge, tu reviendras ici, car tout est dans la lumière* ? Où fallait-il revenir ? Dans l'église ?

Une fois mon stock d'idées épuisé, je décidai de me doucher, puis enfilai une tenue légère. Short, tee-shirt. Mes fenêtres, ouvertes au maximum, ne brassaient plus que des salves de moustiques. En bordure de balcon, mes plantes vertes crevaient de soif. Je les arrosai d'une eau bien fraîche.

Vingt-deux heures, déjà. Le soir qui dévale. La nuit,

le noir. Seul. Seul dans la cuisine, seul dans le lit. Ne pas se rappeler. S'occuper l'esprit. Télé, allumer la télé. Coup de frein, cris.

Viens nous rejoindre, Franck... Eloïse veut te voir... Viens... Viens... Ne nous laisse pas seules...

Suzanne… Six ans qu'elle n'a pas décroché un mot… Depuis… ces horreurs… Pourquoi me harcèle-t-elle dans ma tête ? Ne pense pas, Franck, ne pense pas… Les trains. Démarre les trains… Un décor à finir. Une famille à mouler, à peindre, à installer… Demain, j'achète des rails. Agrandir le réseau. Plus grand. Plus de locomotives. Et du bruit… Toujours du bruit.

Je posai une main tremblante sur mon pilulier quand on frappa à la porte.

Sur le palier, une fillette, frissonnante de larmes. La petite au livre de *Fantômette*, me semblait-il. Je m'accroupis.

— Que se passe-t-il ?

Du haut de ses neuf ou dix ans, avec sa tête inclinée et son visage rond d'enfant, elle brûlait d'une timidité touchante. Ses doigts minuscules se tortillaient dans les plis de sa chemise de nuit bleue.

— Je… suis enfermée… dehors… Maman est partie… travailler. J'ai voulu… rattraper le chat, sorti en… même temps que… maman. Et la porte… la porte s'est refermée !

Une tendresse s'égara sur mes lèvres.

— Quand rentre ta maman ?

— Demain matin, elle est infirmière.

— Et ton papa ?

— Il est parti… Il y a longtemps…

Je l'invitai à entrer d'un geste généreux.

— Vous venez d'emménager, ta maman et toi ?

— La semaine der…

La fillette resta figée, en extase devant mon réseau ferroviaire, ses tunnels, ses petites machines à vapeur qui roulaient des mécaniques et crachotaient du plaisir. Elle chassa ses larmes d'un large mouvement de bras.

— C'est joli, n'est-ce pas ? murmurai-je en m'agenouillant près de figurines en plâtre.

Je la contemplai, suspendu aux minutes, avec ce regard simple que ne perdent jamais les pères aimants.

— Sais-tu dans quel hôpital ta maman travaille ?

La fillette secoua la tête, sans répondre, ses yeux de jais flambant de trésors secrets. Pourquoi venir me voir, moi ? Un flic perdu dans ses souvenirs, que personne ne croisait et qui ne souhaitait croiser personne ? J'ai vu un jour dans un reportage un lion s'attendrir sur une antilope blessée. Cette petite me déstabilisait tellement ! Je réfléchis une seconde et proposai :

— On va glisser un mot sous la porte de ton appartement, signalant que tu es ici, au trente-deux. Comme ça, quand ta maman rentrera, elle viendra te chercher, OK ? Je vais m'installer dans le canapé, tu pourras dormir dans mon lit.

Elle regroupa ses mains sur sa poitrine et clama un « *Ouiiiiii* » victorieux.

La soirée se consuma à la lueur de nos mimiques complices. Je lui parlai de trains, lui expliquai les règles à respecter, la manière d'animer les personnages, comment, aussi, utiliser des matériaux de tous les jours pour constituer le décor. Du papier, des bouchons de liège, des allumettes, qui, au monde des jouets et surtout aux mirettes des enfants, grandissaient en jardinets, parterres de fleurs, champs de luzerne… La paternité ne s'oublie pas, elle croît surtout de l'absence.

— Tu veux poser la main sur mon cœur ? murmura-t-elle, alors que je la bordais de ce geste simple et si douloureux.

Un peu surpris par la requête, je posai doucement ma paluche sur la poitrine, à gauche, et ne sentis aucune pulsation. Mon estomac se nouait autant que le sourire de la petite s'étirait.

— C'est à droite que se cache mon cœur, confia-t-elle dans un souffle.

Je voulus déplacer ma main mais elle l'écarta d'un mouvement un peu sec.

— Il s'agit d'une anomalie génétique, mais, pour moi, d'une chance énorme. Tu devines pourquoi ?

Je secouai lentement la tête.

— Avant, quand papa me serrait dans ses bras, nos cœurs se trouvaient face à face, chacun d'entre nous percevait les battements de l'autre. Et tu sais quoi ? Il arrivait un temps où les battements se produisaient exactement au même moment, au même rythme. C'est comme ça que je savais que mon papa m'aimait…

Je l'écoutais avec tendresse, bercé par le miel de ses phrases. Elle me dit encore, en tendant un doigt :

— Ton écran d'ordinateur. Pourquoi il se met à clignoter ?

— Un e-mail !

Je volai jusqu'à mon clavier, déployai la fenêtre correspondant au dernier courriel. Paul Legendre, mon docteur en théologie… J'avalai les lignes qu'il m'écrivait, en apnée. Des poussées de sang battaient dans mes tempes.

— Je dois sortir ! Une urgence ! Je… mon voisin va te garder. Tu connais Willy ? Un garçon avec des spaghettis sur la tête ! Il est très gentil, tu verras !

Elle se redressa avec cette posture agressive des cobras.

— Non ! Je veux rester ici, avec toi ! T'en va pas !

— Je reviens !

Ses yeux virèrent au gris orage.

— T'en va pas, Franck ! Reste avec moi ! Si tu la mets en colère, elle va partir !

— De qui tu parles ?

Mais elle se glissa sous les draps, sans plus ouvrir la bouche…

Willy fumait à l'autre bout du palier, devant sa porte fermée, sa figure molle écrasée contre son épaule. Je lui expliquai, pour la gamine. Il bâilla, tira sur sa roulée et envoya :

— Vas-y, Man. Amène-la. Mais je te préviens, je fais pas de baby-sitting. Je vais me pieuter…

Je fonçai dans ma chambre. Draps défaits, oreiller ramolli, mais pas d'enfant. Cuisine, salle de bains, salon. Rien. Je voulus la héler, sans prénom à appeler. Couloir vide. Elle avait dû se faufiler dans la cage d'escaliers, fine souris.

Je dévalai quatre à quatre, fouillai les recoins discrets et les cachettes improvisées. En vain. Je songeai alors au mot, déposé sous la porte numéro sept. *Votre fille a été enfermée dehors. Elle se trouve chez moi, au troisième, en sécurité. Numéro trente-deux. Je suis policier.*

— Et merde !

Je jetai vingt euros dans la main de Willy et l'exhortai à veiller dans le couloir du troisième. La cigarette entre les dents, il bougonna avant de s'avachir contre le chambranle, jambes écartées. Splendide Noir dans son pyjama.

Quant à moi, après avoir enfilé une chemise propre et un pantalon en toile fine, je fonçai vers Meudon-la-Forêt, mon Glock pressé contre mon flanc gauche.

À deux heures du matin, Paul Legendre voulait m'expliciter de vive voix ce qu'il avait décrypté dans le message.

Chapitre six

Le docteur en théologie habitait en lisière de forêt, au creux de reliefs tissés de sentiers sauvages et de friches bruissantes. Sa bâtisse néo-gothique respira lentement sous l'éclairage de mes phares.

Assis sur les marches de l'entrée, Paul profitait du grand poumon forestier, la pipe aux lèvres, son lourd faciès nuancé par la palpitation d'une lampe-tempête.

— Tu ne dors donc jamais ? plaisantai-je en lui tendant la main.

Il me répondit par un sourire accompagné d'une tape sur l'épaule, puis m'invita à le suivre.

Nous nous installâmes sur une terrasse cernée de troncs tendus et d'herbes serrées. On se serait cru sous une nuit tropicale, au cœur d'une étuve malsaine, tant la moiteur souillait les chemises et tartinait les fronts.

Paul me versa un brandy coupé de glace, que j'accueillis comme une délivrance.

Une fois sa bouffarde ravivée d'aspirations minutieuses, il plongea dans le vif du sujet.

— Je n'ai pu saisir ton texte dans sa globalité, mais j'y ai découvert certaines clés qui vont t'intéresser.

Parlons d'abord de cette *Courtisane* et de son *tympan*. As-tu noté la majuscule à *Courtisane* ?

— En effet.

— Quand il parle de la *Courtisane*, notre homme parle de l'Église. Depuis des années, des groupes d'experts de diverses nationalités ont analysé en profondeur les trente-neuf livres de la Bible hébraïque. Ils y ont décrypté les emblèmes, les images, les codes cachés. Symboliquement parlant, le Christ est représenté comme l'époux de l'Église. Dans le recueil final, l'Apocalypse, saint Jean décortique le thème de l'adultère. Pour lui, une Église corrompue est considérée comme une Courtisane, puisqu'elle trompe son mari, le Christ.

Ma langue claqua sous l'ambre délicat du breuvage, tandis que mes muscles se détendaient un peu.

— Curieux, constatai-je. L'un de mes collègues a interrogé un curé, qui a prétendu ne rien comprendre à ces phrases. Je ne vois pas bien comment un homme de foi pouvait ignorer cela.

Paul décrivit une large arabesque de sa main droite.

— Tout dépend de l'angle de vision, du point de vue. Ton curé prêche et transmet la parole sainte, il utilise la Bible comme vecteur à sa vocation… Nous, les spécialistes, passons notre vie sur des sites archéologiques, dans les bibliothèques des instituts catholiques, des centres d'études sémitiques. Nous cherchons à déchiffrer la symbolique des écrits bibliques, sans pour autant aller au culte tous les dimanches. Donc oui, ton prêtre pouvait parfaitement ignorer cela…

Il descendit son alcool d'une gorgée et me proposa un nouveau verre que je refusai.

— Pardonne mon manque de culture, mais pourquoi *le tympan de la Courtisane* ?

Legendre épongea son front de falaise avec un mouchoir blanc. La chaleur nocturne roulait sous ses chairs humides, incendiant son visage d'un rouge de braise.

— Regarde dans le dictionnaire ! Un tympan est une sculpture, une fresque que l'on trouve à l'entrée de nombreuses églises romanes, au-dessus de la porte. Il matérialise un message d'accueil, le passage du monde terrestre à un lieu divin.

— *Le tympan de la Courtisane* ! L'entrée de l'église d'Issy ! Elle dissimule quelque chose ! Un autre message !

On y était ! Je songeai aux inscriptions incompréhensibles, dégotées par le légiste dans le petit tube, caché dans *le tympan* de la victime. Incomplètes parce que l'autre morceau se nichait derrière un autre *tympan*, celui de l'église d'Issy. *Tympan* d'oreille, *tympan* d'église. La chair, l'esprit. Je lançai, sur le ton d'un enfant impatient :

— Explique-moi le reste ! *L'abîme et ses eaux noires, le fléau, le mauvais air* !

Paul sourit, déclinant les vieilles dents jaunes des fumeurs de pipe.

— Doucement, Franck, doucement. Crois-tu que je vais t'amener ton type sur un plateau ? Ces phrases demeurent, dans leur signification générale, un mystère, un ramassis de non-sens, mais je ne pense pas me tromper en affirmant que ton… client se prend pour un messie ou une quelconque figure religieuse aux pouvoirs… divins.

Avec un calme de pierre tombale, le théologien ballottait son verre devant lui.

— Éclaire-moi encore, Paul. Qu'as-tu décrypté d'autre ?

— Je n'ai pas décrypté, j'ai juste constaté. Il semblerait donc que ton comique se soit inspiré du dernier livre de la Bible, l'Apocalypse selon saint Jean. Connais-tu ce recueil ?

— Juste de nom… 666, le chiffre de la Bête. La fin des temps.

Paul sollicitait largement le langage des mains. Roulements, balayages, brassées d'air.

— Il évoque la *Courtisane*, ensuite une *trompette… Alors, au son de la trompette, le fléau se répandra*. Il m'est impossible de résumer ce scénario profus et chaotique que constitue l'Apocalypse, mais, en gros, sept trompettes préviennent les sept Églises d'Asie Mineure que des fléaux vont se répandre sur la terre. À chaque coup de trompette, un fléau… Quant à *l'onde deviendra rouge*, on pourrait, à l'extrême, faire une analogie avec le châtiment réservé à Satan, jeté par ses propres disciples, après mille ans de règne, dans un puits qui se remplit de lave. Une onde qui devient rouge…

Les bizarreries que Paul dévoilait me procuraient un plaisir dangereux, le froid curieux ressenti par l'avaleur de sabres.

— Sept fléaux, sept Églises… Toujours ce chiffre, constatai-je en fronçant les sourcils. Nous avons découvert sept papillons, auprès de la victime. Des sphinx têtes de mort. Que symbolise ce chiffre ?

— La perfection, l'excellence, le renouveau. C'est le chiffre attribué aux qualités de Dieu, supérieur au six, chiffre de la Bête. Il est cité à maintes et maintes reprises dans l'Apocalypse.

— Tout ceci semble assez décousu.

— Je t'avais prévenu ! C'est un texte de codes

secrets, de messages cachés. Tout est en profondeur, derrière les mots. Cet autre message, entre tes mains, possède cette force. Cette *prophétie* contient la juste dose d'indices pour te faire avancer, mais pas trop vite. Et notre *prophète* veut que tu progresses à l'allure qu'il te donne.

Je roulai des trapèzes, assouplis ma nuque fatiguée et priai mon ami de me resservir un fond de brandy. Il en profita pour remplir son verre.

— Parle-moi de ces sept fléaux.

— Le déluge de grêle et de feu, qui détruit un tiers de la terre… Le tiers des animaux marins qui meurt… Le tiers de la lune, du soleil et des étoiles pulvérisé… Un astre qui tombe du ciel, éliminant un tiers des eaux de source… Des nuées de sauterelles qui s'abattent sur les hommes et les torturent… Un autre tiers d'hommes réduit en poussière… Et, finalement, les éléments qui se déchaînent…

— Saint Jean ne manquait pas d'imagination.

— Imagination à demi. La peur du ciel qui tombe sur la tête a balayé toutes les pensées, des Celtes à nos plus éminents astrophysiciens. Note aussi que ton homme parle de déluge. *Sous le déluge, tu reviendras ici.* Fait-il référence au Déluge du livre de la Genèse ? À la destruction de toute vie sur terre, hormis les espèces de l'Arche ? Tout est si flou…

Paul enfourna du tabac dans sa pipe, dévala la terrasse et s'enfonça dans la forêt. Sa voix se perdait loin dans les noirceurs.

— Suis-moi, Franck. Discutons un peu de ton affaire. Raconte-m'en davantage. Les papillons, cette morte… Ton monde de sang me fascine…

Nous empruntâmes une allée de cailloux qui s'enfouissait au cœur des géants de bois, où l'obscurité grossissait sous chacun de nos pas.

Dans un échange de bons procédés, je lui expliquai la découverte dans le confessionnal, la position du cadavre, les premiers résultats de l'autopsie, les symboles sur le calque déniché dans le tympan…

Paul restait silencieux, je ne distinguais plus que l'ombre de son ombre, l'écho de sa présence.

Alors, au rythme de notre progression ralentie, je continuai à raconter… L'affaire… Ma vie, ma solitude, mes peurs… Paul avait connu ma femme, bien avant son enlèvement. Il ne l'avait pas reconnue après. On ne peut cacher ce que révèle le regard. À l'époque, j'avais discerné dans le sien l'absence d'un éclat, de cette petite étincelle qui ne s'allumait plus quand il venait nous rendre visite. De la pitié… Il avait éprouvé de la pitié…

Il m'encouragea à parler encore, à me confier à cette nature ouverte et compatissante qui savait me comprendre…

Et je parlai, parlai, parlai…

Une fois de retour à la lumière, je séchai une larme, gêné, amoindri, affaibli. Paul me versa un verre de jus de fruits frais.

— Voilà une dimension des arbres que je voulais te faire découvrir. Ils fournissent de l'oxygène, ce qui exacerbe ton cerveau. Rapproche-toi d'eux, chaque fois que tu en ressentiras le besoin… ils t'écouteront…

J'engloutis mon verre, respirai à poumons déployés le souffle des bois avant de solliciter un dernier service. Paul me prêta donc une échelle que j'amarrai à ma galerie. Direction *le tympan de la Courtisane*.

Lorsque je saluai Legendre, il posa le bras sur mon épaule et m'avisa :

— Prends garde, Franck. Si je ne me suis pas trompé et que tu trouves effectivement la deuxième moitié de code derrière le tympan, alors tu es le *Méritant. Ensuite, des deux moitiés, le Méritant tuera l'autre Moitié de ses mains sans foi*... Ton tueur s'y croit vraiment. Il ira jusqu'au bout de sa mission.

D'un bras ferme, il me força à le regarder en face.

— Tu n'es pas croyant, Franck, n'est-ce pas ?

— Je l'ai été, mais désormais *mes mains sont sans foi*...

En claquant la portière, j'ajoutai :

— Les personnes que j'aimais le plus au monde sont parties sous mes yeux. En quoi pourrais-je encore croire, aujourd'hui ?

Chapitre sept

Je traçai au travers des quartiers somnolents de la banlieue, dans cette brume chaude d'asphalte, les yeux piquants de fatigue et d'appréhension. Vers quel sombre dénouement allait m'entraîner ce jeu de pistes ? Une autre victime ? Cette fameuse *Moitié* ? Mon esprit bouillonnait de mille interrogations, tant perdu dans les versets bibliques que dans les méandres du rapport d'autopsie. Le visage de l'assassin restait muet. Que cherchait à prouver cette volonté meurtrière qui, de par ses agissements réfléchis, ses folies dissimulées, faisait preuve d'un tout relatif raffinement ?

Au volant de ma voiture, à arpenter la nuit, je me sentais léger, soulagé. Cette affaire arrivait au bon moment. Patrick Chartreux, dents cassées sous nez broyé, ne représentait que la partie visible de mon iceberg intérieur. Pour être franc, cette femme, rasée des pieds à la tête, mutilée sous ses chairs, avait sauvé un flic en dérive. Au plus profond de moi-même, dans la maison de Dieu et sous le regard du Christ, je l'en avais remerciée…

Sur les hauteurs, le clocher de l'église se décrocha

de cette traînée blanche d'étoiles. Mon cœur battit plus vite lorsque je calai mon échelle sur la façade, puis grimpai jusqu'à atteindre le tympan de la Courtisane. Trois zonards imbibés me demandèrent si j'allais bien avant de m'expliquer, dans leur langage, qu'il y avait plus simple pour s'approcher du paradis. Ils disparurent derrière un angle de rue, à généreuses gorgées d'insultes. Jeunesse décadente…

Face à moi, ébloui par le faisceau de ma torche, Jésus, assisté de sept anges, encore sept, implorait le ciel. Après avoir enfilé un gant en latex, je glissai mes doigts dans les interstices de la sculpture, fouillai avec minutie dans les fissures. Rien, hormis de la pierre fracturée. Je palpai encore, les lèvres pincées, perché sur la pointe des pieds. En plus de me trouver ridicule, je commençais à me décourager. À l'évidence, je m'étais lourdement trompé. Sauf que… mes phalanges croisèrent soudain une forme cylindrique, longue de quelques centimètres. Le tube en étain ! Paul avait su, encore une fois, déverser de l'adrénaline dans mon corps.

Je rembarquai mon matériel, me ruai dans l'habitacle et, sous la veilleuse timide, débouchai ma trouvaille. Le calque m'y attendait… L'autre moitié… Les signes apparurent, mélasse de barres horizontales et verticales. Mes chairs tremblaient, tant j'étais excité. Je m'empressai de superposer mon butin à celui que j'avais reconstitué.

D'une magique combinaison jaillit la lumière.

— Nom de Dieu, c'est pas vrai !

Trop absorbé par ma découverte, je ne vis rien venir. Mes deux portières s'ouvrirent simultanément, une bouteille vide suivie d'un poing bien serré me percutèrent l'arcade, tandis qu'une paire de mains me dérobait les messages, l'étui en étain et des CD. Du fin fond de ma douleur, je perçus :

— J't'avais dit que c'était pas du fric qu'il planquait là-haut, ce crétin !

— Ta gueule ! On s'arrache !

Je m'extirpai de ma voiture un peu chancelant et dégainai mon Glock, le braquant dans l'obscurité. Les trois zonards réapparurent sous un lampadaire lointain avant de se fondre dans une rue annexe. Le filet de sang qui coulait sur mes lèvres et les lancinements de mon crâne m'interdirent toute poursuite. J'enrageai de mes mille et une dents.

Dans le jargon, on appelait ça une bavure. Un indice important dans une affaire criminelle venait de s'évaporer. Au revoir, les relevés d'empreintes, les prélèvements ADN, les analyses graphologiques ! Bonjour les emmerdes !

Emporté par ma colère, j'abattis mes deux poings sur le volant. L'airbag m'explosa à la figure. Sans commentaires…

Remis de cette fâcheuse péripétie, je tournai enfin le contact. Fort heureusement, j'avais en tête le texte, ce fragile fil d'Ariane que me tendait l'assassin.

Chemin du Val. Chaume-en-Brie.

Le jeu mortel se poursuivait, d'étape en étape le tueur me livrait des précisions supplémentaires. Il voulait que son adversaire mérite. *Le Méritant…*

Chaume-en-Brie. D'après l'atlas routier, il s'agissait d'un bled paumé, département soixante-dix-sept. Sur la carte, je repérai Meaux, puis Disneyland Paris. Trois quarts d'heure de route. Mes pneus flambèrent sur l'asphalte. Je faillis composer le numéro de permanence, à la Criminelle. Solliciter la cavalerie à trois heures du matin. Cerner les lieux, pénétrer en force, armer la lourde machine judiciaire.

Mais je me ravisai. Je devais d'abord débroussailler ce charabia, seul. Le sang attire les requins, ces grands requins nocturnes qui aiment à arpenter les veines du Mal.

Autoroute A4. Bandes blanches, cerclées de ténèbres. Malgré l'excitation, mes paupières s'alourdissaient. Quatre heures de sommeil en deux jours. Radio à fond. Céline Dion. Tant pis…

Tu roules vite, Franck. Je déteste quand tu roules vite. Regarde où la vitesse nous a menées…

L'affaire, penser à l'affaire. Le confessionnal. La femme, rasée. Les dégâts causés dans son corps… S'occuper l'esprit, toujours. Le message, l'adresse, l'Apocalypse, saint Jean, les sept papillons, la renaissance de l'être, la résurrection…

Prends garde, Franck. Ton attention se relâche. Tu es fatigué. Surveille ta route…

Arrête, Suzanne ! Arrête de parler dans ma tête !

Ma gorge en feu. J'étouffais. De l'air ! De l'air ! J'ouvris grand les deux vitres avant, des bouffées chaudes me firent émerger. Une pilule magique, pour calmer mon angoisse. Là, un panneau. La bonne sortie…

Pleine campagne. De rares maisons, assoupies. Des virages, des nids-de-poules, des lapins z'yeux rouges qui arpentent la route… La nuit, furieuse d'obscurité… L'impression écrasante de me précipiter dans un piège…

Enfin, le panneau Chaume-en-Brie. Je dégottai un

plan du village, plaqué sur un arrêt de bus. *Chemin du Val*. Encore deux kilomètres.

Destination finale. Sous mes phares, des habitations en construction, déchirées d'ombres. Le chemin s'affina, les champs déversaient leurs tripes brunes sur le bitume, je crus à un moment devoir faire demi-tour lorsque se dressa, au-delà d'un fossé, une forteresse noire. De hauts sapins, rangés en carré et pressés autour d'une large demeure.

J'éteignis mes phares et, équipé de l'inséparable duo Maglite-Glock, m'enfouis dans les profondeurs insondables.

Là où il avait décidé de me mener. Dans la gueule du loup.

Le silence des choses mortes m'assaillit. Pas de vent, aucun mouvement, encore moins de lumière. Je coupai par le mur de la sapinière, franchis un portail verrouillé pour atterrir sur une pelouse qui avait bien poussé. Sous la rumeur de mes pas, mon genou percuta un amoncellement de bois, d'où frisait une odeur que je connaissais trop bien…

Putréfaction. Il n'en fallut pas plus à ma cage thoracique pour se rétracter contre mes poumons. On ne s'habitue jamais à ces choses-là…

Une niche avait été ravagée, détruite. Des planches déclouées, partout dans le jardin. Arrachées par une force surhumaine. Sous la morsure de mon faisceau s'ouvrait la carcasse d'un doberman, hébergeant d'étranges hôtes. Larves gonflées, mouches repues. Un essaim de mort me frôla le visage. D'un mauvais réflexe, je faillis crier.

Vu l'accueil, je ne me trompais pas d'adresse… Que me réservait l'intérieur ?

Un vent léger monta dans les cimes. Les grandes mains d'écorce, partout autour, firent rouler leur noirceur sur le sol. L'impression que les branchages allaient se refermer sur moi…

Pénétrer par effraction, sans mandat, risquait de me causer de sérieux ennuis, sans oublier l'affaire Patrick Chartreux qui, déjà, avait aiguisé les dents du divisionnaire.

Je composai donc le numéro de la permanence, patientai deux sonneries et raccrochai quand la poignée d'entrée tourna, sous l'impulsion de mon poignet. Grincement de porte…

L'attaque fut fulgurante. Des pattes aveugles, sur mes tempes. Des raclements d'ailes sur mes joues… Partout, des vibrations.

Dans un premier temps, à observer les murs avec ma lampe-torche, je crus qu'il s'agissait de moisissures, tant ils étaient minuscules et innombrables.

Les moustiques.

Ils jaillissaient de partout, se précipitaient sur le rail de photons dans une cohue de foule paniquée. Des grappes noirâtres se décrochaient avant de se disperser en fresques ailées. Les plus affamés me pompaient déjà le sang des avant-bras. J'en éclatai un maximum en me dirigeant vers les autres pièces. Cuisine, salon, salle de bains… Personne. Pas de corps, pas d'odeur, pas de désordre.

J'allumai la lumière de la salle à manger. Les insectes s'agglutinaient sur le lustre, certains grillaient. Les plus hardis préféraient le contact de ma main à la famine. Stupides bestioles ! J'avançai en battant des bras. Sur un mur, une photo. Un couple, enlacé au bord d'une plage. Longue chevelure brune pour elle, ventre bedonnant pour lui. Je m'approchai du cliché. Pas de doute… Face à moi, la femme recroquevillée du confessionnal, en moins morte.

Deux questions : où se trouvait le mari ? Pourquoi l'assassin m'amenait-il ici ? Je déglutis lourdement, pressant mon Glock contre ma joue…

L'étage. Deux chambres. Celle des parents. Et une autre. Anéantie. Des posters d'hommes, partout, lacérés à coups de couteau. Brad Pitt, George Clooney, Matt Damon, les yeux en moins. Sur le sol, du verre. Des éclats d'ampoule. Une lampe brisée, les vestiges d'une lutte.

Trois… Ils étaient trois. L'homme, la femme, la fille. L'une reposait entre quatre planches. Et les deux autres ?

Je retournai au rez-de-chaussée fouiller encore, avec l'énergie du désespoir. Dans le salon, les dernières correspondances ouvertes remontaient à trois semaines… Viviane et Olivier Tisserand…

Van de Veld avait noté, sur la victime, des ongles longs, cassés. Avait-elle été séquestrée tout ce temps ? Dans quel endroit ? Et son mari, l'autre *Moitié* ? Quant à la fille, Maria… Pourquoi le tueur ne l'avait-il pas mentionnée dans son message ?

Autour de moi, la brique tremblait, tapissée d'un essaim de trompes morbides et d'ailes bruissantes. Jamais je n'avais vu autant de moustiques de ma vie !

Un tapis. Un tapis d'insectes. Certains gisaient sur le sol, épuisés par la pénurie de sang. D'autres volaient le ventre creux, ivres de fringale. Pourquoi étaient-ils tous là, regroupés dans cette pièce ? Qu'est-ce qui pouvait les attirer en si grand nombre ?

Je m'élançai à nouveau vers l'étage, à la recherche de *l'abîme et ses eaux noires*. S'agissait-il de la baignoire, des lavabos, des toilettes, d'une fosse quelconque ? D'un puits, dans le jardin ? Peut-être !

Je dévalai en quatrième vitesse, embrasai un halogène extérieur. Néant. Herbe, arbres, champs… À trop jouer, on se lasse.

Les simagrées de l'assassin me tournaient sur le ciboulot et m'avaient contraint à enfreindre bon nombre de règles. Au point où j'en étais, j'optai pour des recherches plus poussées à l'intérieur…

En ultime recours, j'avisai des albums photos que je feuilletai rapidement… Plage, montagne, mariage, conneries de couple… Gros plan sur la fille. Dix-huit ans, blonde incendiaire. Sculpturale… Sur d'autres clichés, l'homme, un poisson au bout d'un harpon. Encore lui avec un masque et un tuba… Toujours le même, palmes aux pieds, au bord d'une… Au bord d'une fosse de plongée !

Pris d'une suée, je revins sur le courrier. Quête visuelle… Là ! « Club de plongée de Meaux ».

Surveille les maux ! Avec sa fosse de plongée, *l'abîme et ses eaux noires* ! Le message crachait ses dernières cartouches. Nouveau crissement de pneus…

Trente minutes plus tard, à la limite de la panne d'essence, je rangeai mon véhicule sur un parking de terre rouge avant d'atteindre un petit local, perdu sur un sol crayeux où ne s'épandaient que des herbes rebelles et des silex érodés. Des panneaux de rouille indiquaient la direction de la fosse.

Je m'enfonçai dans les tranches d'obscurité, attentif

aux pavés de craie et aux trous sévères qui, durant de longues minutes, crevaient l'œil de ma torche.

Devant, sous les violets de l'aube, le linceul blanc de la carrière touchait l'horizon. Un escalier taillé dans le vif me propulsa plus loin encore.

Là, au fond, perça le puits de ténèbres, pas plus large qu'une cuve, aux eaux d'un noir de cendre. En ses bords, une inscription, « Fosse de Meaux. Profondeur, 30 m ».

Autour, les tentures sombres de la nuit finissante, des platitudes calcaires. Qu'y avait-il à découvrir ici ? Un autre message ? Une piste ? Ou… un cadavre ?

Un bruit, proche, tout proche. J'éteignis et m'accroupis, Glock tendu sur pupille dilatée. Plus rien. Juste une brise rasante, riche en chaleur, enflée de l'absence d'obstacle. Avec prudence, je m'approchai du gouffre, puis rallumai ma lampe, traquant les abysses, mordant des diamants de poussière en lutte avec des particules silencieuses. N'importe quand, une main pouvait surgir et m'entraîner vers de sinistres infinis.

Alors elles éclatèrent à nouveau. Les bulles… Par trente mètres de fond, *la Moitié* ne soufflait son air que par alternance. Sous des montagnes d'eau, Olivier Tisserand, professeur de plongée au club de Meaux, économisait son air. Quelle force maléfique le retenait en bas ?

Cette fois, plus d'hésitation. Je contactai la brigade, leur demandant de joindre dans l'urgence le commissariat de Meaux, d'envoyer une ambulance et d'apprêter un caisson hyperbare.

Les bulles, encore, perles de vie. Que faire ? Attendre ?

Je m'élançai sur le plateau de roches, remontai pieds et ongles les pentes arides, m'écorchant les paumes, m'épuisant les poumons, coupant droit par la carrière vers le local de plongée.

Le cadenas avait été forcé. Je roulai sur le mur intérieur, éventrai la pièce de diagonales lumineuses, m'approchai de formes sombres, vibrantes, qui percutaient avec acharnement le verre poussiéreux d'une fenêtre.

Le visage de la mort m'apparut. Les sphinx. Sept gros sphinx noirs. Agglutinés sur une vitre.

Haletant, je m'emparai d'une bouteille de plongée et d'une torche étanche. Pas le temps d'enfiler une combinaison. Je cachai mon arme au-dessus d'une armoire, me déshabillai en un éclair, passai la bouteille dans mon dos à l'aide des lanières et, palmes à la main, couteau de plongée lié autour de la jambe, avalai le trajet inverse. En caleçon et mocassins.

La plongée… j'avais obtenu mon brevet de niveau deux à l'antigang, mais ça datait du siècle dernier.

Trente mètres ! Un immeuble de dix étages retourné. La profondeur de tous les pièges. Vertige, sensation de solitude, troubles de la vision. Les gaz intestinaux qui se compriment, l'air qui se glisse entre les plombages et explose les dents. Mon corps risquait de morfler.

Mon regard embrassa l'alentour. Rien dans le lointain des roches. Pas de gyrophare, aucune sirène. Sous mes pieds, les bulles d'air se raréfiaient. Dix secondes entre les expirations. Fin de bouteille.

Bien plaquer le masque. Régler le détendeur. Inspirer par la bouche, souffler par le nez… Inspire, souffle, inspire, souffle…

Encore des secondes qui s'égrènent… L'espoir d'entendre des voix, de ne pas avoir à m'enfoncer seul dans le colosse d'eau…

Plus le choix. Bientôt, les bulles s'éteindraient. Allez !

Lorsque mon visage frappa l'onde, que l'oxygène de la bouteille m'assécha la gorge, l'angoisse me retourna, cette angoisse des claustrophobes qui prive d'air et ébranle les sens. Une plongée de nuit est une descente à l'intérieur de soi-même, dans un univers dangereux peuplé de monstres démoniaques.

J'étais complètement cinglé. Pas d'arme, hormis le couteau. Je risquais de le payer de ma vie.

Dix mètres. Noir dessus, noir dessous. Le tympan qui s'enfonce vers l'oreille moyenne. Douleur… Manœuvre de Valsalva : bouche fermée, nez pincé, souffler.

Le silence… Casse le silence. Souffle… Focalise-toi sur la danse des bulles, le ronflement du sang qui enfle tes artères… Le fond… Objectif le fond… Vaincre cette faille mortelle. Trouver la source de vie.

Piège. As-tu pensé au piège ? Devant, derrière. On pouvait m'atteindre de n'importe où. N'importe quand. Coup de lame. Détendeur tranché. Mort.

Vingt mètres. Une luciole. Une luciole dans un grand ciel hostile. Des blocs d'eau cherchaient à m'écraser, me broyer, me pulvériser. Le masque me pressait le visage, m'aspirait les yeux. Tout mon organisme se rétractait. Poumons, tube digestif, estomac.

Envie de gerber. Je descendais trop vite. Quinze mètres par minute, disent les tables. Pas plus. Pas plus ou tu vas crever, implosé… Le silence… Brise le silence… Roulis des bulles. Coulée du sang. Tam-tam du cœur.

Combien encore à descendre ? Combien ? J'étais perdu. Mes notions de haut et de bas s'inversaient… Les bulles, fixe les bulles. Elles montent, donc tu descends. Claustrophobie. Le froid des abysses qui tétanise les muscles, rigidifie la chair en pierre. Les oreilles qui bourdonnent, du sang dans les sinus… Souffler. Souffler. Cinq fois huit, quarante. Six fois huit, quarante-huit. Neuf fois huit… Quatre… Non… Soixante… soixante-douze… Peur, mort, douleur. Rires. Métal… Eloïse. Je t'aime, je t'aime… Franck… Franck Sharko, commissaire à la brigade criminelle. Shark, le requin. Le requin vit dans l'eau… Inspire… Je vis dans l'eau… Expire… Moustique, trompe, piqûre… Inspire. Noir dedans, noir dehors. Expire…

La blancheur d'un pied m'apparut. Une rumeur, un flash de cauchemar. Puis une jambe complète. Triplement instantané du rythme cardiaque. Soixante, cent vingt, cent quatre-vingts… Panique. J'étouffe. De l'air, de l'air ! Comment on respire ? De l'air !…. La bouche ! Inspire par la bouche, souffle par le nez… Encore. Recommence… Écoute ton cœur… boum boum… boum boum… boum boum… Inspire expire, inspire, expire… inspire… expire… Voilà… Respire profondément… Tu vis encore.

L'homme gisait sous moi, en combinaison, les membres entravés par une épaisse corde reliée à des mousquetons soudés aux parois. Je ne l'apercevais que par saccades, au gré de ma torche. Il respirait à présent sans discontinuer, lâchant des traîneaux argentés de bulles.

À ses côtés, deux bouteilles d'oxygène, deux étincelles de vie d'où serpentait un détendeur.

Ma torche éclaira des yeux hors de leurs orbites. Nervurés de sang. Une terreur de bête agonisante y brillait. Pris d'une panique fulgurante, il agita la tête, se tortilla pour se défaire de sa prison de cordes. Son détendeur ripa, des sortes de grognements écrasés jaillirent. L'eau s'engouffra dans sa bouche à la vitesse d'un barrage qui se rompt.

Je lui coinçai le menton, retins ma respiration et le forçai à ingurgiter mon air. Il mordit mon détendeur, essaya de l'arracher. Respire, putain, tu vas crever ! Pas le choix. Coup de poing dans la tempe. Sonné, il absorba une grande goulée d'air. Voilà. Calme-toi…

À mon tour… Je respirai. Son tour… Mon tour… Son tour…

Coups de lame, amarres qui sautent… Je ne lui détachai ni les mains, ni les pieds. Parce que, libre, il chercherait à me noyer.

Son tour… Mon tour… Inspire, expire. Tu dois vivre, tu m'entends ? Vis ! Son tour… Bois l'air ! Bois-le ! Gorge-toi de cette putain de vie ! Je le saisis par les aisselles et donnai de vigoureuses palmées. Je perçus une forte résistance, quelque chose bloquait. Anormal. Qu'est-ce qui le retenait encore ? Un ultime coup de palmes nous éloigna du fond.

Alors l'homme disparut derrière un écran de bulles. Des centaines de bulles. Il hurlait, si fort qu'il semblait briser les murs du silence. Il refusait l'oxygène, ses yeux roulaient sous son masque. Le bas. Il fixait le bas.

Je dirigeai ma torche au fond. Ma lumière vira à

l'orange. Mélange de jaune et de rouge. Le jaune de ma lampe, le rouge de son sang. Sa jambe gauche pissait. À grands flots.

Plus le temps de réfléchir ! Foncer ! Foncer vers le haut ! Vite ! Le plus vite possible ! Ignorer les paliers de décompression ! Trente mètres… L'azote accumulé dans son corps allait se précipiter dans ses artères. Des bulles enfleraient dans son cœur. Ses poumons pouvaient exploser. Mais c'était ça ou la caresse chaude d'une hémorragie… Quant à moi, je risquais de morfler aussi. L'azote n'épargnait personne…

Je battis des jambes à me rompre les tendons. Tous mes organes appelaient au secours, mes poumons brûlaient, mon cerveau se dilatait sous mon crâne. Mon diaphragme se contracta. Impossible de respirer… De l'oxygène ! Inspire ! Inspire ! Impossible !…. L'apnée. Reste dix mètres… L'homme s'était évanoui, saturé d'eau.

Une douleur incroyable dans mes oreilles. Tympans prêts à craquer…

Des lueurs, au-dessus. Faisceaux croisés, vifs, palpitants… Des pétales de voix… Des cris maintenant… La surface de l'eau qui se crève… Ma tête qui tourne… Une impression d'éloignement.

Puis… plus rien…

Yeux ouverts. Là, dans le flou, des mines transies, des regards affolés. Un masque à oxygène sur mon nez. Combien de temps dans les vapes ? Autour, la craie. La carrière…

Je me relevai, un peu étourdi. À mes côtés, Tisserand, immobile. Des électrodes, ventousées sur son torse. Sa combinaison de plongée découpée. Un choc électrique, son corps qui s'arc-boute… C'était fini.

Le jour flamba sur un bain de sang.

Sous les rayons de l'astre, la roche poreuse but lentement le serpent rouge, alangui autour de l'homme inerte…

Chapitre huit

Il aurait dû s'abattre des trombes d'eau, venter à arracher les arbres et décrocher les toitures. Il aurait dû tourbillonner dans l'air un monstre furieux, une tornade, un cyclone. Alors, peut-être me serais-je senti en accord avec cette forme de révolte, peut-être ma colère aurait-elle pu se libérer, au lieu de se recroqueviller sous mes chairs au point de les faire trembler.

Dans un mirage de craie, les ambulanciers engloutissaient dans la funeste enveloppe son cadavre, dont la main gauche aux doigts crispés dépassait encore. La terreur l'accompagnait jusque dans la mort, cette mort abominable surgie comme une grande mâchoire blanche sous des immeubles liquides.

Un fil à beurre enroulé autour de sa cuisse, à l'intérieur de la combinaison, avait déclenché l'hémorragie. De petits trous percés dans le Néoprène avaient permis d'y glisser l'invisible filin et de le relier à la grille du fond, sous l'eau. Redoutable stratagème qui avait sectionné net l'artère fémorale, une fois notre remontée entamée.

Sans doute le martyr, dans ses cris d'agonie, avait-il cherché à m'avertir…

Au loin, deux visages d'un noir colère, soutenus par des corps fermes, tendus, que même le soleil levant ne savait éclairer. Leclerc et Del Piero débarquaient, salis par un réveil des plus brutaux. Le divisionnaire n'attendit même pas d'être à ma hauteur pour me balancer :

— Tu m'as éjecté de mon pieu en me fichant un cadavre sur les bras, alors maintenant, il va falloir que tu m'expliques sérieusement ce qu'il s'est passé !

En un sens, la situation pouvait déstabiliser. Je quittais Leclerc la veille, dans un état pas loin d'un pneu crevé, et il me récupérait à soixante kilomètres de là, dans un chaos de pierres, remonté des abysses pour en extraire un type dont, clairement, j'avais abrégé l'existence.

À sa gauche, Del Piero réajustait son impeccable tailleur. Même tirée de son sommeil dans l'urgence, elle s'était donné le temps de souligner ses yeux noirs d'eye-liner et de torsader sa chevelure rousse dans un chignon épais. L'ordre et la beauté.

Je repris l'histoire depuis le début… Le message, gravé sur une colonne de l'église… Ma visite chez Paul Legendre… *Le tympan de la Courtisane…* La superposition des codes, qui m'avait mené à Chaume-en-Brie… Puis ici, devant l'abîme et ses eaux noires.

— Et vous dites qu'on vous a volé ce deuxième morceau de code, ce qui implique que nous n'en avons aucune trace ?

Avec la classe d'une garce, la commissaire frappait là où ça faisait mal.

— La faute à pas de chance… répliquai-je sans dissimuler une grande fatigue. Au mauvais endroit… au mauvais moment…

— D'où l'utilité d'intervenir en équipe. Pourquoi croyez-vous que les procédures existent ?

— Vous…

— Vous permettez ? lui dit Leclerc tout en m'entraînant à l'écart.

D'un mouvement sec, Del Piero se retourna et appela la flamme d'un briquet.

— Écoute, Shark, fit le divisionnaire. On va faire ce qu'on fait habituellement dans ce genre de situation. Tu vas nous accompagner au 36, pour qu'on enregistre ta déposition et qu'on essaie d'éclaircir ce merdier.

— Un interrogatoire en bonne et due forme, n'est-ce pas ?

— Mais qu'est-ce que tu crois ? Que tu es au-dessus de la loi ? Tu paumes des indices, pénètres en pleine nuit chez les gens sans mandat, retournes la baraque et on vient de te retrouver, couvert de sang, un moribond dans les bras ! N'importe qui serait déjà en garde à vue ! Estime-toi heureux qu'on le prenne avec calme ! Merde ! À quoi tu joues ?

À quelques mètres, au bord de la fosse ensanglantée, Del Piero piétinait, bras croisés et clope au bec. Évidemment, elle jouissait de toute la conversation.

Elle ne m'aimait pas, je ne l'aimais pas. Lorsque nos regards s'étaient croisés, la première fois, j'y avais perçu la violence d'un coup de foudre… au sens électrique du terme.

— Je n'avais pas d'autre choix que de plonger ! Ce type, il économisait son souffle, il pouvait manquer d'air à tout moment ! J'ai juste voulu lui éviter la noyade !

Leclerc brassa l'air d'un geste vague.

— Vachement bien évitée, la noyade ! Mais là n'est pas la question ! Del Piero a raison, tu aurais dû prévenir les équipes. Qui respectera les bases, si nous-mêmes ne nous plions pas aux règles ?

— Tout s'est enchaîné trop vite… Ce message était un véritable piège, j'avançais à l'aveugle, sans certitude… Je n'ai pas voulu ça. Jamais… Leur fille… On doit chercher leur fille… Il la tient… Et Dieu seul sait ce que…

Mais Leclerc s'éloignait déjà, provoquant sous ses pas de petits nuages blanchâtres.

Midi approchait et je n'avais qu'une envie, m'évader, fuir loin de ces lugubres tourments. Au 36, les assauts de questions des inspecteurs m'avaient vidé de toute forme d'énergie. On croit faire le bien mais, en définitive, on prolonge ce bras assassin qui, par tous les biais, cherche à répandre sa foudre.

Aujourd'hui, je venais de tuer un innocent dont les yeux exorbités contre la vitre de leur masque s'ajouteraient au catalogue de mes plus sombres souvenirs.

Des morts… Encore et toujours des morts…

Leclerc m'avait congédié jusqu'à nouvel ordre, dans l'attente de preuves formelles sur la véracité de mes dires. Fini, donc, l'accès au dossier de ce qu'on appelait déjà l'affaire Tisserand. Une enquête qui, de par son caractère particulièrement élaboré, avait embrasé les parquets du 36, me reléguant au rôle de piètre spectateur. Un spectateur déçu, qui rentrait dans son appartement pour y broyer du noir.

Arrivé à mon étage, je songeai brusquement à la petite fille, enfermée dehors depuis la veille.

Je dévalai le tourbillon d'escaliers. Pas de réponse

ni au numéro sept, ni chez Willy. Décidément, tout m'échappait.

Des grésillements moussaient de ma télévision. Je posai mon doigt sur l'interrupteur quand :

— Non ! Laisse ouvert !

Je sursautai. Assise à l'indienne, cernée de trains haletants, la fillette ne levait pas les yeux de la neige grise du téléviseur.

À ses côtés, *Fantômette et la grosse bête* attendait une main curieuse. Les genoux m'en tombèrent sur le sol.

— Mais ! ?

Je désignai la porte.

— .... Comment es-tu entrée ? J'avais fermé à clé !

Elle me répondit sans quitter ses parasites du regard.

— Je ne suis jamais sortie. Quand tu as été voir ton voisin, je me suis cachée sous le lit. Hi ! hi !

— Mais que…

— Chut ! Tais-toi !

J'hallucinais ! Franck Sharko, la quarantaine ultramûre, écrasé par les réflexions d'une gamine de dix ans. J'éteignis le poste, chevauchai des rails pour m'agenouiller devant elle. Elle baissa la tête, les yeux humides.

— Qu'est-ce qui se passe ?

Un pleur roula sur sa joue.

— Tu es parti longtemps… Tu ne dois plus me laisser seule comme ça, j'ai eu si peur !

Comment réagir, dans des moments pareils ? Je voulus lui caresser les cheveux, la serrer dans mes bras, la rassurer de mots maladroits.

Mais… je ne pouvais pas… Trop de douleur, encore, à fleur de peau. Eloïse. Oh ! Eloïse… Mon enfant…

Je faillis partir dans son jeu de larmes. Mon cœur se pressa de chagrin, je dus me ressaisir en inspirant un grand coup.

Faire le dur.

— Et ta maman ? Elle doit s'inquiéter !

— Ma maman ? Elle voit un monsieur, répondit-elle sur le ton du reproche. Un drôle de monsieur, pas gentil. C'est souvent, après le travail, qu'elle passe du temps chez lui !

— Mais ? Qui s'occupe de toi ? Ne me dis pas que…

— Je suis grande ! Je sais me débrouiller ! Maman me le dit toujours !

J'ai perdu ma famille dans des conditions abominables, je donnerais mille fois ma vie pour, ne serait-ce qu'un instant, savoir si elles sont heureuses là-haut. Et, à côté de cette souffrance muette, des mères abandonnaient leurs gosses et des pères les battaient.

— Tu as une sale tête, me révéla-t-elle encore. Tu devrais aller te coucher.

Un étrange fou rire m'emporta. Cette gamine ne manquait pas d'audace.

— Il faut que je déniche le moyen de joindre ta maman. Je ne sais pas, moi, lui dire que tu vas bien, que tu es enfermée dehors ! La prévenir, quoi ! Crois-moi, une mère paniquée, c'est pire qu'un raz-de-marée !

Elle enfonça un doigt dans son nez.

— Dis, tu peux rallumer la télé ?

Je m'exécutai, me pliant à ses volontés avec la mollesse d'un papa gâteau.

— Non, remets l'autre chaîne !

— Celle avec la neige sur l'écran ?

— Oui ! Tu nous as dérangées en pleine conversation tout à l'heure !

Vaste imagination qui plus est. Je craquai une allumette.

— On ne fume pas en présence des enfants ! sermonna-t-elle en agitant le doigt. J'ai les poumons fragiles. Tu sais, j'ai déjà calculé. Un paquet par jour, c'est comme si tu fumais une cigarette d'un kilomètre en un an !

Ses yeux brillaient de l'éclat rare des pierres brutes. Elle ressemblait à ces filles de misérables, magnifiques, élevées dans la précarité et jaillies du mélange des sangs.

Je m'accroupis jusqu'à percevoir sa tendre respiration, cette respiration commune à tous les bambins. Il me suffisait de fermer les yeux…

Eloïse…

Je me ressaisis soudain.

— Et avec qui tu discutais ?

Elle dévoila une partition d'émail aux notes manquantes.

— Tu es bête ! C'est elle qui m'a demandé de mettre en route les trains. Elle aurait préféré ceux à vapeur, surtout la Distler 1940 et la Buco magenta, mais on ne savait pas comment les démarrer. Alors, on s'est contentées des locomotives électriques. Pourquoi n'avait-elle jamais le droit de toucher ? Les jouets, c'est pour les petits, pas pour les grands nigauds comme toi !

Ma gorge se serrait à chaque mot que cette fillette prononçait. Mon sourire vira à l'inquiétude.

— Comment tu sais ça ?

— Quoi ?

— Les noms de trains ! Hier, tu en ignorais tout !

— Mais arrête de crier ! C'est Eloïse qui m'a raconté ! Elle aimait bien quand tu t'amusais avec elle, Eloïse…

Mes jambes ployèrent sous le poids de ma surprise. Certains noms apportent de rares joies, d'autres, comme Suzanne ou Eloïse, détruisent, ébranlent, font couler du sang dans le cœur.

Une explication… Trouver une explication. Malgré mon gros effort de mémoire, ce jeune visage resta muet.

— Comment tu connais ma fille ? Je… Je n'habitais plus ici ces dernières années !

Mon portable vibra. Leclerc… Chevalier de l'inopportun, comme toujours.

— Une seconde ! envoyai-je en la pointant du doigt. Ne bouge pas d'ici cette fois ! Toi et moi, on a certaines choses à mettre au clair !

Avant que je prenne l'appel, ses yeux appelèrent la foudre.

— Toi, tu vas encore nous laisser seules ! Tu vas la mettre en colère et elle va partir !

Sans plus l'écouter, je m'isolai dans la cuisine, loin de la respiration des locomotives et de l'haleine bruyante des mini-chutes d'eau. À l'autre bout de la ligne, le chien Leclerc aboyait.

— Tu dois rappliquer le plus rapidement possible ! Pour un examen médical ! C'est… Attends…

Derrière l'écouteur, querelles de voix, sonneries de téléphone, claquements de porte… Dans le brouhaha, il me donna une adresse, celle du laboratoire de Biologie parasitaire de Paris.

— C'est le gros bordel, ici ! cria-t-il. On s'est tous

fait piéger comme des débutants. Merde ! Amène-toi ! Rendez-vous à quinze heures au labo ! Quoi ? Quoi !

Coupures plus franches. À combien de personnes parlait-il en même temps ?

— …. Possible que ce taré nous ait fichu une saloperie dans le sang ! Le *mauvais air*, putain ! C'était écrit noir sur blanc sur le message ! *Le mauv...*

Je n'y comprenais absolument rien. Un réacteur de Concorde vrombissait entre nos deux oreilles.

— Allô ! Allô !

Le boxon complet.

— Allô ! Allô !…. Et puis merde !

Je raccrochai et recomposai son numéro. Boîte vocale. Mon portable manqua de voler par la fenêtre.

Je n'avais pas saisi grand-chose, mais j'avais perçu dans sa voix la terreur des condamnés à mort.

Un laboratoire parasitaire… Ma gorge se noua.

Direction le salon, l'esprit en feu. La gamine… Où se planquait-elle encore, celle-là ? Sur leurs rails, les trains électriques bourdonnaient à en perdre leurs bielles. Je coupai l'alimentation du réseau, fermai cette damnée télé et me baissai sous le lit. Personne.

— Bien joué, petite coquine. Allez, sors de ta cachette ! Je dois m'en aller !

Pris de colère, j'ébranlai mes armoires, retournai le débarras et les placards. Avec sa silhouette de souris, elle pouvait se faufiler n'importe où, même entre les murs !

Je ne la retrouvai pas. Au diable !

Je me rafraîchis le visage et, au moment où je changeais de vêtements, mon regard tomba sur un bouton de moustique, au beau milieu de mon avant-bras gauche. Sans crier gare, les paroles du légiste claquèrent dans ma tête : *le crime ne s'est pas passé à l'extérieur... mais à l'intérieur de son corps*.

Alors je me rappelai, chez les Tisserand. Le bruissement des ailes dans le silence glacial. Ces centaines d'insectes…

De tout mon cœur, j'espérais me tromper…

Chapitre neuf

À quinze heures tapantes, Leclerc nous regroupa dans une salle de consultation du laboratoire parasitaire. Del Piero, Sibersky, trois techniciens de la scientifique, deux inspecteurs et moi-même.

Une brume d'inquiétude roulait dans les regards parce qu'à une épaisseur de mur, des types en blanc lorgnaient dans des microscopes électroniques ou injectaient de méchants baisers chimiques à des souris. Ici, en plein cœur de la capitale, on étudiait les cycles épidémiologiques des maladies parasitaires à transmission vectorielle. On cherchait à comprendre, par exemple, pourquoi certains animaux infectés, les vecteurs, échappaient aux maladies mortelles pour les humains.

En ces territoires de carrelages blancs, de portes blindées et de visages masqués, ça sentait l'aseptisé, le trop propre. Ça puait le danger invisible.

Le divisionnaire s'éclaircit la voix d'un roulement de gorge. Son front suait à grosses gouttes.

— Je vais reprendre les explications depuis le début, car vous ne possédez pas tous le même niveau d'information. Les analyses sanguines de Viviane Tisserand, la victime du confessionnal, ainsi que les dernières conclusions de l'autopsie, ont révélé qu'elle était décédée de l'une des formes les plus violentes de la malaria, ce qu'ils appellent le paludisme neurologique. Le parasite s'est niché dans son foie pendant dix jours, en phase d'incubation, avant de la liquider en moins d'une quinzaine. Comme Van de Veld disait, il s'agissait d'une véritable bombe à retardement.

Une vague d'effroi balaya la pièce. Chacun, inconsciemment, se gratta un bras, une jambe, la nuque. Je vis Sibersky se décomposer.

Leclerc poursuivit.

— La malaria, *le mauvais air*, se propage par l'intermédiaire de moustiques particuliers, des anophèles. C'est cette espèce que nos laborantins ont retrouvée à Chaume-en-Brie, dans la maison des Tisserand. Ces insectes inoculent la maladie en prenant leur repas de sang.

Le divisionnaire avait l'habitude des coups durs, mais, cette fois, ses lèvres trahissaient une méchante détresse. Del Piero se mordait les doigts, d'autres, et j'en faisais partie, le poing complet. Les moustiques n'avaient épargné aucun d'entre nous.

Des questions, des idioties claquèrent.

— Qu'est-ce qui va nous arriver ?

— Il nous faut des médicaments, des antibiotiques !

— C'est pas possible ! On va devoir rester en quarantaine ?

Leclerc tempéra l'assemblée de la main.

— Un spécialiste va venir nous détailler précisément les moyens de contrer au mieux les risques que nous encourons.

— La malaria ! La malaria ! Mais comment est-ce possible ? paniqua Del Piero. Cela n'existe pas en France ! D'où sortent ces cochonneries ? Merde !

— Tout ceci reste à élucider. Les services de santé publique, l'OMS et des chercheurs en tout genre sont sur le coup. Ils nous tiendront au courant des aléas.

— Les aléas ? ! On en crève à ce que je sache ! Et si on n'en crève pas, on se tape des fièvres jusqu'à la fin de notre vie ! Je ne me trompe pas, hein, commissaire ?.... Je ne me trompe pas ?

Le divisionnaire ne répondit pas, s'asseyant seul sur un banc, face à nous, les mains entre les genoux.

— On a peur d'une propagation ? m'enquis-je en me grattouillant l'oreille.

— D'après ce qu'on m'a dit, répliqua Leclerc, ces insectes sont endophages, ils restent à l'intérieur de la première maison qu'ils infestent, ce qui devrait limiter les risques d'infection du côté de Chaume-en-Brie... Dans tous les cas, secret absolu dans un premier temps ! Personne ne doit être au courant. Même pas votre famille. Ordre du ministère.

— C'est du délire ! s'écria Sibersky. Comment voulez-vous que je cache ça à ma femme ?

— Tu te débrouilleras. Une faille et, immédiatement, la panique s'installe. Engorgement des urgences suivi de la psychose, relayée par une médiatisation inévitable.

Un type à l'air grave fit son apparition. Blouse trop longue sur jambes trop courtes.

— Bonjour à tous, je suis le professeur Diamond, spécialiste en parasitologie.

De petites lunettes rondes, à la monture en écaille de serpent, s'accrochaient avec peine sur son nez en forme de bec d'aigle.

— Excusez-nous si on ne vous applaudit pas, cracha un inspecteur virulent, mais allez droit au fait, j'en peux plus d'attendre ! En un mot, est-ce qu'on va mourir ?

— Nous allons faire notre possible pour éviter cela. Soigné à temps, le paludisme n'est pas mortel.

— Précisez, docteur ! Que va-t-il se passer ? Vous allez nous donner des antibiotiques ?

— Les antibiotiques ne sont pas la réponse à tous types de maladies et certainement pas au paludisme !

Il s'assit sur une table, le dos bien droit.

— Sachez d'abord qu'un anophèle infecté ne transmet pas forcément le parasite. Tout ceci dépend d'un tas de facteurs complexes, parmi lesquels, principalement, l'âge des moustiques. Quarante pour cent des femelles que nous avons analysées portent le *Plasmodium falciparum*, le pire des quatre parasites qui inoculent le paludisme, le plus répandu aussi. Ironie du sort, *Plasmodium falciparum* a la forme d'une bague de fiançailles, ce qui lui permet, de par sa taille minuscule, de se glisser dans les vaisseaux sanguins les plus fins, donc d'atteindre les organes cérébraux. Vous connaissez l'issue.

Nous retenions tous notre souffle. Calvaire mental, l'impression de se retrouver dans une salle d'exécution, sans savoir qui va périr.

— Vos chances de contamination sont, je dirais, de vingt pour cent.

— Vingt pour cent ! Merde ! s'exclama Sibersky. Nous sommes neuf dans la salle ! Deux d'entre nous risquent d'être contaminés ! Une putain de roulette russe !

Del Piero s'écrasa sur un siège. Elle tournait de l'œil.

— Excusez-moi mais… cette… chaleur…

— Désolé, mais ces salles ne sont pas climatisées, annonça le scientifique. Veuillez me suivre dans le labo, où il fait plus frais. Je vais vous expliquer très rapidement le fonctionnement de la maladie. C'est essentiel que vous le compreniez bien avant de rencontrer un médecin qui établira avec vous un traitement approprié.

Nous nous regroupâmes les uns derrière les autres, genre animaux destinés à l'abattoir, puis évoluâmes dans des artères de technologie, sans un mot, les visages bas, graves. Dingue, comme les vies peuvent basculer. Au mauvais endroit, au mauvais moment. C'est dans ces cas-là qu'il nous prend l'envie de flinguer. Flinguer ce voleur d'existences. Sans pitié…

Devant nous, la cellule dédiée aux *Plasmodium falciparum, vivax, ovale* et *malariae*. Tout autour, murs blancs, sols blancs, néons crus et personnel masqué. Sur les parois, de larges planches déroulaient les périodes de développement du moustique. Œuf, lymphe, larve, adulte… La lente maturation d'un tueur d'hommes.

— L'anophèle est le seul vecteur pour le *Plasmodium falciparum*, l'humain son seul hôte, commença Diamond. Le parasite existe, parce que nous existons. Pas d'humains, pas de paludisme…

Il désigna la photo d'un insecte, agrandi à taille d'homme. Yeux globuleux, poils répugnants, trompe dévastatrice, semblable à un foret en titane.

— Voyez-vous, quand un spécimen infecté vous pique, il injecte de la salive qui se dilue dans votre sang. C'est à ce moment que le parasite entre en vous. Un minuscule organisme qui pourrait faire penser au cheval de Troie d'Ulysse. En moins d'une demi-heure, il se niche dans votre foie, bien au chaud et invisible, où il va commencer à se démultiplier en centaines de milliers de cellules parasitaires sur une durée d'incubation de six à vingt jours. Cliniquement parlant, les symptômes sont muets.

— Vous voulez dire que durant cette période il nous est impossible de savoir si nous sommes atteints, avec toute la technologie que vous possédez ? glousssa Sibersky. Mais… ces microscopes ? Ces tas d'engins électroniques ?

— Toute l'intelligence de la maladie ! Le paludisme est un assassin perfectionné, cher monsieur. Sinon, nous l'aurions vaincu.

Le lieutenant porta une main sur son ventre, les yeux humides. En nous, la multiplication du parasite avait peut-être démarré. Combien de milliers ? Diamond désigna les dessins représentant des cycles d'évolution.

— *Plasmodium* va se développer dans un volume hépatique pas plus grand qu'un millionième de cheveu. Toutes proportions conservées, ça reviendrait à chercher une pièce au fond de la Méditerranée. Vous comprenez pourquoi il est indétectable. Après ces jours d'incubation, l'invasion est lancée. Les cellules cibles partent dans le sang et font éclater les globules rouges. Là, la maladie devient décelable par prélèvement sanguin et se manifeste alors par de courtes fièvres et des maux de tête, un peu comme un coup de chaleur. Malheureusement, à ce moment, il est souvent trop tard. Voilà pourquoi chacun d'entre vous va rencontrer d'urgence un médecin, qui lui prescrira, selon une posologie adaptée, des comprimés censés tuer le parasite.

— Censés ? répétai-je non sans une pointe d'effroi.

— Les parasites mutent et s'adaptent. Dans certaines parties du globe, notamment les pays du Tiers-Monde, il existe des zones de chloroquino-résistance et de multirésistances.

— Des moustiques résistants ?

— C'est ce que nous sommes en train de déterminer. Si tel est le cas, vous prendrez alors de la méfloquine. Mais je me dois de vous dire qu'il n'existe aucun médicament qui garantisse une guérison à cent pour cent.

Une brève clameur se souleva de l'assemblée. Sibersky se retourna brusquement, se tirant les cheveux. Devant ses troupes, Leclerc tenta de garder son aplomb.

— Concernant… notre activité professionnelle, comment… Je veux dire…

— Vous pourrez continuer à travailler, malgré quelques effets secondaires désagréables dus au produit, comme la diarrhée ou des maux d'estomac. Je vous conseillerais d'ailleurs d'avoir un maximum d'activités, afin de ne pas… ruminer… Car, hormis les mesures prophylactiques, on ne peut rien faire, si ce n'est… attendre…

— C'est ignoble… vraiment ignoble… gémit une voix.

Diamond ignora la remarque.

— D'ici dix jours, vous devrez impérativement subir des frottis quotidiens, sur une période d'un mois, ceci dans le but de nous assurer que le parasite ne s'est pas propagé dans votre sang. Avec le traitement, vous ne saurez probablement jamais si vous avez été contaminés. Mais, au moins, vous aurez survécu à ce piège des plus… diaboliques…

Il nous aiguilla vers des cabines individuelles.

— Entrez là, des médecins vont établir avec vous les soins appropriés.

Tous disparurent, presque au pas de course. Leclerc me posa une main sur l'épaule.

— Deux secondes ! Tu réintègres, ton témoignage se tient. Avec le taux d'azote présent dans le sang du mari Tisserand, on a la preuve qu'il a été immergé exactement deux heures avant que tu le remontes. Or, à cette heure, une personne habitant près de l'église d'Issy a été réveillée par des bris de verre et des cris. Elle a relevé le numéro de plaque d'un mec qui braquait un flingue… Toi, en l'occurrence.

— Mes agresseurs ont été interpellés ?

— Pas encore…

Je réfléchis un instant.

— Étrange… Je découvre le message, me fais attaquer et, dans la foulée, Tisserand est immergé…

— Tu voudrais dire que…

— Tisserand n'avait presque plus d'oxygène dans ses bouteilles. Tout a été synchronisé pour qu'il me claque dans les pattes. Le tueur a peut-être été informé de ma découverte, derrière le tympan. Alors il aurait immergé Tisserand en conséquence. Ces trois gars… peut-être un coup monté…

— Mais… Pourquoi ?

— Pour que sa prophétie se réalise… On a affaire à un type qui ira au bout de ses idées… Nous en sommes la preuve la plus flagrante.

De part et d'autre, au-dessus des box, des lumières rouges indiquant « occupé » s'allumaient. Leclerc m'ouvrit la porte et ajouta :

— On a placé l'OCDIP[1] sur le coup. Tu avais raison. Il tient la fille du couple Tisserand, Maria, dix-neuf ans… Il s'en est pris à une famille complète… J'ai peur qu'on tombe bientôt sur un nouveau cadavre.

Entre deux phrases, Leclerc releva une manche de sa chemise et se gratta.

— Va falloir être pro et bosser, malgré ce… cette chose… En espérant que… Enfin, tu vois ce que je veux dire…

— Je vois, oui…

— J'ai obtenu l'autorisation qu'un haut gradé accède au cœur du laboratoire P3, ici, sous nos pieds. On y analyse tous types de parasites vivants. Je suis débordé et Del Piero coordonne les axes de recherches. Ramène-nous quelque chose. Observe, étudie ces sales bestioles. Essaie surtout de comprendre comment ce salaud a fait son compte pour se procurer une armée de moustiques tueurs… On doit le serrer avant qu'il n'aille plus loin.

Une fois seul dans ma cabine, je m'affaissai sur le petit banc de bois, les bras ballants. Les virus, les bactéries… Ennemis invisibles, invincibles, même poursuivis par toutes les polices du monde. Programmables. Capables d'occire sans même toucher. Une nouvelle génération d'assassins. Un homme la maîtrisait, quelque part, et nous avait choisis parmi ses victimes… Et si ces saloperies étaient résistantes ? S'il avait poussé le vice jusque-là ?

Je songeai à Viviane Tisserand, morte dans un confessionnal d'un ultime accès de fièvre. Peut-être

1. OCDIP : Office central des disparitions inquiétantes de personnes.

l'avait-il infectée, puis lentement regardée mourir, sous les yeux du Christ. Je revoyais encore ses ongles cassés, j'imaginais la pièce noire qui l'avait retenue, des jours durant, tandis que ses globules rouges explosaient. Et son mari ? Ces deux heures horribles où, par trente mètres de fond, avait dû défiler le film de sa vie… Pourquoi un tel châtiment ?

La prophétie dont Paul avait parlé se réalisait. Mot après mot, le message révélait ses secrets, débouchant sur un bain de terreur.

Tout commençait. Vu le calvaire enduré par les parents, quel sort inhumain allait-il réserver à la fille ?

Chapitre dix

Charles Diamond m'attendait sur ses jambes toujours aussi courtes, dans sa blouse toujours aussi longue. C'était un homme intéressant, fort instruit, qui parlait de ces minuscules entités avec une passion presque indécente. J'eus droit à un mini-exposé sur la glossine, la bébête responsable de la maladie du sommeil, avant qu'il m'amène aux portes d'un ascenseur, niché derrière deux sas protégés par identification rétinienne. Des caméras se braquèrent sur nous.

— Calypso Bras vous attend au sous-sol…

Il appuya sur ma poitrine :

— Gardez toujours ce badge sur vous, quoi qu'il arrive, et surtout suivez les instructions. Vous allez pénétrer en zone P3, où l'on manipule des micro-organismes pathogènes dangereux. Vous verrez, dans la partie la plus souterraine du laboratoire, des insectes infectés évoluer dans des conditions proches de leur milieu naturel. Paludisme, fièvre jaune, dengue, encéphalite japonaise, du beau monde ! Renseignez-vous, faites-vous une idée et remontez. Je vous attendrai. Vous avez une heure…

Descente de l'ascenseur… Embarquement pour une

autre planète, un monde hostile où l'homme, le plus grand prédateur de l'histoire, se voyait relégué en la plus inoffensive des proies. Avec mon Glock et ma carte de police, j'avais l'impression de ressembler à une énorme farce.

Calypso Bras, ingénieur responsable du pôle informatique du P3, était une Sénégalaise aussi grande que Diamond était petit. Sous la lumière pâle des plafonds, son visage lisse jouait avec les reflets, rappelant, quelque part, les bois précieux d'Afrique. Au bout de ses longues jambes, elle naviguait entre deux mondes, celui de la femme autoritaire, forte derrière son calot, ses chaussons et son tablier, et celui de ces terres sauvages, tissées de reliefs imprévisibles.

Elle m'expliqua la procédure en me tendant une tenue de Martien.

— Vous allez subir une gêne auditive assez importante, car nous allons traverser deux sas dépressurisés. En cas de communication accidentelle avec l'extérieur, ces dépressions provoquent des entrées d'air qui refoulent les agents infectants vers le fond du laboratoire. Je vous conseille de vous boucher le nez et de…

— Souffler par les narines. Je sais. J'ai fait pas mal de plongée sous-marine…

Elle acquiesça. Alors que je me déguisais, elle composa un code et tourna deux poignées simultanément. Un chuintement d'air…

Et, malgré le nez bouché, une belle douleur dans mes oreilles.

— C'est bon, fit-elle après quelques instants, vous pouvez respirer normalement. Pas trop douloureux ?

— J'ai vu pire.

— Veuillez me suivre, nous allons nous diriger vers

l'insectarium. Ne touchez qu'avec les yeux. Si des questions vous taraudent, n'hésitez pas à me les poser. Maintenant, levez les bras et baissez les paupières. Ces douchettes vont vous asperger de divers répulsifs. C'est inodore…

Je me pliai aux ordres, écrasé par la peur doucette de l'enfant qui s'aventure dans son premier train fantôme.

Sous des écoulements d'air, nous remontâmes de longs couloirs de vitres incassables, tronçonnés de lourdes portes métalliques.

De l'autre côté, des hommes en scaphandre orange évoluaient dans des pièces scellées du sol au plafond. Derrière des écrans de contrôle, d'autres types les observaient, eux-mêmes suivis par des caméras murales. Le surveillant qui surveille le surveillant qui surveille le surveillant, le tout surveillé par un surveillant.

— Moins visibles que vos balles de revolver et bien plus meurtriers, sourit Bras en désignant des tubes à essai remplis de cultures.

Je plissai les yeux.

— Nous menons le même genre de combat, mais nos tueurs à nous sont plus… expressifs… Savoir de tels organismes entre les mains de détraqués a de quoi effrayer.

Elle avançait d'une démarche assurée, contrairement à moi.

— Ce n'est pas réellement le bio-terrorisme qui nous alarme le plus. Des plans sérieux ont été mis en place par le gouvernement Jospin, comme *Biotox* pour la variole, ou des simulations, genre *Piratox* dans le métro parisien. Nos eaux sont protégées par le chlore, qui anéantit les toxines botuliques, des stocks de vaccins contre les grandes maladies contagieuses, la fièvre typhoïde par exemple, sont prêts à être distribués à tous les hôpitaux à la moindre alerte. Non, notre réelle crainte vient du *psycho-terrorisme*. Envoyez à quelques personnes bien choisies des enveloppes contenant de l'anthrax, et le tour est joué. Pourtant, la maladie du charbon n'est pas contagieuse, se guérit avec des antibiotiques et ses vecteurs sont très difficiles à cultiver. Mais la psychose, elle, demeure.

— Comme celle que pourraient causer nos chers anophèles. L'angoisse non justifiée d'un paludisme français. Voilà pourquoi il est si important de garder le secret.

Bras en vint à chuchoter.

— Si vous saviez tout ce qui se passe, sans que vous en soyez informés… Rappelez-vous, Menad, un des fils de l'imam Chellali Benchellali, qui avait fabriqué de la ricine. La partie visible d'un gigantesque iceberg terroriste, la filière tchétchène. On médiatise quand on aboutit, c'est-à-dire dans moins de cinq pour cent des cas. Sinon, on passe sous silence…

J'acquiesçai, convaincu.

— Parlez-moi de cette variété de moustiques. S'ils n'existent pas dans notre pays, comment se fait-il que nous en ayons retrouvé plusieurs centaines chez les Tisserand ?

— À vrai dire, il arrive qu'une poignée d'anophèles s'introduisent sur notre territoire, par manque de contrôles sanitaires. Ils voyagent dans les soutes des avions avant de se disperser dans les alentours des aéroports. On recense une quinzaine de *paludismes des aéroports* chaque année. En mai dernier, une femme habitant à quinze kilomètres de Roissy a contracté le *Plasmodium malariae*, sans jamais avoir quitté le sol français. D'autres cas apparaissent, inexpliqués mais très rares. Il y a deux ans, un homme est mort de paludisme, à six cents mètres d'altitude, il n'avait jamais bougé de sa prairie… On émet l'hypothèse de souches multirésistantes, véhiculées par les vents ou les moyens de transports. Mais les services de santé s'accordent à penser que tout ceci reste très flou.

Au bout de l'interminable couloir, elle tapa un autre code.

— Quant à la quantité relevée chez ce couple… Ces moustiques ne peuvent avoir été importés dans des bagages. Mais, aussi insensé que cela puisse paraître, je suis persuadée qu'ils proviennent… d'un élevage.

— Un élevage… Comme pour ces sphinx têtes de mort…

Bras arrondit ses grands yeux noirs.

— Vous avez aussi découvert des papillons ?

— Sept papillons chaque fois, à proximité des victimes… Des vols d'agents infectants sont-ils possibles dans vos locaux ?

Elle leva les bras.

— Regardez autour de vous ! Toutes ces caméras ! Sans oublier les douches de décontamination, obligatoires, la dépressurisation et les différents contrôles avant de remonter à la surface. C'est impossible !

— Rien n'est impossible… Combien existe-t-il de laboratoires de ce genre en France ?

— Un unique P4, à Lyon, surprotégé et inaccessible, et une petite centaine de P3. Quand on ne considère que ceux dédiés à la parasitologie, on descend à une dizaine, dont un seul sur Paris, le nôtre.

Je notai un maximum de renseignements. Nous

débouchâmes dans l'insectarium, une jungle tropicale sous le bitume parisien.

Derrière des murs de Plexiglas s'ébattaient des tissages de chlorophylle, des entrelacs de lianes bruissantes. Des nuées noirâtres d'insectes butinaient sur des mares d'eau verte à trop croupir, alors qu'au creux de branches, des capucins déroulaient de larges mimiques curieuses.

— Pourquoi ces singes ?

— C'est compliqué. Disons, pour simplifier, que nous cherchons à comprendre comment ils interviennent dans le mode de propagation. Voyez-vous, ces primates sont tous porteurs du plasmodium et pourtant, ils demeurent en parfaite santé. Un humain serait mort depuis longtemps.

Elle posa sa main sur une vitre. Un mâle se précipita pour plaquer en miroir ses cinq doigts minuscules. Un échange inexplicable s'opéra entre l'être de poils et l'être d'ébène.

— De plus, ajouta-t-elle, ils fournissent le sang à nos insectes.

Effectivement, certains moustiques bringuebalaient, leurs abdomens gorgés d'hémoglobine. Je désignai une flaque grouillante de larves et demandai, tout en me grattant les cheveux :

— Si l'on exclut le vol en laboratoire, est-il possible d'élever ses propres colonies d'anophèles ?

Bras considéra un ordinateur sur lequel pétillaient des centaines de chiffres avant d'éteindre l'écran.

— Humidité, chaleur, sang, le trio diabolique. Les eaux stagnantes sont nécessaires pour la prolifération des larves qui vivent en milieu aquatique. Pour la chaleur, pas besoin de chercher bien loin. La canicule…

Quant au sang… Souris, chat, chien, singe. Tout animal convient. Le reste se fait tout seul. Une femelle pondra systématiquement deux cents œufs tous les trois jours, sur la durée de sa vie, soit un mois.

Je faillis avaler ma langue.

— Vous… vous voulez dire que… En quelques semaines, à partir d'un mâle et d'une femelle, on peut se fabriquer une armée de milliers d'insectes tueurs ?

Elle dévoila un sourire mitigé.

— Oh là là ! Non, non ! La transmission du parasite n'est pas verticale, les larves naissent forcément saines ! Dieu merci ! Sinon, la race humaine aurait été anéantie depuis longtemps !

Je fronçai les sourcils.

— Le professeur Diamond parlait pourtant de quarante pour cent d'anophèles infectés…

— Troublant, en effet. La seule possibilité pour un spécimen de devenir porteur est de prélever du sang sur un humain lui-même porteur du paludisme.

J'eus du mal à déglutir. Je dis, d'une voix tremblante :

— Vous êtes au courant que nous avons découvert une femme morte de cette maladie ?

— Évidemment. Dans une église, c'est ça ?

D'horribles scénarii s'esquissaient dans ma tête. Mon corps répondit à ces pensées par une intense chair de poule.

— Ça ne va pas, monsieur Sharko ?

Je m'appuyai contre un mur.

— Excusez-moi… Je n'ai pas beaucoup dormi. Et… ce n'est pas tous les jours qu'on apprend qu'on va peut-être mourir du paludisme.

Elle ôta son calot, déroula son incroyable chevelure

de jais avant de la cacher à nouveau sous la protection de coton.

— Pour le moment, vous ne risquez rien. Si vous êtes effectivement contaminé, le parasite est en phase d'incubation. Le traitement que vous suivez est très efficace, il devrait en venir à bout très rapidement.

— Il devrait, oui. À condition que les anophèles ne soient pas résistants et que je ne fasse pas partie du pourcentage des inguérissables. C'est bien ça ?

— C'est une manière de noircir le tableau, oui.

Avec difficulté, je parvins à me replonger dans l'affaire.

— D'après le légiste, la victime avait ingéré de grosses quantités de miel. Ça attire les sphinx, en est-il de même pour les moustiques ?

Elle acquiesça.

— Le miel de fleurs, à l'état naturel, contient de l'acide lactique, un composé organique qui excite les moustiques et les attire. Or, le miel absorbé est, de par sa teneur importante en sucres, très rapidement assimilé par votre organisme. L'acide lactique qu'il transporte traverse les pores de votre peau, comme les sels minéraux, la vitamine C ou l'ammoniaque, et se retrouve dans la sueur. C'est la piqûre assurée.

Malgré le teint de sa peau, je vis Bras pâlir.

— Je comprends où vous voulez en venir… Selon vous, cette femme aurait servi de… réservoir à *Plasmodium* ?

— Cultivez des anophèles sains, enlevez une personne dont vous savez qu'elle est atteinte de la malaria et lâchez une troupe d'insectes sur elle… Pour accroître les chances de piqûres, vous gavez la malheureuse de miel et… la rasez des pieds à la tête. Crâne, sourcils, poils pubiens. Puis, quatre ou cinq jours avant la mort pressentie de la proie, et parce que vous disposez d'une réserve innombrable de vecteurs, vous l'isolez. Les boutons de moustiques disparaissent, ne laissant aucune trace sur le corps mais un trouble des plus grands chez mes enquêteurs… Tout se tient parfaitement…

Je n'osais imaginer le calvaire de la morte. Des jours durant, des salves monstrueuses lui avaient torpillé le visage, la tête, le sexe, la pompant de toutes parts, escaladant les cordes de ses membres entravés. Combien de jours avait-elle souffert ? Combien ?

Bras ne souriait plus, ses lèvres serrées trahissaient un malaise palpable. Son regard se perdit sur deux capucins qui en épouillaient un troisième. Elle annonça finalement :

— Si le paludisme de votre victime a été déclaré, il figure forcément dans son dossier médical ! Cherchez les personnes qui ont eu accès à ce dossier, médecins, épidémiologistes, personnel d'hôpital, informaticiens ! Vous trouverez votre homme ! Il faut à tout prix l'interpeller !

Je fis crisser mon bouc.

— Je ne crois pas que tout soit aussi simple…

— Et pourquoi donc ?

Je pensai au message, gravé voilà trois mois au sommet de sa colonne.

Le tympan de la Courtisane, en référence à l'assassinée… *L'abîme et ses eaux noires*, chemin littéraire vers son mari… Depuis un trimestre, *l'homme-moustiques* en avait après le couple Tisserand, il savait que l'épouse serait celle par qui *le fléau se répandrait*. Depuis un trimestre, alors que le paludisme non soigné pouvait tuer en dix jours…

— Lorsqu'il a enlevé Viviane Tisserand, elle était parfaitement saine…

— Mais…

— Il le lui a inoculé…

Je désignai l'insectarium des anophèles.

— …. Imaginez. Un ou deux spécimens infectés, intentionnellement ramenés de voyage, la piquent et la contaminent… Pendant que le parasite incube dans le foie de Viviane, notre homme cultive ses colonies. Les femelles pondent, les œufs éclosent, les larves grossissent et deviennent moustiques. Dix jours plus tard, Tisserand est *prête*, son sang est atteint. Il lui reste une quinzaine à vivre. Durant quelques jours, des milliers d'insectes vont se succéder sur son corps… Et donc devenir porteurs…

Je me pris le front dans les mains.

— C'est effroyable, fit Bras. Votre raisonnement, bien que simplifié, se tient parfaitement.

— Pourquoi simplifié ?

— Il y a des synchronismes parfaits à respecter pour qu'un anophèle s'infecte et devienne infectant. De nombreux paramètres interviennent. L'âge des femelles, les durées d'incubation, les cycles de reproduction à la fois chez l'insecte et l'humain, le tout régulé par des conditions extérieures. Avec quarante pour cent de contaminants, il a fait un très bon *score*, si je puis me permettre. Votre meurtrier n'est pas le premier venu…

— Il pourrait s'agir de quelqu'un du milieu ?

— N'importe qui en contact avec les insectes. Laborantin, chercheur ou alors passionné…

Elle jeta un coup d'œil inconscient à la caméra et déverrouilla la porte de sortie.

— Mais soyez sûr de ceci : on ne peut les côtoyer sans qu'ils prennent le pas sur votre vie. Ils sont mystère, bizarrerie, rêve, présentent des combinaisons de formes à l'infini, assortis des couleurs les plus extravagantes. Il n'en est pas un, parmi tous les scientifiques que vous trouverez ici, qui ne possède un insectarium chez lui ou des collections complètes d'ouvrages sur le sujet. Diamond, ce sont les phasmes. Drocourt, son assistant, possède un vivarium où il élève plus de trente espèces de coccinelles. Pour votre homme… Ce sont peut-être les papillons… Mais… Les sphinx sont ma foi assez rares, surtout dans la région.

— Comment s'est-il procuré les chenilles d'origine dans ce cas ?

— Avec du temps, de la patience. En arpentant les champs, les forêts, aux saisons adéquates… Il existe aussi des lieux où les amateurs se rencontrent, pour acheter ou vendre des spécimens. Une espèce de marché aux puces, dans le vrai sens du terme…

— Et les boutiques spécialisées, comme celles où l'on peut se procurer des araignées ?

— Ce ne sont pas des insectes, mais des arachnides, avec huit pattes. Non, les commerces dont vous parlez sont consacrés à la terrariophilie. Reptiles, amphibiens, sauriens, invertébrés… Rien qui se rapporte aux insectes qui, eux, n'intéressent que les vrais férus, les entomologistes.

Nous arrivâmes devant l'ascenseur.

— Une dernière question. Vous parliez de miel non traité, tout à l'heure. Vous vouliez dire… du miel d'apiculture ?

— Ah, je vois ! Une voie d'investigation sérieuse,

j'aurais dû y penser et vous en parler avant ! Comme quoi, je n'aurais pas fait un flic terrible…

Elle enfonça le bouton d'appel, le regard trouble.

— Les transformations chimiques dues à l'action de l'air sur le miel sécrété font qu'il perd rapidement sa teneur en acide lactique, je dirais une douzaine d'heures. Passé ce délai, le miel, puisque sans acide, ne séduit pas plus les moustiques qu'une gousse d'ail. Donc, si votre type s'est effectivement servi de miel pour attirer les anophèles, soyez sûr qu'il l'a directement prélevé sur la ruche, au jour le jour…

En effet, une piste s'ouvrait. Mais elle renforçait l'horreur de ce qu'était vraiment l'assassin. Un monstre. Car il ne se contentait pas de tuer. Il poussait la perfection de ses crimes au plus infime détail, il les travaillait, les peaufinait, comme de véritables œuvres d'art.

Et il composait, avec la mort… une toile de maître…

Chapitre onze

Le soleil entamait sa paresseuse descente vers l'ouest, tremblant dans les transparences de pollution.

Je venais de croupir deux heures dans les bouchons, écrasé par la morsure des gaz, trempé au point de pouvoir tordre ma chemise. Mon estomac hurlait de faim, ma gorge flambait. Mon corps tout entier ressemblait à une torche furieuse.

Une terrasse, enfin. Je m'offris des tomates à la mozzarella rehaussées d'un verre de chianti, avec, pour unique vue, le cadre idyllique des trottoirs noirs de monde. Puis, d'un pas tranquille, je remontai la longue chevelure grise de la Seine, direction le Quai des Orfèvres.

Del Piero m'attendait au creux de sa tanière pour un topo. Vingt heures trente, la journée commençait.

La flic semblait, elle aussi, accablée par la brûlure des degrés. Malgré l'acharnement du ventilateur, son corsage n'avait su chasser les larges auréoles nichées sous ses aisselles. Son visage portait la fatigue des journées trop lourdes, ses ridules de jeune quadragénaire sans doute amplifiées par les tracas de ces longues heures blanches.

Elle m'adressa un sourire, mais ce sourire-là avait tout de la politesse forcée.

— Installez-vous, commissaire, je vous en prie…

Elle rabattit le capot de son ordinateur portable et débrancha la batterie d'un mouvement las.

— Sale, très sale journée…

Elle accorda un rapide coup d'œil à la serpillière qui me servait de chemise, un sourcil légèrement rehaussé.

— Tout d'abord, je tenais à vous féliciter pour le coup du miel de ruche. J'ai immédiatement branché Sibersky sur le sujet. Les apiculteurs ne doivent pas courir les rues dans la région.

— Je n'ai fait que mettre à profit les informations dont nous disposions. C'est cette… Calypso Bras qui m'a ouvert la voie.

Elle acquiesça et posa une main sur son ventre.

— Vous le prenez comment… cette chose, en nous ?

Je fermai légèrement les yeux, la peau caressée par l'air lourd du ventilo.

— Pas terrible… Le tueur nous a touchés en profondeur. Un véritable coup de poignard, une hémorragie interne. Un coup… autant habile que subtil…

Del Piero palpait ses flancs à divers endroits, les pupilles portées vers nulle part. Des lanières de lumière chahutaient le cuivre de sa chevelure. Dans les tons orangés du couchant, avec ses mèches d'une humidité raffinée, les hommes devaient la trouver belle.

— Vous ne pouvez imaginer à quel point ça me répugne, confia-t-elle entre deux grimaces. Je pense que c'est une sensation pire pour nous, les femmes. Je me sens… souillée… presque violée…

Violée… Le mot explosa dans ma tête. Violée de l'intérieur…

Elle porta une cigarette tremblante à sa bouche et m'en proposa une, que j'acceptai. Puis elle resta sans réaction, un peu ailleurs.

— Ça va aller ? fis-je en lui allumant sa clope.

Elle se raidit soudain.

— Oui, oui ! Il n'y a aucun problème.

Elle désigna le téléphone.

— Le labo a promis d'appeler dans la soirée. Nous saurons bientôt si ces anophèles sont résistants ou pas. Une méchante torture mentale. Je ne sais pas comment je réagirais si… je veux dire…

— Faites comme moi, évitez d'y penser…

Elle opina, entassant des dossiers déjà entassés.

— Bon ! L'autopsie d'Olivier Tisserand à présent… J'y ai assisté, en partie…

Son nez se plissa.

— …. J'en ai vu, des autopsies, mais de ce style ! On atteint le summum de l'horreur.

Sa voix avait perdu son grain agressif de la matinée. Nous étions là, comme deux galets sur une plage, indifférents l'un à l'autre et pourtant rapprochés par les circonstances. Cette journée trop chaude nous avait vidés de toute envie d'entrer en conflit.

— Paludisme ? me hasardai-je.

Elle secoua la tête, avec cette belle moue des nouveau-nés.

— Si ce ne pouvait être que ça…

— C'est-à-dire ?

— Le mari Tisserand présentait une longue plaie en forme de faux, sur le pectoral gauche. Provoquée par un instrument tranchant, genre scalpel, puis recousue de façon artisanale, au fil à soie. Van de Veld a estimé la cicatrisation à une dizaine de jours.

Des rubans de fumée serpentèrent entre nos deux visages, grisant nos mines blêmes.

— Torture ? soufflai-je dans un nuage flou.

— C'est un mot encore trop doux. Il n'y a rien pour définir ça. Voyez par vous-même…

Elle me tendit des clichés. Le chianti remonta jusque dans ma gorge.

— Ça ressemble à…

— Quand Van de Veld a incisé… ça grouillait, des milliers de larves pas plus grosses que des puces, enfoncées dans la peau comme autant de forets… Elles se dirigeaient vers une destination commune…

Je fronçai les sourcils, les yeux rivés sur les gros plans de ces asticots répugnants.

— Le cœur ?

— Exactement. D'après l'entomologiste du labo, il s'agit de larves de *Lucilies bouchères*. Des mouches d'Amérique centrale, qui pondent dans les plaies ou les oreilles. Leurs larves se nourrissent de chair, creusant des sillons internes dans les corps de leurs hôtes. Après une dizaine de jours, elles atteignent un organe vital. Cœur, cerveau, foie. Une seule issue…

— La mort…

— Oui, précédée de souffrances abominables. Je vous laisse imaginer ce que Tisserand a dû endurer. En définitive, vous avez abrégé son calvaire…

Mon diaphragme priva mes poumons d'air. Je toussotai et finis par écraser ma cigarette violemment.

— Ce n'est pas tout, ajouta-t-elle encore. Ce pauvre type a été roué de coups. De l'extérieur, les ecchymoses ne sont plus visibles, parce que supérieures à dix jours, mais les structures tissulaires de nombreux muscles étaient sérieusement abîmées. Jambes, bras, dos, poitrine... La forme très localisée des lésions laisse présager qu'il a été battu avec un objet contondant, genre bâton ou matraque.

Je fis crisser les poils de mon bouc. Del Piero rejeta sa longue chevelure vers l'arrière, dévoilant le doux vallon de ses épaules, et demanda :

— Pourquoi s'est-il acharné sur l'homme sans toucher à la femme ? Il l'avait nettoyée, parfumée, rasée au sexe sans même la violer. L'absence de piqûres, quand nous l'avons découverte, prouve qu'il ne s'en servait plus pour infecter ses moustiques... Alors, pourquoi l'avoir gardée en vie jusqu'au bout ? Éclairez-moi, commissaire. Il paraît que vous excellez dans ce domaine-là...

Mon interlocutrice me dévisageait.

— Il voulait accompagner cette femme jusqu'à sa fin, la remettre entre les mains du Seigneur pour qu'Il décide. Il l'a emmenée au purgatoire...

— Le purgatoire ?

— Le lieu du jugement. Le choix du Paradis ou de l'Enfer. D'après l'une de mes connaissances, Paul Legendre, le tueur aurait tiré son inspiration de l'Apocalypse selon saint Jean pour rédiger son message. Une *Courtisane* représente une Église corrompue, qui s'éloigne de la voie droite des Écritures. Mais ce mot, *Courtisane*, désigne aussi Viviane Tisserand. L'amalgame est peut-être osé, mais je crois qu'aux yeux de notre assassin, cette femme était corrompue ou fautive. Voilà pourquoi il l'a lavée avant sa mort. Il l'a préparée à cette rencontre avec le Seigneur, sans pour autant la punir de ses propres mains. Et elle est morte... d'elle-même...

Del Piero semblait happée par mes conclusions. Derrière le grain sombre de ses pupilles, elle me fixait avec une intensité presque féline.

— Mais… comment aurait-il pu savoir qu'il ne restait à Tisserand que quelques heures à vivre ?

— Il ne savait pas ou pas précisément. Le fait qu'elle ait succombé à ce moment-là a dû renforcer ses croyances, en coïncidant à la perfection avec ses convictions. À ses yeux, c'est Dieu qui a jugé et rappelé cette femme, pas lui.

Del Piero pressait ses paumes de mains sous son menton.

— Et pour le mari ?

— Selon Legendre, quand notre meurtrier parle d'*abîme* et d'*onde qui devient rouge*, il fait référence à Satan, jeté dans un puits de lave par ses propres disciples. Pour la Bête, il n'y a pas de pardon possible, pas de confessionnal. La mort brutale est la seule issue… Le parallèle avec Olivier Tisserand, mort dans une fosse, est ici évident.

J'écrasai mon index sur le bureau.

— Ce salaud n'a pas frappé au hasard. Un lien suffisamment fort l'unissait aux Tisserand pour qu'il en arrive à de tels extrêmes. Il leur a consacré du temps, de la patience, il s'est creusé la tête pour élaborer un scénario diabolique. Pensez au message, inaccessible, au mal qu'il s'est donné pour descendre Tisserand par trente mètres de fond. Il les a tous deux souillés de l'intérieur, avec les insectes. Vous parliez d'un viol, vous aviez tout à fait raison. Il les a violés, avec la froide maîtrise du bourreau, de l'exécuteur. Un viol organique, spirituel. La chair, l'esprit. Pensez aussi à Viviane, ligotée, rasée, forcée d'ingurgiter du miel et assaillie de piqûres. Imaginez un seul instant le supplice de son mari. L'incision à vif, la ponte des mouches, ces larves qui lui rongent les entrailles. Torture physique, torture morale. Quant à Maria…

La commissaire eut une expression de dégoût.

— Vous… la croyez toujours en vie ?

— Il n'a pas épargné les parents, il n'épargnera pas la fille. Tout est une question de temps. Dans sa prose, il ne parle que des deux *Moitiés*, Maria n'est pas concernée et pourtant, il la retient. Elle tient un rôle précis dans son parcours. Un rôle personnel, qu'il ne veut pas partager…

Les idées affluaient, des images m'aveuglaient. Del Piero ne décrochait plus ses yeux de mes lèvres.

— Notre pisteur suit un but et veut que nous l'accompagnions. Pour ça, il a utilisé deux moyens. Le message, avec ses énigmes, et les moustiques. En nous contaminant, il nous mêle à son histoire, nous implique. Nous faisons partie de son plan. Il cherche à nous montrer quelque chose. Peut-être par l'intermédiaire de ces sept papillons, à chaque fois proches du lieu du crime. Nous devons en saisir le sens, si nous voulons avancer.

Del Piero chiffonna une boule de papier, de rage.

— Le sens de quoi ? On se retrouve avec deux cadavres et une personne disparue, qu'y a-t-il à comprendre ?

— Le sept est un chiffre très puissant, un symbole du renouveau. Les papillons font penser à la résurrection. Viviane a été tuée dans une église. Tout nous porte à… une espèce de renaissance. Quel en est le sens ? Je l'ignore. Mais ayez toujours ceci en tête : aux yeux de notre tueur, Viviane Tisserand est corrompue et son mari représente le diable. Il considère leur mort non pas comme un acte criminel, mais comme… une forme de justice. Par cette action, il nous signale qu'il… renaît…

Je me levai.

— La personne que nous traquons est en grande forme physique et mûre spirituellement. Ce qui nous conduit à un âge compris entre vingt et quarante-cinq ans. Nous recherchons un homme costaud, capable de dominer une personne de la corpulence d'Olivier Tisserand, d'escalader des échafaudages ou de descendre par trente mètres de fond, maîtrisant les techniques de plongée. Célibataire, sans doute, habitant un endroit isolé pour y retenir trois adultes. Il a lardé de coups de couteau les figures des posters de vedettes américaines, il avait bandé les yeux de Viviane. Le regard que posent les autres sur lui le dérange. Peut-être présente-t-il un défaut physique, un problème au visage. Ou alors il a honte de ses agissements. Il est organisé, minutieux, doit fréquenter les bibliothèques et se passionne pour les insectes. Il élève des papillons, parmi lesquels des sphinx têtes de mort. Est-il abonné à des revues ? Calypso Bras m'a aussi parlé de bourses aux insectes, ça doit valoir le coup d'investiguer.

Les lèvres de la commissaire, légèrement écartées, soufflaient une forme de sollicitude.

— Notons, finalement, l'aspect religieux. La complexité de son texte, cette connaissance approfondie des finesses catholiques, le choix du lieu pour nous *présenter* sa victime. Aussi incroyable que cela puisse paraître, cet homme croit en Dieu. Ses actes, soyez-en persuadée, lui paraissent… justes, ce qui complexifie largement notre travail. Pourquoi ? Parce qu'il se comporte tout simplement comme vous et moi. Il est le banquier, le facteur, le manutentionnaire… Veillez aussi à recenser les clubs de plongée. Il y est sans doute inscrit…

Des rideaux d'obscurité éteignaient lentement nos faces. La nuit dévalait avec ses grandes ombres mouvantes. Je conclus :

— Vous vouliez mon sentiment… Vous l'avez eu… Désolé si j'ai été un peu long…

Del Piero brancha une lampe de bureau.

— Ce que vous racontez cadre parfaitement avec l'environnement social des Tisserand. Je dois l'avouer, je suis… impressionnée.

— Rien de bien extraordinaire. À mon tour de vous écouter…

Cette fois, son sourire fleurait l'authenticité.

— Échange de bons procédés, n'est-ce pas ?

— Collaboration intelligente, dirons-nous…

Elle rassembla un tas de feuilles.

— Les Tisserand se sont mariés en 1970. Ont passé une bonne partie de leur vie à Grenoble. À l'époque, ils sont psychothérapeutes dans un hôpital psychiatrique. Ils quittent leur région en 82 pour Paris, où, après la naissance de Maria, ils fondent une clinique d'évaluation de la dangerosité, à Ivry. Une structure spécialisée dans le traitement des patients violents, ramenés par les services sociaux ou les établissements de santé ne possédant pas les installations adéquates. Les stagiaires, âgés de dix-huit à une quarantaine d'années, y séjournent quatre-vingt-dix jours, encadrés de psychologues, infirmiers, personnel compétent. Une dernière chance avant l'aller simple pour un hôpital psychiatrique ou la pri…

Subitement, elle se plia en deux et disparut en quatrième vitesse, avant de réapparaître avec un visage plus léger.

— Effets secondaires sans conséquences, prétendait Diamond, mon cul ! Mon estomac n'arrête pas de gargouiller. Je ne tiendrai jamais comme ça un mois.

Mes lèvres formèrent un ersatz de risette. Derrière ses airs de totem inébranlable, cette femme me plaisait de plus en plus. La chaleur suffocante lissait son corsage d'une transparence discrète, un voile de sueur éclairait ses formes cachées.

— Il faudra bien, pourtant. Revenons-en aux Tisserand, s'il vous plaît…

— Euh… Oui. Ils ont dû déménager à plusieurs reprises. Vitres cassées, voiture taguée, agressions verbales et écrites. Dernièrement, le mari s'était fait attaquer par un type de vingt-six ans. Le frère d'un des *stagiaires*... Bref, ce vaste merdier cadre avec vos propos. À l'évidence, il se cache là-derrière une sombre histoire de vengeance.

— C'est aussi mon avis, mais une vengeance très élaborée, qui implique aussi leur fille… Plus concrètement… J'avais demandé à Sibersky d'interroger les ouvriers qui ont rénové l'église…

— Sans résultat. Aucun d'eux ne se souvient avoir remarqué le message de la colonne. D'après le chef de chantier, vu la dureté du béton et la profondeur des lettres, il a fallu au moins trois ou quatre heures pour inscrire l'avertissement. On a affaire à un acharné de la belle ouvrage, mais ça, vous l'aviez deviné…

— Et l'enquête de proximité ? On a pu interroger des témoins ? Qui s'occupe d'établir la liste des adeptes de la messe ? Il faudrait…

Del Piero claqua des mains.

— Stop, commissaire ! Je connais le métier un minimum, quand même ! À Lyon aussi, les criminels existent. Ces points sont en cours, les informations remontent. Nous ne négligerons aucune piste.

Je m'appuyai sur le bureau, mains bien à plat.

— Quels axes de recherches privilégiez-vous ?

— La clinique et la filière *insectes*. On va se procurer les dossiers médicaux des patients, procéder à des recoupements géographiques, notamment avec Issy-les-Moulineaux. Nous disposons aussi d'empreintes digitales et génétiques, relevées dans le confessionnal.

Je nous allumai une dernière cigarette.

— Vous me placez sur quoi ?

Elle agita la bouche de droite à gauche, soufflant la fumée par le nez.

— Bureau ou terrain ?

— À votre avis ?

— Vous avez visité le P3. Les insectes, ça vous botte ?

— J'ai le choix ?

Elle haussa les épaules, fixant une énième fois le téléphone muet.

— Contactez l'entomologiste pour les *Lucilies bouchères*. Rapprochez-vous des douanes, des aéroports, voyez comment sont introduites de telles bestioles sur notre territoire. Fourrez le nez dans ces marchés, ces boutiques spécialisées. Et, aussi, trouvez la source du miel… Où se le procure-t-il ? Bougez, commissaire, je sais que vous adorez ça ! La rue et les monstres qui la peuplent sont à vous… Mais, cette fois, rendez-moi des topos réguliers et respectez les procédures ! Je n'admettrai aucun écart des gars de mon équipe, aussi bons soient-ils… Et…

Elle dévia son regard vers ses feuilles.

— …. Vous êtes très bon, commissaire… Nos bases sont solides, j'ai confiance…

— Pas moi. Une fille de dix-neuf ans croupit quelque part. Des anophèles infectés traînent par milliers, prêts à frapper si ce n'est déjà en cours. Le message parle de fléau, de déluge. J'ai le sentiment que ce merdier ne fait que commencer.

Et, alors que je me levais, que les spectres de la nuit dévoraient les rouges du crépuscule, retentirent de longues sonneries lancinantes, que la commissaire se décida à interrompre après une ample expiration.

— Le laboratoire…

Il m'arrivait d'avoir des mauvais pressentiments. Mais jamais d'une telle intensité…

Chapitre douze

Eloïse t'appelle encore, Franck. C'est de plus en plus difficile de supporter ses pleurs. Sans cesse, elle me répète que c'est de ma faute.

Non, c'est de la mienne, ma chérie. J'aurais dû veiller sur vous. Tout est si... douloureux pour moi... J'aimerais tant être près de vous. Rien n'a plus de sens ici...

Il fait noir et froid autour de nous. Pourquoi c'est comme ça ? Qu'est-ce qui se passe, Franck ? Avons-nous fait le mal ? J'ai froid... J'ai froid... Il... Il y a comme des présences, autour de nous. Des... Seigneur !

Suzanne ! Qu'est-ce qui vous arrive ? Suzanne !

Un hurlement. Noir. De l'eau, partout. Ma sueur. Des halètements. Les trains. Bolides en fusion qui s'arrachaient les entrailles. Au creux de l'obscurité, tous mes membres tremblaient, endeuillés de froid. Un cauchemar…

La voix jaillit.

— Mon Franck ! Qu'est-ce que tu as ?

Une balle dans ma poitrine. Cette voix… Non ! Pas possible ! Je palpai l'interrupteur. Elle se dressait devant mon lit, en robe de chambre, les mains le long du corps. La petite au livre de *Fantômette*. Ses yeux brillaient d'une lueur argentée, ses cheveux, impeccablement coiffés, ruisselaient sur ses épaules. Elle s'approcha encore.

— Tu vas mourir ?

Je protégeai mes pupilles de la lumière aveuglante. Ma montre. Trois heures du matin… Ce terrible rêve, à la saveur du réel. Suzanne en danger. Des présences, autour d'elle et Eloïse… Je secouai la tête.

— Qu… Quoi ?

— La maladie, dans ton ventre. Elle va te tuer ?

La morsure du sel, sur les rétines. Les perles qui gouttent du front.

— Comment es-tu…

… Entrée… J'avais laissé la porte déverrouillée, avec la volonté secrète de la voir apparaître, pour que, chose impossible, elle m'accompagne jusqu'à ce que je m'endorme. Et là, elle surgissait des ténèbres, au cœur des rails, aussi raide qu'un santon de crèche. Je coupai l'alimentation de mon réseau et m'assis sur le lit, sonné par un réveil trop brutal. Ma poitrine vibrait sous la cavalcade de mon cœur.

— Tu… tu ne peux pas venir la nuit chez moi, comme ça !

— Maman est au boulot. J'aime pas rester toute seule.

— Je… Ta mère… Demain, il faut que j'attrape ta mère. Ça doit cesser… Que… Que vont penser les gens ? Imagine ! Imagine un peu si quelqu'un te voit venir ici ! Je pourrais avoir de gros ennuis !

Elle pointa un doigt accusateur.

— C'est toi ! C'est toi qui as laissé ouvert ! Tu m'invites et maintenant, tu me demandes de partir ?

Je regroupai mes mains le long de mon caleçon, la tête baissée.

— Ce n'est pas ça mais… Tu as une maman. C'est à elle de s'occuper de toi… Et les enfants ne doivent pas se promener la nuit ! C'est dangereux !

Elle se musela, fixe, face à moi. Elle portait de jolies bottines cirées. Des bottines rouges avec une robe de chambre, drôle d'idée.

Je voulus poser une main sur son épaule, mais elle s'écarta, le visage fermé.

— Écoute, murmurai-je. Je vais te raccompagner jusqu'à ton appartement, d'accord ?

Pas de réponse. Mais que cherchait cette fichue gamine ? Sa mère m'entendrait, ça oui ! Après un bâillement diabolique, je me dirigeai vers la cuisine les pieds traînards. Je percevais ses pas de souris, derrière moi. Alors que je nous servais du lait, une parole me revint brusquement à l'esprit.

Je m'accroupis, lui tendant un verre :

— Tu as dis que j'étais malade, tout à l'heure. Pourquoi ?

Elle tourna la tête, refusant le lait.

— Tu n'as pas arrêté de faire des cauchemars, confia-t-elle. Tu as beaucoup raconté… C'est quoi, cette histoire de chêne et de frêne ?

— Tu m'as… regardé dormir ? J'ai parlé du chêne et du frêne ?

— Oui ! C'est quoi ?

— Un secret, entre ma femme et moi, que je ne veux pas partager…

— J'en sais plus que tu ne le crois.

L'enfant qui veille sur l'adulte, le monde à l'envers. Que devais-je y voir ? Tout le symbolisme sur le désordre de ma vie ? Ou, en définitive, se reflétait-il, dans ces yeux humides, les faiblesses d'un père déchu ?

— Personne ne doit savoir que je suis malade, d'accord ? Tu pourras garder le silence ? J'ai juste été piqué par un méchant moustique et je vais guérir, parce que je prends un traitement.

Elle cracha dans ses mains.

— Juré !

— Très bien. Maintenant… Descendons chez toi…

Elle secoua vivement la tête.

— Non, non ! Pas maintenant ! Je…

Elle observait partout autour d'elle.

— …. je dois te guérir ! Sinon, tu vas mourir ! Je le sais !

Je haussai les épaules, bien que lisant sur son visage une panique incroyable.

— Mais non, je ne vais pas mourir. Je te l'ai dit. J'ai des médicaments, tout va bien se passer.

Elle tournait avec cette impatience rude des félins en cage.

— Je sais ! Je sais comment te guérir ! Le sang… Ton sang qui est malade. Tout va partir de là. Il faut tout arrêter ! Vite, très vite ! Si on ne fait rien, il se propagera partout en toi. Il te tuera, il te tuera et tu me laisseras seule !

Elle soliloquait, allait, venait, allait encore, dans le mouvement perpétuel de ces savants fous qui cherchent sans trouver.

— Cesse de bouger comme ça, tu vas me rendre dingue !

— Tu vas mourir… C'est Eloïse qui l'a dit ! Elle t'appelle, Franck, elle t'appelle à elle mais je refuse que tu m'abandonnes ! Tu ne dois pas partir, tu comprends ? Une solution… Une solution… Vite ! Vite ! Le sang… Tout va venir du sang…

La tornade brune se mit à ouvrir les armoires, la porte du réfrigérateur, les tiroirs.

— Mais arrête donc ! Et arrête de prononcer le nom de ma fille ! Arrête, je t'en prie !

— Le sang ! Le sang malade !

Elle se jeta sur la lumière, éteignit. Noir complet. Bruits de ferraille. Un chuintement. Un souffle. La morsure de l'acier sur mon bras. La douleur qui me plie en deux.

Du bruit, sur le sol. Flop, flop. Du liquide poisseux qui roulait sur mon coude. Je me relevai, lançai mes doigts vers le mur. L'interrupteur.

Rouge. Rouge partout. Une fente, sur le poignet. Verticale, entre deux veines. L'œil du flic conclut à une blessure superficielle. Pas de suture nécessaire. Coup de chance.

La gamine avait disparu, le couteau à large lame traînait sur le sol, sanglant de vie. J'enroulai un mouchoir autour de mon poignet, appuyai de toutes mes forces de l'autre main.

Et je pleurai, pleurai sans retenue, abattu par ces questions sans réponse.

Elle m'avait saigné. Pourquoi ? Violence instantanée. Comportement imprévisible. Peur de la solitude. Livrée à elle-même, la nuit, le jour. Sans père, mère absente. Comment ne pas déraper ? Après m'être pansé, je dévalai au rez-de-chaussée, en furie contre cette génitrice irresponsable. Porte sept. Fermée.

— Ouvre, petite ! Ouvre cette porte !

Mais on ne m'ouvrit pas. Je remontai en grommelant, les poings serrés. La fillette était malade et personne ne s'occupait d'elle. Demain, la mère affronterait ma colère.

Chapitre treize

La lente respiration des loupiotes, au 36, flashs de vivants perchés sur des dossiers criminels. Dans les couloirs, des mines ravagées, des yeux bouffis, des forêts de bâillements.

Cinq heures du matin. Après l'épisode du couteau, je n'avais su rappeler le sommeil. Les voix avaient ressurgi du plus profond de mon être, se voulant apaisantes, réconfortantes. Suzanne me parlait de plus en plus souvent, mais dès que je dessinais son visage, dans ma tête, il n'en jaillissait que cette expression de terreur, imprimée dans leurs traits à toutes les deux avant que la voiture ne les fauche… La présence de ces voix tournait au harcèlement.

Face à moi, des rapports d'autopsie, d'entomologie, de toxicologie ; horribles dissections d'existences. Sur le côté, un pavé sur la malaria, un autre sur les vecteurs de transmission. Moins de feuillets sur la vie des Tisserand que sur leur mort, un petit monticule de photos. Clichés de l'église, du message, gros plan sur des plaies tiraillées, des larves affairées. Le petit déjeuner d'un flic, quoi…

Et des heures qui filent…

— Vous parlez tout seul maintenant ?

Je sursautai, les pupilles explosées, puis lançai des regards perdus autour de moi. Sibersky. Ma montre. Huit heures trente. Le lieutenant débarquait, rasé de près, avec, cependant, de profonds cernes qui traînaient une petite nuit.

— Je… réfléchissais à voix haute.

Il désigna mon avant-bras gauche.

— Si j'avais su le métier aussi dangereux, j'aurais hésité avant de signer.

— Boîte de conserve, répliquai-je en caressant la croûte.

— Del Piero m'a appelé, hier soir… Elle…

— Je sais, j'étais à ses côtés. Nos anophèles ne sont pas résistants, et c'est tant mieux. Mais rien n'est gagné. Rappelle-toi ce que disait Diamond… Alors, les ruches ?

Il perdit sa bonne humeur.

— Une vingtaine d'apiculteurs dans les environs. J'ai passé mes coups de fil hier soir. Rien de bien concret. Le gros problème, c'est que bon nombre de personnes achètent du miel de ruche, impur et non décanté. Il conserve toute sa teneur en vitamines et sels minéraux, ainsi que ses vertus d'antiseptique. D'après les professionnels, il n'y a rien de tel qu'un verre d'urine et trois cuillères de miel brut chaque matin. Je me contenterai de les croire.

Il déplia une carte de la région parisienne, persillée de points rouges.

— Malheureusement, c'est la semaine des grandes miellées, ajouta-t-il. La plupart des apiculteurs ont des journées surchargées et je n'ai pas pu les contacter. Je réessaierai dans la matinée.

Je localisai Issy-les-Moulineaux et constatai deux points dans un rayon de quinze kilomètres.

— Verrières-le-Buisson... Sceaux... Tu as pu joindre ceux-là ?

— Non, je tombe sur un répondeur.

Je me décollai de mon siège.

— Laisse tomber, je vais m'en occuper moi-même et aller sur place. Toi, jette un œil sur Internet, trouve-moi si on peut se procurer des bestioles un peu spéciales, genre araignées dangereuses, mantes religieuses, insectes venimeux, enquête sur les bourses d'échanges et fouille-moi tout Paris pour savoir où et comment les passionnés de ces horreurs à pattes se rencontrent. Prends Sanchez et Madison pour t'aider.

— On peut aussi se charger des ruches si vous voulez. Vous avez sûrement d'autres chats à fouetter.

Je pointai mon index sur la carte.

— Des églises, il en existe une par ville. Notre assassin a choisi celle d'Issy parce qu'il la savait en rénovation et qu'il pouvait passer par une porte annexe pour élaborer sa mise en scène. Issy fait partie de sa proximité. Comme par hasard, nous trouvons deux mielleries à... moins de vingt bornes du lieu du crime.

J'empilai les différents rapports.

— La dernière fois que je me suis rendu à Verrières, c'était avec Suzanne, bien avant la naissance d'Eloïse... J'adore ce village et j'ai grand besoin de prendre l'air...

Je fermai ma messagerie électronique, éteignis l'écran de mon ordinateur et pris mes clés de voiture, tout en ajoutant :

— Tu as déjà lu des rapports ou des études de cas de criminologie. Tu sais que les tueurs organisés, et plus particulièrement ceux à caractère pervers, évitent les virées inutiles. Très, très longtemps avant d'agir, ils accumulent la nourriture, ajoutent des verrous à leurs portes, isolent les pièces. Une sortie représente un danger, une mise à nu. Un voisin qui vient frapper, les victimes qui soupçonnent l'absence et se mettent à hurler ou cogner contre les murs, la peur, aussi, d'avoir négligé quelque chose. Je me trompe ?

— Non. C'est exact.

— D'accord… Calypso Bras, l'un des ingénieurs responsables du P3, m'a signalé que le miel perdait très rapidement ses propriétés d'attire-moustiques, qu'il fallait le prélever quotidiennement. Ce qui implique que notre homme-insectes a été forcé de quitter sa tanière au moins une fois par jour. Et donc ?

— Il est allé au plus proche… Et s'il habite près d'Issy, il se sera forcément rendu dans l'une de ces deux mielleries…

Blottie au pied des coteaux, emmitouflée dans les bras d'une vallée, Verrières-le-Buisson déroulait ses vieux remparts et ses allées verdoyantes jusqu'aux eaux limpides de la Bièvre. C'était la petite Provence parisienne, aux allures de village moyenâgeux où, sous l'ombrelle d'une matinée, l'on pouvait oublier le noir de la gomme et le fracas des klaxons. Après plus de vingt ans, les rues brassaient toujours les mêmes parfums.

Et là ? Oh… Suzanne… La petite boutique de poterie où tu avais acheté ce vase, avec une bosse juste sous l'anse. Sa marque d'originalité, disais-tu, son défaut charmant. Ce vase… Qu'est-il devenu ? Des éclats anodins de vie qui, brusquement, grandissent en feux d'artifice déchirants. Plus le temps nous éloigne, plus votre manque me brûle, mes amours…

La miellerie Roy Von Bart dominait le clocher à renfort de collines et de plateaux. Un joli havre de paix, où les abeilles n'avaient pour limites que le bleu sombre du ciel couché sur le bleu-vert des cimes forestières.

Une clochette éveilla deux grands yeux à mon entrée dans l'antre de miel.

Une femme mince à la longue chevelure grise leva la tête de ses cartons, où elle entassait des pots de verre vides.

— Madame Von Bart ?

Elle puisa une fraîcheur transparente dans un seau, aspergea son visage lissé de fines rides avant de s'éponger.

— Oui. Excusez-moi. Je peux vous aider ?

Je lui exposai la situation. Je recherchais un homme ayant acheté du miel de ruche, au jour le jour et non traité. Elle rejeta ses cheveux légèrement humides vers l'arrière, stimulant des senteurs de fleurs coupées.

— Nous avons énormément de clients qui…

— …. vous commandent du miel naturel, je sais. Mais vous allez essayer de faire un effort pour vous souvenir, parce que cet individu est très certainement impliqué dans une affaire d'homicide.

Elle porta ses mains squelettiques sur ses lèvres.

— C'est pas vrai !

— Celui dont je vous parle doit avoir entre vingt-cinq et quarante ans, il est venu régulièrement pendant deux semaines mais depuis hier ou avant-hier, vous ne le voyez plus. Il doit être costaud, présente peut-être une particularité physique, un défaut sur la figure… Ça ne vous évoque rien ?

Par la baie vitrée, elle scruta l'étendue du domaine, les yeux plongés dans le lointain.

— Une particularité physique, vous dites ? Hum… Quelqu'un me revient en mémoire, un type très original… Enfin, original n'est pas le terme exact, disons plutôt… à part. Avec mon mari, on l'appelait *l'homme-soleil*.

Je la considérai d'un regard qui en redemandait.

— *L'homme-soleil* ?

Elle poussa un emballage bien plein dans un angle avant de revenir à moi.

— Excusez-moi… Oui, *l'homme-soleil*. Voilà à peu près trois semaines, un bonhomme a débarqué en tenue d'apiculteur. Gants, vareuse, pantalons, bottes et même la coiffe. Il a déclaré vouloir du miel non décanté et de la propolis, qu'il paierait un bon prix s'il les prélevait lui-même.

— Quoi ? En tenue d'apiculteur ? Mais ? ! Ça ne vous a pas surprise ?

— Bien sûr que si ! Vous imaginez bien ! Mais il a expliqué être allergique au soleil, qu'il ne pouvait pas sortir de jour sans être couvert des pieds à la tête. Une maladie orpheline, dont il m'a donné le nom, le… *xeroderma pigment* quelque chose. Avais-je des raisons de ne pas le croire ?

Je ressentis l'impuissance d'une plante verte au fond d'une cave. Il était venu ici, exposé au grand jour et pourtant incognito.

— Vous n'avez donc jamais vu ses traits ?

— Non, pas le moindre centimètre carré de chair. Je ne pourrais même pas vous dire s'il était blanc ou noir.

Sous son large front arrondi, elle me jaugea d'un œil vif.

— Physiquement, il avait exactement votre corpulence. Environ un mètre quatre-vingt-cinq chaussé, belle largeur d'épaules. Un gars solide avec une voix grave, très grave, à la Ray Charles.

Sur mon carnet, je notai l'essentiel. Ma pointe de stylo perçait presque le papier. En tenue d'apiculteur ! Le fumier…

— Donnez-moi la date exacte de son premier passage.

— Euh… Je dois posséder les encaissements… Une minute…

Elle effectua quelques opérations informatiques derrière son comptoir.

— Voilà les tickets. Environ cinq cents grammes de miel et trois cents grammes de propolis, tous les jours vers onze heures depuis le… deux juillet.

J'entourai la date de rouge sur mon calepin.

— Il vous a payée en liquide je suppose ?

— Oui.

— Pas d'adresse, de nom, de traces de son écriture ?

— Absolument pas.

— La propolis… Qu'est-ce que c'est ?

Elle désigna des crèmes, des gélules, alignées sur des étagères.

— Un composé résineux que les abeilles récoltent sur les bourgeons et écorces de certains arbres, auquel elles apportent leurs propres sécrétions. Elles l'utilisent pour fortifier la ruche, réparer les fissures, stériliser les alvéoles avant la ponte de la reine. Chez l'humain, son absorption sert à renforcer le système immunitaire. Mélangée avec une préparation à base de plantes, on s'en sert aussi pour apaiser les rhumatismes. Pure, en pommade sur la peau, elle aide à une cicatrisation plus rapide des petits bobos.

— Comme les boutons de moustiques par exemple ?

— En effet. Là où une piqûre mettrait cinq jours à disparaître, il n'en faut plus que deux avec la propolis.

Je m'approchai des étals, relevant les divers pourcentages et les préconisations pharmaceutiques.

— Trois cents grammes par jour, même en application sur tout le corps, c'est tout de même beaucoup, non ?

— Énorme ! Car, de manière générale, quelques grammes suffisent. Mais la propolis se conserve. Peut-être se constitue-t-il des stocks pour l'hiver ? Ou alors il tient une boutique ? Qu'est-ce que j'en sais, moi ?

— Et dans le cas contraire ? S'il la consommait au jour le jour ? S'il avait à *dépenser* ces trois cents grammes ?

Elle retourna à ses occupations, toujours en me faisant face. Bocaux dans des cartons.

— Je ne vois pas. Dans les temps anciens, on en usait à d'autres desseins, mais c'est d'une époque révolue. Ça ne vaut pas la peine que…

— Ça m'intéresse…

Elle se releva et mit ses mains sur ses hanches, comme si elle avait un point de côté. Une grimace stressa ses hautes pommettes.

— Excusez-moi… Une sale douleur lombaire…

— Je vous en prie… Prenez votre temps.

Elle s'écrasa sur une chaise en rotin.

— La… la propolis est connue pour ses propriétés antiseptiques et anesthésiques très puissantes, supérieures encore à la novocaïne. Au temps des pharaons, on l'employait pour éviter la putréfaction et embaumer les momies. Plus tard, notamment pendant les guerres hivernales, on la chauffait pour la couler à l'intérieur des plaies. En refroidissant, elle agissait comme un écran aseptique qui, en plus d'éviter l'infection, stoppait l'hémorragie. Solution difficilement applicable l'été, car au moindre rayon de soleil la propolis fond et le sang s'échappe du corps...

Mon cœur tambourinait dans ma poitrine. La propolis... *L'homme-soleil, l'homme-insectes*, le tueur quoi, ne s'en était certainement pas procuré pour protéger son organisme des bactéries, ni celui de ses victimes d'ailleurs. Dans quel but, alors ? Accélérer le processus de disparition des piqûres de moustiques ? Certainement, mais seulement en partie. Trois cents grammes quotidiens, c'était trop énorme.

Embaumer... Stopper les hémorragies... Viviane Tisserand ne présentait aucune blessure, son mari une seule sur le pectoral, propre et suturée au fil à soie.

Toute la propolis ne leur était pas destinée. Leur fille... Dans quel but ?

Tout en inscrivant un tas de notes, je poursuivis mon questionnement :

— Décrivez-moi sa voiture, le plus précisément possible. Couleur, type, caractéristiques. Et je vous paie un caisson de champagne si vous me donnez sa plaque d'immatriculation.

Elle désigna des frondaisons imposantes, par-delà les baies vitrées.

— Vous en ferez l'économie, du champagne. Pas de véhicule. Il venait à pied, en passant par le petit sentier qui attaque le bois et donne sur une départementale. Il y a un parking, à environ cinq cents mètres de l'autre côté. Il se garait certainement là-bas.

Mes dents grincèrent. Ce fumier avait su prendre ses précautions. S'attendait-il à notre visite, tôt ou tard ?

L'apicultrice mesura soudain la portée de ses propos : un criminel, peut-être, au creux de ses ruches. Son visage blanchit, elle resta un moment sans réaction, les doigts tremblotants. Je me raclai la voix et ses yeux revinrent à moi.

— Racontez tout ce qui vous passe par la tête, ce dont vous vous rappelez. Son comportement, sa façon de parler, de se déplacer. Etait-il bavard, plutôt discret ? Semblait-il calme, nerveux ?

Elle agita la tête, confuse.

— Je… je suis désolée, mais nous sommes en pleine période touristique. J'ai eu énormément de travail avec la boutique, les grandes miellées. Vous devriez demander tout ça à mon mari. Le temps de la récolte, ils ont bien dû discuter de sujets et d'autres…

J'abandonnai une carte de visite sur le comptoir.

— Très bien, mais dans tous les cas comprenez bien que la police va vous solliciter très prochainement.

Elle se gorgea d'air.

— Manquait plus que ça…

Elle me fit traverser l'arrière-boutique, déverrouilla une porte qui donnait sur un arc-en-ciel de fleurs, plusieurs hectares cloisonnés par des murs de grillage.

— Vous allez enfiler cette tenue et une coiffe tressée, dit-elle en désignant un ensemble blanc crème plié sur une table. Suivez ce sentier, vous trouverez les ruchers à deux cents mètres et probablement mon époux. Les butineuses sont en plein travail, ne les perturbez pas avec de grands gestes ou elles deviendront agressives.

Elle remplit une jarre en terre d'eau du robinet.

— Buvez un bon coup avant de partir. Une fois comprimé dans vos protections, vous allez mourir de chaud. Et, une fois sur place, je vous déconseille vivement de les enlever…

Après que j'eus enfilé ma combinaison d'homme de l'espace, elle me lança, un poing sur les lèvres :

— Votre carrure… Il avait exactement votre carrure ! Ainsi habillé, rien ne vous différencie de celui que vous recherchez…

Je m'enfonçai dans des tourelles de buissons, des entrelacs de fougères et de fleurs à hautes tiges. Sur tous les fronts les abeilles s'affairaient, leurs thorax crevant de pollen.

Au bout de ces verdures exacerbées, l'espace se craqua, dévoilant un alignement de ruches noires de vie. Une ville volante palpitait sous le soleil, peuplée de mini-torpilles brun et jaune qui fusaient de buildings aux fenêtres en alvéoles. Un cosmonaute, penché sur l'une d'elles, propulsait une épaisse fumée au cœur de la cité paniquée. Il se figea en m'apercevant, regarda sa montre avant de me faire des signes de la main.

— Vous êtes en avance ! Je vous ai attendu, hier ! J'ai une belle ruche pour vous. Du miel tout neuf !

Des gouttes salées enflaient mes sourcils, ma bouche s'asséchait déjà. Je m'approchai légèrement, sans décrocher un mot. La face de grillage me serra la main et désigna un cabanon.

— Écoutez, murmura-t-il, je vais vous rendre vos petites choses. C'est très gentil de votre part mais… je n'en n'ai pas besoin, c'est trop risqué et… malhonnête.

Bal masqué. Il me prenait pour l'autre. Entrant dans le jeu, je haussai les épaules et écartai mes mains gantées, d'un air de dire : pourquoi ? Des insectes au dard puissant s'agglutinaient sur la grille, à quelques centimètres de mon nez. Je dus me mordre la langue pour ne pas hurler.

— Si je fais ça, ils… ils finiront par se douter et comprendre que ça vient de moi, confia l'homme sur le ton du secret. Non, non, je ne peux pas… Désolé, je ne veux pas de ces horreurs ici, alors rembarquez-les ou je m'en débarrasse…

Le type était aussi nerveux que ses abeilles. Il racla avec une bande de caoutchouc les aiguillons enfoncés dans sa main et m'invita à le suivre dans la cabane, où grognait une chaleur de fournaise. Des chardons ardents brûlaient dans ma gorge.

L'homme ôta sa coiffe et dévoila une figure de cratères. Le feu l'avait rongé dans le cou et jusqu'à la pointe du menton, y imprimant un sillon cruel.

Il plongea ses mains dans un seau d'eau, les porta sur son visage tourmenté et indiqua une bâche de plastique opaque.

— Ils sont là-dessous. Reprenez-les, répéta-t-il.

Il se tenait à l'écart, avec cet air anéanti des bêtes acculées. De quoi avait-il peur ? Je me soutins à une poutre de bois, à hauteur d'homme. Ma vision se troublait, mon corps tout entier se déchirait en lambeaux d'eau. Après deux ou trois inspirations, je m'avançai prudemment et, du bout, mais vraiment du bout des doigts, levai la toile plastifiée.

Je m'attendais à Goliath, je dévoilai David. Deux scarabées pitoyables tentaient d'escalader les parois de verre d'un bocal fermé. Impossible de simuler plus longtemps, j'allais crever, étouffé, décomposé. J'ôtai mes protections, repris une seconde mes esprits et brandis ma carte de police.

— Main… maintenant, vous allez me raconter… à quoi… rime tout ce bordel !

Von Bart en lâcha sa coiffe sur le sol. Sa bouche s'ouvrit, immense puits d'incompréhension.

— Vous… Vous étiez flic ? Depuis le début ? Mais… Qu'est-ce que ça veut dire ? J'ai rien fait !

Il était perdu, en miettes. Ses joues vibraient. Je montrai les coléoptères.

— Qui vous a donné ça ?

Lorsqu'il comprit qu'il n'avait pas affaire à la même personne, sa poitrine se relâcha. Il me resservit le même discours que sa femme. Le type en tenue d'apiculteur, atteint d'une allergie au soleil, n'ayant jamais ôté sa tenue. La collecte journalière du miel et de la propolis.

— J'ai l'impression de détenir une bombe, fit Von Bart. Incroyable que ces cochonneries existent.

Il parlait avec dégoût.

— Expliquez !

— Ce sont des *petits scarabées de la ruche*, de redoutables parasites dont moi-même j'ignorais l'existence. Ils se reproduisent à une vitesse folle, leurs larves tuent le couvain d'abeilles, se nourrissent de pollen, de miel et des œufs de la reine. Les adultes sont capables de traquer les essaims sur plusieurs kilomètres, ils colonisent les ruches et les détruisent en moins d'un mois. Un véritable carnage.

Je me penchai vers le pot et me redressai aussitôt lorsque ma tête partit une première fois à la renverse.

— Dans… dans quelle région… vivent-ils ? bégayai-je, une main sur mon front brûlant.

— Quel pays, vous voulez dire ! On ne les trouve qu'au fin fond de l'Afrique et en Australie ! Je ne sais pas comment ce gus se les est procurés, mais la réalité est bien là.

Je nageais dans ma sueur. Des mouches bourdonnaient dans mes oreilles, noircissaient mes rétines. La chaleur m'écrasait si fort que je dus ôter ma vareuse précipitamment et m'asseoir sur un coin de table.

— Excu… sez-moi un… instant…

Je m'appuyai sur mes cuisses, inspirai, expirai. Inspire, expire. Une claque liquide me percuta le visage.

— Vous n'avez pas l'air bien, fit Von Bart après m'avoir versé un torrent d'eau sur la tête.

— Ça… ça… va aller…

Je me relevai, chancelant. Les scarabées… Les parasites… L'Afrique…

— Qu'auriez-vous pu faire de ces… bestioles ?

L'apiculteur s'approcha d'une fenêtre et décrivit une arabesque avec son bras.

— Tuer la concurrence, commissaire. La miellerie de Sceaux possède deux fois plus de ruchers que nous, ce qui lui permet de proposer des tarifs plus attractifs sur tous ses produits. Cire, miel, propolis, gelée royale. Une exploitation apicole est une entreprise très fragile. Les conditions météo, les parasites comme le varroa ne nous facilitent pas la tâche. La survie est difficile.

— Que… savez-vous de cet individu ?

— J'ai… sympathisé avec lui. Il s'y connaissait comme personne, m'a sorti des trucs que je n'avais jamais entendus de ma vie. Il m'a longuement causé des abeilles tueuses d'Afrique, leur capacité à décimer n'importe quel troupeau en moins d'une heure. C'était… effrayant et passionnant, cette manière de tout tourner vers la mort, la destruction. Il avait l'intime conviction qu'un jour ou l'autre, les insectes balaieraient l'humanité. Ils sont un milliard de fois plus nombreux que la totalité des êtres humains, qu'il disait, rien que la masse des fourmis est supérieure à celle de tous les hommes réunis, vous imaginez ? Il me parlait de la multiplication des araignées, de la violence des poisons, de ces fléaux qui causaient des pertes immenses.

— Quels fléaux ?

— Le paludisme, les invasions de criquets, les pucerons.

— Les… pucerons ?

— Toutes ces espèces disposent d'une arme difficile à vaincre : leur ahurissante fécondité. Les pucerons, en plus d'être les plus gros pondeurs, sont parthénogénétiques, leurs femelles n'ont pas besoin de fécondation. Alors elles pondent, sans cesse. Leurs jeunes, après quelques jours seulement, pondent à leur tour et ainsi de suite. Nous entrons dans le monde terrifiant des progressions géométriques ; seuls leurs prédateurs naturels, les fourmis, réussissent à les vaincre. Sans elles, l'humanité aurait été anéantie depuis longtemps… Or les hommes cherchent à éradiquer les fourmis, et les pucerons résistent de plus en plus aux insecticides. L'équilibre est en train de se rompre, ce gars en était parfaitement conscient.

Il me proposa une bouteille d'eau. Je le remerciai d'un hochement de menton avant d'engloutir plusieurs gorgées.

— Continuez, s'il vous plaît…

— De là, il en est venu à me parler de ces scarabées, de leur incroyable pouvoir destructeur. Il m'a confié pouvoir se les procurer quand il voulait, il suffisait que je les lui commande. Pourquoi m'a-t-il branché sur ce sujet ? Mystère… Toujours est-il que le dernier jour où je l'ai vu, il me les a ramenés en m'annonçant, de cette même voix grave, étouffée : *Cadeau. Posez-les à proximité d'une ruche. Ils feront le reste…*

Ses dents grincèrent, cercle blanc au cœur d'un visage de flammes. Il s'empara du bocal, l'ouvrit, le bourra d'un chiffon, s'apprêtant à en écraser les locataires.

— Non… Ne… touchez plus à rien ici ! ordonnai-je en tendant la paume. Des… policiers vont venir… pour… des relevés… Vous… allez répéter tout ça devant… un officier…

Je me pris la tête dans les mains, tandis qu'il ajoutait :

— Je n'en reviens toujours pas… Deux petites bêtes, capables de décimer des milliers d'abeilles et le travail de toute une vie… Votre mec… à l'entendre parler, je peux vous garantir qu'il croyait réellement en sa théorie… un sacré fanatique…

Chapitre quatorze

Après ma visite chez Von Bart, je rapportai l'histoire à Del Piero qui, immédiatement, dépêcha des équipes sur place. De son côté, elle exigea mon retour au 36, où m'attendaient deux types au sujet de l'affaire Patrick Chartreux. Le feu d'artifice commençait.

D'abord un gars de l'IGS. Pas la mine de l'emploi, le loustic. Fin comme une allumette. Mais un tueur de première. Questions fusantes, regard perçant. Un détecteur de mensonges sur pattes. Alors je me contentai de lui raconter la vérité, omettant mon petit détour par Saint-Malo. Après tout, je n'avais passé là-bas qu'une demi-journée, sur le chemin du retour… Rien de prémédité. J'étais tombé sur Chartreux par le plus grand hasard, je l'avais tabassé. Pas de quoi fouetter un chat…

Le pire, c'était l'autre. Le psy. Une belle vacherie de Leclerc, qui voulait s'assurer de l'équilibre de ma santé mentale. Ça n'avait pas duré plus d'un quart d'heure, me semblait-il. Un quart d'heure pendant lequel je n'avais pas ouvert la bouche. On répond aux cons par le silence…

Je sortis de là un poil énervé, pour ne pas dire carrément en rage.

Sibersky ne me laissa pas le temps de regagner mon bureau, se faufilant devant moi pour me bloquer le passage.

— Vous m'aviez demandé des recherches sur les insectes. Il n'existe pas de boutiques qui en vendent à proprement parler. Les seuls établissements dans ce domaine sont les magasins de terrariophilie. Reptiles, amphibiens, sauriens, invertébrés, comme la mygale…

— Ça, je le savais déjà. Quoi d'autre ?

— À une cinquantaine de bornes d'ici, on trouve le CARAT, le Centre d'Acclimatation et de Reproduction d'Animaux Tropicaux. Une ferme d'élevage spécialisée dans la reproduction de reptiles, d'insectes et d'arachnides, vendus ensuite à des particuliers, laboratoires ou facultés de science. Suivi de près par les services de santé, avec des contrôles très stricts. Caméras, comptage quotidien des spécimens, fécondations limitées. D'après moi, la faille ne vient pas de là.

J'allumai une cigarette entre mes doigts tremblants. La première bouffée tapissa ma gorge d'un velours désiré. Saloperie de drogue.

— Et pour les bourses d'insectes ?

— Pas grand-chose. Organisées toutes les semaines, un peu partout dans Paris. Les marchandises vendues sont légales et inoffensives, des vérifications fréquentes ont lieu. Il existe aussi un gros volume d'échanges sur Internet. J'ai fourré le nez dans des forums publics traitant du sujet. A priori, rien d'irrégulier. Je te cède ma mante religieuse, tu me refiles ton papillon. Sanchez et Madison creusent plus en profondeur, on ne sait jamais.

Sibersky sortit d'une pochette une petite pile de procès-verbaux.

— J'ai gardé le meilleur pour la fin. La détention illégale d'animaux…

— Accouche !

— Boas, pythons, lézards, il y en a des mille et des cents, mais j'ai recensé les cas les plus intéressants dans la région, ceux les plus proches de… nos aspirations.

Il me tendit le feuillet du dessus.

— Celui-ci sort du lot…

— Là, tu commences à me plaire.

— J'ai joint l'officier de la police des animaux, chargé de l'affaire à l'époque. Ça remonte à l'année dernière. Une femme, hospitalisée suite à de violents accès de fièvre, des hallucinations, de graves nausées. Les médecins constatent, sur son mollet, deux trous minuscules…

Sibersky se pencha sur mon bureau, appuyant sur le papier.

— Les examens toxicologiques ont été formels, la vieille dame avait été piquée dans son appartement par une… malmignatte, l'une des araignées les plus dangereuses d'Europe, inexistante dans nos régions ! Immédiatement, la mamy pense à son voisin de palier. Elle l'a déjà vu entrer avec de petites boîtes bourrées de sauterelles. Lorsque les flics débarquent chez lui, ils ne trouvent que des vivariums peuplés en effet de sauterelles, des documents traitant des insectes, mais rien de plus. En fouillant les poubelles, au sous-sol, ils découvrent cependant deux souris mortes, frappées par des poisons très violents. Après analyses, on conclura à de l'atraxine et de la robustine, des protéines caractéristiques du venin de l'Atrax robustus, une aranéide australienne mortelle pour l'homme !

— Très très intéressant. Et ça s'est terminé…

— Sans suite. Le type, Amadore, a nié en bloc. Biologiste, il a prétendu avoir ramené le duo de cobayes de son labo. Expérience sur les neurotoxines, qu'il disait. L'enquête n'est pas allée plus loin, par manque de preuves. Ni la malmignatte, ni l'*Atrax robustus* n'ont été retrouvés et les lois sur le recel illicite d'animaux n'en sont qu'à leurs balbutiements… On ne voyait pas réellement de quoi l'incriminer.

Je m'enfonçai dans mon fauteuil, l'air satisfait.

— Bon boulot ! La filière des détentions illégales d'animaux… Je n'y avais pas pensé…

— Je n'ai fait que mon job.

— Tu en connais davantage sur ce… Vincent Amadore ?

— Un métier à rallonge, biologiste au laboratoire de zoologie des arthropodes du muséum d'Histoire naturelle de Paris. Vingt-huit ans, physique fluet. Il a déménagé depuis cette salade et vit maintenant au nord de Paris, un hameau du nom de… Rickebourg. Il habite dans un ancien… pigeonnier…

— Un pigeonnier ?

— Ouais, bizarre, mais je n'en sais pas plus… En tout cas, il est chez lui. J'ai appelé et simulé un faux numéro…

Je fermai un instant les yeux.

— D'après ton document, l'incident s'est déroulé en octobre 2003. Passe des coups de fil auprès du muséum, des collègues d'Amadore, ont-ils eu vent d'un voyage en Australie ? Mais je crois connaître la réponse. À mon avis, une personne ou un réseau organisé refile des bestioles dangereuses dans notre proximité…

Je claquai des doigts, alors qu'il disparaissait déjà dans le couloir.

— Attends ! Laisse-moi tous les autres PV, je vais quand même y jeter un œil.

— Au fait, le zig de l'IGS… ça s'est déroulé comment ?

Je lui envoyai un sourire discret.

— Pas de soucis…

Une fois ma porte fermée, je tirai les persiennes, déclenchai le ventilateur et engloutis trois gobelets d'eau. Un psy… Oser me coller un psy aux fesses… Leclerc ne manquait pas d'audace…

J'eus à peine le temps de baisser les paupières que Del Piero débarqua sans frapper, le visage déformé par une détresse d'aliénée.

— Commissaire ! Venez, tout de suite !

— Quoi ! Quoi encore ? Un autre interrogatoire à la mords-moi le nœud ?

Elle plaqua le poing sur la table.

— Venez !!!

Elle pivota dans le couloir et me poussa devant elle. La porte de son bureau, qui jouxtait le mien, était fermée.

— Ils… ils sont entrés par la fenêtre, il y en a une dizaine derrière cette porte ! Allez-y et regardez à quoi joue cette espèce de fumier !

— De quoi vous parlez ?

— Poussez cette porte, nom de Dieu !!!

J'ouvris avec prudence et elles me sautèrent au visage, cinglantes dans leur blancheur de marbre.

Les têtes de mort. Elles me frôlèrent avant de fondre sur la chevelure de Del Piero, qui battait des mains dans tous les sens.

Les gros sphinx noirs se mirent alors à crier…

Chapitre quinze

Leclerc grinçait des dents, ses pieds fustigeaient le plancher de colère. Il pressait entre ses doigts nerveux un message, fixé sur le thorax de l'un des lépidoptères.

— *Déluge de papillons, en attendant bientôt le pire*... Ce petit malin joue avec nos nerfs, il cherche à nous ridiculiser. Jette un œil par la fenêtre !

Dehors, un bel attroupement. Flashs en tout genre et badauds ahuris.

— Un journaliste de *Libé* a reçu un coup de fil anonyme, expliqua-t-il, lui demandant de se pointer devant nos locaux à seize heures précises, afin de voir *des papillons prendre d'assaut les bureaux de la Crim'* ! T'imagines le délire ! Ce téléphone n'arrête pas de sonner !!!

— Notre homme est un original. Mais s'il avait voulu parler des anophèles et du paludisme à la presse, il ne s'en serait pas privé. Il veut juste nous prouver qu'il a les cartes en mains. C'est un joueur.

— Un joueur, oui ! Un putain de joueur !

Del Piero réapparut brusquement. Son teint avait blêmi.

— Alors ? envoya Leclerc.

— L'entomologiste a passé une lampe à ultraviolets sur la carrosserie de ma voiture. Elle a révélé de minuscules traces de phéromone. J'ai dû m'en imprégner au simple contact avec ma portière. Courbevoix m'a fait une démo. Ces saloperies volantes se précipitaient sur tout ce que je touchais, même après m'être lavé les mains !

Leclerc s'enfonça dans son fauteuil.

— D'accord, d'accord, d'accord… Bon… Vous êtes en train de m'expliquer que ce fumier a pu lâcher n'importe où ses papillons et qu'ils vous auraient retrouvée rien qu'avec… le flair ?

— Tout à fait exact. Cette même hormone qui les a attirés dans le confessionnal, ou dans le local de plongée.

Je levai les yeux vers Del Piero.

— Comment aurait-il pu approcher votre véhicule ?

— De n'importe quelle façon ! Dans les rues de Paris, à un feu rouge, devant chez moi ou même ici. La phéromone ne se récolte pas, à proprement parler. Mais laissez par exemple un morceau de carton plusieurs jours avec des femelles sphinx et il s'imprégnera de l'hormone. Il suffit ensuite de frotter ce carton contre un objet quelconque pour attirer les mâles. Vous voyez ce que je veux dire ? Ce n'est pas comme si l'assassin cassait une vitre. C'est un geste totalement anodin…

Le divisionnaire ne tenait plus en place.

Il se pencha à nouveau par la fenêtre puis, se retournant, envoya :

— L'église d'Issy, la carrière de craie, la maison des Tisserand, le laboratoire parasitaire… Des chemins bien balisés, où il savait que nous nous rendrions. Peut-être a-t-il agi dans ces moments-là. Un peu de cette cochonnerie sur l'une de nos voitures et hop ! Le tour est joué !

Del Piero haussa les sourcils en fixant le message, alors que Leclerc embrayait sur un autre sujet.

— Bon ! Et les dossiers médicaux des patients des Tisserand ? Cette clinique de la dangerosité où ils bossaient ? Ça donne quoi ?

— Trois gardes à vue pour le moment, trois alibis vérifiés. Aucune piste négligée. Plus d'une dizaine d'inspecteurs planchent là-dessus, jour et nuit. La description succincte fournie par le commissaire Sharko, dans les un mètre quatre-vingt-cinq, large corpulence, voix très grave, va franchement accélérer le processus. Si le meurtrier se cache dans ces parages, nous le coincerons.

Le divisionnaire acquiesça.

— Très bien. Vous veillerez à élargir au maximum les recherches. Personnel de l'hôpital, famille du personnel, cousins, cousines et même le labrador du voisin, bien compris ?

— Bien compris, opina-t-elle.

Le diable Leclerc s'enfila trois chewing-gums.

— Cette histoire de fléau est à prendre très au sérieux, rajouta-t-il. Les services de maladies tropicales de chaque CHU de la région ont pour directive de signaler aux autorités sanitaires le moindre cas suspect de fièvre ou de malaise. Une cellule spéciale a été mise en place.

Il nous adressa un regard tendu, d'abord à elle, puis à moi. Je lui répondis avec la même intensité.

— Il faut le choper vite, très vite. Je marche sur des charbons ardents, j'ai des comptes à rendre. Employez tous les moyens qu'il faudra… Au boulot ! Shark, reste un instant dans mon bureau…

Il attendit la fermeture de la porte. Des rides profondes lui barraient le front.

— Tu as joué à quoi avec le psy ?

— Et vous ?

— Écoute ! Je suis sur la corde raide ! On me surveille, comme on te surveille. On se surveille tous les uns les autres, c'est comme ça. Ta famille, le palu, ce Tisserand qui t'a claqué dans les pattes, ça peut faire beaucoup. Je veux m'assurer que tu es encore apte à mener une enquête.

— C'est Del Piero qui dirige l'enquête, pas moi. Vous oubliez déjà ? Et pour ce qui est de ma santé mentale, ça va. Merci de vous en soucier.

— Ta santé mentale, parlons-en. L'inspecteur de l'IGS m'a fourni un premier bilan de ton entretien. Il n'a noté aucun signe de panique, ni de tromperie. Tu t'es bien débrouillé, mais… il a décelé quelque chose dans tes yeux. Certaines absences, de temps à autre, où, d'après lui, tu semblais… ailleurs, comme déconnecté. Tu t'en es rendu compte ?

Je haussai les épaules.

— Peut-être… Je suis… un peu fatigué.

Il pointa mon avant-bras gauche.

— Des soucis particuliers ?

— Aucun, répliquai-je en glissant mes doigts sur la blessure. Une simple boîte de conserve… Alors c'est pour ça que…

Leclerc fit craquer sa nuque.

— Tes doigts tremblent un peu, tu avais remarqué ?

— Je sais… La chloroquine…

— Moi, elles ne tremblent pas… Nous sommes tous éprouvés, nos vies ne sont pas simples, il fait chaud à crever et ce traitement antipaludique ne nous aide en rien. Mais… certains… remontants ne peuvent qu'aggraver les choses.

Je levai un sourcil.

— Qu'est-ce que vous insinuez ?

Ses pupilles virevoltèrent du sol avant de se river dans les miennes.

— Rien du tout. Mais pour continuer ce boulot, nous devons être à cent dix pour cent. Si tu te sens… trop fatigué, rentre te reposer.

— Ça ira…

— Pour le psy, tu repasseras à la moulinette, un jour ou l'autre. Je ne lâche pas l'affaire et j'espère que la prochaine fois tu seras plus coopératif…

Je sortis en claquant la porte, les poings serrés. Des absences… Les crétins de l'IGS ne manquaient pas de ruse pour semer la confusion.

De retour dans mon bureau, je contactai Sibersky qui m'annonça, selon les dires du directeur du muséum, que Vincent Amadore n'avait jamais parlé d'un voyage en Australie.

Aujourd'hui samedi, il ne travaillait pas. Du fond de son… pigeonnier, il devait s'attendre à tout, sauf à la visite d'un flic furax…

Chapitre seize

Le hurlement du gyrophare et son bleu cinglant m'avaient permis de survoler Paris et de quitter la ville par le nord en direction de Rickebourg. Aux premiers tressautements de la campagne, des battements aigus dans ma tête me forcèrent à stopper sur le bas-côté, où je m'aspergeai le crâne d'eau tiède. Je me promis d'arrêter coûte que coûte ces fichus cachets. Ils n'avaient pas sauvé ma femme. Ils ne me sauveraient pas…

Le bled vivait au rythme lent des moissonneuses, dans cet or glorieux des blés fraîchement coupés et de la germination de terres brunes. La capitale, au loin, prisonnière de ses tas écrasés d'habitations, s'asphyxiait sous les fluides gris de sa propre respiration.

Le pigeonnier d'Amadore bordait une communale à peine répertoriée. La bâtisse de pierres s'enroulait en une haute tour, chapeautée d'un toit à quatre pentes et percée d'innombrables fenêtres aux volets fermés. Le fantôme d'un moulin sans pales déroulait une langue de graviers sur laquelle j'engageai mon véhicule. À ma gauche agonisait une vieille voiture, resplendissante de poussière sous les rayons victorieux de l'astre.

Mes coups répétés sur la lourde porte d'entrée n'obtinrent aucune réponse. La bête terrée avait décidé de ne pas ouvrir. Je tournai la poignée, au cas où. On peut toujours rêver.

Hors de question de rebrousser chemin, Amadore aurait tout le temps de se débarrasser de ses charmantes bestioles. Je cognai sur les battants de devant, poussai à gorge déployée un : *Police ! Ouvrez s'il vous plaît !* avant de plaquer l'oreille contre le métal. Un lointain craquement de plancher trahit une présence…

Même la plus puissante des épaules n'aurait pu défoncer la porte. La grosse serrure devait résister à n'importe quel kit de manucure et les volets métalliques étaient, bien sûr, clos de l'intérieur. Amadore s'était enfermé.

Je contournai la forteresse d'un pas vif, constatai une large meurtrière sur l'un des flancs, à deux hauteurs d'homme. À vue de nez, en comprimant, mais en comprimant franchement la poitrine, ma carcasse passerait.

Je rebroussai chemin et mordis les gravillons d'un démarrage sévère. Protégé par un virage, plus loin sur la route, je pivotai dans un chemin de terre, coupai le contact, attendis une poignée de minutes avant de foncer à travers champs, front levé sur dos courbé. Je finis collé contre la tour, juste sous cette meurtrière qui m'ouvrait sa gueule.

Agrippé à un lierre, prenant appui sur des treillis en bois, je me hissai deux mètres plus haut avant de me suspendre au bord de l'ouverture. Après une douloureuse traction des biceps, je basculai sur le côté, me contorsionnai à me briser les reins, m'éraflai cuisses et avant-bras avant d'être avalé par la fente.

Ténèbres. Face à moi, un trou horizontal, un tunnel

si étranglé que mon corps tassé n'avait pour respiration que l'infime mouvement des coudes et des pieds. Les coulées d'obscurité m'ensevelirent, toute lumière stoppée net par la masse de mes épaules.

Je progressai au rythme du soldat blessé, le nez dans la poussière, ma liquette s'effritant sur les parois latérales.

Soudain, mon cœur explosa. Mes doigts palpaient des restes emplumés, des os brisants, des becs effilés.

Roulement de pierre. Le génie lumineux jaillit du briquet. Je plissai les yeux, alors que la flamme s'éteignait déjà dans un courant d'air. Dans la demi-seconde de clarté, je les avais vus. Et tous mes organes s'étaient contractés.

Des pigeons, raides morts. Des tas de pigeons crevés… Un mot claqua dans ma tête. *Araignée*.

Des signaux d'alerte rougirent partout en moi. Fuir ! Immédiatement ! Ma cadence respiratoire tripla. *Malmignatte... Mygale... Atrax robustus...* Demi-tour impossible. Marche arrière. Rentrer la tête entre les épaules, pousser des coudes, racler des pieds. À la manière d'un vieux navire, l'inversion des vapeurs commença.

Mon corps reculait à peine quand ÇA chuta dans le bas de mon dos. Un murmure de chair, qui se mit à bouger en direction de ma nuque. Une lenteur de prédateur méticuleux. La gardienne du tombeau.

La décharge d'adrénaline dans mes fibres fut fulgurante, mes muscles refusèrent de se gorger de sang. Mon nez pointait à deux doigts d'un oiseau pourri, des cercles de saletés m'embrassaient les lèvres.

Ne plus bouger. La mort pendait au bout de son fil de soie. Elle remontait le long de ma colonne vertébrale. Les pattes crissaient prudemment sur ma chemise, dans ce parfait quatre temps des machines de guerre, hérissant des sillons de poils. La tueuse s'enivrait de ma sueur, se régalait de mon horreur. Elle pique, je crève. Et elle allait piquer… Et elle avançait, avançait, avançait…

D'un coup, je m'arquai dans un long hurlement rauque. Mon dos, ma tête percutèrent violemment la paroi.

La substance poisseuse qui traversa le tissu remonta sur mon échine dans un grand baiser glacial. Je m'y repris à une, deux, trois reprises.

Le coup de fouet de la frayeur me propulsa vers l'avant. Du bout des doigts, à la force des phalanges, je chassai les cadavres des piafs sur le côté, rampai au travers de toiles épaisses qui me collèrent au visage comme des masques de terreur. Mes ongles percutèrent enfin un loquet. Les dents serrées, je basculai la tige de fer sur le côté et, sous le défilement d'une trappe, un grand arc lumineux perfora les épaisseurs enténébrées. Je me glissai dans ce cœur de vie sans réfléchir, au bord de l'asphyxie, aveuglé par cette soie meurtrière. La chute m'aspira, un mètre de vide qui me jeta sur un plancher et me brisa les reins.

Pour l'entrée discrète, c'était raté.

Le confinement, sous le contrôle de néons scintillants, mesurait tout juste un mètre cinquante de haut. Pas de fenêtres. Ça puait. La crotte, la pisse, la pourriture.

Au ras du sol, des nuages de souris galopaient, leurs moustaches tendues en frontal de leurs petits corps en coton. Par groupes serrés, elles s'escarmouchaient sur des feuilles de salade encore fraîches. N'importe qui aurait cherché à s'en débarrasser. Amadore, au contraire, les entretenait.

Je dégainai mon flingue et ôtai ma liquette ainsi que mon holster. Ne restait de l'araignée qu'une rumeur blanchâtre, persillée de la finesse des pattes et de la poche crevée de l'abdomen. Je me redressai et, échine courbée, cassée plutôt, me dirigeai vers une porte en bois. Je saignais des coudes, des genoux, un filet pourpre roulait le long de mes lèvres et un hématome d'un bleu betterave marbrait mon flanc droit. Dire que je m'étais fait ça tout seul.

Derrière la porte, une solide torsade de marches en pierre, élancée vers les cieux ou s'abîmant vers les profondeurs. J'optai pour le bas.

Rez-de-chaussée. Trois pièces. Salon, cuisine, salle de bains. Vieux meubles, poêles usés, baignoire à l'ancienne, avec les quatre pieds en laiton. Le grand vide des choses mortes.

Une autre porte, dans le hall circulaire, protégeait l'entrée d'une gueule caverneuse. J'y plongeai un œil. Le long d'un escalier en colimaçon, les parois s'endeuillaient de pulsations violettes. Du fond de ce puits de ténèbres émanait la curieuse respiration de lampes à lumière noire. Elles devaient être là, sous la terre… Il allait falloir affronter la multitude des araignées et je n'avais, pour me rassurer, que cette moiteur infernale, qui coulait du creux de mes paumes jusqu'aux rigueurs froides de mon arme.

Au fil de ma descente, les briques crevaient sous le souffle tiède de la moisissure, qui perlait avec ce chuintement pâle des grisous menaçants.

À dix mètres sous la surface, mon Glock fouillait l'espace des voûtes muettes. Dans les souterrains plus sinistres encore, entre des forteresses de verre, une silhouette se figea.

— Ne bougez pas ! criai-je, le canon à bout de bras.

Le spectre s'enroula lentement jusqu'à se confondre avec l'obscurité.

— Je… Je n'ai rien fait ! fit une voix.

Les lumières noires agrippées au plafond allumaient mes mains comme les gants blancs d'un clown. J'avançai prudemment vers Amadore, recroquevillé dans un coin, tremblant comme un agneau naissant.

Autour, des alignements de vivariums géants, épris d'ombre et d'humidité, où frissonnaient, de temps à autre, les feuilles d'arbustes miniatures. Elles bourgeonnaient là, par dizaines, invisibles sous des murmures de végétaux ou des copeaux de bois. Les araignées.

Je brandis ma carte de police et enjoignis d'un signe à Amadore de se relever.

— Vous… vous n'avez pas le droit ! gloussa-t-il.

Il tendit un large cou de buffle sur un corps aux épaules tombantes, genre boxeur déchu, avec de tout petits yeux de fouine où dansait le louvoiement de la crainte.

— Que contiennent ces vivariums ? grinçai-je en claquant la crosse de mon arme sur le plexiglas.

— Des… des araignées. Il n'y a rien qui m'interdise d'en posséder !

— Ça dépend. Sont-elles dangereuses ?

— Absolument pas…

— Approchez, monsieur Amadore. Lentement…

Il s'exécuta. Une veine grossissait le long de son arcade droite. Pas un modèle de beauté, le type, une laideur de mauvais insecte. Je cerclai son poignet de ma main, ôtai le capot d'une cage et plongeai nos deux avant-bras à l'intérieur, le sien légèrement plus en avant, politesse oblige. Il se mit à hurler.

— Arrêtez ! Arrêtez ! D'a… d'accord !

Je relâchai la pression.

— Très bien, monsieur Amadore. Repartons sur de meilleures bases. Ces araignées sont-elles dangereuses ?

Il serra les dents.

— Oui ! Merde ! Vous avez failli…

Il tapota sur le carreau. Deux pattes exploratrices transpercèrent le tapis de feuilles.

— *Atrax robustus* ? me hasardai-je.

Ses yeux flambèrent.

— J'ai pris toutes les précautions, j'ai même des sérums antivenins ! J'habite au milieu des champs, elles sont enfermées et ne peuvent nuire à personne !

— Vous oubliez la copine de l'étage, dans l'espèce de tunnel qui donne sur l'extérieur…

— Ma *Steatoda nobilis* ! Me dites pas que vous l'avez écrasée ?

— Une belle purée blanche.

Je l'acculai contre l'habitacle de l'*Atrax*, la poitrine bien haute.

— Où vous les procurez-vous ?

Le visage du biologiste se décomposa.

— Je… je… Qu'est-ce que vous allez me faire ?

Sympathique, ce petit, et malléable. Le tutoiement s'imposait.

— Tu sais quoi ? répondis-je en posant une lourde main sur son épaule, je me fiche royalement de ces bestioles que tu caches ici. Si tu as envie de te foutre la frousse, c'est ton histoire. Ce qui m'intéresse, c'est la façon dont tu les obtiens.

Il me regarda par deux fois.

— Je… je ne peux pas parler… J'aurais de graves problèmes.

— Pour le moment, ton problème, c'est moi !

Amadore saisit toute la subtilité de ma remarque quand ma main encercla à nouveau son poignet.

— Non ! Ne recommencez pas ! C'est… c'est dans une bourse d'insectes que je l'ai rencontré la première fois… Ça doit remonter à un an…

— Qui ça ?

— Un mec que je n'avais jamais vu, mais qui, apparemment, me connaissait. Ce jour-là, il est venu vers moi et m'a dit qu'il pouvait dénicher n'importe quelle variété. Vous comprenez, monsieur…

— Sharko…

Il remua le bras et je finis par le lâcher.

— …. Monsieur Sharko, les passions entraînent parfois bien au-delà du raisonnable. Les gens ont plus peur des araignées que de la mort et pourtant, moi, je les admire. Ce sont des modèles… parfaits. Aucun acier, aucune fibre synthétique actuellement ne présente une stabilité comparable à celle de leur soie. On l'étudie même pour fabriquer des gilets pare-balles, vous imaginez ? J'avais l'occasion d'avoir sous la main les spécimens les plus extraordinaires de la planète, moyennant finances, bien entendu. Aucun arachnophile n'aurait refusé pareille proposition.

Les yeux d'Amadore s'illuminaient. Se déployait en face de moi un tout autre être, qui avait redressé ses épaules et ouvert grand ses yeux.

Passage au vouvoiement.

— Que savez-vous de ce fournisseur ?

— Rien du tout, répondit-il d'un geste résigné. C'est lui qui me contacte lors des marchés d'insectes, quand bon lui semble. Il me demande alors si je suis intéressé par telle ou telle espèce. Dans ce cas, il me donne rendez-vous dans un endroit chaque fois différent… Parfois j'attends une, deux, trois semaines. Ça… vous allez trouver ça bizarre, mais j'ai remarqué que ça dépendait du cycle de lune.

Je fronçai les sourcils.

— Comment ça, le cycle de lune ?

— J'ai dû voir ce type une dizaine de fois. Nous procédions toujours à l'échange une nuit de lune nouvelle. J'ai vérifié sur un calendrier. Pile poil à la nouvelle lune…

— Les cycles lunaires… Ça n'a aucun sens… Les araignées y sont sensibles ?

— Absolument pas. J'ai cherché aussi, mais je n'ai pas d'explication. Ça restera un mystère…

Une toile vibra, à ras de ma tête. Deux pattes sombres rayées de jaune s'éveillèrent au bord d'une fissure. Je reculai de trois pas.

— N'ayez crainte, fit le biologiste. Ce sont de petites épeires, que l'on trouve dans tous les jardins. Pas de quoi fouetter un chat.

Je me décalai légèrement, les mains sur le torse.

— Comment s'approvisionne-t-il ?

— Aucune idée. Il expose une liste d'arachnides, je choisis.

— Combien vous les vend-il ?

Amadore s'effaça dans les ténèbres, plongea lentement la main dans un tapis de sciure et collecta une mygale aux mandibules rosées, qu'il caressa.

— À votre gauche, la *Latrodectus mactans*, une

veuve noire d'Amérique du Sud, m'a coûté plus de mille euros. L'*Atrax robustus*, le double.

Il m'entraîna sous une autre voûte, éclairée d'ampoules rouges, barrée d'une gigantesque vitre en plexiglas. De l'autre côté, l'enfer. Des pyramides de soies entrecroisées, des insectes encoconnés, des carcasses digérées.

— Ce superbe spécimen de néphile est le plus cher de ma collection, pas loin de quatre mille euros. C'est une variété tropicale qui possède le fil le plus résistant au monde. Sa toile est capable de stopper des humains au rythme de marche. Regardez-la travailler, dans le coin, en haut à droite. Il lui faut une heure et quart pour tisser cent quarante mètres de soie parfaite. Une pure merveille !

Mes poils se hérissèrent, pris dans ce froid intense qui me remontait l'échine.

— Des milliers d'euros qui croupissent au fond d'une cave, j'avoue que j'ai du mal à saisir, constatai-je d'un geste nerveux.

Amadore se braqua, appelant une colère brune dans ses yeux.

— Et une lithographie plus laide qu'une chiure de pigeon, vous croyez que ça a un sens ? Les araignées ont toujours imposé le respect ! Ce sont de nobles architectes, les Indiens Navajos s'en inspirent encore pour construire leurs hogans. Les biologistes utilisent le venin des *Atrax* pour créer des céréales qui empoisonnent les insectes. On a tellement à apprendre d'elles ! Elles sont partout. On en trouve deux millions dans un champ et plus d'une trentaine à l'intérieur des maisons les plus propres qui soient. Elles sont hors de vous et en vous. Sur une vie, ici en France, vous en avalez une dizaine durant votre sommeil. C'est véridique ! J'adore raconter ça aux femmes ! Vous verriez leurs têtes ! Dix araignées qu'on avale, en pleine nuit, sans s'en rendre compte !

Je déglutis bruyamment et me forçai à rester concentré.

— Physiquement, à quoi ressemble votre fournisseur ?

— Une quarantaine d'années, pas très grand, peut-être un mètre soixante-dix. Type mexicain, avec un accent hispanique et des bagues plein les doigts. Un gars nerveux, le genre qui fait peur, moustache noire et regard inquiétant.

Il ne s'agissait pas de l'assassin, beaucoup plus imposant d'après l'apicultrice.

Nous quittâmes les tunnels d'araignées, vers la surface, et j'accueillis les grandes bouffées brûlantes de l'astre comme une délivrance.

— Le coup de fil anonyme, c'était vous, tout à l'heure ? me demanda le biologiste en ouvrant les volets.

J'acquiesçai en plissant légèrement les paupières.

— Nous sommes samedi. Il y a bien une bourse aujourd'hui, non ?

Il secoua vivement la tête.

— Non, non, non. Je vous vois venir. Je n'irai pas !

— Vous n'allez pas me décevoir maintenant, monsieur Amadore ? Petite araignée deviendra grande…

— Vous êtes…

— Quoi ?

Il se musela. Je poursuivis.

— Où a-t-elle lieu ?

— Sur la place du Tertre, à Montmartre. C'est une nocturne, de vingt et une heures à minuit, mais…

Je sortis mon téléphone portable.

— Qu… qu'est-ce que vous faites ? gloussa Amadore.

— Des collègues vont venir, nous allons vous briefer et mettre un plan d'action en place. Ce soir, vous allez nous livrer ce Mexicain sur un plateau.

— Et… et s'il ne vient pas ?

— Nous verrons… En attendant, redescendons dans votre cave. Je viens d'avoir une idée… mortelle…

Chapitre dix-sept

C'était un homme le torse à l'air, éreinté, accablé par les sécrétions de son corps, qui regagnait son appartement, bien seul au milieu de sa fatigue. Dans une poignée d'heures, cet homme-là arpenterait encore le pavé, sous la nuit lourde, avec cet espoir vain d'attraper, encore et encore, ces fantômes du crime qui empourpraient l'asphalte de leurs lames étincelantes.

Samedi, dix-neuf heures. Le moment du rituel, ma pulsation d'espoir.

Rafraîchi par la douche, habillé, rasé, j'activai le pied par les rues déjà tranquilles du quartier jusqu'aux murs hauts et droits du parc de la Roseraie. À cette heure, ses grilles étaient fermées au public mais Marc, le gardien, connaissait mon histoire et l'importance que revêtait à mes yeux ce territoire de promenades. J'appuyai sur l'interphone, Marc apparut à l'une des fenêtres de sa maison et déverrouilla en m'adressant, au loin, un ample signe de la main. Je lui répondis avec autant de générosité.

Mes chéries avaient été enterrées dans leur terre du Nord, dans le ventre malheureux du charbon usé et des chevalements abandonnés. Alors, trop loin d'elles, je venais me recueillir ici, chaque semaine, sur ces tapis tressaillant de la poussée des roses et de la gerçure de leurs bourgeons. Dans cet écrin de solitude, je sillonnais les sentiers amincis par l'abondance des pétales, mes doigts frôlaient les écorces franches des ormes, les bois peints des vieux bancs sur lesquels s'étaient abandonnés tant d'amoureux. Et, comme tous les samedis, à cette même heure, je pleurais. Je pleurais tout bas, de ces pleurs chauds d'enfant qui roulaient depuis si longtemps sur mon cœur. Sans haine, sans douleur, mais avec tant d'amour !

Marc, souvent, me voyait remonter, les joues maladroitement essuyées, les yeux brillants, et il me regardait m'éloigner sans mot dire, avec ce même signe chaleureux au bout des doigts. *Au revoir, commissaire, et à la semaine prochaine*...

Mon épopée se finissait toujours au fond du parc, au détour d'un parterre de fleurs où un superbe chêne ridiculisait un frêne peu vaillant. Avec Suzanne, nous avions choisi ce dernier, son tronc cabossé, pour y graver nos initiales, il symbolisait la fragilité intérieure des êtres et la pureté délicate des sentiments. J'aimais caresser ces lettres d'hier, rappeler, du fond de ma mémoire, les lèvres effacées de ma femme et la rosée de ses mots... Paul Legendre avait raison, les arbres dégageaient de l'énergie.

Mais, ce soir-là, mes doigts palpèrent autre chose que nos inscriptions. Des lacérations, des déchirements d'écorce, si profonds que le frêne saignait. Le *F* de Franck, le *S* de Suzanne n'existaient plus, torturés par la violence d'une lame. La sève coulait encore.

Je me retournai brusquement. Le soleil déclinant m'aveugla, éclaté par les feuillages. Les ombres s'étiraient. Des fûts, des rosiers, des étendues herbeuses. Personne. Qui avait pu faire une chose pareille ? Mon secret…

Alors, d'un coup, je sus. Une intime évidence. La fillette du numéro sept. Cette petite garce ! Celle qui m'avait entendu rêver du chêne et du frêne…

Je m'élançai au travers des allées, coupai par les pelouses soignées, chassant les larmes par la colère, puis frappai chez le gardien.

Un peu surpris, il me tendit sa main que j'enveloppai des deux miennes.

— Marc ! As-tu vu une petite fille venir ici, seule ? Elle doit avoir dix ans, cheveux bruns, assez longs !

Il me jaugea de bas en haut, d'un air curieux.

— Il s'est passé quelque chose ?

Je pressai plus fort ses phalanges. Il se concentra un instant.

— Il y a énormément de monde qui se promène ici la journée, y compris de nombreuses gamines. Comment veux-tu que je sache ?

— Tu n'as vu personne après la fermeture ?

Il agita la tête.

— Tu es le seul que je laisse pénétrer dans le parc en dehors des horaires… Tu veux entrer boire un thé ?

— Non, je n'ai pas le temps, désolé.

Marc ne cacha pas sa déception.

— Bon… Si je peux t'aider, si tu as besoin de… parler, n'hésite pas…

J'inclinai la tête, prêt à partir, quand il s'enquit :

— Tu viens deux fois par semaine maintenant ?

— Quoi ?

— Eh bien oui, hier, puis aujourd'hui.

— Hier ? Quand ?

Il me dévisagea bizarrement.

— Eh bien ! À vingt-deux heures trente, presque la nuit ! Tu as sonné à l'interphone, *C'est Franck Sharko. Laisse-moi entrer !* Tu ne te souviens plus ?

Je me frottai le front.

— Merde ! Qu'est-ce que c'est que cette histoire ? Hier soir, je n'ai pas bougé de chez moi !

Les yeux de Marc s'arrondirent.

— Mais…

— Qui as-tu vu hier soir ?

— Je… À vrai dire, je n'ai pas réellement prêté attention. Il faisait sombre, j'ai distingué une large carrure, une grande taille, comme la tienne. Tu… n'as pas levé la tête dans ma direction, ça m'a semblé bizarre parce que tu me salues toujours. J'ai pensé que tu devais être en rogne ou distrait…

Mes doigts tressautaient sur mes lèvres.

— Et la voix ? La voix ? Quel genre ?

— L'interphone fonctionne très mal, je leur ai déjà demandé des milliers de fois de le changer ! Les voix sont toutes les mêmes…

Je rapprochai mon visage du sien, à portée d'haleine. La ronde de mes sens bouillait.

— Tu n'as rien remarqué d'autre ?

— Non, rien. Tu… Enfin, il a sonné à nouveau un quart d'heure plus tard, sans même dire bonsoir, puis il est parti… Ce… cet individu, qu'est-ce qu'il est venu foutre dans mon parc ?

— J'en sais fichtre rien, Marc, j'en sais fichtre rien, répliquai-je en m'essuyant la figure d'un mouchoir.

Et je disparus sur l'asphalte tiède, le pas traînant…

Les trains… Démarrer les trains. Arabesques des bielles, figurines de vapeur. Réfléchir. Je m'installai au cœur du réseau, position de l'Indien, mes poings sous le menton.

D'abord Del Piero, avec les sphinx. Moi à présent, en s'attaquant à mes trésors enfouis. Il nous avait contaminés, atteints de l'intérieur et maintenant, il travaillait nos âmes. Comment avait-il réussi à toucher mon intimité à ce point ?

Un bilan… Qui aurait pu deviner, pour la Roseraie ? Ce coin… Notre coin. Personne ne savait. Les inscriptions, balafrées… Notre frêne… Tout devait venir de la petite, forcément. Elle avait raconté l'histoire à quelqu'un. Un type de ma carrure. Qui ?

Ça ne va pas, Franck ? Explique-moi ! Je suis prête à t'écouter.

Fous-moi la paix ! C'est pas le moment, OK ?

Je démarrai l'armada des locomotives électriques, poussai la puissance au rouge, éveillant la clameur brusque de l'acier.

Après le viol de mes organes, il brûlait les souvenirs de ma femme, déchirait mon passé. Pourquoi ? Pourquoi ? Pourquoi ?

Jamais mes mains n'avaient tremblé aussi fort. Je suais de partout, une sécheresse de four roulait dans ma gorge. Il m'en fallait une, encore. Une pilule magique. Une drogue dangereuse, mais nécessaire.

Un sifflement, derrière moi. Je tournai la tête. La gosse ! Elle allait et venait au fond du salon, son regard de félin braqué dans ma direction. D'où sortait-elle encore ?

— Merde !!! Viens ici, toi ! J'ai deux mots à te dire !

— Ne répète à personne que tu me connais, Franck. Surtout ! C'est un secret entre toi et moi ! Tu ne dois pas trahir ce secret, jamais ! Jamais ! Ou…

Je me levai brusquement, fulminant de colère, les poings serrés. Je voulus m'élancer dans sa direction mais mon pied percuta un convoi en furie et je voltigeai vers l'avant, avec ce dernier réflexe d'éviter la catastrophe ferroviaire en atterrissant sur les paumes. Un tunnel explosa néanmoins, mon épaule gauche pulvérisa une gare et anéantit toute forme de vie fictive dans les alentours. Vaches, personnages, buissons… broyés.

Je me redressai, me propulsai dans le salon à ses trousses. Elle s'était déjà enfuie dans le couloir.

Je claquai la porte d'entrée violemment, verrouillai à double tour et criai :

— Je ne veux plus te voir ici, tu as bien compris !!!

Pourquoi avais-je, encore une fois, laissé cette porte ouverte ? Je m'écroulai sur le sol, le dos plaqué, me couvrant le visage de mes bras.

Tu craques, Franck, tu craques. Il faut te ressaisir, mon homme. Ta vie sans nous est difficile à supporter, mais tu dois faire avec. Il le faut ! Il n'y a pas d'autre solution, mon amour. Crois-moi, il n'y a pas d'autre solution...

Je me relevai, fouillai dans la poche de mon pantalon crotté de toiles d'araignées et de poussière. Mon pilulier… Disparu ! J'avais dû le perdre dans ce fichu tunnel, chez Amadore… Armoire à pharmacie, plus rien. Meuble de salle de bains, vide. Merde ! Merde ! Merde !

Il me fallait un comprimé, absolument. Du tout, du n'importe quoi. Un comprimé, peu importe la substance. Willy…

Mon portable sonna.

— Sh… Sharko !

C'était Sibersky.

— Commissaire ! Qu'est-ce que vous fichez ? Je suis déjà en place, aux côtés d'Amadore !

Je jetai un œil sur ma montre. Vingt heures quinze.

— Merde, j'ai pas… vu le temps passer !

— Mais… Vous êtes encore chez vous ? Avec la circulation, il va vous falloir des plombes pour…

— Ne… t'inquiète pas… pour ça et commence sans moi ! J'arrive !

Une dernière fois, avant de quitter cette tombe dévorée par la voracité des trains blessés, je m'attardai sur mes mains, leurs doigts hagards, agités de ce tremblement permanent et impulsif des drogués…

Je cognai à la porte voisine, mais Willy ne me répondit pas.

Pas de cachets… Comment mon organisme allait-il réagir ?

Chapitre dix-huit

Les pas lents des noctambules grimpaient le pavé, entre la respiration calme des érables et celle ralentie des tilleuls. C'est sous la fresque rose du crépuscule que la Butte Montmartre brûlait de vie, par-delà les habitations grises et embrumées de l'étau parisien.

Piégé dans les artères bouchées de la capitale, je n'avais rejoint Sibersky qu'à vingt-deux heures, la nuque dure de tension. Au coup de frein près, j'avais manqué de percuter des véhicules, encore et toujours chahuté par ces voix d'outre-tombe. Là, quelque part dans ma tête, ma fille chantonnait, tandis que ma femme m'engageait à prolonger le combat de la vie. Ces paroles arrivaient, partaient, puis revenaient aussitôt, grandies de leurs glorieuses intentions. Elles voulaient le bien, ces voix, en définitive. Mais quand me ficheraient-elles la paix ?

Le lieutenant veillait à la terrasse de *La Crémaillère*, une fine oreillette soigneusement enfoncée dans le conduit auditif.

À deux reprises, je l'avais contacté sur son portable, à l'affût des nouvelles. Mais le loup mexicain se faisait toujours attendre.

Devant, sur la place éclairée, des rangées ordonnées de vendeurs déroulaient leurs étals d'insectes. Des spirales de mouches, des fractales de fourmis, des tourbillons de coccinelles, bondissant contre des parois translucides. S'éveillait un monde de vibrations, de craquettements, un grouillement contrôlé exposé à l'œil curieux de badauds ou d'experts passionnés venus dénicher la perle rare. *Mantis religiosa*, Morphos bleus, scarabées pique-prunes… L'extrémité gauche du marché assombrissait le tableau avec ses alignements écœurants d'araignées. Pattes velues, abdomens tendus. Dans ce foisonnement de mandibules, les visages des touristes se tordaient, certaines femmes, attisées d'une curiosité dangereuse, frôlant même la crise de nerfs.

— Où est Amadore ? demandai-je à Sibersky en commandant une bière.

Il considéra ma tenue passe-partout, fin pantalon beige, chemise unie et chaussures bateau, et répliqua :

— Dernière allée. Sanchez le tient à l'œil. Madison se balade sur le marché, à la recherche de ce Mexicain.

Il désigna mon portable.

— Del Piero a essayé de vous joindre avant d'appeler ici, il y a dix minutes. Vous n'avez pas répondu ?

Ma Leffe arriva. J'en liquidai la moitié d'un trait, histoire de compenser le comprimé. Un besoin irrépressible de saloperie dans mes veines.

— J'ai pas entendu, ça klaxonnait sec. Elle voulait quoi ?

— Juste savoir où nous en étions. On doit la tenir au courant après l'opération.

J'essuyai ce front ivre de sueur, écoutant à peine le lieutenant. Une fois mon verre vidé, mes doigts tremblaient un peu moins.

— Ce n'est pas trop votre style d'être en retard, piqua Sibersky. Vous semblez… nerveux. Quelque chose ne va pas ?

Il cherchait à capturer mon regard. Je me levai.

— C'est cette saleté… de chloroquine… Je me tords toute la journée sur le trône… Si tu permets, je vais inaugurer celui de ce café…

Je filai dans les toilettes pour m'y frapper le visage d'eau glacée. Mes yeux se levèrent vers le miroir face à moi, ces yeux d'apparence, las d'en avoir trop vu. Je m'enfermai dans un cabinet, déroulai de longues respirations, tentai de calmer mes mains, l'une massant l'autre. *La fillette, les lacérations sur le frêne, l'assassin qui usurpe mon identité…* Mon estomac me torturait, un manque atroce grossissait dans ma gorge. Les pilules… Cognant des deux poings sur le mur, je me relevai violemment. Si je devais veiller sur quelqu'un aujourd'hui, il s'agissait bien de moi.

La place vide de Sibersky me donna une grande claque. Volatilisé ! Je me ruai en bordure de terrasse, fouillai les alentours. Les peintres, sur la gauche. La houle moite des promeneurs, à front de rue. Les allées animées, plus en arrière. Mais pas de policier.

Mon portable vibra, je décrochai aussitôt.

— Madison a aperçu un type qui pourrait coller ! expliqua Sibersky. Genre Mexicain, moustache, des bagues plein les doigts. Il fout le camp en direction de l'église, à l'opposé de la place ! Je l'ai en visuel !

— Merde ! Il nous a repérés ?

— Je ne crois pas, il marche. Je le serre ?

— Non ! J'arrive !

Je m'élançai sur le pavé, à vive allure, contournant la place par une voie latérale. Mon cœur grimpa rapidement dans le rouge, ma glotte flamba sous mes exhalaisons brûlantes. Ces foutus cachets me bousillaient la cervelle et tout l'intérieur.

Sibersky progressait, en amont, dans cette grande voie rectiligne. Je courais toujours, dans l'ombre des façades, jusqu'à rejoindre le lieutenant dans la douleur du halètement trop court.

— Là-bas ! fit Sibersky, indiquant une silhouette cent mètres plus loin.

— Madi… son Sanchez ? Où… sont-ils ?

— Sanchez veille sur Amadore, Madison poursuit ses rondes, au cas où…

La forme s'évapora brusquement.

— Merde !

Sibersky s'envola au quart de tour, je lui accrochai les baskets, la respiration sifflante. Il me distança rapidement, cinq, dix, vingt mètres, survolant l'asphalte de cette foulée jeune et entraînée. Il bifurqua dans l'angle invisible d'une minuscule ruelle. Au fond, le Mexicain encombrait le passage de poubelles qu'il renversait avant de fuir encore. Le lieutenant inspirait fort, l'arme au poing, les bras vifs, le corps tendu dans sa course. Je traînais la langue mais tenais bon. Le second souffle arrivait, par-delà la douleur et le goudron des cigarettes. Mon rythme s'accéléra enfin.

Dans le goulot, des enfants se plaquèrent au mur, une femme rentra illico chez elle. Derrière un virage, la venelle se rétrécit en un étranglement de bitume. L'obscurité dévalait sale, grise, à l'image des murs de crasse. Sibersky avait gagné du terrain, le fuyard était tout proche, en lutte contre un grillage branlant. Son râle s'entendait distinctement à présent ; il se hissa du bout des doigts, grogna, roula de l'autre côté. Le lieutenant se précipita dans un cri, avala l'obstacle, dopé par la rage. Moi, je fonçai tout droit, la clôture se froissa sous le poids de mes cent kilos. Hurlements anonymes, passants qui s'égaillent, crissements de pneus.

Devant, une artère d'enseignes clignotantes, de pubs, de restaurants. En mire, les dômes limpides du Sacré-Cœur. De l'autre côté de la rue, deux hommes en cavale, dans les ténèbres d'un autre fil étroit. Je coupai tout droit, sans fléchir ni réfléchir, les dents serrées. Mes pieds enflaient, mes talons brûlaient. Plus loin, un gouffre de marches m'aspira alors que se battaient, dans sa pente, les deux êtres en furie. J'en vis un agripper le second, le fracasser contre une rambarde, le violenter encore avant que la chute l'avale. Le type aux bagues dévala six marches en gémissant. Tout là-bas, dans des grognements de fauves, le flic dominait, les deux genoux sur une échine brisée.

Je terminai la descente au ralenti, une belle bile aux lèvres, le corps en ruine. Je m'écrasai sur le sol, l'haleine dans celle de ce corps menotté, tandis que Sibersky récupérait contre un piquet, écroulé, les jambes écartées. Nous restâmes tous trois sans un mot, terrassés par le feu de nos poumons, comme des bêtes agonisantes.

Après que j'eus recouvré un semblant de calme et deux ou trois neurones encore vaillants, j'empoignai l'homme par la peau du dos et le soulevai.

Dans ses yeux mauvais, il me fumait d'un air de défi, avec le sourire de ceux qui haïssent, puis me cracha à la figure, proférant un morveux *hijo de la perra !* Je lui envoyai mon poing dans la poitrine, le meilleur des coupe-sourire.

— C'est... certainement pas le moment de m'énerver ! rageai-je en le secouant avec générosité.

La fouille corporelle révéla un cran d'arrêt, une barrette de shit et trois mille euros en liquide…

— Bien, Umberto… Valdez ! J'ai quelques petites questions à te poser et je n'ai pas trop le temps. Alors j'espère que tu seras…

Un autre coup lui fit manger son rictus.

— …. coopératif.

— Va te… faire… foutre… s'étrangla-t-il dans une rafale de postillons.

Il parlait avec cet accent de général de guérilla, sa bouche se déformait sous les *r* roulant dans sa gorge. Je lui saisis les cheveux et lui relevai la tête, sous le regard ahuri de Sibersky.

— Raconte-nous ce que tu fichais à cette bourse !

Il ricana encore, par-delà la douleur.

— Promenade… Qu'est-ce qui m'en empêche ?

Je me tournai vers le lieutenant.

— T'as pris ta caisse ?

— Je suis venu avec celle de Madison.

— Parfait ! Appelle Madison et Sanchez. Dis-leur que le mec s'est tiré et qu'ils peuvent rentrer chez eux !

Le lieutenant écarquilla les yeux.

— Mais…

— Fais ce que je te dis, putain ! Ce salopard, on va le saigner !

Je m'essuyai encore le front et ajoutai :

— Pendant ce temps-là, je vais chercher ma voiture. Attends-moi avec cet enfoiré en haut de l'escalier !

Sibersky entraîna Valdez dans un coin et m'agrippa la chemise.

— Vous êtes hors de vous ! Qu'est-ce qui vous prend ?

— Surveille-le et ferme ta gueule !

Je réapparus quinze minutes plus tard, derrière mon volant, tendu à me rompre les nerfs. Sibersky comprima Valdez à l'arrière et s'assit à ses côtés.

— Sanchez et Madison, c'est réglé ? envoyai-je en lorgnant dans mon rétroviseur.

— Oui. Ils ne sont au courant de rien, mais…

— À partir de maintenant, plus la moindre question. OK ?

— Je… vous fais confiance… répondit-il sans grande assurance.

Le Mexicain commençait à se trémousser.

— Qu'est-ce que c'est que cette histoire ? brailla-t-il. Eh, *hombre* ! Où que tu m'emmènes ? Et toi, tu dis rien ? Et mes droits ?

— Tes droits, on s'assoit dessus ! répliquai-je, la risette mauvaise.

Je démarrai en trombe, la main caressant un sac à dos plein de surprises.

Il me fallait un endroit isolé. Le panneau *déchetterie*, à proximité de la porte de la Chapelle, tombait idéalement. Je remontai donc l'avenue du même nom et obliquai dans une rue sans vie, surchargée de préfabriqués et de petites entreprises, qui nous amena aux frontières du monstre d'ordures. Derrière, Valdez avait étrangement cessé de s'agiter.

Phares coupés, Maglite, sac à dos. En route. Mais Sibersky, sorti du véhicule tout en matant le Mexicain, m'arrêta.

— Qu'est-ce que vous faites ?

— Cet enfoiré va parler et tout de suite ! Reste ici, prends soin que personne ne me dérange !

Il m'agrippa par l'épaule.

— On ne peut pas faire ça ! Commissaire !

Je le repoussai avec fermeté.

— On n'a pas le temps ! Il doit cracher le morceau ! Illico ! Et dégage de mon chemin !

J'éjectai Valdez de la voiture et le propulsai devant moi. Sibersky resta appuyé sur le capot, le mot coupé.

— À quoi tu joues, *hombre* ? Tu veux me faire peur ? T'es flic ! Tu ne me feras rien !

— Tu ne sais pas de quoi je suis capable… murmurai-je au creux de son oreille. J'ai plus rien à perdre, plus rien du tout… Par contre toi, tu vas perdre tes couilles.

Après que nous eûmes franchi la barrière de sécurité, je l'entraînai dans l'alignement des bennes, lui, ordure parmi les ordures. Je l'aplatis contre une tôle luisante d'huile, les watts de ma torche dans ses yeux.

— Tes insectes, tu te les procures comment ?

— Va te faire foutre ! Connard !

Mon poing percuta son flanc gauche, il se plia en deux avant de cracher un rire infâme.

— T'as l'air salement perturbé, *hombre* ! C'est quoi ton problème ? Tu te cames ? Les camés, je les sens à des kilomètres, tu sais ! Eh, lieutenant ! Ton collègue, il se came !

Il tendit encore son regard de raclure, embrasé d'une haine d'instinct envers les flics. Ses fossettes crevaient de cicatrices, tirant cette peau volcanique brûlée par le soufre des bagarres.

Je le forçai à s'asseoir et ôtai mon sac à dos. J'en sortis deux mouchoirs que je lui engouffrai dans la bouche. Il hurlait étouffé, crachant une fureur sourde, lorsqu'un triple tour de chatterton le musela pour de bon.

— Si tu te décides à jacter, tu feras oui de la tête…

Il soufflait par le nez, son front haut plissé de colère, tapant des talons avec la hargne des taureaux fous. Je m'assis sur ses cuisses, mon nez à deux centimètres du sien. Sous ces rectitudes de métal, ses genoux craquèrent.

— Tu vois, il a été démontré par des médecins spécialistes de la douleur que la pire des souffrances physiques est la suffocation sèche. Quand tout l'organisme réclame l'air, avec la langue qui enfle dans la bouche, le cœur qui bat de plus en plus fort, jusqu'à exploser dans la poitrine. Brrr ! J'aimerais pas être à ta place.

Ma main se glissa avec prudence dans ma musette. Lorsque j'en extirpai un petit cercueil de Plexiglas, les yeux du Mexicain se révulsèrent.

— Tu la reconnais ? *Latrodectus mactans*, la veuve noire la plus dangereuse au monde. Un putain de concentré de venin. Je crois qu'elle n'a pas trop apprécié son enfermement. Elle semble… nerveuse. Bon… À moins que tu sois au courant, je vais t'expliquer ce que sa morsure va provoquer…

Je déboutonnai sa chemise, posai la boîte sur son torse et retirai un petit cadenas.

L'araignée se tassait sur elle-même, prête à bondir, les mandibules lourdes de poison.

— J'adore ! J'adore ces petites bestioles !!!

Mes mains volèrent au ciel, tandis que ses joues gonflaient de peur. Il me prenait pour un dingue. Tant mieux.

— Dix minutes après la morsure, tu vas ressentir une très grande douleur, d'abord dans la zone piquée, puis dans l'ensemble du corps. Contractions musculaires violentes, oppression thoracique, sympathique comme tout… Puis… Ils appellent ça des neurotoxines… Il paraît que ça paralyse un à un tes muscles respiratoires, lentement, très lentement. Tu sais à quoi ils comparent ça ? À un type essoufflé, qu'on mettrait sous l'eau et qui n'aurait pour respirer qu'une paille très fine ! Amusant, non ?

Je posai le bout des doigts sur la tirette. La tueuse aiguisa ses crochets.

— Dans moins d'une demi-heure, sans secours, t'es un homme mort. Ton cadavre croupira au fond de ces bennes. Je te laisse cinq secondes pour réfléchir. À cinq, j'ouvre.

L'orage craqua au fond de ses rétines, des veines saillaient sur son front et ses tempes. À l'ultimatum, il n'avait pas réagi.

— T'es plus coriace que je le pensais… Mais tu sais pas à qui tu te frottes, face de pet.

L'araignée vit la trappe disparaître, palpa, puis s'aventura sur le territoire de poils, ses huit yeux décortiquant ces vibrations de poitrine. C'était un monstre de cauchemar, avec son thorax démesuré piqueté de taches rouges et ses pattes si crochues qu'elles donnaient l'impression d'aiguilles.

La panique retourna les tripes du Mexicain, une odeur de défécation flirta avec celle des ordures. Lorsqu'il secoua la tête pour indiquer qu'il abdiquait, le prédateur mordit au beau milieu du pectoral gauche. Le cri de Valdez transperça les épaisseurs de scotch.

J'écrasai l'horreur du pied, son corps se comprima tandis que ses pattes se rétractaient. Je m'accroupis, approchant mon visage de celui du Mexicain.

— Tu n'y croyais pas, fumier ? Petite frappe de mes deux !

Je le lâchai avec mépris, me rendant compte que je le serrais encore à la gorge.

— Maintenant, je vais enlever le scotch. Dis-moi ce que je veux entendre et j'appelle les secours. Tu gueules, je te bâillonne et te balance dans la benne, OK ?

Il acquiesça vivement. J'arrachai le chatterton ainsi qu'une bonne partie de sa moustache, puis retirai les mouchoirs de sa bouche.

Il cracha ses boyaux avant d'envoyer :

— Putain ! T'es un malade ! Me laisse pas crever ! Putain de merde !

— Je répète ma question. Tes araignées, tu te les procures comment ?

Il s'étouffa encore, les yeux fixés sur les deux minuscules points rouges de son torse.

— *Sanctus Toxici* ! Le sanctuaire des poisons ! Un endroit, sous terre !

— Où ça, sous terre ?

— Putain ! Ils vont me faire la peau si je parle !!!

— Ce devrait être le moindre de tes soucis…

Il évalua rapidement la remarque, puis répondit :

— On dirait… une station de métro fantôme… Un tunnel de rails, sans accès extérieur, muré. Inaccessible… Mais y a un moyen de descendre. Un passage secret…

— Où ? Tu perds de précieuses secondes !

Il agita la tête. De grosses gouttes perlaient sur ses tempes brunies.

— Je sais pas exactement ! Le rendez-vous… dans la cave d'un bar africain… l'Ubus… Dans le vingtième… Après, ils te bandent les yeux… Tu dois marcher pendant plusieurs minutes…

Je collai mon front contre le sien.

— Et que trouve-t-on là-dessous ?

— Merde, connard ! J'ai pas le temps !

— J'attends !

Les mots se chevauchèrent dans sa bouche.

— Toutes sortes de bizarreries ! Des animaux venimeux, cobras, scorpions noirs, insectes dangereux ! Des drogues aussi, mais pas du classique… des substances à base de venin… Dans des passages annexes, ils font d'autres choses… Sorcellerie, magie noire, vaudou. À éviter…

Il se claqua la tête contre la tôle.

— Les secours ! Je t'ai tout balancé !

— Pas tout à fait. Tu as déjà refilé des moustiques infectés ?

— Quoi ?

— Paludisme, fièvre jaune ! Qui vend ça ?

Je le pressai par le col. Il accoucha.

— J'en ai seulement… entendu parler… Je sais pas… si c'est vrai… Ahrrr ! Putain ça… Ahrrr ! Ça commence ! Merde ! Me laisse pas crever !

Un œil sur ma montre.

— Six minutes. Ça agit plus rapidement que prévu… Bonne bébête ! Comment on entre là-dedans ?

— Sans moi… t'entreras… pas…

Je patientai sans piper mot. Ses lèvres se tordaient en huit désastreux.

— Dans le… bar… Demande… Opium. Parle du… *baiser de l'araignée*. C'est… un code…

— Ça se déroule quand ?

— Une fois… par mois… pendant… la lune nouvelle… Faut que… tu te magnes… C'est la dernière… nuit… avant le cycle suivant… Le bar… ferme… dans quatre heures… *Hombre* ! Merde !

— Ils vont me fouiller ?

Son souffle prenait le vent. Symptômes de la paille dans la bouche.

— Oui. S'ils ont… un doute… ton… tu disparaîtras… là-dessous…

Il s'effondra sur le côté, les dents serrées.

Je sortis une seringue de mon sac, mélange de sel de calcium et d'un sérum antilatrodecte, et enfonçai l'aiguille dans son épaule.

— Tu ne sentiras plus rien dans quelques minutes. Merci de ton aide… *hombre*…

Je secouai la barrette de shit devant son nez.

— Je veux bien oublier ça, en guise de remerciement et… en échange d'un petit service…

Il se redressa lentement, à moitié sonné.

— Et… mon fric… Rends… mon fric…

Je souris.

— Je le garde au chaud… On va t'emmener au 36, pour un interrogatoire dans les règles, et tu répéteras ce que tu m'as dit, mais… oublie ce qui vient de se passer. Tu as été coopératif, j'appuierai ta défense. Si tu me trahis, je laisserai avec plaisir ton adresse à l'Ubus, leur signalant que tu jactes avec les flics… et…

J'écrasai mon index sur la photo d'une femme, dans son portefeuille.

— … je saurai m'occuper d'elle aussi. Une petite araignée, et hop !

— Fils de… pute…

— Bien ! Je vois que tu retrouves tes capacités intellectuelles. Tu as bien compris ?

Il cracha sur le sol. Il avait compris…

Je reboutonnai sa chemise, récupérai dans un mouchoir l'araignée morte et me rapprochai de Sibersky, qui faisait les cent pas. Valdez tremblait sous ses chairs, le visage couleur paprika.

— Commissaire ! Qu'est-ce… commença le lieutenant.

— Dans la voiture ! On n'a plus beaucoup de temps ! Je vais tout t'expliquer en route mais… j'appelle Del Piero, qu'elle fasse des recherches sur Valdez. Contacte immédiatement Sanchez et demande-lui de rappliquer au bureau, d'urgence. On va avoir besoin de lui, et de personne d'autre…

Chapitre dix-neuf

Les trois jours d'enquête écoulés avaient décimé une bonne partie de nos capacités de résistance. Sous la lumière tamisée de son bureau, Del Piero gazait à la nicotine et à la caféine. Les post-it s'accumulaient, sur les murs, le tableau, les contours de son ordinateur, les dossiers s'empilaient autant que les heures de sommeil à rattraper. Les pressions subies par la hiérarchie, le paludisme et nos petits soucis personnels n'arrangeaient rien.

L'inspecteur Sanchez se tenait à mes côtés, courbé, le visage tiré et les mains jointes sur les genoux. Je lui proposai une cigarette, qu'il refusa. Je voulus porter une clope aux lèvres mais me ravisai. Appeler la flamme d'un briquet serait la meilleure façon d'attirer l'attention sur mes doigts… et de faire remarquer qu'ils tremblaient encore.

— La station fantôme Haxo s'étend sur plusieurs kilomètres, expliqua Del Piero en stabilotant une ligne sur un plan d'archive de la RATP. La Compagnie du Métropolitain envisageait, au début des années 1900, d'exploiter à meilleur escient les lignes 3 et 7, notamment avec le prolongement des rames Pré-Saint-Gervais de la ligne 7 jusqu'à la porte des Lilas. Une station est alors bâtie, à voie et quai uniques. Haxo… Aucune bouche extérieure n'a jamais été construite, pas un seul voyageur n'a emprunté la ligne. On s'en servait, il y a quelques années encore, comme garage à rames, puis les accès ont été définitivement murés.

Elle désigna une croix rouge.

— La ligne oubliée passe à proximité d'Haxo et du cimetière de Belleville. D'après cette carte, la partie supérieure du tunnel se situe, en moyenne, à quatre mètres sous terre. Autrement dit, à partir d'un endroit déjà profond, comme une cave ou une tombe, en creusant un peu on doit atteindre la voûte facilement.

Il y eut un claquement sec qui me fit sursauter.

— Vous m'écoutez, Sharko ? demanda-t-elle en haussant le ton.

J'acquiesçai.

— Bon… Outre les caves, il semble possible de pénétrer par les voies d'aération, joignant Haxo aux lignes 3 et 7. Elles ont normalement été fermées, côté Haxo, mais ont très bien pu être démolies… Si ces passages existent, ils sont terriblement dangereux, car donnant sur des tunnels à voie unique où circulent des rames.

Je retournai le plan et considérai la zone surlignée.

— Valdez prétend ne pas connaître le point d'entrée, on lui bande chaque fois les yeux. Selon lui, il faut marcher trois ou quatre minutes, monter, descendre des escaliers, même sortir à l'extérieur, peut-être au travers du cimetière. Sans doute la raison de ces… marchés interdits pendant la nouvelle lune. Obscurité absolue, pas de risque d'être repéré…

La commissaire repoussa une mèche rousse sur le côté. Son chignon, parfait dans la journée, ressemblait à présent à une nébuleuse éclatée.

— Nous disposons de trop peu d'éléments et de ressources pour quadriller le périmètre, constata-t-elle sous les plis inquiets de son front. Ces boutiques, ces maisons attenantes à la ligne sont des sources potentielles d'abords illicites. Si vous descendez là-dessous, personne ne vous appuiera. C'est une opération extrêmement hasardeuse qui… m'embarrasse.

— J'en suis conscient, mais… mais nous avons un moyen inespéré d'approcher ces vendeurs d'insectes meurtriers. Il faut prendre le risque, c'est la nuit de nouvelle lune.

Polo Sanchez envoya, tout penaud :

— Excusez-moi… Mais qu'est-ce que je fiche ici ?

Je me tournai vers lui :

— Tu es ma clé du sanctuaire.

Le jeune inspecteur me regarda sans comprendre. Je lui tendis le téléphone portable de Valdez.

— D'après ce que la commissaire a comme infos sur Valdez, il a passé cinq ans à Fresnes pour trafic de stupéfiants, en 95. Je vais prétendre auprès d'Opium être l'un de ses compagnons de taule. Je me débrouillerai pour le baratiner, mais il se méfiera sûrement. À tous les coups, il appellera sur ce portable, pour que le Mexicain confir…

Une goutte de sueur me brûla soudain la rétine. Je m'arrachai de mon siège.

— Merde ! Merde ! Merde ! J'en ai plus qu'assez de cette putain de chaleur !!!

Del Piero me fixa, les lèvres serrées, sans décrocher une parole. Je restai debout et poursuivis mes explications.

— Ex… cusez-moi. Tu… tu es d'origine hispanique.

À peu de chose près, tu as le même accent que ce pourri de Valdez. Tu te feras passer pour lui.

Je brandis une fausse carte d'identité, que je traînais depuis mes années à l'antigang.

— Je m'appelle Tony Shark. Retiens bien ce nom…

Sanchez écarta les bras.

— Mais je ne connais rien de ce putain de Mexicain !

— Débrouille-toi, bordel ! Il te reste une heure avant que je débarque là-bas ! Va dans la salle d'interrogatoires, discute avec lui, prends ses intonations de voix ! Agis ! C'est pourtant pas compliqué !

Le regard qu'il croisa avec Del Piero me déplut. Il dit, en sortant :

— Je vais faire mon possible…

Dès qu'il eut quitté la pièce, la flic se massa les tempes.

— Désolée de vous dire ça, mais vous êtes dans un sale état, Franck. Vos nerfs sont à fleur de peau, vos mains… tremblent. Je ne pense pas que vous soyez ce soir en état de…

J'inspirai un grand coup.

— Vous allez jouer la psy, vous aussi ? Au contraire, mon… état sera un avantage. Je serai plus crédible, plus loin de mon personnage de commissaire.

Elle pianotait avec un stylo.

— Vous avez toujours réponse à tout, hein ? Combien de temps tiendrez-vous ?

— Plus que vous.

Elle ignora la remarque.

— Cet Opium a sûrement été en contact avec notre assassin. On devrait peut-être l'interpeller directement, en force.

— Sans savoir de quoi il en retourne ? On risque de foutre un boxon pas possible. Laissez-moi d'abord fouiner.

Elle agita la bouche de droite à gauche.

— Que sait-on d'Opium ?

— Sénégalais, crâne rasé, balèze, avec un anneau dans le nez. Valdez n'a pas voulu en dire plus.

Elle affina ses yeux félins.

— Il en a déjà dit beaucoup, je trouve. Ce type a l'air de tout sauf tendre, et pourtant, j'ai vu la façon dont il vous dévisageait. Comme… s'il avait peur de vous.

Je claquai mes mâchoires, comme un requin.

— L'effet Sharko, sans doute…

Elle se força à sourire et déplia une carte de l'Est parisien.

— Bon ! Nous posterons deux hommes à l'angle de l'avenue Gambetta et deux autres rue Haxo. Je vais aussi mettre en place une brigade d'intervention, au cas où il y aurait un problème. Mais… surtout, pas de zèle ! Vous descendez, repérez les vendeurs louches, puis remontez. Nous les intercepterons à leur sortie, en douceur, en espérant qu'ils pourront nous mener au meurtrier. C'est… le scénario le plus optimiste…

J'opinai du chef. Elle me jaugea rapidement, le poing sous le menton, et ajouta :

— Et si le tueur se trouve là-dessous ? Si, d'une manière ou d'une autre, vous vous faites pincer ? Si les choses tournent mal ? Vous n'aurez même pas d'arme ! Franck, c'est extrêmement dangereux !

— C'est tout ce qui me plaît dans ce métier. Et puis, avons-nous une autre solution ?

Elle serra la mâchoire.

— Je vais contacter la BRB. En attendant, prenez vos hommes et allez-y. Mais… Soyez extrêmement prudent… Je resterai en liaison radio avec les équipes à l'extérieur.

Je décochai une risette nerveuse.

— Vous devriez aller vous coucher une heure ou deux. Demain risque d'être une très grosse journée.

— Et lâcher mon enquête ? Vous êtes taré ou quoi ?

Elle se plaqua au fond de son fauteuil, son visage englouti par l'ombre.

— Je ne sais pas si je devrais vous dire ça mais… J'ai une mauvaise intuition… Une très mauvaise intuition…

Chapitre vingt

En frontière des dix-neuvième et vingtième arrondissements, à l'extrémité d'un maillage de magasins, l'Ubus se tassait entre la haute palissade ouest du cimetière de Belleville et la vitrine minuscule d'une boutique africaine.

Enseigne branlante, béton crade, tuiles explosées. Pour trouver l'endroit accueillant, il fallait beaucoup, mais vraiment beaucoup d'imagination.

Le videur, même pas Noir, me plaqua sa large paluche sur le torse.

— On n'entre pas. C'est plein.

— Il n'y a pas l'air d'avoir foule, pourtant.

— Qu'est-ce que t'en sais ? J'te dis que c'est plein.

Borné, qui plus est. Je fouillai dans ma poche, en sortis un mouchoir taché et jetai la *Latrodectus mactans* éclatée au beau milieu de son tee-shirt. Il bondit vers l'arrière, les yeux exorbités.

— Je suis venu voir Opium. Ma veuve noire a pris un coup de vieux et il lui faut une remplaçante.

Il fallait ouvrir la porte pour qu'enfin s'étirent les espaces et jaillissent les couleurs. Des ocres modérés, des rouges furtifs, des tons d'ébène, tourbillonnant sur les murs en figurines énigmatiques. Des profondeurs couraient les roulements de *jembé* et les élans des sons *Ragga*, tandis qu'au fond, entre des tentures sombres, un écran géant déroulait un concert de Mory Kanté. Une vaste illusion, tout ça, puisque dans le bar ne planaient que deux ou trois silhouettes, assommées à l'eau-de-vie agricole. Un samedi soir ambiance Toussaint…

Je me dirigeai vers le comptoir, derrière lequel s'endormait un métisse aux dreadlocks aussi impressionnantes que ses narines. Il portait des lentilles jaunes cerclées de marron, façon lézard.

— On s'est perdu ? fit-il dans un sourire de dents ternies.

— J'aime bien Mory Kanté, répliquai-je en désignant le film. C'est l'un des derniers d'une famille de trente-huit enfants, tous nés avec un destin d'artiste. Le sien était de voyager par la musique.

— Et le tien, c'est de venir m'emmerder ?

Après le borné, le type direct. Je hochai le menton en direction des étals colorés.

— Sers-moi le pire de tes poisons.

Le Lézard fit tourner une bouteille entre ses mains.

— Rhum blanc de Jamaïque, cinquante-cinq degrés. Ça te va ?

— Je voulais parler d'Opium.

— Je connais pas d'Opium, répliqua-t-il en me foudroyant de son haleine tue-mouches.

— Dans ce cas, comment tu sais que je parle d'une personne ?

Je m'approchai de ses cratères nasaux.

— Je ne suis pas ici pour perdre mon temps, z'yeux de lézard, mais pour le business. C'est Valdez qui m'envoie. Dis à Opium que j'aimerais goûter au *Baiser de l'araignée...* Et, si je peux te donner un petit conseil, évite de me casser les couilles. J'suis pas d'humeur ce soir.

Il me détailla de ses yeux d'écaille, agita ses tresses d'un bref mouvement de tête et lâcha :

— Plutôt effronté, pour un nouveau. Ça me plaît bien…

Il s'éloigna avec son portable et revint dans la même minute.

— Descends. En bas de l'escalier, tourne à gauche… Dis *Papayou* au mec devant la porte.

— Sponsorisés par Carlos ?

Il déroula sa belle langue bifide et retourna à ses occupations de barman miteux. Au fil des marches, les roulements de tam-tam enflaient, une moiteur de savane s'épanouissait sous les plafonds arqués.

En bas de l'escalier s'étirait une grande salle peu éclairée, habitée de figures soûles. C'était un lieu de danses lentes, de respirations creuses, de fronts luisants. La musique enivrait, entêtait, poussant ces corps d'ébène et d'ivoire à s'épuiser toujours plus. Je repérai la porte dans un renfoncement et annonçai à son Cerbère le mot magique. *Papayou.* Grincement de gonds…

Au cœur de l'ombre plongeait un goulot en vieilles pierres, flatté de néons malades. Plus loin, des voix, étrangères, piquées d'intonations brusques. Au fond d'une cavité minuscule, chaude de sueur et d'alcool, quatre Blacks jouaient au poker, à billets réels.

L'un d'eux me fuma du regard, tirant une belle grimace de vipère. Au bout du couloir, deux montagnes me fouillèrent dans les règles avant de m'escorter aux portes de la tanière d'Opium. Une niche de ténèbres, protégée par un habile jeu d'éclairages qui ne laissait paraître que les mains, deux mains de géant posées sur les accoudoirs d'un fauteuil en velours grenat.

Un cigare déroulait ses volutes en un long serpent de soie.

— Alors comme ça, c'est Valdez qui t'envoie…

Sa voix, d'un grave profond, était empreinte de cette même langueur qui habitait l'endroit. Je plissai légèrement les yeux, aveuglé par un projecteur en surplomb.

— Je lui ai rendu pas mal de services, à Fresnes, répliquai-je, une main en visière. Aujourd'hui, j'ai besoin de pognon. J'ai quelques amateurs, prêts à payer cher, pour des araignées un peu… spéciales…

Le barreau de chaise disparut soudain dans l'ombre puis flamba en un rouge de braise.

— Pourtant, Valdez n'a jamais parlé de toi.

— Pourquoi il l'aurait fait ?

— Tu t'appelles ?

— Tony Shark…

— Shark, Shark, Shark… Le requin… Alors tu l'as connu à Fresnes ? Qu'est-ce que tu fichais là-bas ?

— Transport d'héroïne, depuis l'Angleterre. On m'a pincé avec un kilo.

Un long silence. Des rivières me ruisselaient dans les yeux, la nuque, partout sur le corps.

— Tu travaillais pour qui ?

— J'en sais rien, j'étais juste chauffeur routier… On m'a proposé de la tune pour planquer la marchandise dans mon camion, à l'intérieur de carcasses de porcs. Alors, j'ai dit OK, banco…

La main gauche fit courir ses phalanges sur l'accoudoir.

— Tu sues beaucoup… Tu as quelque chose à cacher ?

J'ôtai ma chaussure et ma chaussette gauches, désignant d'un doigt tremblant les veines démolies de mon pied. Vestiges de rangers trop serrées.

— Thromboses veineuses… J'essaie de décrocher.

— Héroïnomane…

Il claqua des doigts. On lui apporta un plateau d'argent, barré de crêtes blanches. Cocaïne…

— Hum… Valdez a le sens du secret… Ça m'étonne qu'il t'ait parlé de notre business… Il me déçoit beaucoup.

Quand la mimine décrivit d'amples arcs de cercle, on m'empoigna fermement. Ça sentait le roussi.

— J'ai trois mille euros dans ma poche ! expliquai-je en jouant des coudes. Il y en a mille pour mon droit d'entrée !

— Je n'ai pas besoin de ton autorisation pour prendre ton fric, ni même ta vie…

Après le borné et le type direct, le modeste. Une longue aspiration nasale l'interrompit.

— Je vais passer un coup de fil à notre ami commun, fit-il de cette même voix de pierre froide. J'espère qu'il va répondre… Ce serait… préférable…

Ses mains s'effacèrent, entraînant une masse démesurée vers l'arrière de la niche.

Il y eut un bruit de porte malmenée.

— Je crois que maintenant vous pouvez me lâcher ! m'énervai-je en mouvements saccadés.

— Au contraire… répliqua judicieusement Sbire gauche. Ça renifle vraiment pas bon pour toi, mec…

À présent, mon sort tenait à un nom, Polo Sanchez. Un pas de travers, la moindre hésitation, une mauvaise intonation et le cimetière voisin s'encombrerait d'un occupant de plus. Mes deux gardiens m'immobilisaient puissamment, leurs pectoraux contre mes épaules. Je percevais, au travers de leurs vestes, le grand baiser glacé des revolvers.

Glissement de bois, au fond de la niche. Martèlements de pas. La lumière déclinait lentement, au fil de l'approche du monstre. Il m'apparut soudain.

Du haut de son immensité, il ressemblait à ces images de diables modernes, avec ses gros yeux noirs au fond laiteux, son crâne en pointe, son anneau de métal lui fouillant la cloison nasale. Des torsades d'encens fleurissaient de ses gestes, toutes sortes d'or cliquetèrent autour de son cou lorsqu'il se pencha à mon oreille et murmura :

— On va te montrer comment on traite les intrus. Bon voyage…

Dans la seconde, on me bâillonna d'une lanière de cuir, m'enfonça une cagoule sur le crâne, mes bras s'arquèrent vers l'arrière et des menottes me cisaillèrent les poignets. Je me débattis avec l'énergie du condamné, entre ces poitrines chaudes de fureur, pressantes au point de me couper le souffle.

On m'allégea de mes billets et, sous l'autorité d'un claquement sec, me propulsa violemment dans un angle. Un battant grinça.

— Avance !

Je mordis le bâillon avec rage, tirai sur mes entraves, frappai de la tête dans le vide. Un coup de crosse dans les reins me cassa en deux.

— Avance, on t'a dit !

La capuche m'asphyxiait, la sueur me rendait fou. Je ne contrôlais plus rien, mon destin m'échappait.

On grimpa un escalier. Droite, gauche. Une porte, encore. Odeurs de riz, de braises sauvages.

Des clameurs, dans le fouillis des dialectes chuintants, des rires bestiaux. Ricanements de gonds. Frémissements de grillage, raclements de graviers. Des ronflements lointains de voitures. Le cimetière, on devait progresser entre les morts, sous le couvert d'une nuit sans lune.

Et je marchais toujours, indéfiniment, violenté par les directions à suivre. Gauche, droite, pente… Terre, herbe, cailloux…

Porte à nouveau, virages… puis une nouvelle volée de marches dans des couloirs de chuchotements. Couinements d'objets qu'on déplace. Meubles ? Lit ? Réfrigérateur ? Un courant ascendant glissa sur ma peau. De l'air frais. Ma langue tournait sur mes lèvres, chassait ce sel des suées et ces minéraux de peur. La descente se prolongea. Vingt-quatre marches exactement, raides à se fendre le crâne. De l'arrière, des mains me forçaient à me courber au possible, tant le plafond écrasait.

— Stop !

On m'ôta cagoule, bâillon, menottes. J'étais plié en deux, mon accompagnateur, derrière moi, désigna une trappe avec le pinceau de sa lampe.

— Ouvre et attrape l'échelle… En bas, prends à droite…

— Vous avez une drôle de façon d'accueillir les nouveaux.

Autour, des couches de craie, d'argile, du béton creusé, des tiges de fer perçant les murs et un tablier d'acier déchiqueté. Un trou à rats, démoli à la masse, à la perforeuse, façon brutale. Je m'accroupis, tirai sur un anneau métallique. Un vent glacé, ce souffle froid qui parcourt les tunnels éteints m'ébouriffa les cheveux. La fraîcheur des abysses grondait sous mes pieds, si proches de l'enfer…

Haxo, la station de métro fantôme, ayant épuisé tant d'abatteurs, de boiseurs, d'ouvriers malheureux. Gueule gigantesque d'un serpent de roches… Vivante…

Une atmosphère de film de carnage s'enroulait, silencieuse, autour d'ampoules éveillées par des groupes électrogènes. Un endroit de fin du monde, cerclé de parois irrégulières, tendu de rails morts où traînaient encore les spectres des rames oubliées. Le plus effrayant était cette absence de vie, ce grand vide sombre à l'odeur de métal chaud, où l'on s'attendait à voir jaillir, dans la bouche lointaine, des êtres d'outre-tombe venus vous arracher les membres.

Au-dessus, creusée dans les hauteurs, la trappe s'était déjà refermée.

Je longeai le boyau par la droite, serré contre cette paroi de briques noires, évitant la voie, comme si une motrice allait surgir et me déchiqueter. Des lieux s'esquissèrent dans mon cerveau. Égouts, catacombes, stations fermées. Molitor, Invalides, Maillot. Ossuaires, messes noires, sectes. L'empire de la mort régnait ici, sous Paris, sur presque deux mille cinq cents kilomètres de souterrains infâmes. Loin, bien loin de la lumière éclatante des Champs-Élysées.

La courbe grandissait, mangeait de l'obscurité à n'en plus finir. Des kilomètres, avait dit Del Piero. Des kilomètres dans le ventre de la terre, coupé du monde, sans arme, sans téléphone, sans fuite possible. Avec, pour couronner le tout, les habitants du cimetière de Belleville à fleur de voûte…

Un autre virage. Deux formes surgirent, face à moi. Elles s'élancèrent sur le mur opposé, têtes baissées, avant d'accélérer dans le néant. Une question me traversa l'esprit. Comment sortait-on de ce trou ?

Devant, une lueur d'un vert bouteille vint mordre la nuit qui se dissipa, comme une main se retirant. Le virage se terminait, s'élargissait, se tendant brusquement en une longue ligne noire bordée d'un quai.

Sous le biais des pulsations verdâtres, sur des centaines de mètres, le peuple silencieux des ténèbres s'éveillait enfin. Ils étaient là…

Un foisonnement de silhouettes assises, repliées devant des étalages de mort. Les visages n'étaient que des suggestions, des jeux d'ombres, les ampoules glauques n'éclairaient pas, elles dévoilaient juste. Des masses brunes glissaient de place en place, se baissaient, observaient, palpaient. Ça chuchotait, concluait, des rendez-vous se fixaient, par papiers interposés…

Je grimpai sur le quai, évoluai lentement entre les premiers étals, curieux, dégoûté, halluciné. Devant moi, un type au visage de cratères proposait, dans des bocaux percés, des serpents, pas plus longs que des pailles. Mambas verts, trois semaines, disait une pancarte. Morsure dévastatrice. À ses côtés, un Noir aux cheveux jaune pisse, à l'œil gauche crevé, leva une couverture et dévoila toutes sortes de racines.

— Drug… Puissant… Visions… souffla-t-il. Broyer et respirer. Acheter. Toi acheter.

Je détournai la tête et continuai ma lugubre percée, me joignant à un groupe de trois personnes rassemblées autour d'une quatrième. Ce dernier pilait des carcasses séchées de *Bufo marinus*, un crapaud venimeux, expliquait-il, dont le résidu permettait de produire une substance capable d'atteindre le système nerveux par simple contact avec la peau. Dans les rites vaudous, on l'utilisait, en mélange avec la tétrodoxine, pour fabriquer la poudre à zombies. Mais le dealer en proposait un tout autre usage. Il suffisait de déposer de cette substance sur un objet que toucherait la victime – verre, cuvette de toilettes, poignée de porte – pour la paralyser dans les minutes qui suivent. Ensuite, elle délirait pendant plusieurs heures, sans se souvenir une fois les effets dissipés. Idéale pour le viol anonyme, GHB puissance dix… L'un des trois enfoirés sortit des billets de sa poche.

Mes poings se serrèrent, je dus déployer toute ma volonté pour ne pas défoncer le crâne à ce camelot de merde…

Le trouble m'envahissait, ma gorge s'asséchait… Cette ambiance… Ces caves morbides… Ces lieux d'horreur… Six ans en arrière. L'Ange rouge… L'icône du mal… Son spectre planait à nouveau en moi, toujours aussi net. Une terrible impression… Celle de le voir encore surgir, drapé dans sa cape de sang.

Tout était-il réellement fini ?

J'avançai encore, aux aguets, des battements intenses enflaient en moi. Où se cachait le vendeur d'anophèles ? Et l'assassin des Tisserand ? S'embusquait-il dans ce grand cercle de ténèbres ?

Dans une niche d'aération, un peu en hauteur, un très vieil homme enveloppé d'une pèlerine brûlait des encens, face à un être recroquevillé. Entre eux, une poupée, piquetée d'aiguilles.

En dessous, à même le sol, un individu orné d'un chapeau blanc, costume de lin impeccable, assis sur un banc en carrelage, posait à plat des cartes de tarot.

Il leva un regard scintillant vers moi ; sous l'ombre de son couvre-chef, je ne distinguais que l'éclat étrange de son sourire. La carte qu'il retournait représentait le squelette de la mort.

Plus loin, on parlait venin. *Cenchris controtrix*, venin de serpent à tête cuivrée, venin de crotale des bois.

Puis drogues. Puis scorpions, noirs, jaunes, gris. À côté, une espèce de prophète, pas plus haut qu'un nain de jardin, clamant haut et fort que le règne des insectes renverserait l'évolution. Il parlait de catastrophes, d'invasion de cigales tueuses, du *Grand Festin* des criquets, propageant famine et destruction.

La puce avait amené la peste noire ; les moustiques et les tiques, les arbovirus. Selon lui, les insectes décimeraient l'humanité dans les années à venir... Pas de doute, le tueur était déjà venu ici. Et il pouvait être n'importe où, à m'épier. Devant, derrière, peut-être juste à quelques mètres. Pas loin, en tout cas. Vraiment pas loin.

Et, encore au-delà, devant l'œil aveugle d'un autre tunnel, se tenaient, sous la joute de plusieurs marchands, les spécimens les plus dangereux d'araignées ; *Loxosceles, Latrodectes, Atrax...* Abdomens rouges, poils urticants, poisons foudroyants. Autour, nombre d'amateurs. D'où germaient tous ces gens ? Combien de ces réunions secrètes dans les entrailles de la capitale ?

Au bas d'un escalier, dans un hall muré, se terrait un dernier camelot, entouré de bougies allumées. Maquillage noir, vêtements noirs, bottes noires. Une cicatrice crevait sa pommette gauche et se tendait vers son œil de verre. Il me fixa tout au long de ma descente et coassa :

— Dégage !

Mon cœur se leva, mes pas se ralentirent, tandis que je comprenais l'impossible. Taille, carrure, blessure à la face. Et si… Il me fallut un gros effort pour que je balance, d'une voix à peu près normale :

— Qu'est-ce que c'est ?

Je désignai un recueil épais intitulé *À propos de la pédiatrie*. Il n'avait que ça sur son stand, ce recueil, posé au beau milieu d'une couverture, noire elle aussi. Je croisai mon regard avec celui de l'homme. Il ne brillait dans sa pupille aucune chaleur, juste une flamme bleue de méchant diable.

Sa bouche tombait comme morte, peinte de cette noirceur des gothiques. La lame d'un cran d'arrêt jaillit.

— Je t'ai dit de te tirer ! Y a rien pour les connards comme toi !

Il avait tailladé mon frêne, peut-être avec ce même couteau. Il connaissait mon visage, savait que j'étais venu pour lui, impuissant sans mon arme, dans ce cimetière de déchéance.

Ses lèvres s'ourlèrent, dévoilant des canines taillées, alors que deux ombres grandissaient en haut des marches, les mains dans les poches.

Je l'avais face à moi, je sentais son haleine rauque. Un flic face au pire des meurtriers. *Impuissant*.

— Qu'est-ce que tu cherches ? lui demandai-je, les dents serrées.

— Toi, qu'est-ce que tu cherches ?

Il fit jouer le reflet des flammes sur son cran.

Opium ne m'avait prélevé *que* mille euros. J'en jetai deux cents sur le sol.

— Pour voir… dis-je comme dans un mauvais jeu.

Il reluqua l'argent, fit courir sa lame sur sa langue, y traçant un sillon de sang.

— Tu crois m'impressionner avec tes tours de passe-passe ? envoyai-je en récupérant mes billets.

Il me saisit le poignet et me les arracha des mains.

— Alors tu veux t'amuser un peu ? Tu peux mater…

Il me fumait, il me fumait vraiment avec ses yeux animés d'un rouge diabolique.

— …. Et pour aller au-delà, faudra allonger le pognon… Mais… Fais d'abord ton choix…

Je tirai l'album vers moi, accroupi.

Un rat de la taille d'une belle mangue grimpa sur l'épaule du vampire. En haut, le duo avait disparu. Seul avec un monstre, au fin fond de l'enfer. *À propos de la pédiatrie*. Quels horribles secrets cachaient ces épaisseurs de papier ?

Quand je tournai la première page, je ne pus repousser la vague de dégoût qui me froissa le visage.

Des photos. Des dizaines, des centaines de photos d'enfants nus, dans des positions humiliantes. Un mot claqua dans ma tête. Pédophilie.

Je jetai l'album sur le sol.

— Va te faire foutre ! Sale enfoiré !

Il replia son cran, un pli mauvais sur les lèvres.

— Pourquoi ? Tu t'attendais à quoi, hein ? Qu'est-ce que t'es venu foutre ici, dans ma place ?

Une voix à la Ray Charles, avait dit l'apicultrice. Cette voix-là était bien moins grave. Je gravis les marches en courant, alors que l'autre gueulait encore :

— Qu'est-ce que t'es venu foutre ici ? Fils de pute !

Sur le quai, des mines furieuses se braquèrent vers moi. Le fumier à la cicatrice profitait du système pour refiler ses visions de torture. Celui-là, je l'attendrais personnellement à la sortie. Si je sortais.

Concentration. Retrouver la concentration. Nettoyage mental. Chasser les images de ma tête. Ces peaux roses d'innocence, ces poitrines de lait. Eloïse… Son sourire m'apparut, sa fragilité. Mon enfant…

Chasse tout ça. L'enquête… Concentration… Gauche, droite, j'avais à présent parcouru l'ensemble des stands. Aucune piste de moustiques, de larves, de scarabées meurtriers. Échec sur toute la ligne.

Je fouillai une dernière fois parmi ces figurines démoniaques. Le nain prophète, les poisons, les drogues, le vieux sorcier…

Ma respiration s'accéléra lorsque je découvris les cartes de tarot, abandonnées sur le banc carrelé. Le squelette de la mort, retourné. Mais plus aucune trace de leur propriétaire.

Je sautai sur la voie, observant de part et d'autre. Dans un brouillard verdâtre, par-delà les stands d'araignées, la forme au chapeau blanc s'évanouissait dans le tunnel.

Mon corps se braqua dans sa direction, mes pas s'allongèrent, d'abord discrètement, tant on me reluquait, les yeux mauvais, les moues méfiantes.

Mais une fois hors de vue, dans la grande courbe souterraine, je déliai de larges foulées. L'air frais oxygéna correctement mes muscles, ma respiration gagna en fluidité, loin de la douleur endurée à Montmartre. Je trouvai rapidement le rythme d'un bon coureur de fond.

D'un coup, trois détonations roulèrent, à m'exploser les tympans. Une balle ricocha au-dessus de ma tête, une autre fusa par-derrière, au ras de mon épaule.

Je me plaquai contre le béton, haletant, ramassai

des poignées de cailloux que je projetai contre les ampoules. L'obscurité. Grondements de foule, depuis le quai.

Je m'élançai plein rail, alors que là-bas, en bout de virage, le couvre-chef disparaissait dans un conduit latéral. Je tirai sur mes jambes, poussai des orteils, aussi vite que possible. À mes trousses, la clameur se soulevait, la fuite enflammait l'acier, sous les cris les gens cavalaient, aiguillonnés par la panique. Les rats quittaient le navire.

La bouche d'aération, au-dessus, là où l'autre avait disparu. Je me ruai sur une vieille échelle en métal, tirai sur une grille et m'enfonçai dans l'ouverture infâme.

C'était une vaste conduite cimentée où l'on tenait presque debout. L'air y circulait lourd, ronflant, brûlé par ces parois écrasantes, fuyant sous la terre. Les tronçons se succédaient, dans ce noir d'encre, où les pas de l'homme-au-chapeau battaient une sinistre mesure. Une bifurcation, juste devant. Gauche… Il avait pris à gauche. Son souffle roulait furieux, sifflant, amplifié par l'écho.

Soudain, plus de pas. Je plongeai à temps, guidé par l'instinct de flic, tandis qu'un feu de poudre illuminait la gueule de ténèbres, suivi de deux autres, très rapprochés. Les balles fusèrent dans l'ellipse, éraflant le béton de flammèches rouges et de cisaillements assourdissants. La traque reprit aussitôt.

Six balles. J'avais compté six balles. Normalement, son revolver était vide.

Normalement.

Un long hurlement ébranla l'obscurité, suivi de gémissements incessants. J'accrus l'allure, les bras décrivant de grands moulinets devant moi pour me guider.

Plus loin, mon pied percuta des éboulis, mon biceps droit s'écorcha à des barres de fer. Dans ma glissade, mon oreille frôla un pic d'acier tendu en une arme mortelle. Je sentis l'odeur du sang frais, là où avait dû s'éperonner le type.

Je gueulai à mon tour, la douleur décupla ma hargne et je me mis à courir, sans garde, sans savoir si un trou allait m'avaler ou un autre obstacle me défoncer l'arcade. Le conduit n'en finissait plus mais les pas grossissaient, les halètements s'étiraient en grognements de bête.

Il y eut soudain un vent, puis le grand tourbillon du vide… La chute m'aspira. Ma main agrippa dans un dernier réflexe un panneau de signalisation vert, propulsant mon corps suspendu contre la brique. Sous mes pieds, une ligne de métro.

Feux rouges, lampes folles et… un tremblement… Une onde dévastatrice grimpait des rails, le terrible feulement d'une rame qui approchait.

Je me plaquai au mur, toujours suspendu, tirai sur les avant-bras, m'accrochai au bord de la bouche d'aération.

L'homme-au-chapeau se ruait droit devant, dans ce tunnel étroit à voie unique, boitillant, hors d'haleine. Il s'écroula, se releva, s'écroula encore, la jambe traînarde. J'aperçus, dans une giclée de sang, une barre métallique lui transperçant la cuisse. Il se hissa sur le côté, alors que le fer vibrait, que le raclement fou assourdissait.

Le convoi surgit de toute sa masse, propulsé de toute sa vitesse. Je hurlai, l'homme beugla, les deux mains en avant comme pour repousser la bête.

Dans un raz-de-marée d'étincelles, la morsure des freins me vrilla les tympans.

Sous une vapeur rouge, j'aperçus ce couvre-chef blanc qui volait comme une colombe et ce corps, au ras du mur, presque intact, les jambes volatilisées…

La rame stoppait, au fond, pleine de ses visages plaqués à la vitre arrière.

Mon cœur me faisait mal, ma trachée brûlait, ma tête tournait, enflée de souffrance. Je me laissai choir jusque terre. Ma gorge lâcha un râle maudit, tandis que mes genoux percutaient une traverse. J'engendrais la mort sous chacun de mes pas. Et les crissements… Les crissements des freins se remirent à gémir dans ma tête…

Le baiser de l'acier sur le disque. Les cris de mes chéries. Leur bouche grande ouverte au moment du choc.

Je m'arrachai les cheveux à deux mains, une poignée m'en resta entre les doigts.

Chancelant, les traits démolis par la rage, l'horreur, les pleurs, je me relevai, avançai, me penchai sur le buste, détournant le regard de cette face aux yeux implorants, de cette expression figée, clamant encore.

Ma main tremblante plongea sous la veste, fouilla la poche, en rapporta un petit carnet. Pas de papiers, pas d'argent, aucune identité. Juste ce carnet. Piètre fragment de vie…

Je tournai les pages, le cœur au bord des lèvres, alors que le chauffeur rappliquait au loin, braillant des *Mon Dieu ! Mon Dieu !* par-dessus les clameurs sourdes des passagers.

Je plissai les yeux, sous cette lumière mauvaise, synthétique.

Des heures de rendez-vous, des lieux. *Parking Est Orly, allée 4B, 3 juin, 22 h. 45. 1 cobra.*

Ou encore *Parc Brossolette, Melun. 7/3, 1 h. 15. 2 Tsé-tsé. Gros collectionneur, bon prix.*

Soudain mon corps se comprima.

19 juin. Appeler Ronan, voir possibilité Lucilies Bouchères.

25 juin. A/R Guinée pour livraison du 27. Plasmodium falciparum. Scarabées ruches : 27 juin. Livraison.

Coord : 49° 20' 29" nord, 03° 34' 20" est.

RDV à 00 h. 00.

Je fermai les yeux et m'abattis contre les parois noires de crasse.

L'homme-au-chapeau et l'assassin s'étaient rencontrés voilà vingt jours pour une livraison mortelle. Un lieu de rendez-vous dont j'avais sous les yeux les coordonnées GPS. On le tenait enfin… Peut-être…

Autour de moi, des lampes d'alerte clignotaient. Rouge, encore et toujours rouge.

Dans ces incandescences morbides, ma montre indiquait une heure quatorze.

L'homme-au-chapeau avait eu les jambes arrachées par le dernier métro.

Chapitre vingt et un

Je ne m'octroyai pas le temps de respirer, de me replier dans ce tunnel de ténèbres. Une fois l'alerte donnée, dès que les équipes pénétrèrent dans les bouches d'aération et investirent l'Ubus, je m'envolai pour ce lieu de rendez-vous secret. Brûlé par ma rage, par cette violence gratuite, cette folie grandissante, je ne marchais plus à l'intelligence, à la réflexion. Non, non. À présent, je chassais, traquais, d'une manière brute, avec mes tripes. Rien ni personne n'aurait pu m'empêcher d'aller au bout.

Pas même Del Piero qui, lorsqu'elle flaira ma colère, la fureur sourde jaillissant de mes pupilles, préféra m'accompagner et prendre le volant. Habillée en circonstance. Jean noir, sweat beige et chaussures militaires aux pieds. Loin du totem en tailleur.

Porte de Charenton. Maisons-Alfort. Créteil. Puis la gare de triage de Villeneuve-Saint-Georges, long vaisseau gris ronflant sur ses flancs. Del Piero avalait le bitume, la pédale d'accélérateur lourde, le regard porté vers l'horizon où filaient les dernières étoiles.

Dans ces visions de renaissances, sous la montée de l'astre repoussant la nuit, je n'éprouvais plus le soulagement du jour nouveau. Des cauchemars de sang et de cris me hantaient encore l'esprit. Au plus profond de moi, le cycle de la vie n'existait plus.

Je tournai des yeux vides vers Del Piero, caressant mon alliance du bout des doigts.

— Vous avez une famille, des enfants ?

Elle ne répondit pas immédiatement, comme embarrassée par cette brusque irruption dans le silence.

— Je suis divorcée… Mais j'ai deux beaux enfants, Jason et Amandine…

J'inspirai longuement, la nuque contre l'appuie-tête.

— Dans ce cas, vous ne devriez pas être ici…

Elle garda en ligne de mire la rectitude d'asphalte, imperturbable, hormis ce petit mouvement de mâchoire et cette contraction infime qui trahissaient la profondeur de ses tourments.

— Il y a une petite fille qui me rend visite, le soir, murmurai-je encore. C'est dingue… Au moment où je vous parle, je me rends compte que j'ignore même son prénom…

Je me pris le front dans la main.

— C'est tellement… étrange… Les trains… Comment elle a su pour les trains… Elle n'y connaissait rien…

— Et ?….

Je secouai la tête.

— Ce… cette gamine me rappelle tout ce que j'ai perdu, elle m'ébranle intérieurement, et pourtant vous ne pouvez imaginer à quel point je souhaite chaque soir sa présence. J'en laisse ma porte d'entrée ouverte. C'est dans le manque qu'on se rend compte de la valeur des choses et de l'importance des êtres…

La commissaire me considéra d'un air sombre.

— Pourquoi me dites-vous cela ?

— N'attendez pas de ressentir un pareil manque. Ce métier n'a pas d'issue, c'est un ogre qui vous volera vos proches. J'ai pisté des assassins toute ma vie. Le dernier d'entre eux a ravagé l'esprit de ma femme et bousillé nos existences. Celui de trop…

— L'Ange rouge, c'est ça ?

Je mirai le plafonnier.

— Chaque jour, j'ai espéré que Suzanne irait mieux, qu'elle se remettrait des sévices, des tortures physiques et morales subies durant de si longs mois. Je me persuadais que les traumatismes mentaux finissent forcément par guérir, qu'à voir notre petite Eloïse, elle trouverait la force de combattre son mal invisible. J'y ai cru, j'y ai vraiment cru… Et voilà le résultat aujourd'hui…

Je la fixai intensément.

— Croyez-moi… Ce métier vous volera votre famille.

Elle détourna le regard, la bouche légèrement ouverte, enroulée dans ce silence si éloquent. Je l'observai une dernière fois, dans l'attente d'une réplique, d'un sursaut, d'un *je sais, commissaire, mais je suis comme vous*, mais il n'y eut que la douleur muette. Je posai l'arcade sur la vitre passager, l'œil sur ces champs morts, si sinistres…

— Nous arrivons bientôt… fit-elle enfin, désignant la croupe noire d'un bois gigantesque.

— Vous n'êtes pas convaincue, n'est-ce pas ? Vous pensez que cette piste ne nous mènera nulle part ?

— Ces coordonnées GPS nous larguent au beau milieu de la forêt. Que pourrait-on y découvrir d'autre que… des arbres…

— Les cartes topographiques ne peuvent révéler ce que nos yeux apercevront.

— Peut-être… Mais avouez qu'il y a de quoi être sceptique.

— Pourquoi être venue, alors ? Pourquoi avoir réclamé Sibersky et Sanchez pour nous accompagner, alors qu'il y avait du pain pour tout le monde à l'Ubus et dans ces tunnels ?

Ses lèvres se crispèrent.

— Je… sais pas trop… Depuis le début, vous n'avez eu que de bonnes… intuitions…

— Mes intuitions… Évidemment…

Dessous, la Seine palpitait, ivre de tranquillité, alors qu'en face, la forêt de Sénart brandissait ses mâchoires d'un vert sombre. Sous les premières frondaisons, l'obscurité regagna en puissance, en lutte contre l'aube lointaine déjà rouge de chaleur. Après bifurcation, la route nous planta dans les profondeurs incertaines du lugubre. Sanchez et Sibersky vinrent se garer à nos côtés.

— Alors ? demandai-je à Del Piero en désignant le GPS portatif.

Elle sortit et annonça, sous le soleil pâle des phares :

— L'appareil indique deux kilomètres, nord nord-est. C'est-à-dire… cette direction…

Pas de sentier. Un mur d'écorces dans un délire de feuilles.

— À quoi ça rime ? beugla Sibersky. Il n'y a rien ici !

— Tu t'attendais à quoi ? répliquai-je avec agacement. Une piste balisée de flambeaux ?

Sanchez s'appuya sur le capot de sa voiture.

— Et on a besoin d'être quatre pour faire la

cueillette aux champignons ? ajouta-t-il avec un air de provocation. Je commence à en avoir ma claque de cette journée !

— Il est cinq heures du matin. Ta journée, elle vient juste de démarrer ! En route… Et la ferme !

Sous le couvert de ma Maglite, j'ouvrais la marche et Sanchez, à juste litre, la fermait.

Dans ces murailles végétales, les chênes se tordaient en spirales tourmentées, les animaux se cachaient nombreux, levant des brames lointains ou des craquements tout proches. L'endroit appelait un autre style de peur, cette frayeur d'enfant que surgissent des monstres ensanglantés et des loups mythiques. Dans la respiration lente du bois, nos cœurs battaient à l'unisson.

Nous contournâmes des mares à la brume sévère d'où claquaient des cris d'oiseaux, avalâmes des raidillons, chevauchâmes des escarpements d'humus… La forêt grossissait, tendue en arcs bruissants, au fil du GPS qui nous emportait dans cette gueule d'ogre.

À peine trois cents mètres avant la cible. Nos pas ralentirent, nos dos se courbèrent malgré le doute, dans ces ténèbres angoissantes, une fois nos lampes éteintes. Nous progressâmes alors au jugé, les paumes sur nos armes, guidés par cette seule loupiote verdâtre qui rayonnait de l'appareil électronique.

Dans les dix derniers mètres ne s'élevaient plus que nos haleines sifflantes d'angoisse et cette mort, prête à fuser de nos revolvers… Cinq… Trois… Un…

49° 20' 29" nord, 03° 34' 20" est. Pas d'erreur. Nous y étions. Les faisceaux lumineux giclèrent. Fûts, frondaisons, ramassis de branchages.

— L'emplacement d'un putain d'arbre ! Bordel ! Bordel de bordel !

Feu d'artifice d'insultes, jaillies de quatre bouches énervées.

— La piste s'arrête ici ! ragea Del Piero sans cacher sa déconvenue. Ce n'était qu'un stupide endroit de rendez-vous ! Rien d'autre ! Je m'en doutais !

Je la toisai d'un air mauvais.

— Je ne vous ai jamais priée de venir !

Sanchez se perdit dans des gestes osés, Sibersky tournait sur lui-même, les mains au ciel.

— Tous ces étangs, ces eaux croupissantes ! constatai-je sans céder à ma déception. L'endroit isolé, la proximité avec Issy-les-Moulineaux. Tout concorde ! Il aurait pu choisir tellement plus simple ! Un parking, un parc, une zone industrielle ! Pourquoi un lieu si difficile d'accès ? La prudence ne peut pas tout expliquer !

Je fixai Del Piero.

— Cette forêt doit forcément cacher des habitations non répertoriées !

— Impossible ! répliqua-t-elle, un poil irritée. Elle est sous le contrôle de l'Office national des forêts, les cartes topographiques sont régulièrement mises à jour. Croyez-moi, il n'y a ni maisons, ni souterrains, ni galeries secrètes. Du végétal… Rien que du végétal…

— Merde, c'est pas possible !

La commissaire haussa les épaules.

— Ces bois sont cernés d'agglomérations. Draveil, Etiolles, Epinay, Montgeron, j'en passe et des meilleures. Vous avez raison, l'assassin doit habiter le coin, ce qui représente un indice non négligeable. Non négligeable mais, dans l'heure, difficilement exploitable. Autant chercher une aiguille dans une botte de foin.

Je frappai du poing contre l'écorce, observai ces troncs qui chuchotaient entre eux. J'imaginai l'homme-au-chapeau-blanc face au monstre invisible, ici, en ces lieux de feuilles. Leurs regards viciés, l'échange des bestioles tueuses. La forêt… Empire des insectes… Fourmis, araignées, papillons… Encore et toujours là. Pouvait-il s'agir d'un simple hasard ? Mes lèvres se mirent soudain à trembler.

— J'ai… Merde, on aurait dû y penser avant ! App… appelez l'entomologiste !

Del Piero, qui s'éloignait sous le couvert de sa lampe-stylo, m'examina par deux fois.

— Pardon ?

— Houcine Courbevoix ! Téléphonez-lui ! J'ai peut-être trouvé le moyen de remonter à la source ! D'atteindre le tueur !

— Et on peut savoir comment vous allez vous y prendre ? râla, comme d'une tradition, Sanchez.

— La chasse aux papillons, à cinq heures du matin, ça vous tente ?

Le lieutenant Sibersky lançait des bâtons, vautré sur un tronc mort, l'inspecteur Sanchez roupillait à grandes gorgées de ronflements, tandis que Del Piero contemplait les feuilles frissonnantes dans le levant, avec de petits yeux. Quant à moi, je luttais contre la fatigue, fumant à proximité d'une mare où rampait une vapeur sinistre. Au-dessus, haut dans le ciel, les frondaisons saluaient l'arrivée du jour.

L'entomologiste débarqua enfin, sa montre GPS dans une main, un large sac de sport dans l'autre. Dans son bermuda bleu et son polo orange, il ressemblait à un manège de foire.

J'accourus vers lui.

— Tu en as combien ?

— Treize, répliqua-t-il en observant Sanchez qui avalait un dernier grognement. Le reste est mort.

— Et vous avez amené les croissants ? eut la force de plaisanter Sibersky.

Malheureusement pour lui, sa vanne n'amusa personne. Nous nous regroupâmes autour du sac ouvert. Dans de petites boîtes transparentes, les lépidoptères crépitaient d'impatience.

— Ils ont l'air nerveux, constata Del Piero en se frottant les paupières.

— Ils sentent peut-être la phéromone. Si l'assassin élève des femelles dans un rayon de dix kilomètres, ces mâles vont nous conduire directement à bon port. Vous avez eu une sacrée idée, commissaire !

— Et pourtant, il n'est pas au mieux de sa forme… confia la rouquine.

Houcine Courbevoix s'empara d'une boîte et expliqua :

— Il y a cependant un problème, et de taille. Les têtes de mort peuvent voler jusqu'à quarante kilomètres par heure. Comment allons-nous les pister ?

— Vous n'avez pas d'émetteur ou de choses comme ça ? brailla Sanchez, des brindilles plein les cheveux.

— Pas pour de si petits animaux, malheureusement.

Je me plaçai au milieu du club des cinq.

— J'ai encore une idée, mais soyez sûrs que ce sera la dernière…

Je désignai le sac de sport :

— On lâche un premier papillon ; l'un d'entre nous le suit le plus loin possible, jusqu'à la limite du champ visuel. Les autres le rejoignent ensuite ; on renouvelle l'opération avec un sphinx et un coureur différents. Je sais que nous sommes tous sur les rotules, mais ça peut valoir le coup d'essayer…

Ma proposition fut accueillie comme on reçoit un type avec un costume blanc à un enterrement. Les sourcils se levaient, les mains couraient sur les mentons crissants.

Del Piero annonça finalement :

— Je trouve que c'est excellent !

— Pas mal, tout compte fait, admit Sanchez. Si après ça je peux rentrer chez moi et me coucher…

Je hochai la tête.

— OK. Nous allons nous relayer. Priorité à la jeunesse et… attention aux chevilles…

Sibersky se mit en position.

— Prêt ? s'enquit l'entomologiste en lui tendant sa montre GPS.

Le lieutenant acquiesça. D'emblée, le papillon prit de l'altitude avant de filer dans les tissages bruissants. Le flic s'élança à sa poursuite, coupant au plus court entre des arbustes et des racines dangereuses. Je le vis tomber une fois, se relever aussitôt, le visage braqué vers le ciel. Courbevoix ramassa son sac, tira la fermeture et annonça :

— C'est de bon augure. Le sphinx ne vole que très rarement de jour…

Dans la minute, par portables interposés, Sibersky nous indiqua ses coordonnées. La commissaire les inséra dans son GPS, qui renvoya sur-le-champ une distance de trois cents mètres. Pas terrible…

Le lieutenant apparut, agenouillé dans les entrelacs de verdure. Du sang coulait de son avant-bras droit.

— Putains de ronces, grogna-t-il en serrant les dents.

— Salement amoché, nota Sanchez sans le sourire. Je peux passer mon tour ?

Sibersky, ignorant la remarque, pointa le doigt au nord :

— Il a continué par là, tu peux prendre de l'avance.

Alors qu'il s'éloignait, Del Piero déplia sa carte et leva un sourcil.

— On se dirige droit sur la Seine, à l'extrême nord de Draveil. Il… reste plus de trois kilomètres de forêt avant le fleuve…

— Et après le fleuve ?

— Encore de la forêt…

— Putain de Vietnam, soufflai-je d'une voix que j'aurais voulue moins défaitiste. Vas-y, Houcine, envoie la bête.

Plein ciel, le papillon éclata comme un éventail de deuil.

— Seigneur… On dirait que ça fonctionne… admit Del Piero en m'emboîtant le pas. Il fonce vers le nord. En plein sur la Seine…

Et nous consommâmes de la bonne tête de mort. Il y avait dans cette situation du comique et du tragique, une sombre tristesse de voir quatre éléments de la police judiciaire, à bout de forces, s'escrimer à poursuivre de pauvres bestioles ivres de sexe. De plus en plus les bois se cabraient, jouant de vallons sévères, de mares infranchissables, de raidillons douloureux…

Nous gaspillâmes rapidement les munitions. Mes jambes bouillaient, le visage de Sibersky se décomposait de fatigue, Sanchez râlait à s'en fendre la mâchoire. Del Piero aussi morflait, même si elle essayait de garder l'allure droite et la tête haute. Mais le sifflement dans sa gorge ne trompait pas. Dégâts de cigarettes…

— Il en reste deux, alerta Houcine. C'est bientôt la fin.

— Il faut… les économiser… haletai-je, les mains sur les genoux, alors que je venais de réaliser un exploit de médiocrité. À combien… se trouve… le fleuve ?

Del Piero déplia à nouveau son plan, les manches de son sweat remontées jusqu'aux coudes. Elle suait à grosses gouttes.

— Encore deux cents mètres avant de tomber sur un très grand étang, qui se déverse dans la Seine par un court chenal. Pas de pont d'indiqué… Comment allons-nous traverser ?

— Ben on va nager ! brailla Sanchez. Tant qu'à faire ! Vous n'avez…

— La ferme !!! répliquèrent quatre voix exaspérées.

Le feu de l'action nous incita à persévérer. Nos corps, bien que brûlés de fatigue, trouvaient des ressources inespérées.

Soudain la clarté grandit, le grand bleu du ciel chassa le vert sombre des feuillages. La terre se déroba pour laisser place, en contrebas, à une gigantesque clairière d'eau. Par-delà le gris-noir de la brume, dans un alentour d'arbres, s'éveillaient sur l'onde des masses fantômes, entremêlées, craquant dans un roulis inquiétant. L'entomologiste en lâcha son sac, bouche bée.

— Bon sang… Ça ressemble à…

— Un cimetière… Un cimetière de péniches…

Cernée d'un haut grillage et de barbelés, l'étendue liquide soutenait des dizaines de carcasses fracturées. Des vaisseaux éteints, veinés de rouille, frappés par la violence de l'abandon. Paysage d'apocalypse, de destruction morbide, un lieu maudit où la mort plus qu'ailleurs semblait planer. Le brouillard rampait bas, à fleur d'eau, dans un silence dramatique que seuls les gémissements de tôle blessée venaient perturber.

— J'ai déjà vu ça à Quesnoy-sur-Deûle, dans le Nord, murmura Sibersky. Elles attendent là, des années parfois, avant qu'on vienne les découper…

Del Piero s'accroupit, les pupilles dilatées.

— Vous croyez… qu'il se cache là-dedans ?

Je m'emparai d'une boîte à sphinx.

— Nous allons en avoir le cœur net…

L'insecte fila plein champ, virevolta par-dessus l'enceinte de fer avant de foncer vers l'amas d'agonies. Le brouillard le happa instantanément. Je plissai les yeux.

— Il est là… Dans l'un de ces bateaux malades…

— Merde… murmura Sanchez d'un ton soudain moins gouleyant.

— Approchons-nous en douceur…

Nous descendîmes prudemment l'escarpement de roches, coude à coude, comme dans ces grandes aventures d'adolescence, longeâmes la clôture, sur laquelle était clairement indiqué « Danger, zone non autorisée ». Autour ne se hérissait que cette violence verte, alors que dans l'horizon brumeux, au bout du canal, ronflait le fleuve.

— On dirait que le grillage court jusqu'à la Seine, grimaça Sibersky. Et il y a des barbelés partout. On ne pourra pas atteindre le cimetière sans barque…

Je lançai un regard furtif dans ce cercle irréel.

— Remontons la mare en sens inverse… Il doit forcément exister une brèche quelque part…

Demi-tour. La masse d'eau déroulait ses courbes irrégulières, à renfort de passages délicats et de sentiers rebelles. De plus en plus, la vapeur fine soufflait ses spectres éphémères.

— Là !

Un trou de taille d'homme avait dévoré le maillage de fer. Nous pûmes alors, à dos courbé, gagner la berge. À quelques brassées, voilée de ténèbres grises, *La Dérivante* pointait son long bec d'acier vers *Vent du sud*, dont ne restait de la cabine qu'un amas de bois brûlé. Dans l'ombre de cette flore lugubre, bien dissimulée, ballottait une barque chétive.

— Ça se précise… murmurai-je en tirant une amarre qui amena l'embarcation à portée de mains.

Les visages s'aggravèrent, au fil de l'odeur de décompositon grandissante.

— Si cette barque lui appartient, alors il n'est pas ici… remarqua Del Piero.

— Pas certain… Il faut rester vigilant…

Je m'emparai du dernier sphinx et m'installai à l'avant. L'embarcation bringuebala méchamment.

— On ne tiendra pas à quatre là-dedans…

Del Piero me tendit le bras.

— Je vous accompagne…

Venise, version petit budget… Labyrinthe pour trépassés. Les bêtes de fer grognaient, mordues au sang par la substance même qui les soutenait. La brume roulait entre les Titans comme une main curieuse. Del Piero se recroquevilla à l'arrière, ses yeux aux aguets fouillant ces routes endeuillées.

— Il existe un fleuve, en Enfer, que les défunts doivent traverser, lui murmurai-je en ramant. Je ne crois pas que ce soit seulement de la mythologie…

— Si vous vous imaginez me faire peur avec ça, c'est raté…

— N'empêche que votre voix tremble un peu…

— Et vous, vous parlez dans l'unique but de vous rassurer… Taisez-vous…

La nuit tomba une seconde fois, tant le brouillard nappait de ses épaisses toiles grises. Les carcasses noircissaient, l'air charriait une odeur de bois tiède, tandis que l'eau verdissait, polluée de mille déchets.

— On devrait lâcher le dernier papillon, suggéra mon équipière.

— Ce n'est pas la peine… répliquai-je en désignant la proue d'une péniche. *La Courtisane* nous attend… *La Courtisane*, d'un noir de jais, déployait ses tonnes d'acier malade. Un vieux trente-huit mètres de commerce, doté d'une cale capable d'engloutir un troupeau d'éléphants, d'un aplomb à donner le vertige. Nous en fîmes le tour sans un mot, pressés entre ces coques menaçantes, immobilisées par leurs seules ancres gigantesques.

Dans ce silence d'outre-tombe, on percevait pourtant des froissements d'ailes, des heurts chétifs mais acharnés. Là, au-dessus, les têtes de mort butaient contre le métal, comme autant de crépitements malvenus. Il n'en manquait pas une à l'appel. Douze têtes de mort…

— Ils cherchent à pénétrer… On y est… Le cœur de la machinerie meurtrière…

Del Piero pinça les lèvres, tout en dégainant son Glock. Je gravis les quatre barreaux d'une échelle branlante, qui me conduisit au pont arrière.

Les carreaux de la timonerie avaient volé en éclats, des nids de rouille dévoraient les garde-fous, les cordages enroulés se flétrissaient de moisissure. On aurait dit que le vaisseau dérivait entre deux mondes, dans ce champ de vestiges, abandonné de son équipage.

Del Piero monta à bord, se faufila le long d'un enrouloir en ruine avant de s'enfoncer dans la cabine. Bois gorgés d'humidité, gouvernail craquant, tôle froissée. Sous ses pieds, une trappe fermée.

Arme à la main, elle désigna un cadenas et chuchota :

— Trop neuf pour être d'origine…

Elle me fit signe de reculer, pointa son canon vers l'anse et, visage à couvert, yeux fermés, ouvrit le feu.

Une clameur d'oiseaux claqua au loin. Mon cœur bondit dans ma poitrine quand mon portable sonna.

— Je vais me coltiner une fichue crise cardiaque si ça continue… rageai-je en décrochant.

Tout en calmant mes doigts, j'expliquai à Sibersky, par téléphone, que tout allait bien…

Les marches, qui plongeaient façon phare breton, hurlaient sous nos pas. La péniche nous saluait à sa façon.

Nos ombres s'étirèrent en fins couteaux lorsque nos torches – enfin, la mienne, Del Piero n'avait que sa lampe-stylo – crevèrent l'obscurité. Dans le puits sombre, deux portes métalliques. Salle des machines sur la droite, cale sur la gauche. L'arme au poing, je disparus dans la cale, tandis que ma collègue tournait la poignée de l'autre porte.

Une ampoule rouge pleurait ses watts dans un minuscule sas, hermétique, saturé par le ronflement d'un groupe électrogène à allumage électronique. Cinq câbles électriques y puisaient leur énergie avant de filer sous le plancher. Face à moi, un panneau coulissant. Je portai la main vers lui lorsqu'un bip retentit, de l'arrière. Le bourdonnement stoppa, le noir ensevelit le confinement. Dans mon dos, un craquement. Un souffle. Une lueur aveuglante dans les yeux. Des mains brandies.

— Commissaire ? fit Del Piero.

— Si vous pouviez éviter de m'éblouir…

Son pinceau ausculta les lieux oppressants.

— Dans la salle des machines… Il y avait comme… un détecteur. Je crois que… j'ai déclenché quelque chose…

Je me penchai par-dessus le groupe électrogène et tentai de le rallumer, sans succès. Verrouillé par un code.

— Vous avez coupé l'électricité…

Je me redressai, tout en m'interrogeant à voix haute.

— Pourquoi a-t-il installé un tel système ? Pourquoi couper le courant ? Ou, plutôt… Pourquoi l'avoir fait fonctionner en son absence ?

Nous nous observâmes un instant, sans trouver de réponse. Pourquoi l'électricité ?

Je disséquai une dernière fois le sas. Tôle, poussière, boulons.

— Continuons.

— Attendez ! fit Del Piero. Et si c'était piégé ? Et si… des insectes tueurs nous attendaient là-derrière ? Ou… une bombe ou… un truc du genre ?

— Nous ne tarderons pas à le savoir…

— Non ! Je… je crois qu'on ne devrait pas ! J'ai comme… un mauvais pressentiment.

— Vous et vos mauvais pressentiments… Retournez à la barque si vous le souhaitez. Moi, j'entre, avec ou sans vous.

Elle me devança.

— Allons-y…

Nous dûmes pousser très fort pour que coulisse l'ouverture de fer.

Alors il jaillit, nous cerclant le visage de sa grande mâchoire affûtée. Le froid.

— On se les gèle ici… murmura Del Piero en se recroquevillant. Qu'est-ce que ça veut dire ?

J'envoyai mon faisceau sur la gauche, puis au fond, légèrement grelottant. Ce bloc plus vaste présentait des parois capitonnées, couvertes d'épaisseurs et d'épaisseurs d'isolant phonique. Je braquai ma lampe au plafond et la lumière me revint en pleine figure.

— Un immense miroir, vissé dans le plafond ! À quoi ça rime ?

Sur le côté, un grand drap suspendu à un fil d'acier séparait la pièce en deux. Tandis que nos torches avalaient l'espace clos, Del Piero s'immobilisa dans un cri étouffé.

— Jésus Sainte Marie…

Je suivis la direction de ses yeux. Dans le soleil artificiel, un visage. Paupières closes, bouche fermée, lèvres craquelées, d'un bleu mauve.

Un être nu, scarifié, labouré à la lame, aux poignets entravés par des bracelets rouillés. Les longs cheveux blonds mouraient sur les épaules déchirées, figées dans ce corps immobile, fauché en pleine jeunesse. Dans des coins opposés, de l'autre côté du drap, deux autres paires de chaînes, maculées de sang aux fermoirs. Pas de matelas, de couvertures. Juste des bols d'eau, des seaux où fermentait un mélange de déjections. Dans un dernier angle, deux climatiseurs. Les boutons tournés au minimum. Dix degrés.

Je m'approchai avec appréhension, la gorge serrée,

le front barré de plis, tandis que Del Piero retrouvait son aplomb de flic. L'odeur de mort enflait, dans cette puanteur âcre, imprégnée dans la glace des ténèbres. Sur les parois, des traces de griffes, enrayées de sang. Des morceaux d'ongles et même, planté dans un panneau de mousse, l'ongle complet d'un pouce.

Je m'accroupis, une main devant la bouche, observant de plus près le quadrillage de plaies. Bras, avant-bras, poitrine, flancs, cuisses, mollets. Rien n'avait été épargné. J'éclairai d'un peu plus près. Quelque chose clochait. Les meurtrissures n'avaient pas saigné. Elles avaient…

Soudain, les muscles tressautèrent, les paupières s'écartèrent pour s'ouvrir sur des pupilles d'un noir furieux. Des mains m'agrippèrent les cheveux, les tirant avec rage dans d'atroces hurlements. Mes traits se crispèrent de douleur, tandis que Del Piero me hissait vers l'arrière, criant à son tour :

— Elle est vivante ! Mon Dieu ! Elle est vivante !

Maria Tisserand se recroquevilla, la tête retombant entre ses cuisses déchirées. L'horreur me claqua à la figure. Cette cire, à l'intérieur des blessures…

La propolis… La propolis liquide, en durcissant avec le froid, avait empêché l'hémorragie. Une torture sans égale, qui provoquait l'agonie et la repoussait sans cesse, telle une marée au sel brûlant. Je voyais ces chaînes, de l'autre côté du drap, j'imaginais les parents, les yeux fixés sur le miroir du plafond, perdus dans cette vision indirecte, priant Dieu pour que cesse ce calvaire, ces ignominies qu'ils avaient eues à porter jusque dans leur mort, sans savoir, sans savoir combien de jours encore le monstre supplicierait leur fille.

Del Piero se redressa lentement, affichant cette grande détresse des mères.

— Il faut... appeler... L'ambulance... Faites-le... commissaire... S'il vous plaît...

Pas de réseau, tout ce métal. Je remontai en courant, prévins les secours. Le soleil grossissait, la brume se dissipait, la chaleur grimpait, rampant sur les tôles maudites...

Je fonçai à nouveau en bas, beuglant :

— La porte ! Il faut fermer la porte !

Le thermomètre ! Trois degrés de plus, déjà ! Je nous cloisonnai à l'intérieur, fixant Del Piero d'un regard perdu.

— La température ! Si la température monte, la propolis va fondre ! Merde ! Il faut... du courant !

Nouvelle ouverture de porte. Nouveau coup de téléphone. Frémissement du mercure.

Del Piero caressait le visage perdu, de toute sa tendresse. La fille vibrait d'une terreur démente, ses poignets saignaient, tant elle avait lutté contre ses entraves, encore et encore.

Nul mot pour la consoler, elle ne gémissait plus et pourtant sa bouche restait ouverte, saturée par cette violence palpable.

Et, sur ces territoires de chair démolie, de bourgeons de sang, les plaies s'étiraient à chaque geste, l'onde rouge coulait sous la propolis qui, désormais, virait plus sur le jaune clair, prête à libérer un magma de mort sous la montée du thermomètre.

— Ne bougez plus ! Ne bougez plus ! Je vous en prie !

Quatorze degrés. L'astre rayonnait sur la tôle d'une fureur sourde, bientôt l'étuve cracherait sa chaleur dangereuse. Dans le noir du confinement, entre les cuisses de Maria, se déversait ce filet de vie d'un pourpre trop foncé. Combien de fois avait-elle été violée, humiliée, battue sous le regard d'une mère fiévreuse, d'un père torturé dans ses chairs ? Je serrais les poings à m'enfoncer les ongles dans mes paumes, je pensais à mon frêne scarifié, aux affiches balafrées, dans la chambre de cette martyre, à toute cette abjection qui jaillissait comme un geyser de sang. Quel monstre était-il ? Pourquoi ? Pourquoi ? Pourquoi ?

Mes yeux roulaient fous dans mes orbites, ma colère transperçait les pores de ma peau sous cette sueur grasse, écœurante, ce boulet de sécrétions que je traînais partout. Je me relevai brutalement et, bien qu'anéanti par mon impuissance, posai la main sur un second panneau.

— Il faut voir ce qu'il y a encore là-derrière… Veillez sur elle…

Del Piero acquiesça, embrassant la jeune fille sur le front.

J'ouvris et refermai aussitôt. Mon faisceau révéla les gouffres d'inconnu. Un matelas, sur le sol. Un petit établi, couvert de répulsifs antimoustiques pour la peau, de cachets de quinine, de vitamine B6. Au fond, une chaise essoufflée, une table branlante supportant des dizaines d'ouvrages, vergetés de moisissure.

Des dessins partout, au fusain, scotchés aux parois, sur le plafond d'acier. Par dizaines, par centaines. Des fresques de terreur, des patchworks de furie. Deux hommes aux faciès déformés, brandissant leurs mains sur un corps de gosse recroquevillé. Des grandes mâchoires grises, suspendues au-dessus d'un lit tapissé d'araignées. Des trompes géantes de moustiques, creusant le marbre d'une tombe. Et, toujours, des ciels d'orages gonflés d'éclairs, saturés de nuages hideux. Ma tête tournait. Il ne restait plus un centimètre carré de tôle visible. Le Mal. Le Mal déployait ses longs tentacules noirs.

Je pivotai encore sur moi-même, ma Maglite dévoilant à chaque fois des atrocités grandissantes. Là, un poster, sur la table, représentant la copie couleur d'un tableau du Louvre. Mon cœur manqua un battement. *Le Déluge*.

Des corps enchevêtrés, nus, aux gestes dramatiques, frappés par le tumulte des eaux. Des enfants cassés par les vagues, des femmes brisées, implorant le Seigneur, des hommes tentant d'échapper à la colère céleste. Les fragiles embarcations se rompaient, dans ce chaos d'horizon torturé, de mer furieuse, alors qu'au fond, l'Arche s'éloignait sur des crêtes d'écume.

Quatre poids empêchaient le poster de s'enrouler. Braquées sur l'œuvre, deux lampes. Le tueur étudiait ce tableau. Avec la plus grande attention. Je devinais ses doigts, courir sur les êtres en perdition, je voyais sa langue tournoyer sur ses lèvres, alors que ses phalanges caressaient chaque silhouette abattue. Que cherchait-il dans cette hécatombe ?

Alors, au son de la trompette, le fléau se répandra et, sous le déluge, tu reviendras ici, car tout est dans la lumière.

Le Déluge. Le dernier pan de l'énigme était en train de s'abattre…

Je me redressai, les yeux braqués sur une autre paroi. À l'origine, ces compartiments devaient servir à séparer les différentes marchandises, mais lui leur avait attribué un aménagement plus personnel. Combien de sas macabres recelait cette cale gigantesque ?

Je fis basculer l'ouverture de ferraille de toutes mes forces, dans un roulement dramatique. Des effluves de marécages, de champignons me plissèrent soudain le visage… Ainsi qu'une chaleur de four.

Des frémissements d'ailes, des bourdonnements déments. Sur le sol, dans d'immenses cuves couvertes de filets, des centaines de moustiques vibraient, agglutinés sur les parois translucides ou des nénuphars. L'eau verdissait de microbes, de larves, d'œufs, de bestioles crevées. Bien cloisonnées, au sec, des souris couinaient, effondrées par le poids des insectes qui leur pompaient le sang. Derrière, entre deux vitres, de la terre, creusée de tunnels. Vestiges d'une fourmilière… vidée de ses occupantes… Ces tranchées de ténèbres dévoilaient l'inimaginable, les frontières d'une forteresse noire, cachée dans les limbes d'un esprit malade.

Du fin fond de ma terreur, je m'aperçus que trois des cinq cuves avaient été vidées de leurs hordes sanguinaires. Il manquait des milliers de moustiques. Le fléau… Nous arrivions peut-être trop tard.

Je posai mes doigts sur les tempes, fermai les yeux, à la recherche d'un calme intérieur, appelant des ressources qui m'aideraient à comprendre, à LE comprendre. Le Déluge, l'Apocalypse, les fusains, les Tisserand…

Franck ! Fils de pute ! Qu'est-ce que tu fais ? Tu ne nous as pas encore rejointes ?

Non ! Laissez-moi ! Je…

Amène-toi ! Amène-toi ! Fous-toi ce putain de canon dans la bouche et tire ! All…

Des cris. Ceux, longs et douloureux, d'une femme. Bien réels ! J'étais au sol, la tête contre la tôle, fiévreux de sueur. Le canon dans la bouche...

Que m'arrivait-il ?

Je me relevai, perdu, déboussolé, me ruai vers l'arrière, traversai les salles d'horreur, chevauchant le matelas, percutant la chaise, chutant lourdement sur des amas de dessins. De toute ma hargne, j'ouvris la cloison. Del Piero était à genoux, les mains couvertes de sang.

— La propolis !!! La propolis fond !!!

De petites gouttes suintaient des plaies, tandis que la cire se ramollissait lentement. Bras, cuisses, torse, épaules. Maria était immobile, le regard fixé sur la voûte, une prière au bord des lèvres. J'ôtai ma chemise, la déchirai en lambeaux, tandis que mon corps ruisselait.

— Tenez !

Nous épongeâmes les épanchements naissants, très vite le bleu de mon linge vira au rouge méchant. Un autre foyer se déploya à la cheville. Puis là, sous le sein droit. Le corps mutilé craquait comme un vieux navire. La malheureuse nous suppliait de ses grands yeux en amande, la bouche ouverte, cette bouche qui demandait encore *pourquoi ?*

Del Piero, à toute vitesse, arracha son sweat avec des mouvements fous, presque vains. Et elle murmurait, avec acharnement, sans cesser une seule seconde, *ça va aller ça va aller ça va aller*.

Des larmes grossissaient sur les joues de Maria, nos regards obliques se croisaient, vides d'espoir, tétanisés d'impuissance.

Del Piero ne trouva que des caresses à lui adresser,

des mines tendres, des prières muettes. Aucun n'aurait eu l'indécence de l'interroger, si proche du tombeau.

Maria esquissa comme un sourire, alors que ses yeux se fermaient, que la mort arrivait, étonnamment douce. La femme, à ma droite, s'enroula à côté d'elle, la serra dans ses bras, lui passa une main dans les cheveux, au bord des pleurs.

Je m'élançai vers l'extérieur, gueulant de tout mon saoul, cognant contre les rambardes jusqu'à faire saigner mes poings. Non !!! Non !!! Non !!!

Là, dans la canicule, ne s'éveillait plus que le grincement des coques fantômes, innombrables, alors qu'autour la forêt se refermait cette grande main possessive. Puis Del Piero remonta, les bras croisés sur sa poitrine laiteuse, frissonnante, me signalant sans mot que tout était fini…

Chapitre vingt-deux

La péniche s'était transformée en un tumulte de voix et d'allers-retours incessants. Policiers, légiste, inspecteurs, hauts responsables de la santé publique… Les techniciens de la police scientifique avaient pénétré en priorité, afin d'installer un couloir de rubans où nous pouvions circuler sans risques de contaminer les éléments sensibles. Poils, empreintes, squames de peau, poussière. Van de Veld les avait suivis dans la foulée, sa valise en aluminium à la main.

Accoudé au bastingage, j'observais les ondoiements qui glissaient de poupes en proues. L'astre rayonnait de son plus beau jaune, imposant dans ce profond ciel bleu. Dans des circonstances normales, cette journée aurait pu être belle.

Mais la mort rôdait. En nous et autour de nous.

Peu à peu, la fatigue m'envahissait. Mes mains tremblaient un peu moins. Plus de quinze heures sans antidépresseurs ou stimulants, Deroxat, Guronsan, Olmifon, Tranxène. Même plus de vitamine C. La pénurie de pilules, à l'appartement, était peut-être un bien, en définitive. Il faudrait tenir sans, affronter les appels au secours du corps, et résister. Ne plus sombrer…

Leclerc, cravate grise sur visage fermé, me tendit un gobelet de café.

— Tu devrais retourner chez toi une heure ou deux, fit-il en s'appuyant à son tour au garde-corps. Le temps que les premières analyses arrivent. Tu n'as même plus de liquette et, franchement, tu as une tronche à effrayer un poulpe !

Je palpai mon visage creusé. Poils crissants, cernes profonds, plis prononcés. Du pas joli-joli, en effet.

— Et Del Piero ?

— En bas, avec les techniciens… Elle a passé la chemise d'un de nos hommes, tout ça pour éviter de rentrer chez elle. Un sacré bout de femme, elle ne lâche pas facilement, elle non plus…

Il se racla la voix.

— Ce salopard de tueur sait que nous sommes ici…

— Le détecteur, dans la salle des machines ?

— Oui. Il était couplé à une vieille station d'émission qui a pu envoyer des ondes radio sur, estime l'expert, un rayon d'une vingtaine de kilomètres. C'est-à-dire jusqu'aux portes de la capitale.

— L'enfoiré…

— On ne le tient pas encore, mais avec les traces qu'il y a là-dedans, on aura bientôt son profil génétique complet et son groupe sanguin. Quant aux empreintes digitales, on en possède plus qu'il n'en faut.

— Encore faut-il des suspects ou qu'il ait un casier ! Ce dont je doute franchement.

— Pour les suspects, on va se débrouiller. Le procureur a lancé une opération d'envergure à l'église d'Issy. Nous sommes dimanche, dès la sortie des fidèles, nous allons relever les identités et procéder à un filtrage. Le barman de l'Ubus nous indiquera les clients potentiels.

— Parce que vous croyez qu'il va se pointer à la messe ? Et cet... Opium ? Vous l'avez coincé ?

— Volatilisé, avec tous ses porte-flingues, les acheteurs, les vendeurs. Un beau fiasco, quoi !

Il eut un geste de sourde violence.

— L'entrée se trouvait sous le magasin africain, voisin du bar, mais la sortie *officielle* se faisait par l'arrière-cour d'un restaurant, à plus d'un kilomètre de là. Ils ont fui comme des rats, nos équipes n'y ont vu que du feu...

Il se brûla les lèvres dans son café.

— Merde !!! Ce... cet Opium s'appelle Seal Bouregba, un escroc déjà arrêté pour vol de voitures de luxe. Avec sa petite équipe, il organisait la logistique, l'accès à la station, la remontée, les prélèvements d'argent. Un business qui permettait aussi aux patrons respectifs des établissements d'arrondir leurs fins de mois. On va quand même cuisiner ceux qu'on a sous la main, en attendant mieux. Barmen, serveurs, responsables. Peut-être obtiendra-t-on des éléments permettant de dresser un portrait-robot de l'assassin.

Je haussai les épaules.

— Il y avait un sacré monde là-dessous... Tout ceci risque de prendre du temps et des ressources.

Il se redressa brusquement et broya son gobelet dans ses mains.

— Je sais, je sais ! Ça part dans tous les coins ! Je me perds en paperasses, on me tombe dessus de partout, jusqu'au ministre de la santé, qui appelle ma hiérarchie au moins une fois par jour !

Un silence s'étira. Une envie soudaine de respirer, d'oublier un peu. Aussi difficile que de creuser le marbre.

— Trois des cinq cuves ne contenaient plus de moustiques, fis-je sans décrocher mes yeux de l'eau où mon visage las se réfléchissait. Le fléau… On est peut-être arrivé trop tard…

Le divisionnaire tentait de garder son aplomb, mais je sentais que la situation le déstabilisait, comme nous tous.

— Pour l'instant, aucun signe d'alerte dans les hôpitaux du secteur, fit-il. Mais la canicule ne nous aide pas. Les urgences des CHR sont saturées de coups de chaleur, le personnel soignant est débordé. Ça tombe vraiment au mauvais moment.

— C'était peut-être volontaire…

Je fixai Leclerc dans les yeux.

— Cette fille, il l'a violée, n'est-ce pas ?

— Van de Veld est catégorique, répliqua-t-il en réajustant sa cravate. On a retrouvé du sperme et du sang à proximité de ses entraves, dans le vagin, de même que… dans l'anus. Il l'a violée régulièrement… et par-derrière…

Torturée, bafouée, violentée sans pitié. Ma haine grandissait, cette rage incontrôlable, cette envie de tuer à mon tour. Après avoir inspiré un grand coup, je baissai les paupières et annonçai :

— Il y avait trois paires de chaînes, chacune dans un coin de la pièce… Le père, la mère, Maria… L'assassin voulait que les parents le voient agir… mais pas directement… Alors… il dresse un drap et… installe un miroir au plafond…

Leclerc frappa du plat de ses mains contre le garde-fou.

— Cet enfoiré est peut-être frustré, ou il a honte… Merde ! Il est même pas fichu d'assumer ses actes !

Il retrouva un calme apparent.

— …. Le légiste affirme qu'à première vue, le meurtrier, en mutilant la fille, n'avait sectionné aucune veine ou artère vitale. Aucune blessure, en soi, n'était mortelle. Il voulait prolonger le calvaire, le plus longtemps possible. C'est la montée de la température et la simultanéité des saignements qui ont entraîné le décès.

Mes tempes pulsaient, de plus en plus fort, tandis que ma tête bourdonnait.

— Il faut… analyser ces dessins… Comprendre… Pourquoi… Pourquoi… Je… Je vais rentrer me reposer… quelques heures… Oui, quelques heures… J'ai… la vision qui se brouille…

Alors que je m'apprêtais à embarquer dans un Zodiac, Houcine Courbevoix surgit de la cabine en courant, se pencha par-dessus la rambarde et désigna les papillons.

— Ça m'est revenu d'un coup, comme ça ! s'époumona-t-il dans de grands gestes désordonnés. Regardez-les !

Leclerc se pencha à son tour, l'air indifférent.

— Et alors ?

— Nous n'en avons découvert aucun dans la cale ! Des moustiques, oui, et j'ai même trouvé les vestiges d'une fourmilière, mais pas un seul lépidoptère ! Alors, dites-moi ce que ces mâles sont venus chercher ici ?

Je remontai les quelques barreaux, interloqué.

Exact. Ils n'avaient pas bougé d'un millimètre depuis mon arrivée avec Del Piero. Ils battaient de l'aile sur la coque, sans s'interrompre, avec la volonté farouche de percer la carapace d'acier.

Leclerc pointa un doigt autoritaire vers le pilote du canot.

— Polo ! Essaie d'en choper un !

L'inspecteur se débrouilla fichtrement bien, en équilibre sur un boudin, pour piéger un papillon. Non sans dommages, certes, puisqu'il lui amocha sérieusement l'aile droite. Le sphinx couina. Un long cri désespéré.

— Il… en faut un autre ? demanda le policier en tendant sa prise effarouchée.

— Ça devrait aller, mais restez à proximité ! fit Courbevoix en récupérant par l'abdomen l'insecte braillard. Bon… Aidons un peu ce gros nigaud à s'orienter…

L'entomologiste se précipita à l'intérieur de la cabine et lâcha la bestiole qui, un poil bringuebalante, hissa sa tête de mort en direction de la cale avant de disparaître dans le premier sas.

— Laissez passer la bête ! brailla Leclerc.

L'autel du carnage, avec ses entraves, ses climatiseurs éteints, son drap, son miroir, s'illuminait sous le feu des puissantes lampes à batterie. Van De Veld, à proximité de sa mallette, poursuivait son travail de fouille morbide, exigeant du photographe des plans rapprochés des plaies. Derrière lui, deux techniciens gantés réveillaient l'invisible avec des produits chimiques. Le luminol, un réactif au fer des globules rouges, transformait toute marque de sang, même effacée, en une grosse trace fluorescente. On en détecta sur les parois, près des coups d'ongles, dans les fermoirs des chaînes, sur les maillons, le sol. Le cyanoacrylate de méthyle révélait, quant à lui, des flopées d'empreintes digitales, des crêtes, des lacs, des bifurcations papillaires que dévoreraient bientôt les ordinateurs, les comparant à des milliers d'autres.

Le papillon, dans son ivresse sexuelle, ignora ces activités mortifères et fonça vers le sas suivant.

Là aussi, les flashs battaient. On photographiait les dessins au fusain, on plaçait des numéros près de chaque pièce à conviction, on enfermait divers petits matériels – stylos, gommes, ciseaux – dans les sachets apprêtés. On empaquetait la mort.

Le sphinx changea brusquement de direction, traversa le rayonnement d'un halogène avant de plonger droit sur la table. Sa cavalcade amoureuse finissait ici, sur le torse nu d'une femme à l'agonie, au milieu des flots furieux et des vagues géantes.

En plein sur la scène du Déluge… Ses minuscules pattes crissaient, ses longues antennes courbes se déroulaient, comme des radars affolés. Du fin fond de son cerveau unicellulaire, il devait se demander ce qu'il faisait là.

— Merde ! Qu'est-ce que ça veut dire ? aboya Leclerc. L'Arche de Noé…

— Cette reproduction doit être bourrée de phéromone ! Une lampe ! Une lampe à ultraviolets ! réclama Courbevoix en claquant des doigts.

— Je vais en chercher une ! se proposa un technicien.

Del Piero nous rejoignit et se pencha par-dessus l'image, un trait interrogatif dans le regard.

— J'ai déjà vu l'original quelque part…

J'enfilai une paire de gants en latex et prélevai une vieille Bible à la couverture salpêtrée, posée juste à côté. Un marque-page me porta au bon endroit. *La Genèse…*

— Vous l'avez aperçu au Louvre, répondis-je en parcourant des versets du doigt. Il s'agit d'une reproduction d'un tableau de Théodore Géricault, *Le Déluge*... Mon Dieu… Écoutez ces passages, qu'il a soulignés :

« L'Éternel dit à Noé : Entre dans l'arche, toi et toute ta maison ; car je t'ai vu juste devant moi parmi cette génération...

... Tu prendras auprès de toi sept couples de tous les animaux purs, le mâle et sa femelle...

... Tout ce qui se mouvait sur la terre périt, tant les oiseaux que le bétail et les animaux, tout ce qui rampait sur la terre, et tous les hommes...

... Tout ce qui avait respiration, souffle de vie dans ses narines, et qui était sur la terre sèche, mourut... »

Je refermai l'ouvrage, les lèvres pincées.

— Il continue dans son délire, envoya Leclerc en approchant le nez. Ça rime à quoi, ces papillons ?

— Des messagers… Je crois qu'il s'en sert comme messagers… La phéromone les guide et eux nous guident à leur tour… Il voulait nous conduire à cette vision du Déluge.

— Tu voudrais dire qu'il comptait nous amener ici, tôt ou tard ?

— Possible. Et nous sommes peut-être arrivés plus vite que prévu… Il n'a pas eu le temps de tout… déménager…

— C'est du délire, putain ! répéta le divisionnaire.

Le technicien réapparut avec la lampe, qu'Houcine Courbevoix approcha du poster. Nous nous pressions tous les quatre autour, épaule contre épaule, le cœur au bord des lèvres.

Lumière. Le voile violet réveilla alors des filaments blanchâtres, indétectables à l'œil nu. Des filaments qui formaient des lettres et les lettres, des mots. De l'encre invisible, sur laquelle s'égaillaient des traces de phéromone.

— Seigneur Dieu ! s'exclama Leclerc, une main devant la bouche.

Del Piero se mordit les lèvres, ma mâchoire se figea, comme prise dans un gel instantané. L'immonde nous frappait au visage.

Sur chaque centimètre carré de la reproduction, le tueur avait noté des prénoms et la première lettre du nom. Des identités, des tas d'identités entassées les unes sous les autres.

Frédéric T... Jeanne P... Odette F... Michel O... Femmes, hommes, enfants peut-être…

Et là, successivement ? Renée M... Guy M... Damien M... Fabien M... Une famille complète ?

Une liste. Ce tableau dissimulait une liste de victimes. Je voyais ces vagues furieuses jaillir de l'œuvre et anéantir sous leur écume mauvaise des vies et des vies. Je pensais aussi aux cuves vidées de leurs insectes. La machine meurtrière était en marche, une grande main assassine capable des pires atrocités.

Leclerc leva les yeux vers ces tracés déments, ces tourbillons de colère, avant de plaquer ses deux mains grandes ouvertes sur son visage.

— Nous ne sommes qu'au début… murmura-t-il. Nous ne sommes qu'au début…

— J'ai compté… souffla Courbevoix. Cinquante-deux… Il y en a cinquante-deux…

Les prénoms tournoyaient, sous les rayons inquisiteurs. Des fantômes d'existences, qui réclamaient secours, là, sous nos yeux, si proches et pourtant si loin. Leclerc abattit ses poings sur la table, dans un douloureux souffle d'impuissance. Del Piero se tourna vers l'entomologiste.

— Nous avons découvert des insectes à proximité de chaque victime. Le confessionnal, le local de plongée. À chaque fois, de la phéromone. Mais vous n'y avez rien remarqué, ni textes, ni noms dissimulés ?

Courbevoix secoua la tête.

— Les techniciens de la scientifique ont tout examiné aux UV et j'ai vérifié derrière, au niveau des marques d'hormone. Aucune inscription particulière. Désolé…

— Merde ! Que foutaient ces putains de sphinx sur les lieux des crimes ? Ce fumier les utilise pour nous faire découvrir des pistes cachées ! Alors pourquoi on n'a rien trouvé ? J'ai l'impression que nous sommes passés au travers de quelque chose. Mais quoi ?

Del Piero grinça, tandis que je me redressai, la tête lourde, vide.

— Je… je vais rentrer… Je n'arrive plus à réfléchir… Tenez-moi… au courant, si vous avez du nouveau…

— Tu ne vas pas nous lâcher maintenant ? brailla Leclerc. Avec cinquante-deux victimes potentielles sur les bras ?

— Désolé, commissaire… Je me sens… vraiment pas bien… Un foutu mal de crâne. Ce serait pas… une bonne idée que…

Il me posa une main sur l'épaule.

— Excuse-moi. Ça fait je ne sais combien de temps que tu n'as pas dormi. Va te reposer un peu.

— Il va… falloir… qu'on me ramène… J'ai pas de… voiture…

— Polo s'en occupe.

Avant de partir, du bout, mais vraiment du bout des lèvres, je demandai au photographe de m'envoyer par mail, dès que possible, un scan de toutes ses photos et de chaque dessin. Il promit de me les fournir dans l'après-midi.

Alors que je m'éloignais en Zodiac, dans l'ombre des monstres curieux et de ce métal trop dense, je me surpris à adresser une parole au ciel, pour ces personnes que je ne connaissais pas… Ces cinquante-deux personnes…

Chapitre vingt-trois

Je n'avais jamais éprouvé un tel soulagement d'enfin regagner mon chez-moi. La fatigue avait surpassé toute forme d'énergie et de mélancolie. Une seule chose allait et venait au-devant de mes yeux. Un bel oreiller à la blancheur d'ange…

Je traversai d'un pas morne le petit carré fleuri, puis remontai les allées droites et ordonnées qui se faufilaient entre les immeubles de la résidence. Les dimanches d'été, le quartier s'animait d'une forme d'ivresse populaire. Des gens descendaient faire leur footing, d'autres promenaient leur chien dans le parc, des enfants jouaient au ballon, casquette et crème sur le visage… Tout respirait la joie de vivre. Presque tout.

Quarante-huit marches avant ma caverne, avant cet hiver perpétuel que seuls les élans ferroviaires venaient ébranler. Je ne me sentais jamais autant seul qu'entre ces quatre murs, où je vivais dans une forme de transparence, à l'image de mes trains qui n'avaient pour unique distraction que celle de tourner en rond. Une bien triste punition, en définitive. Mais tout ça m'importait peu. Dormir. Je voulais juste dormir…

Là, quelque part dans l'air, la petite odeur de marijuana s'éveillait, un coin d'horizon ouvert sur la Guyane et ma vieille voisine, que j'avais tant aimée. Elle aussi, dodelinant dans ses grands ensembles de madras, me manquait.

— Wouah, Man ! J'te savais pas si balèze ! Mate les pecs !

— Oh non !…. pas lui…

Je me retournai avec mollesse. Vautré contre la porte trente et une, Willy pompait au ralenti sur une cigarette, les volutes voilant son air détaché de Rasta paisible. Vêtu d'un pyjama à pois, il dissimulait dans ses yeux d'un jaune cireux les stigmates d'une nuit terriblement zen.

— T'aurais pas dû laisser ouvert, Man ! fit-il en se levant. On rentre chez toi comme dans un moulin ! Pas fameux, pour un flic !

Je tournai brusquement la poignée. Il disait vrai, le bougre !

— Bon sang de bonsoir ! râlai-je en levant les bras. J'étais pourtant certain de…

— T'as eu une visite, en pleine nuit. La petite fille… Drôlement fringuée, en robe de chambre bleue avec des bottines rouges.

J'écarquillai les yeux, alors que l'homme aux cheveux-serpents se glissait dans l'entrebâillement. Mes tempes battaient furieusement.

— Il devait être… trois heures du matin. Je sortais fumer mon dernier… ma dernière clope, et j'ai vu que ta porte était entrouverte. Alors je suis entré, comme je le fais maintenant.

Il désigna l'enchevêtrement de rails.

— C'était le gros bordel. Tes locos roulaient comme

des malades, ta télé bavait des tonnes de parasites, chaîne quarante-deux. J'ai tout éteint en repartant…

Je le suivais sans un mot, avec la bouche ouverte de ceux qui ne comprennent pas. Willy s'arrêta brusquement. Un nuage de fumée enroba son visage lisse.

— La môme était assise ici, les jambes croisées à l'indienne. Et elle parlait, c'était ça le pire, elle parlait à ce putain d'écran ! Crois-moi, c'était pas une hallu ! Moi, ça m'a foutu les jetons, direct ! Tiens, regarde mes bras, mes poils se dressent encore ! Tu sais, ma grand-mère jouait avec les trucs de vaudous, les Poltergeist. J'peux te garantir que ça existe !

Je fonçai dans toutes les pièces. Rien n'avait été retourné, pas de dégâts. Les trains miniatures ronflaient dans leurs alignements de voies, le poste était fermé. Je demandai à Willy, un léger vibrato dans le timbre :

— Et qu'est-ce qu'elle disait ? De quoi discutait-elle avec… cette télé ?

Le Black ourla ses lèvres charnues.

— Ça risque de pas te faire plaisir…

— Accouche, bordel !

Je passai une main sur mon front. Ruisselant. Mes mains tremblaient fort. Par-delà la fatigue, le calvaire recommençait.

— Elle disait qu'elle y arriverait, qu'elle trouverait le moyen…

Je l'agrippai par le col de son stupide pyjama.

— Le moyen de faire quoi ?

— Eh ! Doucement, Man ! T'énerve pas comme ça !

— Le moyen de faire quoi !!!

Il s'écarta d'un pas, bras en avant. Un mégot rougeoyant tomba sur la table basse.

— Le moyen de te tuer ! Aussi fou que ça puisse

paraître, cette gamine cherche à te buter, Man ! C'est elle qui t'a amoché l'avant-bras comme ça ?

Je m'écroulai dans le clic-clac, une grande détresse dans le cœur.

— Ça n'a aucun sens… Aucun sens… Cette fillette est complètement cinglée…

Willy s'assit à mes côtés.

— Elle était comme… catatonique, elle ne voyait même pas que j'étais là. Elle fixait cet écran et baratinait toute seule.

Il se frotta les épaules énergiquement, comme pour se réchauffer.

— Va falloir que tu te méfies de tout. De l'eau que tu bois, de la nourriture que t'avales, des pas que tu fais dans les escaliers. J'ai vu les yeux de cette gosse quand elle s'est tirée. C'est le Diable en personne… Crois-moi, Man, je sens ces choses-là…

Il parlait sérieusement, avec gravité, tandis que ses doigts d'ébène caressaient ses lèvres craquelées. À nouveau ma vision se troubla. En moi, autour de moi, le mauvais air gonflait. Des mouches noires bourdonnaient dans ma tête, se fracassant avec hargne dans mon esprit. Et si cette enfant n'était pas venue par hasard ? Si, d'une quelconque façon, on l'utilisait pour…

Je me levai brusquement. Après avoir enfilé un tee-shirt, je m'élançai dans l'escalier, butai à me rompre les poings sur la porte numéro sept. Sept… Sept papillons. Sept fléaux. Le sept de l'Apocalypse.

Un bruit, à l'intérieur. Le sang grimpa dans mes tempes.

— Je sais que vous êtes là ! Répondez ! Répondez !

Rien. En furie, je traversai le parterre entre les

immeubles et délogeai le concierge à coups de sonnette impatients.

— Venez m'ouvrir une porte ! ordonnai-je lorsque le jeune en jean et baskets apparut, aux côtés d'un doberman à la belle gueule d'émail.

— Un problème particulier ? répliqua-t-il d'un air las.

J'abusai de ma carte tricolore.

— Magnez-vous !

Il flanqua un coup de pied gratuit au chien, s'empara d'un large anneau de clés et me talonna au pas de course.

— C'est là ! Allez-y !

— Je ne comprends pas bien, commissaire, dit-il en fouillant dans ses doubles. Cet appartement, il n'est…

À peine avait-il débloqué l'entrée que je le poussai sur le côté et chassai le battant d'un grand geste de colère.

Une bouffée de vide me frappa le visage. Sous mes pieds, un froissement de papier. Une écriture serrée, aux lettres anguleuses. Mon écriture. *Votre fille a été enfermée dehors. Elle se trouve chez moi, au troisième, en sécurité. Numéro trente-deux. Je suis policier.* La lettre n'avait pas bougé d'un millimètre.

Le gardien fit tinter son trousseau.

— C'est ça que je voulais vous dire ! Cet appartement, il n'est plus habité depuis plus de quinze jours !

Les bras m'en tombèrent au sol. Plus un seul meuble, des pièces mortes, des murs nus.

— C'est… c'est pas possible ! Il y a une petite fille ! Elle vit ici !

Le jeune se gratta les cheveux, l'air ennuyé.

— Ça, ça m'étonnerait beaucoup… Comment s'appelle-t-elle ?

— Je n'en sais rien ! Elle doit avoir dix ans, cheveux bruns, yeux noirs ! Elle se balade souvent avec des chaussures rouges !

Je tournai un robinet. Eau coupée.

— Ça m'aide pas beaucoup, ce que vous me chantez là ! J'ai six immeubles à gérer, plus de cinq cents familles ! Vous imaginez le délire ? Des mouflettes avec cette description, il en existe des dizaines et des dizaines. Vous devriez peut-être interroger les autres locataires…

Je le remerciai et frappai chez des voisins. Cinq, six, huit, neuf. Réponse identique. Jamais vue. Mystère et boule de gomme.

Dix heures du matin. Willy avait squatté mon canapé, ses yeux explosés plus tout à fait en face des trous. Il grogna un coup quand je le flanquai dehors et refermai à double tour. Mes os me faisaient horriblement mal, mes jambes imploraient grâce, quelques bleus tapissaient ici et là mon corps épuisé. Quant à ma tête… Misère…

Je m'écroulai sur mon lit, pas douché ni changé, hors service. La mort claquait de tous les côtés. La péniche, les Tisserand, cette petite, à la violence incompréhensible. Je bouillais dans mes draps. De quelle sombre tanière sortait l'enfant au cœur à droite ? Elle m'avait épié dans mon sommeil. Elle m'avait tailladé au couteau. Elle me haïssait autant qu'elle semblait m'aimer… Ma porte… Ma porte, toujours… ouverte. Pourtant… j'étais… certain de…

… Le… Diable…

Chapitre vingt-quatre

Je me réveillai sans violence, au milieu d'une literie chiffonnée et de la chaleur écrasante. Le radio-réveil indiquait dix-sept heures vingt et une. Sept heures d'un sommeil au plomb bien trempé, le tout sans somnifères, antidépresseurs et trains qui vrombissent. Un miracle.

Après avoir ingurgité mon traitement antipaludéen, je me traînai sous la douche, où une eau tempérée me fouetta l'échine. Une énergie nouvelle connecta mes premiers neurones et, dans cette tiédeur apaisante, je ressentis une forme de bien-être presque oubliée. Je m'attardai sous le jet une bonne demi-heure.

Le soleil glorifiait la terre, par la fenêtre du salon, flattant mes belles locomotives d'un voile doré. Je versai une goutte d'huile dans les tenders des vapeurs vives, lustrai leurs bielles d'un coup de chiffon précis avant de les élancer sur les rails. Le week-end, j'aimais à m'occuper d'elles, avec ces manières de gosse, jusqu'à les entendre siffloter de plaisir. Si Eloïse pouvait voir ça…

Armé d'un paquet de biscuits, d'un bol de café, de papier et des photos de l'intérieur de *La Courtisane*, je m'installai au cœur de cette effervescence métallique, entouré par les tunnels, les montagnes, les prés animés par leurs vaches tranquilles. Avec minutie, j'étalai les pièces importantes de l'enquête. Le message, gravé dans l'église. Les photos des Tisserand, dans leur vie et dans leur mort. Les gros plans sur les scarifications de Maria, sur son visage aussi, piégé dans la terreur des dernières secondes. Le poster du Déluge, avec ses cinquante-deux identités, les fusains… Puis j'inscrivis, en grand sur des feuilles séparées, tout ce qui me venait à l'esprit… Déluge, Apocalypse, Bible, châtiment, importance du « sept ». Sept sphinx, sept trompettes, sept fléaux… Je tirais des flèches, dressais des lignes, entourais des termes, posais des interrogations…

Petit à petit, l'espace se couvrit de mes écritures, mes ratures, mes allers-retours de pensée. Mon cerveau carburait à la drogue pure du bon flic…

Je portai ma tasse de café aux lèvres mais stoppai brusquement mon mouvement. *Tu devras te méfier de tout...* avait averti le Black aux cheveux de spaghetti. Je m'emparai d'un autre papier, notai : *La petite ? La chambre 7 ?* puis bus mon petit noir d'un trait.

Mon attention se focalisa alors sur les dizaines de dessins que m'avait envoyés par e-mail le technicien. Le coup de patte était gracieux, ce salopard ne manquait pas de talent. Mais ses assauts de mine étaient horriblement macabres, tournés vers la souffrance et le repli. On sentait sur le trait la pression des phalanges, la tension d'une main mauvaise. On devinait même, à certains endroits, les pointes de crayon brisées par l'insistance. Après tout, ces illustrations ne représentaient que la mise à plat d'un esprit malade.

Très vite, des thèmes récurrents surgirent. Le sombre

du ciel, gonflé de nuages déchirés. La présence des insectes, qui se disputaient soit le thème principal – des mouches butinant entre les côtes d'un squelette, des fourmis dans les entrailles de deux cadavres en décomposition – ou qui apparaissaient en second plan, sur une fenêtre, un drap, une ampoule.

Il y avait aussi ces deux hommes soudés par la tête, avec leurs doigts crochus, leurs dents pointues, martyrisant un enfant recroquevillé qu'on ne voyait que de dos.

Ce môme... Pouvait-il s'agir de l'assassin ?

D'autres croquis représentaient une très jolie femme, à la chair pure et d'un blanc pieux, mains et pieds entravés par des cordes, reliées aux extrémités d'un vieux lit en fer. Sur son sexe rasé, le tatouage d'un nœud, une espèce de nœud marin, et des multitudes de plaies sur sa poitrine, en forme de croix, alignées comme des marques sur un calendrier. Un corps stigmatisé.

Chaque reproduction de cette captive présentait des similitudes – chambre sinistre, privée de fenêtre, au plafond bas, très bas – seule l'expression changeait, virant de la colère à la terreur, et de la terreur à la tristesse. Jamais une once de joie. Noirceur et ténèbres.

Je m'enfilai trois ou quatre biscuits, fis rouler ma nuque. Je vieillissais, mes jambes s'endolorissaient encore des jours précédents. La traque du Mexicain, puis celle dans Haxo, sans oublier les kilomètres dans la forêt, à se tordre les chevilles. Oui, je vieillissais et je n'osais imaginer la tristesse de ma vie dans quelques années, sans compagne, enfants ni petits-enfants. Un bien lugubre avenir...

Des minutes... Des minutes à me souvenir d'elles...

Suzanne, Eloïse… Impossible d'obtenir des images claires, silencieuses. À chaque fois, le crissement des freins, leurs bouches hurlantes… Seigneur… Une larme.

Retour aux esquisses, que je parcourus encore et encore. Un détail m'interloqua soudain, un détail que je n'avais pas distingué jusque-là. Je plissai un peu les yeux, découvrant, à l'arrière-plan, derrière le lit de la femme attachée, une glace renvoyant un visage très flou, tout juste suggéré. Un visage enfantin. Un môme tapi dans l'un des coins de la pièce.

Le sel de l'excitation gagna mon palais. Je fouillai dans les autres planches, mes pupilles se contractèrent, dissociant le blanc du noir, le visible de l'évoqué. Comme une illusion d'optique, la figure apparut encore. Très, très habilement dissimulée. Dans le carreau d'une fenêtre, fondue parmi les nuages agités. Puis ici, réfléchie par le marbre d'un caveau. Et là de nouveau, sur la surface d'un lac où s'écrasait une cascade. Jamais un regard direct, franc, parfaitement visible. À chaque fois, des reflets cachés.

Ces yeux de gosse lui appartenaient, ces fusains ramenaient à la surface ses traumatismes passés. Aujourd'hui comme alors, le tueur ne supportait pas qu'on le regarde en face. Les posters lacérés. Viviane, morte avec les paupières bandées. Sa fille, violée dos à son agresseur. Le miroir, installé au plafond de la cale.

Les dessins… Plafonds bas, caveaux, squelettes, insectes. L'enfermait-on, gamin, dans un lieu qui le terrorisait, une cave menaçante avec des araignées, un placard où vibraient mites et moustiques ? Pourquoi cette présence féminine ligotée ? Que signifiaient ces blessures en forme de croix, sur sa poitrine ? Était-elle battue ? Maltraitée ?

Et que dire de ces représentations, celles des deux hommes à la tête collée, pointant leurs dents menaçantes sur un bambin recroquevillé ?

Qu'avait subi le garçonnet pour que l'adulte ôte si cruellement ces vies ?

Un enfant… Peut-être ne fallait-il pas fouiller le présent… mais le passé… Je repris les notes concernant les Tisserand. La clinique d'évaluation de la dangerosité, à Paris…

Vingt années à côtoyer des milliers de malades. Vingt années… Il fallait pousser nos recherches bien plus en amont, remonter à la source. Lorsque l'assassin était tout jeunot ou adolescent…

Je parcourus à nouveau le dossier des deux médecins. Avant Paris, Grenoble… Psychothérapeutes dans un hôpital psychiatrique… Aucune info là-dessus. Rien. Je traçai un gros point d'interrogation rouge en plein milieu de la feuille.

Je fis craquer mes os carpiens, avalai quelques biscuits. Le meurtrier se rapprochait de plus en plus, son souffle glissait, là, sur chaque vertèbre de ma colonne. À travers son guet pictural, le monstre m'observait.

Un bruit, derrière. La cuisine. Je m'y précipitai. Rien. Fenêtre ouverte, minots dans la cour, chiens qui aboient. Et personne sous la table…

Tasse de café renversée, au milieu des rails. Hérissement de poils.

Mais non, c'est toi qui l'as culbutée, en te levant brusquement ! Comment serait-elle entrée ? Tu as fermé à clé !

Je furetai dans l'appartement, par précaution, puis

retrouvai ma position de réflexion. Mon cœur battait un peu plus vite dans ma poitrine, mon front libérait la chaleur de mon corps. Quant à mes doigts… Je les glissai entre mes jambes… Puis je démarrai les trains électriques, bien plus bruyants que les vapeurs vives. Ce chahut coutumier me rassura.

Je me replongeai dans le texte gravé en haut de la nef, en isolai le dernier point obscur. *Alors, au son de la trompette, le fléau se répandra et, sous le déluge, tu reviendras ici, car tout est dans la lumière.* Ma langue s'enroula sur mes lèvres. C'était subtil, très subtil. Effectivement, tout était dans la lumière. Celle qui avait permis de trouver, sous *le Déluge*, les cinquante-deux identités.

Mais pourquoi *revenir ici*, dans l'église ? Pour y dénicher une piste dissimulée ? L'entomologiste avait été formel, le confessionnal avait été passé au peigne fin des UV. Aucune prose à l'encre invisible, hormis des taches de phéromone sur Viviane Tisserand. Leclerc avait vu juste, sur la péniche : s'il n'y avait pas de texte sur les lieux des crimes, pourquoi les papillons ? Où fallait-il chercher, dans ce cas ? Dans la clarté des vitraux, derrière le tympan… ou alors…

L'Apocalypse est un texte de codes secrets, de messages cachés. Tout est en profondeur, derrière les mots, avait dit Paul Legendre. Tout est derrière les mots…

Mon cœur partit au galop. Vingt secondes plus tard, mes pieds fous dévalaient les étages. Il me fallait une échelle, une très grande échelle ainsi qu'une lampe à ultraviolets.

Parce que tout était inscrit au sommet de la colonne fissurée, dans la maison de Dieu, depuis le début…

Tu reviendras ici, car tout est dans la lumière…

Et, par douze mètres de haut, sous les arches puissantes de l'église d'Issy, un nom apparut sous la lumière ultraviolette. Un nom inconnu, barrant l'avertissement initial en une grande diagonale blanche.

Vivian Maleborne.

Chapitre vingt-cinq

Leclerc n'était pas rentré chez lui du dimanche. Quand je débarquai au 36, il pianotait sur son ordinateur portable, cerné de gobelets vides et de chewing-gums roulés en boule. Sa cravate pendait sur un porte-manteaux, dans ce bureau au plancher couleur chêne sombre, craquant comme dans un vieux grenier.

— Trois Vivian Maleborne dans toute la France, expliqua-t-il en brassant des amas de feuilles. Un gamin de douze ans, dans la Creuse… Un type de cinquante-cinq ans dans le Midi… Et un autre qui habite… dans le deuxième arrondissement !

Je me penchai par-dessus son bureau, un peu haletant.

— Ça se… précise. Et ?

— Plus tout jeune, tout jeune. Soixante-quinze ans… Ancien médecin, psychanalyste-hypnotiseur…

— C'est bien ça… L'assassin veut nous ramener en arrière. Vers le passé… Son passé…

Le divisionnaire s'écrasa dans son profond fauteuil, une nouvelle gomme à mâcher emballée entre les doigts.

— Cette affaire commence à me chauffer ! On ne

fait que subir, depuis le début. Pas fichus d'établir un putain de portrait-robot ! Dernière nouvelle, tu sais quoi ? Aucune personne de l'Ubus n'a pu identifier notre fantôme. A priori, le gus se pointait avec un masque africain sur la tronche. Non mais t'imagines le délire ? Un masque africain !

— Il se cache le visage… Mais pourquoi ?

— Seul cet Opium doit savoir à quoi il ressemble, mais pour le moment… Pff, envolé, le gros Black !

Il serra les poings sur les accoudoirs.

— Là-haut, ils n'apprécient pas cette enquête un peu trop *carte au trésor*. Ils le veulent lui, et non les cadavres qu'il a semés sur son chemin.

Je déroulai un geste de colère, levant un bras par-dessus ma tête.

— Facile à dire ! On prive déjà les gars de leurs congés, on les oblige à venir le week-end ! Tout juste si on les laisse dormir !

— Je sais, je sais… Je suis bien le premier concerné… Dimanche, vingt heures, en plein juillet et je suis ici, enfermé entre ces quatre murs à remuer la mort, mais… il devient urgent de le coincer…

— Ça a toujours été une urgence pour moi.

— Tu dois aller voir cet hypnotiseur, tout de suite. Profitons de l'avance que nous avons prise sur son *jeu* pour le contrer. Si ce fumier se sert du vieux pour nous parler, soit ! Ecoutons ce qu'il a à nous dire ! J'attends ici… Tiens-moi au courant…

Il m'interpella une dernière fois, alors que je franchissais la porte de son bureau.

— Shark ! Ça va aller ? Tu sembles un peu… pâlot.

— À trop côtoyer les macchabées, on finit par prendre leur couleur.

Vivian Maleborne habitait à deux pas du Louvre, dans un grand immeuble haussmannien dont l'entrée était protégée par un gardien en uniforme rouge. Sous l'impulsion de ma carte tricolore, l'automate m'accompagna dans les longs couloirs au plafond très haut et aux tentures de velours magnifiques.

Le docteur m'accueillit en fauteuil roulant, poussé par un sbire aussi souriant qu'une statue de l'île de Pâques. Le vieillard était vêtu d'un costume trois-pièces blanc, au col de chemise si serré que son maigre cou débordait en plis de peau disgracieux. Il portait un nœud papillon noir, en parfaite harmonie avec sa couronne de cheveux d'un gris très foncé.

— C'est un commissaire de police, annonça le pousse-charrette d'un ton sans nuance. Le commissaire Sharko.

Le médecin me fixait intensément, sans ciller. Ses yeux étaient tapissés d'un fin tulle transparent, mais on devinait, par-delà le voile, le bleu mystérieux des pierres précieuses.

— Que puis-je pour vous, commissaire ?

Sa voix était en retard sur son âge, étonnamment fluide et posée.

— J'aimerais vous parler seul à seul, si vous le voulez bien.

D'un lent mouvement de main, il congédia son majordome qui disparut dans l'une des pièces, dont le gigantisme n'avait d'égal que l'immense impression de vide qu'elles insufflaient. Peu de meubles, encore moins de bibelots, aucun tableau, juste la lumière fatiguée d'un jour blafard, agonisant sur le marbre du sol. Maleborne se dirigea en marche arrière vers le salon, à l'autre extrémité du hall, sans même se retourner.

— Installez-vous, commissaire, fit-il en désignant d'un geste approximatif des fauteuils à oreillettes beiges.

Un bar, sculpté dans un mur. Des dizaines de marques de grands whiskeys et autant de cognacs. L'ancien appréciait les bonnes choses. En m'asseyant, je déposai les fusains sur une table d'ébène. Maleborne ne réagit pas.

— De quoi allons-nous parler, commissaire ?

— D'un homme… un homme qui a dû être l'un de vos patients. Je vous ai apporté certains de ses dessins…

Un dernier rayon de soleil joua sur ses dents impeccables.

— Avez-vous vu un seul livre ici, le moindre tableau ? Mes yeux ont été toute ma vie mais aujourd'hui, ils m'ont presque abandonné. Une cataracte inopérable, j'ai le fond de l'œil mauvais, paraît-il. Le comble, pour un hypnotiseur, non ? Le fond de l'œil mauvais !

Son rire se termina en un murmure fatigué. Ça partait mal.

— Je voudrais juste…

Il me coupa encore.

— Des patients, j'en ai soigné des centaines, pour ne pas dire des milliers. Mes dernières thérapies doivent remonter à cinq ans et ma mémoire… Ah ! ma mémoire… Elle s'efface aussi vite que ma vue… Ma vie n'est plus qu'une grande plaine sibérienne…

Son regard de quartz ne me lâchait pas, figé dans l'éternel hiver de ses pupilles blanches. Que distinguait-il ? Juste des formes ? Une aura ? Des masses sans nuances ? Je me penchai vers lui, les mains entre les cuisses.

— L'individu dont je vous parle est très versé dans la religion, il se sert de supports comme l'Apocalypse ou le Déluge pour composer les messages qu'il nous adresse… Il… il pense fermement que la fin des temps arrivera avec les insectes, il les utilise comme vecteurs pour répandre sa colère… Le terme de… fléau est récurrent. Les illustrations que nous avons retrouvées sont très sombres… Ciels d'orages, cavités, squelettes et toujours des insectes… À plusieurs reprises, on y voit une femme… jeune… attachée sur un lit… Longs cheveux blonds, peau ivoirine, des croix sombres sur le corps, peut-être des mutilations… Et un tatouage sur son pubis, un tatouage en forme de nœud… Chaque…

Les lèvres usées de Maleborne s'écartèrent légèrement, tandis que le reflet acier de ses iris ensauvageait ses traits.

— …. Chaque fois, une présence l'observe, continuai-je en articulant clairement. Une présence enfantine entrevue dans…

— …. un miroir. Le visage est… très flou, vous le… distinguez à peine. Le lit est en bois… non, en métal, oui, en métal je crois, le plafond très bas… Il se dégage comme… une puissante impression… d'écrasement, d'enfermement… Je me trompe, commissaire ?

Maleborne avait parlé très lentement, avec hésitation, comme si les mots remontaient d'un puits fort profond.

— C'est… tout à fait… exact, répliquai-je sans cacher le trouble qui me gagnait.

Les sillons de son front se creusèrent plus encore,

ses longs doigts osseux s'arrimaient fermement aux roues de son fauteuil.

— Qu'a-t-il fait pour que la police se déplace chez moi ?

— Il a exécuté une famille complète. Le mari, l'épouse, la fille. Et… votre nom était caché sur l'un des textes à notre attention.

Une exhalaison brûlante siffla dans sa gorge, alors qu'il plaquait ses mains sur ses pommettes d'anorexique. Je sortis un dictaphone.

— Vous permettez que j'enregistre notre conversation ? Et, je vous en prie, ne me parlez pas de secret professionnel. Votre ex-patient a commis des actes… impensables.

Alors que les ombres croissaient autour, Maleborne finit par acquiescer. Je déclenchai l'appareil sur ses premières paroles.

— Tout ceci paraît… si loin… Comment… a-t-il pu faire une chose pareille ?

— À vous de me le dire.

Il resta un instant sans réaction, la tête un peu inclinée.

— Vincent… est venu me voir alors que je n'exerçais plus depuis… quatre bonnes années…

J'avais l'impression de me retrouver au bord d'un gouffre, avec l'incroyable envie de sauter pour me rapprocher plus vite de l'issue fatidique. Toutes les clés se cachaient dans ce cerveau émietté…

— À quand cela remonte-t-il ?

— Voilà cinq ans, fin 2000… Son cas m'intéressait, un cas… incroyable… Vraiment incroyable… Je me rappelle un être fracturé, très angoissé… incapable de se souvenir des seize… non, quinze premières années de son existence… Oui, c'est ça… Ses quinze premières années…

La partie n'était pas gagnée. Le vieux bafouillait, écumait, cherchait ses mots.

— Un homme… victime d'un cauchemar récurrent depuis son adolescence… Il y voyait… cette femme, dont vous avez parlé… sanglée sur un lit en fer… Un placard avec un trou, au fond… Le tatouage d'un nœud, sur son sexe… Ces croix sur son corps…

Une gravité lourde plombait à présent sa voix. Derrière lui, au travers d'une fenêtre ovale, des troncs hargneux s'étiraient en une armée noire. Un jardin privé, peut-être.

— Et il y avait les hurlements… C'est ça qu'il supportait le moins, Vincent… les hurlements incessants dans sa tête qui… nuit après nuit, l'anéantissaient…

Il tendit un ongle manucuré vers un porte-bouteilles.

— Pourriez-vous nous servir un peu de vin, monsieur Sharko ? Le bordeaux 85, s'il vous plaît.

Je me sentais frigorifié. Les voix, dans sa tête… Les cauchemars, les hurlements. Suzanne, Eloïse. Un être fracturé, disait-il. Brisé intérieu…

— Commissaire ? fit-il en inclinant sa maigre tête d'oiseau. Je vous sens… soudain distant…

— Ex… cusez-moi… je pensais juste… à quelque chose…

Je lui tendis son verre, bus une gorgée de ce breuvage qui devait coûter des mille et murmurai d'un timbre que j'aurais voulu moins vacillant :

— Continuez, docteur, je vous écoute…

Il huma son grand cru, puis s'en humecta d'un geste fin les lèvres avant de poursuivre :

— Avez-vous déjà vu le mental influer sur le

physique, le subconscient lutter au point de blesser et de torturer le corps ? Vincent appartenait à ces *stigmatisés*, ces êtres frappés par une puissance psychique phénoménale…

— Qu'entendez-vous par là ?

— Chaque fois que je poussais l'analyse trop loin, que je déverrouillais des portes, Vincent se mettait à saigner du nez… très intensément… C'est… la seule image physique que je garde de lui… Ces rivières rouges sur le flou de son visage…

— Le flou de son visage ? Vous voulez dire que… vous ne pouvez pas le décrire ?

Le vieillard porta ses mains noueuses à ses paupières plissées.

— Hélas non, ma vue était déjà atteinte… Je conserve juste de lui une impression générale, une vision confuse… Si lointaine…

— C'est pas vrai ! Et quelle impression ?

— Je… ne sais plus… La même impression que j'ai de vous, ce soir, sans vous distinguer réellement… Grand… Cheveux foncés… Châtain, peut-être bruns… Et une voix… très grave…

Il se prit le front dans les mains.

— …. Rien d'autre… Rien d'autre, désolé…

Je contractai les mâchoires. L'assassin s'était un jour assis ici, peut-être dans ce même fauteuil. Avait-il goûté à ce vin, lui aussi ?

— Et son nom ? Donnez-moi son nom !

— Il m'a toujours dit qu'il s'appelait Vincent… même pendant nos séances. Vous savez, l'hypnose n'est qu'un état de semi-conscience où le patient ouvre certaines barrières et en ferme d'autres… Priez un hypnotisé de se déshabiller alors qu'il n'en a pas envie, il ne le fera jamais… Vincent s'était fixé certaines règles avant de venir ici… Peut-être trop… Quelque chosc, dans sa tête, cherchait à le protéger… Quelque chose de suffisamment fort pour provoquer les saignements…

Je me levai et m'accroupis devant son fauteuil. Ses yeux rayonnaient d'un froid intense, alors qu'à l'extérieur, le soleil déclinait entre les troncs, jetant une poche d'ombre grandissant autour de nous. Le salon se transmua en une cave sombre, saturée de mystères.

— Racontez-moi son histoire, docteur.

Maleborne fronça ses sourcils neigeux.

— Ne me demandez pas des miracles, vous n'aurez que ce que ma mémoire voudra bien me restituer, c'est-à-dire… des bribes… Après soixante-dix ans, le cerveau a perdu plus de dix pour cent de sa masse… les neurones, quant à eux…

— Les enregistrements ! Vous avez bien des enregistrements audio des séances !

Il secoua la tête.

— Vincent est revenu les récupérer l'année dernière…

— C'est pas possible…

Presque triste, il plongea ses lèvres fébriles dans son verre, puis finit par dire :

— Notre travail s'est focalisé autour de sa quinzième année… Je vais vous raconter les épisodes à reculons, si vous le voulez bien… C'est de cette façon que nous avions procédé quand il se tenait là, à quelques centimètres…

— Je vous écoute.

Face à moi, deux fentes horizontales, d'un blanc de vipère.

— Vincent a... seize ans. Il habite avec… son oncle

et sa tante, au bord de la mer… Une grande maison… très lumineuse… avec énormément de fenêtres. D'en haut, on y voit les bateaux d'un côté… les maisons du village de l'autre… Vinc…

— Quel village ?

— C'était sans importance… Je n'en sais rien et… ne m'interrompez plus, s'il vous plaît… Vincent aime les journées ensoleillées… car, depuis quelque temps… les nuits lui font peur. Un méchant cauchemar s'est installé dans sa tête… Une vision qui l'arrache de son sommeil, le laissant en pleurs… Nous… remontons alors jusqu'à cette fameuse nuit… où le mauvais rêve est apparu… La nuit d'un très violent orage… Il aperçoit de grands flashs, entend les murs trembler. Le vent… gémit dans les gouttières et… les volets claquent… Au loin, la mer est noire, furieuse… Les vagues ébranlent les bateaux… Vincent hurle, recroquevillé dans un coin de sa chambre… Il tremble, urine sur le sol… Il est seul dans la maison… Son oncle et sa tante sont sortis au restaurant… Il croit qu'il va… mourir…

Maleborne claqua brusquement des doigts.

— Pour la énième fois, Vincent saigne du nez. Nous interrompons la séance… Notre avancée dans son psychique est… pénible et douloureuse, mais nous sentons que… nous sommes sur la bonne voie… Vincent accepte de poursuivre la thérapie. Il témoigne de beaucoup de volonté…

Il reprit un peu son souffle, lapa de petites gorgées de vin avant de poursuivre :

— Donc, l'orage a créé le cauchemar… Pourquoi ? Reculons… avant, bien avant cet orage. Vincent ne cauchemarde pas encore, il a quinze ans… Il vient d'arriver dans cette nouvelle demeure qui donne sur la mer… mais pour lui, à vrai dire, tout est nouveau… La plage, l'école, les camarades. Une chambre l'attend… avec des jouets, des puzzles, des disques… Il reçoit beaucoup d'amour… Des figures se succèdent autour de lui… Il sait qu'ici, il sera bien… Il est heureux… Il a l'impression de renaître, ou même de naître… L'analyse révèle qu'il… est très intelligent, comprend vite, s'adapte très facilement. C'est un gentil garçon, coopératif et entreprenant… Ceux qui le côtoient sont fiers de lui…

Les paroles ruisselaient de ses lèvres, pareilles aux remous d'une rivière tranquille. Il s'en dégageait une vibration douce, si ensorcelante que l'on avait envie de s'en laisser bercer.

— Allons plus en arrière, approchons-nous du point de rupture… Un mois plus tôt… 1980, je crois… Oui, c'est ça, 1980, l'année de la mort de Sartre… Il y a vingt-cinq ans… Important pour vous, la date, n'est-ce pas commissaire ?

— Effectivement. Vincent aurait donc aujourd'hui… quarante ans…

Il acquiesça.

— Donc, 1980… Une très longue route… la nuit… la pluie qui fouette les vitres de la voiture… Vincent est allongé sur la banquette arrière… Il pleure, il est terrorisé… Il n'a aucun souvenir de l'homme et la femme assis à l'avant… Elle, se retourne de temps à autre, sourit, lui caresse les cheveux… Avec le conducteur, elle chuchote sans cesse… Il n'entend pas, la pluie est trop forte…

Maleborne tressauta.

— …. Durant cette séance, se dresse en face de

moi un être qui sanglote, s'agite, se cabre brusquement. Je sais que le travail va aboutir. Mais je devine aussi que… l'inconscient lutte, bec et ongles. Le défi se révèle très dangereux… Les saignements croissent en intensité et violence. Mais nous poursuivons nos rencontres… Il fallait aller au bout, c'était primordial pour… sa santé mentale…

L'hypnotiseur ne racontait plus, il vivait ses paroles. Autour l'espace s'effaçait, saturé d'ombres et de spectres naissants. Ne restait du vieil homme que cette transparence oculaire, ces cristallins blessés, hermétiques aux grandes lumières du crépuscule.

— Remontons… de quelques heures… à l'origine… Avant cette longue route… Son réveil à l'hôpital… Vincent se souvient… une chambre, deux personnes autour de son lit… On lui dit que… qu'il s'est cogné la tête très violemment et… qu'il est resté dans un coma profond… plusieurs semaines… Il n'a le souvenir de rien, ces visages sont ceux de… sa tante et de son oncle… mais il ne les reconnaît pas… Sa mémoire implicite n'est pas affectée… comme souvent dans les amnésies… Il sait le nom des arbres, distingue les couleurs, peut compter jusque des mille et des mille… Un test de QI révélera même qu'il a une intelligence au-dessus de la moyenne… mais… sa mémoire explicite, celle des souvenirs, de ce qu'il fut, est anéantie… Il ignore qui il est… Il a oublié tout ce qui précédait ce réveil… Il réclame une mère, un père… On lui répond que le père est parti avant sa naissance et… que la mère est décédée d'un cancer des poumons, quand il était… tout jeune… Il ne peut qu'admettre… Il passe encore plusieurs semaines à l'hôpital, on lui explique que… sa tante et son oncle sont sa seule famille et…

qu'ils se sont toujours occupés de lui… Il va repartir avec eux et… rebâtir son identité… car sa mémoire risque… de ne jamais revenir…

Maleborne s'agita brusquement dans son fauteuil.

— …. Devant moi, Vincent s'évanouit… Une hémorragie trop forte… Je me précipite, tombe de ma chaise ! Je pose mes mains sur sa poitrine ! Le cœur ! Le cœur a cessé de battre ! Faites-le revenir ! Faites-le revenir, je vous en prie !

Je lui pressai fort la main.

— Docteur !

Il happa une grande bolée d'air, comme après une apnée douloureuse, desserra son nœud papillon d'une main frémissante et manqua d'arracher le dernier bouton de sa chemise.

— J'ai failli appeler les pompiers… Mais j'ai aperçu… une palpitation sur sa gorge… Sa jugulaire battait… Elle battait alors que son cœur… était arrêté… J'ai cru à un nouveau phénomène étrange, une manifestation de son inconscient… puis j'ai pensé à autre chose… À ces personnes qui naissent avec les organes inversés… Alors j'ai posé la main à droite… Le cœur battait…

Impossible ! Comme la fillette… Tout s'embrouillait dans ma tête. Le réel, l'imaginaire, les souvenirs. Maleborne continuait à parler, la sueur aux lèvres :

— Alors j'ai tout interrompu… C'était trop risqué… Nous… y étions presque… Nous avons failli toucher au but… Franchir le mur du coma… Tout s'est arrêté, définitivement… Je ne l'ai plus jamais revu, sauf quand il est revenu chercher ses enregistrements, l'année dernière… Alors j'ai compris… J'ai compris que la barrière avait été enfoncée, qu'il savait à présent et… qu'il cachait un… terrible… secret… Je l'ai senti…

Il était froid comme la mort… Comme la mort… On aurait vraiment dit… quelqu'un de différent… Je ne le reconnaissais pas…

Mes tempes pulsaient. La petite, au cœur à droite… Deux êtres de constitution anormale, surgis au même moment dans ma vie… Mais… Qu'y avait-il à comprendre ? C'était une histoire de dingue ! Je secouai la tête. Il fallait clore l'entretien.

— Je compatis à votre douleur, docteur… soufflai-je, mais…

— Ce n'est pas ma douleur… C'est la sienne… Vincent n'a pas subi un choc physique, comme l'ont prétendu les médecins, mais psychologique… d'une violence capable de le plonger dans le coma et de lui fracturer la mémoire. Tous ces gens… lui ont menti…

— Il faut… me donner des détails qui pourraient m'aider davantage. Ces toubibs qui l'ont soigné à l'hôpital avaient bien un nom ? Ses tuteurs aussi ? Tous ces gens, ces lieux ! S'il vous plaît !

Le vieillard rabattit sa main devant lui, comme pour mettre fin à ces évocations trop éprouvantes.

— Des noms… Bien évidemment, qu'il m'en a cité ! Il m'a même décrit un à un les jouets qu'il avait dans sa chambre, le nombre de pièces de ses puzzles. Mais… comment voulez-vous que je m'en souvienne ? C'était tellement… secondaire ! Vous ne saisissez pas bien, commissaire, je crois…

Il enveloppa son verre ballon de ses paumes, comme la flamme d'une bougie qu'on chercherait à protéger.

— Vous a-t-il déjà parlé d'une fillette ? Dix ou onze ans ? Cheveux noirs, très jolie ?

— Jamais.

— Et si je vous dis Tisserand ?

Il secoua la tête, l'air un peu agacé. Je lui énumérai des prénoms inscrits sur le tableau du Déluge.

— Non, non, non…

Le déclic du dictaphone conclut mes salves de questions. Je laissai une carte de visite sur la table.

— Vous avez raison. Il a réussi à défoncer lui-même cette barrière, il connaît l'origine de son cauchemar et la cause de son oubli. Voilà pourquoi aujourd'hui il tue des gens… Et il en tuera encore tant que nous ne l'aurons pas arrêté… J'espère que des flashs vont vous revenir. Jour ou nuit, appelez-moi, même s'ils vous paraissent sans importance.

Maleborne m'agrippa soudain le poignet et ne le lâcha plus.

— Ces personnes… Elles ont dû le blesser alors qu'il était enfant… Tout vient de là… Du traumatisme… Il ne faut pas fouiller son présent… Mais son passé… Ces prénoms… à quoi correspondent-ils exactement ?

— Il s'agit d'une liste. Une liste de cinquante-deux victimes qu'il s'apprêtait à nous livrer…

— Oh ! Mon Dieu… Cinquante-deux… Les démons de son enfance…

Ses doigts, sans plus de forces, finirent par se décrocher de ma veste. Alors que je m'éloignais, il m'interpella une dernière fois :

— Attendez ! Juste un détail, un petit détail ! Il se remémorait des montagnes… Les montagnes couvertes de neige, qu'il apercevait depuis la fenêtre de sa chambre d'hôpital…

Un nom explosa dans ma tête.

Grenoble. Là où les Tisserand avaient vécu, il y a plus de vingt-cinq ans.

Chapitre vingt-six

Ma lanterne s'éclairait progressivement. Le tueur avait subi un choc émotionnel d'une violence rare, un choc qui lui avait arraché la mémoire. Pourtant les souvenirs avaient persisté, quelque part, piégés entre les toiles complexes de son inconscient. Alors, parfois, ils affluaient par débris, dans les méandres de la nuit, au travers d'images codées, de hurlements.

Ces hurlements que Suzanne poussait elle aussi, dans nos draps trempés. *Le choc émotionnel.* Les fractures cérébrales. Quel parallélisme troublant… Le pire des assassins et ma femme, fondus dans un même moule d'oubli. Horrible signe du destin.

Pour en revenir à Maleborne, il avait tout fait exploser chez ce Vincent vingt-cinq années plus tard, par ses consultations harassantes. Quinze ans d'oubli, de joies, de peines, de mensonges ressurgis en un quart de seconde. Une véritable bombe. Aujourd'hui, Vincent se vengeait, déchirait les cicatrices de son passé à renfort de sang et de cruauté. L'hypnotiseur avait raison. Ces personnes, sur la liste du *Déluge*, établissaient le lien avec son enfance.

Pour remonter au meurtrier, il fallait aller à la

source. Vingt-cinq années en arrière. Là où tout avait commencé… Grenoble… Leclerc m'avait laissé carte blanche pour un déplacement express vers la capitale des Alpes.

Il fallait que je sente la ville frémir sous mes pieds, que j'arpente son CHR, puis l'hôpital psychiatrique des Tisserand.

Je voulais voir la chambre de son coma, de mes yeux, converser avec ses médecins de l'époque. Donner un nom à ce Vincent…

… Et mettre des visages sur les cinquante-deux identités de cette liste. Vincent revivait son enfance. La clé se trouvait là.

De retour chez moi, j'apprêtai quelques affaires pour ma longue chevauchée nocturne. Chemises, sous-vêtements de rechange, nécessaire de toilette…

L'excitation me brûlait les lèvres, en même temps qu'une très grande haine pour cet inconnu que je traquais, cet homme qui, du fin fond de sa raison, rachetait par la voie du crime ses années de vie volée.

— Tu t'en vas où comme ça, Man ? Vacances ?

Willy venait de se jeter dans mon fauteuil, son éternel mégot aux lèvres. Il n'avait toujours pas changé de pyjama. Stupides pois bleus sur fond noir.

— Tu tombes bien ! répliquai-je en enfournant dans mon sac des *Petits-Beurres*, trois bananes et mes comprimés de chloroquine. Je vais te donner le numéro de téléphone d'un collègue, ainsi que mon numéro de portable. Si tu aperçois la petite, tu nous appelles immédiatement. Tu… devras essayer de la retenir, jusqu'à ce que mon équipier arrive.

Willy dessina un huit avec ses grosses lèvres.

— Wouais… ça pourrait me causer des tas d'emmerdes ! Imagine qu'elle gueule ! J'suis un pacifique, moi, Man !

— Dans ce cas, tu la suis. Je veux savoir où elle habite. Je peux compter sur toi ? C'est très important.

Le Rasta fit jouer ses tresses de brefs mouvements de tête.

— Tu penses bien, j'suis avec toi, Man. Ma grand-mère, elle t'aimait bien. Moi aussi, je t'aime bien…

— Arrête, tu vas me faire pleurer…

Il dévoila ses dents impeccables.

— Tu reviens quand ?

— Demain soir probablement. Après-demain au plus tard…

Je descendis une première fois au sous-sol pour ranger mon sac dans le coffre, puis remontai au troisième chauffer une cafetière de café bien noir, que je transvasai dans un thermos.

Après avoir poussé Willy à l'extérieur – gentil, le Willy, mais un peu lourd à la longue – et fermé la porte d'entrée, je ressentis comme une grande victoire sur moi-même. Mes doigts tremblaient moins et je n'éprouvais pas, tout au moins dans l'instant, cette envie de me gaver de pilules. Fallait-il y voir un signe d'amélioration ?

La rectitude de l'A6. Étoiles dessus, bitume dessous. Un petit air des Red Hot, à la radio, en sourdine de mes pensées incessantes, de toutes ces images, ces dessins, ces flashs de sang. L'enquête grandissait encore en moi, avec la fougue d'un lierre sauvage. Elle chassait l'homme faible et appelait le flic, sans cesse. Ce flic qui n'avait besoin d'aucun cachet. Juste cette soif d'hémoglobine…

Mais, replié dans les ténèbres, l'homme songeait encore à son frêne, lacéré de coups de couteau. L'homme voyait les yeux blanc-bleu de Maleborne, ses lèvres craquelées murmurer des phrases enterrées, douloureuses.

Vincent… Vincent qui saignait du nez par la force de son psychisme… Un stigmatisé… Puis ce cœur à droite, comme l'enfant… Une telle rareté…

Tu n'arrêtes pas de penser aux autres. Et à nous, tu y penses ? Ta fille ? Tu sais combien elle souffre dans cette obscurité perpétuelle, sans toi ?

J'augmentai le volume de l'autoradio, ouvris les deux fenêtres arrière. L'air s'engouffra dans un grondement de locomotive. Les voix s'estompèrent un peu avant de revenir en fanfare. Le seul moyen, pour les supporter, restait de leur tenir la conversation.

Quatre heures à manger de l'asphalte, à broyer du noir, à subir le poids des reproches, à entendre rire et chantonner dans ma tête. J'avais roulé plusieurs fois sur la bande d'arrêt d'urgence, un peu ailleurs, mais heureusement, les rugosités m'avaient éjecté de cette torpeur dangereuse. Une aire de repos arriva enfin, une cinquantaine de kilomètres avant Lyon. Je mis mon clignotant…

Mes vêtements étaient imprégnés de sueur et de fumée de cigarettes, une vague odeur de café tiède fleurissait de l'habitacle. Sur le parking, des camping-cars, des caravanes, quelques chauffeurs fatigués, leurs femmes et marmots endormis à leurs côtés. Plus jeune, j'adorais quand mes parents se garaient sur ces espaces perdus, sous l'arc fantastique des étoiles. J'en garde au cœur le goût des vacances et une grande part de rêve. Un temps si lointain…

Alors que je sortais m'étirer un peu, des coups sourds résonnèrent contre de la tôle. Puis une petite voix, à peine audible :

— Au secours ! Au secours !

Ça provenait d'un coffre. Le coffre de ma voiture.

— Mince, Franck ! râla la gamine lorsque j'ouvris. T'aurais pu t'arrêter avant ! J'étouffe là-dedans !

Robe de chambre bleue et chaussures rouges. La fillette sauta hors de sa cachette, s'étira, les deux bras tendus au-dessus de sa tête, alors que je restais là, sans réaction, complètement abasourdi. Puis la colère afflua à mes joues. Je cognai avec une rage folle contre une poubelle.

— Merde ! Merde ! Merde ! Qu'est-ce que tu fiches ici !!! Je la dévorai d'un air mauvais, les dents grinçantes, tandis qu'elle regroupait ses mains sous son menton, comme pour se protéger.

— Tu me fais peur, Franck… Tu ne vas pas me frapper, hein ?

Le front baissé, j'allais et venais, avec l'acharnement d'un prédateur furieux.

— C'est toi qui me fais peur ! Qu'est-ce que tu me veux ? Dis-moi pourquoi tu es entrée dans ma vie ! Et… épargne-moi tes airs de chien battu !

Un type qui sortait de la cafétéria se retourna dans ma direction avant de se fondre dans la nuit.

— Mais… C'est… mon chat… L'autre fois, rappelle-toi ! J'étais… enfermée dehors…

— Mensonge ! Tu n'habites pas au sept ! J'ai vérifié ! Cet appartement est inoccupé !

Ses doigts fluets montaient et descendaient sur sa maigre poitrine, au rythme de sa respiration. Elle rentra la tête entre les épaules.

— Mais je te parlais pas du sept de ta résidence ! L'autre sept, dans la résidence des Ibiscus ! L'immeuble d'à côté !

— Arrête de mentir !

— Je suis venue chez toi parce qu'on m'avait dit que tu avais des trains miniatures partout dans ton appartement ! Et moi, j'adore les trains miniatures ! J'ai toujours rêvé d'en avoir, mais maman ne veut pas m'en offrir… Elle ne m'offre jamais rien…

— Pauvre petite ! On finirait presque par s'apitoyer !!!

Je dévoilai la cicatrice de mon avant-bras.

— Et ça, tu peux m'expliquer ? Mon voisin m'a raconté que tu discutais avec la télé, que tu voulais me nuire !

Elle tortilla son vêtement sous ses paumes menues. Des larmes gagnèrent ses yeux.

— Eloïse et moi, on voulait te protéger ! Ton sang malade, tu te rappelles ?

— Suffit, avec ma fille ! Ma fille est morte, elle n'est plus ici, tu comprends ?

— Oh ! Franck ! Je ne veux pas te faire du mal ! Si tu savais…

Elle se jeta contre moi et me serra fort, délivrant des torrents de larmes. Je luttai pour ne pas céder à sa douceur entêtée mais n'y parvins pas. Il restait une flamme, au fond de moi, qui brûlait encore.

Je me baissai à sa hauteur et lui caressai les cheveux.

— Ça va aller… d'accord ?

Elle acquiesça, étranglée dans ses sanglots.

— Tu entends des voix dans ta tête, c'est ça ?

— Tout le temps… murmura-t-elle en étouffant un gros chagrin. Elles ne me laissent jamais tranquille…

Parfois... elles m'ordonnent de faire des choses pas bien... Toujours la même chose... Eloïse, elle, elle joue avec moi. Elle est gentille...

Je la portai dans mes bras et la forçai à me regarder.

— Tu te souviens, l'histoire du frêne et du chêne ? Le cauchemar que j'avais eu ?

Elle opina lentement.

— À qui tu en as parlé ?

— Mais... À personne ! Je t'ai demandé de m'expliquer ! T'as jamais voulu ! Je sais même pas ce que ça signifie !

— Bon... Tu dois me donner ton nom. Des amis à moi vont prévenir ta mère, lui dire que tu vas bien. Puis on s'occupera bien de toi...

— Non ! Non ! Je ne veux plus la voir ! Elle n'est jamais là, tout ça, c'est sa faute ! Je veux rester avec toi !

— Mais même si je le voulais, je ne peux pas te garder !

— Je t'embêterai pas, promis ! susurra-t-elle en plaquant sa paume ouverte sur sa poitrine. J'vais m'asseoir dans la voiture, sans rien dire ! Tu t'apercevras même pas de ma présence !

Je la posai à terre et lui attrapai la main.

— C'est pas la question... Tout est tellement plus compliqué dans la vie des grands... On va aller à la cafétéria et appeler la police. Si tu ne veux rien me confier, je ne peux plus rien pour toi.

Elle se débattit avec une rage entêtée.

— Non ! Garde-moi avec toi ! S'il te plaît !

— Pas question. Sais-tu que je pourrais avoir de gros ennuis ?

— Justement ! Lâche-moi ou je raconte que tu m'as emmenée de force avec toi !

Je lui serrai le poignet plus fort.

— Quoi ? !

— Arrête ! Arrête ou je hurle ! J'te jure que j'vais hurler !

Je levai les mains en l'air et reculai de trois pas.

— D'accord, d'accord. Calme-toi…

— Regarde mes ongles, fit-elle avec un pli mauvais sur les lèvres. J'ai gratté, dans ton coffre. Tu es sur une aire d'autoroute avec une gosse en robe de chambre et tu ne connais même pas son nom. Les… voix… m'ont dit de cacher des choses, chez toi. Sous ton matelas, dans tes placards… Elles ont de sacrées bonnes idées, parfois, les voix…

Je virevoltai sur moi-même, les doigts brandis au ciel.

— C'est pas vrai ! Qu'est-ce que tu as planqué ? Petite peste !

Elle étira la bouche de ce sourire dangereux.

— Des… culottes de petite fille… Ils vont croire qui, à ton avis ? Et ce n'est pas parce que tu es policier !

Je dus lutter contre de très grandes forces pour ne pas la gifler. J'étais bouleversé, désorienté par le chantage d'une mioche ! Chanter pour quoi ? Je n'avais rien à me reprocher ! Absolument rien ! Et pourtant, elle me tenait par le bout du nez. J'avais l'IGS sur le dos, Leclerc m'observait d'un œil curieux ces derniers temps, comme, d'ailleurs, la plupart de mes collègues. Les apparences jouaient méchamment contre moi. Des culottes de petite fille… Elle avait le diable dans le corps.

Comment m'en débarrasser, si loin de Paris ? Hors de question de la ramener. Mais alors ? La traîner avec moi dans une enquête criminelle ? Et si sa mère la recherchait ? Je zyeutai ma montre. Trois heures du matin. Certainement pas le moment de déranger qui que ce soit, on me prendrait pour un dingue.

Excusez-moi de vous déranger, mais vous savez quoi ? Il y a une fillette embusquée dans ma bagnole ! Elle ne veut pas me dire son nom, elle veut juste rester avec moi !

Sept, immeuble des Ibiscus, qu'elle prétendait… Mentait-elle, encore une fois ? Bientôt j'en aurais le cœur net. Très bientôt ! Elle causerait, ah ça oui !

— Allez, monte là-dedans ! Et je ne veux pas t'entendre, compris ?

— Wouiiiii !

Elle effectua un aller-retour vers le coffre.

— Mon livre de *Fantômette* ! Tu vois, je ne l'ai pas oublié ! Eloïse aussi les aimait bien, ces histoires !

J'inspirai profondément, décollai d'un mouvement bref la chemise trempée de mon corps et démarrai.

L'autre, à l'arrière, chantonnait *Stewball*, l'histoire de ce cheval blessé. Je la chantais tous les soirs à Eloïse, en la bordant… Comment cette gamine pouvait-elle savoir ? Cœurs à droite, elle et le tueur… Frêne lacéré… Ses apparitions nocturnes… Sa violence, sa gentillesse… Sa mère, jamais croisée… L'appartement vide du sept… Sept, encore sept… Quelque chose d'irrationnel imprégnait cette histoire. Mais quoi ?

Malgré ma colère, mon incompréhension, je ne pus m'empêcher, dans le rétroviseur, de la fixer avec cette tendresse d'instinct, de la voir s'ensommeiller, alors qu'autour, les collines gonflaient, les vallons se creusaient, déjà tourmentés par le grognement lointain des Alpes…

Chapitre vingt-sept

Les champs avaient craqué sous la poussée des roches, les routes s'étaient brusquement tordues, l'horizon s'était déchiré en une grande mâchoire affûtée, d'un noir presque effrayant dans la nuit furieuse. Puis l'aube avait grandi, tirant son lourd soleil par l'est. Dans cette poussière d'aurore, la vapeur blanche des échappements montait toute rose de la ville. Grenoble, alors, enflait de vie, frémissant dans le grand berceau des montagnes.

L'enfant, à l'arrière. Là, à la place d'Eloïse. Dans l'obscurité, je n'avais eu qu'à imaginer. Ma fille, allongée sur la banquette, endormie. Je l'aurais réveillée doucement, un bisou sur la joue. Elle aurait voulu son grand verre de lait, avec des morceaux de biscuits coupés dedans.

Fini, tout ça… L'imagination. Juste l'imagination…

Le centre hospitalier s'ancrait sur les hauteurs, au pied de la butte Bastille et en regard des eaux palpitantes de l'Isère. C'était un grand vaisseau spatial, dont le blanc cinglant des bâtiments ultramodernes luisait par-devant le bleu-gris du granit alpin.

À l'entrée, un gardien m'indiqua la direction de

l'unité de soins pédiatriques. Sa voix sortit de ses rêves ma petite passagère, qui se frotta longuement les yeux avant de coller son front contre la vitre.

— Les montagnes !

— Exact ! Tu as bien roupillé, on dirait ?

— On est en vacances ?

— Puis quoi encore ?

Je me garai face à une immense barre aux fenêtres oblongues. Ma nuque était pleine de tension, mes muscles pareils à des cailloux. Je me versai une tasse de café tiède et agitai un paquet de biscuits par-dessus mon épaule.

— Des *Petits-Beurre*, ça te va ?

Elle secoua la tête.

— Et un verre d'eau ? Une banane ?

Même réponse muette.

— Comme tu veux, mais je laisse tout ici, si ça te tente… Bon… Tu vas m'attendre dans la voiture, OK ? Je devrais en avoir pour une heure maximum.

— Je veux venir avec toi ! répliqua-t-elle de sa voix grêle d'oisillon.

— Tut tut tut ! Rappelle-toi ce que tu as promis. Je t'ai emmenée mais, en retour, tu ne me déranges pas !

Elle abdiqua et se cala sagement dans le fond de la banquette, son livre de *Fantômette* ouvert entre les jambes.

Je piochai rapidement une chemise propre dans mon sac, me passai un filet d'eau sur le visage et lissai les plis de ma veste. Presque retapé à neuf, le vieux Sharko. Et pas tout à fait mort.

Dénicher rapidement l'interlocuteur adéquat dans un hôpital peut, pour la personne lambda, relever d'une mission impossible. Aussi fallait-il agir avec poigne. À la première blouse croisée, en l'occurrence une infirmière, j'exigeai de parler au chef de service dans les plus brefs délais. J'avais utilisé ma plus grosse voix, celle du flic sévère. Lorsque, de surcroît, elle lut *Direction de la Police judiciaire de Paris* sur ma carte et qu'elle entraperçut mon arme dans son holster, elle s'effeuilla presque.

J'eus alors droit au défilé des grades, à qui il fallait répéter encore et toujours la même histoire. Infirmière en chef, médecin, médecin-chef et, finalement, chef de service adjoint.

Ce dernier arborait un faux air du docteur Magoo. Crâne piqueté d'une poignée de cheveux, yeux luisants et une belle paire de baskets aux pieds. Son badge indiquait *Docteur Cross*.

— Je dois avouer que votre visite… me surprend un peu, fit-il en déchaussant ses lunettes. Nous sommes plutôt habitués aux brigades du coin. Mais là, direction de la police parisienne ? À… sept heures du matin ?

Une nuée d'infirmières s'était regroupée au bout du couloir. Ça chuchotait dur, mais la basse-cour se volatilisa quand Cross y alla à coups de regards furibonds. Je réajustai ma veste sur mes épaules et expliquai :

— Nous avons des raisons de penser qu'une personne que nous recherchons a été hospitalisée dans votre établissement. Et je suis ici pour le vérifier.

— Dans ce cas, nous allons régler cette affaire immédiatement. J'ai énormément de travail et très peu de temps pour le réaliser.

Le médecin me pria de le suivre et se dirigea d'un pas de grenadier derrière le comptoir de l'accueil pour s'installer devant un écran.

— Bien ! Allons-y ! Son nom ?

— Tout n'est malheureusement pas aussi simple. Je ne connais que son prénom… Et… cette hospitalisation remonte à vingt-cinq ans…

Le toubib se perdit dans un long sifflement.

— Ah d'accord ! Et… vous voulez que je fasse quoi ?

— Que vous consultiez vos archives. Cet enfant est resté plusieurs semaines dans le coma. Il…

— Je vous arrête tout de suite, trancha Cross en éteignant son écran. Nous n'avons plus ces dossiers.

Une claque en pleine figure. Docteur Magoo enfouit ses mains dans les poches de sa blouse.

— Il y a des centaines et des centaines de mètres carrés d'archives mortes sous le sol de cet hôpital. Des rapports d'entrées, de sorties, de consultations, les protocoles opératoires, établis bien avant que l'informatique devienne monnaie courante. La plupart de ces dossiers sont en cours d'informatisation, mais le Code civil nous autorise à détruire ceux de plus de vingt ans. J'aime autant vous dire qu'on ne s'en prive pas.

Six heures de route dans les pattes pour s'entendre dire ça. Les veines gonflèrent toutes bleues sur mes avant-bras.

— Et les médecins, les infirmières qui se sont occupés de lui ? Vous avez bien les moyens de les retrouver, non ? Année 1980 ! Donnez-moi les noms, juste les noms !

Une femme débarqua avec un bébé dans les bras. Elle braillait plus que l'enfant.

— S'il vous plaît ! Quelqu'un ! Docteur ! Docteur !

— Les urgences ! lança-t-il en la regardant à peine. Il faut passer aux urgences pédiatriques avant de venir ici ! L'autre aile du bâtiment, sur la gauche !

— Mais ! Il a eu plus de quarante de fièvre ! Toute la nuit ! Docteur !

Une infirmière éloigna la mère affolée, sous l'œil mauvais de Cross.

— Des fièvres, des fièvres et encore des fièvres ! Les coups de chaleur engorgent nos urgences ! Ça n'arrête pas depuis quelques jours ! Jeunes, vieux, bambins. Tout le monde y passe. Fichue canicule !

Il recouvra son calme après de petits mouvements de poitrine, puis me reluqua d'un œil blasé.

— Bref, où en étions-nous ? Ah oui ! Un coma, il y a vingt-cinq ans... Et vous aimeriez rencontrer les praticiens de l'époque... Savez-vous combien de patients nous traitons par an, commissaire ? Plus de mille... Espérer déterrer des souvenirs vieux d'un quart de siècle relève de la pure utopie !

— C'est mon problème. Y a-t-il un moyen, oui ou non ?

L'autre haussa les épaules et déroula un geste d'énervement.

— Essayez de voir avec les services administratifs ! Un bâtiment aux vitres teintées, face à la géode de cardiologie, juste derrière. Ils s'occupent de tout ça. Bon ! Excusez-moi, commissaire, mais j'ai à faire. Bonjour à la tour Eiffel...

Je l'attrapai de justesse par un pan arrière. Il n'apprécia pas vraiment.

— Une dernière chose ! Ces prénoms vous évoquent-ils quelque chose ?

Il m'arracha la liste du *Déluge* des mains, la mine furibonde.

— Vous en avez de bonnes, avec vos prénoms !

— C'est très important... Prenez votre temps...

Après un silence réfléchi, il envoya :

— Rien qui ne coïncide. Je connais bien des Olivier, Pascal, Jean. Mais… La première lettre du nom ne correspond pas… Désolé…

Il m'abandonna là, comme un rond de flan. Allez, courage ! Direction les services administratifs…

En sortant du bâtiment de pédiatrie, je reluquai de loin ma voiture. La petite lisait tranquillement à l'arrière. Cinq cents bornes, pour avaler du *Fantômette*. Et si sa mère s'était affolée ? Si elle avait appelé la police, inquiète de ne pas voir sa môme revenir ? Dans quelle galère m'étais-je embarqué ?

Services administratifs. Même topo. Carte de police, le responsable du responsable du responsable. Une attente interminable, des coups de téléphone. J'eus droit finalement à une bonne grosse, à la face de saxophoniste et aux doigts boudinés.

— La Criminelle de Paris ! fit-elle en pianotant sans se presser sur un clavier. J'aime bien le commissaire Moulin. Vous connaissez ?

— Il travaille dans le bureau juste à côté du mien.

Elle ne m'épargna pas sa plus belle risette.

— Alors, 1980… Unité de soins pédiatriques… Le chef de service était le docteur Reynalds, il a dirigé de 71 à 83. Et…

Après maints clics de souris, elle imprima une feuille.

— …. voici le listing de tous les médecins qui ont travaillé dans l'unité cette année-là. Quatorze au total… Sans compter les infirmières, quarante-sept… Je vous sors leur liste aussi… Notez que les adresses fournies sont celles de l'époque…

— Je me débrouillerai, merci bien. Puis-je utiliser votre fax ?

— Bien sûr !

Elle se mit à chuchoter.

— Dites, vous enquêtez sur quoi ? Un tueur sadique, comme dans les romans policiers ? J'adore les romans policiers.

— Plus sadique encore. Il pose des asticots dans les plaies de ses victimes et recoud par-dessus. Les pauvres se font alors dévorer de l'intérieur…

Ses joues gonflèrent comme deux petites montgolfières. Elle s'éloigna sans plus rien dire, une main devant la bouche.

Je faxai les imprimés à Leclerc, lui expliquant qu'il fallait interroger par téléphone cette cinquantaine de personnes, leur demander de se rappeler un gamin, avec un *situs inversus* et potentiellement hospitalisé dans leur service voilà un quart de siècle. Je le voyais déjà se plier de rire. Enfin, de rire… Si on peut dire…

Je remerciai la fan de séries policières et regagnai ma voiture. La mouflette aux bottines rouges sourit jusqu'à ses dernières molaires.

— Mon Franck !

— Tu vois, je n'ai pas été trop long, répliquai-je d'une voix que j'aurais souhaitée plus dure. Tu veux te dégourdir les jambes ? Il y a une machine qui fait de bons chocolats chauds dans le hall.

— J'aime pas les hôpitaux, grogna-t-elle en s'emmitouflant dans sa robe de chambre. C'est plein de microbes…

— Ah, j'oubliais ! Madame est nunuche ! Tu vas bien manger quelque chose, quand même ? Ou boire un coup ?

— Non, non et non ! Arrête de m'embêter avec ça !

Je haussai les épaules et posai mes mains à plat sur

le capot, l'énumération du *Déluge* sous les yeux. Un tas d'inconnus qui avaient sans doute vécu dans la proximité de Vincent, alors que le gamin n'avait pas quinze ans. L'hôpital de Grenoble… Probable qu'il ait passé son enfance dans la région. Et, fatalement, ces gens aussi. Il fallait oublier Paris et chercher là, autour, dans le cercle des montagnes… La solution approchait, je la sentais vibrer sur la trame de ma feuille. Cinquante-deux noms… Un passé commun, il y a vingt-cinq ans… Un enfant dans un hosto… La mémoire fracturée… Grenoble…

La tôle brunissait de chaleur. Je levai un sourcil vers ce soleil déjà agressif qui, par-delà le granit, diluait sa brûlure sibylline.

Derrière, la mère avec son bébé jaillissait des urgences, un portable à l'oreille. Hystérique. Sur le parking, les voitures s'amassaient déjà, lourdes de malades aux visages pas frais.

Des coups de chaleur, avait dit Cross. Les coups de chaleur… Les premiers symptômes du paludisme s'apparentaient à des coups de chaleur… Et si l'assassin avait profité du pic de températures pour frapper ? Pour que la maladie se noie dans l'engorgement des fièvres liées à la canicule ? Pour qu'elle puisse se développer à son maximum et… tuer ?

Certes, la vigilance sanitaire avait été renforcée dans la région parisienne, à tous les niveaux. On poserait les bonnes questions aux patients, réaliserait les tests adéquats. Mais partout ailleurs ? Comme ici, à Grenoble ? Un verre d'eau, de bons conseils et hop, dehors ?

Les urgences… La grande enseigne rouge et blanc m'appelait à elle, j'empochai alors cette fameuse liste de prénoms. Il fallait vérifier… Juste vérifier… Je me penchai par la fenêtre.

— Attends-moi encore un peu…

— Dépêche-toi, Franck, fit-elle sans relever le menton. J'ai bientôt fini *Fantômette*.

— Je ne fais que ça, me dépêcher… marmonnai-je entre mes dents.

L'ailc du service déroulait ses grands couloirs encombrés, baignés d'odeurs d'antiseptiques et bruissants de gémissements lointains. Les consultants étaient regroupés dans une salle aux parois de plexiglas, à laquelle on accédait après l'étape de l'accueil où une file d'attente grossissait déjà. Je doublai sans ménagement, provoquant des grognements et des protestations basses, puis brandis ma carte de police à la secrétaire.

— Un docteur, et vite !

Une femme en blouse, très cernée, apparut dans la minute. Je lui resservis mon discours passe-partout, expliquant qu'il me fallait absolument le listing de leurs récents clients.

Elle m'emmena dans un bureau fermé puis souffla un grand coup.

— Un peu de calme… ça fait tellement de bien…

Elle mit en route un logiciel.

— …. Ça n'en finit plus. Nous avons eu plus de cent patients en moyenne ces derniers jours…

— Vous pouvez imprimer ?

— Je ne préfère pas, pour des raisons de confidentialité, mais je peux répondre à vos questions. Que voulez-vous, précisément ?

Je dépliai ma feuille de papier.

— J'ai en ma possession une série de prénoms avec,

chaque fois, la première lettre du nom. J'ai besoin de savoir si ces personnes sont passées ici.

— D'accord… Donnez-moi juste une période de départ…

— Saisissez… deux semaines en arrière…

— OK… Démarrons la recherche au 5 juillet… Je vous écoute…

— Odette F...

— …. Non…

— Gérard G... Monique L...

— Non… Non…

— Frédéric T... Jeanne P... David O...

Elle eut un geste fatigué, alors que je débitais les identités.

— …. Non… Non… Et non. Vous en avez encore beaucoup comme ça ?

Je perdis les dernières forces qui m'animaient. J'en avais plein les bottes. Cinq cents bornes de bitume, pour remuer un passé dont personne ne voulait se souvenir. J'écrasai la feuille entre mes doigts et, dans un dernier sursaut de rage, lançai :

— Il faut… essayer encore ! Alexis U... Nathalie R... Roland D...

Elle soupira de lassitude.

— Non… Non… et… N... Attendez ! J'ai un Roland Dumortier ! Avant-hier en milieu d'après-midi !

Mon cœur partit en fanfare.

— Pour… Pour quelle raison ?

— Fièvre et fortes suées. Un simple coup de chaleur…

Le virage d'une enquête criminelle, jailli des lèvres d'une toubib qui ne se doutait de rien.

— Ce… n'est peut-être qu'un hasard, un simple hasard… Continuons ! Thierry H, Arnaud P, Valérie U...

Elle cessa de taper au clavier.

— Mais que cherchez-vous exactement ?

— Poursuivez, s'il vous plaît ! Je répète, Thierry H, Arnaud P, Valérie U...

— Doucement, commissaire… Non… Non… Et non…

— René G... Yvonne G...

Une nouvelle expression de surprise écarquilla ses yeux.

— C'est dingue ça ! Ils sont venus hier tous les deux pour… un coup de chaleur !

Elle fit courir son doigt sur l'écran, fronçant les sourcils.

— Mais… c'est assez curieux… une minute !

— Quoi ? Quoi !

Des rides lui barrèrent le front.

— Avez-vous un… Christian Valentin sur votre liste, une… Laurette Boidin et un… Michel Vortreux ?

Christian V, Laurette B, Michel V. Je hochai vivement la tête, au bord de l'asphyxie. Le docteur m'invita derrière son bureau, avec de petits gestes rapides de la main.

— Comment avez-vous deviné ? haletai-je.

— Voyez ! Toutes ces personnes habitent un lieu-dit, situé sur les hauteurs, à une quinzaine de kilomètres d'ici…

— Seigneur ! C'est pas possible ! Dites-moi que j'hallucine !

— Excusez-moi, commissaire, mais… C'est quoi le problème ? Je…

— *La Trompette blanche*... Ces gens habitent tous *La Trompette blanche* !

— Et alors ?

Je portai mes paumes à mes joues. J'avais l'impression que mon corps se vidait de son sang. *Alors, au son de la trompette, le fléau se répandra.* La Trompette blanche…

— Commissaire ? Commissaire ?

Une douleur brûla en moi, une profonde déchirure des chairs. Les noms, cette encre aveugle sur du papier, prenaient subitement vie. Des hommes, des femmes étaient peut-être en train de mourir. Je voyais encore le cadavre de Viviane Tisserand, nu, foudroyé par cette maladie ignoble. Des millions de parasites dans son organisme, détruisant un à un ses globules rouges, escaladant les viscères jusqu'à frapper son cerveau. Je posai une main sur mon ventre, instinctivement, parce que cette saloperie y avait peut-être grossi et une grande vague nauséeuse remonta jusque dans ma gorge. Je me pliai en deux. Mon front se tartinait de sueur, mes yeux bouillaient dans leurs orbites. Le médecin m'attrapa par l'épaule.

— Que se passe-t-il ? Commissaire !

— Il faut… aller vérifier, tout de suite… Tout de suite…

— Vérifier quoi ?

— Le paludisme !

— Mais que…

— Un moyen ! Est-ce qu'il y a un moyen rapide de savoir si quelqu'un est contaminé ?

Elle se cabra brusquement.

— Mais lâchez-moi, bon sang ! Qu'est-ce qui vous prend ?

Je levai les bras en l'air.

— Ex… excusez-moi ! Mais des personnes sont en danger ! Dites-moi s'il y a un moyen de savoir si on est infecté par cette putain de maladie !!!

Impossible de maîtriser mes mains, prises de violents soubresauts. Mon interlocutrice recula, un pas derrière l'autre, partagée entre terreur et incompréhension.

— Il… faudrait voir avec le service des maladies infectieuses. Je…

— Faites ! Qu'on ramène ce qu'il faut ! Vite ! Vite !

Elle se mordit les lèvres.

— Je ne sais pas à quoi vous jouez mais… Attendez ici !

Je ne tenais plus en place. Mon corps partait en lambeaux, les afflux de sang poussaient les parois de mes veines. Cinquante-deux noms, étalés sur le papier comme autant de pierres tombales. Un carnage démesuré.

Elle réapparut avec un type balèze, genre gardien de phare, qui portait une mallette en aluminium. Docteur Flament.

— Qu'est-ce que c'est que ce bordel ! furent ses premiers mots.

— Commissaire Sharko, DCPJ de Paris. Vous avez de quoi tester là-dedans ?

Il hocha la tête, se forçant un peu.

— J'ai des kits de Parachecks, utilisés par les équipes mobiles qui partent pour…

— Parfait. Allons-y ! envoyai-je en m'élançant vers l'entrée.

Mais Flament ne bougea pas d'un millimètre. Sa grosse moustache noire mangeait ses lèvres pincées.

— Avant, vous m'expliquez ce qui se passe ! répliqua-t-il d'une voix très grave. Vous débarquez ici, exigez un tas d'informations, agressez presque ma consœur, me demandez de vous suivre pour… vérifier si des patients sont atteints du paludisme ? Ça n'a aucun sens ! Où sont vos collègues ?

Je le harponnai par la manche.

— Je vous jure que vous allez comprendre ! Mais s'il vous plaît, suivez-moi ! Des vies sont en jeu !

Le colosse hésita, puis finit par s'adresser à la toubib.

— Je reste joignable sur mon portable !

Elle acquiesça, bouche bée.

Nous fonçâmes sur l'asphalte, remontâmes la longue bâtisse de pédiatrie jusqu'à ma voiture. Une fois assis, Flament posa sa petite valise sur ses genoux.

— Voilà… les adresses que… votre collègue m'a données… haletai-je en lui tendant un imprimé. Nous devons nous rendre… à La Trompette blanche et… voir si ces gens… réagissent à votre test paludique…

À l'arrière, la petite regroupa ses genoux contre sa poitrine.

— C'est un docteur ! Pourquoi tu ramènes un docteur ici ? Tu essaies de me jouer un mauvais tour !

Je me retournai brusquement.

— Toi, ce n'est pas le moment, OK ? Il n'est pas là pour toi ! Il veut juste m'aider !

Je passai la marche arrière et fis crisser mes pneus.

— Ne faites pas attention à… ma nièce, justifiai-je en fixant mon rétroviseur. Je joue les baby-sitters, on ne devait normalement pas bouger mais il y a eu un imprévu. Je ne pensais pas que la journée serait aussi… agitée…

Le médecin serra si fort son attaché-case que les jointures de ses poings blanchirent.

— Elle… a l'air… charmante…

Il était devenu blanc comme la mort.

— Un problème ? dis-je en l'observant en coin. Vos mains… Elles… tremblent très fort…

— Pou… Pourriez-vous… vous arrêter à l'entrée ? Je dois… signaler ma sortie…

Je fronçai les sourcils. Sa voix trahissait une peur bleue.

— Signaler votre sortie ? Mais… Ça n'a aucun sens !

Il parlait sans me regarder, un pli inquiet sur les lèvres.

— C'est… la procédure…

— Pourquoi me mentez-vous ?

— Je… je ne vous mens pas…

Alors que je ralentissais au niveau du poste de garde, il me lança sa mallette au visage et se jeta sur moi, les deux bras en avant. J'eus le temps d'enfoncer par réflexe la pédale de frein.

— Mais ! Arrêtez !!!

Il me domina de tout son poids, comprimant ma joue contre la vitre. Une main m'agrippait les cheveux, une autre appuyait sur ma pomme d'Adam. Je parvins à envoyer un coup de boule sur le côté, il y eut alors un bruit d'os broyé.

Dans un long cri rauque, il pressa encore, de plus en plus fort, alors que des clameurs montaient de l'extérieur. Je m'arquai violemment, sa tête percuta le plafond et il finit sur son siège, à moitié groggy.

Devant, la barrière s'abaissait, deux hommes couraient dans ma direction.

Je démarrai en trombe, grillai le feu et fonçai droit dans l'avenue, laissant le grand vaisseau blanc dans mon rétroviseur. Je secouai le médecin par sa blouse.

— Mais qu'est-ce qui vous a pris ?

Flament déplia un mouchoir sur son nez, un bras levé pour se protéger.

— Vous… Vous êtes malade… Il faut… vous faire soigner…

— C'est à vous de vous faire soigner ! Vous m'agressez sans raison ! Je suis commissaire de police, bon sang ! Commissaire de police !!!

Il se ratatina contre la fenêtre passager.

— Laissez-moi m'en aller… Je vous en prie… Qu'est-ce… que vous allez me faire ?

— Mais je ne vais rien vous faire ! C'est dingue ça ! Vous me prenez pour qui ?

— Vous… vous êtes créé un univers dément… Ces gens n'ont pas… le paludisme… Vous n'êtes pas… commissaire de police…

— Ah d'accord ! J'aurais peut-être dû vous briefer avant, il est vrai que la situation…

— Il n'y a personne non plus à l'arrière de cette voiture… Aucune petite fille… Tout ceci… sort de votre imagination.

Je freinai violemment et l'empoignai par le col. Des bagnoles klaxonnèrent.

— Vous commencez à me chauffer sérieusement, OK ?

À l'arrière, la gamine envoyait de grosses grimaces, tirant sur son nez et retournant ses paupières.

Le médecin devenait hystérique. Il embrassa l'arrière de l'habitacle avec de grands gestes circulaires.

— Rien ! Il n'y a absolument rien ! hurlait-il. C'est dans votre tête !

La môme glissa sa frimousse entre nous.

— C'est parce qu'il ne peut pas me voir, murmura-t-elle. Il n'a pas cette sensibilité qu'ont certains, prédisposés… Tu es… différent… Il ne pourra jamais comprendre. Ne perds pas ton temps avec lui, d'accord ?

Tu n'aurais jamais dû le faire venir ici… C'est un scientifique, les scientifiques sont dangereux…

Je me pris la tête dans les mains.

— Mais qu'est-ce que tu racontes ? C'est pas possible… Docteur ! Dites-moi que vous la voyez ! Elle est juste là ! Derrière vous ! Une robe de chambre bleue ! Des chaussures rouges ! Willy, mon voisin, la connaît aussi !

Flament secoua la tête.

— Il n'y a rien, monsieur… Absolument rien…

Mes bras fuyaient, mes jambes cédaient. Une incroyable impression de m'évaporer.

— Je… je ne peux plus conduire… Faites-le, docteur, s'il vous plaît… Rendons-nous à cet endroit…

— D'accord, mais… promettez-moi de me relâcher dès que… j'aurai… examiné ces personnes…

Je sortis de la voiture, tout chancelant, tandis qu'il prenait ma place au volant.

L'enfant me suivait du regard, ce regard d'un noir profond, brillant comme une pierre de vie. Alors que je m'installais, elle se faufila entre les sièges et posa son doigt sur mes lèvres. Ce doigt, dont je ne perçus pas la chaleur.

— Chut ! Franck… Chut ! Je t'expliquerai tout, quand le temps sera venu… Mais, à partir de maintenant, ne parle plus de moi à personne. Pour notre sécurité, à tous les deux…

Un fantôme… Aussi dingue que cela pût paraître, le fantôme d'une fillette flottait dans mon véhicule.

Heureusement, Willy l'avait vue, lui aussi. L'unique lien prouvant que je n'étais pas devenu dingue.

Chapitre vingt-huit

Très vite, le paysage s'était déchiré, la roche effleurait à présent l'asphalte de ses remparts bleutés. La route sinuait sauvage, le vide plongeait d'un côté, en contradiction avec les raideurs effrontées de l'autre. On ne respirait plus, par les fenêtres ouvertes, que l'haleine blanche des Alpes.

Les doigts crispés du docteur ne décollaient plus du volant. Il fixait le serpent de bitume, sans un mot, essuyant de temps à autre la sueur qui coulait grassement sur ses tempes.

Moi, je me concentrais sur le rétroviseur. Elle se tenait bien là, à l'arrière, le front plaqué contre la vitre. Je pouvais la décrire si précisément ! Ses cheveux de jais, la finesse de ses traits, les cocardes de ses lacets, avec leurs doubles nœuds. Pourquoi Flament ne la voyait-il pas ?

Dans les temps passés, il m'était arrivé de croire aux esprits, aux présences spectrales qui revenaient accomplir une dernière mission. Mais là… Un fantôme que j'avais porté dans mes bras ? Dont j'avais senti le cœur battre ? Ce cœur à droite ?

La route chuta subitement vers un plateau d'un vert

émeraude, tant la nature y frissonnait avec générosité. Semées sur les plaines douces, une poignée de maisons élevaient leurs fiers toits rouges par-dessus le gris clair de leurs pierres. L'endroit isolé fleurait bon, entre les chèvres et les vaches mollassonnes, dans la paix du silence alpin. Et dire que la mort s'y déployait, farouche et cruelle…

Au cœur du lieu-dit, le calme rappelait ces villages perdus dans l'Est américain. Des chaises vides devant les façades aux persiennes closes. Ici comme ailleurs, on cherchait à se préserver de la fournaise qui déboulait des plaines, éclatait dans la rue en grandes flammes dévastatrices. Pourtant, par-delà les cimes, un front nuageux semblait grossir. Un mirage, probablement.

— Nous sommes arrivés, annonça mon chauffeur en se garant devant une vieille bâtisse. Roland Dumortier…

— Y a pas l'air d'avoir foule…

Je me retournai.

— Je sais, Franck, je vais attendre, glissa la gamine en agitant son livre. Je suis bientôt au bout de mon histoire… Toi aussi, n'est-ce pas ?

Elle poussa un rire léger de rossignol avant de se replonger avec acharnement dans sa lecture.

Mes coups sur la porte d'entrée de Dumortier n'obtinrent pour réponse qu'une toux écrasée, lointaine. Personne ne vint ouvrir.

— Il faut entrer, fis-je en tournant la poignée.

Le visage de Flament s'était aggravé. De l'intérieur, la toux grondait forte, pareille à une sérieuse bronchite.

— Allons-y…

Mais la porte était verrouillée, les volets fermés. La serrure ne résista pas longtemps aux limes à ongles de mon kit spécial. Flament hésita à franchir le seuil. À maintes reprises il aurait pu s'échapper, mais il m'accompagna quand même, la mâchoire serrée. L'instinct du médecin, probablement.

Des épées de lumière découpaient l'obscurité de la chambre, étoilant un visage aux yeux très brillants. Recroquevillé dans son lit, tremblant par-dessus ses draps trempés, Dumortier nous fixa bizarrement avant de s'étrangler dans une quinte sévère.

— Comment… vous êtes là… gémit-il, une serviette en éponge sur les tempes.

Le listing de l'hôpital indiquait quarante-deux ans mais l'ours en paraissait dix de plus. Des poils hirsutes jaillissaient de ses joues, sa face se contractait en un amas de rides profondes.

— Je suis médecin, expliqua Flament en s'approchant de lui. Vous êtes venu aux urgences il y a deux jours. Depuis quand toussez-vous ?

— J'ai commencé… c'te nuit… C'te saloperie de fièvre se pointe tous les quat' doigts… Jamais… jamais eu aussi froid de ma vie…

Flament ouvrit sa mallette.

— Et… pourquoi ne pas avoir appelé un médecin ?

Dumortier se redressa fébrilement sur ses coudes.

— C'te con de toubib… du village voisin… il est encore en vacances… Le plus près… c'est… Grenoble… On m'a dit… que c'te fichue fièvre passerait… Mon cul…

L'homme alité retrouva une toute relative lucidité lorsqu'il aperçut une aiguille.

— Mais… Qu'est-ce que vous foutez ici ? J'ai quoi ?

— Simple contrôle, répliqua le praticien en enfilant

des gants en latex. Nous voulons nous assurer que vous êtes victime d'un simple coup de chaleur, et non pas d'une infection ou d'un quelconque virus. Je vais vous poinçonner le doigt de manière à vous prélever une goutte de sang. Vous ne sentirez rien.

— Et lui ? Qui c'est ?

— Un assistant, mentit le docteur.

Dumortier tendit un bras tremblant. Avec l'aiguillon stérile, Flament fit fleurir un pétale de sang, qu'il étala ensuite sur une bandelette jaune en son extrémité. Dans son geste, il m'adressa une œillade sévère.

— J'espère qu'après ça, vous me ficherez la paix !

Il agita la bande-test, tout en posant sa main sur le front du patient, puis il se rigidifia brusquement quand le jaune clair vira au bleu cobalt.

— Sacré bon Dieu ! Comment est-il possible que…

— Quoi ! brailla Dumortier en se suçant l'index. Quoi !

Flament peina à retrouver sa voix.

— Cette couleur… prouve la présence d'antigène du plasmodium dans votre sang. Je suis désolé mais… vous avez… le paludisme…

Dumortier tressaillit, se perdit dans une expression de vacuité avant que la réalité ne le fouette violemment.

— Mais… Mais c'est pas possible ! C'est pas possible ! Toubib ! J'ai jamais quitté c'te place ! C'est une erreur ! Une putain d'erreur !

— Navré, souffla le docteur en secouant la tête. Mais le test est sûr à cent pour cent… Je ne peux pas dire… quel taux de parasite, mais la période d'incubation est passée. Nous allons vous hospitaliser. Maintenant…

Dumortier s'arracha de sa couche et lui agrippa la manche.

— Vous déconnez, docteur ! C'est pas vrai !

Il s'effondra sur son lit, à genoux, les paumes tournées au ciel, tandis que Flament s'approchait de moi en ôtant ses gants.

— Combien… de personnes avez-vous sur… votre liste ?

Je dépliai difficilement la feuille, les phalanges paralysées.

— Cinquante-deux…

— Seigneur Dieu !

Ça y était… Le fléau était ici, dans les foyers. On pouvait le sentir à la moiteur, à la douleur des visages. Cet air lourd, humide, souillé. Nous arrivions trop tard, bien trop tard…

Je me ressaisis et poussai les identités sous les yeux hagards de Dumortier.

— Je suis sincèrement désolé, monsieur… Mais… vous devez me dire si vous connaissez ces personnes.

Il serra un drap entre ses poings, les traits décomposés, avant d'acquiescer lentement.

— Odette Fanien… Gérard Greux… Frédéric Tavernier… Oui… tous… Ils habitent… ici… au pied des collines…

Une nouvelle quinte de toux le plia en deux. Je m'assis sur le lit, les jambes fébriles. Aujourd'hui plus que jamais, je détestais mon métier.

— Commissaire… Qu'est-ce qui se passe ici ? s'éberlua le médecin, la bandelette bleue entre ses mains agitées.

Je sortis mon téléphone portable.

— Ce village est en train de mourir… Ne… ne passez aucun coup de fil tant que je n'ai pas joint mes supérieurs…

Chapitre vingt-neuf

Leclerc avait accusé un sacré coup à l'autre bout de la ligne. Une fois seul, je lui avais expliqué que le palu avait touché un lieu-dit sur les hauteurs de Grenoble et que, pour le moment, nous ignorions l'étendue des dégâts.

Une chose était cependant certaine. Le délai d'incubation avait explosé. Si les personnes atteintes ne mouraient pas, elles traîneraient les fièvres et les malaises jusqu'à la fin de leur existence.

Le divisionnaire m'avait demandé d'assurer la plus grande discrétion, dans l'attente de directives précises des hautes instances. Il ne s'agissait pas de laisser se répandre une peur panique. Pour chapeauter un plan d'urgence, il avait contacté l'antenne grenobloise du SRPJ de Lyon. Les équipes ne tarderaient pas à débarquer, avec ambulances et personnel soignant.

À l'étage, Dumortier tremblotait en chien de fusil, brûlant de fièvre. Il délirait presque, ses yeux roulaient fous dans ses orbites d'un jaune cireux.

Le médecin, à ses côtés, paraissait désemparé.

— Nous devons l'emmener à l'hôpital ! Maintenant ! Lui et… les autres de la liste !

— Des secours vont arriver rapidement, accompagnés de policiers.

Flament me lança un regard furieux.

— Je suppose que vous n'allez pas me dire ce qui se passe ? J'ai le droit de savoir, bon sang ! À quelle… expérience diabolique ont été exposés ces gens ? Vous êtes… des services secrets ? Sont-ils victimes d'un acte terroriste ?

Je le tirai par le bras vers l'autre bout de la chambre.

— Il n'y a rien de terroriste ! Ce sont les folies d'un malade qui court nos rues. Il se venge de… ces cinquante-deux personnes… Dites, vous connaissez le coin. Y a-t-il un risque que les moustiques aient essaimé dans d'autres villages ?

— Le plus proche est à plus de trois kilomètres d'ici. Il n'y a pas eu un seul grain de vent ces quinze derniers jours et les anophèles sont plutôt endophages. Le risque est donc quasi nul… Mais… Pourquoi se vengerait-il de ces individus ?

— Je l'ignore, ça a très certainement à voir avec son passé, il y a vingt-cinq ans. La réponse se trouve forcément dans la bouche de ces villageois. Alors vous allez rester avec lui, en attendant les renforts. Je file interroger quelqu'un de plus vaillant.

— Commissaire ! Vous me devez plus d'explications !

— Je ne vous dois rien du tout ! Faites votre boulot, je fais le mien ! OK ?

Avant de quitter la chambre, je me retournai :

— Vous me prenez toujours pour un fou ?

L'homme de l'art, l'air toujours très grave, garda le silence. Je tendis un doigt menaçant dans sa direction.

— Ne parlez de ce qui s'est produit dans la voiture à personne ! Surtout pas aux policiers qui vont bientôt débarquer, vous m'entendez ? Tout ceci… vous échappe…

— J'essaierai d'agir au mieux…

J'opinai et disparus à grandes enjambées.

Mon véhicule brillait sous le soleil, le bitume se craquelait sous la chaleur. Je me penchai par la fenêtre arrière, une main en visière. Ma gorge se serra. Plus de livre de *Fantômette*, plus de gosse.

J'envoyai un regard paniqué aux alentours. Les plaines, la rue déserte. Quel nom crier ? Je ne connaissais même pas son prénom ! Je m'élançai au travers de la voie d'asphalte en courant. Pas un chien.

— Petite ! Petite ! Et merde !

Flament ne l'avait pas vue… Un fantôme… Elle ne buvait pas, ne mangeait pas, ne suait pas. Venait et allait-elle à sa guise ? Comme dans mon appartement, malgré… les portes fermées ?

Pas le moment de tergiverser, il y avait bien plus urgent. Odette Fanien. Deux pâtés de maisons plus loin. Un pavillon minuscule.

Dieu merci, elle répondit. C'était une vieille dame au teint frais, droite sur ses jambes, avec des mains semblables à des pierres érodées. Son nom figurait sur la liste, pourtant elle n'avait pas consulté les urgences et semblait moins branlante que Dumortier. Carte tricolore devant ses yeux.

— La police ?

— Pourrait-on discuter à l'intérieur ?

Des senteurs de lavande et de menthe fraîche montaient, puissantes, de pots en terre cuite.

À l'arrière, une large baie vitrée ouvrait sur les grandes mâchoires blanches des Alpes.

— Vous allez trouver curieux que je vous demande ça, entamai-je en l'aidant à s'installer dans son rocking-chair, mais comment vous portez-vous ? Pas de fièvre, de maux de tête, de toux ?

— Drôle de question mais je vais bien, merci ! Qu'est-ce qui se passe ?

Des bouquets de fleurs explosaient en papillons multicolores, soulignant avec une cruauté passive comme il devait être agréable de vivre en ces hautes terres. Sur l'invitation de la vieille dame, je m'installai sur une banquette en rotin.

— Je mène une enquête, articulai-je lentement, et les circonstances m'ont amené ici, à La Trompette blanche. Dites-moi, les déménagements sont-ils fréquents ?

— Vous rigolez ou quoi ? La Trompette blanche vieillit au rythme de ses habitants. Aujourd'hui, les jeunes partent, mais les vieux, eux, restent. On a tous grandi ensemble et on mourra tous ensemble…

La Trompette blanche, telle une photo ancienne, dont les couleurs jaunissaient avec le temps mais sans perdre son identité profonde. Assurément, les villageois d'il y avait vingt-cinq ans n'avaient pas bougé.

— L'un de vos voisins, monsieur Dumortier, est assez malade. Nous pensons que plusieurs personnes du coin, vous y compris, pourraient être touchées par… une maladie.

— Une… une maladie ? Quel genre ?

— Elle est transmise par certains moustiques, apparaît avec la fièvre et…

— Ah ! Bon Dieu ! C'est ça ! Y en a trois ou quatre qui ont chopé la fièvre ! Ils ont tous cru à un coup de chaleur, le soleil est tellement mauvais cette année ! Et… c'est dangereux ?

— Difficile de vous préciser plus pour le moment. Un médecin va venir vous ausculter.

Elle poussa sur ses pieds fatigués, le regard brusquement évasif.

— Bizarre, cette histoire… Des moustiques, y en a jamais par ici, mais j'en ai vu une flopée dans mon hall l'autre fois. D'autres aussi en avaient chez eux. On aurait dit une invasion.

Ce fumier n'y était pas allé de main morte. Plus je sème, plus je récolte.

— Ils ne vous ont pas piquée ?

Elle désigna un vase débordant de feuilles de menthe.

— Trente ans que je me frotte bras et jambes avec de la menthe fraîche, tous les soirs ! Une recette de ma mère, pour la circulation sanguine. À tous les coups, ça les a écartés.

Elle parlait avec simplicité, comme si ces *détails* ne la concernaient pas.

Je pris un air plus grave.

— Écoutez-moi très attentivement, madame Fanien. Le prénom de Vincent vous suggère-t-il quelque chose ?

— Vincent ? Non, non… Absolument pas…

Elle avait répondu très vite, sans vraiment réfléchir.

— Et Tisserand ? Viviane, Olivier Tisserand ? Cherchez loin en arrière. Ça remonte à vingt-cinq ans.

Elle sollicita encore le rocking-chair d'un balancement mollasson.

— Vingt-cinq ans ? Oh ! C'est bien trop vieux tout ça… Non, non, désolée. Tout ceci ne me dit absolument rien.

— Faites un effort, bon sang ! Il y a vingt-cinq

ans ! Il a dû se passer quelque chose de sérieux ici, à La Trompette blanche !

— Sérieux ? Mais…

— Rappelez-vous de deux docteurs, les Tisserand ! Un gamin de quinze ans, Vincent ! Une femme aux longs cheveux torsadés, jeune et très jolie, peut-être sa mère ! Avec des cicatrices, partout sur la poitrine ! Ça vous évoque bien quelque chose, nom de Dieu !

Elle tressaillit soudain. Ses joues qui vibrent, ses mains sur ses tempes. Le tourbillon d'un malaise.

— Vin… Vincent ! Suis-je bête ! C'est de ce Vincent-là dont vous me causiez !

— Oui ! Oui ! Ce Vincent-là !

— Oh ! Mon Dieu !

Le souvenir était là, sur le bout de ses lèvres. Si fragile, si loin, mais pourtant tout proche. Un pétale prêt à éclore. Je lus dans ses yeux la détresse d'un marin perdu. Son rocking-chair s'immobilisa dans un dernier craquement.

— Oh ! Vincent… Vincent… Vincent…

Je pris une position plus entreprenante, le dos vers l'avant, le front bien droit.

— Parlez-moi de lui.

Elle secouait la tête de dépit.

— Pas étonnant que ça m'a pas fait tilt… Après le drame, aucun des habitants de La Trompette n'en a reparlé. On voulait oublier… Tout oublier… Oh ! Pourquoi retourner ça aujourd'hui, après tant d'années ? C'est une cicatrice… si douloureuse…

Son regard triste accrocha la photo de son mari. Je l'accompagnai dans le silence quand elle pointa soudain un index fébrile.

— Vincent vivait sur l'autre versant de cette colline…

— Avec ses parents ?

— Juste sa mère… Son père les a abandonnés quand sa mère a commencé à… entendre les voix… Ils n'étaient pas mariés… Juste concubins… Il est parti comme ça, du jour au lendemain. On ne l'a plus jamais revu…

— Sa mère entendait des voix ?

Odette acquiesça, les yeux rivés sur les vallons verdoyants.

— Elle n'avait pas vingt-cinq ans… Une femme… magnifique… Mais c'était… une beauté empoisonnée… Une représentation cachée du Diable !

Elle réagissait à ses propres paroles. Ses rides se plissaient, son visage devenait colère.

— Jeanne d'Arc, je me souviens… Tout le monde, à La Trompette, l'appelait Jeanne d'Arc… Elle était persuadée que…

La vieille dame se signa.

— …. le Seigneur l'avait choisie, avec six autres messagers, pour mettre à l'épreuve les hommes face aux péchés. Les sept péchés capitaux…

Elle compta sur ses doigts, très lentement.

— …. Avarice… Colère… Envie… Gourmandise… Luxure… Orgueil… Et paresse…

Cette fois, sa main désigna une Bible, posée sur une étagère. Sa jugulaire battait fort, toute bleue sur son cou très pâle.

— Tout ceci n'avait aucun sens, poursuivit-elle d'une voix blanche. Les péchés capitaux n'existent pas dans la Bible, aucun des pères de l'Église n'y fait allusion. Ils n'apparurent qu'au VIe siècle, ils n'ont rien à voir avec Dieu ! C'était de la pure… folie, rehaussée d'une grossière erreur ! Et cette… folle prétendait parler au nom du Seigneur ? Et elle osait se rendre à l'église, le dimanche, y traînant son pauvre garçon ? Je l'ai détestée rien que pour ça !

Elle porta une main tremblante à ses lèvres.

— De ressasser tout ça me donne la chair de poule…

Elle croisa les bras sur sa poitrine, la mine distante.

— Personne ne la soignait ? Un médecin, un spécialiste ?

— Ça a duré des années comme ça. Elle… comment dire… n'était folle que par intermittence. Elle pouvait travailler, élever son fils, entretenir sa maison. Mais quand les crises la frappaient, elle… devenait quelqu'un d'autre. C'était… effrayant… Bien plus tard, quand les gens en blouse sont venus, ils ont collé un nom à sa maladie… Schizophrénie…

— Des gens en blouse ? Qui ça ?

Elle poussa sur ses bras, le visage froissé, et se servit un grand verre d'eau.

Le goulot claqua contre le verre, elle renversa même un peu de liquide sur la table.

— Vous… vous en voulez ?

— Oui, s'il vous plaît… Qui étaient ces gens en blouse ?

Elle expira longuement.

— Vous… Vous voulez réveiller cette histoire malheureuse, alors je vais vous la raconter… Mais, je vous en prie… ne brûlons pas les étapes…

— D'accord, d'accord… Juste un détail, avant. Son nom… Le nom de Vincent…

Elle me lança un regard assombri.

— Oui, bien sûr. Vous êtes policier, il n'y a que

ces choses-là qui vous intéressent ! Des noms ! Le reste, vous vous en fichez !

— Vous vous trompez. Vous ne pouvez pas savoir à quel point j'ai envie de le connaître, qui il était, pourquoi il a tant souffert. Parce qu'il a souffert, madame, n'est-ce pas ?

Elle écarta un rideau d'une des fenêtres de la façade.

— Énormément… Il s'appelait… Vincent Crooke. Oui, Vincent Crooke…

Je le tenais enfin.

— Ça alors, annonça-t-elle l'œil rivé au carreau, il y a des hommes en tenue militaire qui entrent dans les maisons. Ce serait trop vous demander de me dire ce qui se passe ?

— Ne… n'y prêtez pas attention ! Continuez, je vous en prie ! L'histoire !

— Pas avant vos explications ! Il semblerait qu'ils veulent aussi venir chez moi !

— Et merde !

Je me jetai dehors, la rage aux lèvres. Deux types au pas dur se précipitèrent vers moi.

— Commissaire principal Lallain, antenne grenobloise, entama le plus grand, en costume bleu et cravate rayée. Et voici le médecin-major Bracks.

— Merde ! Que fiche l'armée ici ? envoyai-je sans tendre la main.

— On préfère garder au maximum le contrôle de l'information ! répondit Bracks sur un ton sans ambiguïté. Ordres du ministère ! Cette population va être conduite dans le service de parasitologie de l'hôpital militaire de Grenoble, sous notre escorte !

Loin, très loin dans le ciel, il y eut un craquement d'orage. L'air se saturait d'une moiteur électrique.

— Je vois le genre ! rétorquai-je d'une voix sèche. Excusez-moi, mais je retourne là-dedans terminer mon interrogatoire !

— Minute ! intervint le flic. Il va falloir que vous me détailliez tout le dossier, Sharko, et très vite !

Mes nerfs commençaient à se tendre. J'entraînai le duo un peu à l'écart.

— Pas le moment de me saouler avec de l'administratif, OK ? Faites votre boulot de ramassage, je termine le mien ! Ces gens sont en train de crever, on a plus urgent que de palabrer !

Odette Fanien nous observait au travers de sa fenêtre, les poings sur la poitrine.

Entourés de blouses et de treillis, les villageois s'engouffraient dans les ambulances alignées en une longue procession blanche. Hommes, femmes, même des enfants. Des sanglots étouffés roulaient sur la plaine, mêlés aux lamentations sinistres des plus malades. L'endroit n'était plus qu'une chape de gémissements, un camp morbide d'où éclataient sans mesure des prières violentes et des hurlements d'incompréhension.

— Un putain de merdier ! cracha Lallain en desserrant sa cravate et ôtant sa veste.

Un médecin voulut franchir le seuil d'Odette Fanien. Je me précipitai sur lui.

— N'entrez pas là tout de suite, bordel ! Je m'en occupe !

Il grogna un coup avant de passer à la maison voisine.

— Écoutez, Lallain. Laissez-moi terminer cet interrogatoire en paix avant d'embarquer Fanien, OK ? Après, je vous raconterai tout ce que vous voudrez !

— D'accord, Sharko. Mais magnez-vous ! On n'a pas notre journée.

M'isolant, j'appelai Leclerc et lui communiquai un nom, Crooke, avant de retourner dans ce pavillon minuscule, recroquevillé dans les profondeurs des Alpes. Là où m'attendait la fin de l'histoire…

Et la naissance d'un monstre…

Chapitre trente

La vieille dame ne décollait plus son front de la vitre. Ceux qu'elle avait côtoyés toute sa vie, ses voisins, amis, compagnons de parole disparaissaient brusquement, happés par la vengeance d'un seul être.

— Qu'est-ce qui se passe dehors ? Pourquoi toutes ces ambulances ? Ces militaires, ces docteurs ? Vous avez parlé d'une maladie ! Les moustiques !

— Ils transportent un parasite qui pourrait causer des fièvres, mais les médecins vous donneront un traitement très efficace. Dehors, c'est impressionnant, mais on préfère prendre nos précautions et vous faire passer des examens à l'hôpital.

— L'hô… L'hôpital ? Mais… Et vous là-dedans ? Pourquoi la police ?

Elle ne lâchait pas l'affaire. Ces crétins en kaki avaient vraiment débarqué au mauvais moment.

— Je… je suis à la recherche de Vincent. Nous pensons qu'il est revenu à La Trompette blanche semer ces insectes, pour se venger. Écoutez, madame Fanien, je sais que c'est difficile pour vous, mais vous devez me raconter cette histoire parce que, sinon, Vincent pourrait recommencer. Vous comprenez ?

Odette se laissa submerger par les émotions, les sillons profonds de son visage se comprimèrent, s'entrecroisèrent, appelant peine, colère, chagrin. Au bord des pleurs, toute ramassée sur une chaise, elle tamponna ses joues de roche avec un mouchoir.

— On ne méritait pas ça… On ne méritait pas ça…

Je m'installai à ses côtés et lui pris les mains.

— Aucun être humain ne mérite une chose pareille, quoi qu'il ait pu faire… Odette, je vous en prie… Aidez-nous à le coincer.

Elle versa une larme, puis releva le menton en signe de collaboration.

— Donc, repris-je tout bas, sa mère entend des voix, qui lui ordonnent de mettre à l'épreuve les hommes en les confrontant à l'un des sept péchés capitaux. C'est bien ça ?

— Oui…

— Quel péché s'était-elle vu confier ?

Ses doigts noueux s'enroulèrent sur les miens.

— L'envie… Par l'envie, elle testerait la fidélité. De l'envie naîtrait l'adultère, que la Bible condamne sévèrement. L'envie allait se répandre sur nos collines paisibles en un grand serpent sournois et destructeur.

Ses paroles saignaient, à nouveau son visage s'obscurcissait, à l'image des nuages qui dévalaient furieux des pentes. Un craquement plus sévère résonna dans les vallées. Ça approchait…

— Elle emploiera tous les subterfuges, les artifices pour piéger nos maris. Et elle y arrivera. Oh ça oui, elle y arrivera !

— Comment ?

— Le charme. Les sous-entendus. Les tenues affriolantes. Les bains qu'elle prenait au petit matin, nue, à la cascade, loin dans la forêt… Oh ! Croyez-moi, les hommes connaissaient cet endroit ! Puis… On découvrira plus tard, chez elle, un tas de composés aphrodisiaques ou des hallucinogènes puissants… Notamment des psilocybes, des champignons du coin…

— Comme des philtres d'amour ?

— En quelque sorte, oui…

— J'avoue que j'ai du mal à saisir… Vous auriez dû réagir ? Je ne sais pas moi, vous…

Elle rabattit sa paume sur la table.

— Vous n'avez pas vécu ici, ne connaissez pas l'état d'esprit de l'époque ! Vous ne pouvez pas comprendre…

Je levai le front vers les ondulations verdoyantes. J'y imaginai l'être de chair aux longs cheveux ondulés, aux yeux de jade, aux seins rebondis, jaillie de l'un des dessins au fusain pour embaumer les mâles de ses potions diaboliques.

— Et Vincent ?

Elle inspira profondément, de ses poumons fatigués.

— La police nous apprendra plus tard qu'elle le forçait à épier ses perversités… Dans la chambre, il y avait une glace déformante au plafond qui… faisait onduler les corps… Vous savez, un peu comme dans les foires.

J'acquiesçai.

— …. Puis un placard, percé d'un trou, où elle enfermait le petit avant d'amener des gars dans son lit… Un trou trop haut pour que le gamin ait les yeux en face… Alors, on a supposé qu'il ne voyait sa mère… que de biais, par l'intermédiaire de ce drôle de miroir… On n'a jamais bien su… le pourquoi de ce stratagème… Apr... Apr...

Son verbe fléchissait, tant ses pensées la blessaient. Je lui serrai à nouveau les mains fort entre les miennes.

— Prenez votre temps, Odette. Tout le temps qu'il faudra…

— Après… l'acte, elle… se mutilait la poitrine avec… un couteau… Elle… y traçait… une croix… Comme un trophée de plus… Il… il paraît aussi que… qu'elle s'était… fait ligaturer les trompes… pour… pour ne plus jamais être fécondée…

La ligature des trompes. Le tatouage représentant le nœud… Odette allait craquer, elle n'irait pas au bout. J'empoignai les rênes de la conversation, inclinant un peu la tête.

— Je crois savoir le pourquoi de ce stratagème, la glace déformante. Vous voulez en connaître la raison ?

Elle leva un visage attristé, opinant lentement.

— La mère ne voulait montrer à son fils qu'un reflet d'elle, une simple image. Peut-être lui faire sentir que ce n'était pas elle qui officiait, pas son âme mais juste son enveloppe charnelle. Le corps n'est qu'un instrument ; le miroir le dématérialise encore plus, il l'aplanit, le déforme, le détache de son propriétaire, il sépare la chair de l'esprit… Je crois que Vincent l'a perçu comme tel et il n'en a jamais voulu à sa mère… J'en suis même persuadé…

Elle émit un long souffle rauque. Moi aussi, l'histoire me prenait aux tripes, me soulevait de terre, m'ébranlait.

Je nous versai un nouveau verre d'eau. Elle le but à grandes gorgées bruyantes.

— Donc, repris-je d'une voix comparable à un murmure, Vincent grandit avec une mère qui a des crises de délire et attire des hommes chez elle. À quoi ressemble sa jeunesse à La Trompette blanche ?

Elle garda le verre au creux de ses paumes.

— Un mur de dégoût a grandi contre ces deux êtres… Les femmes détestent la mère, leurs gosses détestent Vincent… Personne ne le connaît réellement, en définitive… Il est très solitaire, parle peu, reste constamment enfermé, aux côtés de… cette folle. Je pense même qu'il… qu'il s'occupait d'elle, quand elle ne pouvait pas le faire… On le voyait souvent remonter des bûches de la forêt… ou aller chercher le lait et le pain au village voisin…

— À Veyron, c'est bien ça ?

— Oui, Veyron… Les quatre ou cinq années où il a vécu ici, il a subi les agressions verbales, les brimades, les sobriquets. *L'œil de Satan Jean d'Arc.* À l'école primaire de Veyron, ou dans le bus qui l'emmenait au collège, à Grenoble, il était, pour les enfants comme les parents, tantôt le fils de la folle, tantôt le fils de… la salope… Il a traversé cette route tous les soirs en pleurs, avant de grimper sur sa colline, sous les insultes… Que vous dire ? Je… je n'ai pas été différente des autres… Je les ai haïs, moi aussi…

Elle considéra la photo de son mari, les yeux embués.

— …. pour ce qu'ils m'avaient volé…

Odette se leva et resta figée devant sa baie, les pupilles rivées vers ce vert d'émeraude.

— Nous sommes maintenant en 1980, poursuivis-je en la rejoignant. Vincent a quinze ans. Comment cela s'est-il terminé ?

Elle croisa les bras, bouleversée par le froid intense de ses souvenirs.

— Mal, très mal… Nous… avions promis de ne plus jamais en parler… à quiconque… Il fallait oublier… Tout ce mal…

— On n'oublie jamais… Tout reste enfoui là, en nous, quoi qu'on fasse…

Elle rencontra mon regard dans le reflet de la vitre.

— Un… un soir d'été, la folle est descendue en larmes, sanglotant que son enfant avait disparu, qu'il… qu'il était parti en courses à Veyron sans en revenir. Vous l'auriez vue cogner à nos portes ! Personne ne lui a ouvert, on… lui a même…

— Ri au nez ?

— On peut dire ça, oui… L'air était très chaud, brûlant même, je me rappelle… Certainement l'un des étés les plus étouffants, jusqu'à cette année… Ensuite… elle part errer dans les collines puis… s'enfonce dans la forêt, alors que la nuit tombe et que l'orage gronde très fort au loin… Les hommes veulent l'empêcher d'aller là-bas et partir eux-mêmes à la recherche du gosse, mais… les femmes font bloc. Pas question de lui porter secours, surtout pas eux ! À ce moment, personne ne pense à Vincent, la colère, la rage, le ras-le-bol sont trop forts…

— Et ?

— Elle est revenue le lendemain matin… les membres en sang, les paumes ouvertes… L'orage avait été d'une violence inouïe, la forêt est dangereuse, très pentue et pleine de silex tranchants, de racines… Son fils n'était pas là… Cette fois, l'inquiétude grandit… Sans crier gare, la folle se rue sur Renée, la mère des frères Ménard… Elle lui arrache les cheveux, lui lacère le visage de ses ongles, prétendant que ses mômes ont toujours détesté son petit et lui veulent du mal… Les hommes se précipitent, on appelle la police…

Le drame grandissait, on pouvait palper, rien qu'à observer ces collines, l'ambiance morbide de l'époque. Des habitants isolés, apeurés, haineux, ligués en masse contre une pauvre femme et son fils.

— …. L'un des Ménard finit par avouer, sous la pression de la police… Alors il raconte… Avec son frère, ils ont voulu effrayer Vincent en l'entraînant dans un endroit qu'ils ont découvert, derrière la cascade de la Goutte-d'Or, loin là-bas, derrière la forêt… Le minot aurait glissé au fond d'une galerie, alors ils ont fui, pris de panique… Vincent sera remonté de la grotte une nuit et un jour après sa disparition…

Elle pleurait à présent, de larmes silencieuses.

— Les hommes qui sont allés… visiter cette grotte profonde rapporteront qu'elle était envahie… d'insectes… Des centaines d'araignées, de cafards, un tas de bestioles horribles… pire que dans un cauchemar… Il paraît que c'était à cause… de l'humidité et de la lumière, je sais pas trop… Imaginez un peu la terreur du gamin… Un gamin de quinze ans…

— J'imagine parfaitement, croyez-moi, j'imagine parfaitement… Et donc, Vincent retrouve sa mère ?

— Quand il rentre chez lui, il… il y découvre deux médecins… un homme et une femme, qui… qui lui expliquent que sa mère ne va pas bien… qu'ils… qu'ils vont la placer en sécurité, pour la soigner…

— À l'hôpital psychiatrique ?

— Oui…

— Les Tisserand…

— Pardon ?

— Ces docteurs s'appelaient Tisserand…

Elle ne releva pas, fonçant dans cette dernière ligne droite.

— Un policier garde Vincent avec lui mais… dans un moment d'inattention, il lui échappe et réussit à se glisser dans la chambre… où la mère est sanglée sur le lit, alors que les médecins s'apprêtent à l'embarquer… Elle abjure, hurle que ce sont des envoyés de Satan, qu'ils nuisent à sa mission et qu'il faut les éliminer… Vincent crie à son tour, on l'arrache à sa mère à laquelle il s'accroche fermement… Puis… Le drame s'est produit… Lor… lorsqu'ils la libèrent… pour… la faire sortir, elle s'empare… du couteau caché sous son matelas… ce même couteau qui lui servait à se mutiler… Elle s'en infligera trois coups en pleine poitrine…

Elle avait mimé le geste.

— L'un des deux toubibs, la femme je crois me rappeler… informe alors Vincent que… sa mère va mourir… Il s'évanouira instantanément, paraît-il… Ils l'ont évacué en ambulance…

Elle se retourna brusquement.

— La suite, on ne la connaît pas… On ne voulait pas la connaître… Tout était fini…

Ses lèvres se refermèrent comme un vieux livre qu'on n'ouvrirait plus jamais. Son regard s'égara vers le plafond. Y cherchait-elle la réponse à une quelconque prière ?

Je redressai les épaules, lentement, secoué jusqu'aux derniers os. Devant moi, s'esquissait le portrait d'un gamin humilié, à l'enfance meurtrie dans une succession d'images violentes et de heurts incessants.

Je comprenais le silence de ses oncle et tante, cette porte fermée sur son passé en sang, cette envie de lui offrir une seconde naissance. Quelle avait été l'ultime pensée de Vincent avant son coma ? Celle de deux docteurs, les Tisserand, le dépouillant de sa mère pour l'éternité ? Ou celle de ces visages mauvais, hommes sans scrupule, femmes et progénitures, qui les avaient acculés dans les retranchements de la méchanceté ?

À l'extérieur, les derniers secours prenaient la route.

Ce fut au tour d'Odette, qui n'avançait plus que tête baissée comme si, quelque part, elle portait le poids mort de ses regrets.

Les cendres noires des nuages mangeaient le soleil, le paysage virait au gris, l'herbe frémissait d'un vent grossissant. L'orage arrivait, droit sur nous. Avec son armada d'éclairs et sa fraîcheur cinglante…

Une voiture stoppa, juste à mes côtés.

— Suivez-nous ! fit Lallain. On file à l'hôpital militaire poursuivre les interrogatoires, puis aux bureaux. Vous m'expliquerez tout là-bas !

— Les premiers bilans pour le palu, ça donne quoi ?

— Vingt-neuf personnes contaminées, sur les cinquante analysées. Plus trois hors liste mais en vacances chez les malades… Trois petits-enfants…

— Putain, c'est pas vrai ! Vous… vous m'avez parlé de cinquante… Il y avait pourtant cinquante-deux noms ?

— Ces deux-là n'habitent plus ici mais Grenoble. Une équipe est partie sur place, on n'arrive pas à les joindre…

Je fronçai les sourcils.

— De qui s'agit-il ?

— Les frères Damien et Fabien Ménard…

J'eus du mal à déglutir. Les deux hommes martyrisant le corps juvénile recroquevillé sur les fusains. Leurs mains crochues, leurs dents pointues… Eux… Les frères Ménard…

Je me penchai par la fenêtre.

— Je… Je vous rejoins… Encore une chose à vérifier…

— Magnez-vous alors ! grogna Lallain. Je me goure, ou vous faites tout pour me foutre des bâtons dans les roues ?

Chapitre trente et un

J'étais resté là, seul, appuyé sur ma voiture, la tête dans mes mains tremblantes. La Trompette blanche ne respirait plus, privée de ses âmes, étouffée par la maladie. Tout s'était passé si vite… Le tueur rachetait sa jeunesse volée, comme Zeus avec Tantale, il avait condamné ces gens à un supplice éternel ; la prison de leur corps. La fièvre partirait et viendrait, les ébranlant, transparente aux notions de temps et d'espace. Pire qu'une exécution. Une bombe, au creux de leurs entrailles. Ils se souviendraient, toujours, à chaque fois… Ils se souviendraient d'une femme qu'il aurait fallu soigner, d'un enfant qu'il aurait fallu aider.

Les premières gouttes éclatèrent comme de grands baisers humides. Je brandis les paumes au ciel, l'eau s'y invita sans retenue, tandis que les collines tressaillaient, leurs sols libérant soudain leurs bonnes odeurs de terre fraîche. Je partis alors, les maisons aux murs blancs et toits rouges s'évanouirent lentement, dans cette brume d'eau, comme si rien de tout cela n'avait existé. Juste un rêve…

Je roulai jusqu'à Veyron, ce village d'où se déroulait l'immense forêt de pins à la pente agressive, érigée d'arbre en arbre jusqu'aux flancs des sommets. Dans quelques heures, on traquerait Vincent partout en France, arpenterait chaque pavé, interrogerait proches, voisins, amis. On chercherait, mais on ne trouverait pas. Parce qu'il avait une dernière mission à accomplir. Ici, en ces terres fracturées.

Les frères Ménard.

Je m'engouffrai dans un bistrot, la veste par-dessus la tête tant le ciel crachait, puis demandai le moyen d'atteindre la Goutte-d'Or. La patronne, un peu surprise, m'accompagna sur la terrasse et désigna une montagne en forme de dent de requin.

— Il n'y a pas de sentier balisé qui mène à la cascade. C'est un endroit sauvage et dangereux, en bordure d'un gouffre d'une dizaine de mètres de profondeur… Je vous déconseillerais d'y aller aujourd'hui… Nous ne sommes pas encore au cœur de l'orage et, croyez-moi, il va être d'une violence rare !

— Je prends le risque…

— Vous seriez pas parisien, vous ?

Elle ravala vite fait son sourire.

— Bon, si vous n'avez pas peur de la foudre, ni de glisser dans la gorge, libre à vous ! Il y a un parking, un peu plus en hauteur. Garez-vous là et attaquez la forêt de cet endroit. Gardez toujours *la dent du Diable* en ligne de mire. Après deux kilomètres, vous arriverez normalement au bord du canyon. Longez-le par la droite. Vous trouverez alors la cascade… Mais, encore une fois…

Je m'éloignais déjà, dans ces rideaux de pluie, la remerciant d'un bref coup de menton.

Entre un aller-retour d'essuie-glace, je dégotai l'aire de stationnement, un simple espace défriché à l'écart de toute forme de civilisation. Je vérifiai l'état de mon Glock. Chargé, sécurité du percuteur en place. La Maglite, dans ma boîte à gants. Mon portable, que j'enroulai dans un emballage de sandwich. J'étais paré. Seul problème, cette flotte, tant désirée… Et qui se dressait devant moi dans un vacarme de vitre brisée.

Instantanément, ma chemise, mon pantalon se gorgèrent d'eau, mes souliers de boue. Devant, racines piégeuses, silex acérés, aiguilles bruissantes. Et une brusque noirceur de suie. L'orage. Fougueux et diabolique.

En mire, la *dent du Diable*… Happée en sa pointe par le déluge… Découpée par les troncs sinistres… Mais toujours là, puissante, érigée.

J'imaginais… J'imaginais Vincent, traîné par les deux frères, sous la colère du ciel, dans ces mêmes fureurs liquides, insulté, peut-être battu. Je voyais les ombres croître, autour, comme autant de démons, alors que la forêt se refermait, obscure, pareille à une grande main assassine. J'avançais sur ses pas d'enfant et frissonnais tout autant. Son passé explosait devant mes yeux. Ses hurlements, ses peurs, son calvaire. Aux autres de subir, maintenant. Il allait le leur rendre au décuple. Par la brutalité de ses meurtres.

Je le détestais pour ça.

Combien ? Combien à marcher ? Le sol grimpait, sans cesse. Je m'accrochais aux branches, me hissais aux souches, m'écorchais à sang, ce sang qui ruisselait jusqu'à mes pieds. Les flots boueux enflaient, la pluie claquait sur mon corps, fumant comme une vieille chaudière et je dus, à maintes reprises, faire une pause, essuyer mes doigts gourds et rappeler ce souffle qui ne venait plus.

Cette fin, j'avais déjà l'impression de l'avoir vécue. Pas une impression. La réalité. Il y avait tant d'années. Ces endroits rendus irréels par les éléments déchaînés. Cette quête du Mal absolu. La souffrance des êtres, au-delà de l'entendement. Tout allait-il finir dans le même bain de terreur ?

Les mauvais pressentiments de Del Piero. Peut-être pour maintenant…

J'aurais dû prévenir une équipe. Hélicoptères, fusils, mort. Appeler Leclerc peut-être ? Savoir qui était Vincent ? Non… Non… Je le voulais, face à moi, dans la pureté de mon ignorance. Je le voulais tel que je le concevais. Authentique. Beau et violent. Simple et abominable. Un être par-delà les frontières du bien et du mal.

L'ultime face à face. Un seul vainqueur… Je le tuerai… Je le tuerai de mes propres mains pour ce qu'il avait fait.

Une pente plus abrupte, escaladée à l'arrache, dans un déchirement de gorge. Puis l'haleine d'un ravin. Peu profond. Quinze mètres, à tout casser. En son fond, le gros bouillon d'un torrent. *Par la droite*, avait dit la femme. Un éclair fracassa un arbre sur l'autre rive. Le paysage flamba, avant de replonger dans ce noir de cataclysme. Le tonnerre faillit ébranler la terre.

Je m'agrippai à tout ce que je pouvais, dans la douleur insoutenable de mes articulations et de mes cuisses brûlantes. Le passage était vraiment étroit, glissant au possible. Le gouffre guettait. L'averse emprisonnait le paysage. Troncs gris, parois grises, montagnes grises. L'uniformité d'une nécropole.

Là-bas, plus à droite encore, la roche s'extirpait du sol en un colosse de granit. Un flanc de montagne, brut et offensif. Coiffé de sa cascade, écrasante de puissance. Je m'approchai du déluge d'eau, les mains sur les genoux, avec un halètement devenu grognement. *Une cavité, derrière la cascade*, avait dit la vieille dame. Où ? Et comment l'atteindre ? Les torrents dévalaient d'une paroi verticale, à fleur de vide, avant d'éclater au fond du canyon dans un lac intermédiaire. Non, impossible. Pas sans cordage. Des enfants…

Comment avaient-ils pu découvrir une grotte, y emmener Vincent ?

Et sa mère ? Était-ce l'endroit où elle attisait les regards des mâles, dans sa nudité originelle ?

J'avais emprunté la mauvaise voie, forcément. *Les dessins au fusain. Le reflet des yeux dans le lac*. Oui !

Le dessin se trouvait là, sous mes pieds. Il ne fallait pas attaquer la Goutte-d'Or par le haut… Mais par le bas… Par le petit lac…

Une vibration, dans ma poche. Le portable. Un nom, sur l'écran, martelé par les barreaux d'eau. Leclerc. J'hésitai, puis sortis l'appareil de l'emballage. Voix lointaine, à peine audible. Grésillements, parasites en tout genre, roulement incessant du tonnerre.

— Shark ! Écoute bi… ce que… te di…

— Allô ! Commissaire !

— Vincent Croo… On …etrouvé !

Je plaquai l'engin contre mon oreille.

— Je n'entends rien !!! Vous dites que vous l'avez retrouvé ? Vous avez retrouvé Vincent Crooke ?

— Oui !!! On l'a retr…vé !

Je me sentis soudain très con, au cœur du déluge, dans le trou du cul du monde. Ils l'avaient eu… Sans moi…

— Il pleut ! Je ne peux pas m'abriter !!! Je vous rappelle dans une heure ! Le temps que je regagne ma voiture, OK ?

— Non !!! Ne… croche pas… On a un… oblème ! … énorme prob… !!!

Je me recroquevillai, protégeant au possible le téléphone de la flotte.

— Un problème ? Quel problème ? Quel problème !!!

— Vin… Crooke… mort !!! Il est… ort…

— Quoi ? Qu'est-ce que vous racontez ? Il est mort ? !

— Y a quat… ans !!! Quatre…

— Allô ! Allô ! Commissaire !!!

Plus de tonalité. Je recomposai son numéro. Sans succès.

— Merde ! Merde ! Merde !

Je fracassai cette saloperie d'appareil contre un rocher, bouillant de rage. Avais-je bien saisi ? Vincent Crooke mort, il y a quatre ans ? Non ! Impossible ! Ça n'avait aucun sens ! Je ne poursuivais pas un fantôme, nom de Dieu ! Ces cadavres, ces gens malades, le mauvais air ! Le message, Maleborne, l'hôpital, La Trompette blanche ! Tout m'avait amené à Vincent Crooke ! À sa jeunesse ! Mais alors…

Quelqu'un d'autre tuait. Quelqu'un d'autre remontait à la source, dans la peau de Vincent Crooke. L'usurpateur d'un anonyme… Animé d'une cruauté démesurée. Pourquoi ?

La réponse là, derrière la cascade. Aller au bout. Sous mes pieds, l'encaissement. Comment descendre ? Rebrousser chemin ? Éviter la forêt ? Je me frottai les joues, le front, saturés d'eau, la pluie ruisselait sur ma nuque, entre mes omoplates. L'orage fracassait sa hargne, tout près. La forêt partout, ses éperons tendus aux cieux. Devant, derrière, au-dessus. Le vide. Deux nouvelles heures de route ou… trois secondes ?

Le tout pour le tout. Pour savoir, comprendre. Torche dans une main. Glock dans l'autre. Puis le néant. La chute m'aspira. Un fracas. Une gifle. Des bulles.

Une grande gorgée d'air. Je respirais. Les immeubles d'eau grondaient, tout près, dans un nuage d'écume, de vapeur froide, tandis que les roches se comprimaient. Je me hissai sur la rive, m'agrippai aux flancs de granit, approchai du monstre liquide…

Une coupure, sur un rocher tranchant. Paume en sang. Je lançai un grand cri en transperçant la muraille aqueuse. Tête entre les épaules, yeux fermés. Des tonnes sur le crâne… Une paroi, enfin. Mes doigts palpèrent alors un décrochis… Une grotte…

Vingt-cinq ans en arrière. Voyage dans les travées du temps.

Maglite en sale état, mais fonctionnelle. Quant au Glock… Il avait vu pire.

Je m'enfonçai dans les toiles d'ombre, les doigts collés à la pierre. Le sol glissait, comme couvert de glaires. Le rugissement de la cascade s'éloignait, relayé par d'étranges crépitements. Bruissements d'ailes, crissements de pattes.

J'allumai ma lampe torche. Juste à temps, car le sol plongeait dans les ténèbres, juste devant, en une espèce de toboggan géant. Et là, sur le côté, une corde nouée autour d'une protubérance. Une corde tressée de gros nœuds. Je l'attrapai.

Au fil de la descente, le peuple des insectes cavernicoles croissait. Des mouches énormes agglutinées sur des champignons. Des araignées monstrueuses, munies d'espèces de pinces. Des mites noirâtres, sans yeux. Un monde de répugnance. Le cauchemar de Vincent.

Le sol enfin, mâchoire de stalagmites et de stalactites. Une bouche humide. Le froid saisissant. Le flop languissant des gouttes. Et des gémissements lointains… Inhumains… Ils étaient là, dans la gorge du néant…

Une lueur, plus en profondeur. Des ombres qui s'étirent, les silhouettes figées des roches déchirées. J'éteignis ma torche, me cramponnai à mon arme. Loin du monde, au fond de la terre, la peur m'enveloppait.

Le goulot vira brusquement sur la droite, la lumière grandit soudain. Un puissant projecteur, accroché haut. Des espaces qui s'écartent. Des fûts de calcaire d'une nuance de pétale. Des concrétions tordues, des draperies ondulantes, des choux-fleurs minéraux. Et le vert émeraude d'un lac souterrain. La beauté cachée de l'enfer.

Je m'agenouillai dans un recoin, entre les stalagmites, flingue tendu devant moi. En léger contrebas, au bord du lac, deux hommes, face à face, attachés à des colonnes séparées d'à peine un mètre. Nus, le visage brûlant de terreur.

Des points rouges, minuscules, en mouvement sur leur corps. Je ne distinguais pas bien. Des insectes ?

Panoramique visuel. La voûte, explosion de roses, de bleus, de jaunes, jonchée de pics mortels. Des arches éclatantes, des labyrinthes rocheux, des cavités étriquées.

Alors je le découvris, de dos, assis en tailleur dans une niche surélevée… Vincent. Non, pas Vincent. Mais son usurpateur… Un large paletot sur les épaules, une capuche sur la tête… Affairé à dessiner.

Je me relevai doucement, le pied léger, progressai, tassé sur moi-même. L'un des frères m'aperçut, puis l'autre, juste après. Des fourmis… des fourmis rouges, échappées au compte-gouttes d'une boîte transparente, escaladaient leurs corps rasés. Parties génitales, nombril, torse, oreilles, elles étaient partout, affamées de chair. Certaines s'engouffraient dans leurs bouches maintenues ouvertes par un anneau de métal. Leurs poignets, chevilles, ripés de sang, tant ils avaient lutté contre leurs chaînes, tant la souffrance, le feu des piqûres devait être grand. Un calvaire abominable.

Je posai un doigt sur mes lèvres, appelant au silence. Exactement au même moment, ils se mirent à hurler.

Plus le choix ! Je fonçai, dérapai sur un film d'eau, me redressai de justesse en criant :

— Ne bouge pas ! Lève les mains ! Lève les mains !

La silhouette frémit, sans se retourner. Les frères gueulaient à la mort. Mes phalanges enroulaient la gâchette, mon canon pointait la capuche bruissante. Trois mètres, deux mètres… Des feuilles de papier, sous mes pieds. Noir et blanc. Femmes, squelettes, ciels d'orages. Des dessins.

— Tourne-toi ! Lentement !

Il n'obéissait pas. Sa main lourde écrasait un fusain entre le pouce et l'index. J'approchai encore. De mon Glock, je poussai l'arrière de son crâne.

— Tu vas te tourner, bordel ?

Alors le corps s'éboula sur le côté. Des grappes d'asticots suintèrent par ses orifices en bourgeons blanchâtres.

Narines, oreilles, globes oculaires. Un cadavre… Je braquais un cadavre ! Mais alors…

Un déclic, derrière moi. Le baiser froid d'un canon sur ma tempe.

— Amusant, non, un peu d'obscurité, quelques vers et on a l'impression que les chairs sont en mouvement. Les sens de l'homme sont tellement imparfaits.

La voix… rien à voir avec celle de Ray Charles… Tellement moins mûre, presque enfantine.

Je relevai la tête, mais un coup sur la nuque m'ébranla. Mon arme roula dans la pente.

— Alors c'est toi, *le Méritant* ?

Du bout de son flingue, il me força à le regarder. Face à moi, un masque de sorcier africain, aux peintures vives, par-dessus un corps nu gonflé de muscles saillants. Taille, largeur d'épaules, épaisseur des cuisses… Carrure identique à la mienne. Rigoureusement.

— Il faut avouer que tu t'es bien débrouillé, poursuivit-il. Surtout pour la péniche… Je voulais effectivement t'amener là-bas, à la scène du *Déluge*, te faire découvrir ce qui fut, durant quelques semaines, mon lieu de vie mais… tu as été plus rapide que prévu, je n'ai pas eu le temps de peaufiner les derniers détails et de nettoyer un peu.

Il fit battre ses pectoraux.

— *Sanctus Toxici*… Je suppose que c'est par là que tu es remonté jusqu'à moi… Comment tu as su ?

Je me redressai sur mes avant-bras, l'occiput douloureux.

— Mais… qui es-tu ? Quel rapport avec Vincent Crooke ? Pourquoi nous avoir… trompés ?

Il appuya sur un petit bouton, derrière le masque.

— Je n'ai roulé personne !

Sa voix devenait à présent, effectivement, celle de Ray Charles, de Vincent Crooke...

— J'ai juste suivi le chemin qu'il n'a jamais osé suivre. J'ai agi comme il aurait dû agir, en respectant chaque point, chacun de ses défauts et de ses qualités. Jusqu'aux masques. Les masques... Je suppose que toi et ta tripotée d'analystes en avez déduit que Vincent souffrait d'un problème au visage, non ? Que vous êtes stupides !

Il était fier de lui, ça sourdait de ses pores.

— Je te vois réfléchir, tu sembles pensif, fit-il encore. Tu te demandes, hein ? Tu te dis que je suis un pauvre type battu, violé par un père alcoolique. Tu crois qu'adolescent, je torturais des animaux ou tombais en extase devant des incendies, à me branler sous mes couvertures ?

— En partie, oui. En tout cas, tu es sérieusement perturbé.

Il ricana.

— J'ai eu une jeunesse des plus heureuses ; je me rends à la messe chaque dimanche ; je suis sorti dans les premiers de ma promotion et je devais même terminer ma thèse de troisième cycle sur le *Plasmodium*, avec deux ans d'avance ! Tu le connais bien le *Plasmodium* maintenant, non ? Ha ! Ha ! Ha ! Mais cette thèse... Je ne la finirai pas... Mes aspirations sont différentes, maintenant... Bien plus... simples...

Il vrilla l'arme sur ma tempe.

— Ma mère m'a choyé, mon père aurait voulu m'aimer, mais il n'a jamais pu. Des saloperies, dans sa tête. Des tas de cauchemars, des montées d'angoisse, le repli sur soi. Je me souviens, plus jeune, il mettait souvent des masques, à la maison, des masques de clown avec de grands sourires, mais… mais ce n'était que pour dissimuler sa détresse… Pour ne pas nous faire ressentir son mal-être, pour cacher ses yeux, chaque jour gonflés de larmes. Tu ne peux pas savoir à quel point je l'admire pour ça.

Le fils… Il était le fils de Vincent Crooke… Quel âge pouvait-il avoir ? Vingt-deux, vingt-trois ans ? Il serra plus fort sa crosse.

— Ça te troue le cul tout ça, hein ? Mon père s'est suicidé il y a quatre ans. Je me rappelle encore, à son retour de chez Maleborne, l'hypnotiseur. Il portait le masque blême de Pierrot, ce masque d'une tristesse effroyable, qu'il n'a plus quitté jusqu'à sa mort. Ce soir-là, il nous a tout raconté. Cette enfance, à laquelle je t'ai initié… La beauté de sa mère, sa folie, son dégoût des hommes. Les agressions, les moqueries. Il nous a commenté chacun de ses dessins, ceux qui sont ici, sous tes pieds ou que j'ai volontairement abandonnés dans la péniche… Je voulais que tu apprennes à connaître mon père, progressivement, que tu reconnaisses son calvaire. Que tu comprennes pourquoi ces gens ont été punis. Ils le méritaient, tous ! Ils connaîtront la profonde signification du mot souffrance.

— Mais… Pourquoi la fille des Tisserand ? Elle était innocente !

— Ces deux médecins ont privé mon père de l'être qui comptait le plus pour lui. Je voulais leur rendre la pareille, à ma façon… Et puis… Elle était plutôt bonne…

L'un des frères hurla. Du fond de son masque, l'homme dégorgea un rire ignoble.

— Ha ! Ha ! Ha ! Écoute-les ceux-là ! Si tu les avais

entendus supplier ! *Je vous en prie, monsieur ! Pitié ! Pitié !* Et patati et patata ! Ils étaient pourtant plus entreprenants quand ils ont traîné de force mon père ici, qu'ils lui ont avoué qu'ils le laisseraient crever comme un chien ! Il n'a jamais glissé, comme ils l'ont prétendu. Ils voulaient le tuer ! Le tuer, tu m'entends ? Hein ! Les gars ? C'est bien ça ? Je ne me trompe pas ?

— Qu... qu'est-ce que tu leur as fait ?

Il agita sa longue tête en bois.

— *Wasmannia auropunctata.* Des fourmis urticantes d'Amérique du Sud, extrêmement agressives. Elles adorent piquer les yeux et les parties génitales, et pénètrent volontiers dans les endroits à l'abri de la lumière. Une bouche par exemple. Leur poison finira par les occire, à petit feu. Un long... très long supplice... À la hauteur de leur méchanceté.

Je désignai le cadavre, dont les orbites plongeaient dans les miennes.

— Et lui ?

Le masque oscilla, comme une marionnette folle.

— Cette merde ? Tu n'as pas deviné ?

— Ton grand-père... Tu as aussi assassiné ton grand-père...

— Il les a abandonnés à leur triste sort comme de vieilles chaussettes. Veux-tu que je t'explique ce que je lui ai réservé ?

— Tu ne t'en sortiras pas ! On sait qui tu es, toutes les polices du pays sont à tes trousses. Ce n'est plus qu'une question d'heures.

Il approcha sa figure de bois de mon visage, me couvrit de la tiédeur de son haleine.

— Étrange, dit-il en pressant le canon sur mon front. Tu es venu seul ici. Je m'attendais plutôt à l'armada.

— Je voulais Vincent, là, face à moi. Et j'y découvre son fils. Je ne te cache pas ma déception… Ces crimes sont les tiens, uniquement les tiens ! Ils n'ont rien à voir avec ton père !

La face de sorcier se figea brusquement.

— Non, tu n'imites pas ton père ! poursuivis-je en essayant de planter de l'assurance dans ma voix. Il portait des masques pour cacher ses émotions et vous protéger ! Toi, tu te dissimules derrière parce que tu as honte de ce que tu fais, tu n'oses pas affronter le regard de tes victimes ! Pourquoi avoir violé Maria Tisserand par-derrière ? Pourquoi ce bandeau, sur les yeux de sa mère ? Avec le miroir au plafond, ils te voyaient sans te voir, tu cherches à te déculpabiliser de tes actes ! Tu as peur du jugement de Dieu, je me goure ?

— Arrête !

— Quel dilemme, n'est-ce pas ? Croire en Dieu d'un côté, et buter des gens de l'autre. L'enfer ou le paradis ? L'enfer pour toi, sans aucun doute ! Non, tu ne venges pas ton père. Tu salis sa mémoire ! Tu assouvis un besoin de défier, de torturer ! Tu n'en saisis pas la raison, peut-être prends-tu même du plaisir et c'est ce qui te fait le plus mal. Tu n'es pas différent d'un Ted Bundy ou d'un Francis Heaulmes. Une pourriture. Tu es la pire des pourritures !

Le canon, sur mon œil gauche. Le souffle de ses narines, court, saccadé. Il allait appuyer. Ma femme, ma fille… Toutes proches… Un dernier sursaut.

— Attends ! Je t'en prie ! J'ai… j'ai une dernière question ! Tu peux au moins m'accorder ça ! Une dernière question !

— Pourquoi je le ferais ?

— Je… je suis *le Méritant*, j'ai compris l'histoire de ton père, j'ai ressenti sa souffrance… Tu me dois bien ça… Je t'en prie…

Il jouait cruellement avec le silence.

— Je t'écoute…

Je me relevai davantage, sur les genoux.

— Le parc de la Roseraie… Comment tu as su pour le message, sur le frêne ? Je n'en ai jamais parlé à personne.

Derrière son masque, il sembla réfléchir.

— De quoi tu parles ?

— J'aimerais savoir, avant de rejoindre ma famille… S'il te plaît… Pourquoi avoir lacéré ce que ma femme et moi avions gravé sur le vieil arbre ?

— Je n'ai jamais détruit de tronc ! Je ne t'avais jamais vu avant ! Tu peux me croire, je ne te mentirais pas dans ton ultime instant ! Tu as fini ? T'es prêt à moisir en enfer ?

— Tu… tu m'y rejoin… dras… très… bientôt…

Il y eut un bruit, derrière lui. Des claquements de pas… Mes pupilles frémirent, par-dessus son épaule. La petite, là, à quelques centimètres !

— Non ! Va-t'en ! Va-t'en ! Je ne veux pas que tu assistes à ça !!!

Surpris, le criminel hésita un dixième de seconde. À la force des mollets, je me propulsai sur le côté, hors de son champ de vision restreint.

Il tira une fois, trop haut, peinant à tourner sa lourde tête de bois. Je lui expédiai mon pied dans son flanc, il grogna, tira, encore et encore, à l'aveugle… Des stalactites se décrochèrent, poignards acérés. Les frères beuglaient encore, de peur, de douleur.

Je me ruai sur l'homme, il m'agrippa au cou, tous

muscles bandés. La pente nous aspira, nos corps roulèrent, brisant les stalagmites les plus fragiles, butant sur les autres. Il cogna, de toute sa rage. Côtes, poitrine, nez. Giclées de sang… Puis pesa de tout son poids sur moi. Ses pectoraux qui saillent, et son halètement, toujours… Plus d'air !

Je me débattais de toute ma hargne, mais mon dos restait plaqué au sol. Mouvements vains, il était trop lourd, le dénivelé m'empêchait de me relever… J'agonisais…

Soudain, deux pieds, juste devant mon nez. Deux petites chaussures rouges, dont l'une propulsa une stalactite brisée dans ma main. Je repliai mes doigts sans force. Un dernier geste…

Je brandis le pic et, gueulant tout mon saoûl, le lui plantai entre ses omoplates, jusqu'à sentir la chaleur de sa chair, entendre le son rauque de son dernier râle.

Il s'écroula sur moi, avec la mollesse terrible d'une bête abattue.

Je me redressai, lentement, les mains sur la gorge, crachai, pleurai presque, de ces larmes froides, sans vie.

La fillette se jeta dans mes bras, je pus sentir le parfum de ses cheveux, percevoir les battements de son cœur. Elle vivait. Et elle venait de me sauver la vie.

— J'ai une dernière chose à faire… murmurai-je en la posant doucement.

— Vas-y, mon Franck… Vas-y…

Je m'agenouillai près du corps inerte, ce corps si jeune, dans la force de l'âge, et le retournai.

Le masque africain pâlissait dans l'éclat blanc du projecteur, ses traits figés effrayaient, rappelant le terrible courroux d'un vieux sorcier vaudou.

Avec précautions, je retirai la lanière de cuir, à l'arrière du crâne. La parure glissa alors sur le côté, presque au ralenti, dévoilant un très joli visage, aux traits purs… Le visage d'un enfant qui aurait pu être mon fils.

Ce fils que je n'ai jamais eu, cette fille, que je ne verrai jamais grandir. Cette femme chérie, qui ne vieillira que dans mes souvenirs… Toutes les deux, je vous aime tellement.

Et je pressai l'enfant contre ma poitrine. La petite fille au cœur à droite…

Chapitre trente-deux

Veyron. Un bon chocolat chaud, dans cet unique troquet, sous ce même étau de pluie, au cœur de cet orage dont la fureur semblait croître des entrailles de la terre. Au creux des montagnes, le noir du ciel écrasait la moindre lueur d'espoir. Tout était fini.

Les secours avaient évacué le corps de Jérémy Crooke pour la morgue, mais son unique tombeau aurait dû, en définitive, rester cette grotte lugubre et glaciale.

Les frères Ménard avaient résisté au poison des fourmis, ils vivraient, mais à quel prix ? Leurs nuits trembleraient de cauchemars et de réveils furieux, avec pour seul goût sur la langue celui de la terreur. Quant aux habitants de La Trompette blanche… Dieu les bénisse…

La fillette se tenait là, face à moi, un nouveau livre de *Fantômette* entre les mains. De temps en temps, elle relevait ses beaux yeux noirs, me souriait avec une infinie tendresse avant de se replonger dans sa lecture. Je me levais, elle se levait, je buvais, elle me regardait, comme nourrie de chacun de mes gestes. Elle devenait mon ombre, mon soleil, ma vie.

Je ne lui posai pas de questions, pas encore, tout au moins. J'acceptais juste sa présence, dans l'instant, sa présence chaleureuse et frigorifiante, dangereuse et terriblement enivrante. Elle me donnerait des explications. Bientôt.

Je pris la route pour Grenoble où je comptais louer une chambre d'hôtel avant ma remontée vers la capitale. C'était ça, ma vie. Arpenter la pluie.

Un perpétuel recommencement, jalonné de traque et de tristesse. On en arrêtait un, dix autres le relayaient, engendrés par la veine intarissable du mal. Oui, je me sentais triste, mais maintenant elle était là, à mes côtés. Rien que pour moi. Je m'écoutais cogiter, voyais les gens me dévisager bizarrement… Je me dis que, quelque part, je devais devenir fou. Une bien douce folie…

Dans ma descente vers la ville, de grosses gouttes battaient mon pare-brise, mes phares n'éclairaient qu'un crachat saumâtre. Mes yeux plongèrent vers la combe.

Prends garde à ce ravin, Franck. Je sais que plus rien ne te retient ici-bas, maintenant. Mais ne fais pas de bêtises, d'accord ?

Nous t'attendrons le temps qu'il faudra. Eloïse aussi patientera. Il le faudra bien, même si c'est difficile.

Je secouai la tête, plissai le front. Sur le siège passager, la gamine s'agitait. Du bout du pouce, elle tournait les pages de son livre à toute vitesse.

La route ! Prends garde à la route !

Un parapet, devant. La violence d'un virage… Mes freins crissèrent, mes pneus réussirent de justesse à accrocher la route… Le soulagement de l'ultime braquage.

— Il était moins une, hein ? poussai-je d'une voix blanche.

— Moins une pour quoi ?

— Pour qu'on tombe dans le vide, pardi !

— Tu sais, moi je n'aurais pas senti grand-chose...

Un sourire timide chassa mon angoisse.

— Tu... tu penses repartir quand ? Je veux dire... là d'où tu viens ?

— C'est pas moi qui *va* partir. C'est toi qui vas m'accompagner.

Brusquement, son visage s'obscurcit, ses yeux s'assombrirent plus encore, transpercés de ténèbres. Les pages de *Fantômette* tournaient seules, à un rythme fou, tandis que ses cheveux s'électrisaient dans l'air.

— Tu dois m'accompagner, Franck ! Dans l'autre monde ! Il est l'heure !

La pente grandissait, le frein moteur gémissait.

— Tu... Tu restes à ta place, OK ? ordonnai-je en tendant un bras dans sa direction. Ne bouge surtout pas de là ! Ce monde-ci me va très bien !

Elle se dressa sur son siège, pareille à un cobra.

— Tu n'as pas le choix ! Il est trop tard !

— Mais pourquoi ? Qu'est-ce que tu attends de moi, bon sang ?

Elle s'abattit sur mon volant.

— Non ! Arrête !!!

La voiture changea brusquement de direction. Le dernier flash qui illumina mon existence explosa dans un grand feu d'étincelles...

Chapitre trente-trois

La lente respiration des organes. Le grondement chaud du sang, quelque part, dans ses tunnels serrés. Boum boum… Boum boum… Le feulement de l'air, dans ma gorge. Une pulsation de paupières… Le grand éclair blanc du jour. Et les espaces fermés d'une chambre d'hôpital.

Après mon réveil, ce fut Leclerc qui s'approcha le premier, suivi de deux hommes dont l'un en blouse et l'autre en costume sombre.

— Content de te revoir parmi nous, Shark !

Je portai une main à mon crâne. Un bandage me le comprimait.

— Que… que s'est-il passé ?

Le médecin poussa sur ma poitrine, alors que j'essayais de me redresser un peu.

— Votre véhicule a percuté un parapet et s'est encastré dans un rocher, à quelques centimètres d'un ravin. Votre tête a tapé violemment la vitre passager. Vous avez eu une chance phénoménale de vous en être sorti avec si peu de séquelles. Vous n'avez qu'un traumatisme crânien minime.

Par la fenêtre, les cimes enneigées resplendissaient sous le soleil.

— Je… je suis resté inconscient combien de temps ?

— Une vingtaine d'heures… Vous vous êtes réveillé dans l'ambulance et comme vous étiez très agité, nous vous avons administré un sédatif. Vous vous trouvez au CHR de Grenoble…

Je m'abandonnai un instant, transpercé par une immense fatigue. Tout me revenait en mémoire… L'orage, la gosse sur mon volant, le parapet…

Après m'être massé les tempes, je m'enquis, désignant l'homme à la cravate :

— Et qui est ce monsieur ?

L'intéressé s'approcha, les mains dans le dos.

— Docteur Reeve. Je suis psychiatre…

Je fronçai les sourcils.

— Encore un psy ? J'avoue que je ne saisis pas bien.

Reeve se racla la gorge.

— Le docteur Flament, qui vous a accompagné à La Trompette blanche, nous a fait part de vos… hallucinations. Cette… petite fille aux chaussures rouges et à la robe de chambre bleue. Je suis ici pour que nous en discutions.

Un feu de colère empourpra mes joues.

— Quoi ? C'est… c'est du délire !

Il ne perdit pas son aplomb.

— Essayez de garder votre calme, commissaire. Je ne suis pas venu ici pour vous agresser, mais simplement pour parler un peu.

Je voulus m'emmurer dans le silence, mais ne pus m'empêcher d'exploser.

— Mais… Que voulez-vous que je vous explique ? C'est inexplicable ! Oui, il y a une môme qui apparaît quand bon lui semble ! Elle s'installe chez moi, observe mon réseau de trains, dans le salon ! Elle lit des livres que ma fille lisait ! Elle prétend communiquer avec elle ! Mais… Que vous dire d'autre ? Personne n'a l'air de la voir, c'est ça le pire ! Il n'y a que moi et Willy !

— Votre voisin, c'est bien ça ?

— Oui. Demandez-lui ! Et vous verrez que je n'ai pas d'hallucinations ! Bon sang ! J'étais bien le dernier à croire aux fantômes !

Leclerc s'approcha du lit, la mine fermée.

— J'ai… j'ai fait vérifier certaines choses…

— Commissaire… Me dites pas que… Vous non plus…

Il baissa le regard et le releva aussitôt.

— L'appartement de ta voisine guyanaise n'a jamais été habité après sa mort. Tu n'as pas de voisin qui s'appelle Willy. Tu es seul à ton étage.

Cette fois, je me redressai avec force.

— C'est pas possible !!! Mais ! Comment vous pouvez raconter des conneries pareilles ?

— Je ne raconte pas de conneries… Ce Willy t'a-t-il déjà proposé d'entrer chez lui ? Peux-tu me décrire l'intérieur de son logement ? Et son métier, c'est quoi ? Il est étudiant, ouvrier ? Vas-y !

— Commissaire ! Mais…

— La… la porte de ton domicile était entrouverte. Ça t'arrive souvent, ce genre d'oubli ?

Je me pris la tête dans les mains.

— Du coup, Polo a cru bon de vérifier qu'on ne te cambriolait pas, il est allé jeter un œil chez toi… Il… a retrouvé deux couteaux, sous la table de cuisine. L'un avec de la sève d'arbre sur le manche, mais l'autre… avec du sang séché… La blessure, sur ton bras… Ce n'était pas une boîte de conserve… Je crois que tu t'es coupé tout seul…

Je le dévisageai.

— Comment osez-vous !!! C'est une farce ou quoi ?

— Il n'y a pas que ça… Le Franck Sharko que je connaissais n'aurait jamais passé quelqu'un à tabac, comme tu l'as fait avec Patrick Chartreux. Ce Franck Sharko-là avait des principes.

— Je…

— Tu parlais souvent aux collègues de ton réseau de trains dans ton salon, de tous ces petits personnages, des locos électriques, des vapeurs vives ! Mais il n'y a rien chez toi ! Que des emballages de rails entassés, par douzaines, même pas ouverts !

Il tendit ses paumes au ciel.

— Rappelle-toi aussi, je t'avais parlé d'absences, quand tu avais rencontré l'inspecteur de l'IGS. Tous ces signes… Ces tas de boîtes vides de médicaments, chez toi. Antidépresseurs, stimulants, somnifères…

Il se retourna brusquement, la tête dans les épaules.

— Merde, Franck ! Je suis désolé… Tu ne peux pas savoir à quel point… Dire qu'on ne s'est rendu compte de rien…

Mes lèvres tremblaient. Les mots ne venaient plus. Brouillard. Malaise. Frissons. Soudain, deux doigts apparurent, derrière la tête du psy, imitant des oreilles de lapin.

— Yo, Man ! Y paraît que tu te payes des frayeurs ?

J'expirai longuement.

— Willy ! Oh ! Willy ! Aide-moi à démêler ce sac de nœuds ! Ils me prennent pour… je ne sais quoi ! Un taré ! Explique-leur pour la fillette ! Tu l'as vue toi aussi ! Dis-leur que je ne suis pas fou !

Il pompa un grand coup sur sa cigarette et dispersa un vaste nuage de fumée.

— N'écoute pas ce qu'ils racontent, Man. Ils veulent juste t'embrouiller. Mais moi je suis là pour t'aider. Tu m'appelles, je viens.

Je plaquai mes mains sur mon visage.

— Oh non ! Ils ne te voient pas non plus... Seigneur...

Et, tandis que Willy jouait le pitre, tandis que la môme arrivait, derrière lui, les yeux pleins de chagrin, comme pour se faire pardonner, deux voix continuaient à entrer en moi, lointaines, très lointaines.

Deux voix que je n'écoutais plus. Celle de Leclerc et de l'homme en costume...

— Docteur... Qu'est-ce qui lui arrive ?

— Seule une analyse approfondie nous le dira... Je ne préfère pas trop m'avancer.

— S'il vous plaît...

— D'accord... À première vue, et au regard de ce que vous-même et le docteur Flament m'avez raconté, son cas laisserait penser à une schizophrénie paranoïde, caractérisée par une richesse de productions délirantes et hallucinatoires.

— L'un de nos meilleurs flics, un schizophrène ? Mais c'est impensable ! Il vient de mener l'une des enquêtes les plus éprouvantes de sa carrière ! Pas un n'aurait réussi aussi bien !

— Il existe plusieurs formes de schizophrénie, plus ou moins violentes. Certains malades, notamment les schizoïdes paranoïdes, peuvent parfaitement continuer leur activité socio-professionnelle et sont loin d'être des malades mentaux. Cette pathologie n'affecte aucunement l'intelligence. Elle s'installe parfois si lentement que la famille, et même le sujet atteint peuvent mettre longtemps à se rendre compte que quelque chose cloche. On appelle cette forme de dégradation lente *schizophrénie de survenue graduelle*.

— Mais… Il a plus de quarante-cinq ans ! Pourquoi ses hallucinations sont-elles apparues si tard ? Elles sont liées à la disparition de son épouse et de sa fille ?

— Entre autres. Sans oublier les facteurs du quotidien. Stress, tensions, pressions, renfermement sur soi et solitude. Cette enquête l'a aussi fortement affecté, je suppose ?

— Oui…

— Outre ces facteurs, on soupçonne même la génétique. Mais tout ceci reste très flou. Quoi qu'il en soit, son esprit s'est progressivement fracturé, le rendant incapable de dissocier le fictif du réel. Ça a commencé de manière très anodine, avec les locomotives, où il s'est recréé un univers qui lui était familier, une espèce de cocon protecteur, de pépinière à souvenirs. Ces petits trains devaient lui rappeler sa gosse, les agréables moments passés avec elle. Inconsciemment, il voulait la ramener à lui.

— C'est évident, oui…

— Alors les personnages fictifs sont apparus et, peu à peu, se sont immiscés dans sa vie. Probable qu'au départ, ils ne se manifestaient que ponctuellement. Au détour d'un couloir, dans la rue, la cuisine, la chambre. Juste l'impression d'une présence. Puis leur emprise a grandi. Ils le distraient, lui parlent, commencent à l'accompagner dans ses sorties avant de disparaître inopinément. D'ici quelque temps, ils ne le lâcheront plus, le troubleront, accapareront toute son attention.

— Et… ce coup de couteau, sur son bras ? Et l'accident de voiture ? La maladie, là aussi ?

— Apparemment, l'un des deux personnages, la gamine, est dangereux, et c'est ce qui m'inquiète le plus. Ça peut aboutir à des mutilations ou des tendances suicidaires. La fillette est la projection de ce qu'il a au fond de lui, dans son inconscient. Cette volonté, peut-être, de rejoindre sa famille. En passant par le suicide.

— Nom de Dieu… Est-ce qu'on retrouvera le Franck Sharko d'autrefois ?

— Pour s'en sortir, il devra comprendre que ces êtres sont fictifs, qu'ils sont le pur fruit de son imagination. Il y parviendra en se rendant compte de leurs erreurs, des situations impossibles dans lesquelles ils se retrouveront. Par exemple, les fictifs accompagnant les schizophrènes ne vieillissent pas, changent rarement de tenue, fument des cigarettes qui ne se consument jamais. S'il se rend à la piscine, seront-ils capables de nager ? Il leur posera ces questions-là, ils devront se justifier et peut-être les piégera-t-il… C'est une dure lutte contre lui-même qui l'attend.

— Combien de temps ? Combien de temps cet enfer va-t-il durer ?

— Le cerveau ne peut pas se guérir lui-même, malheureusement. Il devra suivre une cure psycho-sociale, avec soutien psychothérapeutique et médication adéquate, à base d'antipsychotiques, qui atténueront voire effaceront les hallucinations. En moyenne, l'amélioration de son état nécessitera quatre à six semaines. Il faudra encore une période de trois mois au moins pour ajuster la posologie et éventuellement la modifier, avec le minimum d'effets secondaires. Suivant les cas, le traitement peut s'étendre sur plusieurs années. À vie, même, parfois…

— Merde… C'est pas vrai… C'est pas vrai…

Je sentis soudain la chaleur d'une main, sur mon épaule. Leclerc s'installa sur le bord de mon lit, alors que Willy faisait encore le clown, agitant ses cheveux en spaghetti comme un hard-rocker déjanté.

— Je ne te l'ai pas encore dit, mais t'as vraiment assuré avec Jérémy Crooke, me confia le divisionnaire d'une voix un peu fébrile. Je n'en connais pas deux qui auraient pu assurer comme toi.

J'acquiesçai, lentement, la nuque posée sur mon oreiller.

— Et son père, Vincent, qui était-il vraiment ?

— Il a eu Jérémy très jeune, fit Leclerc, à seize ans, avec une femme qu'il ne quittera plus jamais. C'était quelqu'un de très simple, qui gagnait sa croûte chaque jour dans une usine de textile… Mais avec de gros problèmes affectifs. Dépressions à répétition, tristesse permanente. D'après son épouse, il portait très souvent des masques joyeux, pour donner une illusion de bien-être… Au fond de lui, même sans savoir, il ne voulait sans doute pas imposer à ses proches de revivre ce qu'il avait subi plus jeune.

J'eus un regard vague.

— J'aurais tant aimé connaître ce Vincent… C'est une bien triste histoire… Aussi triste que la mienne…

Je fixai Leclerc intensément, les lèvres serrées, pleines de ma douleur. Je déclarai finalement :

— Je suppose que si je me lève, là, maintenant, et que je retourne au 36 exercer mon métier, ça ne le fera pas, hein ?

Leclerc serra les mâchoires.

— Des gens compétents vont s'occuper de toi, Franck. Et puis, tu pourras peut-être nous aider, même loin du terrain ? Les scènes de crime à analyser ne manquent pas ! On a tellement besoin de cerveaux !

— Comme un vieil ami à qui on demanderait un service de temps en temps ?

Je lui pris la main et souris.

— Ravi d'avoir travaillé avec vous, commissaire… Ce fut un très grand honneur…

Il enveloppa ma main des deux siennes, les porta à son cœur et s'éloigna lentement, m'accordant ce dernier regard de ceux qui prennent en pitié.

Et je retins mes larmes, avec cette fierté des rois déchus. Parce que je ne voulais pas que la petite fille qui venait d'apparaître me trouve en pleurs. Cette petite fille, dont je ne connaissais même pas le prénom…

Épilogue

Quatre ans plus tard

Dans ce crépuscule de printemps, le sable craque tiède sous mes pas, une douce caresse levée par une brise légère me pèse un peu sur les paupières. La journée a été belle, la mer roule de tranquilles vagues qui s'échouent silencieuses sur la côte du Nord.

Ma foulée est bonne, mon souffle délié. Sur le grand croissant doré de la plage, j'accélère la cadence. Mon corps en a encore sous le capot, il répond au quart de tour. Ah, bien sûr, mes formes se sont un peu arrondies, surtout le visage, mais j'ai bon espoir de retrouver ce galbe élégant d'il y a quelques années. Et puis, la motivation est là, forte de cette rage qui gronde en moi, cette rage de vie et de grands espaces. Quand je cours, ni Willy ni Eugénie ne trouvent la force de me suivre. Sa clope au bec, le Black crache ses poumons au bout de dix mètres, tandis que la fillette a de bien trop courtes jambes pour prétendre rivaliser. Dans ces parcelles d'évasion, ils disparaissent enfin de ma tête et ne reviennent que tard dans la soirée.

Si je le pouvais, je traverserais la planète au pas de

course, sans jamais m'arrêter, de par les montagnes majestueuses et les océans infinis.

Juste pour cette tranquillité de l'âme.

L'autre jour, j'ai vécu une situation vraiment insolite avec Willy, sur un mur d'escalade.

C'est un vrai singe, il s'arrime à ma corde de rappel derrière moi et me suit, grimpant d'une main, fumant de l'autre. Même dans le vide, il parle, encore et encore, s'agite, fait l'idiot, comme toujours. Si seulement les gens pouvaient le voir !

Alors j'ai pris mon couteau et ai coupé la corde. Je l'ai vraiment surpris, il n'a trouvé aucune parade et ses yeux se sont creusés de surprise. En tombant, il a crié :

— Tu m'as eu, mec ! À tout à l'heure, en bas !

Ces subterfuges, dans leur débilité profonde, me permettent de trouver ce simple repos qui, à mes yeux, vaut toutes les perles du monde. Je mène un combat de tous les instants, mon cerveau en lutte contre mon cerveau.

Ce soir, le soleil se couche sur un lit de rouges merveilleux. Je m'assois sur un rocher et me régale de la respiration calme du grand vide. Les mouettes volent haut, décrivant de petits huit impatients.

J'apprécie cette escapade en solo plus que jamais. Moi, seul face à l'infini.

Avec des visages souriant en toile de fond. Ce que Suzanne et Eloïse peuvent être belles dans ma mémoire… Plus de cris, de crissements. Terminées les images violentes. Juste la pureté de ce qu'elles furent réellement. Des diamants. Mes diamants…

Aujourd'hui je sais *qu'ils* n'existent pas, *qu'ils* sont le fruit de mon imagination, mais je ne peux les empêcher de me harceler. Alors je les ignore, dans la mesure du possible. Les comprimés, ces dizaines et dizaines de comprimés, m'aident grandement dans cette délicate entreprise, même s'ils affectent un peu mon attention et me décrochent, dans de rares circonstances, de la réalité.

Il existe un équilibre entre la médication et l'abstinence qui, paraît-il, est très difficile à trouver, tant les rechutes menacent. Mais je pense avancer sur la bonne voie. Je me sens bien…

Mon nouveau métier me plaît. Durant ma longue convalescence, j'ai passé une licence de criminologie avec des étudiants qui n'avaient pas la moitié de mon âge. Un retour en arrière nécessaire pour l'obtention du diplôme qui me permet aujourd'hui de donner des cours à l'École de police de Paris. Mes relations à la DCPJ, le soutien de Leclerc et de mes collègues m'ont permis d'obtenir ce poste convoité. Maintenant, je dois faire mes preuves, mais j'ai confiance, ayant toujours assuré jusqu'au bout, quelle que fût ma mission. Ça doit faire partie de ma nature. Et puis, je suis si bien au contact des jeunes. En quelque sorte, ils me ramènent ma fille. Enfin, ce qu'elle aurait pu être, je veux dire…

Devant, le soleil enflamme les dernières braises du ciel. Le jour se meurt, tandis qu'un autre se prépare déjà, derrière, plus fort encore. La Nature nous l'enseigne chaque jour, il faut faire le deuil des choses passées, parce que ce qui pointe devant brille d'une beauté sans cesse renouvelée.

Faire le deuil, en gardant sur les lèvres le goût de ce qu'elles furent. Des deuils de miel…

Je ne vous oublierai jamais.

Composé par Nord Compo
à Villeneuve-d'Ascq (Nord)

Imprimé en France par

MAURY IMPRIMEUR
à Malesherbes (Loiret)
en août 2021

POCKET - 92 avenue de France, 75013 PARIS

N° d'impression : 256171
Dépôt légal : octobre 2013
Suite du premier tirage : août 2021
S24321/11